Michele Slung (Hg.)

Ich Bebe, Wenn Du Mich Berührst

Erotische Horror-Erzählungen

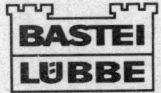

BASTEI-LÜBBE-TASCHENBUCH
Band 13 739

Erste Auflage:
April 1996

Deutsche Lizenzausgabe 1992/1996
Bastei-Verlag Gustav H. Lübbe
GmbH & Co., Bergisch Gladbach
Originaltitel:
I Shudder At Your Touch
Übersetzungsnachweis am Ende
der einzelnen Geschichten
Lektorat: Wolfgang Neuhaus/
Dr. Edgar Bracht
Titelfoto: Peter Haubold
Satz: KCS GmbH,
Buchholz/Hamburg
Druck und Verarbeitung:
Brodard & Taupin, La Flèche,
Frankreich
Printed in France

ISBN 3-404-13739-6

Der Preis dieses Bandes
versteht sich einschließlich der
gesetzlichen Mehrwertsteuer.

Inhalt

In nichts ist die Einbildungskraft des einzelnen so verschiedenartig und so unberechenbar wie in der Vorstellung, die sie vom Schrecklichen hat. Für den einen scheint eine Geschichte so grauenhaft, daß sie alle Phantasie sprengt, für den anderen ist sie nur seltsam.

DOROTHY L. SAYERS, The Omnibus of Crime

Sie segelten noch keine Meile
Keine Meile bis auf eben drei
Da sah sie seinen Pferdefuß und
weinte, weinte bitterlich dabei.

The Daemon Lover (Der dämonische Liebhaber),
überlieferte Ballade

Es war für den Augenblick bestürzend und bodenlos, denn wenn er unschuldig *war*, was in aller Welt war *ich* dann?

HENRY JAMES, *The Turn of the Screw*
(Die Drehung der Schraube)

Vorwort

Wenn ich Sie einlade, sich von dieser Sammlung recht verschiedenartiger *Gänsehautgeschichten* verführen zu lassen, fühle ich mich verpflichtet, den trockenen Kommentar zu zitieren, den ein guter Freund abgab, als ich ihm von meinen Vorarbeiten für dieses Buch berichtete:

»In welcher Horror-Geschichte geht es eigentlich *nicht* um Sex?« Natürlich hatte er (beinahe) völlig recht, und die Dinge, mit denen Schriftsteller uns in Schrecken versetzen, können so offensichtlich erotisch sein wie die Umarmung eines Vampirs oder so subtil wie die kaum wahrnehmbare Verderbtheit, die Henry James' berühmte Erzählung *The Turn of the Screw* (Die Drehung der Schraube) auszeichnet.

Es ist ein weiter Weg von der Noblesse dieser formvollendeten Novelle bis zu Clive Barkers makabren Extravaganzen. Und zwischen diesen beiden Extremen kann, wer möchte, leicht eine breite Palette jener vielfältigen Formen des Schreckens aufspüren, die in erster Linie aus der menschlichen Sexualität hervorgehen. Das Potential an Niederträchtigkeit, Verderbtheit, Brutalität und unsäglicher Verzweiflung, das aus der Sexualität erwächst, scheint – ebenso wie die Freuden und das Glück, das sie spendet – nahezu grenzenlos. Die Lust ist etwas in der Realität des Fleisches Verwurzeltes; gleichzeitig haftet diesem Phänomen etwas Unerklärliches an, und diese Mischung scheint eine sehr gute Basis für eine Fiktion zu sein, die auf hinterhältige Weise beunruhigt, ja sogar gefährlich ist.

Ich habe lange nach einem geeigneten Titel für diese Anthologie gesucht, bis mir endlich ein Versprechen einfiel: (*I Shudder at Your Touch*) (Ich erschaudere, wenn du mich berührst. Die Botschaft ist doppeldeutig, aber ob jemand vor Vergnügen und genußvoller Erwartung fröstelt oder aber vor Grauen zitternd zurückschreckt – die Gänsehaut ist die gleiche. Und die Wahrheit ist, wie ich noch in der Einleitung zu *Cleave the Vampire, or, A Gothic Pastorale* von Patrick McGrath ausführe, daß jeder, dem die Empfindungen behagen, die

9

durch den drohenden Schatten eines mit einem Umhang bekleideten Monsters geweckt werden, zumindest einen Moment flüchtiger Enttäuschung durchlebt, wenn das Wesen gezwungen ist, sich unbefriedigt davonzuschleichen.

Nun, zu lieben, was wir fürchten, ist in der Tat ein perverser Gedanke, ebenso pervers wie seine Umkehrung. Aber die Verknüpfung von Sexual- und Todestrieb ist keine Erfindung von Freud; sie wird schon in den uralten englischen und schottischen Volksballaden beschworen, die ich zum ersten Mal als Teenager hörte und las, ungefähr zu derselben Zeit, als ich das Vergnügen an der Literatur des Übernatürlichen entdeckte.

So warnt beispielsweise in einer Strophe von *The Unquiet Grave* (Das unruhige Grab) ein toter Liebhaber, um den mit allzu übermäßiger Leidenschaft getrauert wird:

Du ersehnst einen Kuß meiner lehmkalten Lippen;
Doch mein Atem riecht nach Erde und Stein;
Geb' ich dir den Kuß meiner lehmkalten Lippen,
Wird deine Zeit nicht lange mehr sein.

Solche Motive der Volksdichtung blieben in meiner jungen Vorstellung haften wie heimliche Liebkosungen. Und die Macht des ›dämonischen Liebhabers‹ verfolgte mich lange Zeit durch all meine Träume – mit Elizabeth Bowen, Shirley Jackson und Sylvia Townsend-Warner möchte ich nur drei Schriftstellerinnen nennen, die dieses Thema so behandelten, daß ich Seelenverwandte in ihnen zu erkennen glaubte. Bald war ich empfänglich für alle Arten von unheimlichen Geschichten; es war wie eine geheime Leidenschaft, die an meinen Nerven zehrte.

Zu den damals für mich wie Meilensteine herausragenden Geschichten, die sich als so herrlich aufregend erwiesen, daß ich sie wieder und wieder und wieder lesen mußte, zählten *The Great God Pan* (Der große Gott Pan) und *The Novel of the Black Seal* (Die Geschichte des schwarzen Siegels) von Arthur Machen, mit ihren eher unbestimmten Andeutungen obszöner Rituale und erschreckender Ekstasen; Hugh Walpoles *The*

Silver Mask (Die silberne Maske), wo die sexuelle Unterjochung einer Frau mittleren Alters bis an ihr grausiges Ende verfolgt wird; Ralph Milne Farleys *The House of Ecstasy* (Das Haus der Ekstase), ein kruder, aber dennoch alptraumhafter Reißer über sexuelle Versklavung; und E. F. Bensons *The Man Who Went Too Far* (Der Mann, der zu weit ging), eine weitere Vision von Pans gottloser Macht.

Ebenso: J. Sheridan Le Fanus *Carmilla*, das exquisite Porträt eines beutegierigen lesbischen Vampirs – von verblüffender Anschaulichkeit, wenn man seine spätviktorianische Herkunft berücksichtigt; Helen R. Hulls *Clay-Shuttered Doors* (Lehmverschlossene Türen), eine Geschichte von Liebe, Tod und Auferstehung, die Stephen Kings *Pet Sematary* (Friedhof der Kuscheltiere) vorwegnimmt; Robert Hichens *How Love Came to Professor Guildea* (Wie die Liebe zu Professor Guildea kam), hier aufgenommen; May Sinclairs *Where Their Fire Is Not Quenched* (Wo ihr Feuer nicht gelöscht wird) – zu ihrer *The Villa Désirée* (Die Villa Désirée) verweise ich auf meine einleitenden Bemerkungen; und der Roman *The Haunting of Hill House* (Der Spuk im Hill-Haus), Shirley Jacksons perfekte Schattenspiel-Projektion sexueller Verdrängung.

Dennoch: Wenn ich ehrlich bin, muß ich Edith Wharton (selbst eine vorzügliche Autorin von Gruselgeschichten) zustimmen, die einmal erklärte, daß es ihr häufig schwerfalle, einzuschlafen, wenn sie wisse, daß ein Buch mit einer besonders erschreckenden Geschichte unten im Haus auf dem Bücherregal liege. Horrorgeschichten sind, so glaube ich, *selbst* wie dämonische Liebhaber, anziehend und abstoßend zugleich. Und ich weiß, daß auch ich nie das Licht ausmachen würde, ohne mich zu vergewissern, daß sich Sayers *The Omnibus of Crime* (Die Verbrechenssammlung) oder August Derleths *The Night Side* (Die Nachtseite) sicher in einer Schublade befinden, wo ich die Teufel nicht sehen würde, die sie in der Nacht hervorbringen mögen.

Unser sexuelles Ich ist sicherlich jener Ort, wo wir am intimsten sind und häufig im Verborgenen bleiben. Und es erübrigt sich zu betonen, daß dieser Teil unserer Natur, der eine klare Preisgabe ebensosehr scheut wie jeder Vampir den

Sonnenschein, enorme Kräfte entfaltet, wenn er in der Literatur erscheint – und zwar nicht nur im Horrorgenre.

Entehrung, Quälerei und Verrat durch törichte Liebe und die Folgen aller Arten von Handeln wider die Natur sind kaum Schicksale, die allein den Figuren der Gruselliteratur vorbehalten sind. Es ist, um es mit Henry James zu sagen, diese zusätzliche ›Drehung der Schraube‹, das unerwartete Sichöffnen der Falltür ins Unbekannte, das den Unterschied ausmacht.

Davon zeugt in dieser Sammlung die Bedeutung, die eine gewöhnliche Eisentruhe oder ein Paar weißer Tennisschuhe plötzlich erlangen – ›die Assoziation von etwas Fremdartigem in alltäglichen Dingen‹ nannte H. P. Lovecraft dieses Phänomen, und Henry James sprach von ›dem Fremden und Finsteren, das direkt auf das Muster der Normalität und Sorglosigkeit gestickt ist‹. Die große Literatur bietet beides, sowohl die langsam sich enthüllende Überraschung als auch den plötzlichen Schock: Machen Sie einen Schritt nach vorn, und Sie werden Sekunden darauf zwei Schritte zurückspringen.

Ob Sie wollen oder nicht, die Doppeldeutigkeiten dieser Autoren werden ihren Weg in Ihr Ich finden und sich dort festsetzen. Und die Bestien, die hier lauern, sind zudem von der Art, die man nicht in irgendeinen Käfig stecken könnte.

Abschließend möchte ich meiner Überzeugung Ausdruck verleihen, daß vieles in der neueren Horror-Literatur (von zweitklassigen Horrorfilmen ganz zu schweigen) als frauenfeindlich bezeichnet werden muß. Die immer stärker eskalierenden Szenen von Gewalt und Blut deprimieren mich, weil sie von einem Mangel an Phantasie und Imagination zeugen – und von einer Freude an der exhibitionistischen Zurschaustellung machohaften Gebarens. Obwohl ich ebenso wie jeder andere von Ambiguität fasziniert bin, wie mittlerweile klar sein sollte, bin ich empört – nicht wohlig gekitzelt –, wenn man dem Bösen gestattet zu triumphieren und wenn die Unschuld aus einem anderen als dem schöpferischen Zweck leidet.

Auch wenn ich es nicht unbedingt so geplant habe, stelle

ich nun fest, daß viele der hier von mir zusammengestellten Geschichten weibliche Protagonisten haben. Und viele dieser weiblichen Hauptgestalten entstammen der Phantasie männlicher Autoren: Stephen King, Clive Barker, T. L. Parkinson, Christopher Fowler und Tom Disch. Ich bewundere das intuitive Fingerspitzengefühl, das sich hinter solchen die Psyche aufwühlenden Geschichten wie *The Tiger Returns to the Mountain* (Der Tiger kehrt zum Berg zurück) oder *Her Will and Testament* (Ihr Wille und Testament) verbirgt. Hier kommt nach meinem Empfinden keinerlei frauenfeindliches Gefühl zum Ausdruck, sondern eher das Gegenteil, wie ich glaube. Und in der Tat sollten uns *alle* diese Erzählungen veranlassen, nicht nur den schönen Schauder zu genießen, sondern auch zu bedenken, welche Arten von Reaktionen in uns noch ausgelöst werden, wenn Gefühle von Liebe und Verrat, von Romantik und Sinnlichkeit, von sexueller Ausnutzung und Verletzlichkeit bis zum Äußersten getrieben werden ... und darüber hinaus.

Stephen King

Die Offenbarungen der 'Becka Paulson

›Oh, sie vermutete, daß sie *irgendeine* Vorstellung davon gehabt haben mußte, was diese Geistesabwesenheit bei ihm in letzter Zeit bedeutete, daß sie gewußt haben mußte, daß es einen Grund dafür gab, daß er nachts nichts mehr von ihr wollte.‹

Keine Frau möchte herausfinden, daß sie betrogen wird, auch wenn sie, wie Rebecca Paulson, durchaus erfreut darüber ist, daß ihr Mann seine ehelichen Rechte nicht mehr einfordert. Viele mögen glauben, daß die meisten Frauen (und 'Becka kann man sicherlich nicht zu den Ausnahmen zählen – wenigstens zuerst nicht) eine schmerzhafte Wahrheit nicht ans Tageslicht und lieber im Dunklen verborgen lassen – wie die mottenzerfressenen Wollsachen und die verschimmelten Bücher unten in der Diele, im hintersten Wandschrank. Und doch ist es, wie wir sehen werden, 'Beckas Schicksal, Offenbarungen zu erleben … Offenbarungen einer ganz besonderen Art.

Indem er seinen bemerkenswerten Instinkt für das Zusammenspiel von Ungeheuerlichkeiten und Profanem entfaltet, schenkt uns Stephen King in der außergewöhnlichen-gewöhnlichen Heldin 'Becka Paulson eine Darstellung der ›wandelnden Leiche‹, die jedes Psycho-Geschwätz übertrifft.

Was passierte, war simpel genug – zumindest am Anfang. Was passierte, war, daß sich Rebecca Paulson mit dem Zweiundzwanziger-Revolver ihres Mannes Joe in den Kopf schoß. Dies geschah während ihres alljährlichen Frühjahrsputzes, der dieses Jahr (wie die meisten Jahre) ungefähr Mitte Juni stattfand. 'Becka neigte dazu, mit solchen Dingen in Rückstand zu geraten.

Sie stand auf einer kurzen Trittleiter und durchwühlte den angesammelten Plunder im obersten Fach des Wandschrankes unten im Flur, während das Haustier der Paulsons, ein großer getigerter Kater namens Ozzie Nelson, in der Tür zum Wohnzimmer saß und sie beobachtete. Hinter Ozzie drangen die besorgten Stimmen von *Eine andere Welt* herein, die aus dem großen alten Zenith-Fernseher der Paulsons herausschmetterten – der später zu etwas werden sollte, das viel mehr war als ein Fernseher.

'Becka zerrte Sachen herab und untersuchte sie in der Hoffnung, daß irgend etwas vielleicht noch in Ordnung sei, aber ohne wirklich zu erwarten, dergleichen zu finden. Es gab da vier oder fünf gestrickte Wintermützen, alle mottenzerfressen und ausgefranst. Sie warf sie hinter sich auf den Dielenfußboden. Dann war da ein Band Readers's-Digest-Kurzromane vom Sommer 1954 mit *Schweig still*, *Verstumme* und *Hier ist Goggle*. Feuchtigkeit hatte ihn auf das Format des Telefonbuchs von Manhattan anschwellen lassen. Sie warf ihn hinter sich. Ah! Hier gab es einen Schirm, der aussah, als ob man ihn noch retten könnte … und eine Schachtel, die irgend etwas enthielt.

Es war ein Schuhkarton. Was auch immer darin war, es war schwer. Es verrutschte, als 'Becka den Karton kippte. Sie nahm den Deckel ab und warf ihn auch hinter sich (beinahe traf er Ozzie Nelson, der beschloß, sich aus dem Staub zu machen. In dem Karton war ein Revolver mit einem langen Lauf und Griffschalen aus imitiertem Holz.

»Oh«, sagte sie. »Der.« Sie nahm ihn aus dem Karton, ohne zu bemerken, daß der Hahn gespannt war, und drehte ihn herum, um in das kleine, perlenartige Auge der Mündung zu schauen, in dem Glauben, daß sie die Kugel, wenn eine darin wäre, sehen würde.

Sie erinnerte sich an die Waffe. Joe war bis vor fünf Jahren Mitglied bei den ›Derry Elks‹ gewesen. Vor ungefähr zehn Jahren (oder vielleicht auch fünfzehn) hatte Joe fünfzehn Lose für die Elk-Lotterie gekauft, als er betrunken war. 'Becka war so wütend auf ihn gewesen, daß sie sich zwei Wochen geweigert hatte, ihn sein Ding in sie stecken zu lassen. Der erste Preis war ein Bombardier Skidoo gewesen, der zweite ein Evinrude-Außenbordmotor. Diesen .22er Scheibenrevolver hatte es als dritten Preis gegeben.

'Becka erinnerte sich, daß er eine Weile hinten im Hof damit geschossen hatte; er ballerte so lange auf Dosen und Flaschen, bis sie sich über den Lärm beklagte. Dann hatte er ihn zur Kiesgrube am Ende ihrer Straße mitgenommen, obwohl er, wie sie spürte, da schon sein Interesse daran verlor – er hatte bloß noch einige Zeit weitergeschossen, um sicherzugehen, daß sie nicht dachte, sie habe ihn untergekriegt. Dann war der Revolver verschwunden. Sie hatte geglaubt, er hätte ihn gegen irgend etwas eingetauscht – einen Satz Winterreifen vielleicht oder eine Batterie –, aber hier war er.

Sie hielt die Mündung der Waffe vor ihr Auge, spähte ins Dunkel und suchte die Kugel. Sie konnte nichts weiter sehen als Dunkelheit. Also konnte der Revolver nicht geladen sein.

Trotzdem werde ich Joe dazu bringen, uns die Waffe vom Hals zu schaffen, dachte sie und stieg rückwärts die Trittleiter hinunter. *Heute abend. Wenn er vom Postamt zurückkommt. Ich werde ihm direkt entgegentreten.* »Joe«, *werde ich sagen,* »es ist nicht gut, eine Waffe im Haus rumliegen zu haben, auch wenn's hier keine Kinder gibt und sie nicht geladen ist. Du nimmst sie ja nicht mal mehr, um auf Flaschen zu schießen.« *Genau das werde ich sagen.*

Das zu denken, war befriedigend, aber 'Beckas Unterbewußtsein war klar, daß sie natürlich nichts dergleichen sagen würde. Im Haus der Paulsons war zumeist Joe derjenige, der bestimmte, wo es langging. Sie vermutete, daß es das beste sein würde, die Waffe einfach selbst zu beseitigen – sie in einen Plastik-Müllsack unter den anderen Plunder aus dem Fach des Wandschranks zu stecken. Die Waffe würde mit allem übrigen auf der Müllhalde landen, wenn Vinnie Margolies das nächste Mal vorbeikäme, um ihren Abfall aufzuladen. Joe würde keinen Gegenstand vermissen, den er schon vergessen hatte – der Deckel des Kartons war dick mit unberührtem Staub bedeckt gewesen. Er würde den Revolver nicht vermissen, das hieß, solange sie nicht selbst so dumm war, Joes Aufmerksamkeit darauf zu lenken.

'Becka erreichte den Fuß der Leiter. Dann trat sie rückwärts mit dem linken Fuß auf den Reader's-Digest-Band. Der vordere Deckel des Buches rutschte zurück, als der morsche Einband nachgab. Sie stolperte, hielt die Waffe in einer Hand und ruderte mit der anderen. Ihr rechter Fuß trat auf den Haufen mit den Strickmützen, die auch nach hinten wegrutschten. Als sie fiel, wurde ihr bewußt, daß sie mehr einer Frau ähnelte, die auf Selbstmord aus war als auf Hausputz.

»Gut, er ist nicht geladen«, konnte 'Becka noch gerade denken; aber der Revolver war geladen und sein Hahn gespannt, gespannt seit Jahren, als ob er darauf gewartet hätte, daß sie vorbeikäme. Sie stürzte hart auf den Dielenboden, und im selben Moment schnappte der Hammer des Revolvers nach vorn. Es gab einen trockenen, unbedeutenden Knall, nicht viel lauter als ein Baby-Knallfrosch in einer Blechbüchse; ein Winchester-Geschoß vom Kaliber .22 drang 'Becka Paulson direkt über dem linken Auge ins Gehirn. Die Kugel verursachte ein kleines schwarzes Loch, das an den Rändern vom blassen Blau frisch erblühter Iris war.

Ihr Kopf schlug gegen die Wand, und ein dünnes Rinnsal Blut lief vom Loch in ihre linke Augenbraue. Die Waffe, aus deren Mündung ein winziger Faden weißen Rauchs aufstieg, fiel in ihren Schoß. Ihre Hände trommelten ungefähr fünf Sekunden leicht auf den Boden; ihr rechtes Bein krümmte sich, schoß dann gerade vor. Ihr Pantoffel flog durch die Diele und traf auf die entfernte Wand. Ihre Augen blieben in den nächsten dreißig Minuten offen, die Pupillen wurden weit und wieder eng, weit und wieder eng.

Ozzie Nelson kam an die Wohnzimmertür, miaute zu ihr hinüber und begann dann sein Fell zu putzen.

An jenem Abend trug sie das Essen auf, ehe Joe das Pflaster über ihrem Auge bemerkte. Er war seit anderthalb Stunden zu Hause, aber in letzter Zeit bemerkte er kaum noch etwas im Haus – er schien mit irgendwas beschäftigt, zumeist weit weg von ihr. Dies beunruhigte sie nicht mehr so sehr, wie es das früher wohl getan hätte – wenigstens war er nicht andauernd hinter ihr her, damit sie ihn sein Männerding in ihr Frauenloch stecken ließ.

»Was hast du mit deinem Kopf gemacht?« fragte er, als sie eine Schüssel Bohnen und einen Teller mit Hot Dogs auf den Tisch stellte.

Sie berührte zerstreut das Pflaster. Ja – was genau *hatte* sie mit ihrem Kopf gemacht? Sie konnte sich wirklich nicht erinnern. Der ganze mittlere Teil des Tages hatte eine komische dunkle Stelle, so wie einen Tintenfleck. Sie erinnerte sich, Joe mit dem Frühstück versorgt und auf der Veranda gestanden zu haben, als er mit seinem Wagoneer in Richtung Postamt losfuhr – soweit war alles kristallklar. Sie erinnerte sich, daß sie die Ladung Kochwäsche in die neue Waschmaschine von Sears getan hatte, während im Fernsehen *Das Glücksrad* plärrte. Das war auch klar. Dann begann der Tintenfleck. Sie erinnerte sich, die Buntwäsche in die Maschine getan und das 30°-Programm gestartet zu haben. Und sie hatte eine ganz schwache, verschwommene Erinnerung daran, wie sie für sich selbst ein paar tiefgefrorene Mahlzeiten von Swansons Hung … in den Ofen schob – 'Becka Paulson war eine starke Esserin –, aber danach gab es nichts mehr. Nichts, bis sie auf der Wohnzimmercouch sitzend aufgewacht war. Sie trug statt der Hosen und ihres Kittels ein Kleid und hochhackige Schuhe; ihr Haar hatte sie geflochten. Auf ihrem Schoß und ihren Schultern war etwas Schweres, und ihre Stirn juckte. Es war Ozzie Nelson. Der Kater stand mit seinen Hinterbeinen auf ihrem Schoß und mit den Vorderpfoten auf ihren Schultern. Eifrig leckte er das Blut von ihrer Stirn und aus ihrer Augenbraue. Sie stieß Ozzie von ihrem Schoß hinunter und blickte dann auf die Uhr. Joe würde in einer Stunde zu Hause sein, und sie hatte noch nicht einmal begonnen, das Abendbrot vorzubereiten. Dann hatte sie ihren Kopf berührt, der dumpf pochte.

»'Becka?«

»Was?« Sie setzte sich an ihren Platz und begann, Bohnen auf ihren Teller zu löffeln.

»Ich habe dich gefragt, was du mit deinem Kopf gemacht hast.«

»Gestoßen«, sagte sie ... obwohl, als sie hinunter ins Badezimmer gegangen war und sich im Spiegel betrachtet hatte, da hatte es nicht ausgesehen wie eine Beule; es hatte ausgesehen wie ein Loch. »Ich habe ihn mir nur gestoßen.«

»Oh«, sagte er und verlor das Interesse. Er öffnete die neue Ausgabe von *Sports Illustrated*, die an diesem Tag gekommen war, und verfiel sofort in einen Tagtraum. Darin ließ er seine Hände langsam über den Körper von Nancy Voss gleiten – eine Beschäftigung, der er sich (wie auch all den weiteren Aktivitäten, die mit ziemlicher Wahrscheinlichkeit auf so etwas zu folgen pflegen) in den letzten sechs Wochen hingegeben hatte. Gott segne die Postverwaltung der Vereinigten Staaten dafür, daß sie Nancy Voss von Falmouth nach Haven versetzt hatte, das war alles, was er sagen konnte. Falmouths Verlust war Joe Paulsons Gewinn. Es gab Tage für ihn, da war er ziemlich sicher, daß er gestorben und im Himmel war, und sein Schwanz war nicht mehr so munter gewesen, seit er als Neunzehnjähriger mit der US-Army durch Westdeutschland gezogen war. Es wäre mehr als ein Pflaster auf der Stirn seiner Frau nötig gewesen, um seine volle Aufmerksamkeit zu erregen.

'Becka nahm sich drei Hot Dogs, hielt einen Moment zögernd inne und fügte dann einen vierten hinzu. Sie übergoß die Würstchen und die Bohnen mit Ketchup und rührte alles durcheinander. Das Ergebnis sah ein wenig so aus wie die Folgen eines schweren Motorradunfalls. Sie schüttete sich ein Glas von dem Traubensaft ein, der in einem Krug auf dem Tisch stand (Joe trank ein Bier), und berührte dann das Pflaster mit den Fingerspitzen – sie hatte dies schon die ganze Zeit getan, seit sie es aufgeklebt hatte. Nichts als ein kühler Streifen Plastik. Das war okay ... darunter aber konnte sie die kreisförmige Vertiefung fühlen. Das *Loch*. Das war nicht so okay.

»Hab' mir nur den Kopf gestoßen«, murmelte sie wieder, als wenn es durch ihre Worte wahr werden würde. Joe sah nicht auf, und 'Becka begann zu essen.

Hat mir kein bißchen den Appetit verdorben, was immer es auch war, dachte sie. *Mir kann sowieso kaum etwas den Appetit verderben – wahrscheinlich überhaupt nichts. Wenn sie im Radio sagen, daß all diese Flugkörper unterwegs sind, und es ist das Ende der Welt, dann werde ich wahrscheinlich einfach weiteressen, bis eine von diesen Raketen in Haven landet.*

Sie schnitt sich eine Scheibe von dem selbstgemachten Brot ab und begann, die Bohnensauce damit aufzutunken.

Als sie das ... das *Mal* auf ihrer Stirn gesehen hatte, da hatte sie das in dem Moment ganz schön nervös gemacht. Es hatte keinen Sinn, sich da etwas vorzumachen, wie es auch keinen Sinn hatte, sich vorzumachen, daß es nur ein *Mal* wäre, so wie ein Bluterguß. Und falls es je irgendwer wissen wollte, dachte 'Becka, dann würde sie ihm erzählen, daß es nicht gerade eine der erfreulichsten Erfahrungen im Leben wäre, in den Spiegel zu schauen und zu sehen, daß man ein Extra-Loch in seinem Kopf hatte. Schließlich befand der Kopf sich da, wo auch das Gehirn saß. Und was das anging, was sie als nächstes getan hatte –

Sie versuchte, davor zurückzuweichen, aber es war zu spät.

Zu spät, 'Becka, erschallte eine Stimme in ihrer Erinnerung – sie klang wie die Stimme ihres toten Vaters.

Sie hatte auf das Loch gestarrt, darauf gestarrt und gestarrt, und dann hatte sie die Schublade links neben dem Waschbecken herausgezogen und ihre wenigen, armseligen Schminkutensilien mit Händen durchwühlt, die nicht ihr zu gehören schienen. Sie nahm ihren Augenbrauenstift heraus und blickte dann wieder in den Spiegel.

Sie hob die Hand mit dem Augenbrauenstift – das stumpfe Ende war auf sie gerichtet –, und begann langsam, ihn in das Loch in ihrer Stirn zu stecken. *Nein*, stöhnte sie, *hör auf, 'Becka, du willst das nicht tun* –

Aber anscheinend wollte es ein Teil von ihr doch, denn sie machte einfach damit weiter. Es schmerzte nicht, und der

Augenbrauenstift paßte genau. Sie schob ihn eine Daumenbreite hinein, dann zwei, dann drei. Sie sah sich im Spiegel an:
eine Frau in einem geblümten Kleid, in deren Kopf ein Stift
steckte. Sie schob ihn eine vierte Daumenbreite hinein.

*Es fehlt nicht mehr viel, 'Becka, sei vorsichtig, du möchtest ihn doch
nicht da drin verlieren, er würde rappeln, wenn du dich nachts
umdrehst, und Joe aufwecken.*
Sie kicherte hysterisch.

Fünf Daumenbreiten tief, und das stumpfe Ende des
Augenbrauenstiftes stieß schließlich auf Widerstand. Es war
fest, aber wenn sie sanft drückte, fühlte es sich auch ein wenig
schwammig an. Im selben Augenblick wurde alles von einem
leuchtenden flüchtigen Grün überzogen, und ein Gewirr von
Erinnerungen hüpfte durch ihren Kopf – sie ist vier Jahre alt
und fährt im Schneeanzug ihres älteren Bruders Schlitten, auf
der Oberschule putzt sie die Tafeln, der neunundfünfziger
Impala, der ihrem Onkel Bill gehört hatte, der Geruch von
frischgeschnittenem Heu.

Sie zog den Augenbrauenstift aus ihrem Kopf heraus, über
sich selbst schockiert; sie hatte furchtbare Angst, daß Blut aus
dem Loch hervorquellen würde. Aber es kam kein Blut, und
es war auch kein Blut auf der glänzenden Oberfläche des
Augenbrauenstiftes. Blut oder … oder …

Aber daran wollte sie nicht denken. Sie warf den Stift
zurück in die Schublade und stieß sie zu. Ihr erster Impuls,
das Loch zu verdecken, kehrte wieder, stärker denn je.

Sie schwenkte den Spiegel des Medizinschränkchens beiseite und griff nach der Blechdose mit dem Pflaster. Die Dose
entglitt ihren zitternden Fingern und fiel scheppernd ins
Waschbecken. Bei dem Geräusch hatte 'Becka aufgeschrien
und sich dann selbst befohlen, damit aufzuhören, nur damit
aufzuhören. Verdecke es, laß es verschwinden. Das war es, was
sie zu tun hatte; das war das richtige. Achte gar nicht auf den
Augenbrauenstift, vergiß ihn einfach – sie hatte keines dieser
Anzeichen für einen Hirnschaden, die sie im Nachmittags-
programm gesehen hatte und bei *Dr. med. Markus Welby.* Das

war das Entscheidende. Ihr fehlte nichts. Was den Augenbrauenstift betraf, so würde sie diesen Teil einfach vergessen.

Und das hatte sie, zumindest bis jetzt. Sie blickte auf ihr nur zur Hälfte gegessenes Abendbrot und bemerkte mit einer Art müdem Humor, daß sie sich getäuscht hatte, was ihren Appetit betraf – sie konnte keinen Bissen mehr herunterbringen.

Sie trug ihren Teller hinüber zum Abfall und kratzte den Rest in den Eimer, während Ozzie ruhelos um ihre Füße strich. Joe sah nicht von seiner Zeitschrift auf. In seiner Phantasie fragte ihn Nancy Voss gerade wieder, ob seine Zunge wirklich so lang wäre, wie sie aussähe.

Mitten in der Nacht wachte 'Becka von einem verwirrenden Traum auf, in dem alle Uhren im Haus mit der Stimme ihres Vaters gesprochen hatten. Joe lag neben ihr, flach auf dem Rücken ausgestreckt in seinen Boxershorts, und schnarchte.

Ihre Hand wanderte zu dem Pflaster. Das Loch schmerzte nicht, pochte auch nicht wirklich, aber es juckte. Sie rieb darüber, aber vorsichtig, aus Angst vor einem weiteren dieser grellen, grünen Blitze. Es kam keiner.

Sie drehte sich auf die Seite und dachte: *Du mußt zum Doktor gehen, 'Becka. Du mußt es ansehen lassen. Ich weiß nicht, was du gemacht hast, aber ...*

Nein, gab sie sich selbst zur Antwort. *Kein Doktor*. Sie wälzte sich auf die andere Seite und dachte, daß sie nun stundenlang wachliegen würde, nachgrübeln, sich selbst verängstigte Fragen stellen. Statt dessen war sie in wenigen Augenblicken wieder eingeschlafen.

Am Morgen juckte das Loch unter dem Pflasterstreifen kaum noch, und das machte es leichter, nicht daran zu denken. Sie machte Joe sein Frühstück und brachte ihn auf den Weg zur Arbeit. Sie spülte das Geschirr zu Ende und trug den Abfall hinaus. Die Paulsons deponierten die Abfälle in einem kleinen Schuppen neben dem Haus, den Joe gebaut hatte, ein Verschlag, kaum größer als eine Hundehütte. Man mußte ihn abschließen, sonst kamen die Waschbären aus den Wäldern und richteten eine Schweinerei an.

Sie ging hinein, rümpfte die Nase bei dem Gestank und stellte den grünen Beutel zu den anderen. Vinnie würde am Freitag oder Samstag vorbeikommen, und dann würde sie den Schuppen ordentlich lüften. Als 'Becka ihn rücklings wieder verließ, sah sie einen Beutel, der nicht wie die anderen zugebunden war. Ein gebogener Griff, wie der Griff eines Stockes, ragte oben heraus.

Neugierig zog sie ihn aus dem Beutel und sah, daß es ein Schirm war. Eine Reihe mottenzerfressener, ausgefranster Mützen kamen mit dem Schirm zutage.

Eine dumpfe Warnung ertönte in ihrem Kopf. Für einen Augenblick konnte sie beinahe durch diesen Tintenfleck hindurchsehen, das sehen, was dahinter war, das, was ihr zugestoßen war,

(zuunterst, es liegt ganz zuunterst, etwas Schweres, etwas in einem Karton, woran sich Joe nie im Leben erinnern würde)

gestern. Aber wollte sie es wissen?

Nein.

Sie wollte es nicht.

Sie wollte vergessen.

Sie trat aus dem kleinen Schuppen und verriegelte die Tür mit Händen, die kaum zitterten.

Eine Woche später (sie wechselte noch jeden Morgen das Pflaster, aber die Wunde begann sich zu schließen – sie konnte sehen, wie neues, rosa Gewebe die Wunde füllte, wenn sie mit Joes Taschenlampe hineinleuchtete und dabei in den Badezimmerspiegel guckte) fand 'Becka heraus, was schon halb Haven entweder wußte oder vermutete – daß Joe sie betrog. Jesus erzählte es ihr. In den letzten zwei, drei Tagen hatte Jesus ihr die erstaunlichsten, schrecklichsten und schmerzlichsten Dinge erzählt, die man sich vorstellen konnte. Sie machten 'Becka krank, raubten ihr den Schlaf, raubten ihr allmählich den Verstand … aber waren sie wundervoll? Waren sie eben nicht! Und hörte sie vielleicht einfach nicht mehr hin? Warf sie Jesus auf Sein Gesicht und schrie sie Ihn vielleicht an, Er solle den Mund halten? Keineswegs. Zum einen war Er der Erlöser. Zum anderen verspürte sie eine schreckliche Art von Zwang, die Dinge zu erfahren, die Jesus ihr erzählte.

'Becka sah zwischen dem Einsetzen dieser göttlichen Mitteilungen und dem Loch in ihrem Kopf keinerlei Verbindung.

Jesus stand oben auf dem Zenith-Fernseher der Paulsons, und Er hatte seit ungefähr zwanzig Jahren an eben dieser Stelle gestanden. Bevor Er oben auf dem Zenith landete, hatte Er auf zwei RCAs gestanden (Joe Paulson kaufte stets amerikanische Marken). Es war ein herrliches 3-D-Bild von Jesus, das Rebeccas Schwester, die in Portsmouth lebte, ihr geschickt hatte. Jesus trug ein einfaches weißes Gewand, und Er hielt einen Hirtenstab in der Hand. Da das Bild vor den Beatles geschaffen worden war ('Becka hielt *gemacht* für ein viel zu profanes Wort bei einem Bildnis, das so echt schien, daß man beinahe hineingreifen konnte), und wenn man bedachte, welchen Einfluß die Beatles auf die männliche Frisurmode ausübten, war Sein Haar nicht zu lang und vollkommen ordentlich. Der Christus auf 'Becka Paulsons Fernseher trug Sein Haar ein ganz kleines bißchen wie Elvis Presley zu der Zeit, als Elvis die Armee gerade verlassen hatte. Seine Augen waren braun und sanft und freundlich. Hinter Ihm zogen in perfekter Perspektive Schafe, so weiß wie die Wäsche in der Waschpulver-Werbung im Fernsehen, hinaus in die Ferne. 'Becka und ihre Schwester Corinne und ihr Bruder Roland waren auf einer Schaffarm in New Gloucester aufgewachsen, und 'Becka wußte aus persönlicher Erfahrung, daß Schafe *niemals* so weiß und gleichmäßig wollig waren wie kleine Schönwetter-Wölkchen, die zur Erde gefallen waren. Aber, so überlegte sie, wenn Jesus Wasser in Wein verwandeln und Tote wieder zum Leben erwecken konnte, dann gab es überhaupt keinen Grund, warum Er nicht auch die Scheiße verschwinden lassen konnte, die im Fell am Hintern einer Horde von Schafen festgebacken war, wenn Er dies wollte.

Ein paarmal hatte Joe versucht, das Bild vom Fernseher zu entfernen, und sie glaubte jetzt auch zu wissen, warum,

jawohl, mein Herr, o ja, und ob. Joe brachte natürlich irgendeine erfundene Geschichte an. »Ich finde es unpassend, daß
Jesus auf dem Fernseher steht, während wir *Drei sind ein Ver-
ein* oder *Drei Engel für Charlie* sehen«, sagte er. »Warum stellst
du ihn nicht oben auf deine Kommode, 'Becka? Oder … Ich
sag' dir was! Warum stellst du ihn nicht bis Sonntag auf deine
Kommode, und dann holst du ihn herunter und tust ihn wieder zurück auf den Fernseher, wenn du Jimmy Swaggart und
Rex Humbard und Jerry Falwell predigen siehst? Ich wette,
daß Jesus Jerry Falwell verteufelt viel besser leiden kann als
Drei Engel für Charlie.«

Sie weigerte sich.

»Wenn ich mit dem Donnerstagabend-Poker an der Reihe
bin … die Jungens werden das Bild nicht mögen«, sagte er ein
anderes Mal. »Niemand möchte, daß Jesus Christus ihm
zuschaut, wenn er versucht, einen Flush auf die Hand zu kriegen oder die letzte Karte für eine Straße zu bekommen.«

»Vielleicht fühlen deine Freunde sich unwohl, weil sie wissen, daß Spielen Teufelswerk ist«, sagte 'Becka.

Joe, der ein guter Pokerspieler war, tat beleidigt. »Dann
war es auch Teufelswerk, das dir den Haartrockner und den
Granatring verschafft hat, den du so magst«, sagte er. »Du
bringst besser beides zurück und gibst das Geld der Heils-
armee. Warte, ich glaube, ich habe die Quittungen noch in
meiner Bude.«

Sie erlaubte so eben noch, daß Joe an dem einen Donners-
tagabend im Monat das 3-D-Bild von Jesus zur Wand drehte,
wenn er seine schmutzige Reden führenden, Bier saufenden
Freunde zum Poker dahatte … aber das war auch alles.

Und nun wußte sie den *wirklichen* Grund, warum er dieses
Bild loswerden wollte. Er mußte die ganze Zeit eine Ahnung
davon gehabt haben, daß das Bild ein *magisches* Bild war.
Oh … sie nahm an, *heilig* wäre das bessere Wort, denn ma-
gisch war eher was für Heiden – Kopfjäger und Katholiken
und solche Leute –, aber das war sowieso beinahe ein und
dasselbe, oder? Die ganze Zeit mußte Joe gespürt haben, daß

das Bild etwas Besonderes war, daß es das Mittel sein würde, durch das seine Sünde zum Vorschein käme.

Oh, sie vermutete, daß sie *irgendeine* Vorstellung davon gehabt haben mußte, was Joes ganze Geistesabwesenheit in letzter Zeit bedeutete, daß sie gewußt haben mußte, es gab einen Grund dafür, daß er nachts nichts mehr von ihr wollte. Aber die Wahrheit war: Es war eine Erleichterung gewesen – Sex war genauso, wie ihre Mutter es ihr gesagt hatte, schmutzig und animalisch, manchmal schmerzhaft und immer erniedrigend. Hatte sie nicht auch von Zeit zu Zeit Parfüm an seinem Kragen gerochen? Wenn, dann hatte sie dies ebenfalls ignoriert, und möglicherweise hätte sie es auch endlos weiter ignoriert, wenn nicht am 7. Juli Jesus' Bild auf dem Fernseher zu sprechen begonnen hätte. Ihr wurde klar, daß sie einen dritten Punkt genauso wenig beachtet hatte: Ungefähr zu derselben Zeit, als das Gefummel aufgehört und der Parfümgeruch begonnen hatte, war der alte Charlie Estabrooke in Rente gegangen, und eine Frau namens Nancy Voss war vom Postamt aus Falmouth gekommen, um seinen Platz einzunehmen. 'Becka schätzte, daß diese Voss (von der 'Becka mittlerweile einfach als dem ›Weibsbild‹ dachte) vielleicht fünf Jahre älter war als sie und Joe. Damit wäre sie um die fünfzig, aber sie war eine gepflegte, guterhaltene und hübsche Fünfzigerin. 'Becka selbst hatte während ihrer Ehe ein wenig zugenommen, von einhundertsechsundzwanzig auf einhundertdreiundneunzig Pfund. Das meiste hatte sie zugelegt, seit Byron, ihr einziges Küken und Kind, aus dem Nest geflogen war.

Sie hätte Joes sexuelle Enthaltsamkeit weiterhin ignorieren können, und vielleicht wäre das sogar das beste gewesen. Falls dem Weibsbild das Animalische der geschlechtlichen Vereinigung wirklich Vergnügen bereitete, mit all dem Gegrunze und Gestoße und zum Schluß dem Spritzer klebriger Flüssigkeit, die schwach nach Kabeljau roch und wie billiges Spülmittel aussah, dann bewies das nur, daß das Weibsbild selbst kaum mehr war als ein Tier – und es befreite 'Becka natürlich von einer ermüdenden, wenn auch immer selteneren Verpflichtung. Aber als das Jesus-Bild zu sprechen begann, ihr *genau* erzählte, was da im Gange war, wurde das Ignorieren unmöglich. Sie wußte, daß irgend etwas getan werden mußte.

Zum ersten Mal sprach das Bild am Donnerstag nachmittag um kurz nach drei. Dies geschah acht Tage, nachdem 'Becka sich in den Kopf geschossen hatte, und vielleicht vier Tage, nachdem ihr Entschluß zu vergessen, daß es ein *Loch* war und nicht nur ein Mal, endlich zu reifen begonnen hatte. 'Becka kam mit einem kleinen Imbiß (einem halben Kuchen und einem Bierkrug gefüllt mit Limonade) aus der Küche ins Wohnzimmer, um *Klinikgeschichten* zu sehen. Sie glaubte nicht mehr wirklich daran, daß Luke jemals Laura bekommen würde, aber sie konnte es noch nicht übers Herz bringen, die Hoffnung ganz aufzugeben.

Sie bückte sich gerade, um den Zenith einzuschalten, als Jesus sagte: »'Becka, Joe treibt es mit diesem Weibsbild im Postamt fast in jeder Mittagspause und manchmal noch nachmittags nach Feierabend. Einmal war er so geil, daß er es ihr besorgte, während alle glaubten, er würde ihr helfen, die Post zu sortieren. Und weißt du was? Sie hat nicht mal gesagt: ›Warte wenigstens, bis ich die Luftpost einsortiert habe‹.«

'Becka schrie auf und schüttete ihre Limonade über den Bildschirm des Fernsehers. Ein Wunder, daß die Bildröhre nicht explodiert ist, dachte sie später, als sie wieder etwas klarer denken konnte. Ihr Kuchen flog auf den Teppich.

»Und das ist noch nicht alles«, sagte Jesus ihr. Er lief halb über das Bild; Sein Gewand flatterte um Seine Knöchel, und Er setzte sich auf einen Felsen, der vom Boden aufragte. Er hielt Seinen Stab zwischen den Knien und schaute sie grimmig an. »Da passiert 'ne ganze Menge in Haven. Wahrhaftig, du würdest nicht mal die Hälfte davon glauben.«

'Becka schrie wieder und fiel auf die Knie. Eins landete direkt auf ihrem Kuchen und spritzte die Himbeerfüllung in das Gesicht von Ozzie Nelson, der sich ins Wohnzimmer geschlichen hatte, um zu sehen, was los war. »Mein Gott! Mein Gott!« kreischte 'Becka. Ozzie rannte fauchend in die Küche, wo er unter den Herd kroch – roter Saft tropfte von seinen Schnurrbarthaaren. Dort unten blieb er für den Rest des Tages.

»Na ja, keiner von den Paulsons hat je irgendwas getaugt«, sagte Jesus. Ein Schaf wanderte zu Ihm hinüber, und Er stieß es weg, indem Er Seinen Stab mit einer geistesabwesenden Ungeduld gebrauchte, die 'Becka sogar in ihrem augenblicklichen Zustand der Erstarrung an ihren längst verstorbenen Vater erinnerte. Das Schaf ging, leicht gekräuselt durch den 3-D-Effekt. Es verschwand aus dem Bild, schien sich tatsächlich zu *krümmen*, als es um die Ecke ging … aber das war nur eine optische Täuschung, da war sie sicher. »Überhaupt nichts«, fuhr Jesus fort. »Joes Großvater war ein Hurenbock allererster Güte, wie du genau weißt, 'Becka. Er ist sein Leben lang seinem Schwanz gefolgt. Und als er hier zu uns hoch kam, weißt du, was wir da gesagt haben? ›Kein Platz‹, das haben wir gesagt.« Jesus beugte sich vor, Seinen Stab noch immer in der Hand. »›Geh nach unten, Mr. Pferdefuß besuchen‹, haben wir gesagt. ›Du wirst dein Haven-Heim finden, okay. Aber in dem neuen Hausbesitzer vielleicht auch einen strengen Zuchtmeister‹, sagten wir.« Unglaublich, Jesus zwinkerte ihr zu – und das war der Moment, als 'Becka kreischend aus dem Haus floh.

Im Hinterhof blieb sie keuchend stehen; ihr Haar, mausblond, eigentlich ohne richtige Farbe, hing ihr ins Gesicht. Ihr Herz schlug so schnell in der Brust, daß es ihr angst machte. Gott sei Dank, niemand hatte ihr Kreischen gehört und das ganze Theater, das sie gemacht hatte. Sie und Joe wohnten weit draußen an der Nista Road, und ihre nächsten Nachbarn waren die Brodskys, diese Polacken, die in diesem dreckigen Wohnwagen hausten. Die Brodskys waren eine halbe Meile weit weg. Wenn irgend jemand sie gehört hätte, wäre er glatt auf den Gedanken gekommen, eine Verrückte treibt sich bei Joe und 'Becka Paulson herum.

Nun, da IST auch eine Verrückte bei den Paulsons, oder nicht? dachte sie. *Wenn du wirklich glaubst, das Jesus-Bild da hätte angefangen, mit dir zu sprechen, na, dann mußt du schon verrückt sein. Daddy hätte dich dreimal grün und blau geschlagen, weil du so was denkst – einmal fürs Lügen, das zweite Mal, weil du die Lüge glaubst, und das dritte Mal, weil du laut geworden bist. 'Becka, du BIST verrückt. Bilder reden nicht.*

Nein ... und es hat nicht geredet, sagte plötzlich eine andere Stimme. *Diese Stimme ist aus deinem eigenen Kopf gekommen, 'Becka. Ich weiß nicht, wie das möglich war ... woher du solche Dinge hast wissen können ... aber genau das ist passiert. Mag sein, daß es irgend etwas mit dem zu tun hat, was dir vorige Woche passiert ist, oder vielleicht auch nicht, aber du selbst hast dieses Jesus-Bild wie dich sprechen lassen. Es hat in Wirklichkeit nicht mehr gesagt als die kleine Gummimaus Topo Gigio aus der Ed Sullivan-Show..*

Aber irgendwie war der Gedanke, daß es etwas zu tun haben könnte mit diesem ... diesem

(Loch)

anderen Ding, erschreckender als die Vorstellung, das Bild hätte selbst gesprochen, weil das die Art von Dingen *war*, wie sie manchmal bei *Dr. med. Marcus Welby* vorkamen, wie in der Folge mit dem jungen Mann zum Beispiel, der einen Gehirntumor hatte und deshalb die Nylonstrümpfe und Stöckelschuhe seiner Frau trug. 'Becka weigerte sich, diesem Gedanken Raum zu geben. Es konnte auch ein Wunder sein. Schließlich geschahen jeden Tag Wunder. Da waren das Grabtuch von Turin, die Wunderheilungen in Lourdes und dieser mexikanische Junge, der ein Bild der Jungfrau Maria gefunden hatte, das sich in die Oberfläche von einem Taco oder einer Enchilada oder so etwas gebrannt hatte. Von den Kindern aus den Schlagzeilen dieser Boulevardzeitung ganz zu schweigen – Kinder, die kleine Steinchen weinten. Das alles waren *echte* Wunder (die Kinder, die Steine weinten, zugegebenermaßen ein ziemlich knirschendes), so erhebend wie eine Rede von Jimmy Swaggart. Stimmen zu hören war bloß verrückt.

Aber genau das ist passiert. Und du hast schon eine ganze Weile Stimmen gehört, oder? Du hast SEINE Stimme gehört. Joes Stimme. Und da kommt sie nämlich her, nicht von Jesus, sondern von Joe, aus Joes Kopf –

»Nein«, wimmerte 'Becka. »Nein, ich hab' keine *Stimmen* in meinem *Kopf* gehört.«

Sie stand vor ihrer Wäscheleine auf dem heißen Hinterhof und starrte verwirrt hinüber zu den Wäldern auf der anderen Seite der Nista Road, die blaugrau verschwommen in der Hitze lagen. Sie knetete die Hände und begann zu weinen.

»Ich hab' keine *Stimmen* in meinem *Kopf* gehört.«

Verrückt, antwortete die unerbittliche Stimme ihres toten Vaters. *Verrückt vor Hitze. Komm hier rüber, 'Becka Bouchard, ich werd' dich dreimal durchbleuen für dieses verrückte Gefasel.*

»Ich hab' keine *Stimmen* in meinem *Kopf* gehört«, jammerte 'Becka. »Das Bild hat wirklich geredet, ich schwöre es, ich *kann* nicht bauchreden.«

Es war besser, an das Bild zu glauben. Wenn es das Loch war, dann war es bestimmt ein Gehirntumor. Wenn es das Bild war, war es ein Wunder. Wunder kamen von Gott. Wunder kamen von außen. Ein Wunder konnte einen verrückt machen – und der liebe Gott wußte, daß sie sich fühlte, als würde sie gerade jetzt verrückt werden –, aber es bedeutete nicht, daß man verrückt war oder daß einem der Verstand ausrastete. Und die Vorstellung, daß man die Gedanken anderer Leute hören könnte … das war bloß *verrückt*.

'Becka schaute auf ihre Beine hinunter und sah Blut aus ihrem linken Knie hervorquellen. Sie kreischte wieder und rannte zurück ins Haus, um den Doktor anzurufen, MEDIX, irgendwen. Sie war wieder im Wohnzimmer, fingerte an der Wählscheibe herum, den Hörer an ihrem Ohr, als Jesus sagte:

»Das ist die Himbeerfüllung von deinem Kuchen, 'Becka. Warum entspannst du dich nicht einfach, bevor du einen Herzinfarkt bekommst?«

Sie blickte zum Fernseher; der Telefonhörer fiel mit einem Knall auf den Tisch. Jesus saß noch auf dem vorspringenden Felsen. Es sah so aus, als hätte Er Seine Beine übereinandergeschlagen. Es war wirklich verblüffend, wie sehr Er ihrem eigenen Vater ähnelte … nur schien Er nicht bedrohlich, jederzeit bereit, wütend zuzuschlagen. Er blickte sie mit einer Art gereizter Geduld an.

»Koste es und stell fest, ob ich nicht recht habe«, sagte Jesus.

Sie berührte vorsichtig ihr Knie, zuckte zusammen, erwartete den Schmerz. Es gab keinen. Sie sah die Körner in der roten Masse und entspannte sich. Sie leckte die Himbeerfüllung von ihren Fingern.

»Außerdem«, sagte Jesus, »mußt du diese Vorstellungen von wegen Stimmenhören und Verrücktwerden aus dem Kopf kriegen. Ich bin es nur, und Ich kann mit jedem sprechen, mit dem Ich sprechen will, und so *wie* Ich will.«

»Weil Du der Erlöser bist«, flüsterte 'Becka.

»Genau«, sagte Jesus und sah nach unten. Unter ihm tanzte eine Reihe von quicklebendigen Salatschüsseln in Würdigung der Hidden-Valley-Ranch-Salatsauce, die sie gleich empfangen würden. »Und Ich würde dich bitten, diesen Mist auszuschalten, wenn es dir nichts ausmacht. Das Ding muß ja nicht laufen. Außerdem kribbeln davon Meine Füße.«

'Becka näherte sich dem Fernseher und schaltete ihn aus.

»Mein Gott«, flüsterte sie.

Nun war es Sonntag, der zehnte Juli. Im Hinterhof lag Joe fest schlafend in der Hängematte mit Ozzie, der sich schlaff quer über Joes dicken Bauch ausgestreckt hatte, wie eine schwarzweiße Pelzstola. 'Becka stand im Wohnzimmer, hielt die Gardine mit der linken Hand beiseite gezogen und blickte auf Joe. Da schlief er in der Hängematte. Träumte von diesem ›Weibsbild‹, ganz klar – träumte davon, sie mitten in einen großen, dicken Stapel von Massendrucksachen und Katalogen von Carroll Read zu werfen und – wie würden Joe und seine versauten Poker-Freunde sagen? – ›es ihr dann zu besorgen‹.

Sie hielt die Gardine mit der linken Hand, weil sie in der rechten eine Handvoll viereckiger 9-Volt-Batterien trug. Sie hatte sie gestern in der Eisenwarenhandlung im Ort gekauft. Nun ließ sie die Gardine fallen und brachte die Batterien in die Küche, wo sie auf der Anrichte ein kleines Etwas zusammenmontierte. Jesus hatte ihr gesagt, wie sie es machen sollte. Sie sagte Jesus, sie könne keine Dinge basteln. Jesus sagte ihr, sie solle sich nicht so verflixt dämlich anstellen. Wenn sie ein Rezept befolgen könne, dann könne sie auch diese kleine technische Vorrichtung zusammenbasteln. Sie war erfreut festzustellen, daß Jesus absolut recht hatte. Es war nicht nur einfach, es machte Spaß. Ganz bestimmt viel mehr Spaß, als zu kochen; dafür hatte sie nie das richtige Händchen gehabt. Ihre Kuchen fielen fast immer zusammen, und ihre Brote gingen fast niemals auf. Gestern hatte sie mit diesem kleinen Ding angefangen; sie hatte mit dem Toaster gearbeitet, dem Motor ihres alten Hamilton-Beach-Mixers und einer merkwürdigen Platte voll von elektronischem Zeug, die von der Rückseite eines alten Radios aus dem Schuppen stammte. Sie dachte, sie würde lange fertig sein, bevor Joe aufwachte und um zwei Uhr reinkam, um sich die Red Sox im Fernsehen anzusehen.

Es war schon komisch, wie viele Ideen sie in den letzten paar Tagen gehabt hatte. Von einigen hatte Jesus ihr erzählt, andere schienen ihr einfach so zwischendurch einzufallen.

Ihre Nähmaschine, zum Beispiel – sie hatte sich immer eines dieser Zusatzgeräte gewünscht, mit dem man Zick-Zack-Stiche machen konnte, aber Joe hatte ihr gesagt, sie müßte warten, bis er es sich leisten könnte, ihr eine neue Maschine zu kaufen (und das würde wahrscheinlich am Nimmerleinstag sein, wie sie Joe kannte). Gerade vor vier Tagen hatte sie herausgefunden, wie sie sämtliche Zick-Zack-Stiche machen konnte, die sie wollte, wenn sie einfach den Knopflochstich einstellte und eine zweite Nadel in einem Winkel von fünfundvierzig Grad zur ersten anbrachte. Alles, was man brauchte, war ein Schraubenzieher – sogar ein Tolpatsch wie sie konnte mit einem solchen Ding umgehen –, und es funktionierte so gut, wie man es sich nur wünschen konnte. Sie stellte fest, daß sich über kurz oder lang vermutlich die Nockenwelle wegen des Gewichtsunterschieds verziehen würde, aber da gab es Möglichkeiten, auch das in Ordnung zu bringen, wenn es so weit wäre.

Dann war da der Elektrolux-Staubsauger. Jesus hatte ihr darüber etwas erzählt. Vielleicht, um sie für Joe vorzubereiten. Es war Jesus gewesen, der ihr erklärt hatte, wie man Joes Butangas-Lötlampe benutzte, und das machte es leichter. Sie war nach Derry gefahren und hatte drei von diesen Simon-Elektronikspielen bei KayBee Toys gekauft. Sobald sie wieder zu Hause war, hat 'Becka die Plastikboxen der Spiele aufge-brochen und die Schalttafeln herausgeholt. Nach Jesus' Anweisungen verband sie diese untereinander und verdrah-tete ein paar Eveready-Batterien mit dem Schaltkreis, den sie hergestellt hatte. Jesus sagte ihr, wie sie den Elektrolux pro-grammieren und in Gang bringen sollte (eigentlich hatte sie es sich schon selbst gedacht, aber sie war viel zu höflich, Ihm das zu sagen. Nun saugte der Elektrolux die Küche, das Wohnzimmer und das Badezimmer im Erdgeschoß ganz alleine. Er neigte dazu, sich unter der Klavierbank oder im Badezimmer zu verfangen (wo er dann, dumm, wie er war, nicht aufhörte, gegen die Toilette zu stoßen, bis sie angelau-fen kam, um ihn umzudrehen, und er versetzte Ozzie in hei-liges Entsetzen, aber alles in allem war es doch weitaus bes-ser, als einen Dreißig-Pfund-Staubsauger wie einen toten Hund herumzuzerren. Sie hatte viel mehr Zeit, sich dem Nachmittags-Programm zu widmen – und das beinhaltete jetzt die wahren Geschichten, die Jesus ihr erzählte. Ihr neuer, verbesserter Elektrolux verbrauchte aber furchtbar viel Saft, und manchmal verfing er sich in seinem eigenen Elektro-kabel. Sie kam auf den Gedanken, daß sie eigentlich nur die Batterien herauszunehmen und statt dessen eine Motorrad-batterie anzuschließen brauchte – eines Tages. Dafür würde Zeit sein – wenn dieses Problem mit Joe und dem ›Weibsbild‹ gelöst wäre.

Oder … gerade letzte Nacht. Sie hatte wach im Bett ge-legen, lange nachdem Joe neben ihr zu schnarchen begonnen hatte, und über Zahlen nachgedacht. 'Becka (die auf der Oberschule niemals über die Zinsrechnung hinausgekom-men war stellte fest, daß man die Zahlen, wenn man ihnen *Buchstaben* zuordnete, auftauen konnte – man konnte sie in etwas Ähnliches verwandeln wie Aspik. Wenn sie – die Zah-len – Buchstaben waren, konnte man sie in jede beliebige alte Form gießen. Dann konnte man die Buchstaben wieder in Zahlen zurückverwandeln, und das war geradeso wie Aspik in den Kühlschrank zu stellen, damit er fest wurde und, wenn man ihn später auf einen Teller stürzte, den Umriß der Form behielt.

Auf diese Weise könnte man die Dinge immer berechnen, hatte 'Becka erfreut gedacht. Es war ihr nicht bewußt, daß ihre Finger zu der Stelle über ihrem linken Auge gewandert waren und dort rieben, rieben, rieben. *Paß auf, nur zum Beispiel! Man könnte aus allen Dingen eine Reihe machen, wenn man sagte: ax + bx + c = 0, und das ist der Beweis. Es funktioniert immer. Es ist so, als wenn Captain Marvel sagt: Shazam! Gut, da ist die Null. Man kann ›a‹ nicht gleich Null sein lassen, sonst verdirbt man alles. Aber andererseits –*

Sie hatte noch eine Weile länger wachgelegen und darüber nachgedacht. Dann war sie eingeschlafen, ohne zu ahnen, daß sie die quadratische Gleichung noch einmal erfunden hatte, die Polynome und die Begriffe der Koeffizienten.

Ideen. In letzter Zeit eine ganze Menge davon.

'Becka nahm Joes kleine Lötlampe in die Hand und zündete sie geschickt mit einem Streichholz an. Letzten Monat hätte sie noch gelacht, wenn man ihr gesagt hätte, daß sie jemals mit so etwas arbeiten würde. Aber es war leicht. Jesus hatte ihr genau erklärt, wie sie die Drähte an die Schalttafel des alten Radios löten sollte. Es war genauso einfach, wie den Staubsauger umzubauen; nur war diese Idee noch besser.

In den letzten drei, vier Tagen hatte Jesus ihr noch eine ganze Menge anderer Dinge erzählt. Sie hatten 'Becka den Schlaf geraubt (und in den wenigen Stunden, die sie schlief, wurde sie von Alpträumen gequält, hatten ihr angst gemacht, ihr Gesicht im Ort sehen zu lassen (*Ich werde immer wissen, wann du etwas angestellt hast, 'Becka*, hatte ihr Vater zu ihr gesagt, *weil dein Gesicht kein Geheimnis verbergen kann*; diese Dinge hatten sie um ihren Appetit gebracht. Joe, der völlig von seiner Arbeit, den Red Sox und diesem ›Weibsbild‹ in Anspruch genommen war, bemerkte nichts von all dem ... obwohl ihm neulich abend beim Fernsehen aufgefallen war, daß 'Becka an ihren Fingernägeln kaute; etwas, das sie niemals zuvor getan hatte, im Gegenteil, das Nägelkauen war eines der vielen Dinge, deretwegen sie mit *ihm* nörgelte. Aber nun tat sie selbst es, auch gut; die Nägel waren bis aufs Fleisch abgebissen. Joe

Paulson beschäftigte sich ganze zwölf Sekunden damit, bevor er wieder zum Fernseher schaute und sich in Träumen von den wogenden weißen Brüsten der Nancy Voss verlor.

Hier sind nur einige von den Nachmittags-Geschichten, die Jesus ihr erzählt hatte und die bewirkt hatten, daß 'Becka schlecht schlief und im fortgeschrittenen Alter von fünfundvierzig Jahren damit begonnen hatte, Fingernägel zu kauen:

– 1973 hatte Moss Harlingen, einer von Joes Poker-Kumpanen, seinen Vater umgebracht. Sie waren oben in Greenville auf Hirschjagd gewesen, und hinterher hatte man angenommen, daß es einer von diesen tragischen Unfällen gewesen wäre, aber der tödliche Schuß auf Abel Harlingen war kein Unfall. Moss lag einfach mit seinem Gewehr hinter einem umgestürzten Baum und wartete, bis sein Vater durch einen kleinen Fluß, ungefähr fünfzig Yards unterhalb des Hügels, wo Moss sich befand, auf ihn zu platschte. Moss schoß seinem Vater vorsätzlich und mit Bedacht durch den Kopf. *Moss* dachte, er habe seinen Vater wegen des Geldes umgebracht. Auf seine Firma (die von Moss, Big Ditch Construction, liefen zwei fällige Wechsel bei zwei verschiedenen Banken, und keine Bank würde ihren Wechsel verlängern, der anderen wegen. Moss ging zu Abel, doch Abel weigerte sich zu helfen, obwohl er es sich hätte leisten können. Also erschoß Moss seinen Vater und erbte eine Menge Geld, sobald der Amtsarzt den ›Tod durch Unglücksfall‹ festgestellt hatte. Der Wechsel wurde bezahlt, und Moss Harlingen glaubte wirklich (außer vielleicht in seinen tiefsten Träumen), daß er den Mord wegen des finanziellen Vorteils begangen habe. Aber das wirkliche Motiv war ein anderes. Weit in der Vergangenheit – Moss war zehn, sein kleiner Bruder Emery gerade sieben – war Abels Frau für einen ganzen Winter in den Süden gegangen, nach Rhode Island. Der Onkel von Moss und Emery war plötzlich gestorben, und seine Frau brauchte Hilfe, um wieder auf die Beine zu kommen. Während ihre Mutter weg war, kam es im Heim der Harlingens zu verschiedenen Fällen von Unzucht, die aufhörten, als die Mutter der Jungen zurückkam, und sich nie mehr wiederholten. Moss hatte diese Vorfälle vollkommen vergessen. Er erinnerte sich nicht mehr daran, daß er im Dunkeln wachgelegen hatte, wachgelegen in tödlicher Angst, und den Flur beobachtet hatte, ob der Schatten seines Vaters auftauchte. Er hatte absolut keine Erinnerung mehr daran, wie er, den Mund gegen den Unterarm gepreßt, dalag, daß ihm heiße, salzige Tränen der Scham und Wut aus den Augen quollen und sein Gesicht bis zum Mund hinunterliefen, als Abel Harlingen Fett auf seinen Schwanz schmierte und ihn dann unter Grunzen und Stöhnen in die Hinterpforte seines Sohnes gleiten ließ. Es hatte alles so wenig Eindruck auf Moss gemacht, daß er sich nicht mehr daran erinnern konnte, wie er sich in den Arm gebissen hatte, bis er blutete, um nicht zu schreien, und er konnte sich gewiß nicht mehr an Emerys atemlose kleine Schreie aus dem anderen Bett erinnern – »Bitte nicht, Papa, bitte nicht mich heute nacht, bitte, Papa, bitte nicht.« Natürlich vergessen Kinder sehr schnell. Aber *irgendeine* unterbewußte Erinnerung mußte zurückgeblieben sein; denn als Moss Harlingen tatsächlich abdrückte, so wie er es in den letzten zweiunddreißig Jahren seines Lebens jede nacht geträumt hatte, als die ersten Echos davon- und dann wieder zurückrollten, um schließlich in der großen Waldesstille der Wildnis von Maine zu verschwinden, da flüsterte Moss: »Nicht du, Emery, nicht heute Nacht.« Daß Jesus ihr dies erzählt hatte – keine zwei Stunden, nachdem Moss kurz bei ihnen angehalten hatte, um eine Angelrute wiederzubringen, die Joe gehörte –, kam 'Becka nicht in den Sinn.

– Alice Kimball, die an der Grundschule von Haven unterrichtete, war eine Lesbe. Jesus erzählte es 'Becka am Freitag, kurz nachdem die Dame, die in ihrem grünen Hosenanzug massig, stattlich und ehrbar wirkte, selbst vorbeigekommen war, um für die American Cancer Society zu sammeln.

– Darla Gaines, das hübsche siebzehnjährige Mädchen, das die Sonntagszeitung brachte, hatte zehn Gramm Hasch vom Feinsten zwischen Matratze und Sprungrahmen ihres Bettes. Jesus erzählte 'Becka keine fünfzehn Minuten, nachdem Darla am Samstag vorbeigekommen war, um für die letzten fünf Wochen zu kassieren (drei Dollar und fünfzig Cent Trinkgeld, von dem 'Becka jetzt wünschte, daß sie es ihr nicht gegeben hätte, daß Darla und ihr Freund das Zeug in ihrem Bett rauchten, nachdem sie das getan hatten, was sie den ›horizontalen Schieber‹ nannten. Sie machten den ›horizontalen Schieber‹ und rauchten Hasch beinahe an jedem Wochentag, so etwa zwischen zwei und drei Uhr. Darlas Eltern arbeiteten beide im Schuhgeschäft Splendid in Derry, und sie kamen nie vor kurz nach vier nach Hause.

– Hank Buck, ein anderer von Joes Poker-Kumpanen, arbeitete in einem großen Supermarkt in Bangor, und er haßte seinen Boß so sehr, daß er vor einem Jahr eine halbe Dose *Ex-Lax* in den Schokoladen-Milchshake des Mannes gekippt hatte, als dieser Hank eines Tages zu McDonald's schickte, um sich Essen holen zu lassen. Der Boß hatte sich dann auch prompt nachmittags um Viertel nach drei in die Hosen geschissen, als er an der Delikatessentheke von Paul's Down-East-Lebensmittelladen einen Braten aufschnitt. Hank schaffte es, bis zum Feierabend auszuhalten, und dann saß er in seinem Wagen und lachte, bis er sich beinahe in *seine* Hosen schiß. »Er lachte«, sagte Jesus zu 'Becka. »Er *lachte*. Kannst du dir das vorstellen?«

Und all diese Geschehnisse waren sozusagen nur die Spitze des Eisbergs. Es sah so aus, als ob Jesus über jeden etwas Unschönes und Bestürzendes wußte – jedenfalls über jeden, mit dem 'Becka irgendwie in Kontakt kam.

Mit einem so schrecklichen Erguß konnte sie nicht leben. Aber sie wußte auch nicht, ob sie noch ohne ihn leben konnte. Eines war sicher – sie mußte etwas tun. *Irgend etwas.*

»Du *tust* etwas«, sagte Jesus. Er sprach von dem Bild hinter ihr, von dem Bild auf dem Fernseher – *natürlich* tat Er das –, und die Vorstellung, daß diese Stimme aus ihrem eigenen Kopf kommen und nur eine kalte Umformung ihrer eigenen Gedanken sein mochte … das war nichts weiter als eine furchtbare, vorübergehende Täuschung. »Eigentlich bist du fast fertig mit diesem Teil, 'Becka. Löte nur noch den roten Draht an diesen Punkt da neben dem langen Pickel … nicht dieser, der nächste … das ist richtig. Nicht zuviel Lötdraht! Es ist wie mit Mundwasser, 'Becka. Nur ein Tropfen.«

Es war merkwürdig, Jesus Christus über Mundwasser sprechen zu hören.

Joe wachte um Viertel vor zwei auf, stieß Ozzie von seinem Schoß, schlenderte an den Rand seines Rasens und pinkelte dort behaglich in den Efeu; dann wandte er sich zum Haus, um sich die Yankees und die Red Sox auf der Mattscheibe anzuschauen. Er öffnete den Kühlschrank in der Küche, blickte flüchtig auf die kleinen Drahtschnipsel auf der Anrichte und fragte sich, was zum Teufel seine Frau da getrieben hatte. Dann vergaß er es und griff sich eine Flasche Bier.

Er trottete ins Wohnzimmer. 'Becka saß in ihrem Schaukelstuhl und tat so, als würde sie ein Buch lesen. Genau zehn Minuten, bevor Joe hereinkam, war sie damit fertig geworden, ihre kleine Vorrichtung in das Gehäuse des Zenith-Fernsehers einzubauen, wobei sie Jesus' Anweisungen buchstabengetreu befolgt hatte.

»Du mußt vorsichtig sein, wenn du die Rückwand von einem Fernseher abnimmst, 'Becka«, hatte Jesus gesagt. »Da ist mehr Saft drauf als in einem Elektroladen.«

»Ich dachte, du hättest ihn schon mal für mich warmlaufen lassen«, sagte Joe.

»Ich denke, das kannst du selbst«, sagte 'Becka.

»Jaaa, ich denke, das kann ich«, sagte Joe und beschloß damit die letzte Unterhaltung, die sie jemals miteinander haben sollten.

Er drückte den Einschaltknopf des Fernsehers, und mehr als zweitausend Volt Elektrizität jagten in Joe hinein. Seine Augen sprangen weit heraus. Als der Strom ihn traf, krampfte seine Hand sich stark genug zusammen, um die Flasche Bier zu zerbrechen und braunes Glas in seine Handfläche und seine Finger zu treiben. Das Bier schäumte und lief seinen Arm hinunter.

»EEEEEEOOOOOOOOOAARRRRRRRUMMMMMMMMM!« schrie Joe.

Sein Gesicht begann schwarz anzulaufen. Blauer Rauch stieg von seinem Haar auf. Sein Finger schien an den Einschaltknopf des Zenith genagelt zu sein. Ein Bild erschien auf dem Fernsehschirm. Es zeigte Joe und Nancy Voss, die auf dem Boden des Postamtes in einem ganzen Wust von Katalogen, Kongreßnachrichten und Preisausschreiben von Publisher's Clearing House vögelten.

»Nein!« schrie 'Becka, und das Bild wechselte. Nun sah sie Moss Harlingen hinter einer umgestürzten Pinie, wie er über den Lauf seiner .30-.30er visierte. Das Bild änderte sich, und sie sah Darla Gaines und ihren Freund, die oben in Darlas Schlafzimmer den ›horizontalen Schieber‹ praktizierten, während Rick Springfield von der Wand auf sie hinabstarrte.

Joe Paulsons Kleider gingen in Flammen auf.

Das Wohnzimmer war erfüllt vom heißen Geruch kochenden Bieres.

Einen Augenblick später explodierte das 3-D-Bild von Jesus.

»*Nein!*« kreischte 'Becka, die plötzlich begriff, daß es die ganze Zeit sie selbst gewesen war, sie, sie, sie; sie hatte sich alles zusammengedacht, sie hatte die Gedanken der anderen gelesen, irgendwie ihre Gedanken gelesen, es war das Loch in ihrem Kopf gewesen, und es hatte irgend etwas mit ihrem Verstand gemacht – hatte ihn irgendwie hochfrisiert. Das Bild auf dem Fernsehschirm wechselte wieder, und sie sah sich selbst, wie sie rückwärts die Trittleiter hinabstieg, den .22er Revolver in ihrer Hand, auf sich selbst gerichtet – sie sah aus wie eine Frau, die eher auf Selbstmord aus zu sein schien als auf Hausputz.

Ihr Mann wurde vor ihren Augen schwarz.

Sie lief zu ihm, ergriff seine zerfetzte, nasse Hand … und wurde selbst von Elektrizität durchrast. Sie war genausowenig in der Lage, wieder loszukommen, wie es Brer Rabbit gewesen war, als er dem Teer-Baby eine gelangt hatte, weil es so frech gewesen war.

Jesus, o Jesus, dachte sie, als der Strom in sie hineinfegte und sie auf die Zehenspitzen trieb.

Und eine böse, gackernde Stimme, die Stimme ihres Vaters, ertönte in ihrem Kopf: *Reingelegt, 'Becka! Ich hab' dich reingelegt, oder? Prima reingelegt!*

Die Rückwand des Fernsehers, die 'Becka wieder festgeschraubt hatte, nachdem sie ihre Veränderungen abgeschlossen hatte (für den unwahrscheinlichen Fall, daß Joe dahinterschauen könnte), explodierte in einem gewaltigen blauen Lichtblitz. Joe und 'Becka Paulson taumelten zu Boden. Joe war schon hinüber. Und als die glimmende Tapete hinter dem Fernseher die Vorhänge in Brand gesetzt hatte, war auch 'Becka tot.

Originaltitel: The Revelations of 'Becka Paulson
Ins Deutsche übertragen von Rene Strien

Valerie Martin

Meeresliebhaber

›Die Leute werden ihre Kleider am Strand finden, jedoch niemals die Liebespaare.‹

Das weite und verschwiegene Meer verbirgt viel vor den an Land lebenden Geschöpfen, und die Leidenschaften seiner Bewohner ähneln nur trügerisch denen von Menschen, wie wir aus Sagen und Märchen wissen. Valerie Martin hat die Begabung, Eleganz und Verirrung geschickt miteinander zu verbinden. Sie lädt uns zu einem Nachtspaziergang an einem verlassenen Strandstreifen ein. Was dort wartet, kennt jedoch keine Besänftigung; dieser unsichtbare Beobachter ist eine Präsenz, so unerbittlich wie das Meer, und gleich der einschläfernden Bewegung der schäumenden Wellen maskiert er seine unberechenbare Gewalt mit einer verlockenden Sinnlichkeit.

In mondlosen Nächten ist das Meer schwarz. Die Schiffe befahren es und lassen ihre Lichter in die doppelte Dunkelheit von Wasser und Luft strahlen. Die Dunkelheit verschluckt das Licht wie eine große gähnende Schlange. Am Strand gehen Leute und schauen aufs Meer hinaus; es gibt jedoch keinerlei Hinweise auf Schiffe, ertrinkende Seemänner oder überhaupt auf irgend etwas Lebendiges oder Totes, nur das unaufhörliche Anschwellen und Verebben von Wasser, das an dem Küstenstrich saugt und saugt und die unschuldigen, törichten Liebespaare ein Stückchen weiter hinauszieht. Sie sind unerschrocken, beweisen einander ihren Mut. Sie lachen, zeigen auf das Wasser. Niemand kann sie sehen. Sie legen ihre Kleider ab und waten hinein. Die Wellen ziehen sie hinaus, necken sie, lecken dem Mädchen langsam die bleichen Schenkel empor, schlagen den Mann spielerisch, spritzen ihm ein wenig Salzwasser in die Augen. Er wendet sich ihr zu, sie sich ihm; sie können sich gegenseitig kaum sehen, aber sie sind gute Schwimmer und fassen sich an den Händen, während sie ein wenig weiter hinausgehen, wo es tiefer wird. Jetzt schwellen die Wellen gegen sie an, und sie umarmen sich. Das Mädchen verliert den Halt und lehnt sich an ihn; dann läßt sie sich von dem ansteigenden Wasser von den Füßen heben, sich fest an ihn klammernd. Er zieht sie an sich und lacht in ihren Mund, während er sie küßt.

Niemand kann sie sehen; niemand kann sie hören. Die Leute werden ihre Kleider am Strand finden, aber niemals das Liebespaar. Eine einsame Meerjungfrau kommt in der Nähe vorbei, hört das Lachen der beiden und hält inne. Sie beobachtet die zwei, jedoch selbst ihre fremdartigen fischhellen Augen können Mädchen und Mann kaum wahrnehmen; die Nacht ist so schwarz, so mondlos. Sie könnte für die beiden singen, wie sie für andere ertrinkende Sterbliche gesungen hat, doch heute nacht ist sie zu müde, und ihr Herz ist schwer von zuviel Einsamkeit. Seit vielen Monaten hat sie niemanden ihrer Art mehr gesehen. Vor einigen Tagen wäre sie beinahe umgekommen, als sie in der Nähe eines Dampfers schwamm. Ihr Kopf ist voll von der Erinnerung an die riesige Schiffsschraube, an den Augenblick, als sie aufblickte und sah, daß sie nur noch eine Haaresbreite vom Tod entfernt war. Das war der Augenblick, in dem sie zur Küste umkehrte. Sie schwimmt mit der Ebbe herein, auch wenn das Liebespaar hinaus- und hinuntergezogen wird. Wenn die Meerjungfrau unter die Wasseroberfläche taucht, kann sie das lange Haar der Frau um ihr Gesicht wogen sehen. Ihr Mund ist wie in einem stummen Schrei geöffnet. O ja, denkt die Meerjungfrau, wenn man sie hören könnte, wäre das eine ziemliche Lautstärke. Die Leute kämen von meilenweit herbeigelaufen. Aber das Meer füllte ihren Mund, bevor der Laut über ihre Lippen konnte, und niemand wird sie jetzt jemals hören. Sie klammert sich an den Mann, und in seiner Panik stößt er sie fort. Und dabei hatte alles so schön begonnen. Es war eine ruhige, heiße, schwarze Nacht, und der weiße Sand am Strand war alles Licht, das es gab. Die Liebenden waren den Strand entlanggewandert, verweilten, um sich zu küssen und zu necken; sie waren so glücklich, so sicher, und jetzt dies: Sie ertrank, und er konnte sie nicht retten. Noch viel schlimmer, sie zog ihn mit hinunter.

Die Meerjungfrau erhebt sich über einen Wellenkamm und schaut zu ihnen zurück. Sie sieht nur eine bleiche Hand, die sich aus dem Wasser streckt, die Finger gespreizt und starr, wie um nach einem Halt zu greifen; dann schließt sich das Wasser auch darüber.

Das Meer ist voller Tod, jetzt mehr denn je. Zweimal in ihrem kurzen Leben ist die Meerjungfrau schon in einer See geschwommen, die rot von Blut war: einmal von einem Wal, dem die Schraube eines Dampfschiffs den Leib aufgeschlitzt hatte, einmal von Männern, die während eines Krieges ertranken. Ihr Schiff war torpediert worden, und die meisten von ihnen bluteten, als sie ins Wasser stürzten. Den Rest hatten die Haie besorgt. Damals war die Meerjungfrau unter die Schlacht getaucht, denn der Lärm war betäubend gewesen, und das Licht der Explosionen hatte sie geblendet, so daß sie kaum sehen konnte. Einer der Männer griff nach ihr, als sie fortschwamm, aber sie schüttelte ihn ab. Sie konnte es nicht ausstehen, von Menschen gesehen zu werden, selbst wenn ihnen der Tod unmittelbar bevorstand. Sie konnte sich damit vergnügen, für Menschen zu singen, ohne dabei von ihnen gesehen zu werden, während diese Menschen sich mit wildem Blick verzweifelt an das Rundholz eines im Sturm zerschmetterten Schiffes klammerten oder auf lächerliche Art Wasser traten mit diesen kläglichen, nutzlosen Beinen; dann konnte sie sich zwischen den Wellen verbergen und für sie singen. Manchmal machte das die Menschen noch rasender. Ein paarmal hatte sie jedoch gesehen, daß einen ertrinkenden Mann eine seltsame Ruhe überkam, so daß sein Kampf schwächer wurde, weniger verzweifelt, und er sich einfach so lange über Wasser hielt, wie er konnte, und schließlich ruhig unterging, ohne in Panik zu würgen und zu zappeln, was so abstoßend anzusehen war. Einmal war ganz in ihrer Nähe ein Mann auf diese Art gestorben, und sie war so neugierig auf ihn geworden, daß sie zu nahe an ihn herangetrieben war, und so erkannte der Mann sie im letzten Augenblick seines Lebens. Seine Augen waren weit aufgerissen, verzweifelt von einem langen, bitteren Kampf mit den Tod; er wußte, daß er geschlagen war, konnte jedoch nicht aufgeben. Er sah sie und griff nach ihr, den Mund geöffnet, als ob er sprechen wollte, aber statt Worten strömte Blut heraus. Da wußte sie bereits, daß er verloren war. Sie war ein Wesen, das von Natur aus keine Sympathie für Menschen empfand, aber dieser interessierte sie.

Es war eine kalte, stille Nacht, und der Mann war so weit vom Land entfernt, daß es Tage dauern könnte, bis sein Körper, unkenntlich und aufgetrieben, an irgendeine Küste geschwemmt würde. Er war allein in einem kleinen Boot weit auf das Meer hinausgefahren; sie hatte ihn schon tagelang beobachtet. Der Sturm, der sein kleines Schiff zertrümmert hatte, war heftig, verebbte jedoch schnell, und der Mann hatte diesen Sturm überlebt, indem er sich an Wrackteilen festhielt. Dann trieb er ein paar Tage lang schier hoffnungslos dahin. Sie beobachtete ihn aus einiger Entfernung, hörte ihm zu, als er vor sich hinzumurmeln begann. Kurz vor dem Ende versetzte er sie in Erstaunen, als er in einen lauten Gesang ausbrach, so laut, wie er konnte, obwohl ihm nur noch wenig Kraft geblieben war; er sang ein munteres Lied, das sie nicht verstehen konnte. Als er tot war, tat sie etwas, was sie noch nie getan hatte: sie berührte ihn. Seine Haut war fremdartig, er wurde bereits steif, und es faszinierte sie, wie er sich anfühlte. Sie faßte ihn an den Schultern und nahm ihn mit sich hinunter in die Tiefe, wo das Wasser still und klar war, und schaute ihn sich genau an. Seine Augen, so anders als die ihren, faszinierten sie. Sie entdeckte die festen Nägel an seinen Fingern und Zehen. Sie untersuchte seinen Mund, den sie unglaublich häßlich fand, und seine Genitalien, die sie verwirrten. Allmählich überkam sie ein Gefühl des Abscheus, und sie schwamm plötzlich von ihm fort, ließ ihn dort eingezwängt in einem Bett aus Korallen und Tang zurück, Futter für den größeren Fisch, der auf seiner Bahn vorbeikommen mochte.

Jetzt erinnert sie sich an ihn, während sie auf die Küste zuschwimmt, und ihre dünne Oberlippe schürzt sich bei dem Gedanken an ihn. Sie wird von einer stärkeren Kraft als ihrem eigenen Willen zum Land hingetrieben, und obwohl sie ihr nachgibt, haßt sie diese Kraft ebenso, wie sie den Toten haßte.

Es ist dunkel, und die Luft ist still. Obwohl das Meer niemals still ist, erweckt es die Illusion von Ruhe. Ohne jede Anstrengung gleitet die Meerjungfrau knapp unterhalb der Wasseroberfläche dahin. Sie kommt dem Ufer nahe, gefährlich nahe, jedoch verlangsamt oder ändert sie ihren Kurs nicht.

Sie kennt viele Geschichten, die von den Gefahren des Landes berichten, ähnliche Erzählungen wie diejenigen, welche Menschen über das Meer erzählen, voller Schrecken, Wunder, Zauber und Romantik. Die Moral dieser Geschichten (daß sie ebensowenig an Land leben kann wie die Menschen im Meer) ist ihr nicht entgangen. Sie hat das Land gesehen; sie weiß etwas über seine Klippen und hat Berge sich über die Wasserfläche erheben sehen. Manchmal befinden sich Menschen auf diesen Bergen, gehen umher oder fahren in ihren Autos. Die Küste, die sie gewählt hat, ist flach und lang. Meilenweit entlang dieser Küste gibt es weißen Sand und dahinter einen Saum von Grün, obwohl die leuchtenden Farben in der Dunkelheit nur als ein Schwarz vor einem Weiß, und das wiederum vor einem Grau, erscheinen. Die Meerjungfrau hat kaum Gelegenheit, sich das anzuschauen. Sie ist in der Brandung verfangen, die sich unnachgiebig zum Land hinbewegt. Für eine Weile kann sie sich unter die Wellen sinken lassen, aber bald ist das Wasser zu flach, und als ihr Schwanz und ihre Körperseite über den harten Sand auf dem Grund scharren, schaudert sie, als hätte der Tod plötzlich zu ihr hinaufgelangt und sie berührt. Die Wellen schmettern sie hinunter und überrollen sie. Ihr Schwanz verkeilt sich im Grund und wirbelt eine Sandwolke über sie; sie fühlt, wie die feinen Körner unter ihre Schuppen dringen. Sie hebt ihre Hände mit den Schwimmhäuten, um ihn fortzuwischen. Er ist anders als der Sand im tiefen Wasser; er fühlt sich schärfer an, reizt irgendwie mehr und riecht nach Land.

Es hat keinen Zweck, gegen die Wellen zu kämpfen. Sie läßt ihren Körper sich mit ihnen heben und senken, schlingert mit der Brandung herein, so schwer und widerstandslos wie ein zerbrochenes Schiff oder ein toter Mann. Bald ist nur noch Sand unter ihr, und als das Wasser wieder zurückfließt, läßt es sie hilflos zurück, der warmen und fremden Luft ausgesetzt. Die Stöße, die sie bekommen hat, ließen sie fast bewußtlos werden. Sie liegt auf dem Bauch im Sand, die Arme vor den Kopf ausgestreckt, ihr Gesicht zur Seite gewandt, so daß das bißchen Wasser, das da ist, darüber fließen kann. Ihr langer, silberglänzender Körper windet sich im seichten Wasser, und sie ist entsetzt über die Schmerzen. Von der Taille abwärts ist sie taub. Sie hebt den Kopf, so gut sie kann, um sich zu betrachten. Sie kann ihren Schwanz kaum fühlen, der sich im Sand hebt und senkt und sie gegen ihren Willen immer tiefer hineingräbt. Es ist schrecklich, und sie ist so hilflos, daß sie mit einem Stöhnen wieder zurückfällt. Etwas sickert aus ihr heraus, fließt in den Sand. Es ist schlüpfrig und klebrig; zuerst denkt sie, daß sie blutet, dann stellt sie sich vor, es sei ihr Leben. Sie stöhnt wieder, verzweifelt bemüht, sich aufzurichten, indem sie die Hände gegen den Sand drückt. Sie öffnet und schließt den Mund, ringt nach Wasser. Ihre Haut trocknet aus; ihr Rücken, ihre Schultern und ihr Nacken brennen. Sie drückt das Gesicht hinunter, als ein kleines Rinnsal Wasser in ihrer Nähe hervorschießt, mit dem Erfolg, daß sie noch mehr feuchten Sand in den Mund bekommt. Sie hebt den Kopf und stemmt die Schultern noch einmal gegen den unerwarteten Luftdruck an, und als sie dies tut, sieht sie den Mann.

Er läuft auf sie zu. Er hat sein Angelgerät den Launen des Meeres überlassen und läuft auf sie zu, so schnell er kann. Ihr Herz sinkt. Er ist in seinem Element, und sie ist ihm ausgeliefert. Aber mit dem nächsten Herzschlag ist sie durchdrungen von Arglist und einer Gewißheit, die mit der Kraft der Erinnerung in ihrem Bewußtsein aufblitzt. Im selben Augenblick weiß sie, daß der untere Teil des Körpers ihr jetzt gehorcht, und Kraft durchströmt sie wie Elektrizität. Er darf ihr Gesicht nicht sehen; das weiß sie. Sie breitet ihr Haar über die Schultern und verbirgt ihr Gesicht im Sand. Ihr Körper ist starr; ihr starker Schwanz liegt flach im seichten Wasser, so glänzend und regungslos wie eine Stahlplatte.

Sie hört seine bloßen Füße auf den harten, feuchten Sand klatschen, als er näherkommt. Bald kann sie seinen mühsamen Atem hören und seine gemurmelten Ausrufe, obwohl seine Worte sinnlos für sie sind. Dies ist ein großer Fang, aber es wird eine Weile dauern, bis er erkennt, was er gefangen hat. In der Dunkelheit hält er sie für eine Frau, und erst als er sich über sie beugt, kann er die ausgesprochen unweibliche Form ihres unteren Körpers sehen. Für einen Augenblick hält er sie für eine Frau, die von einem riesigen Fisch halb verschlungen worden ist. Er schaut zurück zum Strand, als ob von dort Hilfe kommen könnte, aber dort gibt es für ihn jetzt keine Hilfe. Seine Hände bewegen sich über ihre Schultern. Er ist entschlossen, sie aus dem Wasser zu ziehen; nicht aus Hilfsbereitschaft, sondern weil sie an den Strand gespült wurde und weil Menschen dies mit an den Strand gespülten Geschöpfen tun. »Mein Gott«, sagte er, und der Tonfall seiner Stimme läßt die Meerjungfrau ihre Kiefer zusammenpressen, »lebst du noch?«

Sie bewegt sich nicht. Seine Hände teilen ihm alle möglichen nutzlosen Informationen mit: Dieses Geschöpf ist einer Frau sehr ähnlich, und ihre Haut, obwohl außerordentlich kalt, ist doch weich, geschmeidig, lebendig. Seine Finger graben sich unter ihre Arme hindurch und heben sie ein wenig an. Sie achtet darauf, ihr Gesicht gesenkt zu halten, verborgen in der Flut ihres langen Haares. Dieses Haar, das kann der

Mann sogar in der Dunkelheit sehen, ist fast weiß, dick, unnatürlich lang; es fällt üppig über ihre Schultern. Er verliert sie aus seinem Griff; sie ist schwerer, als er dachte, und er läßt sie einen Augenblick los, während er seine Haltung verändert. Er steht jetzt mit gespreizten Beinen über ihrem Rücken. Sie hört das Glucksen seiner Fußtritte, als er über ihren Kopf steigt und sich hinter sie stellt. Indem er dies tut, schaut er sich ihren langen Rücken genauer an und sieht die Linie, wo die bleiche Haut zu Silber wird. »Was bist du?« fragt er, aber er hält nicht inne, um es zu ergründen. Seine Hände liegen wieder unter ihren Armen; eine verirrt sich rasch über ihre Brüste, flüchtig, als er sie aufhebt. Ihr Herz schlägt jetzt wild, so daß sie nichts anderes hören kann. Eine Sekunde hängt sie schlaff in seinen Armen, und in der nächsten wird sie lebendig.

Sie zieht die Arme schnell unter sich und stößt sich so plötzlich und mit solcher Kraft empor, daß der Mann das Gleichgewicht verliert und auf sie fällt. Mit Hilfe des Meeres ist sie um einiges stärker als er, und sie hat jetzt keine Schwierigkeit, sich unter ihm umzudrehen. Er kämpft, erschrocken über die plötzliche kraftvolle Raserei des Geschöpfes, das er zu retten beabsichtigt hatte, doch er kämpft vergebens. Sie liegen miteinander verschlungen im Sand, bewegen sich auf und ab wie ein Liebespaar, aber zumindest der Mann ist sich bewußt, daß dies keine Liebe ist. Ihre starken Arme schließen sich um ihn, und er kann ihre kalten, klauenartigen Hände in seinen Haaren fühlen. Sein Gesicht ist gegen ihre Schulter gezwängt, und als er den eigentümlichen Geruch ihrer Haut einatmet, ist er von Entsetzen erfüllt. Sie packt ins Haar des Mannes und zieht seinen Kopf hoch, so daß sie ihn anschauen kann und er sie. Was er sieht, lähmt ihn gewiß ebenso, als ob er die Medusa gesehen hätte, obwohl er in der Dunkelheit nur das Glitzern ihrer kalten, platten lidlosen Augen sehen kann, den dünnen, harten Strich ihres Mundes, der sich unter seinem eigenen öffnet und schließt. Er kann das verzweifelte Saugen hören, das Fische von sich geben, wenn sie aus dem Meer gezogen werden. Sie rollt ihn so leicht unter sich, als wäre er eine Frau und sie ein Mann. Mit einer Hand hält sie seine Kehle, während sie mit der anderen seine Badehose fortreißt, den ganzen Schutz, den er vor ihr hat. Ihr großer Schwanz bewegt sich nun in rascher Folge, schiebt ihren Körper über seinen weiter nach oben. Ihre Hand lockert sich an seiner Kehle, und er schnappt nach Luft, stöhnt, stemmt sich mit aller Kraft gegen sie, in dem Versuch, sie fortzustoßen. Sie stützt sich auf die Arme und schaut neugierig auf ihn hinunter. Er sieht ihre scharfen Fischzähne, die trockene, schwarze Zunge. Ihr Schwanz ist kraftvoll und sinnlich; er ist zwischen seine Beine hinaufgekrochen und berührt jetzt mit seiner scharfen Kante die Innenseite seiner Schenkel. Sie schneidet ihn; er kann spüren, wie die Schnitte bluten, immer wieder, jedesmal ein wenig näher an seiner Leiste. Er schreit auf, doch niemand hört ihn. Die Meerjungfrau macht sich nicht einmal die Mühe, ihn anzuschauen, während sie ihren Schwanz ganz dicht an seine Hoden emporbewegt und durch das widerstandslose Fleisch schneidet, einmal, zweimal, dreimal; mehr bedarf es nicht. Seine Finger haben die Haut auf ihrem Rücken aufgerissen, und er hat sie in die Brust gebissen, so daß sie blutet, doch sie kann jetzt keinen Schmerz spüren. Sie läßt sich wieder auf ihn fallen und umklammert seine Kehle mit den Händen, drückt fest und lange zu, bis er aufhört, sich zu bewegen.

Dann ist sie ruhig, aber nicht still. Vorsichtig nimmt sie den blutigen Beutel Fleisch zwischen seinen Beinen auf; indem sie ihn vorsichtig in den Händen birgt, trägt sie ihn zu der Einbuchtung im Sand, die sie hinterlassen hat, bevor der Kampf begann. In einer oder zwei Minuten wird das Meer alles fortspülen, denn die Flut kommt; aber die Meerjungfrau braucht auch keine Zeit mehr. Sie schichtet den Sand um diesen blutigen Schatz herum auf; dann wälzt sie sich, erschöpft und seltsam friedlich, in das seichte Wasser hinein. Die Kühle belebt sie wieder. Sie nimmt all ihre Kraft zusammen und schwimmt über die Brecher hinaus. Jetzt kann sie den Schmerz an ihrem Rücken und auf der Brust fühlen, aber es ist ihr nicht möglich, zu verweilen und sich darum zu kümmern. Sobald das Wasser tief genug ist, taucht sie unter die Wellen, und indem sie dies tut, blitzt ihr Schwanz in der dunklen Nachtluft silbern auf; wie große Metallschwingen durchschneiden die Schwanzflossen zuerst die Luft, dann das Wasser.

Am Strand ist alles still. Die Wellen steigen um den Mann herum, drängen sich zwischen ihn und den Sand. Kleine Wasserarme strömen um seine Beine, seine Arme, sein Gesicht. Das Wasser hat bereits sein Blut fortgespült. Weiter unten am Strand schwimmt seine Angelausrüstung im steigenden Wasser. Sein Gerätekasten hat seinen Inhalt verschüttet; all seine Köder und Haken, alle Tricks, die er gebrauchte, um im Meer zu ernten, hüpfen munter auf den Wellen.

Weiter entfernt gehe ich noch mit meinem Liebsten am Strand spazieren. Wir haben auf einer Party getanzt. Das Strandhaus liegt hinter uns, wirft sein helles Licht und die Musik in die Nachtluft hinaus, als ob damit die Leere gefüllt werden könnte. Drinnen war es heiß, hell; wir konnten die Wellen nicht hören oder die salzige Luft riechen; wir waren leichtsinnig mit uns selbst zufrieden wegen des guten Einfalls, einen Spaziergang zu machen. Wir entfernen uns von dem Haus und dem toten Mann, aber nicht vom Meer. Ich habe meine Schuhe ausgezogen, so daß das Wasser meine müden Füße kühlen kann. Mein Liebster folgt meinem Beispiel; er legt seine Schuhe ab und bleibt stehen, um seine Hosenbeine hochzurollen. Während ich dort stehe und hinausschaue auf das schwarze Wasser und den noch schwärzeren Himmel, scheint es mir, daß ich winzige Lichter sehen kann, wie Sterne, die in den Wellen aufblitzen. »Was sind das für Lichter?« frage ich ihn, als er zu mir tritt, und er schaut auf, sagt jedoch, daß er keine Lichter sieht.

»Meerjungfrau«, sage ich. Und fast konnte ich es glauben. Ich hebe die Hand und winke den Lichtern zu. »Sei vorsichtig«, sage ich. »Halte dich vom Ufer fern.« Mein Liebster ist sehr nahe bei mir. Seine Arme umfassen mich; er zieht mich eng an sich. Das stetige Rauschen der Wellen und die Schwärze der Nacht erregen uns. Wir wollen uns gern im Sand lieben, am Rande des Wassers.

Originaltitel: Sea Lovers
Ins Deutsche übertragen von Kamela Kiel

Haydn Middleton

Psychopompos,
Führer der Seelen
in die Unterwelt

›Seine Furcht änderte nichts an seinen Wünschen.‹

Wenige Erzählungen, die das Thema Sexualität ins Reich des Maka-
beren verlegen, sind so grundlegend, so ursprünglich wie diese.
Denn Haydn Middleton, der wie so viele Schriftsteller vor ihm weiß,
wie schreckenerregend wahr die klassische Warnung ist: »Sei vor-
sichtig, was du dir wünschst … denn du könntest es bekommen«,
erforscht die eigene Vergangenheit als einen äußerst gefährlichen
Bereich. Unglücklicherweise für Red, seinen 45 Jahre alten Helden,
erkennt Middleton ebenfalls (mit einem Wink auf Freud), daß es auf
jeder Reise in die Vergangenheit immer nur eine geeignete Stelle
zum Anhalten gibt.

Außerdem ist hier die Langeweile einer männlichen Midlife-cri-
sis – ein zu häufig erörterter und daher bedrückend vertrauter Aus-
gangspunkt für zeitgenössische Dichtung – ganz neu ersonnen
worden. Das Ergebnis: Middleton schildert uns den Abstieg eines
Mannes in längst verflossene Zeiten, eine anscheinend unschuldige,
nicht ganz unabsichtliche Reise, die mit jeder anti-nostalgischen
Schockwirkung eine schwindelerregende Schwungkraft gewinnt.

Im Alter von fünfundvierzig Jahren gelangte Red in eine seltsame Sackgasse. Es war, als ob ein Spiegel über seinem Horizont lag, der ihm nur den Weg zeigte, den er gekommen war.

Anfangs wollte Red den Spiegel zertrümmern und zur anderen Seite durchbrechen. Als er sich jedoch die Spiegelbilder genauer ansah, stellte er fest, daß sie ihm gefielen. Sie berührten ihn auf eine Weise, wie nichts in seinem gegenwärtigen Leben ihn berühren konnte. Anstatt den Spiegel zu zertrümmern, wurde er von ihm verführt. Red setzte seine Arbeit fort, verlor jedoch sein Interesse an Essen, Trinken und Unterhaltung. Er verbrachte lange Stunden im Schlaf – in einem anderen Raum als seine Frau –, und in seinen Träumen versuchte er ein Gefühl seines jüngeren Ichs wiederzuerlangen.

Red verstand seine plötzliche Leidenschaft für die eigene Vergangenheit selbst nicht recht. Seine Frau drängte ihn, einen Therapeuten aufzusuchen, aber er bestand darauf, daß ihm seelisch nichts fehle. Schließlich verlor sie die Geduld und riet ihm, sich eine Geliebte zu nehmen, die nur halb so alt wäre wie er, um auf diese Weise einen Frühling zu erleben. In den fünfundzwanzig Jahren seiner Ehe war Red jedoch niemals seiner Frau untreu geworden; und er war sich sicher, dies war nicht die Zeit für jemand – oder irgend etwas – Neues.

Es ging weiter bergab mit Red und seiner Ehe. Seine Frau buchte auf Biegen oder Brechen einen Urlaub auf einer Sonneninsel für sie und ihren Mann. Eine Woche lang liebten sie sich jede Nacht, aber Red fand es unmöglich, den Abgrund zwischen Vergangenheit und Gegenwart zu überbrücken. Er liebte seine Frau, ersehnte jedoch das Mädchen, das sie vor fünfundzwanzig Jahren war, nicht diese elegante und unendlich gebildetere Version desselben Mädchens mit fünfundvierzig.

Am letzten Morgen ihres Urlaubs saß Red gebeugt am Strand und starrte auf das Meer. Seine Frau lag neben ihm, den Ellbogen aufgestützt, und las eine Zeitschrift. Sie warf ihm einen forschenden Blick zu und richtete sich dann auf.

»Liebling«, sagte sie und reichte ihm die Zeitschrift. »Ich glaube, ich habe herausgefunden, was dir fehlt.« Sie zeigte auf den Artikel, der ihr aufgefallen war.

Es war ein ironischer Artikel mit der Überschrift *Tod infolge von Sehnsucht*. Der Verfasser behauptete, daß sich die Nostalgie wie eine Epidemie in allen Bereichen des modernen Lebens ausbreitete. Niemand sah sie heutzutage als schädlich an, während noch die Ärzte des siebzehnten Jahrhunderts die schmerzdurchtränkte Sehnsucht nach etwas Vergangenem als physische Krankheit betrachteten. Es gab eindeutige Symptome. Es war eine Krankheit gewesen, von der man glaubte, daß sie schon Menschenleben gekostet hatte.

Mit einem Achselzucken und einem Lächeln reichte Red seiner Frau die Zeitschrift zurück.

»Aber das ist es doch, was du hast, nicht wahr?« fragte seine Frau. Hinter der riesigen Sonnenbrille blieb ihr Gesichtsausdruck undefinierbar. »Du verzehrst dich mit Nostalgie.«

Red schüttelte den Kopf. Sein Blick fiel auf die Sandkörner, die an den Brüsten seiner Frau hafteten. Fünfundvierzig Jahre alte Brüste – und noch immer schön anzuschauen. Aber er blickte mit fünfundvierzig Jahre alten Augen. Es schmerzte ihn, wenn er sich daran erinnerte, wie anders es am Anfang gewesen war, als sie beide fünfundzwanzig Jahre jünger waren, vor einem prasselnden Winterfeuer, in einem kleinen Haus auf einer Anhöhe … Red blickte wieder auf das Meer. Seine Frau seufzte, streckte sich im Sand aus und begann wieder, den Artikel zu lesen.

Ende September mußte Red an einer Wochenend-Konferenz im Süden teilnehmen. Er würde in einer günstigen Entfernung von der Stadt wohnen, in der er geboren und aufgewachsen war. In der Nacht vor seiner Abreise betrat er das Zimmer seiner Frau. Sie saß im Bett. »Ja?« sagte sie.

Red konnte nicht sprechen.

»Hier gibt es nichts für dich«, sagte sie zu ihm. »Aber schau dich nur in deiner scheußlichen Stadt um, während du dort unten bist. Laß die guten Zeiten wieder aufleben.«

Ihre Augen trafen sich. Sie starrte ihn an, mit mehr Mitleid als Geringschätzung. »Es wird dir wahrscheinlich so sehr gefallen«, sagte sie, bevor sie das Licht löschte, »daß dir nicht einmal etwas daran liegt, wiederzukommen.«

Red kam am späten Freitag nachmittag im Konferenzzentrum an. Samstag mittag konnte er sich nicht länger zurückhalten. So scherzhaft der Vorschlag seiner Frau gewesen sein mochte – er mußte ihn aufgreifen. Red nahm sich unter einem Vorwand frei und verließ das Seminar. Während er auf den Parkplatz zusteuerte, blieb er einem Impuls folgend stehen, kehrte um und begab sich statt dessen zu dem kleinen Bahnhof.

Er wollte sich diesem Ort von früher mit dem Zug nähern – so wie er sich ihm mit seiner späteren Frau am Schluß ihres ersten keuschen Wintersemesters am College genähert hatte. Dann wollte er zu Fuß von Meilenstein zu Meilenstein gehen, ehrfürchtig die Wege seiner Jugend, Kindheit und Kleinkinderzeit wieder erneuern.

Er mußte jedoch eine Stunde auf den richtigen Zug warten. Es war ein schwüler Nachmittag. Red schwitzte stark, als er auf dem Bahnsteig auf und ab ging. Sein Zugabteil roch nach Urin und war voller Fliegen. Als er schließlich in seine Heimatstadt einfuhr, fühlte er sich unromantisch gereizt.

Er war zuletzt vor dreizehn Jahren hierher zurückgekommen, zur Beerdigung seiner Mutter. Während er die Bahnhofshalle verließ, beschloß er, ihr Grab nicht zu besuchen. Es war die fernere, nachhallendere Vergangenheit, die zu erforschen er gekommen war.

Die Stadt war niemals reizvoll gewesen. Nichts schien sich sehr verändert zu haben. Es lag vielleicht mehr Abfall auf den Straßen; die Gesichter der Menschen waren vielleicht ein bißchen verkniffener geworden. Innerhalb einer Stunde war Red an seiner Schule, der Kirche, dem Park, den Häusern verschiedener Freunde, Verwandten und Lehrer seiner untadeligen Vergangenheit vorbeigegangen. Er schaute keinen dieser Meilensteine genau an. Indem er sie sah, wie sie wirklich waren, statt als Widerspiegelungen seines von der Midlife-crisis durchgeschüttelten Innenlebens, fühlte er sich merkwürdig uninteressiert. Er setzte seinen Weg fort, wurde immer schneller, schaute in die weite Ferne oder auf seine schmerzenden Füße, aber nur selten darauf, woran er vorbeikam.

Er blieb am Fuße einer steilen, terrassenförmig angelegten Straße stehen. Von dort, wo er stand, konnte er das Haus nicht sehen. Es lag ein kurzes Stück hinauf an der linken Seite: das Haus, in dem er vor fünfundvierzig Wintern geboren worden war; dasselbe Haus, in dem er zwanzig Jahre später zu Beginn der bitterkalten Weihnachtsferien zum ersten Mal das Mädchen geliebt hatte, das seine Frau werden würde.

Etwas ließ Red jedoch zögern, in die Straße hineinzugehen. Der Abstecher war bis jetzt kein Erfolg gewesen. Er schreckte bei dem Gedanken an eine gewaltige Enttäuschung vor diesem letzten Meilenstein zurück – das Haus, das seine teuersten Erinnerungen überhaupt barg.

Um sich zu stärken, kehrte er ein kurzes Stück wieder zurück, betrat eine Bar, die er schon in seiner Jugend bevorzugt hatte, und bestellte einen Whiskey. Der Inhaber, nach all den Jahren immer noch derselbe Mann, erkannte ihn nicht und ging auf keinen von Reds Versuchen ein, ein Gespräch in Gang zu bringen.

Niedergeschlagen starrte Red auf seinen Drink. Er hatte keine Lust auf den Whiskey. In Wahrheit hatte er auf die ganze Stadt keine Lust. Seine Frau hatte recht gehabt: Der Ort *war* scheußlich. Er wunderte sich, daß ihm seine Erinnerung solche Streiche gespielt haben konnte. Er schlich sich aus der Bar und steuerte wieder in die Richtung der Straße, in der er einst gewohnt hatte, kam diesmal aber nicht einmal bis an die Straßenmündung.

Nach einem Dutzend Schritten hielt er inne, warf den Kopf zurück und grinste. Es war der Mühe nicht wert. Beim besten Willen nicht. Endlich sah er die pure Sinnlosigkeit von all dem: der Spiegel, die Leidenschaft, mit dem Zug zurückzukehren – alles, alles unglaublich lächerlich.

Er drehte sich auf dem Absatz um und ging mit langen Schritten Richtung Bahnhof. Der nächste Zug kam in fünfzehn Minuten. Um sechs Uhr konnte er wieder zu dem Seminar zurück sein. Er hatte sogar Zeit, vorher noch seine Frau anzurufen. Er wollte die Stimme seiner Frau hören. Was noch wichtiger war: Zum ersten Mal, seit er den Spiegel gesehen hatte, wollte er ihre Berührung spüren. Falls ihre Stimme sich zugänglich anhörte, wenn er anrief, würde er in dieser Nacht geradewegs zu ihr zurückfahren.

Auf dem Bahnhof ging er in die Bar und bestellte sich einen großen Whiskey. Er hob das Glas und trank auf seinen eigenen erfolgreichen Exorzismus hier – in seiner eintönigen und reizlosen Heimatstadt an einem späten Nachmittag im September.

Red trank seinen Drink aus, öffnete die Tür und kehrte auf den Bahnsteig zurück. Er bemerkte den Mann am Tisch draußen, bevor er das Mädchen sah, das neben ihm saß. Red hatte den Mann mindestens zwanzig Jahre nicht gesehen. Sein Name war Page. Sie hatten zusammen die Schule und das College besucht, waren jedoch nie näher befreundet gewesen. Auf dem College war Reds Frau jedoch die Freundin von Pages zukünftiger Gattin, und die beiden Frauen hatten zeitweilig noch Kontakt miteinander.

Red ging auf dem Bahnsteig weiter, drehte sich um und faßte Page schärfer ins Auge. Gebräunt, lässig gekleidet, von überraschend jugendlicher Erscheinung, wirbelte er das Bier auf dem Boden seines Glases herum. Er schien dem Mädchen, das in sein Ohr flüsterte, keine Aufmerksamkeit zu schenken. Das Mädchen, nicht seine Frau. Red schaute sie an.

Sie war jung und schlank. Ein Schopf wilden goldblonden Haares verbarg den größten Teil ihres Gesichtes. Sie trug eine dünne, weiße, ärmellose Bluse, einen kurzen schwarzen Rock und geflochtene Sandalen. Unter dem Plastiktisch – sah Red – war eins ihrer langen Beine über Pages Schenkel gehakt. Mit einer Hand spielte sie mit dem Haar hinter ihrem Ohr. Mit der anderen massierte sie seinen Schritt.

Red blickte fort. Als er fast sofort wieder hinschaute, hatte das Mädchen beide Hände auf Pages Schultern gelegt und knabberte an seinem Ohr. Page sah zweimal die nackte Länge ihrer Zunge durch das hellere Rosa ihres Lippenstiftes. Page blieb jedoch teilnahmslos. Es war, als ob er dort alleine saß.

Das Mädchen schwang ihr Bein von Pages Schenkel herunter. Sie setzte beide Füße auf den Boden, warf sich ihre Haare aus dem Gesicht und blickte Red offen an. Red fühlte sich erröten. Sie hatte ihn dabei ertappt, wie seine Augen sich an ihr weideten, und er konnte nicht fortschauen. Er lächelte ihr zu, fast wie um Verzeihung bittend. Sie lächelte zurück. Page, der immer noch den Rest seines Drinks untersuchte, nahm weiterhin nichts wahr.

Red drehte sich verlegen um und blätterte in den Büchern auf den Ständern. Sein Gesicht brannte. Er fühlte eine Schwäche in den Knien und ein Klopfen in den Schultern. Er schloß die Augen, und sein Kopf schwirrte von der Vision ihrer angemalten, überlangen Fingernägel, die öffentlich Pages Genitalien berührten. Er schaute sich um. Sie schien Page Vorhaltungen zu machen oder versuchte, ihn von etwas zu überzeugen. Die Dringlichkeit in ihrem Gesicht stand in krassem Gegensatz zur lässigen Haltung ihres Körpers.

Es war ein großes Gesicht, schön geformt, wenn auch nicht eigentlich schön. Breite, hohe Wangenknochen und sehr, sehr offen. Mitten im Flüstern wandte sie den Kopf. Wieder fiel ihr Blick auf Red. Sie lächelte, noch viel offener als vorher. Red blickte hinunter. Vor Pages Füßen stand eine große, schwarze Schultertasche. Nur eine Tasche, schoß es Red durch den Kopf; entweder haben sie alles in die eine Tasche gepackt – *oder sonst geht sie nicht mit ihm* … Ungeheuer aufgeregt nahm er ein Taschenbuch und bezahlte es. Dann erinnerte er sich, wie aus einem Parallel-Leben, daß er seine Frau anrufen wollte.

Er trat ein wenig näher zu Page und dem Mädchen, während er den Klappentext auf der Rückseite des Buches las. Die Worte waren abwechselnd klar und verschwommen vor seinen Augen. Er nahm eine intensive Helligkeit um sich herum wahr. Die bevorstehende Ankunft seines Zuges wurde über die Lautsprecher bekanntgegeben. Während er dies hörte, rückte Page sich auf seinem Sitz zurecht, bis er direkt durch das Mädchen hindurchzuschauen schien. Sie nahm sein Gesicht in ihre Hände, legte ihren geöffneten Mund auf den seinen und begann, an ihm zu zehren.

Als sie ihn küßte – und es gab kein Anzeichen einer Erwiderung –, rutschte sie auf ihrem Platz weiter nach vorn. Red beobachtete. Er beobachtete, wie sie ihren eigenen Schritt vor Pages Knie in Position brachte und sich an ihm zu reiben begann.

Red blickte wie bei einem Appell umher. Überall auf dem Bahnsteig standen Leute, lasen, erzählten, aßen. Nicht einer von ihnen beobachtete die Vorstellung des Mädchens. Sie schienen so kopflos wie Page selbst zu sein. Reds Zug kam vor ihm zum Stehen. Er sah, wie Page sich erhob, sich umdrehte und sich die Tasche über die Schulter warf. Das Mädchen stand ebenfalls auf. Red sah ihre Finger über Pages Schulterblätter gespreizt, als sie ihn umarmte. Eine Abschiedsumarmung – Red zweifelte nicht daran. Page wandte sich dem Zug zu, bis er im rechten Winkel zu Red stand. Das Mädchen drehte sich mit ihm, eins ihrer Beine gebeugt und das Knie zwischen seine Beine geschmiegt.

Fahrgäste stiegen aus dem Zug aus und in den Zug ein. Red warf sein Buch hin und ging schnell zu der Reihe von Telefonzellen hinüber. In dem Augenblick, als er an dem umschlungenen Paar vorbeiging, blickte das Mädchen über Pages Schulter hinweg. Sie begegnete Reds Blick. Sie hätte es zeitlich nicht besser abstimmen können. Ihr Gesichtsausdruck war anders, als Red erwartet hätte: nicht weich von der Aufrichtigkeit ihrer Umarmung, sondern im süßesten Lächeln erstrahlend. Das Lächeln eines kleinen Mädchens, geübt und im geheimen Einverständnis. Ein Lächeln für Red. Es schien zu sagen: *Er geht, aber das muß nicht das Ende der Welt sein* ...

Red trat benommen in die erste Telefonzelle und wählte seine eigene Nummer.

»Ja?« sagte seine Frau, bevor er Zeit hatte, seine bewußte Wahrnehmung wiederzuerlangen.

Red hatte keine Ahnung, was er sagen wollte. Zugschaffner schlugen die Türen des Zuges zu. Red schloß die Augen; er war sich der Wichtigkeit des Augenblicks bewußt. »Ich liebe dich«, sagte er mit bebender Stimme.

»Das ist nicht wahr«, sagte seine Frau sofort. »Wie sieht es in der Stadt aus?«

»Woher wußtest du, daß ich hier bin?« fragte er, während er sich umdrehte – und plötzlich in Panik geriet, weil er Page und das Mädchen nicht mehr sehen konnte. Seine Frau beantwortete die Frage nicht. »Ich habe Page gesehen«, sagte er und drehte den Kopf nach links und rechts.

»Du hast also deinen Spiegel mitgenommen?«

Red runzelte die Stirn. »Warum?«

Sie lachte. »Du weißt warum, du Narr. Page hat sich vor neun Jahren das Leben genommen. Er kehrte ebenfalls in dieses Loch von einer Stadt zurück. Er muß dasselbe Problem gehabt haben wie du.« Sie legte auf.

Red starrte seinem Zug nach, als dieser aus dem Bahnhof fuhr.

Kaum daß seine Frau von Pages Tod gesprochen hatte, erinnerte er sich, daß sie es ihm vor neun Jahren erzählt hatte. Es war sogar möglich, daß sie zur Beerdigung gekommen war.

Pages Körper war auf den Bahngeleisen gefunden worden. Es hatte sogar den – letztendlich unbewiesenen – Verdacht eines Verbrechens gegeben. Red konnte nicht begreifen, wie er etwas hatte vergessen können. Er wußte jedoch, daß er sich nicht geirrt hatte. Der Mann mit dem Mädchen war Page gewesen.

Zum ersten Mal zog Red in Betracht, daß er wirklich krank sein könnte: nicht physisch, nicht nach den Maßstäben des siebzehnten Jahrhunderts über todbringende Nostalgie und auch nicht im Sinne einer geistigen Verwirrung. Aber vielleicht – nur vielleicht – litt er an einer seltsamen Gedächtniskrankheit.

Und jetzt gab es keine Spur von Page oder dem Mädchen. Red mußte zwei Stunden auf den nächsten Zug warten. Und er hatte jede Chance zu einer sofortigen Aussöhnung mit seiner Frau verdorben. Als er aus der Telefonzelle kam, fluchte er so laut, daß es über den leeren Bahnsteig hallte. Er ging zur Bar und schob die Tür auf.

Das Mädchen saß dort drinnen allein am Tisch und betastete den Stiel eines vollen Glases Wein. Neben dem Glas stand ein unberührtes, frisch eingeschenktes Bier. Das Mädchen schaute zu Red auf. Sie lächelte ihm willkommen zu.

Red und das Mädchen sprachen nicht, während sie an ihren Drinks nippten. Gelegentlich lächelte das Mädchen. Aus der Nähe sah er die dunklen Rundungen ihrer Brustwarzen unter der Bluse. Als sie die Beine übereinanderschlug, streifte ihr Knie das seine. Er hatte nie ein so bedingungsloses Verlangen gekannt.

Dann stand sie auf, und er tat es ihr gleich. Draußen vor der Bar ging sie nur einen Schritt vor ihm her zum Ausgang, dann hinunter zum Parkplatz des Bahnhofs.

Red hatte niemals erwartet, daß es so sein könnte. Er hatte oft davon geträumt, mit einer anderen Frau zu gehen. Er hatte sich jedoch immer gedacht, daß diese Frau eine alte Freundin sein würde, irgendeine, die er wirklich liebte, der er die sexuellen Vorstellungen austreiben mußte, wenn ihre Freundschaft fortbestehen sollte. Er hatte nie angenommen, daß Lust, pur und einfach, ihn zwingen würde, mit den Gewohnheiten eines ganzen Lebens zu brechen.

Das Mädchen ging voran zu einem kleinen Auto. Red blieb weiter zurück, um die sportliche Anmut ihres Ganges zu beobachten. Sie trug eine Bluse und einen Rock, und das war sehr wenig. Er stellte sich ihren gebräunten Körper vor, mit diesen farbigen roten Blitzen auf der Zunge und den Fingerspitzen. Er stellte sich die Geschenke für Page – oder wen auch immer – vor, die sie mit ihrer Nacktheit machte. Und Red wollte das alles für sich selbst. Er wollte es mit jeder Faser seines Körpers.

Keine der Autotüren war verschlossen. Red stieg ein. Als das Mädchen den Motor anließ, legte er seine Hand weit oben auf ihren Schenkel. Sie reagierte nur, indem sie den Gang einlegte und mit Tempo losfuhr. Als sie an einer Ampel hielten, nahm Red die Hand von ihrem Bein, berührte ihren Nacken und zog sie zu sich heran, so daß sie sich küssen konnten.

Ihr Mund öffnete sich sofort, aber ihre Zunge blieb schlaff. Red spürte, wie ihre Zähne zusammenstießen. Er dachte daran, wie leidenschaftlich sie mit dem Geliebten gewesen war, von dem sie sich gerade getrennt hatte. Der Mann. Der Mann, der nicht Page gewesen sein konnte. Erwartete sie – fiel ihm ein –, bezahlt zu werden? Bevor sie etwas für ihn tat? War es *das*, worauf er sich einließ?

Plötzlich schien es offensichtlich zu sein. Aber selbst wenn sie Geld verlangte, wollte Red sie immer noch. Er hatte seinen Stolz verloren. Er würde jeden Preis bezahlen. Er würde ihr alles geben, was er hatte, und das Beste bekommen, das sie zu bieten hatte.

Die Ampel sprang auf Grün um. Red machte sich los, und nach einem Räuspern sprach er zum erstenmal zu ihr.

»Der Mann, mit dem du auf dem Bahnhof warst«, fragte er, »War sein Name Page?«

Das Mädchen zuckte die Schultern und schüttelte mit einem Lächeln den Kopf. Sie wußte es nicht; es spielte keine Rolle, oder sie sagte es ihm aus anderen Gründen nicht. Wie auch immer – über diesen Punkt würden sie sich nicht verständigen können.

Red starrte hinaus auf seine Heimatstadt. Das Mädchen nahm genau denselben Weg, den er vom Bahnhof zu Fuß gegangen war. Als die Dämmerung einbrach, verfrüht für die Jahreszeit, sahen die Straßen schlimmer denn je aus. Und im Auto war es kalt geworden, viel kälter, als es den ganzen Tag über draußen gewesen war. Red schaute das Mädchen an. Ihre Haut sah weniger gebräunt aus; ihre Brustwarzen hatten sich wie Würfel gegen die Unterseite ihrer Bluse gehoben. Red blickte mit einem Frösteln fort. Sie kamen an der Bar vorbei, in der er seinen Whiskey bestellt und nicht getrunken hatte. Dann bog das Mädchen nach links ab.

Als sie den Wagen, viel zu schnell, in die steile Straße schwenkte, keuchte Red. Bevor er sprechen konnte, fuhr sie an den Straßenrand und parkte. Red wurde rot und starrte sie mit weit offenen Augen an. Sie standen vor seinem Elternhaus.

»Was soll das?« verlangte er zu wissen, aber es lag keine Bestimmtheit in seiner Stimme.

Sie öffnete die Fahrertür und stieg aus. Er sah sie zum Gartentor herumgehen, dieses öffnen, dann auf die Haustür zugehen und eintreten.

Red brachte es nicht fertig, irgendeinen Teil des Hauses außer die offene Eingangstür in Augenschein zu nehmen. Er hatte Angst davor, sich in dem Gebäude aufzuhalten. Das hatte nichts mit irgendeiner Erkrankung des Gedächtnisses zu tun. Das war so wirklich wie das Zittern seiner Hände. Aber er wollte das Mädchen. Er wollte sie. Seine Furcht änderte daran überhaupt nichts.

Er hielt die Augen gesenkt, während er aus dem Auto stieg. Es war bitterkalt und nachtdunkel. Die Straßenlampe über ihm warf Reds verzerrten Schatten auf einen mit dünnem Eis bedeckten Bürgersteig. Ein Rest von gefrorenem Schnee hatte sich an der Hauswand im Vorgarten angehäuft. Red atmete schnell und flach. Er war erschrockener, als er es jemals für möglich gehalten hatte, aber ausgehungert nach dem Mädchen. Zu ausgehungert, um Fragen zu stellen.

Er konnte durch die Haustür in das Wohnzimmer des kleinen Gebäudes blicken. Es lag ganz im Dunkeln, außerhalb eines kleinen Bereichs, der von dem Schein eines verglühenden Feuers erhellt wurde. Auf dem Boden ausgestreckt, hatte er vor fünfundzwanzig Jahren, im Licht eines glühenden Feuers, das erste Mal die einzige Frau seines Lebens besessen.

Red wollte weinen. Was immer auch mit ihm geschah, er wußte, daß er diesen Ort verlassen sollte, daß er von hier fortrennen sollte. Statt dessen trat er näher. Am Rande des erhellten Bereiches sah er die Gestalt des Mädchens.

Sie stand mit dem Rücken zu ihm, den Kopf gesenkt. Steifarmig hielt sie sich an einem Möbelstück, als ob sie sich bereitmachte. Ihre Beine waren leicht gespreizt. Von der Taille abwärts war sie nackt.

Ich will dich bezahlen, dachte Red überglücklich, der jetzt auf magische Art in das Haus gezogen wurde. Ich will vergessen, Angst zu haben. Ich will alles vergessen, was jemals geschehen ist.

Er war im Korridor, er war im Zimmer. Er streifte seine Sachen ab, faßte das Mädchen an den Schultern und glitt von hinten in sie hinein.

Sie war feucht, gab jedoch keinen Laut von sich. Sie wich auch nicht zurück. Er drang tiefer hinein, konnte jedoch immer noch keine Reaktion auslösen. Sie nahm ihn auf, als ob ihr eigener Körper irgendwo anders war.

Red küßte ihren Nacken. Er knabberte an dem vorspringenden Wirbel über dem Halsausschnitt ihrer Bluse. Er schob die Hände unter ihren Armen hindurch, um ihre Brüste zum umfassen. Es war keine Spur von Erregung in ihr. Red dachte wieder daran, wie sie auf dem Bahnhof gewesen war. So hätte er sie gebraucht, so sollte sie sich jetzt ihm gegenüber verhalten. Sonst war es ihm nicht möglich. Er lehnte sich gegen sie und stieß fieberhaft weiter. Seine Hände glitten von ihren Brüsten zu ihren Hüftknochen hinunter.

Er fühlte eine überwältigende Scham. Er hätte gern geweint, war aber zu Tränen nicht fähig. Eine unerwartete Mattigkeit ergriff ihn. Er drang noch tiefer in das Mädchen ein, wollte es jetzt nur hinter sich bringen. Aber er konnte nicht ejakulieren. So war es immer schon bei ihm gewesen: wenn der Akt nicht wenigstens ein gewisses Maß von Gegenseitigkeit hatte, konnte er ihn nicht zum Abschluß bringen. Er schloß die Augen. Sein Penis hatte zu erschlaffen begonnen.

»Warum?« flüsterte er in den Rücken des Mädchens, das immer noch für ihn bereit schien.

»Ich bin es nicht«, erwiderte sie. Und als Red hinter ihr auf die Knie fiel, wandte sie sich um und sagte beinahe traurig: »Ich bin es nicht, die du willst.«

Red ließ den Kopf hängen. Das Mädchen trat von dem Tisch fort, an dem sie sich gehalten hatte. Er hörte, wie sie sich ihre Bluse über den Kopf streifte. Die Flammen prasselten auf, als das Mädchen sie ins Feuer warf.

Als Red aufschaute, sah er, daß sie ebenfalls kniete, mit dem Rücken zu ihm. Was er sah, verblüffte ihn. Ihr Rücken schien nicht mehr so sinnlich lang wie zuvor zu sein; auch ihr Haar schien kürzer geworden zu sein. Es war mit Sicherheit dunkler und – als er genauer hinsah – in einem Stil frisiert, der seit Jahrzehnten aus der Mode war.

»O mein Gott«, murmelte er, als sie den Kopf drehte, um ihm ihr Profil zu zeigen. »O mein Gott …«

»Bin ich es?« fragte sie, ohne ihn anzuschauen. »Denkst du, daß ich es bin, die du willst?«

Red stieß einen nervösen, erstickten kleinen Schrei aus. Er starrte ungläubig auf seine eigene Frau. Sie war zwanzig Jahre alt.

Auf allen vieren kroch er zu ihr. Sie war es. Makellos jung. Ja, sie war es wirklich, ebenso wie es Page auf dem Bahnsteig gewesen war. Red streckte eine Hand aus und berührte ihre seidenweiche Wange. Er drückte einen Finger auf ihre jungfräulichen Lippen.

»Ich liebe dich«, hauchte er.

Sie lächelte. Dann legte sie sich für ihn zurecht. Flach auf dem Rücken, ihr Geschlecht von ihren Händen bedeckt, genau, wie sie vor fünfundzwanzig Jahren an derselben Stelle auf dem Boden gelegen hatte. Das Feuer neben ihr toste, geschürt von mehr als nur einer fadenscheinigen Bluse, und beleuchtete ihre Brüste für Reds Augen.

Red war über ihr, erschöpft, bevor er begann. Sein Penis schob ihre Hände auseinander und drängte sich in sie hinein. Seine Frau – dieses Mädchen, das seine Frau sein würde – blieb regungslos.

Ein Lächeln lag auf ihren Lippen, aber es war ein abwesender Blick in ihren Augen, als ob sie geradewegs durch die Zimmerdecke in das Schlafzimmer hinaufschaute, in dem Reds Mutter in jener ersten schönen Nacht über ihnen geschlafen hatte.

Es war nicht gut. Sie bewegte sich nicht mit ihm. Nach einigen Minuten ließ Red sich auf sie hinunterfallen. Ihr Gesicht, ihr Hals und ihre Brüste waren kalt, obwohl er fühlte, daß das Feuer jedes Haar seines eigenen Körpers versengte. Er hörte auf, sich zu bewegen. Er versagte bereits in ihr.

»So war es nicht«, keuchte er, wobei er sein Gesicht in der Anstrengung des Sprechens verzog. »Nicht für mich. Warum machst du es so?«

Sie gab keine Antwort. Red schlüpfte aus ihrer lieblosen Gestalt heraus, wandte sich vom Feuer ab und drückte sein Gesicht auf den Boden.

Er hörte sie aufstehen. Er hörte sie aus dem Zimmer gehen, die enge Treppe hinaufsteigen und in das knarrende Bett in dem oberen Raum klettern. Das Bett seiner Mutter. Das Bett, in dem Red geboren worden war.

Trotz seiner Verzweiflung fühlte Red sich erbost. Sie hatte kein Recht auf das Bett. Es war nicht ihr Bett, um darin zu liegen. Das Feuer war jetzt so hoch, daß seine Flammen durch den Raum zu lodern schienen. Red stand auf.

Er war kleiner, als er es beim Betreten des Hauses gewesen war. Nicht einmal halb so groß wie zuvor. Er schwankte unsicher zur Tür. Im Hausflur war es nicht kühler, auch nicht auf der Treppe. Je höher er stieg, um so heißer schien es zu werden.

Draußen vor dem Schlafzimmer hörte er ihren winzigen Schrei von innen.

Von der Türöffnung her sah er sie im Bettzeug eingerollt. Er konnte ihr Gesicht nicht sehen, während sie sich in dem großen Bett von einer Seite auf die andere wälzte. Sie wimmerte. Ein Laut, den er noch nicht von einer Frau gehört hatte. Ein kleiner, unheilverkündender Laut, der, wie er fühlte, einen katastrophalen, alles verzehrenden Schrei ankündigte.

Er trat in den Raum. Sie hörte ihn eintreten und beruhigte sich.

»Ich bin es, die du willst«, sagte sie zu ihm – in einer neuen, jedoch unverkennbaren Stimme aus Reds fernster Vergangenheit. »Nun befriedige *mich*.«

Red senkte den Kopf. Wenigstens konnte er weinen. Die Tränen liefen herunter. Das war schlimmer als alles, was er hätte träumen können.

»Befriedige mich«, sagte seine Mutter noch einmal aus den Kissen.

Red schüttelte heftig den Kopf. »Aber mir ist so heiß«, jammerte er unter Tränen.

Er sprach mit der Stimme eines Kleinkindes. *Ihres* Kindes. Er hatte das Gefühl, als stünde sein ganzer Körper in Flammen. Der einzige kühle Ort, wußte er, würde dort sein, wo sie ihn haben wollte. Der einzige kühle Ort. Der älteste Ort von allen.

Sie trat ihre Beine bloß. Er sah sie. Er sah ihre Hand, die ihr glitzerndes Geschlecht hielt und es ihm zwischen zwei Fingern bot. Sie erschien riesig.

»Küß mich«, sagte sie, und Red wußte, daß er nicht in der Lage war, sich zu weigern. Dies konnte auf keine andere Weise enden.

Er öffnete den Mund und versuchte zu sprechen, aber er war zu klein. Viel zu klein, um zu sprechen. Und er war im Bett mit ihr, krabbelte auf seinem Bauch zwischen ihren gespreizten Beinen und schrie seine Verzweiflung in die Hitze und die Dunkelheit.

»Gut«, schmeichelte sie ihm, als seine Lippen sich auf sie hefteten. »Gut, gut …« Und sie warf sich wieder hin und her, drückte seinen Kopf fest an ihr Geschlecht, während sie sich von einer Seite des Bettes auf die andere wälzte. »Gut …«

Er biß sie mit seinen zahnlosen Ballen, aber nicht, weil er sie befriedigen wollte. Sie wölbte ihren Rücken in Raserei und schwang ihre Beine weit auseinander. Und Red sah in ihrem Innern einen riesigen kühlen Baldachin aus Glas. Spiegelglas. Sein Kopf bewegte sich näher an den Baldachin heran. Dies würde das einzig wahre Ende sein. Er atmete in das Glas. Er sah sie alle, fühlte sie alle, verdrehte und verzerrte Spiegelbilder von allem, was er hinter sich ließ.

Dann schrie seine Mutter – der katastrophale Schrei, den Red bei ihrem ersten winzigen Schrei geahnt hatte. Und er fühlte ihre Hand auf seinem Po, nur Sekunden, bevor sie alles von ihm tief in sich hineintrieb und dann jeden möglichen Ausgang versperrte.

Originaltitel: Psychopomp
Ins Deutsche übertragen von Kamela Kiel

Ruth Rendell

Eine leuchtende Zukunft

›Er sah sie gern wütend und wild, ihre Liebe hingegen fürchtete er.‹

Obwohl die Eifersucht nicht zu den sieben Sünden zählt, ist ihre tödliche Wirkung unbestritten; eine verschmähte Frau braucht nur den rechten Augenblick abzuwarten. Ruth Rendell, mit Patricia Highsmith (und nur scheinbar in flotterem Stil Fay Weldon), ist eine der literarischen Zigeunerhexen der Gegenwart, die die Teeblätter der sexuellen Obsession umrühren. Fast ständig geht es in Richtung Verhängnis, und wer ihre Geschichten oder Psychothriller liest, der überläßt sich einem schaudernden Bewußtsein dieses Schicksals.

Für den gewöhnlichen Leser von Rendells gnadenlosen Erzählungen dürfte es eine typische Reaktion sein, sich immer wieder von der Buchseite fortzureißen, wie kurz auch immer der hypnotischen Gewalt des Banns zu widerstehen, um sich wieder seiner eigenen Normalität zu versichern. Welche Erleichterung ist es dann, sich zu erinnern, wenn auch nur für einen Augenblick, daß wir – aber natürlich nicht Ruth Rendells Gestalten – unabhängig vom unausweichlichen höchst unerfreulichen Ausgang existieren.

Aber tun wir das wirklich?

Rendells Genie in dieser packenden Schilderung des anderen Gesichts der Liebe liegt darin, daß sie uns daran erinnert, wie verletzlich jedes Alltagsleben ist, wenn man die Zurückhaltung verliert, an eine unkontrollierbare Emotion, an einen Akt des Horrors.

»Sechs sollten genug sein«, sagte er. »Sagen wir, sechs Tee-kisten also, und einen großen Koffer. Wenn du sie morgen da hast, bekomme ich das Zeug alles gepackt, und vielleicht kön-nen deine Leute es am Mittwoch abholen.« Er schrieb etwas auf einen Zettel. »Fein«, sagte er. »Morgen um die Mittags-zeit.«

Sie hatte sich nicht bewegt und saß immer noch in dem gro-ßen Eichenlehnstuhl am hinteren Ende des Raumes. Er heftete seinen Blick auf sie, und er setzte ein Grinsen auf, als wäre alles gut.

»Keine Sorge«, sagte er. »Sie sind sehr tüchtig.«

»Ich konnte es nicht glauben«, sagte sie, »daß du es wirk-lich tun würdest. Nicht, bis ich dich am Telefon gehört habe. Ich hätte es nicht für möglich gehalten. Du wirst wirklich alle diese Sachen einpacken und an sie schicken lassen.«

Sie waren dabei, wieder alles durchgehen zu müssen. Natürlich. Es würde nicht aufhören, bis er diese Sachen her-aus hatte und selbst hier heraus war, fort von London und von ihr, für immer. Und er würde nicht diskutieren oder lange Verteidigungsreden halten. Er zündete eine Zigarette an und wartete, daß sie anfangen würde, wobei er daran dachte, daß die Pubs in einer Stunde öffnen würden und er dann weg-gehen und etwas trinken könnte.

»Ich verstehe nicht, warum du überhaupt gekommen bist«, sagte sie. Er antwortete nicht. Er hielt immer noch die Ziga-rettenbox, und jetzt schloß er den Deckel, spürte die Kühle des Onyx auf seinen Fingerspitzen.

Sie war weiß geworden. »Nur wegen deiner Sachen? Mau-rice, bist du deshalb zurückgekommen?«

»Es sind meine Sachen«, sagte er flach.

»Du hättest einen anderen schicken können. Selbst wenn du mir geschrieben hättest und gebeten –«

»Ich schreibe nie Briefe –«, sagte er.

Sie bewegte sich jetzt. Sie flatterte ein bißchen mit der Hand vor ihrem Mund. »Als hätte ich es nicht gewußt!« Sie keuchte, und mit großer Anstrengung beruhigte sie ihre Stimme. »Ein Jahr hast du in Australien gelebt, und du hast mir nicht ein einziges Mal geschrieben.«

»Ich habe angerufen.«

»Ja, zweimal. Das erste Mal, um zu sagen, daß du mich liebst und vermißt und dich danach sehnst, zu mir zurückzukommen, und ob ich auf dich warte, und es gibt sonst niemanden, ja? Und das zweite Mal, vor einer Woche, um zu sagen, du würdest am Samstag hier sein, und könnte ich – könnte ich – könnte ich dich aufnehmen? Mein Gott, ich habe zwei Jahre mit dir zusammengelebt, wir waren praktisch verheiratet, und dann rufst du an und fragst, ob ich dich aufnehmen kann!«

»Worte«, sagte er. »Wie hättest du es ausgedrückt?«

»Zum einen, ich hätte Patricia erwähnt. O ja, ich hätte sie erwähnt. Ich hätte den Anstand, den üblichen menschlichen Anstand gehabt. Weißt du, was ich dachte, als du sagtest, du würdest kommen? Ich müßte jetzt wissen, wie eigenartig er ist, dachte ich, wie abgekapselt, schreibt nicht und telefoniert nicht. Aber das ist Maurice, das ist der Mann, den ich liebe, und er kommt zu mir zurück, und wir werden heiraten, und ich bin so glücklich!«

»Ich habe dir von Patricia erzählt.«

»Nicht ehe du mit mir Liebe gemacht hast.«

Er zuckte zusammen. Es war ein Fehler gewesen. Natürlich hatte er nie beabsichtigt, sie über den formellen Begrüßungskuß hinaus zu berühren. Aber sie war sehr attraktiv, und er war sie gewohnt, und sie schien es zu erwarten und – ach was, zum Teufel. Frauen verstehen offenbar nichts von Männern und von Sex. Und es gab nur ein Bett, oder? Eine höllische Szene hätte es in dieser Nacht gegeben, wenn er vorgeschlagen hätte, hier auf dem Sofa zu schlafen!

»Du hast mit mir Liebe gemacht«, sagte sie. »Du warst so leidenschaftlich. Es war genau wie früher. Und am nächsten Morgen hast du es mir gesagt. Du hättest eine Aufenthaltserlaubnis, du hättest einen Job fest, du hättest ein Mädchen getroffen, das du heiraten wolltest. Das hast du mir einfach so gesagt, beim Frühstück. Hat man dich je ins Gesicht geschlagen, Maurice? Hat man je auf deinen Träumen herumgetrampelt?«

»Wäre es dir lieber, ich hätte länger gewartet? Was das

Schlagen ins Gesicht betrifft –« er rieb sich den Wangenknochen – »das ist ein ganz schöner Hammer.«

Sie schauderte. Sie stand auf und begann langsam und steif durchs Zimmer zu gehen. »Ich habe dich kaum berührt. Ich wünschte, ich hätte dich getötet!« Neben einem kleinen Tisch blieb sie stehen. Ein Porzellanfigürchen stand darauf, ein bronzenes Papiermesser, eine Onyx-Federdose, die zum Aschenbecher paßte. »All diese Dinge«, sagte sie. »Ich habe sie für dich bewahrt. Ich habe sie für dich als Schatz gehütet. Und nun läßt du fast alles an sie verschicken. Die Dinge, mit denen wir gelebt haben und bei deren Anblick ich dachte: Maurice hat das gekauft, als wir, als wir … o Gott, ich kann es nicht glauben. Ihr schicken!«

Er nickte, starrte sie an. »Die großen Teile kannst du behalten«, sagte er. »Ganz besonders gern das Sofa. Ich habe zwei Nächte versucht, auf dem Sofa zu schlafen, und ich möchte das verdammte Ding nie wieder sehen.«

Sie nahm das Porzellanfigürchen und schleuderte es auf ihn. Es traf ihn nicht, weil er sich duckte, und so zerschellte das Porzellan an der Wand, dicht neben einer gerahmten Zeichnung. »Laß den Lowry leben«, sagte er lakonisch, »ich habe eine Menge dafür bezahlt.«

Sie warf sich aufs Sofa und brach in Schluchzen aus. Sie schlug um sich, hämmerte mit den Fäusten auf die Kissen. Er würde sich davon nicht rühren lassen – er würde sich überhaupt nicht rühren lassen. Hatte er erst die Sachen zusammengepackt, würde er die nächsten drei Monate durch Europa fahren. Ein freier Mann, frei für die Sehenswürdigkeiten und den Spaß und für die Mädchen, für die letzten Jugendsünden. Danach zurück zu Patricia, zu einem Heim, zu einem Job und in die Verantwortung. Es war eine leuchtende Zukunft, die diese hysterische Frau nicht zerstören würde.

»Still, Betsy, um Gottes willen«, sagte er. Er schüttelte sie heftig an der Schulter; dann ging er hinaus, weil es jetzt elf war und er einen Drink bekommen konnte.

Betsy machte sich etwas Kaffee und wusch ihre geschwollenen Augen. Ziellos strich sie durch die Wohnung, blickte auf die schönen Dinge und die Bücher, die er ihr morgen fortnehmen würde. Nicht daß ihr die Dinge so viel bedeutet hätten, doch Betsy schmerzte die Öde, die sie zurückließen, und das Wissen, daß sie alle dann Patricia gehörten.

In der Nacht war sie aufgestanden, hatte seine Brieftasche gefunden, die Fotos von Patricia herausgenommen und zerrissen. Doch sie erinnerte sich an das Gesicht, hübsch und hart und gierig, und sie dachte an diese strahlenden Augen, die sich weiten würden, während Patricia die Teekisten auspackte, mit räuberischen Händen nach mehr Schätzen in dem Koffer grapschend. Vielleicht würde sie die Lampen und die Gläser schon in ihrem Heim arrangiert haben, bevor er endlich selbst erschien und sich darüber freute.

Er würde sie heiraten, natürlich. Bestimmt glaubt sie, er ist ihr treu, dachte Betsy, so, wie ich einst dachte, er wäre mir treu. Arme dumme Närrin, sie weiß nicht, was er tat – im ersten Moment, da er mit ihr allein war, oder was er sich noch in Frankreich und Italien leisten würde. Das wäre ein hübsches Hochzeitsgeschenk für sie, nicht wahr, neben dem netten Krimskrams in dem Koffer.

Nun, warum nicht? Warum ihre Ehe nicht zerrütten, ehe sie begonnen hatte? Ein Brief. Ein Brief, verborgen in … sagen wir, dieser blau-weißen Ingwerdose. Sie setzte sich zum Schreiben nieder. Liebe Patricia – welch törichte Art zu beginnen, die Art, in der man sogar einen Brief an seine Feindin beginnen mußte.

Liebe Patricia, ich weiß nicht, was Maurice über mich erzählt hat, aber seit seiner Ankunft hier leben wir als Liebespaar. Deutlicher ausgedrückt: wir haben miteinander geschlafen. Maurice ist unfähig, irgend jemandem treu zu sein. Wenn du mir nicht glaubst, dann frage dich doch einmal, warum er nicht einfach in ein Hotel gegangen ist, wenn er mich nicht wollte. Das ist alles. Deine – sie unterschrieb und fühlte sich ein wenig besser, gut und ruhig genug, um ein Bad zu nehmen und sich etwas zum Essen zu holen.

Sechs Kisten und eine Truhe wurden am nächsten Tag geliefert. Die Kisten dufteten nach Tee, und auf ihren Böden lagen Reste von Teeblättern. Die Truhe war aus silberfarbenem, die Schnallen aus goldfarbenem Metall. Es war ein recht hübsches Ding, fünf Fuß lang, drei Fuß hoch, zwei Fuß breit, und der Deckel paßte so genau, daß der Verschluß hermetisch zu sein schien.

Um zwei Uhr begann Maurice zu packen. Er benutzte Seidenpapier und Zeitungen, füllte die Teekisten mit Tassen, Tellern und Eßbesteck, mit Büchern und mit diesen Kleidern, die er ein Jahr zuvor zurückgelassen hatte. Eifrig und mit einer gewissen grimmigen Freude ließ er alles draußen, was Betsy als ihr gehörig hätte bezeichnen können – die armseligen billigen Dinge wie Löffel und Gabeln aus rostfreiem Stahl, die Woolworth-Keramik, die schrecklichen farbigen Laken, rot und orange und olivgrün, die er immer gehaßt hatte. Er und Patricia würden auf weißem Linnen schlafen.

Betsy half ihm nicht. Sie sah zu, eine Zigarette nach der anderen rauchend. Er nagelte die Kistendeckel zu, und auf jede Kiste schrieb er mit weißer Farbe seine Adresse in Australien. Aber er malte nicht die Buchstaben seines eigenen Namens. Er malte die Patricias. Das tat er nicht, um Betsy zu reizen, aber er freute sich doch, als er sah, daß es ihr Nadelstiche versetzte. Er war an diesem Morgen gegen ein Uhr zurückgekommen, und natürlich hatte er keinen Schlüssel gehabt. Betsy hatte sich geweigert, ihn hereinzulassen; sie hatte ihn dort unten auf der Straße stehen lassen, und er mußte bis sieben in dem Wagen sitzenbleiben, den er gemietet hatte. Sie sah aus, als hätte sie auch nicht geschlafen. ›Miss Patricia Gordon‹, schrieb er, schnell und gekonnt.

»Vergiß nicht deine Ingwerdose«, sagte Betsy. »Ich will sie nicht.«

»Das kommt in die Truhe.« Miss Patricia Gordon, 23 Burwood Park Avenue, Kew, Victoria, Australia 3101. »All die hübschen Dinge gehen in den Koffer. Das soll ein spezielles Geschenk für Patricia sein.«

Der Lowry wurde abgehängt, sorgfältig gepolstert und verpackt; ebenso verstaute er den Onyx-Aschenbecher und die Federdose, die Alabasterschüssel, den Brieföffner aus Bronze, die großen Hochheimer Gläser. Das China-Figürchen, *alas* ... er öffnete den Deckel der Truhe.

»Ich hoffe, der Zoll macht ihn auf!« schrie Betsy ihn an. »Ich hoffe, sie konfiszieren und zerbrechen diese Dinge! Ich werde jede Nacht dafür beten, daß sie auf den Meeresgrund versinken, ehe sie überhaupt dort ankommen!«

»Das Meer«, sagte er, »ist ein Risiko, das ich auf mich nehmen muß. Was den Zoll betrifft –« Er lächelte. »Patricia ist Zollbeamtin – sagte ich es dir nicht? Ich bezweifle sehr, daß sie auch nur einen Blick hineinwerfen.« Er beschriftete ein Etikett und klebte es auf die Kofferseite: Miss Patricia Gordon, 23 Burwood Park Avenue, Kew … »Und jetzt muß ich raus und ein Schloß besorgen. Schlüssel, bitte. Wenn du mich diesmal draußen stehen lassen willst, rufe ich die Polizei. Ich bin immer noch der rechtmäßige Mieter dieser Wohnung, denk daran.«

Sie gab ihm die Schlüssel. Als er gegangen war, steckte sie ihren Brief in die Ingwerdose. Sie hoffte, er würde die Truhe sofort schließen, doch er tat es nicht. Er ließ sie offen, den Deckel zurückgeworfen; das neue Schloß baumelte von der goldfarbenen Schnalle.

»Ist irgendwas zu essen da?« sagte er.

»Such dir selbst dein verdammtes Essen! Such dir selbst eine andere Frau, die dich füttert!«

Er sah sie gern wütend und wild; ihre Liebe hingegen fürchtete er. Um Mitternacht kam er zurück und fand die Wohnung dunkel vor. Er legte sich aufs Sofa, die Teekisten um ihn wie Schutzwälle, wie Barrikaden, die weiße Farbe schwach im Dunkel glimmend. Miss Patricia Gordon …

Plötzlich kam Betsy herein. Sie machte kein Licht, bahnte sich ihren Weg zwischen den Kisten, in der Hand eine Untertasse mit einer Kerze darauf, die sie jetzt auf die Truhe stellte. Im Kerzenschein sah Betsy in ihrem weißen langen Nachtgewand wie ein Gespenst aus, wie eine wandelnde Verrückte, eine Mrs. Rochester, eine *Frau in Weiß*.

»Maurice.«

»Geh weg, Betsy, ich bin müde.«

»Maurice, bitte. Tut mir leid, daß ich all diese Dinge gesagt habe. Tut mir leid, daß ich dich ausgesperrt habe.«

»Okay, tut mir auch leid. Es ist alles durcheinander, und vielleicht hätte ich es nicht so machen sollen. Aber das beste für mich ist, wenn ich verschwinde, meine Sachen mitnehme und einen klaren Schlußstrich ziehe. Richtig? Und bist du jetzt bitte ein gutes Mädchen und gehst und läßt mich etwas Schlaf bekommen?«

Mit dem, was dann geschah, hatte er nicht gerechnet. Es war ihm nicht in den Sinn gekommen. Männer verstehen nichts von Frauen und Sex. Sie warf sich auf ihn, ungeschickt, hungrig. Sie zog sein Hemd auf und begann, seinen Hals und seine Brust zu küssen, umklammerte fest seinen Kopf und preßte ihren Mund auf den seinen, auf ihm liegend und seine Beine mit ihren Knien umgreifend.

Er gab ihr einen wilden Stoß. Er trat sie weg, und sie stürzte, wobei sie mit dem Kopf gegen die Seite des Koffers schlug. Die Kerze fiel herunter, flackerte und erstarb in einem Tümpel Wachs. In der Dunkelheit fluchte er in allen Tönen. Er machte das Licht an, und sie stand auf und hielt sich den Kopf dort, wo ein wenig Blut hervortrat.

»Oh, mach, daß du rauskommst, um Gottes willen«, sagte er, schob sie unsanft hinaus und warf die Tür hinter sich zu.

Am Morgen, als sie ins Zimmer kam, eine blaue Prellung auf der Stirn, lag er völlig angezogen auf dem Sofa und schlief. Sie schauderte einen Augenblick. Sie begann sich Frühstück zu machen, aber sie konnte nichts essen. Der Kaffee reizte sie zum Brechen, und ein übelkeiterregender Schauer durchlief sie. Als sie zu ihm zurückging, saß er aufrecht auf dem Sofa und blickte auf sein Flugzeugticket nach Paris.

»Die Männer kommen wegen der Sachen um zehn«, sagte er, als ob nichts geschehen wäre, »und sie sollten sich besser nicht verspäten. Ich muß um zwölf am Flugplatz sein.«

Sie zuckte mit den Schultern. Sie war ganz unten gewesen, und sie dachte, stärker könnte er sie nicht verletzen.

»Alles zu seiner Zeit.« Seine Augen glühten. »Ich muß noch einen Brief hineinlegen.«

Ihr Kopf beugte sich herunter – die versehrte Stelle rauh und geschwollen – und sie blickte auf ihn hinab. »Du schreibst doch sonst nie Briefe.«

»Nur einen Zettel. Man kann nicht ein Geschenk ohne einen Zettel dazu verschicken, oder?«

Er zog die Ingwerdose aus der Truhe, rollte ihren Brief hervor, ohne auch nur einen Blick darauf zu werfen, und warf ihn auf den Boden. Er kritzelte schnell und ostentativ, indem er dafür sorgte, daß Betsy es sehen konnte: *All dies ist für Dich, Darling Patricia, für immer und ewig.*

»Wie ich dich hasse«, sagte sie.

»Du hättest mich narren können.« Er nahm eine große scharfkantige Lampe aus der Truhe und stellte sie auf den Boden. Er steckte den Zettel in die Ingwerdose, schloß sie wieder, stopfte die Dose zwischen die Handtücher und Kissen, welche die zerbrechlichen Gegenstände schützten. »Wenn ich bedenke, wie du gestern Nacht auf mich losgegangen bist ... Haß ist nicht das richtige Wort dafür.«

Sie gab keine Antwort. Vielleicht hätte er ein schweres Ding wie diese Lampe in eine der Kisten stecken sollen, vielleicht sollte er jetzt eine der Kisten öffnen. Er drehte sich zur Lampe um. Sie war nicht da. Betsy hielt sie in beiden Händen.

»Ich brauche das, bitte.«

»Hat man dir jemals ins Gesicht geschlagen, Maurice?« fragte sie atemlos, hob die Lampe und hieb sie ihm voll auf die Stirn. Er schwankte, und sie schlug erneut zu; wieder und wieder ließ sie die Schläge auf sein Gesicht und seinen Kopf herabregnen. Er schrie. Er stürzte zu Boden, bedeckte das Gesicht mit blutigen Händen. Dann versetzte sie ihm mit aller Kraft einen gewaltigen Schwinger, und er fiel auf die Knie, rollte zur Seite und lag reglos da.

Es war eine ziemliche Menge Blut, obwohl es rasch zu fließen aufhörte. Sie stand da, starrte auf ihn und schluchzte. Hatte sie die ganze Zeit geschluchzt? Sie war von Blut bedeckt. Sie riß sich die Kleider ab und warf sie zu einem Haufen um sich. Einen Augenblick kniete sie neben Maurice, nackt und schluchzend, vor und zurück schaukelnd, seinen Namen aussprechend, sich in die Finger beißend, die klebrig von seinem Blut waren.

Aber Selbsterhaltung ist der stärkste Instinkt, mächtiger als Liebe oder Leiden, Haß oder Trauer. Es war neun Uhr, und in einer Stunde würden diese Männer kommen. Betsy schleppte einen Eimer Wasser herbei, Reinigungsmittel, Tücher und einen Schwamm. Die harte Arbeit, das große Säubern stoppte ihre Tränen, beruhigte ihr Herz und lullte ihre Gedanken ein. Sie dachte an nichts, fieberhaft arbeitend.

Als Eimer auf Eimer rötlichen Wassers in den Spülstein gegossen war, der Teppich durchtränkt, aber sauber, die Lampe gewaschen und getrocknet und poliert, warf sie ihre Kleider in den Korb im Badezimmer und nahm ein Bad. Sie zog sich sorgfältig an und bürstete ihr Haar. Acht Minuten bis zehn. Alles war sauber, und sie hatte das Fenster geöffnet, doch das tote Ding lag immer noch dort auf einem Haufen geröteter Zeitungsblätter.

»Ich liebte ihn«, sagte sie laut, und sie ballte ihre Fäuste. »Ich haßte ihn.«

Die Männer waren pünktlich. Sie kamen genau um zehn. Sie trugen die sechs Teekisten und die silberfarbene Truhe mit den goldfarbenen Schnallen hinunter.

Als sie gegangen und ihr Lieferwagen losgefahren war, setzte sie sich auf das Sofa. Sie blickte auf die scharfkantige Lampe, die Onyx-Federdose und den Aschenbecher, die Ingwerdose, die Alabasterschüsseln, die Hochheimer Gläser, den Brieföffner aus Bronze, die kleinen chinesischen Tassen und den Lowry, der wieder an der Wand hing. Sie war jetzt ziemlich ruhig, und eigentlich brauchte sie den Brandy nicht, den sie sich eingeschenkt hatte.

An die Vergangenheit dachte sie überhaupt nicht, und die Gegenwart schien nur als greifbares Nichts, ein dichtes Schweigen, das um sie lag. Sie dachte an die Zukunft, von jetzt an drei Monate gerechnet, und in die Stille ließ sie ein tonloses, perlendes Lachen erklingen. Miss Patricia Gordon, 23 Burwood Park Avenue, Kew, Victoria, Australia 3101. Das hübsche, gierige, harte Gesicht, die Hände so eifrig bestrebt, dieses Schloß zu öffnen und diese goldenen Schnallen aufzureißen, um den Schatz darin zu finden …

Und wie interessant würde dieser Schatz in drei Monaten sein! Interessanter als alles, was Patricia Gordon in ihrem ganzen Leben gesehen hatte! Es war auch gut, daß die Fracht eine

Notiz in einer vertrauten Handschrift trug, damit Miss Gordon das Geschenk erkannte: *All dies ist für Dich, liebste Patricia, für immer und ewig.*

Originaltitel: A Glowing Future
Ins Deutsche übertragen von Reinhard Wagner

T. L. Parkinson

Der Tiger kehrt in die Berge zurück

›Würde er die Tür eintreten? Würde er mit sanfter Stimme
sprechen wie der große böse Wolf? Würde er gar eine menschliche Maske tragen, um die Maske in dem Augenblick fallen
zu lassen, in dem er seine Zähne in ihr Fleisch grub?‹

*Wo verbirgt sich die Gefahr? Für eine Frau kann sie an vielen Orten
lauern, und das müssen nicht unbedingt solche sein, an denen man
sie erwarten würde. Bei einer Betrachtung der verschiedenen Möglichkeiten erinnert sich T. L. Parkinson der Legende von der Schönen und dem Biest und überträgt sie in eine moderne Neufassung.
Es reicht ihm indes nicht, einfach nur dem Schema ›Mädchen trifft
Gorilla‹ zu folgen. Ebensowenig geht es ihm darum, die Botschaft
alter Sagen und Volksballaden zu kolportieren, wonach in einem
ekelerregenden Äußeren ein gutes Herz steckt, oder die alte ›Die-
Liebe-heilt-alles-Geschichte‹. Vielmehr unternimmt er meiner Meinung nach den gewagten Versuch einer männlichen Seele, sich in
den Traum (oder Alptraum) einer Frau zu versetzen, wobei er eine
Geschichte in der Geschichte einer Geschichte schafft – und wer
wollte sich da wohl anheischig machen, zu entscheiden, welche
davon nun das Biest zum Inhalt hat, den wahren Tiger?*

Am 22. Oktober floh der Tigermann aus dem Gefängnis. Die Flucht beherrschte tagelang die Schlagzeilen der Zeitungen. Er entführte eine Braut, die sich gerade nach ihrer Hochzeit hinter einen Baum zurückgezogen hatte. Molly stellte sich vor, die Braut müsse trunken gewesen sein – trunken vor Liebe. Molly warf eine zerbrochene Lampe in einen Karton, während sich in der Erinnerung ihr Mund verzog. Es dauerte noch eine halbe Stunde, bis jeder wußte, daß das junge Mädchen nicht mehr da war; der Bräutigam war damit beschäftigt gewesen, sich mit seinen Eltern zu unterhalten. Eingeweihte hatten gewußt, daß seine Eltern mit seiner Ehe mit dem blonden Mädchen nicht ganz einverstanden waren – und so hatte der Bräutigam die Braut vorübergehend aus seinen Gedanken gestrichen.

Lange genug.

Zwei Wochen nach der Flucht des Tigermanns war Molly so weit, aus ihrem Haus an der Outreach Street auszuziehen. Am Ende der öffentlichen Straße – dort, wo das Haus stand – ließ der Schatten des Berges alles dunkel erscheinen; sie konnte das Gefängnis fast ganz oben sehen, umgeben von kahlen Baumstämmen, die wie eine Krone wirkten.

Angst lag in der Luft, ein übles Gefühl, fast wie Gift. Als der offizielle Umzugstermin näherrückte, war Molly viel zu sehr damit beschäftigt, alles in Kartons und Kisten zu verpacken, als daß sie sich groß um die Zeitungssensation hätte kümmern können. Der Tigermann war ein natürliches, ein wenig gruseliges Phänomen, etwas, an das man sich nach einer gewissen Zeit gewöhnte und das man – beinahe – ignorieren konnte.

Wenn ich es beschreiben müßte, dachte Molly, während sie den Karton mit zerbrochenem Haushaltsgerät verschloß und mit einer Kordel zuband, hätte ich meine Mühe. Nichts kann danach noch kommen, nicht einmal in derselben Art. Auf eine höchst merkwürdige Weise bin ich vollständig.

Endlich nahte der Tag. Sie hatte ihn rot im Kalender angestrichen. Das Bild des Monats war Thors Hammer, eingetaucht in rotes Sonnenlicht gegen einen Himmel in kaltem Blau. Der Umzug war schrecklich, wie eine Explosion. Wenn die Teile landeten, wo würde sie dann sein? Wenn ich das Richtige tue, dachte Molly, warum sollte ich mich dann nicht gut fühlen? Im Augenblick, fand sie, während sie sich selbst erforschte wie eine Kiste voll Krimskrams, fühle ich überhaupt nichts.

Mollys Tochter Sarah saß mürrisch in einem Winkel des weitläufigen Hauses hier am Fuße des Berges – bezahlt von dem Geld, das Carl mit Drogenhandel verdient hatte – und starrte nur vor sich hin. Ihre Augen waren zugleich starke wie auch zerbrechliche Lichter. Als die Möbelpacker mit ihrer Arbeit begannen, schlug Molly vor, Sarah solle eine Freundin besuchen gehen.

»Und wenn mich der Tigermann schnappt?« fragte Sarah mit vorwurfsvollem Gesicht. Molly fühlte sich ihren Blicken irgendwie schutzlos ausgeliefert.

»Dich schnappt niemand, höchstens ich. Nun geh schon.«

Als Sarah ging, schaute Molly ihr auf die Füße, als wünschte sie sich diese weit weg.

»Ein anstrengendes Kind«, sagte einer der Möbelpacker. Molly erwiderte nichts. »Man kann einem Kind eigentlich nie richtig böse sein«, sagte der andere Möbelpacker an ihrer Stelle.

Molly nahm an, daß Sarah zum Postamt ging. Das Postamt faszinierte Sarah. Sarah sagte immer, es sei ihre einzige Verbindung zur großen, weiten Welt – was immer das auch war. Molly war noch am Morgen da gewesen und hatte das Paket mit dem Plüschtier aus dem Postfach geholt. Auf diese Weise schickten sie immer das Kokain. Carl war schon längst nicht mehr da, aber den Leuten vom Südkartell ging es einfach nicht in den Schädel, daß dieses Ende des Geschäftsstranges tot war.

Molly fragte sich, was wohl passieren mochte, wenn sie ihr Geld verlangten. Sie hätte ihnen so gern geschrieben, daß es vorbei war, aber sie hatte keine Adresse.

Als das Haus leergeräumt war, legten die Möbelpacker ihre schwarzen Decken zusammen und ließen die müden Arme baumeln. Molly wußte vor sich weiter nichts als das kleine Haus unten in der Stadt. Sie setzte sich in das leere Zimmer vorn am Eingang, in das die Nacht ihre schwarzen und purpurfarbenen Schatten warf, und weinte.

Carl hatte schrecklich gut ausgesehen. Seine Haut war hell wie frisch geöltes Holz, dazu hatte er graublaue Augen wie aus Marmor, und er roch nach Rasierwasser und Männerschweiß von jener bittersüßen Art, wie sie einem Mann eigen ist, wenn er Geld macht – oder Liebe.

Seine Augenbrauen waren scharf konturiert und fein gezeichnet wie die einer Frau, die sich die Brauen zurechtzupft; seine aber waren von Natur aus so, und er hob die linke, wenn er verwirrt war oder sich sexy fühlte.

Er hatte sich ihr bei einer Tanzveranstaltung genähert, und er war sanft zu ihr gekommen, wie ein Sommerwind, wie der Schatten einer Wolke über einem Maisfeld.

Viermal gingen sie zusammen aus, bevor sie Sex miteinander hatten. Molly hatte es beim dritten Mal machen wollen, unter der Platane, die sie in ihrem Auto vor dem Wind beschützte, doch er hatte ihr widerstanden.

Carl sagte von sich, er sei Zimmermann und arbeite in Crescent City, aber er wolle schon bald ein eigenes Geschäft eröffnen, damit er dann andere die harte Arbeit machen lassen könne, während er selbst nur alles organisiere. Er sei gut im Organisieren, hatte er gesagt.

Carls Hände waren sehr zart für einen Zimmermann, aber vielleicht nahm er sich bei der Arbeit in acht oder benutzte Handschuhe. Wie auch immer, Molly vertraute ihm trotz gelegentlich aufkommender Zweifel mehr und mehr. Sie hatte niemals einem anderen restlos vertraut, nicht einmal ihren Eltern, und so war dies ein gänzlich neues Gefühl für sie. Sie wollte es pflegen, es zur Gewohnheit werden lassen.

Molly wußte zu Anfang nichts von Carls Verstrickung in den Kokainhandel. Manchmal rauchten sie gemeinsam einen Joint, bevor sie ausgingen, aber das war auch alles. Eines Nachts, nach etlichen Flaschen billigen Rotweins, gestand Carl in einem Anfall von Wahrheitsliebe, er habe ›vor einiger Zeit‹ Kokain für andere besorgt. Molly konnte ihn nicht bewegen, ihr zu sagen, wie lange das her war und wie lange es gedauert hatte.

Monate später küßte Molly während eines heißen und trockenen Sommers ihren Carl, und ihr Gesicht gefror.

Nachdem Sarah geboren war, zogen sie um in den Schatten des Berges, auf dem wenige Jahre zuvor das Gefängnis erbaut worden war.

Molly hielt nichts von Symbolen, aber mitunter schien das Gefängnis wie die Erinnerung an ein zukünftiges Ereignis zu drohen. Wenn es einen Sinn machen soll, daß sie hier lebten, unter diesem Schatten, dann war es vielleicht die Mahnung, daß ein jeder etwas Böses in sich trägt, das besser verschlossen blieb.

Carl war oft weg. Molly vermißte ihn. Dieses Gefühl wurde ihr vertraut. Carl war nach Cokenders gegangen; die Drogengeschichte war Vergangenheit. Er war mit Konstruktionsplänen in der Nähe des Flusses beschäftigt.

Molly raffte sich zusammen und erhob sich vom Boden. Es war jetzt Nacht, schwermütig und still. Der Winter kam dieses Jahr langsam; die Jahreszeiten schienen miteinander verwoben zu einer verschwommenen, schwerfälligen Masse. Molly spürte sie auf den Schultern, in der Kehle und wie sie sich auf ihr Gemüt legte gleich einer sanften, aber schweren Hand.

Sie ging den gewundenen, kopfsteingepflasterten Weg hinunter zu ihrem Wagen. Sie war so stolz gewesen auf diesen Weg: Pflastersteine aus Belgien, obwohl man keineswegs bequem darauf ging. Sie setzte sich ins Auto, ließ das Radio leise spielen und starrte zum Haus hinauf.

Es wirkte leer und leblos, so als habe nie jemand darin gelebt. Ein Körper, dessen Seele entflohen war. Und genauso fühlte sich ihr Herz an. Carl war ein Jahr im Gefängnis gewesen. Es hatte niemals Konstruktionspläne gegeben. Er war nach Mexiko geflogen, um Ware zu holen. Er besaß zwei kleine Flugzeuge.

Bei den Verhören war vieles über ihn an den Tag gekom-

men, das Molly nicht gewußt hatte. Er war in der Besserungs-
anstalt gewesen, zweimal im Gefängnis, war beschuldigt
worden, bei einem Rendezvous auf der High-School ein Mädchen vergewaltigt zu haben, aber man hatte die Anklage auf
Verlangen der verängstigten Eltern des Mädchens fallen lassen. Carl war eingesperrt worden, weil er einen Homosexuel-
len geschlagen hatte, nachdem er sich zuvor von dem Burschen selbst hatte bedienen lassen, und zwar in genau
derselben Allee hinter der Bar, wohin er auch gelegentlich mit
Molly gegangen war. Ein Jahr mit Bewährung. Zweimal war
er wegen Drogenverkaufs festgenommen worden, mit Hilfe
von Verfahrenstricks aber wieder freigekommen. Er konnte
keine Schubkarre fahren – aber einst hatte er einen purpurfarbenen Mercedes gefahren, bis er ihn bei einem bösen Unfall
eingebüßt hatte.

Als er das letzte Mal aus dem Gefängnis gekommen war –
ein vorbildlicher Strafgefangener, hatten sie gesagt –, hatte
Molly um Sarahs willen versucht, das Beste draus zu machen.
Es ging sechs Monate gut. Molly war sicher, daß Carl wieder
dealte. Es zog ihn an wie die Motte das Licht. Sie fand drei-
tausend Dollar, in Hundertdollarscheinen gebündelt, in seiner Brieftasche.

Eines Tages, als ihre Liebe zu ihm langsam starb, sich zu
bloßer Erinnerung verflüchtigte, um dann in Amnesie zu versinken, ging sie an seinen Kleiderschrank und öffnete ihn.
Alle seine Anzüge waren fort, auch der Koffer aus Krokodil-
leder. Nur ein Paar schmutziger Wollsocken, wie er sie zur
Gartenarbeit anzuziehen pflegte, lag auf dem Boden. Der
linke hatte vorn ein großes Loch.

Es gab keine Nachricht, nichts. Molly fühlte es tief drinnen,
wie eine Gasblase so groß wie ihr Herz: Diesmal war er für
immer gegangen.

Das neue Haus lag in einer Sackgasse. Die Fenster waren aus
Aluminium und ihre Rahmen so dünn, daß sie beim kleinsten
Windhauch zu klappern begannen. Vom ersten Augenblick
an haßte Molly dieses Haus.

Ihre Möbel paßten nicht alle hinein, und so veranstaltete sie am nächsten Sonntag einen Flohmarkt. Es war sonnig, feucht und kühl, und sie lernte etliche der neuen Nachbarn kennen: einen jungen Japaner, einen irischen Gentleman, der viel von seiner Abneigung gegen Feiertage erzählte, vor allem gegen Weihnachten, eine schon etwas ältere Frau, die einen Hund besaß, von dem sie behauptete, er sei dressiert. Molly fragte sich, ob nicht auch diese Frau in der einen oder anderen Weise dressiert sei; jedenfalls ging sie, als würde sie ständig von einer unsichtbaren Hand geschlagen. Molly kam zu der Überzeugung, es sei nicht gut, zu vieles mit Vergleichen aus der Tierwelt erklären zu wollen.

Sarah war in der Schule, dritte Klasse, dieselbe Schule wie zuvor, so daß sie nicht zu wechseln brauchte und gut vorankam. Vier Tage lang saß sie nur da und starrte ins Leere, daß es die Wände hätte erbarmen mögen; dann stand sie eines Morgens auf und ging ihren gewohnten Tätigkeiten nach, als sei nichts geschehen. Und das schien Mollys Depressionen nur noch offenkundiger zu machen – und niederdrückender.

Eines Tages kam Sarah mit Neuigkeiten vom Tigermann nach Hause. »Mom«, sagte sie, während sie geräuschvoll ihr rosafarbenes Kaugummi kaute, »ein paar Kinder in der Schule haben einen Club gegründet. Einen Tigermann-Fanclub. Meistens Jungs.« Es gab nur ein Schulgebäude: die Grundschule in dem einen Trakt, die High-School in einem anderen, verbunden durch einen schmalen Gang aus dunklem Glas, vergleichbar einem Gewächshaus.

»Ach ja?« sagte Molly. Sie hatte viel Verständnis für Kinder, aber das hier versetzte ihr doch einen ziemlichen Schock.

»Ja, ältere Jungs. Vor allem aus der siebten Klasse und älter«, sagte Sarah. »Was Neues in den Zeitungen?« Und als Molly den Kopf schüttelte, ging Sarah mit ihren Büchern hinauf in ihr Zimmer.

In den nächsten Wochen wurden die Meldungen über den Tigermann immer spärlicher. Man war sich einig, er müsse entweder tot oder gesättigt sein, oder er habe sich abgesetzt, um anderswo neue Jagdgründe zu suchen. In letzter Zeit war er nur einmal gesehen worden, und zwar von einem Teenager, der, wie später berichtet wurde, einen der vielen Clubs besuchte, die jetzt überall aus dem Boden schossen. Die Glaubwürdigkeit des Jungen wurde angezweifelt. Er hatte behauptet, er habe den Tigermann nackt in einen Wald hineinrennen sehen. Der Tigermann habe über die Schulter zurückgeschaut und dabei sein Gesicht gezeigt, und das hatte den Jungen so sicher gemacht, nicht einfach nur einen Verrückten gesehen zu haben, der nackt durch die Wälder lief.

Eines Sonntagnachmittags – Sarah war bei Patricia, einer zwei Jahre älteren Freundin, die aber mit ihr zusammen in dieselbe Klasse ging – sortierte Molly einigen Kleinkram, der sich nicht für einen Straßenverkauf eignete, für den sie aber im Haus keinen Platz wußte. Dabei entdeckte sie einen Stapel Briefe von Carl, von denen sie einige noch nicht gelesen hatte.

Als er im Gefängnis gewesen war, hatte Molly verschiedene Phasen durchlebt: Mal hatte sie getrunken, dann war sie eine Zeitlang trocken gewesen, um dann doch wieder zu trinken. Das Trinken hatte alles erträglicher scheinen lassen. Manchmal hatte sie Carls Briefe gelesen, manchmal hatte sie die Briefe einfach nur beiseitegelegt, ohne sie auch nur geöffnet zu haben. Sie hatte in den letzten sechs Monaten vor seiner Rückkehr vieles unerledigt gelassen.

Sie öffnete die noch verschlossen Briefe und legte sie ordentlich auf einen Haufen. Carl schrieb ihr immer auf feinstem Papier, seidig, mit deutlich sichtbaren Wasserzeichen, die wie Adern durch feine Haut schimmerten. Sie ordnete die Briefe chronologisch und begann zu lesen.

Irgendwie war dieser Tag an ihr vorbeigehuscht. Sie saß da in der Dunkelheit, und die Briefe leuchteten wie langsam verglimmende, fluoreszierende Lichter. Sie konnte es nicht glauben. Sie kniff sich selbst, bis sogar die Haare auf ihren Armen schmerzten.

Carl war mit dem Tigermann zusammen im Gefängnis gewesen, sogar in einer Zelle, bis man den Tigermann in Einzelhaft genommen hatte, weil er einen Wärter mit seinen sehr menschlichen, sehr scharfen Fingernägeln angegriffen hatte.

Carl schrieb, vielleicht habe ein Unfall das Gesicht des Tigermannes verunstaltet, aber das erklärte noch nicht das Fell oder die Augen. Carl war groß im Entwerfen unbeweisbarer Theorien. »So scheint es«, schrieb er, »wenn man sich erst mal an ihn gewöhnt hat. Es gibt merkwürdigere Tiere hierzulande.« Carl schrieb, er habe den Tigermann immer mal fragen wollen, wie es denn passiert sei, aber nie sei der richtige Augenblick dafür gewesen.

Molly erinnerte sich an einen Mann, dem sie im Regen begegnet war. Plötzlich war er unter ihrem Schirm erschienen und ebenso plötzlich wieder verschwunden: ein Mann ohne Gesicht.

Komisch, daß Carl den Tigermann ihr gegenüber nicht erwähnt hatte, als er aus dem Gefängnis gekommen war. Es ist eben immer wieder dieselbe alte Geschichte mit Carl, dachte Molly: Ihn beeindruckte kaum mal etwas, jedenfalls nicht über einen längeren Zeitraum hinweg.

Wenn man Carls Bericht glauben durfte, hatte er sich dem Tigermann an den trostlosen Abenden in der Zelle anvertraut. Sex, Drogen, Frauen einst, jetzt und in der Zukunft, und Liebe. Carl hatte gebeichtet, Molly belogen zu haben. Er sprach von ihrer Unschuld, die durch nichts zu zerstören war – was er auch immer tat. »Er denkt gern an Dich. Er ist auf seine Art ein Philosoph und versucht herauszufinden, was Vertrauen ist. Und ob Liebe blind macht und solche Dinge.«

Das klingt ja fast religiös, dachte Molly, als sie die Briefe in den Papierkorb warf. Ich hätte sie lesen sollen, als sie kamen, um sie dann sofort wegzuwerfen. Molly holte die Briefe wieder aus dem Papierkorb und trug sie zu der großen Abfalltonne aus grünem Plastik unten an der Allee. Sie warf die Briefe hinein und schloß den Deckel leise. In einer Woche würden sie in der Müllverbrennungsanlage zu Asche geworden sein. »Er glaubt nicht an Dich«, hatte Carl geschrieben. »Wenn er rauskommt, will er Dich kennenlernen. Er hat lebenslänglich, um genau zu sein, aber ich habe nichts gesagt. Er ist immer irgendwie traurig, wenn er von Dir spricht, weißt Du, und deshalb halte ich lieber den Mund.« Man mochte über Carl sagen, was man wollte, aber er war nicht der Typ, anderen die Hoffnung zu nehmen.

Sie setzte sich, starrte auf ihr Tagebuch und stellte sich Carl vor, wie er in seiner Zelle geschrieben hatte, während seine grünen Augen vor Aufregung leuchteten. Das Licht war schwach geworden; ringsum herrschten tiefe Schatten. Molly schloß die Schublade und klemmte sich dabei den Daumen ein.

Fluchend leckte sie sich das Blut ab, das wie Metall schmeckte, und dachte bei sich: Sei vernünftig, Molly. Er ist längst weg, hat sich abgesetzt in ein anderes Land. Es gibt keinen Grund zu glauben, er könnte hier wirklich auftauchen. Und doch konnte sie die gelben Augen körperlich spüren, die sie aus den Tiefen der Schatten heraus anstarrten.

Als sie sich umwandte, flog krachend die Haustür auf. Etwas kam auf einer Welle aus Dunkelheit herein.

Molly ballte die Fäuste, lehnte sich mit dem Rücken an den Tisch und atmete tief aus.

Das Etwas trat ins Licht.

»Hi, Mom«, sagte Sarah und warf ihre neue Schultasche auf den wackligen Stuhl. »Ich hatte heute früher Schluß.«

Molly setzte sich nachts in dem kalten, feuchten Bett auf, das Nachthemd über die Knie hinuntergezogen, und dachte darüber nach, was sie sagen würde. Ob er wohl die Tür eintrat? Würde er mit sanfter Stimme sprechen wie der große böse Wolf? Würde er gar eine menschliche Maske tragen, um diese Maske in dem Augenblick fallen zu lassen, in dem er seine Zähne in ihr Fleisch grub? Eine Brise wehte durchs Zimmer, obwohl die Fenster geschlossen waren. Molly stand auf und überprüfte die Fensterriegel, doch der kalte Hauch blieb. Sie kroch unter die Decken und wartete.

Sie durchwachte die Kühle der Nacht mit seinem Atem im Nacken, der über ihr lag wie ein heißer Nebel.

Es war Freitag nachmittag, als es an der Haustür klingelte. Sarah mußte bald aus der Schule zurück sein. Sicher hatte sie ihren Schlüssel vergessen. Molly kaute auf einem Sandwich mit Hühnchen, als sie die zerbrechliche Haustür öffnete, ohne recht hinzuschauen.

»Sarah«, sagte sie mißgelaunt, während sie hinter der Tür stand und den Knauf mit der Schürze abwischte, »ich hasse den dünnen Klang dieser Haustürklingel. Wenn wir mal ein bißchen Geld übrig haben, hole ich was anderes. Einen schönen Gong vielleicht oder so was.«

Der Tigermann war wie ein heißer Wüstenwind.

Er flog in den kühlen Raum und füllte ihn aus. Er schob Molly mit seinen verschwitzten Handflächen beiseite. Sie konnte das Blut in seinen Händen tosen spüren. Starr vor Entsetzen prallte sie gegen die Tür.

Mit einer einzigen Bewegung warf der Tigermann die Tür zu und schleuderte Molly dagegen.

Molly öffnete den Mund, doch kein Laut drang über ihre Lippen. Sie schaute mitten ins Zimmer; wenn sie ihn ansah, dann würde er Wirklichkeit werden. Also würde sie nicht hinsehen, dann wären sie beide unwirklich. Aber sie konnte nichts dagegen tun: Die Augen des Tigermannes zogen sie in ihren Bann, und sie mußte gehorchen.

Die Augen waren wie ein goldener Spiegel, die das Bild ihres entsetzten Gesichts zurückwarfen. Klein und schmal zeichnete Molly sich dort gegen ein Feld aus reinem Gold ab. Doch schon lag in diesen Augen jenseits ihres Abbildes eine unergründliche Tiefe und die Ahnung vieler geheimnisvoller Straßen, die sie gegangen war und wieder vergessen hatte.

Er bewegte sich in keiner Weise bedrohlich. Er bewegte sich gar nicht. Er stand einfach still da wie ein Fels. Sie beobachtete ihn wie ein Soldat bei Alarm, und nur ihre Augen bewegten sich, weil sie glaubte, ihre Angst könne allzu offenkundig werden, wenn sie den Körper bewegte, und weil sie befürchtete, daß er ihr dann weh tun würde.

Sein Gesicht war doppelt so groß wie das eines Menschen, groß wie ein Teller. Es war vollständig von Fell bedeckt, dichtem Fell, das sich wie bei einem Tier sträubte, wie Molly selbst im diffusen Licht hier im Korridor erkennen konnte. Kein menschliches Gesicht, das bei einem Unfall entstellt worden war. Carl hatte sich geirrt, als er eine logische Erklärung für dieses Gesicht zu finden versucht hatte. Das Fell war dicht und tief, wie das Gras auf den Steppen zur Regenzeit; es zeigte große schwarze Linien wie bei einer Kriegsbemalung auf einem Hintergrund aus changierendem Weiß und Sonnengelb. Alle Farben waren scharf voneinander getrennt, ohne jeden Übergang; gleichermaßen schön und schrecklich. Molly fühlte sich an Carls exakt gezeichnete Augenbrauen erinnert.

Eine Minute lang, während ihre Augen schwammen und sie gegen eine Ohnmacht ankämpfte, dachte sie, es könnte in der Tat Carl sein, der eine Maske trug und ein böses Spiel mit ihr trieb, um so wieder in ihr Leben einzutreten.

»Runter«, sagte der Tigermann. Draußen hatte es ein Geräusch gegeben, vielleicht der Postbote, der freitags immer etwas später kam. Molly fiel auf die Knie nieder. Der Fußboden fühlte sich dumpf an. Nicht Carl, nicht irgend etwas, das ihr je zuvor begegnet wäre, nichts, das irgendwie bekannt gewesen wäre; tierischer Atem, voller Wildheit und übelriechend. Die Worte klangen dumpf, wie eingebettet in ein Knurren. Etwas, das es müde geworden war, zu fliehen. Es war so schwer zu erklären.

Sie begann, innerlich zu zittern. Zuerst spürte sie es im Magen, wo sie unterdrückte Gefühle schon immer zuerst gespürt hatte. Unruhig und schwer; es fühlte sich an wie ein Tier, das in ihrem Innern hin und her lief.

Über der Schulter trug er eine schwarze Tasche an einem Riemen. Er holte etwas Weißes heraus, nahm ihre Hände und band sie mit dem weißen Stoff zusammen.

Sie begann zu wimmern – die Angst kroch aus ihrem Bauch empor wie ein Tropfen Galle –; dann riß sie sich zusammen und dachte an das Schicksal des erschöpften Karibus.

Sein Griff war fest, bis sie den Rücken straffte und ihre Angst unter Kontrolle bekam. Sie wollte reden, etwas sagen, etwa: »Was wollen Sie? Ich habe kein Geld; mein Schmuck ist oben«, denn sie wollte, dies möge ein ganz normaler Überfall sein und nicht der Angriff eines Raubtieres, etwas jenseits ihrer wildesten Träume. Dann würde er sich vielleicht zu einem gewöhnlichen Ganoven wandeln, ihre Juwelen nehmen und wieder verschwinden. Der Geist konnte doch die Kraft entfalten, die Realität umzuwandeln, sie zu filtern. Aber er klebte ihr ein Pflaster quer über die Lippen, noch bevor sie etwas sagen konnte.

Er beugte sich nieder, schob zwei Arme dick wie Baumstrünke unter sie und trug sie die Treppe hinauf, als wäre sie ein Nichts.

Das kühle, lichtlose Zimmer hatte ein großes Fenster, das jetzt der Sonne abgewandt war. Er legte sie aufs Bett.

Würde er sie jetzt vergewaltigen? Natürlich, er hatte gewichtige Gründe. Sie wünschte sich weg, weg von hier, von ihm. Dann, als sie langsam entschwand, sich aus sich selbst befreite in die Vergessenheit, zwang sie sich zurück in diesen Raum. Denn draußen würde es schlimmer sein – eine große, leere, kreischende Form des Nichts. Hier drinnen hatte sie eine Chance.

Einige Sekunden verrannen. Er kam nicht zu ihr auf das Bett. Sie öffnete die Augen und schaute vorsichtig über die Schulter zurück. Sie waren noch da, sie beide. Er stand im Hintergrund, nur Augen und Gesicht, und sah sie an, sah sie intensiv an, starrte schweigend, kalt, unpersönlich. Seine Blicke fraßen sich an ihren bloßen Füßen fest, heiß wie die Sonne. Sie hatte kleine Füße. ›Die zarten Füßchen einer Prinzessin‹ hatte Carl sie mal genannt.

»Vertrau mir«, sagte er. »Verhalte dich ruhig, wehre dich nicht, und du kannst mir vertrauen.«

Unten wurde die Haustür geöffnet. Molly spürte, wie eine neue Welle von Panik in ihr hochstieg.

»Mom, ich bin wieder da«, rief Sarah durch das Treppenhaus nach oben. Ihre Stimme klang dünn und hohl.

Der Tigermann huschte in den schattigen Flur hinunter, geräuschlos wie eine Katze, obwohl er Army-Stiefel trug, die über und über voll Dreck waren.

Nachdem die Geräusche eines kurzen Kampfes verebbt waren – Geräusche, als ließe man die Luft aus einem Ballon –, kehrte er mit seiner Beute zurück.

Molly konnte Sarahs Augen sehen, die vor Angst und Wut brannten. Der Tigermann blickte auf das regungslose, gefesselte Mädchen in seinen Armen und setzte es mit erstaunlicher Behutsamkeit auf den Stuhl neben dem Bett, nachdem er Mollys Unterwäsche zu Boden geworfen hatte.

Er überprüfte ihre Fesseln etwa alle halbe Stunde; Molly schätzte die Zeit ab, indem sie ihre Herzschläge zählte.

Er telefonierte unten. Sie konnte es erschreckend gut hören. Mein Kind hat Angst; mir sind jetzt neue Sinne eröffnet, überhöht und scharf. Ich könnte dieses Haus aus den Fundamenten heben, wären meine Arme nicht gefesselt.

Mollys Gedanken überschlugen sich. Sarah flüsterte: »Mom, was ist denn los?« Aber Molly konnte durch das Pflaster auf ihrem Mund hindurch nur stöhnen, stöhnen wie ein verwundetes Tier, und dieser Klang ließ sie beinahe erstarren.

Mit den Augen gebot sie Sarah Schweigen.

Molly drehte sich um und zerrte an ihren Fesseln, und als sie sich wieder zurücklegte, erinnerte sie sich plötzlich der Briefe. Hätte sie sie überhaupt lesen dürfen? Daß sie den Inhalt der Briefe kannte, hatte das alles hier vielleicht über sie gebracht. Vielleicht auch nicht. Aber etwas, das Carl gesagt hatte, drängte sich in den Vordergrund. Den Tigermann hatte die Vorstellung von Unschuld fasziniert, eine Eigenschaft, an die Molly sich eine verschwommene Erinnerung bewahrt hatte.

Sie warf sich herum. Die altersschwachen Bettfedern quietschten wie ein Haufen Mäuse. Konnte sie nicht das Leuchten der Unschuld auf ihr Gesicht zaubern und den Tigermann von ihrer Unverdorbenheit überzeugen?

Sie hörte ihn die Treppe heraufsteigen, als sie endlich zu dem Schluß kam, sie müsse eigentlich dazu in der Lage sein, sie müsse sich noch erinnern können. Der Gedanke ging ihr wieder und wieder durch den Kopf; verließ sie nicht mehr. Es müßte den Versuch wert sein.

Er öffnete die Tür. Er stand im Türrahmen, ein massiger Schatten, schweigend wie ein Berg. Sie blickte zu ihm auf; die Augen füllten sich mit Tränen, und in ihrem Innern stieg ein Gefühl des Vertrauens auf, das sie längst verloren geglaubt hatte, und das blinde Verlangen nach Hoffnung. Er ist wie ein Fels, dachte sie, er ist majestätisch und voller Ruhe. Das Gefühl überkam sie wie von Zauberhand von irgendwoher aus dem Nichts. Sie war sicher, daß auch er es sah, daß auch er es spürte, denn er kam zu ihr herüber, als er ihr stummes Flehen bemerkte, und löste ihre Fesseln.

Über seine ganz und gar menschliche Schulter hinweg, muskelbepackt, besonders im Nackenbereich am Haaransatz – sein Haar war dunkelblond und konventionell geschnitten –, beobachtete sie Sarah, die ebenfalls ihre Fesseln löste.

Er legte sich neben sie, sein Atem ging tief. Er hatte den Kragen seines Arbeitshemdes geöffnet.

»Ich will dir nichts tun«, sagte er. »Ich brauche nur einen Ort, wo ich mich ein wenig hinlegen kann, bis ich mir darüber klar bin, was als nächstes zu tun ist. Ich habe deinen Mann gekannt. Er hat mir alles über dich erzählt.« Die letzten Worte sprach er wie im Traum und sah sie dabei aus Augen an, die wie schmelzende Spiegel waren.

»Ja, ich weiß. Er hat mir auch von dir geschrieben. Ich habe das Gefühl, als würde ich dich schon sehr lange kennen.« Ihre Stimme schwankte.

Er seufzte. Es klang brünstig. Sie fragte sich, ob er in den letzten Tagen die Tiere im Wald gejagt und gegessen hatte. Und ihr kam die schreckliche Vision, er könne vielleicht auch seine menschlichen Opfer verzehrt haben.

Aber sie war nicht sein Opfer, sie war seine Komplizin bei einem Verbrechen. Diese Vorstellung mußte sie sich bewahren; sie mußte sich in allem ausdrücken, was immer Molly tat.

Sie rollte sich gegen ihn, stieß einen überraschten Laut aus und rollte sich schnell wieder von ihm weg, als habe sie etwas Schleimiges berührt. Sie ließ die Augen langsam seinen Körper abtasten. Er merkte es, und sein Körper versteifte sich, als bestünde er zur Gänze aus erigierbarem Material.

Wäre nicht dieses Gesicht dachte sie, er hätte einen Körper, wie ich ihn mochte, als ich jünger war und unwissend. Er sieht Carl bemerkenswert ähnlich – dieselbe weiblich anmutende Muskulatur und dieselben unsteten Augen. Doch dann erinnerte sie sich wieder, wo sie war und in wessen Gesellschaft sie sich befand, und fing an zu zittern.

Er begann, ihren Nacken mit schwieliger Hand zu streicheln. Die Finger waren grünlich; die Adern traten dick hervor, irgendwie männlich und attraktiv, und seine Nägel waren rund und makellos. Er hatte kräftige, gelbliche Zähne mit langen Reißzähnen.

Sie ließ ein Stöhnen hören, jenes harte und gleichzeitig zarte Stöhnen, das Carl regelmäßig in Feuer versetzt hatte. Carl hatte versucht herauszufinden, warum gerade dieses Stöhnen eine solche Wirkung auf ihn hatte, aber er hatte es nie ergründen können. Der Tigermann begann, Molly langsam zu entkleiden. Sie versuchte, ihm zu helfen, doch er schob ihre Hand beiseite. Sie kämpfte das Verlangen nieder, sich zur Wehr zu setzen. Ich habe keine Hände, sagte sie sich; er ist meine Hand. Sie mußte dies alles überstehen, um Sarah Gelegenheit zu bieten, sich selbst zu befreien und die Polizei zu rufen.

Sarah hatte sich im Stuhl eng zusammengerollt. Dunkelheit deckte sie zu, als die Sonne jenseits der Rasenfläche verschwand. Noch immer suchte sie mit der Geschicklichkeit eines Magiers ihren Weg aus den Fesseln.

Molly haßte den Gedanken, daß Sarah zusah, wie ihre Mommy sich dem Tigermann hingab, aber vielleicht sah sie ja gar nicht herüber. Sie war noch unverdorben; sie verabscheute sogar Gewalt-Videos.

Er zog ihr auch die letzten Kleidungsstücke aus und legte sie dann so aufs Bett, wie er sie haben wollte und wie ein Kind seine Puppe bettet. Ein kalter Hauch strich über sie hinweg und ließ den Schweiß gefrieren. Sie blickte an sich hinunter. Alles war verschwommen und unwirklich. Vor ihr erhob sich der Tigermann auf die Knie und zog sich das Hemd aus, wobei er eine wie gemeißelt wirkende Brust entblößte, eine durchscheinende Haut, die wie Metall schimmerte, ohne Poren und vollkommen haarlos. Seine gelben Augen glichen den Leuchtbuchstaben auf dem Radiowecker.

Molly fühlte sich, als wäre sie nach einem Alptraum in feuchten Laken erwacht. Als sie die Hand ausstreckte, um ihren Bauch zu berühren, wurde ihr bewußt, wie sehr er sich dagegen sträubte.

Er grinste, beugte sich vor und deckte sie zuerst mit seinem Schatten, dann mit seinem Körper zu.

»Mach es langsam«, flüsterte sie ihm ins Ohr, als er in sie eindrang. »Ich möchte, daß es lange dauert.«

Unter seinen schweren, feuchten Bewegungen vernahm sie mit ihrem überfeinen Gehör, daß Sarah aus dem Stuhl glitt und nach unten ging.

Es schien ewig zu dauern. Er war sehr stark gebaut, und es tat ihr weh. Sie sagte zu sich selbst: Hier sind jetzt nur noch zwei Dinge, wie Öl und Wasser: das eine bin ich, das andere ist er. Sie vermischen sich nicht. Sie leben nicht einmal im selben Universum.

Sie mußte Zeit gewinnen, und daher sagte sie: »Langsamer, Baby, langsamer.« Sie sagte es immer wieder. Sie sagte es auf Millionen verschiedene, geheimnisvolle Arten.

Als der Tigermann kam – wie ein einziger großer, spasmodierender Muskel –, da war Molly sicher, daß sie ihn schier um den Verstand gebracht hatte.

Sie atmete heftiger, als er von ihr herunterrollte, und mit der wellengleichen Bewegung ihrer Brust beim Atmen stiegen Abscheu und Angst und ein säuerlicher Geschmack in ihrer Kehle auf.

Sie schluckte, sie lauschte. Nichts. War Sarah hinausgegangen, um auf die Polizei zu warten? Molly hoffte es, obwohl sie spürte, daß etwas nicht stimmte.

Der Tigermann hatte eine grüngeäderte, kupferhäutige Hand an ihre Kehle gelegt und drückte sie auf eine Art und Weise nieder, die Molly nicht anders denn als Geste der Zuneigung zu deuten wußte. Sie starrte an die Decke und suchte nach Worten, aber sie fand keine.

Überallhin blickte sie, nur nicht auf ihn. Sie sah hinten in einer Ecke des Zimmers eine Männerhose von einem Stuhl gleiten; sie nahm die letzten Spuren der Sonne wahr, die sich aus dem Zimmer stahl.

Was war mit Sarah geschehen? Warum war es so still rings-um? Sie schaute schnell zur Tür hinüber, die Sarah einen Spaltbreit hatte offenstehen lassen.

Die gelben Augen des Tigermannes folgten ihren Blicken wie ein Paar Suchscheinwerfer, entdeckten den schmalen Lichtstreifen, der vom Treppenhaus hereinfiel, und folgten ihren Blicken weiter zu dem leeren Stuhl.

Er sprang vom Bett und riß die Tür auf. Was immer er war oder tat, immer war er nur Masse; sie konnte den Abdruck spüren, den sein Körper auf der Matratze hinterlassen hatte, wie ein schwarzes Loch.

Molly rollte auf den Boden und von dort ins Treppenhaus. Die kalte Luft schlug ihr wie eine Wand entgegen. Am Fuß der Treppe fand ein Kampf statt. Geräusche – Weinen – drangen herauf.

»Sarah, bist du in Ordnung?« rief Molly, und dann: »Wage es nicht, sie anzurühren!« Sie stand auf der obersten Stufe, bereit, jeden Augenblick loszuspringen.

»Die Polizei wollte mir nicht glauben«, wimmerte Sarah, als der Tigermann sie hochhob und nach oben trug. »Sie dach-ten, ich wollte mich nur wichtig machen, weil ich ja noch ein Kind bin. Mit einer blühenden Phantasie. Glaub nicht alles, was du liest, hat der Beamte gesagt. Und dann hat er aufge-hängt.«

Sie hielt noch immer den Telefonhörer in der Hand, und das abgerissene Kabel schleifte hinter ihr her wie ein Schwanz.

»Geh hinein«, sagte der Tigermann. »Ihr wird nichts gesche-hen, wenn du tust, was ich dir sage.«

Molly ging widerstrebend zurück ins Schlafzimmer. Der Tigermann setzte Sarah wieder auf den Stuhl, betrachtete die Stricke, die sie selbst gelöst hatte, und lächelte.

»Nicht übel, Kleine«, sagte er. »Du machst das nicht schlecht.«

Molly hatte sich in die dunkelste Ecke des Zimmers zurückgezogen. Es gab nur ein Fenster, durch das ein wenig Licht drang.

Der Tigermann hatte Molly den Rücken zugewandt. In einer Art unschuldigem Entzücken starrte er auf die Stricke, auf Sarah. Molly setzte sich in den grünen Sessel und kauerte sich zusammen. Sie schätzte die Entfernung ab, die Kraft ihrer Beine.

Er trat ein wenig zurück. Es schien, als würde er sich gleich umwenden.

Das war ihre Chance. Sie zog die Beine an und stieß sie ihm mit aller Kraft in die untere Rückenpartie. Er ließ einen seltsamen Laut der Überraschung hören, und dann flog er auch schon durch das geschlossene Fenster, wobei er schützend die Hände vor den Kopf hielt. Das zersplitterte Glas ergoß sich glitzernd in das blaue Licht. Für eine Sekunde konnte Molly sehen, wie sich die Splitter in sein Fleisch bohrten. Er sah aus wie das Abbild eines Mannes in einem zerbrochenen Spiegel.

Molly schnappte nach Sarahs Arm, und dann rannten sie los.

Die Sonne war verschwunden. Der Nachthimmel war mondlos, und milchige Schwaden verdeckten die Sterne. Es erschien ihnen fast so, als erwachten sie unter einem großen Tuch, das sie von allen Seiten zudeckte, als sie aus dem Haus flüchteten.

»Wir laufen zur Polizeistation«, sagte Molly. »Er ist vielleicht nicht tot. Und er kann schneller rennen als wir.«

Sie jagten die Straße hinunter. Auf halbem Weg drehten sie sich um und blickten zum Haus zurück. Es war keine Bewegung zu erkennen, aber Molly war nicht beruhigt.

»Renne«, sagte Molly, »renne, als wenn er hinter uns wäre.«

Weiter jagten sie die Straße hinunter. Niemand war in dieser Nacht unterwegs. Die Stadt glich einer Geisterstadt. Man darf nicht darauf hoffen, daß einen das Glück aus Schwierigkeiten befreit, dachte Molly; jetzt muß ich meine sieben Sinne beieinander halten. Später kann ich mich gehenlassen. Später …

Sie umrundeten eine Ecke und tauchten in den matten Schein einer Straßenlampe ein, die hell flackerte, erlosch und wieder aufflackerte. Von irgendwo tauchte ein Auto auf. Ein alter, ziegelroter VW. Molly winkte mit beiden Armen, und der Wagen hielt neben ihnen.

Ein junger Mann mit einem breiten Gesicht, grünen Augen und jungenhaft geschnittenen rötlich-braunen Haaren lehnte sich aus dem Fenster. »Gibts irgendwelche Probleme?«

»Gott sei Dank, daß Sie angehalten haben«, sagte Molly. »Bitte nehmen Sie uns mit zur nächsten Polizeistation. Wir haben einen Einbrecher im Haus.«

»Na los, dann steigen Sie ein.« Sarah setzte sich auf die Rückbank, Molly auf den Beifahrersitz. Die Sitze waren schäbig, und der Wagen war von einem seltsamen Geruch erfüllt; womöglich besaß der Mann einen Hund.

Es schien dem Mann recht zu sein, daß Molly sich mit einer Erklärung Zeit ließ. Molly keuchte noch vom schnellen Laufen. Sie wußte, sie sollte etwas sagen, doch jedesmal wenn sie ansetzte, hielt sie wieder inne. Es schien ihr sehr intim, was passiert war. Dieser Mann aber war ein Fremder.

Sarahs feuchte Hand lag auf Mollys Schulter. Molly schaute auf die Rückbank. Ihre Schulter roch nach Tigermann, nach einem Käfig im Zoo – einem Käfig, der eine Reinigung brauchte.

»Halten Sie hier bitte«, sagte Molly zu dem Mann, nachdem sie einige Blocks weit gefahren waren. Sie waren vor Marys Haus angekommen. Mary war eine gute Freundin Mollys. Das Licht brannte, und Molly konnte im Innern Bewegung erkennen.

»Sarah, lauf schnell hinein und sag Mary, ich rufe nachher von der Polizeistation aus an.« Der Wagen hielt; die Tür öffnete sich scheppernd. Sarah stieg widerwillig aus. »Nun beeil dich schon.«

Der junge Mann langte über Molly hinweg, um die Tür zu schließen; die Türklinke fiel herunter. »Müßte ich eigentlich mal wieder festmachen«, sagte er und warf den Griff nach hinten. Dann fuhr er wieder an, schweigend wie ein Fels, auch wenn er ein wenig lächelte – ein seltsames Lächeln, nur mit der rechten Gesichtshälfte.

»Jetzt ist es nicht mehr weit«, sagte er. Seine Stimme war

älter als sein Gesicht; seine Hände lagen locker auf dem Lenkrad.

Die Fahrt schien weiter und weiter zu gehen, aber es dauerte eine Weile, bis Molly klar wurde, daß etwas nicht stimmte. Wegen des Schocks war ihr Zeitgefühl noch durcheinander, und sie war beinahe eingedöst. Die Fenster des Wagens waren fest geschlossen, obwohl sie rappelten, als würden sie jeden Augenblick herausfallen. Der dumpfe Geruch wurde ihr jetzt bewußter, erregte ihr Mißtrauen.

»Sie haben einen Hund?« fragte sie schließlich, wobei sie die ersten beiden Worte scharf, die beiden letzten undeutlich aussprach.

»Nein, nicht direkt«, sagte er.

»Könnten Sie nicht ein Fenster aufmachen?« fragte sie. »Ich bin allergisch.«

»Die Fenster sind kaputt.«

Jetzt endlich merkte Molly, daß sie sich den Außenbezirken der Stadt näherten und in das Tal hinunterkamen, das Tal unterhalb des Berges und des Gefängnisses. Es war dunkel im Einzugsbereich des Tales, dicht bewachsen und voller Bäume.

»Wir fahren in die falsche Richtung!« rief Molly. Ihr Adrenalinspiegel stieg. »Fahren Sie zurück!«

Sie langte nach der Tür, und er trat aufs Gas.

»Versuch's erst gar nicht.«

Sie rasten an der Kirche vorbei, wo die Braut vom Tigermann entführt worden war. Die Fenster schillerten im Scheinwerferlicht; der Turm wirkte gegen den Himmel dunkel und drohend. Molly kannte ihn von Fotos in den Zeitungen.

»Ich kenne einen Ort, den ich dir zeigen will«, sagte der junge Mann.

Der Wagen gewann Geschwindigkeit, als sie in das Tal hineinfuhren und durch den Tunnel aus Bäumen jagten, wobei sie die Blätter aufwirbelten wie flüchtende Vögel.

Molly klammerte sich an die Tür, die Finger in dem Loch vergraben, in dem eben noch der Türgriff gesteckt hatte. Vielleicht tauchte ein anderes Auto vor ihnen auf, das den Mann zwang, die Geschwindigkeit ein wenig zurückzunehmen. Dann würde sie versuchen, irgendwie aus dem Wagen zu kommen. Sie wartete. Sie könnte in den Wald hineinrennen. Sie warf dem Mann von der Seite verstohlen Blicke zu. Er wirkte groß, kantig, massig.

Mit der rechten Hand langte er auf den Rücksitz, ohne die Augen von der Straße zu nehmen.

Ihr Herz hämmerte. Wollte er sie ermorden? Sie spannte alle Muskeln an und stemmte den rechten Fuß gegen das Bodenblech, als befinde sich das Bremspedal auf ihrer Seite.

Was er aber dann vom Rücksitz holte, war kein Messer oder ein Revolver: Es war eine Maske, eine billige Tiger-Maske aus Plastik, wie man sie zu Halloween in jedem Kaufhaus kaufen konnte.

Er legte sie an.

»Ich bin der Tigermann«, sagte er. »Du hast in den Zeitungen über mich gelesen.«

Irgendwie war das ein wenig pathetisch, fand Molly.

Er verließ die Hauptstraße und bog auf einen ungepflasterten Seitenweg ein. Ihr Kopf stieß ständig gegen das niedrige Dach, und feiner Staub rieselte auf sie herab.

»Muß es jetzt langsamer gehen lassen«, sagte er. »Möchte mein Auto nicht gern in einem Schlagloch zu Bruch fahren. Bleib ruhig sitzen. Wir kommen schon früh genug an.«

Einige Minuten später bog er in einen Waldweg für Forstfahrzeuge ein, unter Bäumen, die dunkler waren als der nächtliche Himmel. Nur voraus war ein Loch zu erkennen, in das er hineinfuhr, bis von der Straße nichts mehr zu sehen war. Molly blickte sich um und versuchte herauszufinden, wo sie sich befanden. Eine umgestürzte Abfalltonne hatte ihren Inhalt verstreut. Der Müll leuchtete wie nachtblühende Blumen.

Der Mann faßte Molly rauh bei der Schulter. »Dort drüben.« Er packte ihren Kopf und drehte ihn in die gewünschte Richtung. »Siehst du den freien Raum zwischen den Bäumen, so eine Art Tunnel? Nun, das ist der Ort, an den ich mein erstes Opfer verschleppt habe. Die Braut, von der du vielleicht gelesen hast.«

Er blickte sie an, um ihre Reaktion zu beobachten. Ihr Gesicht war ohne Gefühl; innerlich kochte sie, und wenn sie kochte, wurde ihr Gesichtsausdruck vollkommen teilnahmslos.

Molly wußte, es war sinnlos, zu versuchen, die Tür auf ihrer Seite öffnen zu wollen, da der Griff fehlte. Mit der rechten Hand suchte sie unter dem Sitz nach dem Türgriff, aber sie zweifelte selbst daran, ihn finden zu können. Sie würde über den jungen Mann hinwegsteigen müssen, wenn sie hinaus wollte.

Sie schaute in die Richtung, die er ihr gewiesen hatte. So gewann sie Zeit zum Nachdenken, ohne daß seine glasigen Vogelaugen sie anstarrten und sie ablenkten. Da war eine dunkle Öffnung im Wald, ein freier Raum, und sie war überzeugt, daß der junge Mann in dieser Hinsicht recht hatte: Daß der Tigermann sein erstes Opfer dort hineingezerrt hatte: Denn von den Zweigen hingen Fetzen eines Kleides, eines weißen Kleides. Es mochte durchaus ein Brautkleid gewesen sein.

Sie fragte sich, wie der junge Mann diesen Ort wohl entdeckt hatte. Sie blickte ihn an. Er wandte sich um und grinste sie mit seinem perfekten Gebiß an, mit Zähnen weiß wie der Mond, nicht gelb und riesig und furchteinflößend.

Aber er *war* furchterregend, auf eine kalte, berechnende Art. Sie spürte seine papierene Haut an ihrem Arm und zitterte.

Konnte sie die Illusion von Unschuld gegen ihn einsetzen, oder ihren Charme? Denn wenn er sie für eine Gefahr hielt, würde er vielleicht durchdrehen und sie umbringen. Die Vorstellung, ihn zu verführen, war widerlich. Sie konnte kaum den bloßen Gedanken ertragen.

Außerdem hatte sie das Gefühl, daß der Mann etwas noch viel Schlimmeres mit ihr vorhatte.

»Sag mir die Wahrheit.« Mollys Stimme war so glatt wie eine Messerklinge. »Verehrst du ihn? Oder hast du nur in den Zeitungen über ihn gelesen?«

Angesichts ihrer zur Schau getragenen Forschheit blickte er verunsichert drein, genau wie Molly es erhofft hatte. »Mein

Mann hat mit Rauschgift gehandelt. Er hat den echten Tigermann im Gefängnis kennengelernt. Sie standen sich sehr nahe, fast wie Brüder. Der Tigermann ist in diesem Augenblick bei mir zu Hause ...« Sie unterbrach sich, um ihre Worte wirken zu lassen. Die Geschichte klang gut, ja schockierend, selbst in ihren Ohren.

»Ich habe mit ihm geschlafen«, sagte Molly.

Der junge Mann blickte sie ungläubig an. »Du bist ja wahnsinnig«, sagte er, und seine Stimme bebte wie ein Vogel auf einem dürren Ast. »Du könntest doch nicht – ich meine ...«

Hatte sie den Schlüssel gefunden?

Sein Gesicht wurde ausdruckslos, begann dann zu zucken, so, als würde der Mann gleich die Selbstsicherheit verlieren. Für einen Augenblick fragte sich Molly, ob es gut gewesen war, etwas so Provozierendes zu sagen. Wenn man jemandes Schwäche klar offenlegte, bestand immer die Gefahr, daß er gewalttätig wurde. Doch er hörte nicht auf zu stottern und sich zu winden.

»Ich *habe* mit ihm geschlafen«, behauptete Molly unbeirrt. »Du bist jedenfalls nicht der Tigermann.« Noch immer suchte sie unter dem Sitz, und plötzlich hielt sie etwas Kaltes, Fettiges, Hartes in der Hand. Sie packte zu, keuchte, damit er ihr ins Gesicht sehen sollte, und holte einen Schraubenschlüssel hervor.

Er sah ihn, aber es gab keinen Ausweg. Mollys Arme waren stark von all dem Packen und Schleppen beim Umzug. Sie traf ihn mit einem harten Schlag seitlich am Kopf, und es gab ein Geräusch, wie wenn man ein Ei aufschlägt. Sie empfand nichts, gar nichts. War dies ein menschliches Wesen – oder ein Zerrbild davon? Die Maske rutschte ihm vom Gesicht, und er fiel vornüber auf das Lenkrad. Die klaffende, schwarze Wunde an seiner Schläfe sah wie eine gewundene Bergstraße aus. Es dauerte lange, bis sie zu bluten begann.

Molly hatte Mühe, über ihn hinweg zu klettern, um aus dem Wagen herauszukommen. Sie versuchte, ihn zur Seite zu ziehen, aber es gelang ihr nicht.

Es war erstaunlich, wie schwer ein toter Mensch sein konnte.

Molly streckte sich, um den Krampf in den Beinen loszuwerden. Dann blickte sie sich um. Es roch nach Bier, verrostetem Eisen und Moder. Blätter wirbelten von den Bäumen herab auf den Boden, wirbelten noch ein Stückchen weiter und blieben dann liegen. Irgendwo da oben, verborgen vom Blätterdach des Waldes, lag das Gefängnis auf dem Berg und sandte seine Spinnfäden aus Stacheldraht und Scheinwerferlicht über das Land.

Warum hatte der Tigermann diesen Ort so nahe beim Gefängnis gewählt, um sich hier über sein erstes Opfer herzumachen? War er zur Freiheit unfähig gewesen, unfähig sogar in Gedanken?

Molly ging hinüber zu dem Loch im Wald und nahm einen Fetzen vom Brautschmuck von einem der Bäume. Sie steckte ihn in die Tasche. Die Polizei würde es sehen müssen.

Sie ging zurück zum Auto. Der junge Mann war zusammengesunken und klein wie ein Bündel schmutziger Kleider. Sie berührte seinen Kopf, der schwarz von Blut war, nachdem die Wunde sich weit geöffnet hatte und den Knochen freilegte. Seine Lippen waren grau. Sie konnte die Kälte spüren, die von ihm ausging.

Sie richtete sich wieder auf und streckte die Hände aus. Sie sahen aus, als gehörten sie jemand anderem. Blut tropfte von ihren Fingern. Eine Fliege setzte sich auf ihre Nase, und sie wischte sie weg, ohne weiter nachzudenken; dann ließ sie die Finger sinken.

Sie lehnte sich vor und betrachtete ihr Spiegelbild in der schmutzigen Scheibe des VW. Ihr Gesicht war voll blutiger Streifen, noch vergrößert durch die gewölbten Scheiben. Wie Kriegsbemalung, fremdartig und bedrohlich.

Befand sich das Lager des Tigermannes wirklich im Wald, unter dem drohenden Berg und den steinernen Mauern des Gefängnisses? Es konnte durchaus der Fall sein. Wenn sie dem Tunnel durch den Wald folgte bis hinauf zum Gefängnis, was würde sie unterwegs entdecken? Einen Haufen abgenagter Knochen, einen Spiegel, ein Album mit Zeitungsausschnitten? Sie mußte schnell sein.

Sie wartete noch einen Augenblick. Vielleicht sollte sie zur

Polizeistation gehen. Aber die war Meilen entfernt, und sie war nicht sicher, ob sie die Station finden würde. Die Straße hierher war lang und dunkel gewesen, und sie könnte sich verlaufen. Der Weg zum Gefängnis war kürzer, und sie wußte, wo es lag, weil selbst jetzt der Widerschein der Suchscheinwerfer über den Bäumen zu erkennen war. Sie konnte den Lichtpfeilen folgen – und damit der Fährte des Tigermannes bis hierher.

Ihr Weg führte dorthin, in den Wald hinein. Ein letztes Mal noch sah sie sich um; dann stürzte sie sich in die duftende Dunkelheit.

»Hallo«, sagte er.

Originaltitel: The Tiger returns to the mountain
Ins Deutsche übertragen von Anita Crampton

Ronald Duncan

Consanguinity

›Bisweilen ist das Verlangen an sich selbst verzweifelt.‹

Ronald Duncan war ein bemerkenswert vielseitig begabter Mann: Dichter, Drehbuchautor, Librettist, Übersetzer, Gandhi-Schüler. Hier aber, in einer kaum bekannten und nur scheinbar gemächlichen Geschichte, erweist er sich zudem als exzellenter Schreiber doppelsinniger Horrorstories. In der großen Tradition eines James oder Wharton ist sie eine Gespenstergeschichte, die unser moralisches Universum auslöscht und die gewiß mehr Fragen aufwirft, als sie löst.

Die Geschichte spielt in Großbritannien während des Krieges, zu einer Zeit, da ›die Ereignisse sich überschlagen … und niemand so genau hinsieht‹, wie Duncan schreibt. In einem Erste-Klasse-Abteil im Zug nach Edinburgh führt das zufällige Zusammentreffen zweier Offiziere auf dem Weg nach Hause zu einer spontanen Einladung. Einer der beiden hat eine Schwester. Einer könnte eine Frau gehabt haben oder auch nicht. Diese Tatsachen sind kaum unheilschwanger – das Folgende aber ist es durchaus. Wie auch immer, lassen Sie mich nur noch sagen, daß ein einmaliges Lesen nicht reicht, und ein zweites Mal Lesen mag zu einem dritten Mal führen und so vielen weiteren Malen, wie erforderlich sind, bis Duncans Vision mit ihrer unerbittlich sich beschleunigenden Sinnlichkeit deutlich wird.

Der *Flying Scotsman* hatte zwei Stunden Verspätung. Dies geschah häufiger während des Krieges, vor allem, wenn die deutschen Heinkels die ganze Nacht unterwegs gewesen waren. Der Zug war abgedunkelt, die Lampen gedämpft; zwei Offiziere saßen in einem Erste-Klasse-Abteil einander gegenüber. Einer von ihnen las ›*Der Idiot*‹; der andere, ein Major von fünfundvierzig Jahren, saß zusammengekauert in seiner Ecke und starrte geradeaus, als betrachte er gerade eine Szene, die sich hinter seinen Augäpfeln abspielte. Er rauchte ununterbrochen. Lange Zeit sprach keiner der Männer auch nur ein einziges Wort; sie waren inzwischen vier Stunden und fünf Minuten im Zug. Und selbst jetzt noch war ihre Unterhaltung oberflächlich, beschränkte sich auf wenige Worte. Captain MacLean von den *Seaforth Highlanders* hatte sich gestattet zu bemerken, daß es ›absolut nervtötend sei, diese gottverdammten Gasmasken mit sich rumzuschleppen‹, und Major Buckle von der *Black Watch* hatte zustimmend gegrunzt. Ihre Schweigsamkeit hatte ihren Grund allerdings nicht in der Mahnung auf dem Schild über ihren Sitzen: ›Dummes Geschwätz nützt nur Hitler‹, sondern eher darin, daß keiner sich irgendwie für den anderen interessierte. Vielleicht hatten sie beide zu viele Kameraden kennengelernt, um noch Lust auf die Bekanntschaft mit einem weiteren zu haben. Zumindest galt das für Captain MacLean, der gerade neun Wochen auf einem überladenen Truppentransport-Schiff hatte erleiden müssen. Verständlicherweise schien ihm Schweigen jetzt als der höchste Luxus und das Alleinsein als eine Gnade.

Er hatte die Absicht, seinen Urlaub in völliger Abgeschiedenheit zu verbringen. Es war unwahrscheinlich, daß seine Schwester, die ihm den Haushalt in Edinburgh führte, ihm seinen kurzen Erholungsurlaub verderben würde. Aber vorsorglich hatte er lange gewartet, bis er sie von seiner bevorstehenden Ankunft informierte. Erst vom Kings-Cross-Bahnhof aus hatte er ihr ein Telegramm geschickt. Er wollte auf Waverley Station nicht gleich vom ganzen Familienclan im Empfang genommen werden.

Plötzlich bremste der Zug bis zum völligen Stillstand. Eine

Dampfwolke aus den Vakuum-Bremsen drang durch die Fensterritzen ins Abteil.

»Irgendwelche Signale, nehme ich an«, sagte Mac-Lean, ließ das Buch sinken und blickte auf die Verdunklung vor dem Fenster. »So wird die Verspätung immer größer.«

Major Buckle schaute auf seine Uhr. Ein Kommentar erübrigte sich. Ein Halt auf offener Strecke war kaum geeignet, die Fahrzeit zu verkürzen.

Zehn Minuten später setzte der Zug seine Fahrt fort und rollte schließlich langsam in eine Station ein. Ein solcher Augenblick bot während des Krieges stets einen Grund für die Eröffnung eines Gesprächs, und Captain MacLean konnte nicht widerstehen.

»Wo sind wir hier eigentlich?« fragte er, wobei er an der Verdunklung vorbei auf den nachtdunklen Bahnsteig blickte.

»Das weiß nur Gott allein«, erwiderte Buckle. »Sieht aus wie die Hölle und ist es vielleicht auch. Mir kommt es bekannt vor. Ich bin früher gelegentlich nach St. Leger gefahren. Das hier müßte Doncaster sein.«

Sie stellten übereinstimmend fest, daß sie zu dieser Zeit eigentlich schon achtzig Meilen näher an Edinburgh sein müßten, und diese gemeinsam gewonnene Erkenntnis ließ sie sich fast schon wie alte Freunde fühlen. Nichts vereint Menschen nachdrücklicher als eine gemeinsame Überzeugung.

»Das ist ganz schön gemein«, murmelte MacLean, »wenn man einen Zug erwischt, der einen halben Tag Verspätung hat, wo man doch nur vierzehn Tage Heimaturlaub hat.«

»In Übersee gewesen?« fragte Buckle ohne jedes Interesse.

»Singapur.« Die Antwort war knapp, aber nicht unfreundlich.

»Schlimm.« Die Bemerkung drückte Sympathie aus, aber keinerlei Gefühl.

Es fiel kein weiteres Wort mehr. Der Umstand, daß MacLeans Regiment vier Monate auf dem Rückzug quer durch den malayischen Dschungel gewesen war, nur um dann praktisch auf den Docks von Singapur doch noch vernichtet zu werden, und daß er der einzige Offizier seiner Brigade war, der das Gemetzel überlebt hatte und der die Geschichte noch erzählen konnte, war für ihn keine Entschuldigung, es auch zu tun. Nicht die Scham hielt ihn vom Reden ab; er wäre genauso zurückhaltend gewesen, wenn er bei einem britischen Sieg dabeigewesen wäre. Man redete einfach nicht darüber.

»Ein paar gute Shows in London gesehen?« fragte er.

»Die Rattigan-Show war nicht schlecht.«

»Aber das ist doch schon Monate her.«

»Ach, wirklich?«

»Ja. Wie die Zeit vergeht.«

»Ach, wirklich?« fragte Buckle spitz.

MacLean sah verwirrt drein, weil er irgendeinen philosophischen Dreh hinter der Frage vermutete. Dann lächelte er plötzlich erleichtert.

»Ah, natürlich! Verstehe, was Sie meinen. Die Zeit dehnt sich in einem stehenden Zug.«

»Das meinte ich nicht.«

»Oh.«

MacLean nahm sein Buch wieder in die Hand. Fünf Minuten später waren sie beide eingeschlafen. Der Zug donnerte durch die Nacht und trug seine linkischen Passagiere weiter, während diese wieder in ihre Träume zurückkrochen. Träume von einer abgetrennten Hand, die wie ein Handschuh auf dem Fußboden lag. Träume von einer Negerin mit einer wahren Pracht von Busen. Aber MacLean erinnerte sich weder an das eine noch an das andere, als er im Halbdunkel mit einem Krampf im Nacken aufwachte. Schnell strich er die Krawatte zurecht und kämmte sich das Haar.

»Wir könnten eine Tasse Kaffee brauchen«, sagte er.

»Gerade sind wir durch Peebles gekommen«, erzählte Buckle ihm. »In einer halben Stunde dürften wir da sein.«

Nun könnte man ja nicht gerade sagen, die beiden Offiziere hätten zusammen geschlafen, aber der Umstand, daß sie es sich im selben Abteil gemütlich gemacht hatten, schien den Umgang miteinander doch sehr zu erleichtern. Der Morgen fand sie jedenfalls sehr viel gesprächiger, als sie sich in der Nacht zuvor gezeigt hatten.

»Wohnen Sie auch in Edinburgh?« fragte MacLean.

»Nein, aber früher mal. Deswegen fahre ich ja auch hin.«

Solche paradoxen Bemerkungen hatten MacLean seit jeher gestört. Es konnte ja sein, daß jemand sich über ihn lustig machen wollte.

»Sie wollen sagen, Sie wohnen jetzt außerhalb der Stadt?« fragte er in der Hoffnung, den offenkundigen Widerspruch aufklären zu können.

»Nein, ich wohne jetzt nirgendwo mehr«, erwiderte Buckle ohne jedes Anzeichen von Bedauern.

Augenblicklich durchzuckten drei grelle Bilder den Captain: Als erstes sah er den Major vor einem ausgebombten Haus stehen, rauchenden Ruinen, und ringsum die Leichen seiner Familienangehörigen. Aus irgendeinem Grund sah er vor seinem geistigen Auge zudem ein bockendes Pferd und einen Teddybär. Im zweiten Bild erkannte er den Major, wie er seinen Panzer durch die Vororte von Bengasi lenkte. Ein Meldereiter reicht ihm ein Telegramm. Es stammt von seiner Frau. MacLean konnte es deutlich über die Schulter von Major Buckle hinweg lesen: ›Ich schlafe gelegentlich mit dem Postboten, aber schwanger bin ich vom Milchmann. Wenn du das hier liest, lebe ich wahrscheinlich schon mit dem Mann von der Müllabfuhr. Dein dich liebendes Weib‹.

»Krieg ist ein verdammter Mist, vor allem wegen der Gedanken, die er in einem aufkommen läßt«, sagte er.

Dann erstand das dritte Bild vor seinem geistigen Auge. Er sah seine Schwester Angela, wie sie auf dem Bahnsteig stand und auf ihn wartete, den Mund voller Fragen, wie einst der Mund seiner Amme voller Spitzfindigkeiten gewesen war.

»Wenn Sie nicht wissen, wohin Sie in Edinburgh gehen können, würden meine Schwester und ich uns glücklich schätzen, Sie aufzunehmen.«

»Vielen Dank. Ich nehme Ihre Gastfreundschaft gern für eine oder zwei Nächte in Anspruch.«

»Und natürlich auch Ihre Frau, falls …«

»Nein, ich bin allein.«

Das zweite Bild jagte wie ein Film im Schnelldurchgang durch MacLeans Kopf.

»Ich bin nicht verheiratet.«

Es verflüchtigte sich wieder. Das dritte Bild, wie seine Schwester auf dem Bahnsteig stand, rückte ins Blickfeld. Er zweifelte nicht im geringsten daran, daß sie dort wartete.

Alles an und um Angela war Kompromiß, sogar ihr Geschlecht. Mit ihrem brav neben ihr sitzenden Terrier-Welpen und der schicken Kroko-Handtasche unter dem Arm sah sie absolut unaufdringlich aus. Ihre ganze Erscheinung war ein Kompromiß, denn obwohl Angela wußte, daß sie bemerkenswert aussah, und obwohl sie gern der Mittelpunkt des Interesses gewesen wäre, kleidete sie sich doch so dezent und stand so brav da, daß man kaum den Schritt verhalten würde, wenn man an ihr vorbeiging, oder bemerkte, was sie anhatte. Ihr ausgefallen schicker Hut suggerierte eine Weiblichkeit und Lebensfreude, zu der die Strenge des Tweed-Kostüms in deutlichem Widerspruch stand. In der Hand hielt sie ein Schirmchen von französischem Chic, aber ihre ganze Haltung wirkte männlich. Niemand hatte ihr je gesagt, daß sie schöne Beine und schlanke Fesseln hatte, aber sie wußte es auch so. Vielleicht war das der Grund, warum sie die feinsten Seidenstrümpfe trug und dazu die flachsten und klobigsten Halbschuhe, die man sich denken konnte und die diese Wirkung natürlich sofort wieder zunichte machten. Als habe sich auch Mutter Natur nicht recht entscheiden können, hatte Angela langes, dichtes Haar (wohingegen ihr Bruder kurze, lockige Haare besaß), die anziehendsten Augen und den hübschesten Mund über einem zu massigen Kinn. Ihre Hüften waren ausgesprochen knabenhaft, aber selbst der festeste Büstenhalter hätte nicht vermocht, die ganze Fülle ihrer Brüste zu bergen. Obwohl Angela schon auf die Dreißig zuging, verwirrten ihre Brüste sie heute nicht weniger als vor Jahren, als die Brüste auf ihrem knabenhaften Körper zu sprießen begonnen hatten. Alex hatte sich damals über Angela lustig gemacht; sie fürchtete seinen Spott noch immer und wünschte ihre Weiblichkeit zum Teufel: Die war es nämlich, die so manche Irritation in die Beziehung mit Alex brachte. Nach dem Tod der Mutter war Angela dem Bruder sowohl Mutter wie Schwester gewesen. Die letzten zehn Jahre hatte sie sich jedoch auch als Frau gefühlt, und sie schämte sich dessen unsäglich. Nicht, daß sie sich etwa inzestuöser Neigungen bewußt gewesen wäre; aber sie mochte Alex einfach mehr als alle anderen Männer und hatte die Avancen schon so mancher Bewunderer abgewiesen, weil es ihr wie Untreue Alex gegenüber vorgekommen wäre, hätte sie dem Werben nachgegeben. Sie waren glücklich, gemeinsam in dem alten Haus in Randal Crescent wohnen zu können. Bei Tisch konnten sie ein Buch lesen, und sie konnten einer auf der Bettkante des anderen sitzen.

Angela hatte die Tage gezählt und die Stunden, bis dieser Zug Alex zu ihr zurückbringen würde. Als die Lok auf den Bahnsteig dampfte und Angela den Bruder aus dem Abteil steigen sah, fühlte sie sich zum ersten mal seit zwölf Monaten wieder als ganzer Mensch. Sie folgte ihm mit den Augen; dann rannte sie auf ihn zu, als wollte sie ihn umarmen und die Monate voller Ängste auslöschen, die sie durchlitten, sich aber nicht zu zeigen getraut hatte. Er bedeutete ihr alles auf der Welt – oder doch beinahe alles. Was den Rest betraf, würde sie vielleicht eines Tages einen anderen Mann akzeptieren.

»Alex!« rief sie. Aber es gab keine Umarmung. Der Terrier an der Leine beanspruchte die eine Hand, das Schirmchen die andere. »Boxer ist mitgekommen, um dich zu begrüßen. Er war schrecklich geduldig. Dein Zug hat etliche Stunden Verspätung.«

Alex war Offizier und Gentleman zugleich. Er schenkte seiner Schwester ein Lächeln und dem Hund ein Streicheln.

Dann wandte er sich um und stellte den Major vor. Aber Angela hatte kaum einen Blick für ihn; ihr Bruder nahm sie ganz gefangen. Doch wie wohl jede Frau war auch sie eher aufmerksam als neugierig, und sie bemerkte Einzelheiten selbst dann, wenn sie nicht unbedingt danach suchte. Aus dem zwar oberflächlichen, aber doch freundlichen Blick, mit dem sie Major Buckle musterte, formte Angela bei sich ein unauslöschliches Bild von ihm. Sie sah im Major eine einsame, schüchterne, bedauernswerte Gestalt und war nicht im geringsten beeindruckt von seinem kräftigen Äußeren und seinem draufgängerischen Gehabe. Seine hellblauen Augen verliehen ihm eine Weltentrücktheit, eine Kälte, die sie anzog, während seine Lippen, die bei der Blässe seines Gesichts geradezu unnatürlich rot schienen, seinen Mund in einer Weise gefühlvoll erscheinen ließen, die Angela abstieß. Außerdem fiel ihr auf, daß der Bursche des Majors dessen Krawatte von der falschen Seite gebügelt hatte.

Buckle hatte andererseits ausreichend Gelegenheit, Angela zu mustern, während sie sich aufgeregt mit ihrem Bruder unterhielt. Und obwohl seine Augen sie eingehend abtasteten, sah er doch nur immer wieder ihre feuchte Unterlippe, ihre Brüste und ihre schmalen Hüften, während ihm die Farbe ihrer Augen und ihres Haars genausowenig bewußt wurde wie ihre Kleidung. Als sie durch die Sperre gingen, wußte er, daß er mit ihr schlafen wollte. Es war ein Jammer, daß er Gast ihres Bruders sein würde.

Die nächsten Tage waren die glücklichsten in Angelas Leben. Die Historiker vertreten die Ansicht, Kriege seien durch wirtschaftliche Faktoren bedingt. Sie irren sich. Wirtschaftliche Gründe sind die Entschuldigung; der Grund eines jeden Krieges besteht darin, all das zu zerstören, was wir gerne zerstört sähen: Den Status quo, mit dem wir die eigenen Gewohnheiten identifizieren. Nur der Krieg löst alle unsere persönlichen Probleme. Er ist kein notwendiges Übel, sondern ein notwendiges Vergnügen. Wären wir ehrlich zu uns selbst, müßten wir eingestehen, daß alles Gemetzel, alle Grausamkeiten und Entbehrungen, die der Krieg uns bringt, für uns letztlich weiter nichts sind als die bedauerliche Statistik. Bedeutungsvoll ist uns hingegen die Tatsache, daß der Krieg uns genau jenes Maß von Unsicherheit beschert, welches das Leben an sich ausmacht, wenn der Friede uns irgendwann so fade und langweilig erscheint wie der Tod. Es ist ja richtig, daß uns ein alkoholischer Exzeß vorübergehend eine ähnliche Entspannung zu vermitteln vermag, aber es ist auf der anderen Seite auch sehr schwer, jahrelang im Zustand der Volltrunkenheit zu verbleiben, und gänzlich ausgeschlossen, sich auch nur für

Augenblicke der totalen Freiheit hinzugeben, ohne eine seltsame Anwandlung von schlechtem Gewissen zu verspüren. In Kriegszeiten können wir uns ohne Schuldgefühle gehenlassen; ja, unsere Entschuldigungen werden zur Pflicht gegenüber dem Vaterland, und jegliches Verhalten wird zugedeckt von dem großen Laken, das man Opferbereitschaft nennt und das man dann auch öffentlich verdammt, privat aber genießt. Nationale Katastrophen können einhergehen mit bequem zu praktizierender Tapferkeit: Es ist die ganz persönliche Trauer, nicht das Mitleid mit anderen, eher ein Defizit an eigenem Leben, das uns alles so unerträglich scheinen läßt. Der Krieg wird zur Last, die jeder für sich allein zu gern los wäre, während sich ihm doch Millionen hingeben.

Angela sang ein Liedchen, während sie sich in Negligé und Pantoffeln in der Küche zu schaffen machte, um das Frühstück zu bereiten. Angela sang ein Liedchen, als sie zuerst das eine und dann das andere Tablett in die Zimmer der beiden Männer hinauftrug. Sie war schon früh aufgestanden, hatte das Haus in Ordnung gebracht und ein Picknick vorbereitet. Als sie sich nun ein Bad einlaufen ließ und dabei ihre Figur im Spiegel über der Wanne bewunderte, strahlte sie vor Glückseligkeit. Es war schön, zwei Männer im Haus zu haben, die man umsorgen konnte. Seit dem Tod ihres Vaters hatte sie sich nicht mehr so nützlich gefühlt. Es war schön, früh aufzustehen, um Sandwiches oder einen Salat zu bereiten oder Hemden zu bügeln; und was die Freude schier verdoppelte, war der Umstand, daß sie sich ihre Vorliebe für ihren Bruder jetzt noch mit einem zusätzlichen Gefühl von Tugendhaftigkeit, ja Opfersinn, gestatten konnte. Sein Urlaub war nur von kurzer Dauer: Da war es nur recht und billig, wenn er im Bett frühstückte. Und die Anwesenheit eines Gastes im Haus lieferte eine weitere Entschuldigung für all den Luxus, den sie noch plante. Als sie in die Wanne stieg, entschied sie, die beiden zum Abendessen mit Lachs zu verwöhnen. Dann fiel ihr ein, daß sie ja die Tür zum Bad gar nicht abgeschlossen hatte. Also stieg sie aus der Wanne, um das Versäumte nachzuholen.

Noch immer singend stieg sie wieder in die Wanne. Die Tür blieb halb offen.

»Ich werde noch mal diesen Schwamm nach dir werfen, Alex, wenn du dein Rasierzeug weiter in meinem Bad sauber machst. So eine Ferkelei.«

In ihrer Stimme lag ein leicht verdrießlicher Tonfall, wie ihn viele Frauen anschlagen, wenn sie sich über derartige männliche Angewohnheiten beschweren, die ihnen so gegen den Strich gehen.

»Nun beeil dich schon und steig aus der Wanne. Buckle wird auch noch baden wollen.« Alex tauchte seinen Rasierpinsel neben ihr ins Wasser und wandte sich dann ab, um sich das Gesicht mit Rasierwasser zu befeuchten.

Angela lag ausgestreckt in der Wanne und schlug die Beine zusammen, daß das Wasser über ihren flachen Leib hinwegschwemmte. Es half ihr seit Kindertagen, sich zu konzentrieren.

»Alex, magst du ihn?«

Die Beiläufigkeit ihres Tonfalls strafte die Tatsache Lügen, daß ihr diese Frage überaus wichtig war.

»Über alle Maßen«, erwiderte er. Angela setzte sich auf, entspannte sich einen Augenblick und begann dann, sich energisch einzuseifen. Seine Antwort hatte ihr alles bedeutet.

»Wir scheinen so gut zueinander zu passen«, sagte sie. »Ich kann mir kaum vorstellen, daß du ihn erst vor drei Tagen rein zufällig in einem Zug kennengelernt hast. Und noch immer ist er so zurückhaltend. Ich weiß so gut wie nichts über hin.«

»Müßtest du denn?« murmelte Alex, während sich seine Gesichtszüge unter dem Rasierapparat verzerrten.

»Nicht, wenn du ihn magst.«

Die nächsten Tage verbrachte das Trio ziemlich tatenlos, ohne Plan und Ziel. Mal fuhren sie zu einem Picknick hinaus, ein anderes Mal verbrachten sie den Abend in einem Pub. Dies geschah vornehmlich Alex zu Gefallen, der noch immer literarische Ambitionen hatte. Edinburgh ist womöglich die einzige Stadt auf den britischen Inseln, wo Schriftsteller sich noch immer in ihren Stammkneipen zusammenfinden, und selbst der Krieg hatte es nicht vermocht, dieses Völkchen ebenso umgänglicher wie gesprächiger Sonderlinge in alle Winde zu zerstreuen. Angela liebte es, ihrem Bruder zuzuhören; nach einigen Whiskys war auch sie dann von seinem Talent überzeugt. Dann war sie stolz wie eine Mutter und lauschte geduldig wie eine Ehefrau, während Alex einem nationalistischen schottischen Poeten, der sich seine Aufmerksamkeit gern mit ein paar Bier entgelten ließ, von seiner Idee zu einem Theaterstück erzählte, das er eines schönen Tages zu schreiben gedachte. Angela kannte den Handlungsablauf besser als Alex, half ihm ein ums andere Mal auf die Sprünge und bemerkte, daß die eine Szene sie an ein Stück von Bridie erinnere, das sie vor Jahren irgendwo gesehen habe. Immerhin – sie war seine Schwester. Während solcher Diskussionsrunden saß Major Buckle zufrieden vor seinem Glas, obwohl er wenig mehr zu den Unterhaltungen beitrug als das Eingeständnis, daß er keines der Bücher gelesen habe, über welche die anderen diskutierten. Aber er nahm den Blick selten von Alex, und obwohl er selbst keinerlei literarische Ambitionen hatte und sich selbst in keiner Weise herausstellte, beeindruckte ihn doch die Selbstdarstellung seines Freundes. Es war diese totale Loyalität ihrem Bruder gegenüber, die Angela sich mehr und mehr für Peter Buckle erwärmen ließ. Er zog sie nicht körperlich an. Sowohl seine Erscheinung als auch ihre Reaktion darauf waren viel zu vage, zu nebelhaft und undefinierbar für sie, um Gefühle dieser Art in ihr zu wecken. Andererseits sah er gut aus, und er verhielt sich so passiv, daß sie eigentlich nichts Abstoßendes an ihm entdecken konnte. Es war, fand sie, als habe sie jetzt zwei Brüder, und je besser die beiden sich verstanden, desto lieber waren sie ihr.

Als sie nach ihrem dritten gemeinsamen Abend im Green Dragon nach Hause gingen, schob Angela den rechten Arm unter den ihres Bruders, und da Buckle links von ihr ging, überließ sie ihm den anderen. Nach dem fünften Abend gab sie ihrem Bruder einen Gutenachtkuß, und da Buckle neben Alex saß, bekam er auch einen. Sie schienen so gute Freunde geworden zu sein, daß es nur vernünftig schien, alle Vorlieben zu teilen. Nach dem siebenten Abend, der nach genau demselben Muster abgelaufen war, und nach einem halben Dutzend Whiskys fanden sich Angela und Buckle allein auf den Rücksitzen eines Autos wieder. Mitunter kann die entsprechende Umgebung als unmittelbar persönliches Gefühl mißverstanden werden. Major Buckle ergriff die Initiative. Er saugte sich an ihren Lippen fest und knöpfte ihr die Bluse auf und ließ erst von ihr ab, als ihr BH sich seinen fummelnden Fingern überlegen zeigte. Zwei Wochen später galt als ausgemacht, daß es da etwas zwischen ihnen gäbe, obwohl keiner von ihnen genau zu sagen gewußt hätte, was das sein sollte. Bestimmt war es nicht Liebe; eher schien es gefährlich wie die Unausweichlichkeit einer Heirat. Im Krieg überschlugen sich die Dinge mitunter, und niemand schaute so genau hin. Man kam überein, nach London zu fahren und sich ein paar Shows anzusehen.

In dem Maße, wie sich ihre Beziehung zu Major Buckle entwickelte, entspannte sich Angela. Sie ging im Zimmer ihres Bruders ein und aus mit weiter nichts als ihrer Unterwäsche oder gelegentlich auch einmal nur in ein Badetuch gewickelt. Im Hotel grenzten ihre Zimmer aneinander; sie genoß es, stundenlang an Alex' Bett zu sitzen und mit ihm zu plaudern. Buckles Zimmer lag jenseits des Korridors, doch er blieb ungestört. Nichtsdestoweniger war seine Anwesenheit im Haus ein unverzichtbarer Katalysator. Angela hatte das Gefühl, jetzt, da sie nach Lage der Dinge einen eigenen Mann hatte, gebe es eigentlich nichts, das ihr die Freude an diesen harmlosen Vergnügungen mit ihrem Bruder verbieten könnte. Andererseits war da ja auch noch der Umstand, daß der Urlaub ihres Bruders bald vorbei war. Keiner wußte, ob und wann sie sich wiedersehen würden. Unter den gegebenen Umständen, wo Nacht für Nacht die Bomber mit ihrer tödlichen Fracht kamen, um die Leute daran zu gemahnen, wie vergänglich jeder Augenblick war, wurde die Verzweiflung des öfteren mit Verlangen verwechselt. Bisweilen ist das Verlangen an sich selbst verzweifelt.

Buckle machte Angela seinen Antrag, als sie neben ihm auf dem Bahnsteig der U-Bahn-Station Lancaster Gate lag. Es schien angebracht, auch wenn sogar Major Buckle, der nicht Realist genug war, um auch Humor zu besitzen, es ein wenig unpassend fand, Zukunftspläne ausgerechnet dann zu schmieden, wenn fortgesetzte Bombenangriffe schon etliche Quadratmeilen der Stadt zerstört hatten. Vielleicht entschädigte sie auch die horizontale Lage hier auf dem Asphaltboden für die weniger romantischen Aspekte der Situation. Sie hatten sich gezwungen gesehen, hier in der U-Bahn Schutz zu suchen, als sie auf dem Weg vom Mercury-Theater zu ihrem Hotel gewesen waren. Das war jetzt vier Stunden her. Noch hatte es keine Entwarnung gegeben. Alex lag neben ihnen und schlief. Der Rest des Bahnsteigs war übersät mit zusammengekrümmten schlafenden Leuten, die nur mit einem Laken zugedeckt waren. Das waren die ständigen, scheuen Termiten, die sich entschlossen hatten, jede Nacht in den U-Bahn-Schächten zu schlafen. Die Züge weckten sie nicht auf, vorbeigehende Fahrgäste störten sie nicht, nichts konnte sie aus der Ruhe bringen. Alte und junge Pärchen lagen unter Fahrkartenautomaten und Abfallkörben, und sogar auf den Treppenstufen benahmen sie sich, als befänden sie sich in der Intimität ihrer heimischen Schlafzimmer. Wenn auch die Briten im allgemeinen als prüde gelten, so verlieren sie doch, einmal in der Horizontalen, in Parks oder am Strand, alle Scham und legen sich dann in der Öffentlichkeit weniger Zurückhaltung auf als in der Zurückgezogenheit ihrer eigenen Wohnungen. So mancher Mann, der heute im vollen Sonnenlicht steht, wurde im kalten Glanz einer Neonreklame irgendwo am Fuß irgendeiner Treppe gezeugt.

In einer solchen Umgebung hätte Angela schwerlich nein sagen können. In der Luft lagen Tod und Geburt, und so manches andere Außergewöhnliche lag rings um sie herum. Sie schmiegte sich näher an Buckle und lächelte über seine Schulter hinweg ihrem Bruder zu. Zwei Tage später wurden sie in der Caxton Hall auf Grund einer Sondergenehmigung im heiligen Stand der Ehe verbunden. Alex gab sie her, und Buckle nahm sie entgegen, beide leicht aufgekratzt und ein wenig betrunken. Nur Angela war ernst und nüchtern.

Nach der betont einfachen amtlichen Zeremonie, bei der der diensthabende Bürokrat einen Geistlichen nachäfft, indem er die Formalitäten mit gefalteten Händen einleitet und ganz den Eindruck zu vermitteln versucht, als spende er ein Sakrament, fuhr das Paar umgehend zur Victoria Station. Alex begleitete sie bis auf den Bahnsteig, um sie zum Zug nach Brighton zu bringen. Er stand am Fenster und unterhielt sich mit seiner Schwester. Sie hatte Tränen in den Augen. Von seinem Urlaub waren nur noch vier Tage übrig. Sie konnte es nicht ertragen, ihn zu verlassen.

»Kann Alex denn nicht mitkommen?« bettelte sie, während sie sich nach ihrem Ehemann umwandte.

Gemeinsam zogen sie ihn ins Abteil, als der Zug sich gerade in Bewegung setzen wollte. Alex fühlte sich ein wenig als Eindringling, und er kam sich albern vor mit der Tüte Konfetti, die er noch immer in der Tasche trug. Er konnte sie schlecht jetzt noch öffnen und ihren Inhalt über die beiden ausschütten, bevor er sich für den Rest der Reise zu ihnen setzte.

»Ich habe nur eine Bahnsteigkarte«, sagte er.

»Komm, gehen wir in die Bar und trinken wir was«, schlug Buckle vor.

Die beiden Freunde verließen unverzüglich das Abteil. Angela lächelte nachsichtig, und sie starrten auf ihre Gestalt, während sie sich die Nase puderte. Es kam ihr alles wie ein Traum vor. Sie schaute den Ring an ihrem Finger an. Wie jede Jungfrau hatte sie schreckliche Angst. Sie wußte, daß sie etwas verlieren würde, das sie bewahrt hatte, aber nicht haben wollte. Ein bißchen war es wie ein Besuch beim Zahnarzt. Aber es war schön, daß Alex mitgekommen war. Sorgfältig zog sie sich die Lippen nach; dann schlug sie die Beine übereinander, schaute aus dem Fenster und zählte die Telegrafenmasten, die pro Minute vorüberflogen. Sie wußte, daß der Abstand zwischen ihnen jeweils fünfzig Yards betrug und daß man so die Geschwindigkeit des Zuges errechnen konnte. Es war ein Trick, den sie einst von ihrem Vater gelernt hatte.

Angela erwachte am nächsten Morgen, doch bevor sie noch das Licht wahrnahm, wurde ihr der Traum bewußt. Bevor sie die Augen öffnete, versuchte sie, sich diesen Traum in Erinnerung zu rufen …

Sie war auf der Jagd gewesen, doch statt auf einem Pferd zu reiten, hatte sie auf einer Giraffe gesessen. Der Tier war, gänzlich außer Kontrolle geraten, durch einen Wald galoppiert, in dem jeder Baum brannte und jeder Stamm in eine eigene Flamme gehüllt war. Nachdem sie sich den Traum ins Gedächtnis zurückgerufen hatte, erinnerte sie sich wieder der vergangenen Nacht. Sie hob die Hüften ein wenig an und zog das Handtuch weg, auf dem sie gelegen hatte. Dann stieg sie aus dem Bett und brachte es ins Bad. Buckle war nicht in seinem Bett; im Bad fand sie ihn auch nicht. Sie runzelte die Stirn und erinnerte sich wieder ganz dunkel, daß er irgendwas davon gesagt hatte, er wolle nach unten gehen und sich eine Abendzeitung besorgen. Aber das mußte doch schon letzte Nacht gewesen sein, wie Angela langsam begriff. Er mußte längst zurück sein. Und dafür gab es Beweise. Sie klingelte nach dem Kaffee, ging wieder ins Bett und steckte sich eine Zigarette an. Vielleicht waren ihr Ehemann und Alex zu einem kurzen Bad aufgebrochen. Das Hotel lag direkt am Strand. Sie verspürte jedenfalls keinerlei Bedürfnis nach einem Bad; sie fühlte sich sehr erfrischt. Noch nie hatte sie so tief geschlafen oder war so gut ausgeschlafen erwacht. Wohl eine geschlagene Stunde lag sie nur einfach da und genoß das Gefühl von Schwere in allen Gliedern. Ihr war, als sei ihre Jugend eine Wüste gewesen, aber jetzt habe es geregnet, und sie war der Regen, und sie war der Fluß. Aber von dem vorangegangenen Sturm spürte sie nichts mehr, und sie versuchte es auch gar nicht erst. Ihr reichte es, einfach nur dazuliegen und das Gefühl des Ausgelaugtseins zu genießen. Alle ihre Glieder hatten sich am eigenen Verlangen berauscht. Schenkel und Brüste fühlten sich schwer an, und dann war es genau dieses Gefühl, das sie sich zur selben Zeit so leicht fühlen ließ, als könne sie fliegen. Es war das erstemal, daß Angela sich ihres eigenen Körpers als eines Mittels zum Vergnügen bewußt geworden war. Vorher hatte sie im Körper allenfalls eine Möglichkeit zur Erhaltung der Gesundheit gesehen.

Sie frühstückte und entschied sich dann zum erstenmal im Leben, nicht zu baden. Sie wollte dieses Gefühl nicht wegwaschen. Im Spiegel betrachtete sie eingehend ihre Nacktheit. Sie hatte sich in keiner Weise verändert.

Der äußere Anschein konnte trügen, fand sie und rekelte sich wie eine Katze.

Sie zog sich rasch an und ging dann den Korridor hinunter zum Zimmer ihres Bruders, wo sie ihren Mann zu finden hoffte. Aber Alex war allein; er lag im Bett und las.

»Warst du mit Peter zum Baden?« fragte Angela ihn.

Alex schüttelte den Kopf.

»Wo mag er wohl hingegangen sein?«

»Vielleicht spazieren?«

Angela nickte.

Die ganze nächste Stunde verschwendete keiner von ihnen auch nur einen Gedanken an Buckle; aber als sie dann nach unten gingen, fragte Angela den Portier, ob er Major Buckle gesehen habe. Der Mann war keine große Hilfe. Er hatte niemanden hinausgehen sehen, und da er am Vorabend, als Angela und ihr Mann angekommen waren, dienstfrei hatte, hätte er ihn auch gar nicht erkannt.

»Wenn er nicht mit dir zusammen oben gefrühstückt hat, müßte er eigentlich im Frühstückszimmer gewesen sein«, vermutete Alex.

Aber der Oberkellner versicherte ihnen, daß an diesem Morgen noch niemand an Angelas Tisch gesessen habe.

Sie kamen zu der Überzeugung, Buckle müsse zum Baden gegangen sein oder einen Spaziergang unternommen haben, und machten sich daran, die diversen Möglichkeiten zu überprüfen. Zuerst versuchten sie, ihn unter den Badenden ausfindig zu machen, die sich schon am Strand zu sportlicher Ertüchtigung eingefunden hatten, aber schon nach wenigen Augenblicken gaben sie dieses Vorhaben auf; sie verzichteten auf ihre Suche und nahmen an, sie würden Buckle bei ihrer Rückkehr ins Hotel vorfinden. So spazierten sie nur an die drei Meilen am Ufer entlang, tranken irgendwo eine Tasse Kaffee und machten sich auf den Rückweg.

»Haben Sie meinen Mann gesehen?« fragte Angela den Portier, als sie sich den Schlüssel geben ließ. »Nein, Madam«, erwiderte der Mann fröhlich, als wolle er ihr Mut zusprechen.

»Dieser Trottel denkt, wir beiden hätten was miteinander und du seist jetzt in Sorge, dein Mann könnte urplötzlich auftauchen und uns in flagranti erwischen«, scherzte Alex, als sie mit dem Lift nach oben fuhren.

Angela sagte nichts. Sie fand das alles nicht erheiternd.

Das Zimmer war leer. Es gab keine Nachricht von Buckle. Aus irgendeinem Grund dachten weder Angela noch ihr Bruder daran, einmal im Bad nachzusehen oder auf der Anrichte nach seinem Rasierapparat zu schauen. Doch als Buckle dann nicht zum Lunch erschien und sich auch während des ganzen Nachmittags nicht sehen ließ, kamen sie zu der Überzeugung, daß er womöglich wegen irgendeiner dringenden Angelegenheit vom Kriegsministerium nach London gerufen worden war und daß das alles länger gedauert habe, als er erwartete.

»So was passiert in solchen Zeiten schon mal«, erzählte Alex seiner Schwester. »Einer aus meinem Regiment wurde schon am ersten Tag seines Urlaubs zu einer geheimen Mission abberufen.«

»Peter hätte anrufen können.«

»Hat er ja vielleicht auch, als wir draußen waren.«

»Dann hätte man mir eine Nachricht überbracht.«

»Falls er in London ist, hat er den Lunch bestimmt im Offiziersclub eingenommen. Ich ruf' mal an und frage, ob man ihn da gesehen hat.«

Als er zurückkam, schüttelte Alex den Kopf. Ein paar Minuten saßen sie schweigend da.

»Ich gehe hinauf und packe«, sagte Angela.

Sie war jetzt sehr besorgt. Ihrem Bruder erging es nicht viel besser, aber aus einem anderen Grund. Er hatte ihr nicht berichtet, daß der Sekretär des Clubs ihm auf seine Frage nach ihrem Mann frank und frei erklärt hatte, Major Buckle sei tot.

Natürlich war Alex klar, daß es zwei Clubmitglieder mit demselben Namen geben müsse. Trotzdem war es ein ziemlicher Schock für ihn gewesen.

Früh am nächsten Morgen begleitete Alex seine Schwester zum Kriegsministerium. Ein gewisser Colonel Hutchinson empfing sie beide. Alex setzte gleich zu einer Predigt an: Falls Buckle zu seiner Einheit zurückgerufen oder mit irgendeiner Mission betraut worden sei, wäre es nur fair gewesen, seiner Frau seinen Aufenthaltsort mitzuteilen, besonders unter diesen Umständen, wo doch ...

»Was für Umstände?« fragte der Colonel geduldig. »Wir waren noch in den Flitterwochen«, sagte Angela, »wir sind erst gestern nachmittag getraut worden.«

»Sagten Sie Major Peter Buckle vom Black Watch?« fragte der Colonel.

»Ja, Sir«, erwiderte Alex kurz angebunden.

»Sind Sie sicher?«

»Eine Frau wird wohl kaum den Namen ihres Mannes vergessen«, sagte Angela.

Der Colonel betätigte eine Glocke auf seinem Schreibtisch.

»Bringen Sie mir eine Personalstandsliste des Black Watch«, trug er dem Sekretär auf.

Als er sie in Händen hielt, überflog er sie rasch. Dann erhob er sich, trat ans Fenster und blickte hinaus.

»Ich habe es ja gleich für unwahrscheinlich gehalten. Aber immerhin wäre es doch denkbar gewesen, daß zwei Offiziere gleichen Namens und Ranges im selben Regiment Dienst tun.«

Er wandte sich um und blickte Bruder und Schwester an.

»Wie schon gesagt, da muß ein Irrtum vorliegen. Major Buckle wurde von sechs Monaten vor meinen eigenen Augen in Stücke gerissen.«

»Ausgeschlossen!« rief Angela.

»Eine Mine ist direkt unter seinem Wagen explodiert. Von Buckle blieb nur sehr wenig übrig, aber immer noch genug, um ihn zu identifizieren. Der Mann, den Sie da gestern geheiratet haben, hat sich nur als Major Buckle ausgegeben.«

»Ich bin sicher, er war echt«, sagte MacLean. »Ich hätte es sonst bestimmt gemerkt.«

»Tut mir leid, Captain, aber ich habe Zweifel. Es gibt eine ganze Menge Leute, die sich in diesen Tagen als Offizier ausgeben. Wir müssen uns mal um Ihren Major Buckle kümmern. Die Abwehr wird sich mit ihm unterhalten wollen. Sie haben doch sicher ein Foto von ihm? Sah er entfernt etwa so aus?«

Der Colonel holte ein Foto aus der Schublade seines Schreibtisches.

»Ja, das ist Peter«, sagte Angela.

»Ich fürchte, das ist unmöglich, Madam. Wenn Sie ein Foto von ihm haben, können Sie es ja mal mit diesem hier vergleichen. Ich bin sicher, Sie werden sich schnell selbst davon überzeugen, daß die Ähnlichkeit gerade noch ausreicht für ein Paßfoto. Besitzen Sie ein Foto?« Angela schüttelte traurig den Kopf, doch dann fiel ihr etwas ein.

»O ja, ich habe anläßlich eines Picknicks vor ein paar Wochen außerhalb von Edinburgh ein paar Schnappschüsse von ihm und meinem Bruder gemacht.«

»Darf ich die mal sehen?«

»Der Film ist noch nicht entwickelt«, erklärte Alex.

»Dann holen Sie ihn doch bitte umgehend her, Captain. Wir werden ihn hier entwickeln.«

Eine halbe Stunde später kehrte Alex mit der Kamera zurück und händigte sie dem Colonel aus. Dann ging er mit seiner Schwester in die Kantine, während der Film entwickelt wurde. Sie warteten.

Colonel Hutchinson sah reichlich verwirrt aus, als er die sechs Abzüge vor sie auf den Tisch legte.

»Ihr Bruder sieht wie ein Filmstar aus«, murmelte er, aber seine Bemerkung tat ihm auf der Stelle schon wieder leid.

Angela starrte auf die Abzüge. Dort lagen sechs Fotos, auf denen ihr Bruder zu sehen war, aber auf keinem war auch nur der Schatten einer zweiten Person zu erkennen.

Originaltitel: Consanguinity
Ins Deutsche übertragen von Kamela Kiel

Michael Blumlein

Das Haus

›Mein Gesicht im Spiegel wurde immer undeutlicher, seine ihm eigenen Merkmale des Lebens beraubt von einer Dunkelheit, deren Herkunft ich nur ahnen konnte.‹

In einer Geschichte, die erschauernde Erinnerungen sowohl an Shirley Jacksons Meisterwerk ›The Haunting of Hill House‹ und den frühen Klassiker über den Abstieg einer Frau in den Wahnsinn, ›The Yellow Wallpaper‹ von Charlote Perkins wachruft, versetzt uns Michael Blumlein, zusammen mit seiner namenlosen Heldin, in eine Situation der allumfassenden Angst. Während wir die Frau beobachten, fühlen wir, was sie nicht fühlen kann – gefangen in einem zunehmend einsamen Kampf gegen die hartnäckigen Kräfte, die vorrücken, um sie herauszufordern, bedrängt von Lüsternheitskrämpfen und zu Handlungen der rituellen Reinigung gezwungen. Und wir wissen, daß die Störung eine andere Ursache haben muß als die von der Frau vermuteten unheilvollen Ausstrahlungen eines benachbarten Gebäudes. Jackson schrieb: ›Kein menschliches Auge kann das unglückliche Zusammentreffen von Reihe und Lage trennen, welche das Böse im Antlitz des Hauses vermutet … ‹, und schon spielt sie uns verschlagen einen Streich, während sie unsere Aufmerksamkeit in die falsche Richtung lenkt, genau wie Blumlein es wünscht. Und indem ihr dies gelingt, hält der Autor auch uns in der Schwebe, irgendwo zwischen Erschütterung und Mitleid.

Ich bin hier allein. Curtis verließ mich letzte Woche. Ich sollte wohl sagen, er wurde vertrieben. Ich bereue nichts, außer, daß ich so lange gewartet habe. Ich brauche diese Trennung, wenn ich das, was wir haben, bewahren möchte. Ich muß fähig sein, mich zu konzentrieren. Mehr denn je muß ich jetzt meinen Willen stärken.

Wenn ich daran denke, wie alles begann, würde ich am liebsten über unsere Unschuld lachen. Wir wollten ein Haus erwerben und wurden von unserem Makler zu einem Block geführt, in dem zwei Häuser nebeneinander zum Verkauf anstanden. Sie wurden zur gleichen Zeit während der Jahrhundertwende erbaut und waren beinahe identisch. Jedes war zweigeschossig, mit Schindeln gedeckt und hatte große Erkerfenster zum Osten hin. Das Haus im Norden war in einem schlechteren Zustand als das andere, und bei der Befragung einiger Nachbarn fand ich heraus, daß dies schon seit Jahren der Fall war. Daraus folgerte ich, daß sein Anstrich zu verwittern und die Schindeln schneller zu platzen drohten als bei seinem Gegenstück; auch schien der vordere Gehweg schon immer gesprungen zu sein und sich mit Unkraut zu füllen. Curtis wies darauf hin, daß es das weitaus billigere der beiden sei und daß die Mängel des Baus oder der Fassade für den Preisunterschied leicht repariert werden könnten. Ich erinnerte ihn daran, daß ich als Dozent der klassischen Philologie an der Universität ein einträgliches Gehalt bezöge und es sowohl unnötig als auch absurd sei, die Unannehmlichkeiten einer Renovierung auf sich zu nehmen, wenn das Nachbarhaus erst kürzlich gestrichen wurde und sauber und bezugsfertig sei. Überdies stieß ich schon jetzt auf Antipathien, die, wenn auch sehr vage, ausreichten, mir davon abzuraten. Curtis beschwerte sich darüber, daß ich Entscheidungen träfe, die auf Aberglauben basierten, eine Behauptung, die ich keiner Antwort würdigte. Kurze Zeit später erwarben wir das von mir favorisierte Haus.

Heute glaube ich, daß keiner von uns im Recht war und daß wir die gesamte Nachbarschaft hätten vermeiden sollen. Das Nachbarhaus beeinflußt nun einmal andere Häuser, unseres vielleicht am meisten. Seine Wände grenzen an unsere, ein Kontakt, dessen Intimität man unmöglich entfliehen kann. Gleich Siamesischen Zwillingen befinden wir uns in einer Strömung, dem geheimen Pfad der Mäuse und Ameisen; zwischen uns liegt ein Unterschlupf für Küchenschaben und Termiten. Ich bilde mir diese Dinge nicht ein, denn ich habe die zerrissenen Pfoten und das Todesgrinsen der Mäuse gesehen, die in unsere Fallen getappt waren. Es gab Tage, da saß ich in Erwartung einer Invasion stundenlang an meinem Schreibtisch oder war sicher, daß das stetige Tröpfeln in den Rohren der Vorbote einer Brandung widerlicher und verseuchter Abwässer ist, die vom Nachbarhaus direkt auf uns gerichtet sind. Während der Regenzeit im letzten Jahr bemerkte ich zum erstenmal schmale und leuchtende Spuren auf dem Teppich im Zimmer unserer Tochter. Eines Nachts weckte mich ihr Weinen, und als ich ihr Zimmer betrat, berührte etwas Feuchtes und Kaltes meine Schuhsohle. Es schnürte mir die Kehle zu, und in diesem Moment sah ich zwei Kulleraugen zwischen den Stangen ihres Kinderbettes hervorspähen. Schreckliche Vorstellungen packten mich, während ich auf der Suche nach dem Lichtschalter krampfhaft auf die Wand schlug. Als ich ihn endlich fand und die Dunkelheit beendete, sah ich sofort, wie sehr meine Einbildung mich getrogen hatte. Meine Tochter lag in ihrem Kinderbett und schlief schon wieder. Neben ihr lag ein Teddybär mit leuchtenden Augen, und auf dem Boden waren zwei dunkle Flecke. Ich berührte sie und schreckte zurück. Schnecken. Gefangen in einer grünen Flüssigkeit auf meiner Schuhsohle war der Rest einer weiteren. Irgendwie schaffte ich es, ins Badezimmer zu gelangen, wo ich mich entkleidete und mit Seife und heißem Wasser beruhigte, nachdem ich mich in die Toilette erbrochen hatte.

Während der nächsten wenigen Wochen träumte ich von einer Schlacht mit körperlosen Kreaturen, deren Fleisch tropfte, wenn es durchstochen wurde. Ich unterlag nie, war jedoch auch niemals siegreich. Die Kämpfe waren beklemmenderweise beständig.

Curtis vermutete, daß ich mich nach dem Ursprung dieser Träume richtete. Er meinte damit – so wie ich es verstand –, daß ich die Schnecken, die das Zimmer unserer Tochter verseuchten, loswerden wollte. In der Annahme, daß Curtis recht hatte, verstopfte ich einen großen Zwischenraum, den ich dort fand, wo die Wand eigentlich eng am Boden anliegen sollte. Es war eine nach Norden gelegene Wand, und als ich sie reparierte, bemerkte ich, daß der Spalt sich wieder öffnen würde, daß er ein Eingang war, hervorgerufen durch den Druck des Nachbarhauses. Die Tatsache, daß dies in Tanyas Zimmer ging – also dem verwundbarsten Mitglied unserer Familie –, kam mir zwar in den Sinn, aber ich besänftigte die furchtsamen Gedanken sofort. Sicherlich, die Träume haben mich aus der Fassung gebracht, und ich versuchte, die Denkweise von Curtis anzunehmen, der glaubt, daß Alpträume gestopft werden können, indem man Löcher verstopft. Mein Gatte ist ebenso pragmatisch wie willensstark, die Art von Mann, dem eine Frau auch dann noch vertraut, wenn sie sich selbst nicht mehr vertrauen kann.

Irgendwann im März bepflanzten wir unseren Garten, und als der Kopfsalat ein paar Wochen später durch den Boden brach, begannen wir unsere nächtlichen Schnecken-Razzien. Mit Blitzlicht und Spaten sammelten und zerquetschten Curtis und ich die schleimigen Kreaturen. Das Unternehmen war nie erfreulich, doch als die Opfer unseres Gemetzels in die Hunderte gingen, verringerte sich mein Ekel. Kurz darauf hörten die Alpträume auf.

Mitte Mai wurde Tanya drei Jahre alt. Sie war lebhaft und überschwenglich, ein frohes und prächtiges Kind. Sie erforschte ihre Grenzen und versuchte immer, die Welt auf den Kopf zu stellen. Ungeachtet des Unkrauts und der dicken Brombeersträucher vom angrenzenden Haus blühte der Garten. Ich übernahm einen Ferienkurs an der Uni, die eine Kinderbetreuung für Tanya zur Verfügung stellte und es mir erlaubte, dem Haus zu entfliehen. Als der Juni näherrückte, war ich zugegebenermaßen so zufrieden wie immer. In gehobener Stimmung durch neue Verantwortungsbereiche außerhalb des Hauses, durch eine Tochter, die die Flure der Kindheit niederkämpfte und durch Lachen zum Schweigen brachte, durch einen Gatten, der endlich Befriedigung in seiner Arbeit zu finden begann, wurde ich wirklich glücklich. Ich begann wieder an mich selbst zu glauben und an meine Kraft, Hindernisse zu überwinden. Als ersten Schritt wandte ich mich dem Nachbarhaus zu.

Ich benutzte meinen Willen einfach dazu, das Nachbarhaus als eine Sache von geringer Bedeutung abzutun. Als ich am Morgen an dem Haus vorbeiging, wurde mein Blick verschwommen, während ich mir einbildete, daß das Haus weniger fest sei als eine Wolke, weniger real als ein Traum. Ich gestaltete sein Dach in den gefiederten Rücken eines kleinen Vogels um, seine Dachschindeln in den buschartigen Bauch. Und als der Wind blies, war es nicht sehr schwer zu glauben, das Haus habe sich in die Lüfte erhoben.

Später ersann ich eine kraftvollere Technik. Ich fand einen Weg, eine Wand des Hauses gedanklich mit einer anderen verschmelzen zu lassen, ließ dabei Perspektiven und die Lehre von der Sehkraft außer acht. Massive Formen baute ich ab, löste ihre vielschichtige Geometrie in einfachere Ausdehnungen auf. Nach und nach lag das Haus einer einzigen Fläche gegenüber, zusammengesetzt aus zwei sich kreuzenden Linien. Ich ließ beide ineinander und dann die eine Linie zu einem einzigen Punkt verschmelzen. Ich kämpfte fast eine Woche mit diesem Punkt, bevor ich ihn, nach einer letzten Anstrengung, verschwinden ließ.

Das Haus war fort. Ich hatte meinen Hauptfeind eliminiert. Wenn ich nun an ihm vorbeiging, sah ich nichts, nicht einmal sein Fehlen. Endlich fühlte ich mich sicher vor der Ausstrahlung dieses Hauses, die mich in eine Panik getrieben hatte und mich an meiner Gesundheit zweifeln ließ. Mit Erleichterung wandte ich meine Gedanken wieder meinem Heim zu.

Ungeachtet unseres Glücks in diesem Sommer wußte ich, daß ich mehr zu geben hatte. Befreit von meiner Sorge, gelobte ich, Curtis die Liebe zu zeigen, derer ich – das wußte ich – fähig war. Ich begann, unserem eigenen Haus mehr Beachtung zu schenken, säuberte es in den Stunden nach der Arbeit, versuchte es in Ordnung zu halten. Ich startete ein Säuberungsprogramm in der Küche und im Badezimmer, und jeden zweiten oder dritten Tag saugte ich die Teppiche in den anderen Zimmern. Das schmutzige Geschirr und die Gläser, welche mich immer irritiert hatten, wurden nun zu beständigen Mahnungen des Mißerfolges. Die Inanspruchnahme des Berufes, ein Kind, das Eheleben und die neue Lebensweise, auf die ich mich eingelassen hatte, hielten mich ständig auf Trab. Mit dem Geld, das wir für unseren jährlichen Urlaub gespart hatten, zog ich los und kaufte eine Geschirrspülmaschine. Sicherlich bedauerte ich den Fortfall unserer Ferien, aber die Enttäuschung wurde durch meine Zufriedenheit mehr als wettgemacht. Die Gläser waren makellos, die Tische sauber, und ich hatte wieder das Kommando.

Nach ein paar recht ereignislosen Wochen aber fielen mir Dinge an unserem Haus auf, die ich vorher nie bemerkt hatte. Zum Beispiel fiel das Licht in allen Räumen genau auf die südlichen Wände, obwohl an beiden Seiten im Norden und Süden andere Häuser an unseres grenzten und die Fenster deshalb nur nach Osten und Westen blickten. Mit ›Licht‹ meine ich nicht das natürliche Sonnenlicht, jenes im späten Herbst und Winter, wenn die Sonne sich vom Süden nordwärts neigt, sondern eher den Glanz, die Leuchtkraft der Atmosphäre. An den südlichen Wänden schien das Licht klarer zu sein, schöner, reiner, doch ich konnte keine Erklärung durch Unterschiede im Material des Verputzes oder der Farbe des Anstrichs dafür finden. Demgegenüber erschienen die nördlichen Seiten der Zimmer im ewigen Halbschatten, und obwohl einige Körper um sie herum Licht aufnahmen, hielten sie die Wände so, wie sie waren: im Schatten. Das war sowohl morgens als auch nachmittags offensichtlich. Mit einiger Bestürzung entdeckte ich, daß es sogar nachts andauerte, wenn die Zimmer künstlich erhellt wurden.

Ich räumte die Bilder und Poster fort, die an den verdunkelten Wänden hingen, und verlegte, was ich nur konnte, zur südlichen Seite der Zimmer. Einige Tage lang verschob ich im Geist die gesamte Einrichtung, versuchte sie so umzustellen, daß alles hinter der Grenze lag, die den Norden im Schatten hielt. Schließlich entschloß ich mich zu einem Standort, welcher die Gegenstände in einen Bereich mit genügend Helligkeit stellte und gleichzeitig die Symmetrie des Raumes zu bewahren schien. Curtis äußerte Zweifel wegen des neuen Arrangements, erlaubte mir aber, alles so stehen zu lassen, und bestätigte somit erneut mein Gefühl des Selbstvertrauens und den Glauben an unsere Beziehung. Ich erinnere mich, wie mich eine Woge der Dankbarkeit durchfuhr und ich mich entschloß, etwas Besonderes zu tun.

Am nächsten Tag ging ich einkaufen, nachdem ich Tanya im Kinderhort abgegeben hatte. Ich wollte eine Sporthose erstehen, die Curtis kürzlich bei einem unserer Freunde bewundert hatte. Ich fand sie im Schaufenster eines Geschäfts in der Innenstadt, und nachdem die Verkäuferin mir versicherte, daß niemand anders dieses Paar anprobiert hatte, ging ich in eine Kabine und schlüpfte hinein. Die Hose war rosenfarben und knapp geschnitten, eng anliegend wie eine zweite Haut, so daß ich die Luft anhalten mußte, um sie zuzuziehen. Vor dem Spiegel war ich erstaunt, wie sie mich verwandelte, so als ob das Gewebe erfüllt wäre mit einer ganz eigenen Energie. Die Verkäuferin war zurückhaltend und schwieg, obwohl ich sicher bin, daß sie es gewußt haben muß.

Ich brachte Tanya dazu, früh zu Bett zu gehen, drehte schnell meine Runden durchs Haus, räumte auf und säuberte. Mehrere Bilder schienen ein wenig schief zu hängen, und als ich sie geraderückte, fiel mir auf, daß die Fenster geputzt werden mußten. Ich entschloß mich, dies am nächsten Tag zu tun, ging ins Badezimmer und ließ ein Bad ein. Während das Wasser lief, ging ich im Schlafzimmer umher und hob die Staubknäuel auf, die sich seit dem Morgen angesammelt hatten.

Normalerweise mag ich keine Wannenbäder, doch vor dem sexuellen Akt scheinen sie angemessen zu sein. Irgendwie bereitet mich die Berührung des Wassers, seine Gestaltlosigkeit und Transparenz, auf das Kommende vor. Wie auch immer, dieses Mal schien das Wasser weniger sauber zu sein. Ich erspähte ölige Punkte und Haarsträhnen, die auf der Oberfläche trieben, und weiter unten bemerkte ich den Sog eines unhygienischen Stroms. Ich begann zu spüren, daß ich von einer Schmutzhülle erfaßt wurde, und stand schnell auf, zog den Stöpsel heraus und schaute zu, um sicher zu sein, daß das Wasser auch ganz und gar abflösse. Erst als das geschehen war, wagte ich es, in die Wanne zurückzusteigen und die Hähne für die Dusche aufzudrehen. Sofort fühlte ich mich befreit von der Last der Unreinheit und schrubbte mich so gründlich, bis meine Haut ganz rot war.

Als ich mich abgetrocknet hatte, ging ich ins Schlafzimmer, um mich anzukleiden. Die Hose lag gefaltet auf dem Bett, und ich blickte sie mehrere Male an, wobei ich mich ausgelassen und erregt fühlte. Ich zog sie an, schloß den Reißverschluß sorgfältig und strich den Stoff an meinen Oberschenkeln glatt. Ich holte den großen Spiegel aus dem Bad, lehnte ihn gegen die Wand und trat einen Schritt zurück.

Etwas flatterte hinter mir, doch als ich herumwirbelte, war es zu spät, um es zu sehen. Ich kehrte zurück zu dem Bild vor mir und konnte meine Augen nicht von der Hose losreißen. Ihre Farbe war von rosenfarben zu scharlachrot nachgedunkelt, und was am Anfang attraktiv war, schien jetzt unzüchtig zu sein. Wieder flatterte etwas im Hintergrund, und als ich mich umdrehte, glaubte ich, flüchtig eine schlangenartige Gestalt zu erkennen, doch sie verschwand, bevor ich die Quelle ausmachen konnte. Im Schlafzimmer wurde es dunkler, und ich knipste eine Lampe an. Jetzt erschien die Hose in einem noch tieferen Rot, und ich vermeinte, kleine Härchen auf der Oberfläche sehen zu können. Einen Augenblick später begannen diese Haare im Takt meines Herzens zu schlagen.

Ich fragte mich, ob das ein Lichteffekt sein könnte, welches, ungeachtet der Lampe, unerbittlich schwächer zu werden schien. Im selben Moment wurde es im Zimmer stickig, und ich fühlte, daß selbst tiefe Atemzüge meine Kehle nicht erreichten. Mein Gesicht im Spiegel wurde immer undeutlicher; eine Dunkelheit raubte seinen Zügen das Leben, deren Herkunft ich nur ahnen konnte. Die Dunkelheit wuchs beständig und beängstigend. Ich riß mich vom Spiegel los, suchte ein Entkommen jenseits der Dunkelheit des Zimmers und seiner erdrückenden Wände. Aber alles lag im Schatten, und plötzlich erkannte ich die Quelle der Dunkelheit. Ich hatte den Spiegel an die nördliche Wand gestellt und schaffte so unabsichtlich ein Fenster, durch welches die Drohung des Nachbarhauses hindurch konnte. Der vertiefte Blick in den Spiegel hatte mich dies vergessen lassen, und ich war nun in ernsthafter Gefahr.

Ich zwang mich zu lachen, aber es war ein panischer Schrei, der durch das Zimmer hallte. Nächtliche Bestien lagen in den Ecken, und ich spürte, wie dünne Finger nach meinem Leib tasteten. Das Kleidungsstück auf meiner Haut war lebendig, die Haare leuchteten in der Dunkelheit, und gepackt von Entsetzen stürzte ich mich auf den Spiegel, das Tor zum Nachbarhaus, schlug ihn mit dem Absatz des Schuhs, den ich mir vom Fuß gerissen hatte. Da war ein Zischen, ein Augenblick der Gewalt; dann knirschte das Glas und zerbrach. Zersplitterte Augen flogen durch die Luft, formierten sich am Boden zu gefährlichen Mustern. Vorübergehend schien sich das Zimmer aufzuhellen, aber dann wurde es völlig dunkel, und ich brach auf dem Boden zusammen.

Ich weiß nicht mehr viel von dem, was danach geschah. Ich weiß nur, daß ich die Glas- und Spiegelreste beseitigt hatte, als Curtis nach Hause kam. Ich trug eine andere Hose, und selbst heute bin ich nicht ganz sicher, was mit der ersten geschah. Ich versuchte die Vorkommnisse zu erklären, konnte mich aber kaum verständlich machen: Große Teile des Nachmittags waren irgendwie aus meiner Erinnerung verschwunden. Ich fühlte mich bei klarem Verstand und kein bißchen verlegen. Curtis war mürrisch nach einem harten Arbeitstag, und es war am einfachsten, die ganze Sache zu vergessen. Wir nahmen ein schnelles Abendessen und gingen früh zu Bett. In dieser Nacht kamen die Alpträume zurück.

Im Verlauf der nächsten Wochen verschlechterte sich die Situation zu Hause. Curtis' Beruf nahm ihn immer mehr in Anspruch, und oft war ich abends allein. Tanya reagierte darauf, indem sie sich stärker an mich anlehnte, doch ich bin mir nicht sicher, ob das an Curtis lag oder an den anderen Spannungen, die aufgebaut wurden. Tanyas Unsicherheit kam ausgerechnet zu einem Zeitpunkt, als ich ihr wenig zu geben vermochte: Ich war zu sehr mit meiner eigenen Schlacht beschäftigt.

Kurz nach dem Vorfall mit dem Spiegel quittierte ich meine Sommerstellung an der Uni. Es war zu schwierig geworden, sich aufs Arbeiten zu konzentrieren, wenn die Sicherheit meines Hauses und meiner Familie auf dem Spiel stand. Ich beschloß, das zu tun, was notwendig war, um die Bedrohung abzuwenden.

Als ich anfing, mehr Zeit zu Hause zu verbringen, wurde mir klar, daß ich meine Entscheidung rechtzeitig getroffen hatte. Täglich kamen neue Übergriffe vom Nachbarhaus, und es bedurfte jeder Anstrengung, sie unwirksam zu machen. Nachdem ich alle Spiegel und reflektierenden Gläser fortgeräumt hatte, schrubbte ich die Wände mit Reinigungsmitteln. Trotzdem blieben fleckige Stellen, und es gab Ritzen, durch die selbst an einem windstillen Tag ein harten Luftzug blies. Am Boden fand ich verschiedene Teppichreste, die unnatürlich ausgefranst waren, und einen Teppichnagel, der sich irgendwie gelockert hatte. Staub und Baumwollfasern schienen sich immer schneller anzusammeln, und ich mußte nun zweimal täglich säubern. Das war, glaube ich, im Oktober. Zwei Wochen später kam der Geruch.

Er fing im Keller an, erfüllte jedoch nach ein oder zwei Tagen das ganze Haus. Zuerst vermutete ich eine Ansammlung von ungewöhnlich verderblichem Abfall in einem der Abwasserrohre; aber im ganzen Haus waren weder Toilette noch Spülstein beeinflußt. Dann vermutete ich, daß der widerliche Geruch auf irgendwelche Fäulniserreger zurückzuführen war, vielleicht in den tiefen Erdlöchern einiger Nagetiere. Die Vermutung war albern, aber hin und wieder war ich durchaus bereit, vor Selbsttäuschung nicht zurückzuschrecken. Und selbst dann glaubte ich den Ursprung zu kennen.

Der Gestank war ständig da, obwohl sich seine Beschaffenheit von Ort zu Ort veränderte. In unserem Schlafzimmer hing er wie eine gewaltige und schwefelige Wolke, so unerträglich ekelhaft, daß ich nicht eintreten konnte, ohne daß sich mein Magen verkrampfte. Im Wohnzimmer schwebte er ätzend, wartend, lauernd, bis ich im Raum war, um mich dann zu ersticken. Und im unteren Bereich des Hauses war die Luft stinkend und feucht, ein fetter Nährboden für Schimmel und andere übelriechende Pilze.

Die Gerüche blieben Tag und Nacht; sie sprangen mich regelrecht an, verpesteten die Luft. Was ihren Ursprung betraf, so hatte ich nie einen Zweifel.

Ich verdoppelte, verdreifachte meine Anstrengungen beim Saubermachen. Es reichte nicht mehr, nur die Fußböden zu putzen; auch die Wände mußten abgewaschen werden, ebenso die Decken, die Möbel, die Fenster. Ich kaufte Luftverbesserer, um in jedem Zimmer für halbwegs frischen Geruch zu sorgen, und mehrmals täglich versprühte ich Aerosole. Ich begann, immer öfter die Kleidung zu wechseln, um zu verhindern, daß der Gestank sich in den Stoffen festsetzen konnte, und ich wusch mich morgens, mittags und abends von oben bis unten. Meine Entschiedenheit blieb nicht ohne Ergebnis, denn am Ende gelang es mir immer, den Gestank zu vertreiben, wenn auch der Erfolg aller Bemühungen von meiner steten und unnachgiebigen Wachsamkeit abhing. Ich schätzte alle Kosten gering und spürte, wie mich neue Kraft und Hoffnung durchströmten. Schließlich fand ich die alte Stärke wieder und würde mich bald wieder ganz unter Kontrolle haben.

Angesichts solcher Aussichten begann ich, mich zunehmend besser zu fühlen, und einige wenige Tage lang glaubte ich sogar schon, alle Probleme gelöst zu haben. In der Rückschau erkenne ich, wie sehr die Hoffnung die Realität ersetzt hatte, aber ich kann schwerlich gescholten werden, daß ich vom Aufruhr jener Tage verschont sein wollte. Nicht, daß ich etwa nur diesen Kampf um unser Heim führte, nein, ich wurde mehr und mehr in Konflikte mit Tanya und Curtis hineingezogen. Keiner von beiden schien meine Ängste um unser aller Sicherheit zu teilen. Im Gegenteil, sie schienen sich mehr und mehr zurückzuziehen und mich mehr und mehr der Isolation zu überantworten, und das zu einer Zeit, wo ich ihre Unterstützung mehr denn je gebraucht hätte. Ich versuchte anfangs, es zu verstehen, mir zu sagen, daß Curtis an seinem Arbeitsplatz unter Streß stehe und nicht mit zusätzlichen Problemen belastet werden dürfe. Und Tanya war ja noch ein Kind. Wie hätte man sie wohl für diese Verschlimmerung verantwortlich machen können?

Nichtsdestoweniger wuchs mein Mißtrauen, und in einem Akt schierer Verzweiflung beschloß ich, sie damit zu konfrontieren. Zuerst meine Tochter.

Am nächsten Tag holte ich sie von der Tagesmutter ab und zwang sie, sich an die nördliche Wand ihres Zimmer zu stellen. An diesem Morgen versprühte ich weder Aerosole noch sonstige Luftverbesserer und wartete, bis der Gestank unerträglich geworden war. Dann fragte ich sie, ob ihr der üble Geruch nicht auffalle. Sie schüttelte den Kopf mit einem falschen Ausdruck von Unschuld auf dem Gesicht.

»Lüg mich nicht an«, sagte ich, packte sie und preßte ihre Nase gegen die Wand. »Riech doch!«

Sie fing an, aus ganzer Seele zu weinen, und ich schlug sie. Sie weinte nur noch mehr, und ich konnte es einfach nicht länger ertragen und floh aus dem Zimmer. An diesem Abend sagte Curtis mir, ich sei krank.

Ich meine, das hätte ich voraussehen müssen angesichts des wachsenden gegenseitigen Mißtrauens, das unsere Beziehungen mehr und mehr belastete, aber es traf mich dennoch wie ein herzloser, gefühlloser Schlag. Hätte Curtis sich wie ich darum bemüht, hätte auch er Augenblick um Augenblick dafür gekämpft, ein Mindestmaß an Ordnung in unserem Heim zu erhalten, und ich hätte seine Bemerkung als unbesonnen, aber unvermeidbar abgetan. Doch das war nicht der Fall, und seine Bemerkung war klar und deutlich darauf gerichtet, mich weiter zu isolieren. Sie hatte denn auch die gewünschte Wirkung, und die verbale Auseinandersetzung, die sich daraus entwickelte, wurde zuerst handgreiflich, dann gewaltsam. Harte Schläge wurden ausgetauscht, und einem Geistesblitz gleich erkannte ich das wahre Gesicht eines Feindes. Mit Zähnen, Klauen und und Geschrei trieb ich es aus dem Haus.

Das ist nun zwei Tage her. Jetzt bin ich hier allein. Manchmal meine ich, Tanya sei bei mir, dann wieder nicht. In ihrer Wiege sehe ich einen Schatten, der sich bewegt. Vielleicht versucht er zu sprechen. In der Nacht glimmt er ganz leicht ... in Wahrheit der einzige Lichtschimmer in den sich ständig verdüsternden Schatten ringsum. Ich bringe ihm zu essen, und was nicht gegessen wurde, nehme ich für mich selbst wieder mit. Sie ist ein braves Kind geworden und weint nicht mehr. Vielleicht wurde ihre Zunge von dem anderen Gewürm entsprechend gelehrt.

Der Hausstand nebenan ist zurückgekehrt, und ich begreife, wie oberflächlich mein Verstehen war. Holz und Plastik, Nägel, Glas – nichts davon birgt eine Bedrohung meiner Person. Auch das Haus selbst nicht, ist es doch in Wahrheit weiter nichts als ein Agent. Was sich mir entgegenstellt, ist das Gebiet seines Ursprungs, seiner Vergangenheit, Gegenwart und Zukunft. Was lebt, das lebt auf der Erde, in den deformierten Samen der Pflanzen und Unkräutern, die sich ausbreiten und ihre Wurzeln nach mir ausstrecken, bösartige Tentakel, Würmern gleich, die sich durch den Dreck wühlen, um auch meine Mauern zu durchbrechen und mich zu beschmutzen.

Ich habe die Fenster mit Linoleum abgedeckt. Ich versuche, mein Haus sauber zu halten.

Gestern habe ich einen Weg gefunden, die Gerüche zu besiegen. Mit Hilfe der langen Eisenstangen, die Curtis neben dem Kamin hat, habe ich meine Nasenlöcher ausgebrannt. Es gab einen kurzen, heftigen Schmerz, aber jetzt bin ich immun gegen den Gestank. Mein Wille wird stärker. Tag für Tag werde ich mächtiger. Heute morgen fand ich die roten Unterhosen. Sie lagen im Schrank unter schmutziger Wäsche. Ihre Farbe ist irgendwie verblichen, und entlang der Beine sieht man glitzernde Spuren. Spuren von Moder sprenkeln die Nähte in deutlich erkennbaren Mustern.

In aufdämmerndem Erkennen streife ich sie über und befestige sie an der Taille. Ich lösche alle Lichter. Der Stoff legt sich wie Spinngewebe an meine Haut, während ich mich im Schrank auf den Boden lege. In einer Finsternis so dicht wie mein Wille nehme ich Curtis' restliche Kleider von den Haken und mache es mir zwischen ihnen bequem. Furchtlos. Solchermaßen beruhigt, ein Stück Speck jetzt, ein Köder, biete ich mich selbst zum Opfer dar.

Originaltitel: Keeping House
Ins Deutsche übertragen von Kamela Kiel

May Sinclair

Die Villa Désirée

›Sie *mochte* die Fremdartigkeit, die andere Leute fernhielt und ihn ganz ihr überließ. So gehörte er ihr eher.‹

Ich habe mich für die 1926 erstmalig erschienene Geschichte ›Die Villa Désirée‹ und nicht für eine besonders beliebte frühere Geschichte von May Sinclair, ›Wo ihr Feuer nicht gelöscht wird‹ (1923), entschieden, weil letztere zwar eine erschreckend brillante Thematisierung der Banalität von Lust ohne Liebe darstellt, aber schon viel zu häufig in Anthologien aufgenommen wurde. Dagegen ist die ›Die Villa Désirée‹ eine kuriose kleine Variation eines ähnlichen Themas, eine Geschichte, die meines Wissens seit Mitte der dreißiger Jahre nicht mehr erschienen ist.

Der Schauplatz ist Südfrankreich, der genaue Ort der Handlung ein Haus mit Blick aufs Meer, in dem das intensive goldene Licht ›einen schwachen staubigen Geruch aus den alten Dielen‹ hervorzulocken scheint. Mildred Eve, ein jungfräuliches Geschöpf, kommt dorthin, um ihren Verlobten Louis Carson zu erwarten, einen glatten, beinahe unerhört gutaussehenden, reichen Mann, der zu extravaganten romantischen Gesten neigt und dessen Werbung um sie impulsiv und kurz war. In der ungewohnten, aber entzückend luxuriösen Atmosphäre dort ist Mildred glücklich und sieht seiner Ankunft voller Erwartung entgegen. Lediglich das Wissen darum, daß Louis' letzte Braut in dem Zimmer starb, das Mildred bewohnen soll, beunruhigt sie ein bißchen …

1

Er hatte alles für sie arrangiert. Sie sollte eine Woche bei ihrer Tante in Cannes wohnen und dann allein nach Roquebrune weiterfahren, und er würde ihr dorthin folgen. Sie, Mildred Eve, nahm an, daß er ihr jetzt, wo sie verlobt waren, überallhin folgen konnte.

Es hatte zwar Schwierigkeiten gegeben, aber Louis Carson hatte sie alle überwunden, indem er Mildred die Villa Désirée zur Verfügung stellte. Dort würde sie sich wohlfühlen, meinte er. Das Haushälterehepaar, Narcisse und Armandine, würde sich um sie kümmern – Armandine sei eine hervorragende Köchin – und sie wäre keine fünfhundert Meter von ihren Freunden, den Derings, entfernt. Es sah ihm ganz ähnlich, alles genau für sie zu planen. Und sobald er ankäme? Oh, sobald er ankäme, würde er natürlich ins Hotel Cap Martin gehen.

Er verstand alles, ohne daß irgendwelche leidigen Erklärungen nötig gewesen wären. Sie konnte sich die Hotels in Cap Martin und Monte Carlo nicht leisten; und obwohl die Derings sie eingeladen hatten, bei ihnen zu wohnen, konnte sie sich ihnen wirklich nicht jetzt, praktisch mitten in den Flitterwochen, aufdrängen.

Ihre Flitterwochen – sie hätte sich die Zunge abbeißen mögen, daß sie das gesagt hatte, daß sie nicht daran gedacht hatte. Es war einfach abscheulich von ihr, zu Louis Carson von Flitterwochen zu sprechen, nachdem die seinen in einer so schrecklichen Tragödie endeten.

Es gab dabei Dinge, die ihr nicht gesagt worden waren, und sie hatte nicht danach fragen wollen: Wo war es geschehen? Und wie? Und wie lange war es her? Sie wußte nur, daß es in der Hochzeitsnacht geschehen war, daß er zu seiner armen kleinen Braut ins Zimmer ging und sie tot im Bett vorfand.

Es hieß, sie wäre in einer Art Anfall gestorben.

Man mußte Louis bloß anschauen, um zu erkennen, daß ihm irgendwann etwas Schreckliches zugestoßen war. Man sah es gerade dann, wenn sein Gesicht unbewegt schien: ein eigenartiger, gequälter Ausdruck, der Louis fremd erscheinen ließ, solange dieser Ausdruck anhielt. Es war mehr als nur Leid; es wirkte beinahe, als könnte er grausam sein, aber das war er nie, konnte er nie sein. Die Leute waren grausam, wenn man so wollte; sie sagten, daß sein Gesicht sie abstieß. Mildred verstand, was sie damit meinten. Es hätte sie selbst vielleicht auch abgestoßen, hätte sie nicht gewußt, was er durchgemacht hatte. Aber bei ihrer ersten Begegnung mit Louis war er ihr als der Mann bezeichnet worden, dem gerade diese furchtbare Geschichte zugestoßen war. Statt sie abzustoßen, zog sie das – im Gegenteil – von Anfang an zu ihm hin, ließ sie ihn erst bemitleiden, dann lieben. Die Verlobung war schnell erfolgt, in der dritten Woche ihrer Bekanntschaft.

Wenn sie sich selbst fragte – was weiß ich letzten Endes über ihn? –, so lautete die Antwort: Das zumindest weiß ich. Sie empfand, daß sie über das Mitleid bereits eine mystische Verbindung mit ihm eingegangen war. Sie *mochte* die Fremdartigkeit, die andere Leute fernhielt. So gehörte er ihr eher.

Eine Rolle spielte auch (das gab Mildred Eve zu) sein persönlicher Zauber, die Faszination seiner beinahe abnormen Schönheit. Sein Schwarz-Weiß-Blau. Die tiefblauen Augen unter den geraden schwarzen Balken der Augenbrauen, das perfekte, vollkommen weiße Gesicht, von dem der schwarze Schnurrbart und der kleine schwarze Spitzbart schroff abstachen. Und das prachtvolle, strahlende Lächeln, das er für sie hatte, bei dem das Blau heller wurde, und das Blitzen weißer Zähne in der schwarzen Maske.

Damals hatte er über ihre Verlegenheit gelächelt, als ihr das schreckliche Wort entschlüpfte. Er hatte es aufgegriffen und ihm die Schärfe genommen.

»Auf gar keinen Fall dürfen die *Flitterwochen* verdorben werden«, hatte er gesagt. »Du nimmst besser meine Villa. Schon in Kürze wird sie auch dir gehören. Du weißt ja, daß ich den Dingen gern vorgreife.«

Damit entschuldigte er jedesmal seine Großzügigkeiten. Er hatte es wiederholt, als er einen Platz im Luxuszug von Paris für sie reservierte und sie nicht dafür bezahlen lassen wollte.

(Sie hatte dritter Klasse reisen wollen.) Er griffe nur etwas vor, sagte er.

Gerade jetzt verabschiedete er sich auf dem Gare de Lyon von ihr, stand mit einem Riesenstrauß rosaroter Rosen im Arm auf dem Bahnsteig. Sie stand über ihm auf dem hohen Trittbrett des Eisenbahnwaggons und schwang in der offenen Tür sacht vor und zurück. Sein Gesicht war auf einer Ebene mit ihren Füßen, die weiß durch die feinen schwarzen Strümpfe schimmerten. Plötzlich stieß sein Kopf vor, und er küßte ihre Füße. Als der Zug anfuhr, lief er nebenher und warf die Rosen auf die Wagenplattform.

Dann saß sie in dem dahineilenden Zug, den Riesenstrauß rosaroter Rosen auf dem Schoß, und lächelte die Blumen träumerisch an. Sie fuhr mit dem Riviera-Express, wirklich und wahrhaftig mit dem Riviera-Express. Nächste Woche würde sie in Roquebrune sein, in der Villa Désirée. Sie las die in die Kanten der grauen Stoffkissen eingewobenen drei Buchstaben, P.L.M. – Paris, Lyon, Mediterrané, Paris, Lyon, Mediterrané – wieder und wieder. Sie schienen zum Takt der Räder zu singen, sie verwoben sich tief in ihren Traum. Von Zeit zu Zeit, wenn die anderen Fahrgäste nicht hinsahen, hob sie die Rosen an ihr Gesicht und küßte sie.

Sie wußte kaum, wie sie die lange öde Woche bei ihrer Tante in Cannes hinter sich brachte.

Aber nun war auch das vorüber, und sie war allein in Roquebrune.

Der schmale, steile Pfad wand sich am Haus der Derings vorbei den Berghang hinauf. Er führte in ein Olivenwäldchen, über dem Mildred die Gartenterrassen sah. Das Sonnenlicht prallte zwischen goldgelben Mauern auf sie nieder. Eine Stufe über der anderen, erhoben sich die brennenden, strahlenden Terrassen, die jede mehrere Reihen dünnstämmiger Zitronen- und Orangenbäume trugen. Auf der obersten Terrasse stand die Villa Désirée weiß und bescheiden zwischen zwei Palmen, zwei hohen Stämmen, die je eine Krone von spitzen, gekrümmten, dunkelgrünen Blättern trugen. Olivenbäume wucherten als graues Gestrüpp zu beiden Seiten und auf dem Hang dahinter.

Rolf und Martha Dering erwarteten Mildred mit Narcisse und Armandine auf den Stufen der Veranda.

»Warum, um Himmels willen, bist du nicht zu uns gekommen?« fragten sie.

»Ich wollte euch die Flitterwochen nicht verderben.«

»Flitterwochen, so ein Quatsch! Diesen Unsinn haben wir hinter uns. Und überhaupt ist es schon unsere dritte Woche.«

Sie waren gelassen und distanziert in ihrem Glück.

Sie ging mit ihnen hinein, geführt von Narcisse und Armandine. Das Wirtschafterpaar, das sich Mildred Eve gegenüber unterwürfig und den Derings gegenüber sichtbar feindselig verhielt, ließ sie im Salon miteinander allein. Dieser war sehr hell und französisch und zerbrechlich und abgenutzt, ganz in verblaßtem Grau und grünlichem Altgold gehalten, wobei die vergoldeten Stühle und Sofas um das vergoldete Rohrwerk herum wie Bilderrahmen geschnitzt waren. Das heiße Licht schlug zu den zur Terrasse hin offenen, langen Fenstern herein und lockte einen schwachen staubigen Geruch aus den alten Dielen hervor.

Rolf Dering starrte das Zimmer an, schnupperte und rümpfte angewidert die Nase.

»Du hättest wirklich besser zu uns kommen sollen«, meinte er.

»Oh, aber – es ist doch ganz reizend hier.«

»Denkst du wirklich?« fragte Martha und sah sie gespannt an.

Mildred erkannte, daß die Derings erwarteten, sie würde etwas fühlen – sie wußte nicht recht, was, etwas, das sie selbst fühlten. Sie waren subtil und wählerisch.

»Es sieht tatsächlich ein bißchen unheimlich aus – unbewohnt«, sagte sie, um einen möglichst genauen Eindruck bemüht.

»Ich würde eher sagen«, meinte Martha, »daß in diesem Zimmer zuviel gewohnt wurde, wenn du mich fragst.«

»Ach nein. Das ist nur der Staub, den du riechst. Ich nehme an, die Fenster sind vielleicht noch nicht lange offen.«

Die Kritik an Louis' Villa ärgerte Mildred.

Armandine erschien an der Tür. Ihre kleinen, chinesisch

wirkenden Schlitzaugen waren lächelnd zusammengeknif-
fen. Sie wollte wissen, ob Madame jetzt nicht nach oben gehen
und sich ihr Zimmer ansehen mochte.

»Wir werden alle hinaufgehen und es uns anschauen«,
sagte Rolf.

Sie folgten Armandine die steile, gewundene, zierliche
Treppe nach oben.

Auf dem Treppenabsatz sahen sie sich einer geschlossenen
Tür gegenüber. Armandine öffnete sie, und das sengende
Licht strömte ihnen wieder entgegen.

Das Zimmer war ganz weißgolden. Es glich einem großen
weißen Becken voller hellgoldenem Wasser, in dessen Fluten
die untergetauchten Dinge schimmerten – die weißgestriche-
nen Stühle und der Frisiertisch, das hohe weißgestrichene
Bett, das rosaweiß gestreifte Sofa an dessen Fußende – leuchtend und still, aber in der Stille bebend unter dem heißen
Pulsieren des Lichts.

»Voilà, Madame«, sagte Armandine.

Niemand antwortete ihr. Sie alle standen wie angewurzelt
im Zimmer, gebannt von der Stille, und starrten zu dritt das
hohe weiße Bett an, das mit seinen aufgetürmten Matratzen
und Kissen und seiner wie ein Vorhang gerade bis zum Boden
hängenden Tagesdecke riesig wirkte.

Rolf wandte sich an Armandine.

»Warum haben Sie Madame dieses Zimmer gegeben?«

Armandine zuckte mit den fetten Schultern. Ihre kleinen,
beinahe chinesischen Augen blinzelten ihn an, schräg
geschlitzt, feindselig.

»Monsieur Louis hat es angeordnet. Es ist das beste Zimmer im Haus. Es war Madames Zimmer.«

»Ich weiß. Eben deshalb …«

»Aber nein, Monsieur. Es würde niemandem etwas ausmachen, in Madames Zimmer zu schlafen. Das arme kleine Ding,
sie war so hübsch, so lieb, so jung, Monsieur. Sicher wird
Madame keine Abneigung gegen das Zimmer haben.«

»Wer *war* denn – Madame?«

»Aber, Monsieurs Frau natürlich. Madame Carson. Armer
Monsieur, es war so traurig …«

»Rolf«, fragte Mildred, »brachte er sie hierher, für ihre Flitterwochen?«

»Ja.«

»Ja, Madame. Sie starb hier. Es war so traurig. Kann ich noch irgend etwas für Madame tun?«

»Nein danke, Armandine.«

»Dann werde ich den Tee bereiten.«

In der Tür wandte sie sich noch einmal um und sagte weich, in ihrer ausgeprägt provencalischen Stimme: »Madame hat keine Abneigung gegen ihr Zimmer?«

»Nein, Armandine. Nein. Es ist ein wunderschönes Zimmer.«

Die Tür schloß sich hinter Armandine. Martha öffnete sie wieder, um festzustellen, ob Armandine auf dem Treppenabsatz lauschte. Dann brach es aus ihr heraus:

»Mildred – du findest das bestimmt abscheulich! Es ist scheußlich. Das ganze Haus ist scheußlich.«

»Du kannst hier nicht bleiben«, sagte Rolf.

»Warum nicht? Meinst du wegen Madame?«

Martha und Rolf sahen sich an, als wollten sie voneinander wissen, was sie sagen sollten. Sie sagten nichts.

»Oh, ihr armer kleiner Geist wird mir nichts antun, wenn ihr das meint.«

»Unsinn«, meinte Martha. »Das haben wir damit natürlich nicht sagen wollen.«

»Was denn sonst?«

»Es ist so scheußlich einsam hier, Mildred«, sagte Rolf.

»Nicht mit Narcisse und Armandine.«

»Na ja, ich würde keine Nacht in diesem Haus schlafen«, äußerte Martha, »selbst wenn es das einzige Haus an der Riviera wäre. Es ist mir einfach nicht geheuer.«

Mildred trat an das offene Gitterfenster und wandte dabei dem hohen, ziemlich beängstigenden Bett den Rücken zu. Dort unten, jenseits der Terrassen, sah sie das graue Flimmern der Olivenbäume und dahinter das Meer. Martha irrte sich. Das ganze Grundstück war wunderschön, war entzückend.

Sie würde sich vor der armen kleinen Madame nicht fürchten. Louis hatte sie geliebt. Er liebte auch das Haus. Deshalb hatte er es ihr zur Verfügung gestellt.

Sie wandte sich um. Rolf war wieder hinuntergegangen. Sie war mit Martha allein. Martha sagte eben etwas.

»Mildred – wo ist Monsieur Carson?«

»In Paris. Wieso?«

»Ich dachte, er würde hierher kommen.«

»Das wird er auch – später.«

»In die Villa?«

»Nein, natürlich nicht. Nach Cap Martin.« Sie lachte. »Darüber denkst du also nach, wie?«

Sie konnte die Angst ihrer Freundin vor einem Spukhaus verstehen, nicht aber die Befürchtungen hinsichtlich der Schicklichkeit ihres Verhaltens.

Martha sah scheu und beschämt aus.

»Ja«, sagte sie, »das stimmt wohl.«

»Wie gemein von dir! Du hättest mir ruhig vertrauen können.«

»Ich vertraue dir doch.« Marthas offener, liebevoller Blick hielt sie für einen Moment gebannt. »Bist du sicher, daß du *ihm* vertrauen kannst?«

»Ihm vertrauen? Vertraust du Rolf?«

»Oh – wenn es so war, Mildred –«

»Es *ist* so.«

»Du hast wirklich keine Angst?«

»Wovor sollte ich Angst haben? Vor der armen kleinen Madame?«

»Ich habe nicht Madame gemeint, sondern Monsieur.«

»Oh, warte nur, bis du ihn siehst.«

»Ist er sehr schön?«

»Ja, aber das ist es nicht allein. Ich kann dir nicht erklären, Martha, was es ist.«

Sie gingen Hand in Hand im hereinströmenden Licht nach unten. Rolf wartete auf der Veranda auf die beiden. Sie wollten Mildred zum Abendessen mit zu sich herübernehmen.

»Läßt du mich nicht doch Armandine sagen, daß du über Nacht bei uns bleibst?« fragte er.

»Nein. Ich möchte nicht, daß Armandine glaubt, ich hätte Angst.«

Genaugenommen wollte sie nicht, daß Louis dachte, sie hätte Angst. Außerdem hatte sie keine Angst.

»Nun, wenn du feststellst, daß es dir hier doch nicht gefällt, dann komm auf jeden Fall zu uns«, mahnte er.

Und sie zeigten ihr das kleine Gästezimmer neben ihrem eigenen Zimmer, in dem das fertig gemachte Feldbett mit zurückgeschlagener Decke stand, jederzeit auch des Nachts für sie bereit, falls sie ihre Meinung ändern sollte. Die Haustür war unverschlossen.

»Du mußt sie nur aufmachen und hereinschleichen, und schon bist du in Sicherheit«, meinte Rolf.

2

Armandine – unterwürfig und nicht länger feindselig, seit die Derings nicht mehr da waren – hatte Kerze und Streichhölzer auf dem Nachttisch abgesetzt. Dazu kam die Glocke, die sie, wie sie sagte, herbeirufen würde, falls Madame in der Nacht etwas benötigen sollte. Dann hatte Armandine sie alleingelassen.

Als die Tür sich sacht hinter ihr schloß, atmete Mildred leise keuchend ein. Ihr Mund stand halb offen, wie der Spiegel zwischen den zwei hohen brennenden Kerzen zeigte, und ihr war bewußt, daß ihr Herz etwas unregelmäßig schlug. Sie war wütend auf das Gesicht im Spiegel mit dem albernen, aufgerissenen Mund. Sie fragte sich selbst: Kann es sein, daß ich Angst habe? Es konnte nicht sein. Rolf und Martha hatten sie zu schnell den Berg heraufsteigen lassen, das war alles. Ihr Herz benahm sich immer so, wenn sie zu schnell bergauf ging, und vermutlich stand ihr Mund dabei auch immer offen.

Sie biß die Zähne zusammen und ertrug das erstickende Gefühl, bis ihr Herz zu flattern aufhörte.

Jetzt war sie ruhig. Aber die eigentliche Prüfung würde

beginnen, wenn sie die Kerzen ausgeblasen hatte und im Dunkeln durch das Zimmer zum Bett gehen mußte.

Als sie die Kerzen auspustete, bog sich die Flamme vor dem leichten Hauch weg und richtete sich wieder auf. Sie blies stärker, zweimal, mit dem Gefühl, die Zeit in die Länge zu ziehen. Die Flamme krümmte sich und erlosch. Die andere Kerze löschte Mildred mit einem Atemzug. Die rotglühende Spitze des Dochtes durchbohrte noch einen Augenblick die Finsternis und starb dann ebenfalls mit einem leisen Knistern. Am anderen Ende des Zimmers schimmerte das hohe Bett. Sie dachte: Martha hatte recht. Das Bett ist gräßlich.

Sie spürte, wie ihr Mund sich zu einem harten, trotzigen Grinsen verzog, als sie langsam darauf zuging, zu stolz, um Angst zu haben. Und dann, auf halbem Wege, dachte sie plötzlich über Madame nach.

Das Gräßliche an der Sache war, daß einem sein Rücken so ungeschützt vorkam, während man in dieses hohe Totenbett kletterte, in dem Madame gestorben war. Aber sobald sie sicher zwischen den Bettlaken steckte, würde alles in Ordnung sein. Alles würde in Ordnung sein, solange sie nicht über Madame nachdachte. Also gut, dann würde sie eben nicht über Madame nachdenken. Durch zuviel Nachdenken konnte man sich alle möglichen Ängste einjagen.

Ganz bewußt, mit einer enormen Willensanstrengung, verbannte sie das traurige Bild von Madame aus ihrem Geist und stellte fest, daß ihre Gedanken sich Louis Carson zuwandten.

Dies war Louis' Haus, das er aufzusuchen pflegte, wenn er glücklich sein wollte. Sie kam zu dem Schluß, daß er sie hierher geschickt hatte, weil er wieder glücklich in diesem Haus sein wollte. Sie war hier, um das Unglücklichsein zu vertreiben und die Erinnerung an die arme kleine Madame. Oder vielleicht, weil Louis das Haus heilig war; oder vielleicht, weil sie ihm beide heilig waren, das Haus und die junge tote Braut, die nicht mehr seine Frau gewesen war. Vielleicht dachte er an sie gar nicht als eine Tote; er wollte nicht, daß sie vertrieben wurde. Das Zimmer, in dem sie gestorben war, hatte keine Schrecken für Louis. Ihm war die Treue zu eigen, die keinen Tod kennt. Sie würde sich nicht in ihn verliebt haben, wenn er nicht treu wäre. Man konnte treu sein und trotzdem wieder heiraten.

Sie war überzeugt, daß der Grund ihrer Anwesenheit hier, welcher es auch sein mochte, auf jeden Fall ein schöner war. Alles, was Louis tat, alles, was er dachte oder fühlte oder wollte, mußte einfach schön sein. Sie dachte daran, wie Louis auf dem Bahnsteig in dem Pariser Bahnhof gestanden hatte, sein schönes Gesicht zu ihr hochgewandt, und wie es plötzlich vorstieß, als er ihre Füße küßte. Sie ließ sich wieder von ihrem glücklichen, hypnotisierenden Traum forttragen und schlief schon vor Mitternacht tief und fest.

Sie erwachte mit einem Gefühl unerträglichen Zwangs, als ob sie gewaltsam aus dem Schlaf gezerrt würde. Das Zimmer war grau im Zwielicht des noch nicht aufgegangenen Mondes.

Und sie war nicht allein.

Sie wußte, etwas war da. Etwas, das das Geheimnis des Zimmers preisgab und es furchtbar und obszön machte. Das Grau war furchtbar und obszön. Es ballte sich zusammen; es wurde zum Gefäß des Schreckens.

Das Ding, das sie geweckt hatte, war hier bei ihr im Zimmer.

Denn sie wußte, daß sie wach war. Abgesehen von der übernatürlichen Gewißheit – einer ihre fünf Sinne funktionierte, losgelöst von dem Schrecken. Dieser hörte das Ticken der Uhr auf dem Kaminsims, das harte, durchdringende Scharren der Palmblätter draußen, deren messerscharfe Klingen der Wind aneinanderrieb. Die Geräusche bewiesen, daß sie tatsächlich wach war und daß alles, was geschah, demzufolge Wirklichkeit sein mußte. Als sie das Grau zum ersten Mal sah, schloß sie die Augen wieder; sie fürchtete sich davor, ins Zimmer zu blicken, weil sie wußte, daß das, was sie sähe, wirklich sein würde. Aber sie hatte genauso wenig Gewalt über ihre Augenlider wie über ihren Schlaf. Sie öffneten sich unter dem gleichen unerträglichen Zwang. Und jetzt drängte das übernatürliche Ding sich ihrem Blick auf.

Es stand schräg vor ihr neben dem Bett. Von der Brust abwärts war sein Körper unfertig, rudimentär, noch nicht ganz geboren. Die graue Hülle trug noch schwer an ekelerregender Formlosigkeit. Aber das Gesicht – das Gesicht war perfekt in unbeschreiblichem Schrecken. Und es war Louis' Carsons Gesicht.

Zwischen den schwarzen Balken der Augenbrauen und dem schwarzen Spitzbart sah sie es, zurückgeworfen, in obszöner Qual verzerrt, verderbt und tückisch. Gesicht und Körper, Fleisch und doch auch wieder nicht Fleisch; sie waren die verkörperte Essenz unsagbarer, schauerlicher Greuel.

Es näherte sich ihr, beugte sich über sie, starrte sie an, kam so dicht heran, daß die aufgetürmten Matratzen jetzt die untere Hälfte seines Körpers verbargen. Und das Schreckliche an ihm war, daß es blind war, von jeder lenkenden und erlösenden Klarheit getrennt, Fleisch und doch auch wieder nicht Fleisch. Es suchte sie, ohne sie zu sehen; und sie wußte, daß es finden würde, was es suchte, wenn sie sich nicht auf der Stelle in Sicherheit bringen konnte. Hinter der Barriere der aufgetürmten Matratzen vervollständigte sich die unfertige Form bereits und gewann klarere Konturen; Mildred fühlte sie unter der Erschütterung ihrer Geburt erbeben.

Ihr Herz stolperte und stockte ihr in der Brust, als ob ihre Brust gegen das Rückgrat zurückgepreßt worden wäre. Sie kämpfte gegen eine Schwächewelle nach der anderen an; denn sobald sie das Bewußtsein verlöre, würde die grauenhafte Erscheinung mit ihr tun können, was sie wollte. Ihr ganzer Wille stellte sich dem entgegen. Sie kämpfte sich plötzlich in eine sitzende Position im Bett hoch und redete das Ding an:

»Louis! Was machst du hier?«

Auf ihren Ausruf hin verschwand es, ohne sich zu bewegen, aufgesogen von dem Grau, das es geboren hatte.

Sie dachte: Es kommt bestimmt zurück. Es kommt zurück. Selbst wenn ich es nicht sehe, werde ich wissen, daß es im Zimmer ist.

Sie wußte, was sie tun würde. Sie würde aufstehen und zu den Derings gehen.

Sie sehnte sich nach frischer Luft, nach Rolf und Martha, nach der festen Erde unter ihren Füßen.

Sie zündete die Kerze auf dem Nachttisch an und stand

auf. Sie spürte noch immer, daß *es* da war; wie sie so auf dem Fußboden stand, fühlte sie sich besonders exponiert und verwundbar. In ihrer panischen Angst war es ihr unmöglich, sich mit dem Anziehen aufzuhalten. Sie schob die bloßen Füße in die Schuhe und streifte den Reisemantel über ihr Nachthemd; dann ging sie die Treppe hinunter und zur Haustür hinaus, nachdem sie lautlos die Riegel zurückgeschoben hatte. Sie erinnerte sich, daß Rolf eine Laterne für sie auf der Veranda gelassen hatte, falls sie sie brauchen sollte – als ob die beiden Bescheid gewußt hätten.

Sie zündete die Laterne an und suchte sich ihren Weg bergab durch den Garten der Villa, von Terrasse zu Terrasse stolpernd, durch den Olivenwald und den steilen Pfad hinab zum Haus der Derings. Weit unten am Hang konnte sie ein Licht im Fenster des Gästezimmers erkennen. Die Haustür war unverschlossen. Sie trat hindurch und ging weiter in das erleuchtete Zimmer, das auf sie wartete.

Sie wußte wieder, was sie tun würde. Sie würde fortgehen, bevor Louis Carson zu ihr kommen konnte. Sie würde morgen fortgehen und nie wiederkommen. Rolf und Martha würden ihre Sachen aus der Villa herunterholen; Rolf würde sie in seinem Wagen nach Italien fahren. Sie würde Louis Carson für immer entkommen. Sie würde über Italien entkommen.

3

Rolf war mit ihren Sachen aus der Villa zurückgekommen und hatte einen Brief mitgebracht. Er war diesen Morgen aus Cap Martin heraufgeschickt worden.

Er war von Louis Carson.

Mildred, mein Liebling!

Wie Du siehst, konnte ich es nicht ertragen, Dich zwei Wochen lang nicht zu sehen. Ich *mußte* einfach kommen. Ich bin jetzt im Cap-Martin-Hotel. Irgendwann zwischen halb elf und elf Uhr werde ich bei Dir sein –

Unten am Ende des Weges wartete Rolfs Wagen. Es war halb elf. Wenn sie jetzt losgingen, würden sie Carson auf dem Weg begegnen. Sie mußten warten, bis er am Haus vorbei und durch den Olivenwald hinaufgegangen war.

Martha hatte heißen Kaffee und Brötchen gebracht. Die Derings setzten sich an das andere Ende des Tisches und betrachteten Mildred mit liebevollen, besorgten Blicken, als sie sich seitwärts drehte, um den Weg zu beobachten.

»Rolf«, fragte sie plötzlich, »weißt du irgendwas über Louis Carson?«

Sie konnte sehen, wie Martha und Rolf sich anschauten.

»Nichts. Nur, was die Leute hier so sagen.«

»Was sagen sie denn?«

»Erzähl ihr das nicht, Rolf!«

»Doch! Er muß es mir erzählen. Ich muß es einfach wissen.«

Sie fühlte nur noch Entsetzen, ein Entsetzen, das durch nichts mehr gesteigert werden konnte.

»Viel gibt es nicht zu erzählen. Nur, daß er ständig Frauen dort oben bei sich hatte. Keine besonders anständigen Frauen. Anscheinend«, meinte Rolf, »war er ein ziemlich widerwärtiger Kerl.«

»Das war er bestimmt«, sagte Martha, »sonst hätte er seine arme kleine Frau nicht hierhergebracht, nachdem –«

»Rolf, woran ist Madame Carson gestorben?«

»Keine Ahnung«, erwiderte er.

Aber Martha gab die Antwort.

»Sie starb vor Angst. Sie hat irgendwas gesehen. Ich sagte dir doch, daß das Haus gräßlich ist.«

Rolf zuckte die Achseln.

»Doch, du hast selbst gesagt, daß du es spüren konntest. Wir haben es beide gespürt.«

»Weil wir über die gräßlichen Dinge Bescheid wußten, die er dort getan hat.«

»*Sie* wußte nicht Bescheid. Ich sag' dir, sie hat etwas gesehen.«

Mildred wandte ihnen ihr weißes Gesicht zu.

»Ich hab' es auch gesehen.«

»Du?«

»Was? Was hast du auch gesehen?«

»Ihn. Louis Carson.«

»Dann muß er tot sein, wenn du seinen Geist gesehen hast.«

»Die Geister von armen Verstorbenen töten niemanden. Es geht darum, was er ist. Diese ganze Scheußlichkeit in einem Gesicht. Ein Gesicht!«

Sie hörte die beiden kurz und hastig Atem holen. »Wo?«

»Dort. In diesem Zimmer dort. Dicht neben dem Bett. Es suchte mich. Ich sah, was *sie* auch sah.«

Sie konnte sehen, wie Martha und Rolf die Stirn runzelten, ungläubig, sich zum Unglauben zwingend. Sie hörte sie reden, das Grauen mit ihren Stimmen fernhalten.

»Aber – das hätte sie gar nicht gekonnt. Er war nicht da.«

»Er hörte zuerst ihren Schrei.«

»Ja; er war nämlich im anderen Zimmer, weißt du.«

»*Es* aber nicht. Er kann es nicht zurückhalten.«

»Zurückhalten?«

»Nein. Er wartete darauf, zu ihr zu gehen.«

Ihre Stimme war stumpf und schwer unter der Erkenntnis. Sie spürte, wie sie hilflos gegen die Unerschütterlichkeit, den Unglauben der Derings ankämpfte.

»Schaut euch das an«, sagte sie. Sie schob ihnen Carsons Brief herüber.

»Er wartete darauf, zu ihr zu gehen«, wiederholte sie. »Und letzte Nacht – wartete er darauf, zu mir zu kommen.«

Sie starrten sie bestürzt an.

»Versteht ihr denn nicht?« rief sie. »Es hat nicht gewartet. Es kam ihm zuvor.«

Originaltitel: The Villa Désirée
Ins Deutsche übertragen von Anna Hennig

Patrick McGrath

Cleave der Vampir oder
Ein Schauderidyll

›Alles sehr ruhig, alles sehr idyllisch, lauter Herzen in Frieden
unter einem englischen Himmel et cetera; warum hatte ich
dann bloß so eine grauenvolle Angst?‹

*Bei Patrick McGrath, einem Schriftsteller, der stets mehr Über-
raschungen parat hat, als sich aus zwei Ärmeln schütteln lassen,
kann man sich über eines ganz sicher sein: Er bringt es nicht fertig,
einfach ›nur‹ eine weitere Vampirgeschichte zu schreiben. Aber in
einem wichtigen Punkt folgt McGrath einer großen Tradition, denn
die Szenen in der Vampirliteratur, die unseren Herzschlag am meisten stocken und uns das Gesicht – vor Furcht? vor Erregung? –
glühen lassen, haben den intimen Kontakt zwischen Monster und
Opfer zum Thema. Es ließe sich sogar feststellen, daß sich im Publikum ein eigenartiges Gefühl der Enttäuschung regt, wenn ein Vampir um den Augenblick seines scharfzahnigen Triumphes gebracht
wird und sich in die Nacht davonstehlen muß. Und schließlich ist
die Vorstellung reizvoll, das einzige, was schlimmer als die Annähe-
rung eines Vampirs ist, könnte die Gleichgültigkeit eines Vampirs
sein.*

*Nachdem er dieses Phänomen beobachtet hat, dreht und wendet
McGrath es ein bißchen, verpflanzt es in eine ländliche englische
Szenerie und ermöglicht es uns, das immer unpassendere Benehmen
einer medizinisch unterversorgten, gesetzten Dame der Oberschicht
zu beobachten, die Sex im Sinn und einen Vampir auf dem Rasen
hat.*

»Das Entscheidende beim Vampir ist«, meinte Harry ziemlich zusammenhanglos, »daß die Erde ihn einfach nicht aufnimmt. Das stellt ihn außerhalb der Natur. Alles innerhalb der Natur zersetzt sich nämlich, wißt ihr. Verfault einfach im Boden. Nur der Vampir eben nicht. Er kann nicht sterben, weil das Erdreich ihn nicht annimmt. Interessant, was?«

»Faszinierend«, murmelte ich, obwohl ich, wie ich zugeben muß, nur mit halbem Ohr zuhörte. Wie war Harry bloß auf dieses ekelhafte Thema gekommen? Er mußte wohl einen Film gesehen haben. Aber meine Gedanken waren woanders, bei unserer Tochter Hilary. Ich hatte seit Tagen meine Medizin nicht genommen, solche Sorgen machte ich mir um das Mädchen. Sie war zwar erst neunzehn, aber sie hatte bereits eine beängstigende Neigung bewiesen, sich in die unmöglichsten Männer zu verlieben. Letztes Jahr war da die schreckliche Geschichte mit den Klempnern gewesen, und zuvor – schon der Gedanke daran macht mich schaudern – das skandalöse ›Arrangement‹ mit zwei Gärtnern in ihrem Internat. Wenn sie sich doch bloß, wie ich ihr vor dem Frühstück sagte, mit einem anständigen Mann verheiraten würde, jemandem wie Tony Piker-Smith beispielsweise.

»Aber Mammi«, sagte sie – sie saß gerade an ihrem Frisiertisch und bürstete sich die Haare, »du kannst unmöglich wollen, daß ich so eine Niete heirate. Du hast doch auch keine Niete geheiratet.«

Ich seufzte. »Dein Vater«, sagte ich, »ist ein Mann von« – ich tastete nach dem richtigen Wort – »kalkulierbaren Leidenschaften. Deshalb habe ich ihn geheiratet. Man weiß, woran man mit ihm ist; man hat sozusagen Ellbogenfreiheit.«

Hilary schnaubte verächtlich. »Ich will aber keine Ellbogenfreiheit! Nicht bei dem Mann, den ich heirate!« Plötzlich erschien ein beunruhigter Ausdruck in ihren Augen. »Mammi, hast du wieder aufgehört, deine Pillen zu nehmen?«

Ich bin Lady Hock von Wallop Hall, und Hilary ist meine Tochter. Als wir einige Minuten später das Speisezimmer betraten, war Harry bereits in das Kreuzworträtsel der *Times* vertieft. Ich erinnere mich, daß es ein heller, sonniger Augustmorgen war und ich Stoker, unserem beleibten Butler, auftrug, mir Nierchen zu bringen. Mein Sohn Charles stand an der Terrassentür und schaute auf den Krocketrasen hinaus. »Der Tag ist gerade richtig für Kricket«, meinte er. »Besser geht's gar nicht.«

Mir war nicht danach zumute, mich mit Charles über das Wetter zu unterhalten, denn Charles war letztendlich schuld an meiner gegenwärtigen Besorgnis wegen Hilary. Immer schon ein impulsiver Junge, hatte er diesmal, ohne irgendwen zu fragen, eine ganze Kricketmannschaft für das Wochenende zu uns eingeladen. Stoker war darüber nicht besonders glücklich, aber er machte mir weniger Sorgen als Hilary. Eine ganze Kricketmannschaft! Ich würde das Mädchen nicht aus den Augen lassen können, bis sie am Sonntagabend alle wieder sicher auf den Heimweg nach London gebracht waren. Die ganze Sache war fürchterlich lästig, und ich spürte einen meiner Anfälle von Kopfschmerzen nahen. Gerade in dem Moment fing Harry an, über verwesende Vampire zu reden; genau das, was ich brauchte. Das Problem mit jungen Männern ist nämlich, daß sie mir einfach keine Ruhe lassen, wissen Sie – das war mit den Klempnern so und mit den Gärtnern genauso. Ihre Aufmerksamkeiten sind natürlich ganz reizend, aber Hilary ist schließlich erst neunzehn, und ich empfand es als meine Mutterpflicht, sie zu beschützen, wie auch immer ich in dieser Angelegenheit empfinden mochte. Ich glaube nicht, daß das anomal ist, oder?

Der Herrensitz Wallop Hall liegt mitten im hügeligen Ackerland der Berkshire Downs, ungefähr fünf Meilen vom Dorf Wallop entfernt – einem verschlafenen Gewirr von uralten, verfallenden Häuschen, um deren Torbögen sich Geißblatt und Heckenrose ranken und in denen Feuchtigkeit und Schimmel herrschen. Es gibt da ein oder zwei Geschäfte, eine Kirche, ein Gasthaus – und den Dorfanger, eine gepflegte Rasenfläche mit einem Wald auf der anderen Seite und einem Kricketpavillon. Bei letzterem handelt es sich um ein viktorianisches Bauwerk, das reichlich mit Türmchen und Wasserspeiern ausgestattet ist; Harry zufolge ist es ein ausgezeichnetes Beispiel für den rustikalen gotischen Stil. Ich selbst halte es ja für ein selten scheußliches Gebäude, aber na ja – zwei Stunden später lag ich jedenfalls neben meiner alten Freundin Olive Babblehump in einem Liegestuhl, schwitzte sacht und wartete darauf, daß das Kricketspiel anfing. Die Sonne war warm, und einige weiße Wolken, bauschige Dinger mit ausgefransten Rändern, trieben über den tiefblauen Himmel. Der Geruch von frischgemähtem Gras stach uns in die Nase, und ich erzählte Olive eben, daß Tony Piker-Smith, obwohl er eine sehr beschränkte Phantasie hatte, genau der Typ war, der seiner Frau Ellbogenfreiheit ließe, wenn Hilary doch nur auf mich hören würde.

Nun, Olive ist ein liebes Wesen, aber es ist kein Verlaß auf sie. »Meine Liebe, ich glaube«, meinte sie, »wenn du dem Mädchen seine Freiheit zu sehr einschränkst, wird sie mit irgendeinem völlig unmöglichen Menschen durchbrennen, bloß so aus Trotz. Den Fehler habe ich beinahe bei Diana gemacht.«

Also wirklich! Ich habe daraufhin gar nichts erwidert, und Sie verstehen sicher wieso, wenn ich Ihnen erzähle, daß Diana Babblehump, Olives Älteste, die letzten drei Jahre im Irrenhaus verbracht hat, nachdem sie in einem Augenblick psychotischer Wahnvorstellungen den Gemeindegeistlichen mit einer stumpfen Axt erschlagen hatte. Aber Olive war gar nicht aufgefallen, wie kraß unpassend ihre Bemerkung war; sie holte ihr Strickzeug hervor und fing an zu summen.

Zumindest war der Tag genau richtig dafür. Eine ganz beachtliche Menge Leute war aufgetaucht, einige wie wir in Liegestühlen, andere auf Decken im Gras ausgestreckt. Insekten surrten, und drüben am anderen Ende des Rasens beim Galgenwald stand eine fette Kuh in einem Flecken Sonnenlicht und schlug mit dem Schwanz nach den Fliegen. Alles sehr ruhig, alles sehr idyllisch, lauter Herzen in Frieden unter einem englischen Himmel et cetera; warum hatte ich dann bloß so eine grauenvolle Angst? Einige der Kricketspieler aus dem Dorf, meist junge Schafzüchter, hielten den Ball in Bewegung, aber die Gegenseite war noch nicht eingetroffen. »Was, glaubst du, ist denen wohl passiert?« fragte ich Olive.

»Ich habe nicht die leiseste Ahnung«, antwortete sie und

sah nicht einmal von ihrer Handarbeit auf. Aber dann hob sie doch den Blick. »Meine Liebe«, meinte sie, »du solltest bei dieser Sonne wirklich einen Hut aufsetzen, bei der Medizin, die du nimmst.«

Ich sagte nichts. Wie konnte ich ein wachsames Auge auf Hilary haben, wenn ich mit Drogen vollgepumpt war wie ein Zombie? Und dann passierte etwas höchst Eigenartiges:

Plötzlich konnte ich Hunderte von Würmern sehen, die in und aus Olives Kopf krabbelten! Ihre Haut hatte eine grausige, gelbgrüne Farbe angenommen, und kleine klebrige Klumpen von verwesendem Fleisch fingen an, ihr von den Knochen auf das Strickzeug zu fallen. Der Gestank war ganz furchtbar. Das Ganze dauerte nur einem Moment, zum Glück, aber es war ein ausgesprochen scheußlicher Moment. Und dann kam Harry, Gott sei Dank.

Wenn Harry irgendwo ankommt, hat das fast immer eine Enttäuschung zur Folge. Seine Gegenwart wird herzlich herbeigesehnt, denn er ist schließlich der Gutsherr, aber sobald er wirklich da ist, folgt er unweigerlich der immer gleichen Gewohnheit: einen Augenblick zeigt er sich derb-ausgelassen, dann geht er schnurstracks zur Bar. Auch an diesem Morgen hielt er sich an das Schema, aber er blieb immerhin kurz stehen, begrüßte Olive und mich und fragte uns, welches Gift wir gern hätten. »Gin«, antworteten wir beide recht eifrig.

Harrys einzige wirkliche Leidenschaft ist die Fuchsjagd vom Pferd aus. Wenn er könnte, würde Harry jeden Tag jagen, und das schafft er beinahe auch. Die Leute im Dorf lieben ihn deshalb. Sie sehen ihn mit seinen Hunden draußen in den hügeligen Downs auf seiner großen braunen Stute, mit rotem Gesicht, stämmig, in grell gemustertem Tweed gekleidet, aus schierer primitiver Freude an der Hetze keuchend. So fühlen sie sich sicher. Sie wissen, das ist England. Nach einem langen Tag kommt er mit Blut und Schlamm bespritzt heim, in tiefster Seele glücklich. Er stampft ins Haus und zieht beim Kaminfeuer die Stiefel aus. Stoker hat dann immer schon das Badewasser für ihn eingelassen. Er trinkt eine Menge Rotwein zum Abendessen und erliegt ihm kurz darauf in der Bibliothek. Stoker bringt ihn zu Bett, verschließt die Türen und macht überall das Licht aus. Dann schläft Wallop Hall. An diesem Ablauf wird unbeirrt festgehalten. Jede Veränderung macht Harry mürrisch und aufbrausend; deshalb tue ich mein Bestes, um jede Veränderung zu vermeiden.

Das alles paßt mir hervorragend. Wie ich schon angedeutet habe, bin ich eine Anhängerin der Ellbogenfreiheit-Theorie bei ehelichen Beziehungen. Ich muß das sicher nicht näher ausführen; es genügt wohl zu sagen, daß Harry und ich mit unserer Regelung völlig zufrieden sind, und das seit vielen Jahren. Unglücklicherweise kann ich mit ihm nicht über Hilary sprechen, und wie Sie sicher bemerkt haben, ist auch Olive nicht sehr mitfühlend, so daß ich mit meinen Sorgen allein bleibe; aber ich nehme an, das gehört einfach dazu, wenn man Mutter ist. Ich war aber nie so glücklich, muß ich sagen, Harry zu sehen, wie gerade in dem Moment, nachdem Olive sich auf so scheußliche Weise direkt vor meinen Augen in dieses *Ding* verwandelt hatte.

Ich glaube nicht, daß ich je den ersten Anblick des Geschöpfes vergessen werde. Die andere Mannschaft war angekommen, und Charles, der die Elf aus Wallop anführte, hatte die Auslosung gewonnen und sich dafür entschieden, zuerst zu schlagen. Ich warf einen müßigen Blick auf den ersten Werfer der Gegenmannschaft – und saß aufrecht in meinem Liegestuhl, denn mir wurde plötzlich klar, warum ich mich den ganzen Morgen so komisch gefühlt hatte! Ich zitterte am ganzen Körper – ich spürte mein Blut heiß werden, und mein Gesicht lief über und über rot an. Es würde schlimm werden, daß wußte ich sofort, sehr schlimm, und ich sank in den Liegestuhl zurück, schnappte nach Luft und versuchte, meine Aufregung vor Olive zu verbergen. Unter uns war ein Vampir.

Ich war zunächst erstaunt darüber, wie klein er war – gerade ein Meter fünfundfünfzig, schätze ich, nicht größer als Olive. Er war sehr dünn und hatte ein überproportional langes Gesicht, das von einem riesigen, knochigen Kinn, tiefliegenden Augen und einem wilden, pechschwarzen Haarschopf beherrscht wurde. Das dick eingeölte Haar war gerade über den Kopf zurückgebürstet, ausgehend von einer scharfen Spitze genau in der Mitte einer Stirn, die einer niedrigen überhängenden Klippe glich. Er war sehr elegant gekleidet, obwohl er so klein und scheußlich war, in eine beige Hose mit scharfen Bügelfalten und ein makellos weißes Hemd. Mich täuschte das jedoch nicht, denn obwohl er scheinbar wegen des Kricketspiels hier war, erkannte ich in ihm sofort etwas, das außerhalb der Natur existierte. Als ich die Beherrschung zurückgewonnen hatte, drehte ich mich zu Olive um – und stellte fest, daß sie, gänzlich fasziniert, ihn entzückt und schamlos anstarrte! Wenn er diese Wirkung auf Olive hatte, wie verheerend würde er dann erst auf die arme Hilary wirken?

Schweigen breitete sich über das Spielfeld, als er seinen Lauf auf das Tor zu begann. Ich muß zugeben, daß er auf seine teuflische Weise ein schönes Bild abgab, als er da so angelaufen kam, mit einer für seine Größe erstaunlichen Geschwindigkeit. Sein Haar wehte im Wind, und selbst von meinem Platz aus war eine Art rotes Leuchten in seinen Augenhöhlen erkennbar. Am anderen Ende des Spielfelds sah Charles ihm furchtlos entgegen und klopfte kurz mit dem Schläger auf die Aufstellungslinie. Und dann geschah noch etwas Eigenartiges: Mitten im Sprung schien das Geschöpf plötzlich zu erstarren und schwebte dort in der Luft wie im Foto festgehalten – die kurzen Beine deutlich vom Boden abgehoben, den Kopf zurückgeworfen, das Haar wirr, die Augen rot leuchtend und einen Arm von der Schulter aus gerade hochgereckt, den Ball mit langen, knochigen Fingern umklammert haltend. Nur für einen Augenblick – dann fuhr der Arm herab, und der Ball, kaum mehr als ein verschwommener roter Schatten, pfiff auf Charles zu, entging seinem vorsichtigen Stoß, verfehlte knapp seinen äußeren Torstab und endete mit einem lauten ›Klatsch‹ im Handschuh des Torhüters. Rund um das Spielfeld atmeten die Leute wieder. »Na«, meinte Olive und strickte weiter, »der ist wirklich ganz schön fix.« Ich wandte mich um, um nach Hilary zu sehen; sie saß auf der Veranda des Pavillons neben Tony Piker-Smith, und wie bei Olive leuchteten ihre Augen regelrecht. Mit war so zumute, als hätte eine Schlange sich in unser Eden eingeschlichen.

Der restliche Vormittag war schwierig, milde ausgedrückt. Ich sah mit wachsender Übelkeit und innerer Leere zu, wie das Geschöpf – sein Name war Cleave, wie ich erfuhr – sich daran machte, unter den Schlägern unserer Mannschaft aufzuräumen. Als erster fiel Ted Dung ihm zum Opfer: Ein lauter Knall, und der Bauer schaute mit blödem Gesicht zu, wie sein Tor geradewegs aus dem Boden gerissen wurde und sich wild überschlagend davonflog. Ein Vorfall entsetzte mich besonders: die Beseitigung von Tony Piker-Smith. Ein besonders schneller Ball erwischte ihn voll in der Leistengegend, und er ging mit einem Schmerzensschrei zu Boden. »Na, wie steht's?« rief Cleave, der herumgewirbelt war und vom Schiedsrichter bestätigt haben wollte, daß Tony das Bein vor dem Tor gehabt hatte. Der Schiedsrichter war Len Grace, der Leichenbestatter. Langsam richtete er sich auf. Er nahm eine Pennymünze aus der linken in die rechte Hand und schüttelte den Kopf. Tonys Leistengegend hatte seiner Meinung nach das Tor nicht direkt verdeckt. Wäre der Ball weitergeflogen, hätte er den Torstab verfehlt. Len Grace, darüber waren sich alle einig, verfügte über ein besonders gutes Augenmaß.

Cleave hatte jedoch keinen Respekt vor Lens Augenmaß. Er fletschte regelrecht die Zähne – und ich erschauderte, denn als sie so im Sonnenlicht schimmerten, sah ich ganz deutlich, daß seine Eckzähne viel zu lange waren und in scharfen Spitzen endeten. Ich drehte mich zu Olive um, aber ihre Augen waren auf ihr Strickzeug gerichtet. »Hast du das gesehen?« flüsterte ich.

»Was ist?« murmelte sie und täuschte Geistesabwesenheit vor. »O je, der arme Tony« – denn dem jungen Mann halfen zu diesem Zeitpunkt gerade zwei Männer unserer Mannschaft vom Spielfeld; sein rundes, rötliches Gesicht war vor Schmerz ganz verzerrt. Hilary war aufgestanden und drückte die Faust an den Mund; das tut sie immer, wenn sie angespannt ist. Das zumindest betrachtete ich als ein gutes Zeichen.

Charles spielte weiterhin sehr elegantes Kricket und war bald damit beschäftigt, schlecht gezielte Bälle graziös zwischen den Eckmännern der gegnerischen Mannschaft hindurch zu expedieren. Auf diese Weise erhöhte sich langsam die Zahl der erzielten Punkte. Bis zur Mittagspause hatten wir es auf neunundvierzig Punkte gegen sieben gebracht; die meisten davon hatte Charles als Schläger gesammelt. Wir klatschten herzhaft Beifall, als er die Mannschaft vom Spielfeld zurück zum Pavillon führte. Dort wartete das Mittagessen auf sie, das wie üblich einige der Bauersfrauen zubereitet hatten und das auf Klapptischen angerichtet worden war. Die bei solchen Anlässen meist herrschende gute Laune war durch Tonys Abwesenheit etwas gedämpft – er litt noch immer schreckliche Schmerzen und war von Hilary zum Arzt gefahren worden. Harry zeigte sich jedoch jovial und schien im Hinblick auf Cleave keinerlei Verdacht zu hegen. »Nehmen Sie doch was zu trinken«, meinte er. »Sherry, Gin oder Scotch?« Dann fügte er hinzu: »Leider kann ich Ihnen kein Bier anbieten«, – und das kam mir sehr bedenklich vor – »irgendwie ist es scheinbar alles sauer geworden. Vielleicht, weil ein Unwetter aufzieht.«

»Hätten Sie wohl einen ›Bloody Mary‹ für mich?« meinte Cleave in seiner tiefen, kultivierten Stimme.

Olive brachte es fertig, sich beim Lunch neben ihn zu setzen, und fing sofort an zu plappern. Sie fand heraus, daß seine Mutter Ungarin war. Daraufhin erzählte sie, daß ihre älteste Tochter Diana einmal eine taube Nonne aus Dubrovnik kannte. Das brachte sie dann auf die Irrenanstalt, und darauf, wie nett der medizinische Leiter sei, obwohl er doch Ire sei – und so ging es in einem fort, während das kleine Geschöpf sie nur kalt und tot angrinste und fast nichts sagte. Zwischen den blutleeren Lippen sah ich die Zähne scheußlich gelblich schimmern. Dann kam Hilary vom Arzt zurück, und Cleave erhob sich mit tief besorgtem Gesichtsausdruck und erkundigte sich nach dem Verletzten. Eine recht verstörte Hilary sagte, daß der Arzt ihn ins Royal-Berkshire-Hospital für eine eingehende Röntgenuntersuchung mitgenommen hatte, weil seine Hoden schwer geprellt, wenn nicht gerissen waren.

Cleave – so ein Ungeheuer! – murmelte, wie furchtbar leid ihm das täte, und setzte sich wieder. Sein Verhalten bewirkte, daß Charles – der liebe, warmherzige Charles – sich zu sagen beeilte, er müsse sich keine Vorwürfe machen; es sei nur ein unwahrscheinlicher Zufall gewesen und Tony sei sicher nicht ernsthaft verletzt.

»Ich fürchte das Schlimmste«, meinte Cleave. »Ich werfe einfach zu hart, das war schon immer so.«

»Unsinn«, antwortete Charles, »Sie werfen großartig.« Das beipflichtende Gemurmel, das diese Bemerkung einbrachte, war jedoch eher pflichtbewußt als herzlich. Immerhin – Sie haben sicher bemerkt, wie gekonnt Tony von der Bildfläche entfernt wurde?

Das Kricketspiel wurde fortgesetzt. Ich konnte mich aber nicht darauf konzentrieren, weil Cleave einige unheimliche optische Effekte hervorzurufen begonnen hatte, zweifellos in der Absicht, meinen Geist zu zerrütten und damit das letzte Hindernis zu entfernen, das einer Verführung Hilarys im Wege stand. Die verwirrendste dieser Störungen bestand in seiner Umwandlung der schönen friedlichen Szene vom Positiv ins Negativ. Einen Augenblick lang wurde alles Helle – der Himmel, die Kricketspieler und so weiter – pechschwarz, und alles Dunkle – Bäume und Gras – verblich zu einem geisterhaften Weiß. Aber nur einen Augenblick lang. Danach wurde alles zunächst wieder normal, dann ging es zurück ins Negative; so blinkte es dann normalerweise ungefähr eine halbe Minute hin und her. Besonders die schwarzweiße Kuh bot während eines solchen ›Sturms‹ einen phantastischen Anblick, denn das Tier schien an und aus zu gehen wie eine Glühbirne. Ich nehme an, es handelte sich um irgendeine telepathisch verursachte elektrische Interferenz; sie war jedenfalls direkt auf mich gezielt, wie ich schon sagte. Falls Olive das gleiche mitmachte, so sagte sie zumindest nichts davon: Da argwöhnte ich allmählich, daß sie Cleaves Pläne durchschaute – durchschaute und billigte!

Die Spieler kamen zum Tee herein. Ich entschloß mich

schließlich zum Handeln. Ich nahm Charles beiseite. »Liebling«, flüsterte ich und gab meiner Stimme einen besonders ernsten Klang, »glaubst du wirklich, daß wir alle diese Leute hier übernachten lassen sollten?«

»Aber Mutter!« rief er.

»Pssst, Liebling«, murmelte ich.

»Mutter, ich habe sie doch eingeladen. Ich kann jetzt nicht einfach –«

»Ich weiß, Liebling. Trotzdem –« Ich hielt inne. Ein Schatten war zwischen uns gefallen. Es war Cleave.

»Lady Hock«, begann er – und, ach, er hatte eine Stimme wie alter Portwein, voll und süß und schwer – »verzeihen Sie die Unterbrechung!«

Ich verlieh mir den Anschein kühler Höflichkeit. »Aber ich bitte Sie, Mr. Cleave!«

»Lady Hock, ich bin sicher, wir sollten uns Ihnen nicht aufdrängen. Sie können unmöglich elf Ihnen völlig fremde Leute beherbergen und verköstigen, auch wenn Ihr Sohn uns sehr herzlich eingeladen hat.«

»Also wirklich!« rief Charles aus.

Cleave legte ihm eine Hand auf die Schulter. »Ich glaube, es wäre für alle Beteiligten besser, wenn Sie uns gestatteten, im ›Wallop Arms‹ für uns selbst zu sorgen.«

Ach, wie schwierig doch das Ganze war! Etwas in mir wurde schwach. Der Charme dieser Kreatur war überwältigend, beinahe unwiderstehlich – doch ich hielt ihm stand. Zu Charles' Entsetzen machte ich keinen Versuch, ihn zu überreden. »Wenn Sie sicher sind, daß Sie sich im Gasthof nicht zu unbehaglich fühlen werden?« sagte ich nur.

»Wir werden uns sicher wohlfühlen, Lady Hock«, meinte er. Ich war erleichtert und dankbar – und, ganz unbegreiflich, enttäuscht! Seine Augen brannten auf mir, und wie das Kaninchen vor der Schlange konnte ich meinen Blick nicht abwenden. Unter dem plötzlichen Aufwallen einer heißen, ungewollten Emotion stieß ich hervor: »Aber Sie müssen mit uns dinieren und –« fügte ich hinzu, »übernachten!«

Kaum hatte ich das gesagt, bereute ich meine Worte, bereute sie bitter – aber ich konnte mir nicht helfen. Ach, du

Idiotin, dachte ich – kaum bist du die Kreatur glücklich los, lädst du sie dir doch glatt wieder ein! Er nahm mit einer Verbeugung an.

Charles wirkte leicht besänftigt. Ich wandte mich zum Gehen, als eben Hilary auftauchte. »Hilary«, sagte ich, »Mr. Cleave wird uns beim Dinner Gesellschaft leisten und im Rosenzimmer wohnen, aber die restliche Mannschaft übernachtet im ›Wallop Arms‹.«

»Oh, prima«, antwortete Hilary. »Ich meine«, fügte sie hinzu und errötete leicht, »prima wegen Mr. Cleave.«

»Deshalb bist du hoffentlich so gut, Liebling, und läufst zum Haus zurück, um Stoker Bescheid zu sagen.«

»Na klar«, gab sie zurück. »Bye bye, Mr. Cleave.«

»Bye bye«, sagte der Vampir trocken; dann war Hilary fort.

Das Spiel hörte um halb sieben auf. Die Dorfleute kehrten in ihre Häuser zurück. Im Galgenwald zwitscherten die Vögel, und der Pavillon war nur noch schattenhaft zu erkennen; seine Wasserspeier hoben sich scharf umrissen und schwarz gegen den dämmerigen Himmel ab. Blasser Nebel trieb über das Spielfeld und brachte eine Andeutung vom Geruch geöffneter Gräber mit sich, aber es blieb niemand da, dessen Nase es hätte wahrnehmen können, und so senkte sich leise und unmerklich die Nacht herab.

Beim Abendessen war Tony nicht da, weil er inzwischen ins Royal-Berkshire-Hospital eingeliefert worden war, aber Olive war da. O ja, Olive war da, und wenn mein Verdacht gegen sie tagsüber noch recht unbestimmt gewesen war, so erhärtete er sich im Verlauf des Abends zur Gewißheit, und zwar aufgrund eines Vorfalls, den ich jetzt schildern will.

Ich hatte gehört, wie Harry Cleave einlud, sich die Sportdrucke in der Bibliothek anzusehen. Nun wurde diese Einladung ausgesprochen, als Harry auf dem Weg nach oben für sein Bad war und Cleave, schon für das Dinner fertig umgezogen, auf dem Weg nach unten war – zweifellos hoffte er, Hilary bearbeiten zu können, bevor irgendwer sonst auftauchte. Ich selbst war inzwischen umgezogen, und sobald ich Harrys Einladung hörte, huschte ich über die Hintertreppe hinab und ging außen um die Seite des Hauses zum Bibliotheksfenster, dessen Vorhänge glücklicherweise nicht vollständig zugezogen waren. So war es mir möglich, aus meinem Versteck Cleave zu beobachten.

Ein paar Minuten lang sah er sich Harrys Drucke an; dann nahm er sich ein Buch von einem Regal und blätterte müßig darin. Stoker kam mit einem Whisky-Soda auf einem silbernen Tablett herein. Als er wieder hinausging, hörte ich ein Auto beim Vordereingang vorfahren. Das war sicher Olive, dachte ich. Und wirklich geleitete Stoker wenige Augenblicke später Olive Babblehump in die Bibliothek.

Cleave sah im Smoking äußerst attraktiv aus. Sein Anzug war untadelig geschnitten und unterstrich im Gegensatz zu seinem weißen Kricketdress das Dunkel seiner Haare und Augen, das sich so effektvoll von der kalkigen Blässe seiner Haut abhob. Nun wandte er das lange bleiche Gesicht und die schwarzglühenden Augen Olive zu, und die alte Flunder schmolz regelrecht dahin. Ich sollte hierbei vielleicht darauf hinweisen, daß Olive im Abendkleid einen geradezu furchteinflößenden Eindruck macht – bei ihren bloßen Schultern, bloßen Armen und bloßem Hals bieten sich wahre Riesenflächen von schlaffem, verwelktem, rosa gepudertem, diamantentriefendem Fleisch dar. Sie schwankt und wabbelt einher wie ein preisgekrönter Truthahn, und ihre unerhört vielen Edelsteine funkeln prächtig. – Aber Cleave trat nicht etwa entsetzt zurück, wie ich es andere junge Männer hatte tun sehen, wenn Olive an ihnen Geschmack gefunden hatte, er blieb auch nicht einfach standhaft stehen. Er ging im Gegenteil auf sie zu, näherte sich ihr immer mehr, so daß ich der dummen Gans fast eine Warnung zugerufen hätte – aber damit hätte ich alles ruiniert.

Olive hatte nur eine Brust, aber das war genug für Cleave. Ich konnte nicht hören, was gesagt wurde, aber etwas wurde gesagt, und was es auch war, es genügte, um die arme Olive herumzukriegen. Völlig verblüfft über die schiere Unverschämtheit dieser Kreatur sah ich mit an, wie Cleave Olive in die Arme nahm und mit scheinbarer Inbrunst ihren Hals abküßte. Olive warf den Kopf zurück. Ich konnte erkennen, daß sie bald leise aufstöhnte und mit ihren klauenartigen Händen Cleaves Schultern umklammerte (sie waren ja beide von genau gleicher Größe, wie ich schon sagte). Gleich darauf hatte er es auf ihre Brust abgesehen! Schon hatte er sie aus dem Kleid herausgeholt und machte sich mit den Zähnen darüber her, während Olive, gewaltig erschaudernd, den Kopf hin und her warf und keuchte und gierig nach ihm griff. Ihr verrunzeltes Fleisch wogte und schwoll in grotesker Lust. Dann aber ruckte ihr Kopf ganz plötzlich hoch, sie öffnete die Augen – und versetzte mir einen gräßlichen Schock! Ihre Augen waren nämlich rot, nicht einfach blutunterlaufen, wie ich sie morgens oft bei ihr gesehen hatte, sondern von einem wütenden, glühenden Rot, wie Cleaves Augen es gezeigt hatten, als er gegen Charles geworfen hatte. Aber was noch viel, viel schlimmer war – diese entsetzlichen Augen Olives starrten mich direkt an, denn in meiner Bestürzung stand ich gut sichtbar außen vor dem Fenster, genau vor dem Vorhangspalt!

Olive und ich starrten uns gegenseitig an, als wäre das Fenster ein Spiegel und sie und ich wären identisch, ganz eins! So standen wir einen zeitlosen Augenblick lang, in schuldbewußter Komplizenschaft erstarrt, während das Ungeheuer mit seinem ruchlosen, fleischlichen Tun beschäftigt war. Als Cleave schließlich den Kopf hob, schlich ich mich weg, und er sah mich nicht. Ich ging durch die Hintertür ins Haus zurück und stahl mich hinauf in mein Zimmer bei der Hintertreppe. Mein Herz klopfte zum Zerspringen, und ich lehnte mich gegen die Schlafzimmertür.

Ein etwas heikler Moment ergab sich, als ich Olive zehn Minuten später im Salon begegnete. Ihre Augen hatten wieder ihre natürliche Färbung angenommen, und ihre Brust war in ihr Kleid zurückgekehrt, aber die Veränderung in ihr war für mich offenkundig. Sie benahm sich ganz normal (jedenfalls soweit man überhaupt behaupten konnte, Olive Babble-hump verhalte sich normal); dennoch wußte ich Bescheid. Und sie wiederum wußte, daß ich Bescheid wußte. Eine ziemlich vertrackte Situation alles in allem, darin werden Sie mir sicher recht geben.

Selbstverständlich war Kricket das Gesprächsthema bei Tisch. Es gab ein sehr schönes Stück Roastbeef, das Harry, nachdem er den Bratspieß herausgezogen hatte, wie üblich geschickt und voller Jovialität tranchierte und servierte. Stoker wurde mit dem Rotwein auf Trab gehalten, da wir an diesem Abend alle aus dem einen oder anderen Grund ziemlich viel tranken. Die neuen Kartoffeln schmeckten hervorragend, die Erbsen aus unserem Garten ebenfalls. Ein schlichtes Gericht, aber ich bilde mir ein – und Harry ist da ganz einer Meinung mit mir –, daß es sich ohne weiteres mit allem messen kann, was die französische Küche hervorbringt. War Cleave etwa ein Franzose? fiel mir plötzlich ein. Nein, ich erinnerte mich wieder, daß er Ungar war. Gott allein weiß, was die essen.

Hilary sah ganz bezaubernd aus in einem blaßblauen Kleid, das ihre schlanke Figur betonte und ihren hellen Teint hervorhob. Ich hatte mit ihr geredet, bevor wir herunterkamen, und versucht, sie vor Cleave zu warnen. Ich fürchte aber, daß ich nicht sonderlich erfolgreich war. Ich wollte das arme Kind nicht verschrecken, und auf meine eher verhüllten Warnungen reagierte sie ziemlich kurz angebunden und ungeduldig und ermahnte mich, meine Pillen zu nehmen. Als ob dies die richtige Zeit für Pillen gewesen wäre!

Stoker bediente uns mit seinem üblichen feierlichen Phlegma, und Harry war anscheinend gut in Form. So von Zeit zu Zeit ist Harry eigentlich ein ganz guter Redner; sein Verstand neigt entschieden zu einer metaphysischen Denkweise, konnte sich aber leider (in Anbetracht von Jagd und Rotwein) in den letzten paar Jahrzehnten selten bemerkbar machen. Aber Cleave zuliebe stellte er ein paar Ideen in den Raum, die genügten, das Gespräch in Gang zu bringen, und es Harry gestatteten, seine Aufmerksamkeit von der Unterhaltung weg dem Roastbeef und dem Wein zuzuwenden, bei denen sie für den Rest der Mahlzeit verblieb. »Kricket«, brummte er einmal, »ist natürlich mehr als nur ein Spiel. Ich selbst würde es ein Idyll nennen – eine ländliche Szene, in der Eintracht, Schlichtheit und Güte herrschen.«

Einen Augenblick herrschte Schweigen; seit mehr als fünfzehn Jahren hatte, wie gesagt, niemand Harry so etwas sagen gehört. »Na, was meinen Sie dazu, Olive?« dröhnte er, während sein Gesicht sich rötete. Wissen Sie, Olive und Harry führen seit langem immer das gleiche Spiel miteinander auf; immer wenn sie trinken – und das ist fast immer der Fall, sofern Harry nicht zu Pferd sitzt –, spielt er den kühnen Kavalier, sie die schöne Dame. Es ist ja im Grunde mitleiderregend, aber es macht ihm Freude. An diesem Abend spielte Olive jedoch nicht mit. Sie hatte nur Augen für Cleave, was Harry gegenüber ziemlich unfair war.

»Oh, ich bin ganz Ihrer Meinung, Sir Harry«, sagte Cleave. »Kricket symbolisiert menschliches Handeln in einer idealen Gesellschaft, einer von Liebe getragenen Gesellschaft, in der das Gesetz nur den Rahmen bildet. Ansonsten herrschen Kunst und Harmonie, der zivilisierte Kampf von Mann gegen Mann ganz in spielerischem Geiste. Auf diese Weise führten die alten Griechen ihre Kriege.«

»Was Sie nicht sagen!« meinte Olive etwas vulgär, den brennenden Blick noch immer auf das schlaue kleine Ungeheuer gerichtet. Oh, ich weiß genau über dich Bescheid, Olive Babblehump, du willst, daß diese Kreatur dich verzehrt. Aber in Cleaves Argumentation war ein Fehler, und zwar folgender: Auch etwas Böses kann nach den Spielregeln leben. Und dieses Böse bist du, Cleave, sagte ich mir. Natürlich verkündete ich das nicht laut; vielleicht hätte ich es tun sollen. Die Vorstellung wäre Harry fremd gewesen, und Hilary und Charles völlig unbegreiflich. Nur Olive würde verstehen, was ich mit ›etwas Bösem, das nach den Spielregeln lebt‹ meinte, aber sie war ihm bereits erlegen.

Ich schlich spät in dieser Nacht in sein Zimmer, nachdem schon alle zu Bett gegangen waren. Ich rechnete fest damit, ihn hellwach anzutreffen, im Begriff, seine nächtlichen Überfälle vorzubereiten. Ich habe keine Ahnung, was ich in solch einem Fall getan hätte; mir wäre hoffentlich etwas eingefallen. Ich hatte ein paar religiöse Requisiten bei mir, wenn auch keinen Knoblauch, da wir den in unserer Küche nicht verwenden. Ansonsten hoffte ich, ihn überreden zu können, sein Vorhaben aufzugeben. Beispielsweise konnte ich ihm Stillschweigen geloben, wenn er sich eine andere Familie als Opfer auserkor. Ich war sogar bereit – ich schäme mich nicht, es zuzugeben –, ihm mich selbst anzubieten, wenn er nur Hilary verschonte. Eine Mutter schreckt vor nichts zurück, wenn Gefahr für ihre Kinder droht. Glücklicherweise kam es dazu nicht; er schlief.

Wie schön er im Schlaf aussah! Er war leicht zu sehen, warum Olive ihm so schnell erlegen war. Ich selbst fühlte mich versucht, schwer versucht, aber ich blieb standhaft bei meinem Vorsatz. Ich schlug ihm sehr hart mit einem Stück Metallrohr auf den Kopf, das die Klempner zurückgelassen hatten, und trieb ihm dann mit einem Krocketschläger den Fleischspieß durch das Herz. Das gab eine fürchterliche Schweinerei!

Etwa eine halbe Stunde später fand Harry mich dort. Der arme Harry, er war richtig bekümmert. Er fand es ziemlich geschmacklos. »Nicht ganz, was sich schickt«, fand er. Kein Kricket, wie es die Spielregeln vorsahen.

Jetzt bin ich in der Irrenanstalt, weil ich Cleave, den Vampir, getötet habe – und wenn Sie mich fragen, ist *das* gegen die Spielregeln. Immerhin ist es gar nicht so schlimm hier. Sie haben mich in die gleiche Station wie Diana Babblehump gesteckt, und wir haben einen Bridgeklub in Gang gebracht. Olive besucht uns regelmäßig und schmuggelt Gin zu uns herein, die Gute. Aber man kann ihr nicht trauen, seit Cleave sie herumgekriegt hatte. Ich habe versucht, Hilary vor ihr zu warnen, aber sie denkt, daß ich verrückt bin. Das arme Mädchen, sie macht mir solche Sorgen. Ich habe seit Tagen meine Medizin nicht genommen, weil ich mich ihretwegen so aufrege. Olive hat den medizinischen Leiter falsch beurteilt; er ist nicht nett, er ist ganz und gar nicht nett. Er ist Ire, und er spielt Golf, und gestern habe ich bemerkt, daß seine Augen rot werden, wenn er glaubt, daß niemand zu ihm hinsieht.

Originaltitel: Cleave, the vampire, or, a gothic pastorale.
Ins Deutsche übertragen von Anna Hennig

Robert Aickman

Die Schwerter

›Es ist ja bekannt, wie selbst im besten Fall eine Kleinigkeit die
eigenen Gefühle für eine Frau verändern kann, und ich war
keineswegs sicher, daß es sich hierbei um eine Kleinigkeit
handelte.‹

*Ich sehe mich mit ganz besonderer Freude in der Lage, neue Leser
(und wäre es auch nur ein einziger) in das Werk von Robert Aickman einzuführen. Dieser moderne Autor – der von Horrorfans verehrt wird, im übrigen jedoch nahezu unbekannt ist – verkörpert meiner Meinung nach die verlockende Macht des Fremdartigen, jenes
Zustands von Nichtwissen, genaugenommen von Niemalswissen,
der uns ständig nach mehr dürsten läßt. Und Aickman bringt es in
jeder seiner elegant gestalteten Erzählungen fertig, uns vorbehalt-
los an ein gewissermaßen sofort erkennbares Paralleluniversum
glauben zu lassen, in dem das Jämmerlich-Groteske oft mehr zu
fürchten ist als das Riesig-Monströse.*

*In diesem Fall entdeckt ein junger Handlungsreisender, der sich
in einem englischen Provinzstädtchen einquartiert, einen schäbigen
Wanderjahrmarkt; dort lädt eine bizarre Show am Rande das Publikum zum Mitmachen ein. Die Tatsache, daß er der Verlockung einer
privaten Vorstellung nicht widerstehen kann, bringt ihn schließlich
zu Fall; die Lektüre der Geschichte bringt es zwangsläufig mit sich,
daß unser Bild vom sexuellen Eindringen sich verändert, fürchte
ich. Währenddessen genießt Aickman, der wie üblich seinen lässigen Stil ganz gezielt verwendet, kaltblütig die Verblüffung des
Lesers und seine eigene Perversion.*

Corazón malherido
Por cinco espadas

Federico García Lorca

Mein erstes Erlebnis?
Mein erstes Erlebnis stellte mich härter auf die Probe als alles, was mir seither in dieser Hinsicht passiert ist. Es war nicht angenehmer, aber bestimmt härter. Es ist mir verschiedentlich aufgefallen, daß die seltsamsten Dinge gerade Anfängern passieren, oft ausschließlich Anfängern. Wenn man über etwas Bescheid weiß, ist es meistens völlig simpel. Das gilt auch für dieses spezielle Gebiet – zumindest in den meisten Fällen. Nach den ersten sechs oder sieben oder auch acht Frauen ist es beim Rest praktisch immer das gleiche.

Ich war wirklich ein völliger Anfänger, ohne die leiseste Ahnung. Außerdem war ich ein regelrechtes Muttersöhnchen, hatte Angst vor dem Leben und wußte absolut gar nichts. Dabei will ich bestimmt nicht respektlos gegenüber der alten Dame wirken. Meine Mutter ist nämlich schwer in Ordnung, und ich komme noch immer besser mit ihr aus als mit den meisten anderen weiblichen Wesen.

Sie hatte einen Bruder, meinen Onkel Elias. Ich hätte vielleicht dazu sagen sollen, daß wir alle angeblich von einer der bedeutenden Keramikfamilien abstammen, aber ich weiß nicht, ob da was dran ist. Meine Oma hatte ein paar Topfscherben als Beweis, aber es ist immer schwer, da das Richtige herauszufinden. Nachdem mein Papa bei einem Unfall umgekommen war, bat Mutter Onkel Elias, mich in sein Geschäft hineinzunehmen. Er betrieb einen Kolonialwarenhandel in bescheidenem Stil – lauter billiges Zeug. Er war der Meinung, ich müßte erst mal von der Pike auf lernen, indem ich als Handlungsreisender auf die Straße ging. Meine Mutter war ganz aufgelöst deswegen – mein Vater war, wie gesagt, bei einem Autounfall getötet worden, und sie dachte, daß ich bestimmt moralischen Gefahren ausgesetzt sein würde –, aber sie konnte nichts dagegen tun, und so ging ich als Vertreter auf die Straße.

Das mit den moralischen Gefahren stimmte schon, aber ich war zu naiv und ängstlich, um mich in irgendwas hineinziehen zu lassen. Wo es ging, macht ich sogar einen Bogen um die anderen Vertreter, die mir unterwegs begegneten. Ich war mir ziemlich sicher, daß sie einen schlechten Einfluß auf mich haben würden, und ich wäre sowieso in jeder Gruppe das Küken gewesen. Als Verkäufer war ich eine völlige Niete, und ich fühlte mich sehr einsam – das war nicht nur so eine Redensart, ich war wirklich einsam. Ich haßte dieses Leben, aber Onkel Elias hatte versprochen, für mein Fortkommen zu sorgen, und ich wußte nicht, was ich sonst hätte tun können. So hielt ich es über zwei Jahre auf der Straße aus; dann hörte ich von meinem gegenwärtigen Job bei der Baugesellschaft – genaugenommen las ich davon in unserer Lokalzeitung – und konnte endlich Onkel Elias sagen, wohin er sich seine billigen Kolonialwaren stecken konnte.

Meistens übernachteten wir in kleinen Hotels; einige waren gar nicht schlecht, sowohl was die Zimmer, als auch was das Essen angeht. Aber in einigen Städten gab es besondere, Onkel Elias bekannte Unterkünfte, die ich und Onkel Elias' regulärer Vertreter, ein trübsinniger Typ namens Bantock, auf Onkel Elias' Befehl benutzen mußten. Bis heute weiß ich nicht genau, warum. Damals war ich ganz sicher, daß mein Onkel dabei irgendeine Provision kriegte, eine naheliegende Vermutung; aber seither habe ich überlegt, ob nicht vielleicht die alten Mädchen, die die Zimmer vermieteten, in mehr oder weniger grauer Vorzeit einmal Geliebte meines Onkels waren. Einmal schaffte ich es zumindest, Bantock danach zu fragen, aber er sagte bloß, daß er die Antwort nicht wüßte. Es gab kaum etwas, auf das Bantock die Antwort zu wissen zugab, das über die aktuellen Preise von Seifenpulver und Whisky hinausging. Er war zweiundvierzig Jahre als Handlungsreisender für meinen Onkel unterwegs gewesen, als er eines Tages in Rochdale plötzlich wegen einer Thrombose tot umfiel. Mrs. Bantock ist jedenfalls – mit Pausen – jahrelang eine Geliebte meines Onkels gewesen. Das war allgemein bekannt.

Diese Frauen, die die Zimmer vermieteten, benahmen sich

auf jeden Fall ganz so, als ob das, was ich über sie vermutete, auf sie zutraf. Solche Spelunken haben Sie noch nicht gesehen oder gehört. Lärm die ganze Nacht durch, so daß richtiger Schlaf unmöglich war, und oft hämmerten halb angezogene Nutten einem an die Tür und kreischten, daß sie betrogen oder gewürgt worden wären. Einige der Vertreter brachten sogar Jungen mit, etwas, was ich einfach nicht verstehen kann. Man liest davon und hört davon, und ich habe es oft miterlebt, wie gesagt, aber ich verstehe es trotzdem nicht. Und mitten drin in alldem steckte ich, rein und unverdorben. Die Inhaberin eines solchen Hauses zog mich oft deswegen auf. Ich weiß nicht, wie es dem alten Bantock erging. Ich befand mich nie gleichzeitig mit ihm in einem dieser Häuser. Komisch war, daß meine Mutter dachte, ich wäre in einem dieser Extraquartiere besonders gut aufgehoben, weil ihr Bruder sozusagen für sie bürgte und Bantock und mich zu unserem eigenen Besten hinschickte.

Natürlich handelte es sich nur um einige Übernachtungen im Verlauf unserer Handlungsreisen. Aber es waren immer Fälle, in denen ich ganz allein war. Mir fiel auf, daß Bantock, als er mir einige Arbeitstips gab und mich gelegentlich vorstellte, sich immer nur auf solche Städte beschränkte, wo wir in kommerziellen Hotels unterkommen konnten. Immerhin mußte Bantock geradeso wie ich die Spezialquartiere benutzen, wenn es sich so ergab, obwohl er nie über sie reden mochte.

Einer der Orte mit einem Haus auf Onkel Elias' Liste war Wolverhampton. Ich landete dort zum ersten Mal, als ich vielleicht vier oder fünf Monate bei diesem Job war. Es war keineswegs meine erste derartige Unterkunft, aber eben deshalb war ich um so deprimierter, als ich das Haus vor mir sah und wie gewöhnlich von einem triefäugigen Weib mit Lockenwicklern und schmutzigem Overall eingelassen wurde.

Es gab absolut nichts zu tun. Nicht einmal irgendwo vor den Fernseher setzen konnte man sich. Man konnte allenfalls ausgehen und sich besaufen, oder sich im Kino ein Mädchen aufgabeln und mit heimbringen. Ich fand beides wenig verlockend, und so strich ich einfach ziellos in der Stadt umher.

Es muß im Spätfrühling oder Frühsommer gewesen sein, weil es angenehm warm, aber nicht zu heiß war und weil die Abenddämmerung noch anhielt, als ich Tee trank – wozu ich mir ein Café hatte suchen müssen, weil in diesen Quartieren nicht einmal für Tee gesorgt wurde.

Ich schlenderte durch die Straßen von Wolverhampton, und alle Mädchen, so schien es, kicherten über mich, als ich auf eine Art kleinen Jahrmarkt stieß. Weil ich die Stadt überhaupt nicht kannte, war ich allmählich in die heruntergekommene Gegend beim alten Kanal geraten. Die Hauptstraßen waren recht breit, aber sie waren für den tagsüber herrschenden Verkehr zu den verschiedenen Fabriken und Rangierbahnhöfen angelegt worden und lagen jetzt still und leer da, von einem gelegentlichen Lastwagen und den Jungen und Mädchen abgesehen, die an einigen Ecken spielten. Die abzweigenden Nebenstraßen waren von Reihen kleiner Häuser gesäumt, aber viele Häuser standen leer. Ihre Fenster waren kaputt oder mit Brettern vernagelt, in den Dächern waren Löcher. Ich hätte umgedreht, wäre da nicht der Klang des Jahrmarkts gewesen. Dabei handelte es sich weder um Popsongs, die über Lautsprecher verbreitet wurden, noch um das Hämmern alter Drehorgeln, sondern eher um ein hohes Klingeln, das irgendwie genau zu dem warmen Abend und dem rosigen Dämmerlicht paßte. Zuerst konnte ich nicht herauskriegen, was für ein Geräusch das war, aber ich hatte ganz entschieden nicht Besseres zu tun, und deshalb suchte ich die leeren Nebenstraßen ab, um herauszufinden, was los war.

Es zeigte sich, daß das Geräusch von einem wirklich winzigen Jahrmarkt herrührte – nur gerade ein halbes Dutzend Stände, wo ein paar Kinder Reifen warfen oder Spielzeuggewehre abfeuerten, zwei oder drei überdachte Buden und ein einzelnes, winziges Karussell im Zentrum des Ganzen. Die klingelnde Musik kam von diesem Karussell. Es sah außerdem hübsch aus: in der Mitte stand die Eiskönigin, umgeben von zuckergußartigen Verzierungen, außen kreisten verschiedenfarbige Schlitten, die gerade groß genug für zwei Passagiere waren und, soweit ich mich erinnere, jeder oben an der

Spitze ein buntes Licht trugen. Mittendrin stand ein sehr hübsches blondes Mädchen in einer Art Pierrettekostüm. Damals kam sie mir zumindest sehr hübsch vor. Ihr Job bestand darin, das Geld von den Leuten einzusammeln, die in den Schlitten fuhren; das Problem war nur – es waren keine da. Nicht ein einziger. Es waren überhaupt nicht viele Leute auf dem Jahrmarkt, und das Mädchen schaute zwangsweise mich an. Ich hatte das Gefühl, ziemlich dämlich dazustehen, weil ich niemanden hatte, der mit mir Karussell fahren konnte, und wandte mich einfach ab. Ich hätte mich nie getraut, das Mädchen zu bitten, mit mir zu fahren, und ich nehme an, sie hätte es sowieso nicht gedurft. Es sei denn, es wäre ihr eigenes Karussell.

Der Jahrmarkt war auf einem Flecken Land aufgebaut worden, der einfach deshalb frei war, weil die Häuser, die vorher dort gestanden hatten, abgerissen worden oder eingestürzt waren. Hohe, kahle Fabrikwände erhoben sich an zwei Seiten des Platzes, und der Boden war so rauh und uneben, daß man das Gefühl hatte, an der Küste über zerklüftete Felsen zu gehen. Der Jahrmarkt machte keineswegs einen dauerhaften Eindruck. Er gehörte entschieden zur Heute-hier-morgen-dort-Sorte. Es sollte mich nicht wundern, wenn er hier eigentlich gar nichts zu suchen gehabt hätte. Ich war mir ziemlich sicher, daß er sich hier befand, ohne von den Landeigentümern die Erlaubnis dazu zu haben. Ich überlegte, daß dieses Leben für die Schausteller bestimmt hart war. Es ließ sich leicht verstehen, warum solche Jahrmärkte weitgehend ausgestorben waren seit den Tagen meiner Oma, die immerzu von den großartigen Jahrmärkten und Zirkussen in ihrer Jungendzeit schwärmte. Soweit überhaupt Kunden da waren, handelte es sich fast nur um Kinder, obwohl Kinder ja heutzutage das meiste Geld haben. Diese Kinder gaben ihr Geld hauptsächlich an einem kleinen Stand aus, wo eine unscheinbare Frau Eiskrem und glasierte Äpfel verkaufte. Ich überlegte, daß es viel einfacher und einträglicher wäre, sich auf so etwas zu konzentrieren und ins Gaststättengewerbe einzusteigen, statt Leute unterhalten zu wollen, die es vorzogen, ihre Unterhaltung zu Hause zu genießen. Aber wahrscheinlich war ich an dem Abend einfach in trübsinniger Stimmung. Der Jahrmarkt war hübsch und altmodisch, aber man konnte wirklich nicht sagen, daß er einen aufheiterte.

Das Mädchen beim Karussell konnte mich noch immer sehen und schaute mich bestimmt vorwurfsvoll an – und vermutlich auch verächtlich. So, wie der Jahrmarkt aufgebaut war, war sie richtig im Mittelpunkt des Geschehens und unmöglich zu übersehen. Ich wäre einfach abgezogen, vor allem, weil die Leute, die die einzelnen Stände betrieben, alle mir zuzurufen anfingen (ich war nämlich praktisch der einzige richtige Erwachsene in Sicht), wenn ich nicht bei meinem Rundgang so ziemlich ganz hinten, wo die hohen Fabrikwände einen Winkel bildeten, auf eine Bude gestoßen wäre. Es war lediglich ein viereckiges Zelt aus sehr schmutzigem, rotweißgestreiftem Tuch mit einem grob zugehauenen, dunkel gestrichenen, waagerecht angebrachten Brett über der verknitterten Eingangsklappe, auf dem in verblaßten, goldenen Großbuchstaben DIE SCHWERTER stand. Das war alles. Es wurde schnell dunkel jetzt, aber vor dem Zelt war kein Licht, und auch von innen schimmerte nichts hindurch. Man hätte glauben können, vor einem Lagerschuppen zu stehen.

Aus irgendeinem Grund streckte ich die Hand aus und berührte die herabhängende Zeltklappe. Ich hätte sicher nicht gewagt, sie tatsächlich zur Seite zu ziehen und hineinzulugen. Aber schon das Berühren genügte. Die Klappe wurde sofort weggezogen, und ein junger Mann stand vor mir, der den Kopf einladend zur Seite neigte. Ich sah sofort, daß so eine Art Show im Gang war. Ich wollte nicht wirklich zuschauen, fürchtete aber, als völliger Idiot dazustehen, wenn ich jetzt über den Jahrmarktplatz davonlief, so klein er auch war.

»Zwei Schilling«, sagte der junge Mann, ließ die Zeltklappe fallen und streckte seine andere Hand aus, die ebenso schmutzig war. Er trug einen grünen, gestopften Pullover mit Löchern, eine dreckige Hose und noch dreckigere Sandalen. Schierer Schmutz, das war mein erster Eindruck vom Zeltinneren; und ich wäre vielleicht doch geflohen, wenn ich es für machbar gehalten hätte. Derartiger Dreck war mir sonst bei diesem Jahrmarkt nicht aufgefallen.

Davonlaufen kam aber nicht in Frage. Es waren nur wenige Leute im Zelt. Auf dem blanken, holprigen Boden – Ziegelsteine und Glasscherben ragten aus der festgestampften Erde – standen zwanzig oder dreißig Stühle verstreut, die untereinander nicht zusammenpaßten, größtenteils irgendwie beschädigt und alle verfärbt und ramponicrt waren. Auf einige dieser harten Stühle verteilt saßen sieben Zuschauer. Ich weiß, daß es sieben waren, weil sie sich leicht zählen ließen und es bald von Bedeutung war. Ich war der achte. Alle waren sie einzeln gekommen, und alle waren Männer; diesmal wirklich Männer und nicht Jungen. Ich glaube, ich war mit einigem Abstand der Jüngste.

So etwas wie diese Show habe ich seither weder gesehen noch gehört. Auch gelesen habe ich darüber nichts. Jedenfalls nicht genau so.

Eine Art niedriges Podium aus dunklem verfärbtem Holz war hinten bis an die Rückseite des Zelts gestellt worden – wahrscheinlich stieß es direkt gegen die Fabrikmauern draußen. Darauf stand ein stämmiger Typ, der in recht grobem Stil die ganze Geschichte erklärte. Er hatte krause gelbe Locken, so in der Farbe von billiger Limonade, aber angegraut, und ein breitflächiges rotes Gesicht mit platter Nase und sehr dunklen roten Lippen. Außerdem hatte er kleine Augen und Ohren. Die Ohren wirkten, als wären sie nicht genau auf gleicher Höhe, wenn Sie verstehen, was ich meine. Er sah nach nichts Besonderem aus, obwohl ich das Gefühl hatte, daß er ungeheuer stark war und uns alle im Zelt wahrscheinlich mit links hätte fertigmachen können. Ich konnte sein Alter nicht schätzen, weder anfangs noch später. (Ja, ich sah ihn später wieder, noch zweimal.) Ich nehme an, er ging auf die Fünfzig zu, und er machte nicht den Eindruck, als ob er in besonders guter Verfassung wäre, aber er sah eben aus, als wäre er mit mehr Muskeln und Sehnen geschaffen worden als die meisten Leute. Er war angezogen wie der junge Mann am Eingang, nur daß der Kerl auf dem Podium keinen grünen, sondern einen dunkelblauen Pullover trug – als ob er ein Seemann wäre oder einen darstellen wollte. Er trug genauso dreckige Hosen und Sandalen wie der andere

Mann. Man hätte glauben können, daß das Ganze so eine Art Boxring war.

Aber das war es nicht. Links von dem Kerl (und mir dort, wo ich am Rand des Geschehens in der hintersten Reihe saß, gerade gegenüber) lag ein Mädchen ausgestreckt in einem Stoffstuhl, der genauso verblichen und ramponiert wie die übrige Ausstattung war. Sie war herausgeputzt wie eine französische Revuetänzerin, in einem hautengen, glänzend schwarzen Anzug mit tiefem Ausschnitt, schwarzen Netzstrümpfen und diesen glänzend schwarzen, extrem hochhackigen Schuhen, in die so viele Männer ganz verknallt sind. Trotzdem war der Gesamteffekt nicht besonders sexy. Die einzelnen Kostümteile hatten bessere Zeiten gesehen, wie alles hier, und das Mädchen selbst sah eher krank als appetitlich aus.

Unter anderen Umständen hätte sie ganz hübsch sein können, dachte ich anfangs, aber sie hatte für ihr Make-up grünen Puder benutzt, den entweder sie selbst oder ein anderer für sie ausgesucht haben mußte; und ihr Haar, zu einem straffen Knoten gekämmt wie bei einer Ballettänzerin, war nicht nur unscheinbar, sondern schlichtweg farblos.

Obendrein lag sie eher im Stuhl, statt darauf zu sitzen, so als ob sie gleich ohnmächtig würde oder sich übergeben müßte. Mit Sicherheit tat sie nichts, um die Männer hier anzulocken. Nicht, daß ich gerne verlockt worden wäre. Das dachte ich zumindest am Anfang.

Und dann stand da vor ihr, wo das Podium den Knick machte, dieser Stapel Schwerter. Sie waren über Kreuz aufgestapelt wie Käsestangen, auf einem niedrigen, viereckigen, schwarzen Hocker von der Sorte, wie man sie in Sedgeley und Wednesfield herstellte, und dann als japanisch verkauft, obwohl dieses Exemplar ganz schlicht und unverziert war, wenn auch ziemlich zerschrammt. Es müssen so dreißig bis vierzig Schwerter gewesen sein; der Stapel hatte vier Ecken, wo die Schwertgriffe diagonal zueinander herausragten, einer über dem anderen. Später fiel mir ein, daß vielleicht ein Schwert für jeden Sitzplatz vorgesehen war, für den Fall, daß das Zelt jemals ausverkauft sein sollte.

Wenn ich nicht draußen die Aufschrift auf der Tafel gelesen hätte – ich hätte vermutlich gar nicht mitbekommen, daß es sich um Schwerter handelte, zumindest nicht gleich. Nichts an ihnen glänzte, und sie waren ohne jede Verzierung. Die Klingen waren stumpfgrau, und die Griffe bestanden aus irgendeinem schwarzen Zeug, vielleicht sogar aus Plastik. Sie wirkten ganz und gar wie industrielle Massenware, und ich konnte mir nicht vorstellen, wo sie hergekommen sein mochten. Sie waren viel solider als Fechtklingen, und die Nachfrage nach wirklichen Schwertern beschränkt sich heute weitgehend auf zeremonielle Zwecke, und auch dafür werden immer weniger gebraucht. Vielleicht kamen sie von einem Bühnenausstatter, obwohl ich auch das bezweifelte. Jedenfalls waren es ausgesprochen schäbige Schwerter; sie machten dem Regiment keine Ehre, sozusagen.

Ich habe keine Ahnung, wie lange die Show schon im Gang war, als ich hereinkam, oder ob der Mann im Seemannspullover schon irgendwelche Erklärungen gegeben hatte. Ich hörte ihn praktisch als allererstes fragen: »Und jetzt, meine Herren – wer von Ihnen möchte als erster an die Reihe kommen?«

Natürlich machte niemand eine Bewegung oder reagierte sonst irgendwie. So ist es ja immer.

»Na los!« meinte der Seemann, nicht besonders höflich. Ich hatte das Gefühl, daß er so sehr an das Zaudern seines Publikums gewöhnt war, daß er nicht länger darauf Rücksicht zu nehmen gewillt war. Er schien mir kein Mann vieler Worte zu sein, obwohl das Reden hier anscheinend seine Aufgabe war. Er sprach mit starkem Akzent – ich hielt ihn für den Akzent des mittelenglischen Industriegebiets, obwohl ich zu jener Zeit nicht genug davon verstand, um das sicher beurteilen zu können, und selbst ein Londoner war.

Niemand reagierte.

»Wofür, stellen Sie sich vor, haben Sie Ihr Eintrittsgeld bezahlt?« rief der Seemann eher gehässig als sarkastisch, wie mir schien.

»Sagen Sie's uns doch!« sagte einer der Männer auf den Stühlen. Er saß mir zufällig am nächsten, allerdings immer noch vor mir.

Es war nicht besonders schlau von ihm, so etwas zu sagen, und der Seemann schlug sofort Kapital daraus.

»He, Sie da!« brüllte er und zeigte mit seinem dicken roten Zeigefinger auf den Mann, der ihn herausgefordert hatte. »Kommen Sie her! Irgendwer muß den Anfang machen.«

Der Mann rührte sich nicht. Ich bekam Angst, weil ich so nah bei ihm saß. Möglicherweise wurde ich als nächster aufs Korn genommen, und ich wußte nicht einmal, was von mir erwartet wurde, wenn ich mitspielte.

Das Auftreten eines Freiwilligen rettete die Situation. Auf der anderen Seite des Zelts stand ein Mann auf und sagte: »Ich mache es.«

Eine einzelne Gaslampe, die recht prekär von der Zeltdecke hängend vor sich hinzischte, stellte die einzige Lichtquelle dar, aber der Freiwillige sah für mich nicht anders aus als jedermann sonst.

»Na endlich!« sagte der Seemann, noch immer recht unhöflich. »Dann mal los!«

Der Freiwillige stolperte über den unebenen Boden, betrat auf meiner Seite das kleine Podium und stellte sich genau vor das Mädchen.

Das Mädchen rührte sich anscheinend nicht. Ihr Kopf war so weit zurückgeworfen, daß ich ihre Augen kaum erkennen konnte, besonders, da sie in einiger Entfernung von mir saß. Ich konnte nicht einmal sicher erkennen, ob ihre Augen offen oder geschlossen waren.

»Heben Sie ein Schwert auf!« sagte der Seemann scharf.

Der Freiwillige gehorchte ziemlich zögernd. Es sah aus, als hätte er zum ersten Mal ein solches Ding in der Hand; ich hatte natürlich so etwas auch noch nie angefaßt. Der Freiwillige stand mit dem Schwert in der Hand wie ein völliger Dummkopf da. Seine Haut sah im Lampenlicht grau aus; er war sehr mager und hatte ziemlich schütteres Haar.

Der Seemann ließ ihn, wie es schien, recht lange so dastehen, vielleicht aus Grausamkeit, vielleicht auch aus Unwillen über die Art und Weise, in der er sich seinen Lebensunterhalt verdiente. Die Atmosphäre im Zelt war meiner Meinung nach gespannt und unangenehm, aber die anderen Männer aus dem Publikum lümmelten sich immer noch auf ihren harten Stühlen und wirkten lediglich gelangweilt.

Nach einer Weile drehte sich der Seemann, der das Publikum angeschaut und dem Freiwilligen aus dem Mundwinkel etwas gesagt hatte, halb auf dem Absatz herum und fuhr den Freiwilligen an (immer noch, ohne ihn direkt anzusehen): »Worauf warten Sie? Andere wollen auch noch an die Reihe kommen, obwohl wir mehr Leute brauchen könnten.«

Daraufhin fing ein anderer Zuschauer an, »Why Are We Waiting?« zu pfeifen. Ich hatte den Eindruck, daß er eher dem Seemann oder Schausteller oder wie man ihn nennen mag als dem Freiwilligen eins auswischen wollte.

»Los!« brüllte der Seemann fast im Kasernenhofton. »Rein damit!«

Und dann passierte das Außerordentliche.

Der Freiwillige schien einen Augenblick lang zu zittern; dann stieß er das Schwert geradewegs in das Mädchen auf dem Stuhl. Da er zwischen mir und ihr stand, konnte ich nicht sehen, wo das Schwert eindrang, aber ich konnte sehen, daß der Mann es ganz hineinschob, weil fast die gesamte Länge der Klinge zu verschwinden schien. Es gab allerdings für mich keinen Zweifel wegen des Geräusches, das das Schwert verursachte. Erstaunlicherweise ist uns die Vorstellung, daß Leute mit dem Schwert durchbohrt werden, so geläufig, daß ich, obwohl ich natürlich noch nie so etwas gesehen hatte, ganz sicher wußte, was der Mann getan hatte. Das Geräusch, mit dem das Schwert das Fleisch zerfetzte, war eigentlich zu erwarten gewesen. Es war selbst gegen das Zischen der Lampe deutlich hörbar und dauerte erstaunlich lange. Und war ausgesprochen scheußlich. Ich spürte, wie sich die anderen Zuschauer augenblicklich sammelten und lebendig wurden. Ich konnte wenig davon sehen, was genau passiert war.

»Ziehen Sie's raus!« meinte der Seemann nachlässig, aber so, als hätte einen Idioten vor sich. Er war dem Freiwilligen immer noch nur halb zugewandt und sah immer noch geradeaus vor sich hin. Er sah nichts Bestimmtes an, sondern hielt sich einfach nur in Bereitschaft, während er eine ihm wohlbekannte Tätigkeit gelangweilt ausübte.

Der Freiwillige zog das Schwert heraus. Wieder konnte ich dieses unverwechselbare Geräusch hören.

Er stand noch immer dem Mädchen zugewandt da, aber die Schwertspitze berührte jetzt den Boden. Ich konnte kein Blut daran sehen. Natürlich dachte ich, daß ich das Ganze völlig mißverstanden hatte, mich hatte täuschen lassen wie ein leichtgläubiges Kind. Bestimmt war es irgendein Zaubertrick.

»Sie können sie küssen, wenn Sie wollen«, sagte der Seemann. »Das ist im Eintrittspreis mit drin.«

Und der Mann machte es, obwohl ich nur seinen Rücken sehen konnte. Während das Schwert lose in seiner Hand hing, beugte er sich vornüber und nach unten. Ich glaube, es war ein langer und liebevoller Kuß, kein schmatzender, öffentlicher Kuß, denn diesmal hörte ich nichts.

Der Seemann ließ dem Freiwilligen dabei soviel Zeit, wie er nur wollte, und aus irgendeinem obskuren Grund kamen keine Pfiffe und Zwischenrufe von uns übrigen, aber schließlich richtete der Mann sich langsam wieder auf.

»Bitte tun Sie das Schwert zurück!« sagte der Seemann mit ironischer Höflichkeit.

Der Freiwillige legte es sorgfältig auf den Stapel zurück, wobei er sich bemühte, es genau in seine frühere Lage zu bringen.

Jetzt konnte ich das Mädchen sehen. Sie hatte sich aufgesetzt. Ihre Hände waren verschränkt und gegen ihre linke Seite gepreßt, wo vermutlich das Schwert eingedrungen war. Immer noch war kein Blut zu sehen, obwohl es bei der schlechten Beleuchtung schwerfiel, etwas Genaues zu erkennen. Das Erstaunlichste war, daß sie jetzt nicht nur glücklich aussah mit ihren weit geöffneten Augen und einem schwachen Lächeln auf den Lippen, sondern trotz des grünen Puders schön – etwas, das ich zuerst nicht für möglich gehalten hätte.

Der Freiwillige ging zwischen dem Mädchen und mir durch, um zu seinem Stuhl zurückzukommen. Obwohl das Zelt fast leer war, kehrte er gewissenhaft an seinen ursprünglichen Platz zurück. Ich konnte ihn diesmal etwas besser sehen. Er sah noch immer völlig durchschnittlich aus.

»Der nächste!« sagte der Seemann, wieder wie ein Feldwebel, der seine Leute abzählte.

Diesmal gab es kein Zögern. Drei Männer standen sofort auf, und der Seemann mußte einen aussuchen.

»Sie dort!« sagte er und stach mit dem dicken Zeigefinger zur Zeltmitte hin.

Der Mann, für den er sich entschieden hatte, war schon älter, rundlich, wirkte sehr solide und trug einen dunklen Anzug. Vielleicht war er ein pensionierter Eisenbahnaufseher oder ein Kontrolleur vom Elektrizitätswerk. Sein leichtes Hinken hatte er sich vermutlich bei der Arbeit zugezogen.

Der Ablauf der Ereignisse war im wesentlichen der gleiche, aber der zweite Mann war fixer und brauchte weniger Anleitung; das galt auch für den Kuß. Sein Kuß war genauso langgezogen und still wie der seines Vorgängers, vielleicht väterlich. Als der ältliche Mann zurücktrat, sah ich das Mädchen die Hände mitten auf den Bauch drücken. Bei dem Anblick wand ich mich.

Dann kam der dritte Mann an die Reihe. Als er zu seinem Platz zurückging, hatte das Mädchen die Hände am Hals.

Der vierte Mann, dem Äußeren nach ein eher ungehobelter Typ, der eine Stoffmütze (die er, solange er auf dem Podium war, nicht abnahm) und eine Sportjacke trug, die so schmutzig und abgenutzt war wie das Zelt, trieb das Schwert anscheinend durch den Oberschenkel des Mädchens, geradewegs durch den Netzstrumpf. Als er vom Podium heruntertrat, umklammerte sie ihr Bein, sah aber dabei so erfreut drein, als hätte man ihr einen großen Gefallen getan. Ich konnte immer noch kein Blut entdecken.

Ich wußte wirklich nicht, ob ich gerne mehr Einzelheiten sehen wollte. Unerfahren wie ich war, wäre mir die Entscheidung schwergefallen.

Ich mußte mich aber nicht entscheiden, weil ich sowieso nicht wagen konnte, zu einem Platz mit besserer Sicht zu wechseln. Ich war der Meinung, daß ein solcher Schritt ziemlich sicher zur Folge hätte, daß der Seemann mich als nächsten aufrief. Und über eines war ich mir völlig sicher – was auch immer da gemacht wurde, *ich* würde es nicht machen. Ob es sich nun um Zauberei oder etwas anderes handelte, das ich nicht begriff, ich würde mich auf keinen Fall darin verwickeln lassen.

Und natürlich mußte ich recht bald an die Reihe kommen, wenn ich dablieb.

Zumindest wurde ich nicht sofort aufgerufen. Der fünfte Mann war ein hochgewachsener, schlaksiger, pechschwarzer Neger. Als solcher war er mir bisher nicht aufgefallen. Er stach offenbar mit dem Schwert mit all der Kraft zu, die man von einem Schwarzen erwarten kann, obwohl er so schmächtig war; dann warf er es mit einem lauten Krachen aufs Podium, was bisher noch niemand getan hatte, und zog das Mädchen richtig auf die Füße, als er es küßte. Als er zurücktrat, stieß sein Fuß gegen das Schwert. Er hielt kurz inne und starrte das Mädchen an; dann legte er das Schwert sorgfältig auf den Stapel zurück.

Das Mädchen stand immer noch, und ich dachte flüchtig, der Neger würde sie noch einmal zu küssen versuchen. Aber nein, er ging still an seinen Platz zurück. Irgendwo hinter den Kulissen schien es ein paar Regeln zu geben, über die die anderen Männer alle Bescheid wußten. Sie benahmen sich beinahe, als ob sie recht oft zu dieser Show kommen würden, wenn es überhaupt eine Show war.

Während das Mädchen auf den schäbigen Stoffstuhl zurücksank, hielt es den Blick auf mich gerichtet. Ich konnte nicht einmal erkennen, welche Farbe ihre Augen hatten, aber Tatsache ist, daß sie mich direkt ins Herz trafen. Ich war so naiv und unerfahren, daß mir etwas Derartiges noch nie im Leben passiert war. Der unbeschreibliche grüne Puder änderte nichts daran. Nichts, was bis eben passiert war, änderte etwas daran. Ich wollte dieses Mädchen mehr, als ich je zuvor etwas gewollt hatte. Und ich meinte damit keineswegs nur ihren Körper. Das kommt erst später im Leben. Ich wollte sie einfach liebhaben und streicheln und all die anderen, besseren Dinge, die man so will, bevor die Zeit kommt, wo man lernt, daß wir diese Dinge nicht bekommen werden, wie sehr wir sie auch wollen.

Aber, um mir selbst Gerechtigkeit widerfahren zu lassen – ich wollte mich nicht einer Warteschlange für sie anschließen.

Das war so ziemlich das Letzte, was ich wollte. Und die Chancen standen eins zu drei, daß ich als nächster aufgerufen werden würde. Ich holte tief Atem und schaffte es, nach draußen zu entwischen. Ich kann nicht behaupten, daß es besonders schwierig war. Wie schon gesagt, saß ich nahe bei der Rückwand des Zeltes, und niemand versuchte, mich aufzuhalten. Der Kerl am Eingang starrte mich lediglich mit offenem Mund an. Bestimmt war er daran gewöhnt, daß gelegentlich ein Kunde vorzeitig ging. Ich hatte den Eindruck, daß der Schlägertyp auf dem Podium sich mir eben zuwandte, als ich aufstand, aber das war wahrscheinlich nur meine Einbildung. Ich glaube nicht, daß er etwas sagte, und auch die anderen Männer reagierten nicht. Die meisten Leute ziehen es bei derartigen Shows vor, so zu tun, als ob sie unsichtbar wären. Ich verheddertete mich in der schmierigen Zeltklappe, und der Kerl im grünen Pullover tat nichts, um mir zu helfen, aber das war alles. Ich sauste über den Jahrmarktsplatz – er war noch immer fast menschenleer, und das Karussell klingelte noch immer vor sich hin, sehr hübsch, wenn auch völlig umsonst. Ich machte, daß ich in mein scheußliches Schlafzimmer zurückkam, und schloß hinter mir zu.

Im Haus war mit einigen Unterbrechungen das gleiche Theater und Tohuwabohu im Gang wie sonst, die ganze Nacht hindurch. Ich weiß das, weil ich nicht schlafen konnte. Ich hätte in dieser Nacht aber auch nicht schlafen können, wenn ich zwischen Damastbezügen im Hilton-Hotel gelegen hätte. Grünes Gesicht hin oder her, das Mädchen auf dem Podium ging mir unter die Haut; das Mädchen und natürlich auch die Show. Ich glaube wirklich, daß die Erfahrungen dieser Nacht meine Haltung dem Leben gegenüber änderten, und das ganz unabhängig von dem Krawall, der in den anderen Schlafzimmern zu hören war, oder dem Geschnatter und den Prügeleien im Treppenhaus oder dem ständigen Ziehen der Klosettspülung (die wirklich die lauteste in ganz Mittelengland sein mußte, besonders, weil bei jeder Spülung sechs-

oder siebenmaliges Ziehen erforderlich war). In dieser Nacht begriff ich so richtig, daß wir die meiste Zeit keine Ahnung haben, was wir wirklich wollen, oder wir haben es aus den Augen verloren. Und, was noch wichtiger ist, daß das, was wir wirklich wollen, einfach nicht in das Leben insgesamt paßt, oder jedenfalls nur selten. Die meisten Leute lernen langsam und manchmal so gut wie gar nicht. Ich schien alles auf einmal zu lernen.

Obwohl das auch nicht ganz richtig ist, weil noch eine Menge nachkam.

Am nächsten Morgen sollte ich verschiedene Leute aufsuchen, aber schon lange bevor es Zeit für den ersten Besuch wurde, kehrte ich zu dem winzigen, schäbigen Jahrmarktplatz zurück. Ich ließ sogar das Frühstück ausfallen, obwohl das Frühstück in Onkel Elias' Quartieren sowieso erbärmlich war; erstaunlich, daß trotzdem eine ganze Menge Leute regelmäßig jeden Morgen an den Tischen auftauchten. Man wunderte sich direkt, wo sich so viele die ganze Nacht versteckt gehalten hatten. Ich weiß nicht, was ich auf dem Jahrmarkt anzutreffen erwartete. Vielleicht war ich mir nicht einmal sicher, den Jahrmarkt dort überhaupt anzutreffen.

Aber er war da. Im hellen Tageslicht wirkte er kleiner, trauriger, und als Erwerbsquelle noch viel hoffnungsloser als am Abend zuvor. Das Wetter war einfach großartig, und in der nächsten Umgebung standen so viele Häuser leer – von den Fabriken ganz zu schweigen –, daß wenige Leute unterwegs waren. Der Jahrmarkt selbst war völlig menschenleer, sehr zu meinem Erstaunen. Ich hatte so etwas wie eine Zigeunerszene erwartet und nicht bedacht, daß selbst für Zigeuner auf diesem Gelände nirgends Platz zum Schlafen war. Die Leute, die den Jahrmarkt betrieben, mußten zum Schlafen nach Hause gegangen sein wie alle anderen. Das Grundstück war von einem Maschendrahtzaun umgeben, mit dem der Eigentümer Landstreicher und Methylsäufer fernhalten wollte, aber inzwischen war, wie nicht anders zu erwarten, der Zaun nicht mehr besonders wirksam, und nachdem ich mich umgesehen hatte, war es nicht weiter schwierig, durch ein Loch im Zaun zu kriechen, das die Jungen aus der Nachbarschaft hineingeschnitten hatten, nur so zum Spaß und weil sie gerade nichts Besseres vorhatten. Ich ging zu der schmutzigen Bude im hintersten Winkel und versuchte, die Klappe hochzuheben.

Es zeigte sich, daß sie an verschiedenen Stellen, anscheinend von innen, festgebunden worden war. Ich begriff nicht, wie derjenige, der das Festbinden erledigt hatte, hinterher aus dem Zelt gekommen war, aber solche Kniffe erwartete man irgendwie bei Schaustellern. Es war mir unmöglich, überhaupt in das Zelt hineinzuschauen, es sei denn, ich würde mein Taschenmesser benutzen. Selbst im günstigsten Fall hätte ich gezögert, das zu tun, aber noch während ich herumprobierte, hörte ich eine Stimme direkt hinter mir.

»Was tun Sie denn da?«

Hinter meinem Rücken stand ein sehr kleiner, alter Mann. Ich hatte ihn bestimmt nicht herankommen gehört, obwohl der Boden so rauh und holprig war. Er war kaum größer als ein Zwerg, braun wie eine Kastanie oder jedenfalls beinahe, und hatte nicht ein einziges Haar auf dem Kopf.

»Ich wollte gern wissen, was drinnen ist«, antwortete ich schwach.

»Eine mordsriesige Python, zwei Meilen lang, die nicht mal ihre Miete aufbringt«, sagte der kleine Mann.

»Wieso das denn?« fragte ich. »Hat sie keinen Anhang?«

»Altmodisch«, sagte der kleine Mann. »Altmodisch und überholt. Zieht die Frauen nicht an. Frauen mögen die großen Schlangen nicht. Und Frauen haben heutzutage das Geld und die Kraft und die Herrlichkeit auch.« Seine Stimme nahm eine schärferen Tonfall an. »Sie sind widerrechtlich hier eingedrungen.«

»Tut mir leid, mein Freund«, meinte ich. »An so einem schönen Morgen konnte ich mich einfach nicht bremsen.«

»Ich bin der Wächter hier«, sagte der kleine Mann. »Früher hatte ich auch Schlangen. Kleine Schlangen, dutzendweise. Sie krochen überall auf mir rum, eine giftiger als die andere. Hin und her huschende Augen, vorschnellende Zungen, schimmernde Schuppen – dann rein, richtig tief rein, dann zurück, dann wieder rein, dann zurück. Aber letzten Endes lief es doch nicht richtig. Jedes Ding hat seine Zeit. Aber ich bleibe gern in der Nähe. Also bin ich jetzt der Wächter – solange der Job anhält. Solange alles anhält. Na, dann machen Sie mal, daß Sie wegkommen. Na los schon!«

Ich zögerte.

»Diese große Schlange, von der Sie reden –« fing ich an, »diese Python –«

Aber er fiel mir schrill ins Wort.

»Mehr hab' ich dazu nicht zu sagen. Nicht zu Ihresgleichen, bestimmt nicht. Runter vom Gelände, aber ein bißchen plötzlich! Oder ich hole den Konstabler. Er und ich, wir arbeiten Hand in Hand. Und ich achte darauf, daß es so bleibt. Sie haben vielleicht noch nicht mitgekriegt, daß so was Hausfriedensbruch ist und gegen das Gesetz verstößt, aber bleiben Sie nur hier, und Sie werden's für den Rest Ihres Lebens bereuen.«

Der kleine Mann stellte sich doch tatsächlich kampfbereit vor mich hin, obwohl seine braune Schädeldecke (die übrigens nicht glänzte, sondern stumpf und fleckig war, als ob er irgendwelche Probleme damit hatte mir gerade bis zur Taille reichte. Er war offensichtlich verrückt.

Alles sprach dafür, daß ich ging, also ging ich. Ich fragte den kleinen Mann nicht einmal, wann diesen Abend die Vorstellungen waren oder ob es überhaupt welche gab. Im Innersten hatte ich keine Ahnung, ob ich zurückkommen würde, selbst wenn Vorstellungen liefen, was vermutlich der Fall sein würde.

Ich machte mich an meine Besuche. Ich hatte nicht geschlafen und seit dem Tee letzten Abend nichts gegessen. Mein Kopf drehte sich wie ein Kreisel, aber ich will nicht behaupten, daß ich meine Arbeit schlechter als sonst erledigte. Wahrscheinlich dachte ich das damals, aber heute glaube ich das nicht mehr. Mir ist inzwischen klargeworden, daß sich private Schwierigkeiten wenig darauf auswirken, wie wir unserer Umwelt begegnen; und was zu wenig Essen und Schlaf angeht, so machen sie sich erst nach Wochen und Monaten bemerkbar.

Also ging ich an meine Arbeit, mehr oder weniger im üb-

lichen Stil (obwohl in meinem Fall der übliche Stil, bei diesem
Job zumindest, selbst unter günstigsten Bedingungen nicht
gerade umwerfend war, und grübelte ständig darüber nach,
was mir passiert war), bis es Zeit für das Mittagessen wurde.
Ich hatte vorgehabt, im gleichen Café wie letzten Abend zu
essen, aber ich war in einen anderen Teil der Stadt geraten, der
mir völlig unbekannt war. Weil mir außerdem ziemlich
schwach und komisch zumute war, stürzte ich mich auf das
erstbeste Lokal.

Und dort, mitten im Raum, ob Sie's glauben oder nicht, saß
an einem Resopaltisch mein Mädchen mit dem grünen Puder
und neben ihr der Seemann oder Showman, der mehr denn je
an einen heruntergekommenen Boxer erinnerte.

Ich hatte nicht ernsthaft damit gerechnet, dem Mädchen
noch einmal zu begegnen. So etwas kam einfach nicht vor.
Allenfalls wäre ich vielleicht noch einmal zu der komischen
Show gegangen, obwohl ich das nicht so recht glaube, wenn
ich erst einmal genau überdacht hätte, was das beinhalten
würde.

Das Mädchen hatte den grünen Puder abgewischt und
trug jetzt einen schwarzen Rock und Mantel und eine weiße
Bluse – eine Kombination, die vielleicht etwas zu alt an ihr
aussah – und die gleichen Netzstrümpfe. Der Mann war genauso gekleidet wie am Abend zuvor, nur trug er jetzt
schwere Stiefel statt dreckiger Sandalen, schwer und
schlammverkrustet, als wäre er damit durch Felder gestapft.

Obwohl es Essenszeit war, war das Lokal fast leer; es waren
nur ein Dutzend freie Tische und die beiden zu sehen, die in
der Mitte saßen. Ich wäre beinahe in Ohnmacht gefallen.

Dafür war jedoch keine Zeit. Der Mann im Wollpullover
erkannte mich sofort. Er stand auf und winkte einladend mit
einem dicken Arm. »Kommen Sie, setzen Sie sich zu uns!« Das
Mädchen war ebenfalls aufgestanden.

Mir blieb nichts anderes übrig, als zu gehorchen.

Der Mann rückte wahrhaftig einen Stuhl für mich vom Tisch
ab (sie waren alle in verschiedenen leuchtenden Farben angestrichen und frisch mit Kunstleder bezogen), und auch das
Mädchen setzte sich erst, nachdem ich Platz genommen hatte.

»Schade, daß Sie das Ende der Show gestern nacht versäumt haben!« meinte der Mann.

»Mir fiel plötzlich ein, daß ich in mein Quartier zurück mußte«, schwindelte ich schnell. »Ich bin neu hier in der Stadt«, fügte ich hinzu.

»Wenn man neu ist, ist es bestimmt manchmal schwierig«, meinte der Mann. »Was möchten Sie trinken?«

Er sagte das, als wenn wir in einem Lokal mit Schanklizenz wären, aber danach sah es gar nicht aus, und ich zögerte.

»Tee oder Kaffee?«

»Tee, bitte.«

»Noch einen Tee, Betty!« rief der Mann. Ich sah, daß die beiden Kaffee tranken, aber er machte mir keinen besonders guten Eindruck; ich habe sowieso nicht viel dafür übrig.

»Ich hätte auch gern etwas zu essen«, sagte ich, als die Kellnerin den Tee brachte. »Vielen Dank!« wandte ich mich an den Mann.

»Sandwiches – Yorker Schinken, gepökeltes Rindfleisch, Frühstücksfleisch. Außerdem Pasteten und Wurstbrötchen«, zählte die Kellnerin auf. Sie hatte ein schlimmes Gerstenkorn am linken Unterlid.

»Eine Pastete, bitte«, entschied ich mich. Tatsächlich brachte sie nach einiger Zeit eine kalte Pastete mit ein bißchen Salat auf einem Teller und die Soße dazu in der Flasche. Ich hatte eigentlich etwas Warmes nötig, aber ich mußte eben nehmen, was es gab.

»Kommen Sie doch heute abend wieder!« meinte der Mann.

»Ich bin nicht sicher, ob ich kann.«

Es fiel mir schon schwer, meinen Tee zu trinken, so stark zitterten meine Hände, und ich hatte keine Ahnung, wie ich mit einer kalten Pastete fertig werden sollte.

»Auf Kosten des Hauses, wenn Sie möchten. Schließlich sind Sie gestern nicht an die Reihe gekommen.«

Das Mädchen, das bis jetzt das Reden dem anderen überlassen hatte, lächelte mich sehr süß und vertraulich an, als ob etwas ganz Besonderes zwischen uns war. Ihre weiße Bluse stand weit offen, so daß ich mehr sah, als ich eigentlich hätte sehen dürfen, obwohl man in diesen Dingen heute ganz anders denkt als früher. Selbst ohne den grünen Puder war das Mädchen sehr blaß, und ihr Körper wirkte, als ob er noch weißer als ihr Gesicht sein konnte, fast so weiß wie die Bluse. Auch konnte ich jetzt die Farbe ihrer Augen erkennen. Sie waren grün. Irgendwie hatte ich das die ganze Zeit schon gewußt.

»Jedenfalls«, fuhr der Mann fort, »macht das kaum einen Unterschied, so wie das Geschäft momentan läuft.«

Das Mädchen blickte ihn an, anscheinend überrascht, daß er etwas Vertrauliches preisgab; dann schaute sie mich wieder an und sagte: »Kommen Sie doch!« Sie sagte das so besonders freundlich und schmelzend, als läge ihr wirklich daran. Außerdem hatte sie offenbar irgendeinen fremden Akzent; das machte sie noch faszinierender, wenn das überhaupt möglich war. Sie nippte an ihrem Kaffee.

»Es ist nur so, daß ich vielleicht einen anderen Termin habe, um den ich nicht herumkomme. Das kann ich jetzt noch nicht sagen.«

»Wir dürfen Sie nicht noch einen Termin versäumen lassen«, sagte das Mädchen in seinem fremden Akzent, aber so, als ob sie genau das Gegenteil meinte.

Ich rang mich zu etwas mehr Aufrichtigkeit durch. »Ich könnte den Termin vielleicht rückgängig machen, aber um die Wahrheit zu sagen – ich hoffe, Sie sind mir nicht böse –, ein paar der Zuschauer gestern lagen mir überhaupt nicht.«

»Da kann ich Ihnen keinen Vorwurf machen«, sagte der Mann trocken; sehr zu meiner Erleichterung, wie Sie sich denken können. »Was würden Sie von einer privaten Vorstellung halten? Einer Vorstellung nur für Sie?« Er sagte das ganz ruhig, so als ob es etwas völlig Normales wäre.

Ich war dermaßen verblüfft, daß ich nur hervorstieß: »Was! Ich allein im Zelt?«

»In Ihrer eigenen Wohnung, meine ich«, antwortete der Mann noch immer ganz beiläufig und nahm einen geräuschvollen Zug aus seiner rosa Steinguttasse.

Während er sprach, warf das Mädchen mir einen schnellen, verheerenden Blick zu. Es fühlte sich genauso an, als ob sie mein ganzes Inneres in Wasser verwandelt hätte. Und zu allem Überfluß kam gerade in diesem Augenblick meine alberne Pastete mit dem bißchen grünen Salat und der Soße. Es war idiotisch von mir gewesen, überhaupt etwas zu essen zu bestellen, auch wenn ich es theoretisch noch so nötig gehabt hatte.

»Mit den Schwertern oder ohne sie«, fuhr der Mann fort und zündete sich eine billige Zigarette an. »Madonna ist dafür ausgebildet, alle Wünsche zu erfüllen, die Sie sonst noch haben könnten. Was auch immer Ihnen einfällt.«

Das Mädchen starrte in seine Tasse.

Ich wagte es, sie direkt anzusprechen. »Ist Ihr Name wirklich Madonna? Er ist hübsch.«

»Nein«, antwortete sie ziemlich leise. »Nicht wirklich. Er ist nur mein Künstlername.« Sie wandte einen Augenblick den Kopf, und wieder trafen sich unsere Blicke.

»Das macht nichts. Wir sind nicht katholisch«, erklärte der Mann, »obwohl Madonna es einmal war.«

»Mir gefällt der Name«, behauptete ich. Ich überlegte, was ich mit der Pastete anfangen sollte. Es war mir gänzlich unmöglich, etwas hinunterzubringen.

»Natürlich würde eine Privatvorstellung ein bißchen mehr als zwei Schilling kosten. Aber Sie hätten sie ganz für sich allein, und unter diesen Umständen macht Madonna alles, was Sie möchten.« Mir fiel auf, daß der Mann sich beim Sprechen genauso verhielt wie im Zelt: Er sah weder mich noch sonst irgendwen an, sondern starrte geradeaus in die Ferne und wirkte dabei, als ob er Worte wiederholte, die er immer wieder verwendet und gründlich satt hatte, aber zu benutzen gezwungen war.

Ich wollte ihm eigentlich sagen, daß ich kein Geld hatte, was ja mehr oder weniger stimmte, ließ es aber bleiben.

»Wann wäre das denn möglich?« fragte ich statt dessen.

»Heute nacht, wenn Sie wollen«, antwortete der Mann. »Gleich nach der regulären Show. Das wird nicht besonders spät sein, weil wir im Moment um zehn und elf Uhr keine Vorstellung geben. Madonna könnte leicht um Viertel vor zehn bei Ihnen sein. Und sie hätte es mit dem Weggehen nicht besonders eilig, es gibt ja keine Matiné spät in der Nacht. Sie hätte genügend Zeit, um eine ganze Reihe ihrer Neuheiten vorzuführen, wenn Sie daran interessiert sind. Bestandteile ihres Repertoires, könnte man sagen. Haben Sie übrigens ein geeignetes Quartier dafür? Madonna braucht nicht viel. Nur ein Zimmer mit verschließbarer Tür, um Zaungäste fernzuhalten, und eine Waschgelegenheit zum Händewaschen.«

»Ja, habe ich«, antwortete ich. »Eigentlich ist das Quartier, wo ich zur Zeit wohne, ganz gut geeignet, obwohl ich es gerne heller und ein bißchen ruhiger hätte.«

Madonna warf mir erneut einen ihrer unbeschreiblich süßen Blicke zu. »Das wird mir nichts ausmachen«, sagte sie leise.

Ich schrieb die Adresse auf die Ecke eines Zettels, den ich auf meinem Platz gefunden hatte, und riß sie ab.

»Wollen wir uns auf zehn Pfund einigen?« fragte der Mann, wandte sich um und sah mich mit seinen kleinen Augen an. »Normalerweise verlange ich zwanzig, manchmal sogar fünfzig Pfund, aber wir sind hier in Wolverhampton und nicht an der Costa Brava; außerdem gehören Sie zur kultivierten Sorte.«

»Wie kommen Sie darauf?« fragte ich, hauptsächlich, um Zeit zu gewinnen zu überlegen, wie ich das Geld auftreiben könnte.

»Ich konnte das daran erkennen, wo Sie letzte Nacht saßen. Fast bei jeder Vorstellung ist jemand dabei, der sich diesen Platz aussucht. Er ist extra für die kultivierten Leute. Inzwischen habe ich gelernt, sie nicht aufzurufen, weil sie nämlich nicht aufgerufen werden wollen. Sie sind zu kultiviert dazu, und das respektiere ich. Oft gehen sie vor dem Ende, wie Sie. Aber ich habe sie immer gerne mit dabei. Sie heben das Niveau. Außerdem sind sie oft an Privatvorstellungen interessiert, wie Sie auch, und bereit, dafür zu zahlen. Schließlich muß ich auch dafür sorgen, daß das Geschäft sich auszahlt.«

»Ich habe zur Zeit keine zehn Pfund in bar zur Verfügung«, sagte ich, »aber ich nehme an, ich kann sie auftreiben, und wenn ich schummeln muß.«

»Das muß man oft auf dieser Welt«, meinte der Mann. »Jedenfalls, wenn man auf angenehme Dinge Wert legt.«

»Sie haben noch den größten Teil des Tages Zeit«, sagte das Mädchen und lächelte ermutigend.

»Noch eine Tasse Tee?« fragte der Mann.

»Nein, danke.«

»Sicher?«

»Sicher.«

»Dann wird es Zeit, daß wir aufbrechen. Wir haben eine Nachmittagsvorstellung, obwohl vermutlich nur ein paar Jungen kommen werden. Ich werde Madonna sagen, daß sie ihre Kräfte möglichst für die private Sache heute abend aufspart.«

Als die beiden durch die Tür hinaus auf die Straße traten, sah das Mädchen zurück und warf mir einen warmen, vertraulichen Blick über die Schulter zu. Als sie sich bewegte, sah ihre Kleidung viel zu groß für sie aus, der Rock zu lang, Jacke und Bluse zu weit und zu schlaff, als ob sie ihr eigentlich gar nicht gehörten. Neben allem anderen hatte ich Mitleid mit ihr. Egal, was die Erklärung für die Ereignisse letzte Nacht sein mochte, ihr Leben war bestimmt nicht einfach.

Sie waren beide zu höflich gewesen, meine Pastete zu erwähnen. Ich stopfte sie in meine Aktentasche, natürlich ohne den Salat, bezahlte, und machte mich widerwillig an den nächsten Besuch, für den ich wieder einmal quer durch die ganze Stadt mußte.

Ich hatte es nicht nötig, etwas Unehrliches zu tun, um an das Geld heranzukommen.

Es war kaum zu erwarten, daß ich an diesem Nachmittag bei meiner Arbeit geistig bei der Sache war, aber ich gab mir Mühe, denn ich hatte das Gefühl, daß ich allmählich den Boden unter den Füßen verlor und daß es besser für mich war, wenn ich so lange wie möglich auf dem Boden der Realität blieb. Es erwies sich als günstig, daß ich meine übliche Runde von Besuchen fortsetzte, denn in einem der Geschäfte, die ich ansteuerte, wurde mein Problem gelöst, ohne daß ich selbst auch nur einen Handschlag zu tun brauchte. Der Ladenbesitzer war ein netter, weißhaariger alter Herr, Mr. Edis, der mich sofort zu mögen schien, sobald ich bei ihm eintrat. Er äußerte im Verlauf unseres Gesprächs, daß ich eine erfreuliche

Abwechslung zum alten Bantock mit seinem Asthma darstellte (ich glaube, ich habe Bantocks Asthma bisher noch
nicht erwähnt, aber ich wußte alles darüber) und daß ich ein
guter Junge mit wachen Augen zu sein schien. Das waren
genau seine Worte; in dieser Hinsicht irre ich mich bestimmt
nicht, wenn man bedenkt, was dann kam. Er fragte mich, ob
ich an diesem Abend etwas vorhätte. Recht selbstzufrieden –
denn wahrheitsgemäß hätte ich eine solche Antwort bisher
nicht oft geben können – erwiderte ich, ja, ich hätte eine Verabredung mit einem Mädchen.

»Einem Mädchen aus Wolverhampton?« fragte Mr. Edis.

»Ja. Ich kenne sie erst, seit ich in der Stadt bin.« Den meisten Leuten gegenüber hätte ich das nicht zugegeben, aber
Mr. Edis hatte etwas an sich, das mich redselig machte und
wünschen ließ, seine gute Meinung über mich zu rechtfertigen.

»Wie ist sie denn?« fragte Mr. Edis und schloß halb die
Augen, so daß ich das Rot der Augenränder rundum erkennen konnte.

»Einfach umwerfend!« Das war es, was man in solchen Fällen sagte, und ich konnte meine eigentlichen Gefühle unmöglich in Worte kleiden.

»Haben Sie genug Kleingeld, um richtig was mit ihr unternehmen zu können?«

Ich überlegte eilig, denn er hatte mich völlig überrascht,
aber bevor ich noch etwas sagen konnte, fuhr Mr. Edis schon
fort:

»So daß Sie sie so lange knuddeln können, wie Sie wollen?«

Ich konnte sehen, daß er immer erregter wurde.

»Na ja«, meinte ich, »genaugenommen noch nicht ganz,
Mr. Edis. Ich bin ja vorläufig erst Anfänger in meinem Beruf,
wie Sie wissen.«

Ich dachte, daß ich vielleicht ein Pfund herausschlagen
konnte, und das wahrscheinlich nur leihweise, wie die Leute
in Mittelengland nun mal sind (jeder weiß das schließlich.)

Aber im nächsten Moment zückte er schon einen Fünfpfundschein. Er wedelte damit vor meiner Nase herum, als
hätte er einen Fisch in der Hand.

»Den können Sie haben – unter einer Bedingung!«

»Ich spiele mit, wenn ich kann, Mr. Edis.«

»Kommen Sie morgen früh wieder her, wenn meine Frau aus dem Haus ist – sie arbeitet als Politesse und kann davon gar nicht genug kriegen –, kommen Sie hierher und berichten Sie mir alles, was geschieht!«

Die Vorstellung war mir zuwider, aber ich würde wohl ein paar Lügen erfinden oder auch mein Versprechen brechen und einfach wegbleiben können; jedenfalls hatte ich kaum eine andere Wahl.

»Na klar, Mr. Edis. Kein Problem.« Er rückte denn Fünfer sofort heraus.

»Guter Junge!« meinte er. »Holen Sie einen anständigen Gegenwert für Ihr Geld aus ihr heraus und denken Sie derweil an mich – obwohl Sie's bestimmt nicht tun werden!«

Was die anderen fünf Pfund anging, so konnte ich die wohl zusammenkratzen, indem ich die nächsten ein, zwei Wochen den Gürtel enger schnallte und notfalls die Abrechnungen ein bißchen frisierte, wie wir alle es gelegentlich tun. Überhaupt, in meinem Alter damals haßte ich all das Gerede vom Geld. Ich haßte das Gerede darüber noch viel mehr als das Geldauftreiben selbst. Ich sah Madonna nicht in diesem Licht und hätte mich verachtet, wenn ich es getan hätte. Und danach zu urteilen, wie sie redete, sah auch sie mich anscheinend nicht so. Ich konnte mir eigentlich nicht vorstellen, wie sie mich sonst sehen sollte, aber dieses Problem löste ich, indem ich möglichst überhaupt nicht darüber nachdachte.

Onkel Elias' Spezialquartier in Wolverhampton war kein Haus, wo Besucher an der Tür läuteten und darauf warteten, daß der Lakai öffnete. Man mußte mit den herrschenden Gebräuchen ein wenig vertraut sein, um überhaupt hineinzukommen, wenn man nicht dort wohnte, und noch mehr, wenn man hineingekommen war und eine ganz bestimmte Person drinnen finden wollte. So gegen halb zehn hielt ich es für ratsam anzufangen, draußen auf der Straße herumzuschlendern. Nicht direkt bei der Haustür, denn das hätte zu Mißverständnissen und irgendwelchen Schwierigkeiten führen können, aber die Straße auf und ab, während ich die Augen offenhielt und mit gespitzten Ohren auf das Getrappel winziger Füße auf dem Straßenpflaster lauschte. Es war natürlich beinahe dunkel, aber noch nicht völlig. Es waren nicht viele Leute unterwegs, doch das lag zum Teil an dem sanft fallenden Regen, wie er für die Midlands typisch ist: ein leiser, milder Regen, der kaum zu sehen ist, einen aber besonders gründlich durchnäßt – jedenfalls fühlt es sich jedesmal so an. Ich hätte meinen Posten bestimmt früher bezogen, wenn der Regen nicht gewesen wäre. Selbstverständlich war ich schrecklich zappelig. Ich hatte es schließlich zwischen zwei Besuchen am Nachmittag fertiggebracht, die Pastete herunterzuwürgen. Ich saß gerade auf einer Bank und kämpfte damit, als der Regen anfing. Und gegen halb sieben nahm ich in dem Café, in dem ich den Abend zuvor gewesen war, eine Tasse Tee und eine kleine Portion Bohnen zu mir. Eigentlich war ich überhaupt nicht hungrig. Ich hatte nur das Gefühl, daß ich in Anbetracht dessen, was vor mir lag, etwas essen sollte. Obwohl ich natürlich keine blasse Ahnung davon hatte, was das sein würde. So ist das eben, wenn man wirklich sein erstes Erlebnis hat – ganz egal, wieviel man erzählt bekommen und aufgeschnappt hat. Mir wäre auf jeden Fall mulmig zumute gewesen, auch wenn ich nur irgendeine x-beliebige Frau erwartet hätte – und nun gar meine wunderschöne Madonna!

Und dann war sie auf einmal da, auf die Minute pünktlich, wenn nicht sogar etwas zu früh. Sie trug die gleiche Kleidung wie am Vormittag. Zu groß und zu alt für sie; und sie hatte weder Schirm noch Regenmantel noch Hut.

»Du bist bestimmt ganz naß«, sagte ich.

Sie sagte nichts, aber ich bildete mir ein, daß ihre Augen froh wirkten, mich zu sehen. Falls sie mit ihrem grünen Puder im Gesicht aufgebrochen war, hatte der Regen ihn abgewaschen.

Ich dachte, sie würde vielleicht etwas bei sich tragen, aber sie hatte nicht einmal eine Handtasche mit.

»Komm herein!« sagte ich.

Jeder, der in diesem Haus wohnte, bekam (gegen eine Pfandsumme) einen Schlüssel geliehen; und wir kamen Gott sei Dank durch den Vorraum und die Treppe hoch, ohne jemandem zu begegnen und ohne etwas Ungewöhnliches zu hören, obwohl mein Zimmer ganz oben im Gebäude lag.

Sie setzte sich auf mein Bett und starrte die Tür an. Nach allem, was ich gehört hatte, wußte ich, was zu tun war, und drehte den Schlüssel um. Ich fand es völlig normal. In einem Haus wie diesem drehte man irgendwie ganz selbstverständlich den Schlüssel um. Ich zog meinen Regenmantel aus und ließ ihn in einer Ecke liegen. Das Licht hatte ich nicht eingeschaltet. Ich war nicht stolz auf mein Zimmer.

»Du mußt völlig durchnäßt sein«, sagte ich. Der Weg vom Jahrmarktsplatz hierher war nicht einmal besonders lang, aber der Regen war einer von der besonders durchdringenden Sorte, wie schon gesagt.

Sie stand auf und zog ihre zu große schwarze Jacke aus. Sie stand mit dem Ding in der Hand da, bis ich es ihr abnahm und an die Tür hängte. Ich kann nicht behaupten, daß es richtig tropfte, aber es war mit Wasser vollgesogen, und ich konnte auf dem Federbett einen nassen Fleck an der Stelle sehen, wo sie gesessen hatte. Sie hatte noch immer kein Wort gesagt. Ich muß allerdings zugeben, daß dazu bisher kein ausgesprochener Anlaß bestanden hatte.

Der Regen hatte auch ihre weiße Bluse nicht verschont. Soviel konnte ich erkennen, obwohl im Zimmer fast kein Licht war. Die Schultern waren völlig durchgeweicht und klebten am Körper, eine mehr als die andere. Ohne die Jacke sah die Bluse merkwürdiger denn je aus. Sie war nicht nur zu weit und unförmig, sondern hatte überdies viel zu lange Ärmel, die jetzt, ohne die Jacke, noch über die Hände herabrutschten. Vor meinem geistigen Auge tauchte die Art von Frau auf, für die diese Bluse gemacht war – groß und stämmig, überhaupt nicht mein Typ.

»Zieh die am besten auch aus!« meinte ich, obwohl ich nicht weiß, wie ich die Worte herausbrachte. Ich nehme an, daß der Instinkt einen selbst beim ersten Mal leitet, vorausgesetzt, er bekommt Gelegenheit dazu. Madonna gab mir eine

Gelegenheit, zumindest hatte ich dieses Gefühl. Für ein paar Minuten war das Leben süßer, als ich es je für möglich gehalten hatte.

Wortlos zog sie ihre Bluse aus; ich hängte sie über die Lehne des einzigen Stuhls in meinem Schlafzimmer.

Im Café hatte ich bemerkt, daß sie etwas Schwarzes darunter trug, aber ich erkannte erst jetzt, daß es sich um den gleichen hautengen, glänzenden Anzug handelte, den sie in der Show trug und der sie so französisch aussehen ließ.

Sie zog den nassen Rock aus. Ich wußte damit nichts Besseres anzufangen, als ihn über die Sitzfläche des Stuhls zu drapieren. Da stand sie nun, extrahohe Absätze und alles übrige. Sie sah aus, als könnte sie jederzeit mit ihrem Auftritt beginnen, aber irgendwie fand ich das enttäuschend.

Sie blieb stehen, als erwartete sie meine Anweisungen.

Ich konnte erkennen, daß der schwarze Anzug triefnaß war, zumindest stellenweise, aber diesmal wagte ich nicht vorzuschlagen, daß sie ihn auszog.

Endlich öffnete Madonna den Mund. »Womit soll ich anfangen? Was hättest du am liebsten?«

Ihre Stimme klang so wunderschön, und die Frage selbst war so verlockend, daß irgend etwas mich packte, und bevor ich es mich versah, hatte ich die Arme um sie gelegt. Ich hatte so etwas im ganzen Leben noch nie getan, was immer ich auch gefühlt haben mochte.

Sie rührte sich nicht. Ich nahm deshalb sofort an, daß ich das Falsche getan hatte. Das war schließlich nicht weiter überraschend, wenn man bedenkt, wie unerfahren ich war.

Aber ich hatte den Eindruck, daß noch etwas anderes nicht stimmte. Ich war, wie gesagt, nicht eben an das Gefühl einer halbnackten Frau in den Armen gewöhnt, und ich selbst war praktisch noch ganz angezogen; trotzdem hatte ich sofort den Eindruck, daß sie sich enttäuschend anfühlte. Das versetzte mir einen gewissen Schock. Einen recht beträchtlichen, genaugenommen. Wie so oft, wenn Tatsachen an die Stelle von Phantasiebildern treten. Plötzlich war das Ganze fast zu einem Alptraum geworden.

Ich trat zurück.

»Entschuldige«, sagte ich.

Sie lächelte süß wie immer. »Das macht nichts«, antwortete sie. Das war nett von ihr, aber ich empfand nicht mehr ganz das gleiche für sie wie zuvor. Es ist ja bekannt, wie selbst im besten Fall eine Kleinigkeit die eigenen Gefühle für eine Frau völlig verändern kann, und ich war keineswegs sicher, daß es sich hierbei um eine Kleinigkeit handelte. Ich fragte mich jedenfalls, ob sich nicht womöglich eben zeigte, daß ich für das Leben nur ungenügend gerüstet war. Man hatte mich schon früher als zurückgeblieben bezeichnet; vielleicht lag hierin der Grund.

Dann wurde mir klar, daß die Schwierigkeit vielleicht mit ihrer Shownummer zusammenhing, mit den Schwertern. Sie war möglicherweise irgendwie aus der Art geschlagen, oder der Mann mit dem blauen Pullover stellte irgendwas mit ihr an, hypnotisierte sie womöglich irgendwie.

»Sag mir, was du gern hättest!« sagte sie und starrte derweil auf das schmuddelige Stückchen Teppich auf dem Boden.

Ich bin ein Dummkopf, dachte ich, und beweise lediglich meine Unwissenheit.

»Zieh das Ding aus«, antwortete ich. »Es ist ganz naß. Kriech ins Bett, da wird dir wärmer werden.«

Ich fing an, meine eigenen Sachen auszuziehen.

Sie machte, was ich ihr gesagt hatte, schälte sich aus dem schwarzen Anzug, zog die Füße sacht aus den aufreizenden Schuhen und rollte die langen Strümpfe hinunter. Einen Augenblick stand meine erste Frau vor mir, obwohl ich sie kaum sehen konnte. Ich konnte mich nach wie vor nicht dazu überwinden, Liebe beim Schein der einzelnen schwachen elektrischen Lampe in Betracht zu ziehen, weil diese das schmutzige Zimmer noch schmutziger aussehen ließ.

Gehorsam kletterte Madonna in mein Bett, und ich kroch zu ihr hinein, so schnell ich konnte.

Gehorsam tat sie alles, worum ich sie bat, ganz, wie es der Mann im blauen Pullover versprochen hatte. Für mich fühlte sie sich immer noch merkwürdig und enttäuschend an – man könnte es fast schlaff nennen – und ganz sicher anders, als ich mir das Gefühl vorgestellt hatte, das der Körper einer Frau mir geben würde, falls ich je einem nahe genug kam. Aber sie gab mir jedenfalls meine erste Erfahrung, und darauf kommt es hier an. Eines muß ich zu ihren Gunsten sagen: Während der ganzen Zeit sprach sie kein überflüssiges Wort. Natürlich ist es keineswegs immer so.

Aber es ging alles irgendwie schief. So hatten wir zum Beispiel nicht einmal damit angefangen, daß wir uns küßten. Ich steckte bis obenhin voller romantischer Vorstellungen über Madonna, aber ich hatte nicht das Gefühl, daß sie in dieser Richtung hilfreich war, trotz ihres schönen, süßen Lächelns und ihrer sanften Stimme und der liebenswürdigen Dinge, die sie sagte. Sie war irgendwie zu leicht zu haben und holte nicht das Beste aus mir heraus. Es war, als hätte ich einfach neues Wissen erworben, gewiß wichtig, aber ohne dabei meine Gefühle irgendwie zu beteiligen. Bei der einen oder anderen Sache hat man natürlich diesen Eindruck, aber es kam mir schrecklich vor, ihn bei dieser speziellen Sache zu haben – besonders wenn man bedenkt, wie ganz anders ich noch vor kurzem in dieser Angelegenheit gefühlt hatte.

»Na los«, sagte ich zu ihr, »wach auf!«

Das war sicher nicht fair, aber ich war bitter enttäuscht, und das um so mehr, als ich den Grund nicht erkennen konnte. Ich hatte einfach das Gefühl, daß mein Leben im Ganzen auf dem Spiel stehen könnte.

Sie stöhnte leise.

Ich hatte auf ihr gelegen; jetzt richtete ich mich im Bett auf und warf die Decken hinter mich. Sie lag flach ausgestreckt vor mir, gänzlich grau – zumindest in dem düsteren Halbdunkel. Selbst ihr Haar war farblos, ja regelrecht unsichtbar.

Was ich tat, war wohl ziemlich erbärmlich. Ich packte ihren linken Arm, indem ich ihr Handgelenk mit beiden Händen ergriff, und versuchte, sie zu mir hochzuzerren, damit ich sie gegen mich fallen spüren und ihr Hals und Brust mit Küssen bedecken konnte, wenn sie nur das Verlangen danach in mir wecken würde. Ich nehme an, ich hätte ihr wohl auf jeden Fall weh getan, indem ich so an ihr herumriß, und ich hätte es besser bleiben lassen. Gar so schrecklich würde es aber normalerweise niemand finden. Es war schließlich nichts fürchterlich Ungewöhnliches, würde ich sagen.

Das was dann geschah, war allerdings wirklich sehr schrecklich. So einfach und so schrecklich, daß manche Leute es nicht glauben wollen. Ich versetzte Madonna diesen kräftigen, übellaunigen, enttäuschten Ruck. Daraufhin kam sie erst nach oben auf mich zu, dann fiel sie mit einem Wimmern zurück. Ich hielt noch immer ihr Handgelenk und ihre Hand mit beiden Händen fest und brauchte eine ganze Weile, um zu begreifen, was passiert war: daß ich nämlich ihre linke Hand samt Handgelenk regelrecht abgerissen hatte.

Sie wand sich auf der Stelle aus dem Bett und schlängelte sich wieder in ihre Kleider. Mir war bewußt, daß sie es selbst in der fast völligen Dunkelheit fertigbrachte, sich sehr schnell zu bewegen. Ich hatte das furchterregende Gefühl, daß sie sich nur mit einer Hand in meinem Zimmer herumtastete, und fragte mich voller Entsetzen, wieso sie überhaupt zurechtkam. Währenddessen weinte sie die ganze Zeit vor sich hin, oder vielleicht wäre › Wimmern ‹ zutreffender. Das Geräusch, das sie machte, war sehr leise – so leise, daß ich ohne weiteres hätte annehmen können, daß es in meinem Kopf entstand, wenn ich nicht gewußt hätte, was vor sich ging.

Mit der Absicht, das Licht einzuschalten, setzte ich die Füße auf den Boden. Der einzige Schalter war natürlich neben der Tür. Ich war der Ansicht, daß ich einige Erklärungen finden könnte, sobald etwas Licht die Szene erhellte. Ich entdeckte jedoch, daß ich den Schalter nicht erreichen konnte. Zum einen konnte ich den Gedanken, Madonna vielleicht zufällig zu berühren, einfach nicht ertragen. Zum anderen fand ich heraus, daß meine Beine mich nicht länger tragen wollten. Ich war viel zu verängstigt, um mich überhaupt zu bewegen; verängstigt, abgestoßen und verwirrt von dem Gefühl, das frustrierter Sex mit sich bringt und für das es kein zutreffendes Wort gibt.

Also saß ich einfach da, auf der Bettkante, während Madonna wieder in ihre Sachen schlüpfte. Sie weinte dabei die ganze Zeit vor sich hin, auf diese schreckliche, herzzerreißende Weise, die ich nie vergessen werde. Lange dauerte es allerdings nicht. Wie gesagt, Madonna war erstaunlich flink. Mir fiel nichts ein, was ich sagen oder tun konnte. In der kurzen Zeit erst recht nicht.

Als sie sich angezogen hatte, machte sie eine blitzschnelle Bewegung in meine Richtung, deren Zweck erschreckend klar war, und packte etwas, so als könnte zumindest sie im Dunkeln sehen. Dann hatte sie auch schon die Tür aufgesperrt und entfloh.

Sie hatte die schwingende Tür zum dunklen Treppenabsatz (wir hatten natürlich Lampen dort, die sich nach einiger Zeit automatisch ausschalteten) hinter sich offen gelassen, und ich konnte sie die Treppe hinuntertrappeln hören; schließlich huschte sie so leise und geschickt durch die Haustür, als ob sie hier wohnen würde. Es war noch etwas zu früh für die Mehrzahl der Stammgäste: Sie würden später auftauchen.

Ich verspürte jetzt ausgesprochene Übelkeit. Aber ich konnte wenigstens meine Beine wieder gebrauchen. Ich erhob mich vom Bett, machte die Tür zu, schloß ab und schaltete das Licht an.

Es war nichts Besonderes zu sehen. Nichts außer meiner eigenen herumliegenden Kleidung, meinem durchnäßt wirkenden Regenmantel in der Ecke und dem verwüsteten Bett. Das Bett sah aus, als hätte irgendein riesiges Ungeheuer sich daraus erhoben, aber nirgends im Zimmer war Blut zu erkennen. Es war alles genau wie bei den Schwertern.

Als ich daran dachte und daran, was ich getan hatte, erbrach ich mich plötzlich. Die Zimmer hatten kein fließendes heißes und kaltes Wasser, und ich bekam die altmodische Waschschüssel mit ihrem verblaßten Blumenmuster auf dem Grund und den daumennagelgroßen, abgeschlagenen Stellen am Rand halb voll, bevor es zu Ende war.

Ich legte mich auf das zerwühlte Bett, viel zu erledigt, um die Schüssel auszuleeren, das Licht auszumachen oder mich auch nur zuzudecken, obwohl ich immer noch nackt war und die Nacht immer kälter wurde.

Ich hörte, wie in den anderen Zimmern und auf der Treppe die übliche Geräuschkulisse einsetzte. Dann erklang ganz unerwartet ein entschiedenes Klopfen an meiner Tür.

Das Haus war keines von der Sorte, wo es etwas nützte zu fragen, wer da war. Mittlerweile starr vor Kälte, kam ich auf die Füße und zog mangels Schlafrock meinen nassen Regenmantel an – ich mußte mir irgend etwas überziehen und die Tür aufmachen, sonst würde das Klopfen weitergehen und es käme zu Beschwerden, was äußerst unangenehm werden konnte.

Es war der Kerl im blauen Pullover – der Seemann oder Schausteller oder was auch immer er war. Irgendwie hatte ich damit gerechnet, daß er es sein könnte.

Ich habe bestimmt nicht ausgesehen, als ob ich was aushalten könnte, als ich so zitternd dastand, nur mit dem nassen Regenmantel bekleidet, während derweil aus den anderen Zimmern Gekreische und Gerangel zu hören war. Und natürlich hatte ich nicht die leiseste Ahnung, welchen Ton der Kerl anzuschlagen gedachte.

Ich hätte mir keine Sorgen zu machen brauchen. Zumindest darüber nicht.

»Vorstellung okay gewesen?« fragte er lediglich und blickte geradeaus in die Ferne, ohne jemanden oder etwas direkt anzuschauen, ganz als wäre er auf seinem Podium; trotzdem klang er durchaus freundlich.

»Ich denke schon«, antwortete ich.

Das klang wahrscheinlich nicht besonders herzlich, aber es schien ihm nicht viel auszumachen.

»Kann ich dann bitte das Geld haben? Tut mir leid, daß ich Ihren Schönheitsschlaf störe, aber wir reisen morgen sehr früh weiter.«

Weil ich nicht gewußt hatte, in welche Weise ich bezahlen würde, hatte ich die zehn Pfund (Mr. Edis' Fünfpfundschein und fünf Einpfundnoten von mir) sorgfältig gebündelt in eine Schublade gesteckt, bevor ich hinaus in den Regen gegangen war, um Madonna zu treffen. Dieses Bündel gab ich ihm.

»Danke«, sagte er, zählte das Geld und steckte es in die Hosentasche. Mir fiel auf, daß sogar seine Hose eine Seemannshose war, denn er stand so dicht vor mir, daß ich sie genau sehen konnte. »Dann ist alles so weit in Ordnung?«

»Ich denke schon«, sagte ich wieder. Ich gab mir Mühe, mich möglichst in keiner Richtung festzulegen.

Ich merkte, daß er mich jetzt direkt ansah, aus kleinen, tiefliegenden Augen.

Genau in dem Augenblick drang aus einer der unteren Etagen ein wildes Aufkreischen nach oben. Es war so ziemlich der lauteste menschliche Schrei, den ich je gehört hatte, selbst in Häusern wie diesem.

Der Mann kümmerte sich jedoch nicht darum.

»Na gut«, meinte er.

Aus irgendeinem Grund zögerte er; dann streckte er die Hand aus. Ich ergriff sie. Er war sehr stark, aber sonst war an der Hand nichts weiter Bemerkenswertes.

»Wir treffen uns wieder«, meinte er. »Machen Sie sich keine Sorgen!«

Dann wandte er sich ab und drückte auf den schwarzen Zeitschalter für die Treppenhausbeleuchtung. Ich blieb nicht stehen, um ihm nachzublicken. Mir war schlecht, und ich fror.

Und bisher haben sich – entgegen seiner Behauptung – unsere Pfade nicht wieder gekreuzt.

Originaltitel: The Swords
Ins Deutsche übertragen von Anna Hennig

Carolyn Banks

Salon Satin

»Erzähl mir von deinem Mann!« sagte er.

»Da gibt es nichts zu erzählen.«

Das amüsierte ihn. »Das dachte ich mir«, sagte er schließlich.

In einer bösen, bösen Geschichte, die einige Leser vielleicht ein biß-chen an Stephen Kings ›Quitters Inc.‹ und einige andere an die teuf-lisch geschickt geschriebenen Werke des großen John Collier erin-nert, greift Carolyn Banks das ganz Amerika verzehrende Thema des Gewichtsverlusts auf. Für uns ist das ein Gewinn.

»Um Gottes willen!« Libby trat so hart auf die Bremse des BMW, daß die beiden Frauen in den Sicherheitsgurten nach vorn geworfen wurden. »Tut mir leid«, sagte sie und lachte entschuldigend. »Aber sieh doch!« Sie lenkte den Wagen zum Bordstein, so daß Joyce dorthin schauen konnte, wohin sie zeigte.

»Was?« sagte Joyce. »Ich sehe überhaupt nichts.«

»Dort«, meinte Libby betont, »in dem Eingang.«

»Oh«, Joyce klang plötzlich geziert, »*der* Eingang.«

Es handelte sich um den *Salon Satin*, den Spitzenschönheitssalon, für den im Fernsehen und in der Lokalpresse unentwegt geworben wurde. *Salon Satin*, der den meisten Frauen in Westlake Hills wie das grellste, auffallendste Etablissement dieser Art vorkam, das sie je gesehen hatten.

Man denke nur an das Symbol des *Salon Satin*. Es bestand aus sieben nebeneinanderstehenden Spitzbogenfenstern in der denkbar scheußlichsten Farbzusammenstellung: blau, purpurrot, grün, orange, weiß, violett, rot. »Also wirklich!« – mehr brachten die meisten Frauen nicht heraus.

Selbstverständlich würde keine von ihnen einen Fuß in dieses Haus setzen, gleichgültig, was der *Salon Satin* versprechen mochte.

»Ich sehe sie«, sagte Joyce jetzt, die schließlich mitbekommen hatte, worum es Libby gegangen war. »Ich sehe sie!«

›Sie‹ war ihre gemeinsame Freundin Shelley, unstrittig die Majestätischste in ihrer Gruppe. Wenigstens war sie das gewesen.

»Sie ist regelrecht mager« – Libby flüsterte beinahe. »Vielleicht ist es jemand anders«, betete Joyce, »und überhaupt nicht Shelley.«

»Aber es war doch Shelley, die schrill auf sie einredend auf den Wagen zukam.

»Wollt ihr es nicht auch probieren?« fragte sie. »Den *Salon Satin*?«

Libby und Joyce wechselten verwirrte Blicke, aber sie hörten zu, als Shelley ihre Geschichte hervorsprudelte. Sie hatte zwanzig Pfund verloren. Zwanzig Pfund! Und so schnell noch dazu. Sie hatten sie doch bestimmt noch letzten Monat gesehen.

»Dieser *Salon Satin* ist nichts für mich.« Libby klang entschieden. Sie trug im allgemeinen Größen fünf bis sieben und konnte sich deshalb diese Entschiedenheit leisten. Joyce andererseits, der ihre Jeans vor kurzem zu eng geworden waren, hob interessiert den Kopf und zog es ernsthaft in Erwägung. Warum eigentlich nicht? Sie hatte Akupunktur, Hypnose und unzählige Diäten ausprobiert. Sie würde ihren Sinn für Ästhetik zeitweilig außer acht lassen und es einmal mit dem *Salon Satin* versuchen. Man konnte nie wissen – vielleicht würde sogar Emmet, ihr desinteressierter Ehemann, wieder munter.

»Wenn du mich fragst …« sagte Libby, als sie heimfuhren, »Shelley sieht wie eine Nutte aus.«

»Vielleicht«, meinte Joyce. Tatsächlich dachte sie jedoch: Ja, aber eine *dünne* Nutte. Shelley war seit kurzem Witwe. Joyce ertappte sich bei der Überlegung, ob das den Ausschlag geben könnte.

Innen war der *Salon Satin* noch viel schlimmer, als sie erwartet hatte, aber Joyces und Emmets eigene Wohnung war auch in fast industriellem Grau und gedämpftem Tweed gehalten. Immerhin war das hier für einen Menschen mit halbwegs gutem Geschmack wirklich schwer zu verkraften: die Art, wie die Räume ineinander übergingen, von Blau zu Purpur zu Grün und so weiter, wobei sogar die bunten Glasfenster jeweils den passenden Farbton hatten. Selbstverständlich gab es Angestellte, deren Satinkleidung farblich genau auf die Räume abgestimmt war, in denen sie jeweils arbeiteten. In einigen der Zimmer – dem blauen, grünen, weißen und violetten – gab es sogar Schalen mit Konfekt in genau diesem Farbton.

Ojemine! dachte Joyce und lächelte, während sie herumgeführt wurde.

Ein Zimmer blieb übrig. Seine Tür war mit schwarzem Satin bezogen und abgeschlossen. Das Mädchen, das Joyce herumführte, entschuldigte sich deswegen und brachte Joyce zur Rezeption zurück, dem blauen Zimmer.

»Der Grund, warum Sie herkommen?« Das Mädchen mit dem Notizblock verwendete blauen Nagellack.

»Gewichtsverlust.«

»Wieviel Pfund genau wollen Sie abnehmen?«

Instinktiv wollte Joyce erst lügen, aber dann sah sie ihr Spiegelbild in dem blaugetönten Spiegel, sah, wie Bauch und Busen im Sitzen ineinander übergingen. Emmet, Emmet – es war zwei Jahre her, seit er sie zuletzt zu berühren versucht hatte.

»Dreißig«, gab sie zu.

»Dazu werden drei Sitzungen nötig sein«, meinte das Mädchen. »Heute gehen Sie in das orange Zimmer, dann in das grüne, und wenn Sie genügend abnehmen ...« Sie ließ die Stimme sinken und sah Joyce erwartungsvoll an. Als keine Fragen kamen, klappte sie den Notizblock zu und klingelte nach einem orange gekleideten Angestellten. »Wir sind gesetzlich verpflichtet, Ihnen mitzuteilen«, – ihre Stimme nahm einen mechanischen Tonfall an – »daß nicht jede Kundin den angestrebten Gewichtsverlust erreicht.«

»Wie viele schaffen es?« fragte Joyce.

»Oh ...« Das Mädchen mit den blauen Fingernägeln sah sich im Zimmer um. »Alle Jubeljahre mal eine.«

Joyce lag auf dem orangefarbenen Satinlaken und starrte zur Decke empor. Sie sah eine Eidechse über sich – wohl ein Chamäleon, denn es war ebenfalls orangefarben. Seine Augen wirkten wie farbiges Glas, hart, starr.

Sie wandte den Kopf zur Seite und bemerkte erstaunt drei kleine Kinder, zwei Jungen und ein Mädchen, die orangefarbene Harlekinanzüge trugen. Sie jonglierten mit Orangen, die sie sich in kühnem Bogen gegenseitig zuwarfen.

Joyce lachte. Ein eigenartiges Geräusch ertönte, teils Rasseln, teils Zischen, als ob ein Perlenvorhang zur Seite geschoben würde. Die Kinder ließen die Orangen zu Boden fallen und zogen sich respektvoll aus dem Raum zurück. Joyce drehte sich um, um sich anzuschauen, was sie gesehen hatte: einen hochgewachsenen, schlanken, schwarzen Mann. Er hatte etwas Schlangenartiges an sich, obwohl er keineswegs abstoßend wirkte. Im Gegenteil. Joyce spürte, wie sie innerlich bebte, dahinschmolz und zerfloß.

Er kam näher. Joyces Augen blickten gebannt in die seinen. Es war, als könnte sie ihren Blick nicht abwenden, solange er sie anstarrte.

Schließlich blinzelte er, und Joyce konnte nicht nur wegschauen, sondern auch Atem holen. Jetzt schloß sie die Augen, weil sie sich davor fürchtete, seinem Blick wieder zu begegnen. Sie fühlte, wie er sich über sie beugte, fühlte seine Finger wenige Zentimeter von ihrer Brust entfernt. Sie öffnete schnell wieder die Augen. Aber er war gar nicht dicht bei ihr, ganz und gar nicht dicht. Er lachte leise, als wüßte er, was sie gedacht hatte.

An diesem Abend lehnte sie einen Whisky mit Soda ab. Als das Abendessen an der Reihe war, reichte sie das Weißbrot weiter, ohne selbst davon zu nehmen. Ihrem Mann fiel nichts auf, aber Libby, die mit ihnen aß, merkte es sehr wohl. »*Salon Satin*?« flüsterte sie. Joyce bejahte.

Joyce saß in einer grünen Satinkiste. Sie war jetzt nackt, und die Kiste zwang sie, im Schneidersitz zu sitzen und sich quasi darzubieten. Aber sie war nicht die Darstellerin, sondern das Publikum. Vier grüngekleidete Ballettänzerinnen wirbelten und sprangen im Raum herum, von sanften, zärtlichen Klängen begleitet. Sogar die Musik hatte etwas Grünes an sich.

Als die Vorstellung vorbei war, kam der Schwarze wieder. Er war ebenfalls nackt. Joyce konnte beim besten Willen nicht verhindern, daß sie seine Leistengegend anstarrte. Sogar in Ruhe war sein Penis groß und lang. Joyce sehnte sich danach, ihn in die Hand zu nehmen.

Er lehnte sich vor, beinahe als ob er sich verbeugte, reichte ihr die Hand und half ihr auf die Füße. Sie stand ohne Scham vor ihm, den Kopf zurückgelegt, so daß sie ihn anschauen und ihm mit ihren Augen sagen konnte, daß sie bereit war, ohne Scheu und ohne sich zu zieren …

Wieder das wissende Lachen. Er nahm ihr Kinn in die hohlen Hände; seine Zähne schimmerten im grünen, dunstigen Licht. »Später«, sagte er. »In einer Woche vielleicht. Wenn du« – seine Finger ließen sie los, und seine Stimme nahm einen fernen, undeutlichen Klang an – »dünner bist.«

Joyce blickte auf ihre Füße hinab. Eine junge Schlange ringelte sich über ihre Zehen und verschwand unter der grünen Satintür. Joyce hatte sich nicht gefürchtet, war nicht einmal zurückgeschreckt. Die Schlange war schön – ein verschlungenes Satinband, das über den Boden gezogen wurde.

Diesen und den nächsten Abend mußten Joyce und ihr Mann Emmets Klienten einladen und mit ihnen in Restaurants essen gehen. Joyce freute sich normalerweise auf diese Gelegenheiten, als wären so genossene gehaltvolle Soßen und Desserts vom Kalorienstandpunkt her harmlos. An diesen beiden Abenden konnte Joyce jedoch die üppigen Kreationen aus Blätterteig und Schlagsahne auf dem Gebäcktablett anerkennend, aber ohne eine Spur von Verlangen betrachten. »Nein danke, für mich nichts!« meinte sie.

Sie hatte vierzehn Pfund abgenommen. Später, im Bett, wandte sie sich Emmet zu und fuhr mit den Fingern seine Haarränder nach.

»Ich bin müde, Joyce«, sagte er zu ihr. »Na, hör schon auf! Wir sind doch keine Kinder mehr..«

»Ich muß noch sechzehn Pfund abnehmen«, sagte Joyce dem Mädchen mit den blauen Fingernägeln. »Ich bin zu allem bereit.«

»Zu allem?«

»Ja.«

Das Mädchen läutete, und sechs junge Männer im Smoking – Joyce fand, daß sie fast wie Sargträger aussahen – tauchten auf und bedeuteten Joyce, ihnen zu folgen.

Sie sah fragend zu dem Mädchen mit den blauen Nägeln hin, erkannte aber, daß jeder Versuch, die Aufmerksamkeit des Mädchens auf sich zu ziehen, aussichtslos war.

Trotzdem ließ etwas sie zögern.

»Ts, ts«, hörte sie eine Stimme. Sie drehte sich um und sah den Schwarzen. »Immerhin«, mahnte er sie, »hast du gesagt, daß du zu allem bereit bist.«

Joyce lächelte und nickte. Willig folgte sie jetzt den sechs Männern durch verschiedene Gänge, während das Licht von Blau über Purpur, Grün und Orange zu Weiß wechselte. Im weißen Raum fingen die sechs an, sich auszukleiden; zuerst stützten sie sich aufeinander, um sich Schuhe, Strümpfe und Hosen auszuziehen. Ihre Stimmen waren laut, aber der Satin an Wänden, Boden und Möbeln schien die Geräusche zu verschlucken.

Sie liebten sich; ihre Glieder verschlangen sich ineinander, ihre Münder waren ständig beschäftigt. Joyce lehnte sich gegen die Wand – die Männer waren sich ihrer Gegenwart überhaupt nicht bewußt – und sah zu, bis sie satt und befriedigt zu sein schienen. Schließlich bemerkte einer sie. Er stand auf, ging zu seiner Hose, um sich einen Schlüssel zu holen, und führte sie durch das violette Zimmer zur schwarzen Satintür.

»Sie haben ›zu allem bereit‹ gesagt«, erinnerte er sie.

»Ja«, antwortete Joyce.

Daraufhin schloß er die Tür auf und gab ihr einen Stoß.

Sie schwang in den Angeln zurück und blieb offen stehen. Joyce ging forsch hindurch. Die Tür schlug hinter ihr zu, und sie hörte wieder das unverkennbare Geräusch des sich im Schloß drehenden Schlüssels.

Ihr Atem ging schneller. Außerdem schwitzte sie, obwohl der Raum recht kalt war. Als sie ihre Stirn berührte, wurden ihre Finger naß.

Das Zimmer war das schwärzeste, in dem sie je gewesen war. Dann ertönte ein Gong, dem sofort ein Zischen folgte: eine helle, rote Flamme leuchtete auf. Er – der Schwarze – stand als Umriß erkennbar vor ihr.

»Zieh dich aus!« befahl er.

»Mir ist kalt«, sagte sie zu ihm. Ihre Hand bewegte sich jedoch auf die Knöpfe ihrer Bluse zu. Sie fing an, sie aufzuknöpfen.Er warf etwas in das Kohlebecken, irgendein feines, goldenes Pulver, und sofort brannte die Flamme heißer. Er sah zu, wie Joyce sich nackt auszog.

Joyce lächelte. »Ich bin dünner, als du es verlangt hast.«

Er ging um sie herum und inspizierte sie, als wäre sie eine wertvolle Skulptur. »Das ist richtig«, stimmte er zu. Er nahm ihre Hand und legte sie auf seinen Penis. Sie spürte ihn anschwellen, wobei er ihre Hand um mehr als dreißig Zentimeter anhob.

Joyce lachte entzückt. Ihr Daumen suchte die empfindliche Stelle an der Spitze.

»Erzähl mir von deinem Mann«, verlangte er.

»Da gibt es nichts zu erzählen.«

Das amüsierte ihn. »Das dachte ich mir«, sagte er schließlich. Er kniete zu ihren Füßen nieder. Sie spürte seinen Atem an den Oberschenkeln, seine Lippen an ihrem Bauch. Emmet hatte das nie mit ihr gemacht, nicht ein einziges Mal.

Er bog sich zurück. »Du bist noch nicht dünn genug«, sagte er, stand auf und angelte nach seiner Kleidung.

»Nein, bitte«, sagte Joyce, »bitte!«

»Es tut mir leid«, meinte er und schob ein Bein in die Hose. »Das ist nun mal die Strategie des *Salon Satin*. Es sei denn …« Er überlegte.

»Wie ich schon sagte …« Joyce bemühte sich krampfhaft, ihre Stimme nicht schrill werden zu lassen. »Ich bin …«

»Ach ja.« Seine Zähne strahlten sie wieder an. »Zu allem bereit.«

Er schickte sie nach Hause. Sie ging den Laufsteg entlang mit der Waffe, die er ihr gegeben hatte. Es war ihr vorgekommen, als wäre das Ding regelrecht in seiner Hand materialisiert.

Und genauso, wie er es vorausgesagt hatte, traf sie sie an: Libby und Emmet wanden sich, ihre Körper glänzten schweißnaß. Joyce bedauerte, daß sie sie nicht einmal wahrnahmen. Aber sie tat, was man ihr aufgetragen hatte, und überschüttete sie mit Kugeln, bis keiner der beiden sich je wieder regen konnte.

Sie ging direkt zu der schwarzen Satintür. Niemand versuchte sie daran zu hindern. Er war da. Er nahm ihr die Waffe ab, hob ihren Rock, streichelte ihren Hintern.

»Niemand hat dich gesehen?« fragte er.

»Nein, niemand.«

»Gut. Aber bevor wir weitermachen – weißt du, wer ich bin?«

»Du bist Satin«, antwortete Joyce und deutete auf die Worte *Salon Satin*, die in Scharlachrot auf der schwarzen Satinwand standen.

»Sehr gut«, meinte er, »sehr gut.« Die weißen Zähne schimmerten, der ebenholzfarbene Körper mit seinen gespannten Muskeln wirkte knochenhart. »Und weißt du …?«

»Ja, ja«, unterbrach Joyce ihn ungeduldig, nahm seine Hand und führte sie hinter das Gummiband ihres neuen schwarzen Satinslips.

»Du bist dünner«, meinte er, momentan abgelenkt.

»Um dreißig Pfund leichter.« Sie war durch das Schlafzimmer geschritten, in dem Libby und Emmet lagen – geradewegs durch das verspritzte Blut –, um zur Badezimmerwaage zu gelangen.

»Dann weißt du Bescheid?«

Joyce war zum ersten Mal in ihrem Leben kokett; sie rollte seinen Penis zwischen ihren Handflächen und blickte demütig zu ihm auf.

»Über den, hm, Schreibfehler?« Sie kniete sich vor ihn hin, bereit, ihre Lippen um ihn zu schließen. »Ja, Satin. Ja, o ja, ich weiß Bescheid.«

»Mmmmm«, antwortete er.

Originaltitel: Salon Satin
Ins Deutsche übertragen von Anna Hennig

Robert Hitchens

Wie die Liebe zu Professor Guildea kam

›Die Menschen sind verschieden. Ich würde einen aufmerksamen Blick der Zuneigung als widerwärtig empfinden.‹

Um die Jahrhundertwende, als diese berühmte Geschichte geschrieben wurde, hätte weder ihr gemächlicher Erzählfluß noch ein eheloses Leben reiner Gelehrsamkeit, wie es sich der Titelheld erwählt hatte, als besonders bemerkenswert gegolten. Heutzutage mag beides ein wenig unrealistisch anmuten, aber ich schlage vor, der Leser versucht einfach, sich während der Lektüre in das London einer vergangenen Epoche zurückzuversetzen, eingefangen in einem Moment, als die Regierungszeit der Königin Viktoria sich ihrem Ende zuneigte, als vor den Bahnhöfen noch Blumenmädchen standen und ihre Sträuße feilboten und als ein herrschaftlicher Butler nicht erwarten durfte, von seinem Dienstherrn als ›menschliches Wesen‹ betrachtet zu werden.

Mir begegneten Professor Guildea und sein verfluchtes Dilemma zum erstenmal vor drei Jahrzehnten auf den Seiten jener fabelhaften Anthologie von Dorothy L. Sayers, ›Omnibus of Crime‹. Zusammen mit praktisch jeder anderen Erzählung in diesem Buch las ich sie so oft, daß ich sie beinahe auswendig konnte, als ich aufs College kam. Heute jedoch, nach mehr Erfahrung mit der menschlichen Natur und etlichen Jahren als Amateur-Psychologe auf dem Buckel, scheint mir diese quälende Heimsuchung, erzeugt durch das ›Defizit an Liebe‹ eines Menschen, so erschütternd wie wahrhaft schrecklich zu sein.

1

Phantasielose Leute fragten sich oft, wie es wohl kommen mochte, daß Pater Murchison und Professor Frederic Guildea vertraute Freunde waren. Hatte sich doch der eine ganz dem Glauben verschrieben, der andere ganz dem Skeptizismus. Die Natur des Paters basierte auf Liebe. Er betrachtete die Welt mit einer fast kindlichen Güte über seiner langen schwarzen Soutane, und seine sanften, dennoch völlig furchtlosen blauen Augen schienen ständig nach dem Guten Ausschau zu halten, das es im Menschengeschlecht gibt, und sich an dem zu erfreuen, was sie sahen. Der Professor dagegen hatte ein hartes Gesicht mit scharfen Zügen und einem angriffslustigen schwarzen Ziegenbart. Seine Augen waren flink, durchdringend und respektlos. Die Linien um seinen kleinen, schmallippigen Mund wirkten fast grausam. Seine Stimme war rauh und trocken und manchmal, wenn er energisch wurde, beinahe schrill. Er feuerte seine Worte in schneidendem, schroffen Tonfall ab. Seine gewohnte Haltung war die von Mißtrauen und Zweifel. Unmöglich anzunehmen, daß er bei seiner Geschäftigkeit irgendwelche Zeit für Liebe zu erübrigen vermochte, sei es ganz allgemein gesehen oder in bezug auf eine bestimmte Person. Allerdings verbrachte er seine Tage mit wissenschaftlichen Forschungen, die der Welt gewaltigen Nutzen schenkten.

Beide Männer waren unverheiratet. Pater Murchison gehörte einem anglikanischen Orden an, der ihm Ehelosigkeit vorschrieb. Professor Guildea hatte von den meisten Dingen eine sehr geringe Meinung, ganz besonders jedoch von Frauen. Früher war er in Birmingham als Dozent tätig gewesen. Doch als sein Ruhm als Entdecker wuchs, zog er nach London. Hier, anläßlich einer Vorlesung, die er im East End hielt, lernte er Pater Murchison kennen. Sie wechselten ein paar Worte. Vielleicht gefiel die wache Intelligenz des Geistlichen dem Mann der Wissenschaft, der sonst dazu neigte, den Klerus mit einiger Verachtung zu betrachten. Vielleicht fühlte er sich angezogen von der offensichtlichen Aufrichtigkeit dieses Kirchenmannes, seinem gesunden Menschenverstand. Als er den Saal verließ, forderte er den Pater jedenfalls abrupt auf, ihn in seinem Haus am Hyde Park Place zu besuchen. Und der Pater, der nur selten ins West End kam – es sei denn, um dort zu predigen –, nahm die Einladung an.

»Wann werden Sie kommen?« fragte Guildea.

Er faltete das blaue Papier zusammen, auf dem er sich in einer winzigen, sauberen Handschrift seine Notizen gemacht hatte. Das dürre Rascheln der Blätter begleitete seine scharfe, trockene Stimme.

»Sonntag in einer Woche predige ich abends in der St. Saviour's, nicht weit weg von Ihnen«, antwortete der Pater.

»Ich gehe nicht in die Kirche.«

»Nein«, sagte der Pater ohne eine Spur von Überraschung oder Vorwurf in der Stimme.

»Kommen Sie anschließend zum Essen?«

»Besten Dank. Gern.«

»Um welche Uhrzeit?«

»Sobald ich mit meiner Predigt fertig bin. Der Gottesdienst beginnt um halb sieben.«

»Dann wird es vermutlich so gegen acht werden. Machen Sie die Predigt nicht zu lang. Meine Hausnummer am Hyde Park Place ist einhundert. Ich wünsche Ihnen eine gute Nacht.«

Er schob einen Springgummi um seine Papiere und entfernte sich, ohne dem Pater die Hand zu geben.

An dem verabredeten Sonntag sprach Pater Murchison in der St. Saviour's vor einer dicht gedrängten Gemeinde. Das Thema seiner Predigt war Mitgefühl und die vergleichsweise Nutzlosigkeit des Menschen auf der Welt, es sei denn, er kann lernen, seinen Nachbarn wie sich selbst zu lieben. Die Predigt war ziemlich lang, und als der Pater in seinem wehenden schwarzen Umhang und dem steifen runden Hut mit einer geraden Krempe, über welche die Enden einer schwarzen Kordel herabhingen, dem Haus des Professors zustrebte, wiesen die Zeiten der erleuchteten Uhr am Marble Arch auf zwanzig Minuten nach acht.

Der Pater legte einen Schritt zu, während er sich seinen

Weg durch die Menge herumstehender Soldaten, schwatzender Weiber und kichernder Straßenjungen in ihrem Sonntagsstaat bahnte. Es war ein warmer Aprilabend, und als der Pater die Nummer 100 Hyde Park Place erreichte, traf er den Professor barhäuptig auf der Eingangstreppe an. Der Gelehrte stand vor seiner erleuchteten Haustür, schaute hinüber zur Einfriedung des Parks und genoß die laue, abendfeuchte Luft.

»Hah, eine lange Predigt!« rief er aus. »Kommen Sie herein.«

»Ich fürchte, Sie haben recht«, erwiderte der Pater, der Aufforderung folgend. »Ich gehöre zu jener gefährlichen Spezies – ein *ex-tempore*-Prediger.«

»Sehr viel reizvoller, ohne Manuskript zu sprechen, wenn man's kann. Hängen Sie Ihren Hut und Mantel – äh, Umhang – hier auf. Wir werden gleich essen. Hier ist das Speisezimmer.«

Er öffnete eine Tür zur Rechten, und sie betraten einen langen, schmalen Raum mit goldener Tapete und einer schwarzen Decke, von der eine elektrische Lampe mit goldenem Schirm herabhing. In dem Zimmer stand ein kleiner ovaler Tisch, der für zwei Personen gedeckt war. Der Professor läutete die Glocke. Dann sagte er:

»Die Leute scheinen sich an einem ovalen Tisch besser zu unterhalten als an einem eckigen.«

»Tatsächlich?«

»Nun, ich hatte zweimal genau denselben Personenkreis zu Gast, einmal an einem eckigen Tisch und einmal an einem ovalen. Die erste Einladung war eine langweilige Pleite, die zweite ein glänzender Erfolg. Nehmen Sie doch bitte Platz.«

»Wie erklären Sie sich den Unterschied?« fragte der Pater, während er sich setzte und dabei seine Soutane sorgfältig unter sich glatt zog.

»Hm. Was Sie für eine Erklärung hätten, weiß ich.«

»Ach ja? Welche denn?«

»An einem ovalen Tisch, an dem es keine Ecken gibt, ist die Kette menschlicher Übereinstimmung – der elektrische Stromkreis – vollständiger. So, nun lassen Sie sich aber erst einmal Suppe geben.«

»Vielen Dank.«

Der Pater nahm die Suppe entgegen und richtete dabei seine strahlenden blauen Augen auf seinen Gastgeber. Dann lächelte er.

»Nanu?« sagte er mit seiner angenehmen, hellen Tenorstimme. »Sie gehen also doch gelegentlich zur Kirche?«

»Heute abend war es das erste Mal seit Ewigkeiten. Und ich habe mich, ehrlich gesagt, entsetzlich gelangweilt.«

Der Pater lächelte noch immer. Seine blauen Augen funkelten wohlwollend.

»O je«, sagte er. »Was für ein Jammer!«

»Nicht bei der Predigt«, ergänzte Guildea. »Das ist aber nicht als Kompliment gemeint. Ich stelle eine Tatsache fest. Die Predigt hat mich nicht gelangweilt. Wäre das der Fall gewesen, hätte ich es entweder offen ausgesprochen oder gar nichts gesagt.«

»Und wozu hätten Sie sich entschieden?«

Der Professor lächelte beinahe herzlich.

»Weiß ich nicht«, versetzte er. »Was trinken Sie für einen Wein?«

»Gar keinen, besten Dank. Ich bin Abstinenzler. Bei meinem Status und in meinem Milieu ist das eine Notwendigkeit. Aber ich nehme gern etwas Mineralwasser. Ich vermute, Sie hätten ersteres getan.«

»Sehr wahrscheinlich – und völlig falsch. Sie hätten sich kaum etwas daraus gemacht.«

»Ich glaube, das wäre auch vernünftiger gewesen.«

Sie waren bereits miteinander vertraut.

Der Pater fühlte sich angenehm heimisch unter der schwarzen Zimmerdecke. Er nahm einen Schluck von seinem Mineralwasser und schien es mehr zu genießen als der Professor den Rotwein.

»Wie ich sehe, lächeln Sie über die Theorie menschlicher Übereinstimmung«, sagte der Pater. »Wie lautet dann Ihre Erklärung für die Pleite Ihrer Party mit den Tischecken und den Erfolg der anderen am ovalen Tisch?«

»Vermutlich war dem geistreichsten meiner Gäste bei der ersten Gelegenheit eine Laus über die Leber gelaufen, während er sich beim zweitenmal in Hochform befand. Dennoch habe ich, wie Sie sehen, den ovalen Tisch beibehalten.«

»Und das bedeutet ...«

»Sehr wenig. Übrigens, Ihre Unterlassung jeglicher Anspielung heute abend auf die berüchtigte Rolle, die die Leber in der Liebe spielt, war bedenklich.«

»Ihr mangelndes Bedürfnis nach engen menschlichen Beziehungen in Ihrem Leben ist bedenklicher.«

»Woher wollen Sie wissen, daß mir ein solches Bedürfnis fehlt?«

»Ich erahne es. Ihr Aussehen, Ihr Benehmen verraten es mir. Während meiner ganzen Predigt haben Sie nicht mit mir übereingestimmt, nicht wahr?«

»Streckenweise.«

Der Bedienstete wechselte die Teller aus. Er war ein blonder, dünner Mann in mittleren Jahren mit einem steinernen, bleichen Gesicht, vorstehenden hellen Augen und perfekten Manieren. Nachdem er den Raum verlassen hatte, fuhr der Professor fort:

»Ihre Ausführungen haben mich interessiert, wenn ich sie auch für übertrieben hielt.«

»Zum Beispiel?«

»Lassen Sie mich kurz den Egoisten spielen. Ich verbringe den größten Teil meiner Zeit mit harter Arbeit, sehr harter Arbeit. Die Resultate dieser Arbeit bringen, wie Sie zugeben werden, der Menschheit Nutzen.«

»Enormen Nutzen«, bestätigte der Pater und dachte dabei an mehr als eine von Guildeas Entdeckungen.

»Und der erwiesene Nutzen dieser Arbeit, die nur um ihrer selbst willen getan wird, ist genauso groß, als würde sie in Angriff genommen, weil ich meine Mitmenschen liebe und ganz sentimental den Wunsch hege, es möge ihnen künftig besser gehen. In meinem augenblicklichen Zustand – in meinem augenblicklichen nicht gefühlsgesteuerten Zustand – bin ich genauso nützlich, als wenn ich so überschwenglich wäre wie diese Schwarmgeister, die Mörder aus dem Gefängnis holen oder – wie Tolstoi – einen Preis auf Tyrannei aussetzen wollen, indem sie die Bestrafung von Tyrannen verhindern.«

»Man kann mit Gefühlsaufwand eine Menge Schaden anrichten und ohne ihn viel Gutes tun. Ja, das stimmt. Selbst *le bon motif* ist nicht alles, das weiß ich. Dennoch behaupte ich, Sie könnten der Welt mit Ihren glänzenden Gaben noch sehr viel nützlicher sein, wenn Sie Ihren Mitmenschen Sympathie und Zuneigung entgegenbrächten. Ich glaube sogar, die Qualität Ihrer Arbeit würde sich noch steigern.«

Der Professor schenkte sich Rotwein nach. »Ist Ihnen mein Butler aufgefallen?« fragte er.

»Ja.«

»Er ist ein perfekter Diener, der mich zur vollsten Zufriedenheit betreut. Dennoch hegt er für mich keinerlei Zuneigung. Ich behandle ihn anständig und bezahle ihn gut. Aber ich denke nie über ihn nach und befasse mich auch nicht mit ihm als einem menschlichen Wesen. Ich weiß nichts über seinen Charakter außer der Beurteilung, die ich im Zeugnis seines letzten Dienstherrn gelesen habe. Zwischen uns bestehen, wie man sagen kann, keine echten menschlichen Beziehungen. Wollen Sie behaupten, daß er seine Aufgaben besser erfüllen würde, wenn ich ihn dazu gebracht hätte, mich ganz persönlich als Mensch zu schätzen, sofern das zwischen Menschen verschiedener Gesellschaftsklassen möglich ist?«

»Ganz entschieden.«

»Ich vertrete den Standpunkt, daß er seinen Pflichten nicht besser nachkommen kann, als er es bereits tut.«

»Aber falls eine Krise eintritt?«

»Was?«

»Irgendeine Krise, eine Änderung Ihrer Befindlichkeit. Falls Sie seine Hilfe brauchen, nicht nur als Butler, sondern als Mitmensch und Bruder? Dann wird er Sie wahrscheinlich enttäuschen. Sie würden bei Ihrem Butler nie jene aufopferungsvolle Hilfe finden, die nur durch aufrichtige Zuneigung zustande kommt.«

»Sind Sie gesättigt?«

»Völlig.«

»Dann wollen wir hinaufgehen. Ja, das sind schöne Stiche. Ich habe sie in Birmingham erworben, als ich dort lebte. Dies ist meine Arbeitsklause.«

Sie gelangten in einen Raum, der in einen zweiten überging. Beide waren ziemlich grell von elektrischen Lampen erleuchtet; die Wände bis zur Decke mit Büchern bedeckt. An einem Ende schauten die Fenster auf den Park hinaus, am anderen auf den Garten eines Nachbarhauses. Die Tür, durch die sie eintraten, war von dem inneren und kleineren Raum durch die vorspringende Wand des äußeren Raumes verdeckt, in dem sich ein mächtiger, mit Briefen, Broschüren und Manuskripten beladener Schreibtisch befand. Zwischen den beiden Fenstern des inneren Raumes stand ein Käfig, in dem ein großer grauer Papagei herumkletterte, wobei er Schnabel und Krallen benutzte, um ihm bei seiner langsamen und bedächtigen Exkursion behilflich zu sein.

»Sie haben ein Haustier«, sagte der Pater überrascht.

»Ich besitzte einen Papagei«, versetzte der Professor trocken. »Ich habe ihn erworben, als ich an einer Studie über die Nachahmungsfähigkeit von Vögeln arbeitete, und ihn mir nicht wieder vom Halse geschafft. Eine Zigarre?«

»Danke sehr.«

Sie ließen sich nieder. Pater Murchison schaute auf den Papagei. Der Vogel hatte in seiner Kletterpartie innegehalten und betrachtete, an die Stäbe seines Käfigs geklammert, die beiden Männer mit aufmerksamen runden Augen, die durchaus intelligent, aber keineswegs sympathisch wirkten. Murchison wandte den Blick ab und sah auf Guildea, der mit zurückgelegtem Kopf rauchte, das scharf geschnittene, spitze Kinn mit dem kleinen schwarzen Bart in die Höhe gereckt. Der Professor ließ seine Unterlippe rauf-und runterschnellen und versetzte damit den Bart in Bewegung, was merkwürdig angriffslustig aussah. Der Pater kicherte plötzlich unterdrückt.

»Was ist los?« rief Guildea. Er ließ das Kinn auf die Brust sinken und musterte seinen Gast scharf.

»Ich habe gerade gedacht, daß wirklich erst eine Krise eintreten müßte, um Sie zu veranlassen, auf die Zuneigung Ihres Butlers Wert zu legen.«

Guildea lächelte ebenfalls.

»So ist es. Da kommt er ja gerade.«

Der Mann brachte Kaffee herein, servierte ihn behutsam und zog sich dann zurück wie ein Schatten, der auf einer Wand verschwindet.

»Fabelhafter, unpersönlicher Bursche«, bemerkte Guildea.

»Ich ziehe den Jungen aus dem East End vor, der in der Bird Street meine Besorgungen erledigt«, sagte der Pater. »Ich kenne alle seine Kümmernisse, und er auch einige der meinen. Wir sind Freunde. Natürlich ist er geräuschvoller als Ihr Butler. Er schnauft sogar, wenn er sich besonders anstrengt, aber er würde mehr für mich tun, als Kohlen nachzulegen oder meine klobigen Stiefel zu putzen.«

»Die Menschen sind verschieden beschaffen. Ich würde einen aufmerksamen Blick der Zuneigung als widerwärtig empfinden.«

»Was ist mit diesem Vogel?«

Der Pater wies auf den Papagei. Er hatte sich auf seiner Sitzstange niedergelassen und starrte, einen Fuß in einer eindrucksvollen, beinahe segnenden Weise erhoben, unverwandt auf den Professor.

»Das ist der aufmerksame Blick der Nachahmung mit dem dringenden Verlangen, die Eigenart anderer zu imitieren. Nein, ich fand Ihre Predigt heute abend sehr anregend, sehr intelligent. Aber ich habe kein Bedürfnis nach Zuneigung. Vernünftige Wertschätzung ist natürlich erwünscht«, er zupfte heftig an seinem Bart, als wolle er sich selbst vor Gefühlsseligkeit warnen, »aber mehr wäre höchst lästig und würde mich, davon bin ich überzeugt, zur Grausamkeit veranlassen. Überdies würde es die Arbeit behindern.«

»Das glaube ich nicht.«

»Meine Art von Tätigkeit doch. Ich werde jedenfalls fortfahren, der Welt von Nutzen zu sein, ohne sie zu lieben, und sie wird diesen Nutzen weiter akzeptieren, ohne mich zu lieben. Und so soll es auch sein.«

Er trank seinen Kaffee. Dann fügte er ziemlich aggressiv hinzu: »Ich habe weder Zeit noch Neigung für Sentimentalität.«

Als Guildea Pater Murchison zur Tür brachte, folgte er dem Pater hinaus auf die Treppenstufen und verharrte dort einen Augenblick. Der Pater spähte über die nachtfeuchte Straße in den Park.

»Wie ich sehe, haben Sie direkt gegenüber ein Eingangstor«, stellte er fest.

»Ja. Ich gehe öfter hinüber, um einen kleinen Spaziergang zu machen und mir den Kopf auszulüften. Eine gute Nacht wünsche ich. Kommen Sie mich wieder besuchen.«

»Mit Vergnügen. Gute Nacht.«

Der Priester entfernte sich, während Guildea noch draußen stehenblieb.

Pater Murchison lenkte seine Schritte noch häufig zur Nr. 100 Hyde Park Place. Er brachte den meisten Personen, die er kannte, Sympathie entgegen und liebte die ganze Menschheit, ob er sie nun kannte oder nicht. Für Guildea entwickelte er jedoch ein ganz besonderes Gefühl. Eigenartigerweise war es ein Gefühl des Mitleids. Er bemitleidete diesen hart arbeitenden, ungemein erfolgreichen Mann mit dem überragenden Verstand und dem kühnen Herzen, der niemals deprimiert zu sein schien, niemals um Hilfe bat, der sich nie über irgendwelche Komplikationen des täglichen Lebens beklagte oder auch nur eine Unsicherheit erkennen ließ. Der Pater bemitleidete Guildea genaugenommen, weil der Professor so wenig Wärme verlangte. Er hatte ihm das selber gesagt, denn der Umgangston zwischen den beiden Männern war von Anfang an besonders offen gewesen. Eines Abends, als sie sich wieder einmal unterhielten, kam der Pater auf eine der Merkwürdigkeiten des Lebens zu sprechen, nämlich die Tatsache, daß oftmals Leute, die gewisse Dinge gar nicht wollen, eben diese bekommen, während andere, die krampfhaft danach suchen, in ihrer Suche enttäuscht werden.

»Dann müßte ich eigentlich mit Zuneigung überhäuft werden«, sagte Guildea mit einem verbissenen Lächeln. »Denn ich hasse sie.«

»Vielleicht wird das eines Tages geschehen.«

»Das will ich unter keinen Umständen hoffen.«

Pater Murchison schwieg einen Augenblick, während er die Enden der breiten Schärpe um seine Soutane fester zog. Als er dann sprach, schien er jemand anders zu antworten.

»Ja«, sagte er langsam, »ja, das empfinde ich – Mitleid.«

»Für wen?« fragte der Professor.

Aber dann verstand er plötzlich. Er sprach nicht aus, daß er verstanden hatte, aber Pater Murchison spürte und sah, daß es ganz unnötig war, die Frage seines Freundes zu beantworten. Und so hatte es sich eigenartigerweise ergeben, daß Guildea eng mit einem Mann vertraut war – dem völligen Gegenstück seiner selbst –, der ihn bemitleidete.

Die Tatsache, daß ihn das nicht störte und er sich auch kaum je Gedanken darüber machte, zeigt vielleicht deutlicher als alles andere die seltsame Indifferenz seiner Natur.

2

Eines Herbstabends, anderthalb Jahre, nachdem Pater Murchison und der Professor sich kennengelernt hatten, sprach der Pater in Hyde Park Place vor und erkundigte sich bei dem blonden Butler mit der steinernen Miene – sein Name war Pitting –, ob sein Herr zu Hause sei.

»Ja, Sir«, erwiderte Pitting. »Wenn Sie bitte hier entlang kommen würden?«

Er stieg, gefolgt von dem Pater, geräuschlos die ziemlich schmale Treppe hinauf, öffnete leise die Tür zur Bibliothek und meldete mit seiner tonlosen, kalten Stimme:

»Pater Murchison.«

Guildea saß in einem Sessel vor einem kleinen Kaminfeuer. Seine schmalen, langfingrigen Hände ruhten ausgestreckt auf seinen Knien, der Kopf war auf seine Brust herabgesunken. Er schien tief in Gedanken versunken. Pitting hob die Stimme ein wenig.

»Pater Murchison ist gekommen, Sir«, wiederholte er.

Der Professor sprang abrupt auf und wandte sich ruckartig um, als der Pater eintrat.

»Oh«, sagte er, »Sie sind es! Das freut mich. Kommen Sie ans Feuer.«

Der Pater musterte ihn und fand, daß Guildea ungewöhnlich müde aussah.

»Sie sehen nicht gut aus heute abend«, stellte er fest.
»Nein?«

»Wahrscheinlich arbeiten Sie zuviel. Haben Sie Probleme mit dem Vortrag, den Sie in Paris halten werden?«

»Nicht die geringsten. Er ist bereits fertig. Ich könnte Ihnen den ganzen Text auf der Stelle zitieren. Setzen Sie sich doch.«

Der Pater kam der Aufforderung nach. Auch Guildea ließ sich wieder in seinen Sessel sinken und starrte unverwandt schweigend ins Feuer. Wieder schien er angestrengt nachzudenken. Sein Freund störte ihn nicht, sondern steckte sich still eine Pfeife an und begann gemächlich zu rauchen. Guildeas Augen waren auf die Flammen gerichtet. Der Pater ließ die Blicke durch den Raum schweifen, über die Wände mit den schlicht gebundenen Büchern, den vollgepackten Schreibtisch, die Fenster, vor denen schwere dunkelblaue Portieren aus altem Brokat hingen, und den Käfig, der dazwischen stand. Eine grüne Filzdecke war darüber geworfen. Der Pater fragte sich, was der Grund sein mochte. Bisher hatte er noch nie erlebt, daß Napoleon – so hieß der Papagei – am Abend zugedeckt worden war. Während Murchison noch den grünen Überwurf betrachtete, hob Guildea plötzlich den Kopf, nahm die Hände von den Knien, klatschte sie zusammen und sagte unvermittelt: »Halten Sie mich für einen attraktiven Mann?«

Pater Murchison zuckte zusammen. Eine solche Frage ausgerechnet von diesem Mann verblüffte ihn.

»Du meine Güte«, stieß er hervor. »Wie kommen Sie denn darauf? Meinen Sie attraktiv für die Damenwelt?«

»Das weiß ich nicht«, versetzte der Professor düster und starrte dabei wieder ins Feuer.

»Das weiß ich eben nicht.«

Die Verblüffung des Paters nahm zu.

»Sie wissen es nicht!« rief er aus.

Und er legte seine Pfeife aus der Hand.

»Formulieren wir es so – halten Sie mich attraktiv in einer Weise, daß es etwas an mir gibt, wodurch ein … ein menschliches Wesen oder ein Tier unwiderstehlich angezogen werden könnte?«

»Ob Sie es nun wollen oder nicht?«

»Genau … oder … nein, einigen wir uns darauf – wenn ich es durchaus nicht will.«

Pater Murchison schürzte seine ziemlich vollen rosigen Lippen, und um seine Augenwinkel bildeten sich kleine Fältchen.

»Das mag natürlich sein«, sagte er nach einer Pause. »Die menschliche Natur ist schwach, liebenswert schwach, Guildea. Und Sie sind geneigt, darüber zu spotten. Ich könnte verstehen, wenn eine gewisse Kategorie von Damen – der löwenjagende, intellektuelle Typ – hinter Ihnen her wäre. Ihr Ruf, Ihr großer Name …«

»Ja, ja«, fiel Guildea ihm ziemlich gereizt ins Wort. »Das weiß ich alles, das weiß ich.«

Er verschränkte seine schmalen Hände und bog die Handflächen so weit auseinander, daß seine langen, dünnen Finger knackten. Seine Stirn war gerunzelt.

»Ich denke mir«, sagte er, unterbrach sich dann und hustete trocken, fast schrill, »ich denke mir, es muß höchst unangenehm sein, wenn einem irgend etwas, das einem widersteht, Zuneigung entgegenbringt, ja, einem sogar nachläuft – das ist doch wohl der übliche Ausdruck, nicht wahr?«

Er wandte sich jetzt halb in seinem Sessel um, schlug die Beine übereinander und blickte seinem Gast mit ungewohnter, beinahe bohrender Eindringlichkeit ins Gesicht.

»Irgend etwas?« wiederholte der Pater.

»Nun ja … irgendwer. Ich kann mir nichts Ekelhafteres vorstellen.«

»Das mag sein«, antwortete der Pater. »Aber, nehmen Sie es mir nicht übel, Guildea, ich kann mir meinerseits nicht vorstellen, daß Sie so eine Aufdringlichkeit zulassen würden. Sie ermutigen Anbetung nicht gerade.«

Guildea nickte mit düsterer Miene.

»Wirklich nicht«, sagte er. »Wirklich nicht. Das ist es ja. Das ist das Merkwürdige daran, daß ich …«

Er brach den Satz ab, stand auf und reckte sich.

»Ich werde auch eine Pfeife rauchen«, sagte er dann.

Er trat an den Kaminsims, holte seine Pfeife, stopfte sie und steckte sie an. Als er das Streichholz an den Tabak hielt und sich dabei mit fragendem Gesichtsausdruck vorbeugte, fiel sein Blick auf den grünen Überwurf, der Napoleons Käfig bedeckte. Er warf das Streichholz auf den Kaminrost und zog an seiner Pfeife, während er auf den Käfig zuging. Als er ihn erreicht hatte, streckte er die Hand aus, griff nach dem Überwurf und begann ihn wegzuziehen. Dann schob er ihn plötzlich über den Käfig zurück.

»Nein«, sagte er wie zu sich selbst, »nein.«

Er kehrte eilig zum Kamin zurück und warf sich wieder in seinen Sessel.

»Sie sind einigermaßen ratlos«, sagte er zu Pater Murchison. »Ich bin es auch. Ich weiß überhaupt nicht, was ich davon halten soll. Ich werde Ihnen einfach die Tatsachen berichten, und Sie müssen mir sagen, was Sie darüber denken. Vorgestern abend, nach einem Tag intensiver Arbeit – aber nicht intensiver als sonst – ging ich zur Haustür, um Luft zu schöpfen. Wie Sie wissen, tue ich das oft.«

»Ja, als ich zum erstenmal zu Ihnen kam, traf ich Sie auf den Eingangsstufen an.«

»Genau. Ich hatte weder Hut noch Mantel angezogen, sondern stand einfach nur so vor der Tür. Ich erinnere mich, daß ich mit meinen Gedanken noch ganz bei meiner Arbeit war. Es war ein recht dunkler Abend, wenn auch nicht ungewöhnlich, so gegen elf Uhr, vielleicht eine Viertelstunde später. Ich starrte hinüber zum Park und merkte auf einmal, daß meine Augen auf jemanden gerichtet waren, der mit dem Rücken zu mir auf einer der Bänke saß. Ich sah die Person – falls es eine Person war – durch die Gitterstäbe.«

»Falls es eine Person war!« wiederholte der Pater. »Was meinen Sie damit?«

»Einen Augenblick. Ich sage das, weil es zu dunkel für mich war, um sicher zu sein. Ich konnte auf der Bank nur ein schwärzliches Objekt sehen, das die Rücklehne überragte. Ich hätte nicht zu sagen vermocht, ob es sich um einen Mann, eine Frau oder ein Kind handelte. Aber etwas war da, und ich merkte, daß ich es ansah.«

»Ich verstehe.«

»Allmählich stellte ich fest, daß sich auch meine Gedanken auf dieses Ding oder diese Person zu konzentrieren begannen. Erst fragte ich mich, was es dort wohl machte, dann, was es womöglich dachte, und schließlich, wie es beschaffen sein mochte.«

»Wahrscheinlich ein armes, obdachloses Geschöpf«, sagte der Pater.

»Das sagte ich mir auch. Dennoch war ich von außerordentlichem Interesse für dieses Objekt gepackt, einem so großen Interesse, daß ich meinen Hut holte und die Straße überquerte, um in den Park zu gehen. Wie Sie wissen, befindet sich fast gegenüber meinem Haus ein Eingang. Also, Murchison, ich überquerte die Straße, passierte das Tor in der Einzäunung, ging zu der Bank und stellte fest, daß ... dort überhaupt nichts war.«

»Haben Sie die Bank im Auge behalten, während Sie gingen?«

»Die meiste Zeit. Allerdings wandte ich mich einen Augenblick ab, als ich gerade durch das Tor kam, weil sich nicht weit entfernt ein Streit abspielte. Deshalb schaute ich sekundenlang in die andere Richtung. Als ich sah, daß die Bank leer war, wurde ich von einem höchst absurden Gefühl der Enttäuschung ergriffen, beinahe von Zorn. Ich blieb stehen und spähte nach allen Seiten, um zu sehen, ob sich etwas entfernte, aber ich konnte nichts erkennen. Es war ein kalter Abend und neblig, und es waren ein paar Leute unterwegs. Wie schon gesagt, fühlte ich mich lächerlich und unnatürlich enttäuscht und kehrte nach Hause zurück. Als ich hier anlangte, bemerkte ich, daß ich während meiner kurzen Abwesenheit die Tür hatte offenstehen lassen – halb offen.«

»Ziemlich unvorsichtig in London.«

»Ja. Natürlich hatte ich, bis ich hier eintraf, keine Ahnung, daß mir das passiert war. Allerdings war ich kaum länger als drei Minuten fort.«

»Ja.«

»Kaum anzunehmen, daß jemand eingedrungen war.«

»Glaube ich auch nicht.«

»Wirklich nicht?«

»Warum fragen Sie mich das, Guildea?«

»Schon gut!«

»Außerdem, wenn sich jemand eingeschlichen hätte, müßten Sie ihn bei Ihrer Rückkehr schließlich erwischt haben.«

Guildea hustete wieder. Der Pater konnte nicht umhin, voll Überraschung festzustellen, daß der Professor nervös war und ihm diese Nervosität körperlich zu schaffen machte.

»Ich muß mich an jenem Abend erkältet haben«, sagte er, als habe er die Gedanken seines Freundes gelesen und versuchte ihnen zu widersprechen. Dann fuhr er fort:

»Ich betrat die Diele, oder besser den Flur.«

Er hielt wieder inne. Sein Unbehagen war offensichtlich.

»Und Sie ertappten jemand?« fragte der Pater.

Guildea räusperte sich.

»Das ist es eben«, sagte er, »jetzt kommen wir darauf. Ich bin nicht phantasievoll, das können Sie bestätigen.«

»Das sind Sie in der Tat nicht.«

»Nein, aber ich war kaum in den Flur getreten, als ich mit Sicherheit spürte, daß jemand während meiner Abwesenheit ins Haus gekommen war. Ich war davon überzeugt, und nicht nur das, ich war zudem überzeugt, daß es sich bei dem Eindringling um dieselbe Person handelte, die ich undeutlich auf der Parkbank hatte sitzen sehen. Was sagen Sie dazu?«

»Ich glaube allmählich, daß Sie doch phantasievoll sind.«

»Hm! Mir war, als hätten diese Person – die Gestalt auf der Parkbank – und ich gleichzeitig den Plan gefaßt, uns gegenseitig zu befragen und uns auch gleichzeitig daran gemacht, ihn in die Tat umzusetzen. Ich war mir meiner Sache so sicher, daß ich eilig die Treppe zu diesem Zimmer hinaufstieg in der Erwartung, den Besucher hier bereits vorzufinden. Aber es war niemand da. Also ging ich wieder hinunter und schaute ins Eßzimmer. Wieder niemand. Ich war tatsächlich überrascht. Ist das nicht merkwürdig?«

»Sehr«, bestätigte der Pater ziemlich ernst.

Die unterkühlte, bedrückte Art des Professors, sein Unbehagen sowie seine Verlegenheit ließen den Humor nicht aufkommen, der bei einem solchen Diskurs sonst vielleicht doch die Oberhand gewonnen hätte.

»Ich kehrte in die Bibliothek zurück«, fuhr er fort, »setzte mich und ließ mir die ganze Sache noch einmal durch den Kopf gehen. Ich beschloß, sie zu vergessen, und nahm mir ein Buch vor. Vielleicht wäre ich in der Lage gewesen, mich auf meine Lektüre zu konzentrieren, aber plötzlich glaubte ich zu bemerken …«

Er hielt abrupt inne. Pater Murchison merkte, daß er auf den grünen Überwurf starrte, der den Papageienkäfig bedeckte.

»Aber das ist nichts«, fuhr er dann fort. »Es genügt, daß ich nicht lesen konnte. Ich entschloß mich, das Haus zu durchsuchen. Sie wissen, wie klein es ist, wie schnell man das geschafft hat. Ich durchsuchte alles, betrat ausnahmslos jeden Raum. Für die Dienstboten, die gerade beim Abendessen waren, erfand ich eine Entschuldigung. Zweifellos waren sie von meinem Auftauchen überrascht.

»Und Pitting?«

»Oh, er stand höflich auf, als ich hereinkam, blieb während meiner Anwesenheit stehen, sagte aber kein Wort. Ich murmelte etwas wie ›Lassen Sie sich nicht stören‹ oder dergleichen und entschwand wieder. Murchison, ich entdeckte keine fremde Person im Haus – dennoch kam ich völlig überzeugt in diesen Raum zurück, daß sich während meines Aufenthalts im Park jemand hier eingeschlichen hatte.«

»Und wieder entschwunden war, bevor Sie zurückkehrten?«

»Nein, geblieben war und sich noch immer im Haus aufhielt.«

»Aber, mein lieber Guildea«, begann der Pater nun doch sehr verwundert.

»Sicherlich …«

»Ich weiß, was Sie sagen wollen – was ich an Ihrer Stelle selbst zu sagen gedächte. Aber warten Sie. Ich bin weiterhin überzeugt, daß dieser Besucher das Haus nicht verlassen hat, sondern sich auch noch in diesem Augenblick darin befindet.«

Er sprach mit offenkundiger Aufrichtigkeit, äußerstem

Ernst. Pater Murchison sah ihm voll ins Gesicht und begegnete dem Blick seiner flinken, scharfen Augen.

»Nein«, sagte Guildea, wie als Antwort auf eine geäußerte Frage. »Ich bin vollkommen normal, das versichere ich Ihnen. Die ganze Angelegenheit kommt mir fast ebenso unglaublich vor, wie sie Ihnen erscheinen muß. Aber wie Sie wissen, wehre ich mich nie gegen Tatsachen, so haarsträubend sie auch sein mögen. Ich versuche lediglich, sie gründlich zu prüfen. Ich habe bereits einen Arzt konsultiert und bin für körperlich völlig gesund erklärt worden.«

Er schwieg, als erwarte er, daß der Pater etwas sagen würde.

»Fahren Sie fort, Guildea«, drängte Murchison. »Sie sind doch noch nicht fertig.«

»Nein. Ich spürte an jenem Abend eindeutig, daß jemand ins Haus gekommen und darin geblieben war, und meine Überzeugung wuchs. Ich ging wie gewöhnlich zu Bett und schlief, entgegen meinen Erwartungen, so gut wie sonst auch. Dennoch wußte ich sofort, als ich gestern morgen aufwachte, daß sich mein Haushalt um jemand vergrößert hatte.«

»Darf ich Sie kurz unterbrechen? Inwiefern wußten Sie das?«

»Durch mentales Empfinden. Ich kann nur sagen, daß ich mir vollkommen sicher war über eine neue Anwesenheit in meinem Haus, in meiner Nähe.«

»Höchst seltsam«, sagte der Pater. »Und Sie glauben unter keinen Umständen, daß Sie überarbeitet sind? Sie fühlen sich nicht geistig erschöpft? Ihr Kopf ist ganz klar?«

»Völlig klar. Ich habe mich noch nie besser gefühlt. Als ich dann hinunterkam zum Frühstück, blickte ich Pitting scharf ins Gesicht. Seine Miene war so unbewegt kühl und ausdruckslos wie immer. Ein Beweis für mich, daß er sich in keiner Weise beunruhigt fühlte. Nach dem Frühstück setzte ich mich an meine Arbeit, die ganze Zeit unentwegt der Tatsache bewußt, daß es diesen Eindringling in mein Privatleben gab. Trotzdem schuftete ich einige Stunden in der Erwartung irgendeiner Entwicklung, die womöglich eintreten würde, um das mysteriöse Rätsel dieses Vorfalls zu klären. Ich aß zu Mittag. Gegen zwei mußte ich fort, um einen Vortrag zu halten. Ich nahm deshalb Hut und Mantel, öffnete die Tür und trat aus dem Haus. Im selben Augenblick merkte ich, daß mich nichts mehr behelligte, obwohl ich mich jetzt umgeben von Menschen auf der Straße befand. Folglich war ich überzeugt, daß dies Ding in meinem Haus an mich denken mußte, mich vielleicht sogar ausspionierte.«

»Einen Augenblick«, unterbrach der Pater. »Was hatten Sie für ein Gefühl? War es Angst?«

»O nein. Ich war nur völlig verblüfft – wie auch jetzt – und äußerst interessiert, aber überhaupt nicht in Schrecken versetzt. Ich hielt meinen Vortrag mit gewohnter Routine und kehrte abends zurück. Als ich wieder ins Haus kam, war ich absolut sicher, daß der Eindringling noch da war. Das Abendessen nahm ich allein ein, danach widmete ich mich der Lektüre eines wissenschaftlichen Werkes, das mich besonders interessiert. Während ich las, verließ mich jedoch nicht eine Sekunde lang das Bewußtsein, daß sich ein Wesen – sehr mir zugewandt – in meiner Rufweite befand. Ja, ich will noch mehr sagen – dieses Gefühl nahm ständig zu, und als ich aufstand, um ins Bett zu gehen, war ich zu einem sehr befremdlichen Schluß gelangt.«

»Welchem? Was für einem Schluß?«

»Das Wer immer – oder Was immer –, das während meines kurzen Aufenthaltes im Park in mein Haus gekommen war, brachte mir mehr als Interesse entgegen.«

»Mehr als Interesse?«

»Es war verliebt in mich oder begann sich in mich zu verlieben.«

»Oh!« rief der Pater aus. »Jetzt verstehe ich, warum Sie mich vorhin gefragt haben, ob ich glaube, daß es etwas an Ihnen gibt, was ein menschliches Wesen oder ein Tier unwiderstehlich anziehen könnte.«

»Genau. Seit ich zu diesem Schluß gekommen bin, Murchison, will ich gestehen, daß mein Gefühl großer Neugier sich mit einem anderen vermischt hat.«

»Von Angst?«

»Nein, von Abneigung, von Gereiztheit. Nicht Angst, nicht Angst.«

Während Guildea diese Beteuerung unnötigerweise wiederholte, schaute er wieder hinüber zum Käfig des Papageis.

»Was gibt es bei einer solchen Sache für einen Grund, sich zu ängstigen?« fügte er hinzu. »Ich bin kein Kind, das vor Gespenstern zittert.«

Bei seinen letzten Worten hob er scharf die Stimme; dann trat er schnell auf den Käfig zu und zog mit einer ruckartigen Bewegung den Überwurf weg. Napoleon wurde enthüllt, anscheinend auf seiner Stange dösend, den Kopf leicht zur Seite gelegt. Als das Licht auf ihn fiel, bewegte er sich, plusterte seine Halsfedern auf, blinzelte und begann langsam von einer Seite zur anderen zu treten, wobei er den Kopf mit einer Gebärde zufriedener, wenn auch zielloser Energie vorreckte und wieder zurückzog. Guildea stand neben dem Käfig und betrachtete den Papagei forschend und mit einer Aufmerksamkeit, die ebenso intensiv wie bemerkenswert war, beinahe unnatürlich.

»Wie seltsam diese Vögel sind!« sagte er schließlich und kehrte zum Kaminfeuer zurück.

»Mehr haben Sie mir nicht zu erzählen?« fragte der Pater.

»Nein. Ich spüre noch immer die Anwesenheit von etwas in meinem Haus. Ich bin mir noch immer seiner starken, auf mich konzentrierten Aufmerksamkeit bewußt. Ich bin noch immer gereizt – ja, ich gestehe es – ernsthaft verärgert über diese Zuwendung.«

»Sie meinen, Sie sind sich jetzt, in diesem Augenblick, der Gegenwart von etwas bewußt?«

»In diesem Augenblick – ja.«

»Das heißt, in diesem Raum, jetzt, mit uns?«

»Das möchte ich behaupten. Auf jeden Fall ziemlich nahe bei uns.«

Wieder spähte er hastig, beinahe mißtrauisch hinüber zum Papageienkäfig. Der Vogel saß jetzt still auf seiner Stange. Den Kopf hielt er gesenkt und seitwärts geneigt, als lausche er konzentriert auf irgend etwas.

»Dieser Vogel wird morgen früh den Tonfall meiner Stimme noch besser nachahmen können als sonst«, sagte der Pater, während er Guildea mit seinen gütigen blauen Augen forschend betrachtete. »Dabei hat er mich schon immer fabelhaft imitiert.«

Der Professor zuckte ein wenig zusammen.

»Ja«, bestätigte er. »Ja, ohne Zweifel. Nun, was sagen Sie zu dieser Geschichte?«

»Gar nichts. Sie entzieht sich jeder Erklärung. Ich kann doch ganz offen mit Ihnen sprechen, nicht wahr?«

»Selbstverständlich. Deswegen habe ich Ihnen ja alles erzählt.«

»Ich glaube, daß Sie überarbeitet sind, überanstrengt, ohne es selbst zu wissen.«

»Und dieser Arzt hat sich geirrt, als er mich für gesund befand?«

»Ja.«

Guildea klopfte seine Pfeife am Kaminsims aus.

»Vielleicht ist es tatsächlich so«, meinte er. »Ich will nicht so unvernünftig sein, diese Möglichkeit von der Hand zu weisen, obwohl ich mich genausogut fühle wie sonst. Was raten Sie mir also?«

»Eine Woche absolute Ruhe außerhalb von London, in guter Luft.«

»Das übliche Rezept. Ich werde es befolgen. Morgen fahre ich nach Westgate und überlasse es Napoleon, während meiner Abwesenheit das Haus zu hüten.«

Aus irgendeinem Grund, den er sich selbst nicht zu erklären vermochte, wurde die Freude, die Pater Murchison bei den ersten Worten seines Freundes empfunden hatte, durch dessen letzten Satz gemindert, ja beinahe zunichte gemacht.

Er kehrte an diesem Abend tief in Gedanken versunken nach Hause zurück und ließ sich noch einmal ganz genau die erste Unterhaltung durch den Kopf gehen, die er mit Guildea vor anderthalb Jahren in dessen Haus geführt hatte.

Am folgenden Morgen reiste Guildea aus London ab.

3

Pater Murchison war so in Anspruch genommen, daß ihm wenig Zeit blieb, über die Probleme anderer Leute nachzugrübeln. Während Guildeas einwöchigen Aufenthalts an der See indessen beschäftigte der Pater sich sehr viel in Gedanken mit ihm, voller Staunen und auch etwas Bestürzung. Die Bestürzung hatte er bald überwunden, denn der Priester mit dem gütigen Blick war schnell dabei, eigene Schwächen zu erkennen, und noch schneller, sie als höchst unerwünschte Belastung der Seele zu verscheuchen. Aber das Staunen blieb. Es sollte sogar noch viel größer werden. Guildea hatte London an einem Donnerstag verlassen. An einem Donnerstag kam er auch zurück, nachdem er Pater Murchison zuvor eine Nachricht hatte zukommen lassen, daß er zu einer bestimmten Zeit aus Westgate abreisen würde. Als sein Zug um fünf Uhr nachmittags im Viktoria-Bahnhof einlief, war Guildea überrascht, die schwarzgekleidete Gestalt seines Freundes hinter einer Reihe von Gepäckträgern auf dem grauen Perron stehen zu sehen.

»Nanu, Murchison!« sagte er. »Sie hier! Sind Sie Ihrem Orden abtrünnig geworden, daß Sie sich einfach einen Tag freigenommen haben?«

Sie schüttelten sich die Hände.

»Nein«, erwiderte der Pater. »Ich war heute nur zufällig in dieser Gegend, um einen Kranken zu besuchen. Deshalb dachte ich mir, ich könnte Sie abholen.«

»Und gleich feststellen, ob ich auch noch krank bin, wie?«

Der Professor warf ihm einen freundlichen Blick zu und stieß ein kurzes, trockenes Lachen aus.

»Nun, und wie ist es?« versetzte der Pater liebenswürdig, während er ihn forschend betrachtete. »Nein, ich glaube nicht. Sie wirken sehr erholt.«

Die Seeluft hatte in der Tat ein bräunliches Rot in die von Natur aus hageren Wangen Guildeas getrieben. Seine scharfen Augen glänzten voller Leben und Energie, und er schritt in seinem salopp sitzenden grauen Anzug und dem wehenden Mantel mit bemerkenswerter Vitalität voran, wobei er seine prall gefüllte Gladstone-Tasche mühelos in der Linken trug.

Der Pater fühlte sich völlig beruhigt.

»Sie haben niemals besser ausgesehen«, ergänzte er.

»Ich habe mich auch noch nie besser gefühlt. Haben Sie ein Stündchen Zeit?«

»Zwei.«

»Gut. Ich lasse meine Tasche von einem Taxi nach Hause bringen, dann können wir durch den Park gehen und bei mir eine Tasse Tee trinken. Was halten Sie davon?«

»Es wird mir ein Vergnügen sein.«

Sie verließen die Bahnhofshalle und gingen vorbei an den Blumenmädchen und Zeitungsverkäufern in Richtung Grosvenor Place.

»Und haben Sie eine angenehme Zeit verbracht?« erkundigte sich der Pater.

»Es ging. Jedenfalls eine einsame Zeit. Wie Sie wissen, habe ich ja meinen Gefährten auf dem Flur von Nr. 100 zurückgelassen.«

»Und Sie werden ihn jetzt dort nicht antreffen, davon bin ich überzeugt.«

»Hm!« stieß Guildea hervor. »Was halten Sie mich doch für einen veritablen Schwächling, Murchison!«

Während er sprach, beschleunigte er seine Schritte, als wolle er damit sein Gefühl körperlicher Stärke noch unterstreichen.

»Einen Schwächling – nein. Aber jeder, der sein Gehirn so strapaziert wie Sie, muß sich gelegentlich eine Pause zum Ausspannen gönnen.«

»Und ich hatte eine Ausspannung dringend nötig, wie?«

»Ich glaube, Sie brauchtes eine.«

»Nun, ich habe die Pause gehabt. Und jetzt werden wir weitersehen.«

Es wurde schnell Abend. Sie überquerten die Straße an Hyde Park Corner und gelangten in den Park, in dem sich zahlreiche Menschen auf dem Heimweg von der Arbeit befanden; Männer in dreckverklebten Cordhosen, Blechdosen über die Schulter gehängt und mit flachen Körben beladen, in denen ihr Handwerkszeug lag. Einige der jüngeren redeten laut miteinander oder pfiffen beim Laufen schrill vor sich hin.

»Bis zum Abend«, murmelte Pater Murchison im Selbstgespräch.

»Was?« fragte Guildea.

»Ich habe nur die letzten Worte des Textes zitiert, der über das Leben geschrieben zu sein scheint, besonders das Leben der Annehmlichkeit: ›Der Mann schreitet voran zu seiner Arbeit und zu seiner Frohn.‹«

»Ach, solche Burschen in einem Auditorium zu haben ist gar nicht so übel. Wie ich mich erinnere, war eine ganze Menge davon bei dem Vortrag, den ich hielt, als wir beide uns kennenlernten. Einer von ihnen versuchte, mir durch Zwischenfragen zuzusetzen. Er hatte einen roten Bart. Kerle mit roten Bärten sind immer Querulanten. Ich habe ihn seinerzeit aber gedeckelt. Nun, Murchison, jetzt werden wir sehen.«

»Was?«

»Ob mein Gefährte Abschied genommen hat.«

»Verraten Sie mir …empfinden Sie so etwas wie eine Erwartung von … nun … daß Sie wieder glauben werden, es befände sich jemand im Haus?«

»Wie vorsichtig Sie Ihre Worte wählen. Nein, ich bin nur gespannt.«

»Sie haben keine Vorahnung?«

»Keine Spur. Aber ich gestehe, daß ich neugierig bin.«

»Dann hat die Seeluft Ihnen also nicht zu der Einsicht verholfen, daß diese ganze Geschichte nur von Überanstrengung herrührte.«

»Nein«, versetzte Guildea lakonisch.

Er ging schweigend eine Minute lang weiter. Dann fügte er hinzu:

»Hatten Sie das angenommen?«

»Ich hielt es auf alle Fälle für möglich.«

»Mich zu der Erkenntnis gelangen zu lassen, daß ich eine kranke, morbide, verdorbene Phantasie habe, wie? Nun hören Sie mal zu, Murchison, warum sagen Sie nicht offen heraus, daß Sie mich nach Westgate verfrachtet haben, um loszuwerden, was Ihnen wie eine akute Form von Hysterie vorgekommen ist?«

Der Pater blieb von diesem Angriff ziemlich ungerührt.

»Nun überlegen Sie doch einmal selbst, Guildea«, erwiderte er. »Was sollte ich Ihrer Meinung nach denken? Ich konnte an Ihnen keinerlei Anzeichen von Hysterie entdecken. Noch nie. Ihnen würde man eine solche Krankheit am allerwenigsten zutrauen. Aber was ist für mich naheliegender – an Ihre Hysterie zu glauben oder an die Wahrheit einer Geschichte wie der, die Sie mir erzählt haben?«

»Das überzeugt mich. Nein, ich darf wirklich nicht klagen. Auf jeden Fall bin ich im Augenblick frei von jeder Hysterie.«

»Und Ihr Haus ist, wie ich hoffe, frei von Fremden.«

Pater Murchison sprach diese letzten Worte mit ernstem Nachdruck aus, ohne den halb scherzhaften Ton beizubehalten, den sie beide angenommen hatten.

»Sie nehmen die Angelegenheit sehr ernst, wie mir scheint«, sagte Guildea, nun auch nicht mehr scherzend.

»Wie könnte ich anders reagieren? Es würde Ihnen kaum recht sein, daß ich lache, wenn Sie etwas ganz ernsthaft erzählen.«

»Nein. Wenn wir meinen Gast noch immer im Haus antreffen, werde ich Sie vielleicht sogar bitten, ihn auszutreiben. Aber erst muß ich noch etwas tun.«

»Und zwar?«

»Ihnen ebenso wie mir selber beweisen, daß er noch da ist.«

»Das dürfte schwierig sein«, meinte der Pater, beträchtlich überrascht von Guildeas gleichmütigem Ton.

»Ich weiß nicht. Wenn dieses Etwas in meinem Haus geblieben ist, kann ich, wie ich glaube, ein Mittel finden. Und ich wäre durchaus nicht verwundert, wenn es noch da ist – trotz der frischen Westgate-Luft.«

Mit seiner letzten Bemerkung fiel der Professor wieder in seinen alten Ton trockener Witzelei zurück. Der Pater hätte nicht genau zu sagen vermocht, ob Guildea ungewöhnlich ernst oder ungewöhnlich heiter zumute war. Als sich die beiden Männer Hyde Park Place näherten, erstarb ihre Unterhaltung, und sie gingen schweigend nebeneinander her in der zunehmenden Dunkelheit.

»Da wären wir also!« sagte Guildea schließlich.

Er schob seinen Schlüssel ins Schloß, machte die Tür auf, ließ Pater Muchinson den Vortritt, folge ihm dicht auf den Fersen und schlug die Tür zu.

»Da wären wir also!« wiederholte er mit lauterer Stimme.

In Erwartung seiner Ankunft war das elektrische Licht eingeschaltet. Er blieb stehen und schaute sich um.

»Wir werden gleich Tee trinken«, sagte er. »Ah, Pitting!«

Der blasse Butler, der das Zuschlagen der Tür gehört hatte, näherte sich auf leisen Sohlen vom Absatz der Treppe, die zur Küche führte, begrüßte seinen Herrn respektvoll, nahm dessen Mantel und Pater Murchisons Umhang entgegen und hängte beides auf zwei Wandhaken.

»Alles in Ordnung, Pitting? Alles wie gewohnt?« fragte Guildea.

»Jawohl, Sir.«

»Bringen Sie uns bitte Tee in die Bibliothek.«

»Ganz wie Sie wünschen, Sir.«

Pitting zog sich zurück. Guildea wartete, bis er verschwunden war; dann öffnete er die Speisezimmertür, steckte den Kopf in den Raum und verharrte sekundenlang regungslos. Dann zog er den Kopf wieder zurück, schloß die Tür und sagte:

»Gehen wir hinauf.«

Pater Murchison sah ihn fragend an, machte jedoch keine Bemerkung. Sie stiegen die Treppe hinauf und betraten die Bibliothek. Guildea schaute sich mit scharfen Blicken um. Im Kamin brannte ein Feuer. Die blauen Vorhänge waren zugezogen. Das helle Licht der starken Glühbirnen fiel auf die langen Reihen von Büchern, auf den Schreibtisch – der aufgrund von Guildeas Abwesenheit sehr aufgeräumt war – und auf den unbedeckten Käfig des Papageis. Guildea trat an den Käfig heran. Napoleon saß mit aufgeplusterten Federn zusammengekauert auf seiner Stange. Seine langen Zehen, die aussahen, als seien sie von Krokodilhaut bedeckt, waren um das runde Holz geklammert. Seine runden, blinzelnden

Augen waren trübe, wie alte Augen. Guildea starrte den Vogel intensiv an, dann schnalzte er mit der Zunge. Napoleon schüttelte sich, hob einen Fuß, streckte seine Zehen aus, bewegte sich auf seiner Sitzstange seitwärts zu den Gitterstäben, die dem Professor am nächsten waren, und preßte den Kopf dagegen. Guildea kraulte ihn zwei- oder dreimal mit dem Zeigefinger, ohne seinen aufmerksamen Blick von dem Papagei zu nehmen; dann kehrte er genau in dem Moment zum Kaminfeuer zurück, als Pitting mit dem Teetablett eintrat.

Pater Murchison hatte sich bereits in einem Sessel an einer Seite des Feuers niedergelassen. Guildea nahm einen anderen Stuhl und begann den Tee einzugießen, während Pitting den Raum verließ und die Tür leise hinter sich zuzog. Der Pater nippte an seinem Tee, fand ihn noch zu heiß und stellte die Tasse auf einem kleinen Seitentisch ab.

»Sie haben diesen Papagei gern, nicht wahr?« fragte er seinen Freund.

»Nicht besonders. Manchmal ist er interessant zu beobachten. Der Verstand und die Wesensart von Papageien sind eigenartig.«

»Wie lange haben Sie ihn schon?«

»Seit etwa vier Jahren. Kurz bevor ich Sie kennenlernte, hätte ich ihn beinahe abgeschafft. Jetzt bin ich sehr froh, daß ich ihn behalten habe.«

»Tatsächlich? Aus welchem Grund?«

»Das werde ich Ihnen wahrscheinlich in ein bis zwei Tagen erzählen.«

Der Pater griff wieder nach seiner Tasse. Er versuchte nicht, von Guildea eine sofortige Erklärung zu bekommen, aber als sie beide ihren Tee ausgetrunken hatten, sagte er:

»Nun, hat die Seeluft die gewünschte Wirkung gehabt?«

»Nein«, versetzte Guildea.

Der Pater klopfte ein paar Krümel von der Vorderfront seiner Soutane ab und richtete sich höher in seinem Sessel auf.

»Ihr Besucher ist noch hier?« fragte er. Seine blauen Augen wurden beinahe unsanft und durchdringend, als er seinen Freund musterte.

»Ja«, antwortete Guildea gelassen.

»Woher wissen Sie das? Wann haben Sie es gemerkt? Als Sie vorhin in das Speisezimmer schauten?«

»Nein. Erst als ich in dieses Zimmer kam. Es hat mich hier begrüßt.«

»Sie begrüßt! Auf welche Weise?«

»Einfach durch seine Anwesenheit. Indem es mich spüren ließ, daß es hier ist. Ähnlich wie ich die Anwesenheit eines Menschen spüren könnte, wenn ich im Dunkeln in einen Raum komme.«

Er sprach ganz ruhig, mit perfekter Beherrschung und in seiner gewohnt trockenen Art.

»Nun gut«, sagte der Pater, »ich werde nicht versuchen, gegen Ihr Gefühl anzukämpfen oder es wegzuerklären. Natürlich bin ich verblüfft.«

»Ich nicht minder. Noch nie im Leben hat mich etwas so sehr überrascht. Murchison, selbstverständlich kann ich von Ihnen nicht erwarten, mehr zu glauben, als daß ich ernsthaft der Überzeugung bin – es mir einbilde, wenn Ihnen das lieber ist –, daß es hier einen Eindringling gibt, von welcher Art auch immer – ich habe keine Ahnung. Ich kann von Ihnen nicht erwarten zu glauben, daß sich hier tatsächlich etwas befindet. Wenn Sie an meiner Stelle wären, und ich an Ihrer, würde ich Sie mit Sicherheit für das Opfer einer nervlich bedingten Wahnvorstellung halten. Etwas anderes wäre nicht möglich. Aber warten Sie. Verurteilen Sie mich wenigstens für die nächsten zwei oder drei Tage noch nicht als einen hysterischen Patienten oder als Verrückten. Ich bin überzeugt, daß ich – es sei denn, ich bin wirklich krank, ein geistiger Invalide, was ich nicht für möglich halte – in Kürze in der Lage sein werde, Ihnen den Beweis zu liefern, daß es in meinem Haus einen Neuankömmling gibt.«

»Sie verraten mir nicht, um welche Art von Beweis es sich handelt?«

»Noch nicht. Zuerst müssen sich die Dinge etwas weiter entwickeln. Aber vielleicht werde ich sogar schon morgen die Möglichkeit haben, mich ausführlicher zu erklären. Inzwischen möchte ich folgendes sagen: Sollte es mir letzten Endes doch nicht gelingen, einen Beweis zu erbringen, daß ich nicht träume, dürfen Sie mich zu einem Arzt Ihrer Wahl mitnehmen, und ich werde energisch versuchen, mich Ihrer augenblicklichen Meinung anzuschließen – daß ich an einer absurden Wahnvorstellung leide. Denn das denken Sie doch sicher?«

Pater Murchison schwieg sekundenlang. Dann sagte er in zweifelndem Tonfall:

»Ich sollte es zumindest.«

»Tun Sie es nicht?« fragte Guildea erstaunt.

»Nun, Ihr Verhalten ist äußerst überzeugend, wie ich gestehen muß. Dennoch hege ich natürlich meine Zweifel. Wie könnte es anders sein? Bei der ganzen Geschichte muß es sich um ein Hirngespinst handeln.«

Der Pater sprach, als versuche er von einer geistigen Position abzurücken, die er nur gezwungenermaßen eingenommen hatte.

»Es muß Einbildung sein«, wiederholte er.

»Ich werde Sie entweder durch mehr als nur mein Verhalten überzeugen, oder jeden Versuch, Sie zu überzeugen, aufgeben«, sagte Guildea.

Als sie sich an diesem Abend trennten, sagte er:

»Ich werde Ihnen wahrscheinlich in ein oder zwei Tagen schreiben. Ich nehme an, der Beweis, den ich Ihnen geben will, hat sich während meiner Abwesenheit angesammelt. Aber das werde ich bald wissen.«

Pater Murchison war äußerst verwirrt, als er im Oberstock des Busses saß und nach Hause fuhr.

4

Zwei Tage später erhielt der Pater eine Nachricht von Guildea, in der er gebeten wurde, wenn möglich noch am selben Abend vorbeizuschauen. Das war Murchison allerdings nicht möglich, weil er einer Verpflichtung bei einer Zusammenkunft im East End nachzukommen hatte. Der folgende Tag war ein Sonntag. Deshalb antwortete er dem Professor, er könne erst am Montag kommen, und bekam kurz darauf ein Telegramm: ›Einverstanden Montag. Erwarte Sie sieben Uhr dreißig zum Abendessen. Guildea.‹ Pünktlich um halb acht stand der Pater auf der Türschwelle von Nr. 100.

Pitting ließ ihn ein.

»Fühlt der Professor sich wohl?« erkundigte sich der Pater, während er seinen Umhang ablegte.

»Ich denke schon, Sir. Er hat jedenfalls nicht geklagt«, erwiderte der Butler förmlich. »Würden Sie bitte mit nach oben kommen, Sir?«

Guildea kam ihnen an der Tür zur Bibliothek entgegen. Er war sehr bleich und umdüstert und reichte seinem Freund unbeteiligt die Hand.

»Servieren Sie das Essen«, sagte er zu Pitting.

Nachdem der Butler sich zurückgezogen hatte, schloß Guildea behutsam die Tür. Pater Murchison hatte ihn noch nie zuvor so verstört gesehen.

»Sie sind beunruhigt, Guildea«, stellte der Pater fest. »Ernsthaft beunruhigt.«

»In der Tat. Diese Geschichte macht mir allmählich doch ganz schön zu schaffen.«

»Sie glauben also weiter, daß hier jemand oder etwas anwesend ist?«

»Aber ja. Es gibt nicht den geringsten Zweifel. An jenem Abend, als ich über die Straße in den Park ging, ist etwas in das Haus eingedrungen, obwohl ich noch nicht herauskriegen kann, um was zum Teufel es sich handelt. Aber jetzt, bevor wir zum Essen hinuntergehen, will ich Ihnen noch etwas über diesen Beweis erzählen, den ich Ihnen versprochen habe. Sie erinnern sich?«

»Natürlich.«

»Können Sie sich nicht vorstellen, was es ein könnte?«

Pater Murchison schüttelte den Kopf, um seine Unfähigkeit zum Ausdruck zu bringen.

»Schauen Sie sich in diesem Zimmer um«, sagte Guildea. »Fällt Ihnen etwas ins Auge?«

Der Pater ließ die Blicke langsam und aufmerksam durch das Zimmer wandern.

»Nichts Ungewöhnliches. Sie wollen mir doch wohl nicht erzählen, daß hier irgendeine Erscheinung ...«

»Oh, nein, nein, es gibt hier keine weißgekleidete, wolkenähnliche Gestalt. Gott behüte, nein! So tief bin ich doch noch nicht gesunken.«

Er sprach mit beträchtlicher Gereiztheit.

»Versuchen Sie es noch einmal.«

Pater Murchison musterte ihn, wandte den Blick in die Richtung, in die der Professor wie gebannt starrte, und sah den grauen Papagei, der langsam und beharrlich in seinem Käfig herumkletterte.

»Was?« fragte er hastig. »Wird der Beweis von dort kommen?«

Der Professor nickte.

»Das glaube ich«, sagte er. »Aber jetzt lassen Sie uns hinuntergehen. Ich habe einen Mordshunger.«

Sie stiegen die Treppe hinunter zum Speisezimmer. Während sie aßen und Pitting sie bediente, sprach der Professor über Vögel, ihre Gewohnheiten, ihre Eigenheiten, ihre Ängste und ihre Fähigkeiten der Nachahmung. Offenbar hatte er dieses Wissensgebiet mit der Gründlichkeit studiert, die für alle seine Unternehmungen charakteristisch war.

»Papageien«, sagte er dann, »verfügen über eine außerordentliche Beobachtungsgabe. Es ist ein Jammer, daß ihre Möglichkeiten, wiederzugeben, was sie gesehen haben, so begrenzt sind. Wäre es anders, da hege ich kaum Zweifel, würde ihr Echo der Gesten nicht weniger bemerkenswert ausfallen als oftmals ihr Echo von Stimmen.«

»Aber ihnen fehlen die Hände.«

»Dafür machen sie viel mit dem Kopf. Ich kannte einmal eine Frau aus der Nähe von Goring an der Themse. Sie litt unter einer Lähmungserscheinung und hielt deshalb den Kopf ständig schief, der überdies zitterte und sich dabei hin und herbewegte. Ihr Sohn, ein Matrose, brachte ihr von einer seiner Fahrten einen Papagei mit. Der Vogel konnte die typische Bewegung der alten, kranken Frau genau nachmachen. Diese grauen Papageien sind ständig auf Beobachtungsposten.«

Guildea sagte die letzten Worte sehr betont und langsam und hielt dabei die Augen über sein Weinglas hinweg unverwandt auf Pater Murchison gerichtet. Als der Professor den Satz ausgesprochen hatte, ging dem Geistlichen plötzlich ein Licht auf. Er öffnete den Mund, um eine spontane Bemerkung zu machen, doch Guildea bremste ihn mit einem beschwörenden Blick auf Pitting, der gerade vorsichtig eine Käse-Meringe herbeibrachte, die er dem Aufzug entnommen hatte, der das Speisezimmer mit den unteren Regionen verband. Der Pater machte den Mund wieder zu. Aber schließlich, nachdem der Butler ein paar Äpfel auf dem Tisch arrangiert, die Karaffen zurechtgerückt, die Krümel entfernt und sich selbst zurückgezogen hatte, sagte er hastig.«

»Ich beginne zu verstehen. Sie glauben, Napoleon hat den Eindringling wahrgenommen?«

»Ich weiß es. Er hat meinen Gast seit dessen Eindringen an dem bewußten Abend beobachtet.«

Dem Geistlichen kam eine weitere Erkenntnis.

»Deshalb hatten Sie kürzlich den Käfig zugedeckt?«

»Genau. Ein Akt der Feigheit. Sein Benehmen ging mir langsam auf die Nerven.«

Guildea schürzte seine schmalen Lippen und zog die Augenbrauen herab, was seinem Gesicht einen Ausdruck von plötzlichem Schmerz verlieh.

»Aber jetzt beabsichtige ich, seine Aktionen zu verfolgen«, fügte er hinzu, während seine Miene sich wieder entspannte. »Die Woche, die ich in Westgate vergeudet habe, hat er in London nicht vergeudet, das kann ich Ihnen versichern. Nehmen Sie doch einen Apfel.«

»Nein, danke; nein, danke.«

Der Pater wiederholte die Worte, ohne sich dessen bewußt zu sein. Guildea schob sein Glas beiseite.

»Dann wollen wir wieder hinaufgehen.«

»Nein, danke«, sagte der Pater noch einmal.

»Wie?«

»Was habe ich gesagt?« rief der Pater aus und erhob sich. »Ich war in Gedanken bei dieser außergewöhnlichen Affäre.«

»Ah, geben Sie allmählich die Theorie von der Hysterie auf?«

Sie verließen das Speisezimmer.

»Nun ja, Sie behandeln die ganze Sache so ungeheuer nüchtern.«

»Warum nicht? Es ist etwas sehr Merkwürdiges und Anomales in mein Leben getreten. Was sollte ich anderes tun, als es ruhig und genau zu untersuchen?«

»Ja, in der Tat, was sonst?«

Der Pater kam sich ziemlich durcheinander vor, unter einer Art Zwang, der ihm auferlegt schien, einer Angelegenheit ernsthafte Aufmerksamkeit zu widmen, die ihn eigentlich – wie er empfand – völlig absurd hätte anmuten müssen. Als sie in die Bibliothek kamen, richtete sich sein Blick sofort mit gespannter Neugier auf den Käfig des Papageis. Die Lippen des Professors umspielte ein kleines Lächeln. Er nahm die Wirkung wahr, die er auf seinen Freund ausübte. Der Pater sah das Lächeln.

»Oh, ich bin noch nicht überzeugt«, sagte er als Antwort darauf.

»Ich weiß. Aber vielleicht noch vor Ablauf dieses Abends. Ah, da kommt der Kaffee. Wenn wir ihn getrunken haben, werden wir uns unserem Experiment widmen. Lassen Sie den Kaffee hier, Pitting, und stören Sie uns nicht mehr.«

»Wie Sie wünschen, Sir.«

»Heute werde ich ihn lieber nicht schwarz trinken«, sagte der Pater. »Bitte viel Milch. Ich möchte meine Nerven nicht noch mehr strapazieren.«

»Dann lassen wir den Kaffee vielleicht ganz weg?« schlug Guildea vor. »Sonst könnten Sie mit der Theorie kommen, wir befänden uns nicht in völlig normaler Verfassung. Ich kenne Sie, Murchison, überzeugter Geistlicher und überzeugter Skeptiker.«

Der Pater lachte und schob seine Tasse beiseite.

»Also gut, einverstanden. Kein Kaffee.«

»Eine Zigarette, und dann geht es los.«

Der grau-blaue Rauch kringelte sich in die Luft.

»Was werden wir machen?« fragte der Pater.

Er saß kerzengerade aufgerichtet wie auf dem Sprung, um aktiv zu werden. In der Tat gab die Haltung beider Männer keinen Anlaß, an Entspannung zu denken.

»Wir verstecken uns und beobachten Napoleon.« Guildea stand auf, ging in eine Ecke des Zimmers, holte ein Stück grünen Filz und warf es über den Käfig.

»Das ziehe ich weg, sobald wir uns versteckt haben.«

»Aber sagen Sie mir erst, ob Sie während der vergangenen zwei Tage irgendwelche Anzeichen dieser vermuteten Gegenwart bemerkt haben.«

»Bloß ein zunehmend intensives Gefühl von etwas in diesem Zimmer, das mich beständig beobachtet, beständig all meine Aktivitäten verfolgt.«

»Haben Sie den Eindruck, daß es Sie auch durch das Haus begleitet?«

»Nicht immer. Es befand sich in diesem Zimmer, als Sie eintrafen. Es ist auch jetzt hier – das fühle ich. Aber als wir zum Essen hinuntergingen, schienen wir uns von ihm zu entfernen. Der logische Schluß ist, daß es hierblieb. Aber lassen Sie uns nicht gerade jetzt von ihm reden.«

Sie unterhielten sich über andere Dinge, bis sie ihre Zigaretten geraucht hatten. Dann warfen sie die Stummel in den Kamin, und Guildea sagte:

»Und nun, Murchison, schlage ich im Interesse dieses Experiments vor, daß wir uns zu beiden Seiten des Käfigs hinter den Vorhängen verbergen, damit sich die Aufmerksamkeit des Vogels nicht womöglich auf uns richtet und von dem abgelenkt wird, worüber wir mehr erfahren wollen. Ich werde das grüne Filztuch wegziehen, sobald wir versteckt sind. Verhalten Sie sich ganz still, beobachten Sie, was der Vogel macht, und erzählen Sie mir hinterher, was Sie darüber denken, wie Sie sich sein Verhalten erklären. Gehen Sie möglichst leise.«

Der Pater gehorchte, und sie schlichen hinüber zu den Vorhängen, die vor den beiden Fenstern zugezogen waren. Der Pater verbarg sich hinter dem Vorhang links des Käfigs, der Professor hinter dem auf der rechten Seite. Sobald sie versteckt waren, streckte der Professor den Arm aus, zog das Filztuch vom Käfig und ließ es zu Boden fallen.

Der Papagei, der in der warmen Dunkelheit offenkundig eingeschlafen war, regte sich auf seiner Stange, sobald das Licht auf ihn fiel, er sträubte die Halsfedern und hob erst einen Fuß und dann den anderen. Er drehte den Kopf auf seinem biegsamen und anscheinend elastischen Hals nach hinten und unternahm, den Schnabel tief in die Flaumfedern auf seinem Rücken getaucht, eine eingehende Untersuchung. Wie es schien mit befriedigendem Ergebnis, denn er hob den Kopf bald wieder, schaute in seinem Käfig herum und begann sich mit einer Nuß zu beschäftigen, die als Nascherei zwischen die Gitterstäbe geklemmt war. Mit seinem gebogenen Schnabel betastete und beklopfte er die Nuß erst behutsam, dann mit zunehmender Heftigkeit, bis er sie schließlich herauspolkte, mit seinen rauhen grauen Zehen packte und gegen die Sitzstange gepreßt festhielt. Er knackte die Nuß auf, pickte ihren Inhalt heraus, wobei er einen Teil davon auf dem Käfigboden verstreute, und ließ die zerbrochene Schale dann in das Porzellan-Badenäpfchen fallen, das an den Gitterstäben befestigt war. Danach legte er eine nachdenkliche Pause ein, reckte ein Bein nach hinten und vollführte dann ein ausgiebiges Ritual des Flügelstreckens, das ihn aussehen ließ, als sei er schief und deformiert. Den Kopf zurückgebogen widmete er sich erneut einer peniblen und anstrengenden Suche zwischen den Federn seiner Flügel. Diesmal war die Prozedur besonders langwierig, und Pater Murchison hatte Zeit, sich der Absurdität der ganzen Situation bewußt zu werden und zu überlegen, warum er sich zu diesem Experiment hergegeben hatte. Er fand jedoch seinen Sinn für Humor nicht, um darüber lachen zu können. Im Gegenteil – er wurde von einem plötzlichen Anfall des Entsetzens ergriffen. Wenn er mit seinem Freund sprach und ihn beobachtete, zeugte das Verhalten des Professors, der sich so ruhig, ja fast prosaisch benahm, für die Wahrheit seiner Geschichte und die Normalität seines Geisteszustandes. War er jedoch versteckt, galt das nicht mehr. Und Pater Murchison, hinter seinem Vorhang verborgen, den Blick auf den unbeteiligten Napoleon gerichtet, flüsterte mit einem wachsenden Gefühl von Mitleid und Grauen das Wort *Wahnsinn* vor sich hin.

Der Papagei klappte ruckartig einen Flügel zusammen, plusterte wieder seine Halsfedern auf, streckte dann das andere Bein nach hinten aus und machte sich daran, seinen zweiten Flügel zu putzen. In der Stille des Raumes war deutlich das trockene Rascheln der sich spreizenden Federn zu hören. Pater Murchison sah, daß der blaue Vorhang, hinter dem Guildea stand, leicht zitterte, als sei ein Windstoß durch das Fenster gekommen, das der Vorhang verdeckte. Die Uhr in dem angrenzenden Zimmer schlug, und ein Stück Kohle fiel durch den Kaminrost. Es gab ein Geräusch, als würden dürre Blätter aufgewirbelt. Wieder wurde der Pater von Mitleid und Grauen gepackt. Ihm schien, er habe sich äußerst töricht, wenn nicht sogar falsch benommen und die zweifellos merkwürdige Geistesverwirrung seines Freundes noch gesteigert. Er hätte es ablehnen müssen, sich an einem Versuch zu beteiligen, der absurd, ja kindisch war und der sogar gefährlich werden konnte durch die Ermutigung, die er einer krankhaften Erwartung gab. Napoleons ausgestrecktes Bein, die gespreizten Flügel und der verdrehte Hals, die emsige und instinktive Beschäftigung mit seiner Körperpflege, das offenkundige Gefühl des Vogels, allein und völlig ungestört zu sein, führte dem Pater mit Nachdruck das unwürdig Groteske seines eigenen Betragens und die eher mitleiderregende Narrheit seines Freundes vor Augen. Er griff nach dem Vorhang und wollte ihn beiseite schleudern, um hervorzutreten, als ihn eine abrupte Bewegung des Papageis davon abhielt. Der Vogel hatte seine Gefiederpflege unterbrochen, als habe etwas sein besonderes Interesse erregt, und schien, den Kopf noch nach hinten gelegt und seitwärts gedreht, intensiv auf etwas zu lauschen. Seine runden Augen sahen glänzend und angespannt aus, wie die einer aufgescheuchten Taube. Den Flügel anlegend, hob er den Kopf und saß sekundenlang gerade aufgerichtet auf seiner Stange, wobei er abwechselnd mechanisch die Füße hob, als wecke eine aufsteigende Erregung in ihm einen unkontrollierbaren Bewegungsdrang. Dann reckte er den Kopf in Richtung der Bibliothek und verharrte völlig regungslos. Sein Verhalten zeigte so deutlich die Konzentration seiner Aufmerksamkeit auf etwas, das sich unmittelbar vor ihm befand, daß Pater Murchison unwillkürlich seine Blicke durch den Raum schweifen ließ, halb in der Erwartung, Pitting, der durch die verborgene Tür hereingekommen sein mochte, lautlos näherkommen zu sehen. Pitting kam nicht, und es war auch kein Geräusch zu hören. Nichtsdestotrotz wurde der Papagei offensichtlich erregt und noch aufmerksamer. Er senkte den Kopf tiefer und tiefer und streckte den Hals aus, bis er fast von der Stange fiel. Dann hob er leicht die Flügel an, breitete sie halb aus und begann zu flattern, als wolle er losfliegen. Er setzte dieses Flattern, wie dem Pater schien, eine kleine Ewigkeit fort, hob schließlich die Flügel so hoch er konnte, ließ sie langsam und bedächtig wieder auf den Rücken sinken, hielt sich mit dem Schnabel am Rand seines Badebeckens fest, ließ sich auf den Käfigboden herunter, watschelte zu den Gitterstäben, preßte den Kopf dagegen und verharrte ganz still in genau der gleichen Haltung, die er immer einnahm, wenn der Professor ihm den Kopf kraulte. Die Vermittlung seines Wohlbehagens war so vollständig, daß der Pater den Eindruck hatte, einen weißen Finger zu sehen, der sich sanft zwischen den weichen Federn des Vogelkopfes bewegte. Und er wurde von einer überwältigenden Überzeugung gepackt, daß etwas, von ihm ungesehen und von Napoleon willkommen geheißen, direkt vor dem Käfig stand.

Schließlich zog der Papagei den Kopf zurück, als habe sich der schmeichelnde Finger entfernt, und sein zum Ausdruck gebrachtes akutes körperliches Wohlbehagen wich einer Haltung konzentrierter Aufmerksamkeit und wacher Neugier. Er kletterte, sich an den Gitterstäben hochziehend, wieder zurück auf seine Sitzstange, bewegte sich mit kleinen Seitenschritten zur linken Seite des Käfigs und begann offenbar mit größtem Interesse irgend etwas zu beobachten. Der Vogel beugte auf eigenartige Weise den Kopf, hielt einen Augenblick inne und beugte den Kopf dann erneut. Pater Murchison stellte fest, daß sich in ihm – durch die kunstvoll ausgeführte Bewegung des Kopfes – die Vorstellung einer Person zu formen begann. Die Aktionen des Vogels ließen auf äußersten Gefühlsüberschwang schließen, verbunden mit jener Art wenig überzeugender Zielstrebigkeit, die sich meist als besonders beharrlich erweist und die man so häufig bei Schwachsinnigen antrifft. Pater Murchison mußte unwillkürlich an so manche bemitleidenswerten Kreaturen denken, die sich oft wider alle Vernunft und mit befremdlicher Penetranz an Menschen hängen, die ihnen die wenigste Liebe entgegenbringen. Wie viele Geistliche verfügte er über einige Erfahrung mit ihnen, weil liebebedürftige Idioten besonders anfällig für die Anziehungskraft von Seelsorgern sind. Diese Verbeugungen, die der Papagei ausführte, riefen dem Pater eine schreckliche, bleiche Frau in Erinnerung, die eine Zeitlang alle Kirchen heimgesucht hatte, in denen er Gottesdienste abhielt. Sie war beständig darauf erpicht gewesen, seinen Blick zu erhaschen, und hatte dabei immer den Kopf mit einem unterwürfigen und verschlagen-schuldbewußten Lächeln geneigt. Der Papagei fuhr mit seinen Verbeugungen fort, wobei er zwischen jeder eine kleine Pause einlegte, als warte er auf ein Zeichen, das seine Fähigkeiten als Imitator ins Spiel brachte.

»Ja, ja, er ahmt einen Idioten nach«, murmelte der Pater, während er den Vogel beobachtete.

Er spähte noch einmal durch den Raum, doch er sah nichts außer den Möbeln, dem flackernden Kaminfeuer und den dicht geschlossenen Buchreihen. Schließlich hörte der Papagei auf sich zu verbeugen und nahm die konzentrierte und gespannte Haltung von jemandem an, der intensiv zuhört. Er öffnete den Schnabel, zeigte seine schwarze Zunge, machte den Schnabel wieder zu und öffnete ihn erneut. Der Pater dachte, er würde zu sprechen anfangen, aber er blieb still, obwohl offensichtlich war, daß er etwas herauszubringen versuchte. Er verbeugte sich wieder zwei oder dreimal und pausierte; dann machte er, den Schnabel wieder aufreißend, eine Bemerkung. Der Pater konnte keine Worte unterscheiden, aber die Stimme war abstoßend und unangenehm, gurrend und zugleich verdrießlich, wie die einer Frau, fand der Pater. Er hielt das Ohr dichter an den Vorhang und horchte mit fast fieberhafter Aufmerksamkeit. Die Verbeugungen wurden wieder aufgenommen, aber diesmal machte Napoleon eine zusätzliche Bewegung seitwärts, schmeichelnd und geziert, wie die Bewegung eines törichten, begierigen Wesens, das sich an jemanden schmiegt oder jemand einen zärtlichen, verstohlenen Schubs versetzt. Wieder dachte der Pater an die schreckliche, bleiche Frau, die ständig in den Kirchen aufgetaucht war. Mehrere Male hatte er sie nach den Abendgottesdiensten auf ihn wartend angetroffen. Einmal hatte sie den Kopf lächelnd hängenlassen, die Zunge herausgestreckt, und sich in der Dunkelheit seitlich an ihn gedrängt. Er erinnerte sich, wie sein Körper vor der armen Person zurückgezuckt war, den Ekel und Abscheu vor ihr, den er nicht einmal bei dem Gedanken zu unterdrücken vermochte, daß ihr Geist gestört war. Der Papagei verharrte still, lauschte, öffnete den Schnabel und sagte wieder etwas in derselben taubenähnlichen, buhlerischen Stimme voll widerlicher Anspielung und dennoch hart, ja, sogar gefährlich im Tonfall. Eine Abscheu erregende Stimme, fand der Pater. Doch obwohl er die Stimme diesmal deutlicher hörte als zuvor, konnte er sich nicht darüber klar werden, ob es eine Frauenstimme, eine Männerstimme – oder vielleicht die eines Kindes war. Es schien eine menschliche Stimme zu sein, wenn auch eigenartig geschlechtslos. Um seinen Zweifel zu beseitigen, zog er sich in die Dunkelheit hinter dem Vorhang zurück und gab es auf, Napoleon zu beobachten, sondern verließ sich nur noch auf seine Ohren, darum bemüht zu vergessen, daß es ein Vogel war, dem er zuhörte. Statt dessen versuchte er sich vorzustellen, er lausche einem menschlichen Wesen. Nach zwei oder drei Minuten Stille ließ sich die Stimme wieder vernehmen, diesmal länger, anscheinend mehrmals eine Reihe liebestrunkener Ausrufe wiederholend, mit einem gurrenden Unterton, der unaussprechlich kitschig und abstoßend klang. Die Widerwärtigkeit der Stimme, ihre absinkende Tonlage und eigenartige Obszönität, verbunden mit einer ersterbenden Sanftheit und hurenhaften Raffinesse, verursachte dem Pater eine Gänsehaut. Dennoch vermochte er wieder keine Worte zu unterscheiden, ebensowenig wie er das Geschlecht noch das Alter hätte bestimmen können. Nur eins war völlig außer

Zweifel für ihn, als er da in der Dunkelheit stand – daß solche Laute nur von etwas ganz besonders Abscheulichem produziert werden, beziehungsweise nur ein Wesen darstellen konnten, das ihm – wenn nicht auch anderen – unerträglich ekelhaft war. Die Stimme verstummte schließlich mit einer Art ersticktem Seufzer, und es folgte anhaltende Stille. Sie wurde von dem Professor gebrochen, der plötzlich den Vorhang beiseite zog, der den Pater verbarg, und sagte:

»Kommen Sie jetzt heraus und sehen Sie.«

Der Pater trat blinzelnd in die Helligkeit, warf einen Blick auf den Käfig und sah Napoleon regungslos auf einem Fuß hocken, den Kopf unter einen Flügel gesteckt. Anscheinend schlief er. Der Professor war blaß, und seine ausdrucksvollen Lippen waren in äußerstem Widerwillen verzogen.

»Pfui!« sagte er.

Er ging zu den Fenstern des angrenzenden Raumes, zog die Vorhänge beiseite und schob die Fenster hoch, um frische Luft hereinzulassen. In dem grauen Dämmerlicht draußen waren die kahlen Bäume zu sehen. Guildea lehnte sich eine Minute hinaus und sog die Luft tief in seine Lungen. Dann wandte er sich zurück zu dem Pater und rief:

»Scheußlich! Nicht wahr?«

»Ja. Höchst widerwärtig.«

»Haben Sie je etwas Derartiges gehört?«

»Nein.«

»Ich auch nicht. Es bereitet mir Übelkeit, Murchison, akute körperliche Übelkeit.«

Er schloß das Fenster und wanderte nervös auf und ab.

»Was halten Sie davon?« fragte er über die Schulter gewandt.

»Wie meinen Sie das genau?«

»Ist es die Stimme eines Mannes, einer Frau oder eines Kindes?«

»Das weiß ich nicht. Ich kann mich nicht entscheiden.«

»Ich auch nicht.«

»Haben Sie es schon öfter gehört?«

»Ja, seit ich aus Westgate zurück bin. Aber ich kann nie irgendwelche Worte unterscheiden. Was für eine Stimme!«

Er spuckte in das Kaminfeuer.

»Entschuldigen Sie«, sagte er und warf sich in einen Sessel. »Es dreht mir den Magen um – wörtlich.«

»Mir auch«, bekannte der Pater.

»Das schlimmste daran ist«, fuhr Guildea in vor Nervosität schrillem Tonfall fort, »daß dahinter kein Verstand ist, nicht der geringste – nur die Verschlagenheit der Idiotie.«

Der Pater fuhr bei dieser präzisen Formulierung seiner eigenen Überzeugung unwillkürlich zusammen.

»Warum sind Sie zusammengezuckt?« fragte Murchison mit schnell aufsteigendem Mißtrauen, das den gereizten Zustand seiner Nerven bewies.

»Nun, genau dieselbe Idee war mir auch gekommen.«

»Welche?«

»Daß ich der Stimme von etwas Idiotischem zuhörte.«

»Ah! Das ist das Vertrackte an der Sache für einen Mann wie mich, verstehen Sie? Gegen etwas von Verstand könnte ich mich wehren – aber dies!«

Er sprang wieder auf, stocherte heftig im Feuer und blieb dann mit dem Rücken zum Kamin stehen, die Hände in die hoch sitzenden Taschen seiner Hose gebohrt.

»Das ist die Stimme des Dinges, das in mein Haus eingedrungen ist«, sagte er. »Reizend, nicht wahr?«

Und jetzt war wirklich Entsetzen in seinen Augen und seiner Stimme.

»Ich muß es hinausbekommen«, rief er aus. »Ich muß es hinausbekommen. Aber wie?«

Er zupfte mit zitternder Hand an seinem kurzen schwarzen Bart.

»Wie?« fuhr er fort. »Denn was ist es? Wo ist es?«

»Fühlen Sie, daß es hier ist – jetzt?«

»Zweifellos. Aber ich könne Ihnen nicht sagen, in welchem Teil des Zimmers.«

Er ließ die Blicke ringsum schweifen und nahm alles in Augenschein.

»Dann glauben Sie sich von einem Spuk verfolgt?« fragte Pater Murchison.Er war ebenfalls sehr bewegt und aufgewühlt, obwohl er nichts von der Präsenz irgendeines Wesens in diesem Raum verspürte.

»Ich habe nie an solche Schauergeschichten geglaubt, wie Sie wissen«, antwortete Guildea. »Ich stelle lediglich eine Tatsache fest, die ich nicht begreifen kann und die allmählich sehr quälend für mich ist. Irgend etwas befindet sich hier. Aber während mir die meisten sogenannten Heimsuchungen als feindselig geschildert worden sind, drängt sich mir das Bewußtsein auf, daß ich bewundert, geliebt und begehrt werde. Das ist ausgesprochen schrecklich.«

Pater Murchison erinnerte sich plötzlich an den ersten Abend, den er mit Guildea verbracht hatte, und den beinahe angewiderten Gesichtsausdruck des Professors bei der Vorstellung, von jemandem liebevolle Zuneigung zu erfahren. Im Lichte dieser lange zurückliegenden Unterhaltung wirkte die augenblickliche Situation überaus befremdlich und fast wie eine Strafe für eine Beleidigung, die der Professor seinen Mitmenschen zugefügt hatte. Aber nach einem Blick in das nervös zuckende Gesicht seines Freundes beschloß der Pater, sich nicht im Netz dieser grauenhaften Vermutung fangen zu lassen.

»Es kann nichts hier sein«, sagte er. »Es ist unmöglich.«

»Was ahmt der Vogel dann nach?«

»Die Stimme von jemandem, der einmal hier war.«

»Dann müßte das in der vergangenen Woche gewesen sein. Denn der Vogel hat nie zuvor so gesprochen, und bedenken Sie bitte, mir war bereits vor meiner Abreise aufgefallen, daß er etwas beobachtete und nachzumachen versuchte, und zwar seit jenem Abend, als ich in den Park ging. Erst seit jenem Abend.«

»Jemand mit einer solchen Stimme muß während Ihrer Abwesenheit hier gewesen sein«, wiederholte Pater Murchison mit sanfter Beharrlichkeit.

»Das werde ich schnell feststellen.«

Guildea drückte auf die Klingel. Pitting erschien fast augenblicklich, wie immer lautlos.

»Pitting«, sagte der Professor, »hat jemand während meiner Abwesenheit an der See dieses Zimmer betreten?« Er sprach mit einer hohen, scharfen Stimme.

»Selbstverständlich nicht, Sir. Außer den Mädchen und mir, Sir.«

»Keine Menschenseele? Sind Sie ganz sicher?«

»Vollkommen sicher, Sir.«

Die kühle Stimme des Butlers klang erstaunt, fast gekränkt. Der Professor wies mit der Hand auf den Käfig.

»War der Vogel die ganze Zeit hier drin?«

»Jawohl, Sir.«

»Er ist nicht woanders hingebracht worden? Auch nicht für ein paar Minuten?«

Pittings blasses Gesicht begann beinahe ausdrucksvoll auszusehen. Seine Lippen waren gespitzt.

»Ganz gewiß nicht, Sir.«

»Vielen Dank. Das genügt.«

Der Butler zog sich zurück, wobei er sich mit besonderer Korrektheit bewegte. Als er die Tür erreicht hatte und gerade hinaustreten wollte, rief sein Herr:

»Warten Sie einen Augenblick, Pitting.«

Der Butler blieb stehen. Guildea biß sich auf die Lippe, zupfte zwei oder dreimal verlegen an seinem Bart und sagte dann:

»Ist Ihnen aufgefallen, äh, daß der Papagei in letzter Zeit mit einer ... einer sehr merkwürdigen, sehr unangenehmen Stimme gesprochen hat?«

»Ja, Sir. So einer Art gedämpfte Stimme, Sir.«

»Ha! Seit wann?«

»Seit Ihrer Abreise, Sir. Er macht es dauernd.«

»Genau. Nun, und was halten Sie davon?«

»Wie meinen Sie, Sir?«

»Was halten Sie davon, daß er in dieser Stimmlage spricht?«

»Oh, das ist nur sein Spiel, Sir.«

»Ich verstehe. Das wäre alles, Pitting.«

Der Butler verschwand und schloß lautlos die Tür hinter sich.

Guildea richtete den Blick auf seinen Freund.

»Bitte, da haben Sie es!« stieß er hervor.

»Es ist in der Tat sehr eigenartig«, sagte der Pater. »Wirklich höchst befremdlich. Sind Sie sicher, daß Sie kein Dienstmädchen haben, das so spricht?«

»Mein lieber Murchison! Würden Sie einen Dienstboten mit so einer Stimme länger als zwei Tage bei sich dulden?«

»Nein.«

»Mein Hausmädchen ist seit fünf Jahren bei mir, die Köchin schon seit sieben. Pitting haben Sie selbst sprechen gehört. Und die drei sind mein gesamtes Personal. Ein Papagei spricht nie mit einer Stimme, die er nicht irgendwo gehört hat. Wo hat er diese Stimme gehört?«

»Bloß wir hören nichts.«

»Nein. Und wir sehen auch nichts. Aber der Vogel! Er spürt auch etwas. Haben Sie nicht beobachtet, wie er seinen Kopf hingehalten hat, damit er gekrault wird?«

»Ja, es sah wirklich so aus.«

»Es sah nicht nur so aus.«

Pater Murchison schwieg. Ihn quälte zunehmendes Unbehagen, das sich beinahe zu einer Vorahnung von Unheil auswuchs.

»Sind Sie überzeugt?« fragte Guildea etwas gereizt.

»Nein. Die ganze Angelegenheit ist höchst mysteriös, aber bevor ich die Anwesenheit von etwas nicht höre, sehe oder wenigstens so wie Sie spüre, kann ich nicht daran glauben.«

»Sie meinen, Sie werden sich überhaupt nicht überzeugen lassen?«

»Vielleicht. Jetzt ist es aber Zeit für mich aufzubrechen.«

Guildea versuchte nicht, ihn zurückzuhalten, aber als er ihn hinausließ, sagte er: »Tun Sie mir den Gefallen und kommen Sie morgen abend wieder.«

Der Pater war eigentlich schon verabredet. Er zögerte, blickte dem Professor ins Gesicht und erwiderte:

»Gut. Um neun Uhr werde ich hier sein. Gute Nacht.«

Als er draußen auf der Straße stand, fühlte er sich erleichtert. Er wandte sich um, sah Guildea im Haus verschwinden und fröstelte.

5

An diesem Abend ging Pater Murchison den ganzen Heimweg bis zur Bird Street zu Fuß. Er brauchte körperliche Bewegung nach den rätselhaften und unerquicklichen Erlebnissen, die er hinter sich hatte und auf die er bereits wie auf einen Alptraum zurückblickte. Während er lief, klang ihm die sanfte, unerträgliche Stimme im Ohr. Allein die Erinnerung verursachte ihm körperliches Unbehagen. Er versuchte sich davon freizumachen und die ganze Sache ruhig zu betrachten. Der Professor hatte seinen Beweis angeboten, daß in seinem Haus jemand Unheimliches anwesend war. Konnte ein vernünftiger Mann einen solchen Beweis akzeptieren? Das konnte er nicht, beantwortete Pater Murchison sich seine eigene Frage. Was der Papagei tat, war ohne Zweifel außergewöhnlich. Es war dem Vogel gelungen, die groteske Illusion hervorzurufen, daß sich jemand Unsichtbares in dem Raum befand. Zu akzeptieren, daß es eine solche Anwesenheit wirklich gab, lehnte der Pater jedoch entschieden ab. Die streng religiösen Menschen, die fest an jene Wunder glauben, die in der Bibel stehen, und die ihr Leben nach den Botschaften ausrichten, derer sie, wie sie annehmen, direkt vom Großen Herrscher einer verborgenen Welt teilhaftig werden, sind selten geneigt, die Vorstellung von übernatürlicher Einmischung in die Dinge des täglichen Lebens zu akzeptieren. Sie schieben so etwas mit ängstlicher Entschlossenheit weit von sich. Sie betrachten es als Hokuspokus, als kindisch, wenn nicht gar schlecht und böse.

Pater Murchison neigte zur üblichen Betrachtungsweise des ergebenen Kirchenmannes. Er war entschlossen, sich zumindest damit auseinanderzusetzen. Er konnte die Vorstellung nicht akzeptieren – so sagte er sich selbst –, daß sein Freund auf übernatürliche Weise für seinen Mangel an Menschlichkeit, sein Defizit an Zuneigung damit bestraft wurde, gezwungenermaßen die Liebe eines widerwärtigen Wesens zu ertragen, das weder gesehen noch gehört, noch berührt werden konnte. Nichtsdestotrotz schien in der Tat mit Guildeas Verfassung irgendeine Vergeltung in Zusammenhang zu stehen. Das, was er unnatürlich gefürchtet hatte, wovor er schon bei dem bloßen Gedanken zurückgezuckt war, schien er jetzt auf unnatürliche Art erleiden zu müssen. An diesem Abend betete der Pater vor dem kleinen, bescheidenen Altar in seinem spärlich möblierten, zellenähnlichen Schlafgemach für seinen Freund.

Als er am folgenden Abend in Hyde Park Place vorsprach, öffnete ihm das Hausmädchen die Tür, und Pater Murchison fragte sich, während er die Treppe zum ersten Stock hinaufstieg, was mit Pitting los sein mochte. An der Tür zur Bibliothek wurde er von Guildea begrüßt, und der Pater war schmerzlich erschrocken von dessen äußerer Veränderung. Das Gesicht des Professors war aschfarben, und unter seinen Augen lagen tiefe Schatten. Die Augen selbst hatten einen erregten und zugleich schrecklich verlorenen Ausdruck. Haare und Anzug waren unordentlich, und seine Lippen zuckten beständig, als würde er von einer akuten, nervösen Vorahnung geschüttelt.

»Was ist mit Pitting geschehen?« fragte der Pater, während er Guildeas heiße, fiebrige Hand ergriff.

»Er hat mir den Dienst aufgekündigt.«

»Den Dienst aufgekündigt!« rief der Pater in äußerster Verblüffung.

»Ja, heute nachmittag.«

»Darf man fragen, warum?«

»Das werde ich Ihnen erzählen. Es ist alles ein wesentlicher Bestandteil dieser ... dieser höchst anrüchigen Geschichte. Erinnern Sie sich, daß wir einmal das Verhältnis diskutiert haben, das Menschen zu ihren Dienstboten haben sollten?«

»Ah«, sagte der Pater in plötzlicher Erleuchtung. »Die Krise ist eingetreten?«

»Genau«, versetzte der Professor mit einem bitteren Lächeln. »Die Krise ist eingetreten. Ich habe an Pitting appelliert, ein Mensch und Bruder zu sein. Und er hat mit einer Ablehnung dieser Aufforderung reagiert. Ich habe ihm Vorwürfe gemacht. Er hat mir gekündigt. Ich habe ihm seinen Lohn ausbezahlt und gesagt, er könne auf der Stelle gehen. Und er ist gegangen. Warum sehen Sie mich so an?«

»Ich weiß nicht«, antwortete Pater Murchison, wendete hastig die Augen ab und blickte in eine andere Richtung. »Nanu«, fügte er hinzu. »Napoleon ist ja auch weg.«

»Ich habe ihn heute in einem dieser Geschäfte in der Shaftesburg Avenue verkauft.«

»Warum?«

»Er hat mich krank gemacht mit dieser abscheulichen Nachahmung von – seinem Verkehr mit – nun, Sie wissen ja, wie er sich gestern abend benommen hat. Abgesehen davon brauche ich seinen Beweis nicht mehr, um mir zu zeigen, daß ich nicht träume. Und nachdem ich nun überzeugt bin, daß alles, was ich mir nur eingebildet zu haben glaubte, wirklich geschehen ist, lege ich kaum noch Wert darauf, auch andere zu überzeugen. Entschuldigen Sie, daß ich das sage, Murchison, aber ich bin mir nicht sicher, daß mein Bestreben, Ihnen die Anwesenheit von etwas hier glaubhaft zu machen, tatsächlich von einem schwachen Zweifel meinerseits in bezug auf diese Geschichte herrührte. Jeglicher Zweifel ist jetzt ausgeräumt.«

»Verraten Sie mir den Grund.«

»Das werde ich tun.«

Beide Männer standen neben dem Feuer. Sie blieben am Kamin stehen, während Guildea fortfuhr.

»Vergangene Nacht habe ich es gefühlt.«

»Was?« stieß der Pater hervor.

»Vergangene Nacht, als ich hinaufging ins Bett, fühlte ich, wie mich etwas begleitete und sich an mich schmiegte.«

»Wie entsetzlich!« rief der Pater aus.

Guildea lächelte trübe.

»Ich will das Entsetzen, das mich packte, nicht leugnen. Ich kann es gar nicht, da ich mich gezwungen sah, Pitting um Hilfe zu bitten.«

»Aber ...sagen Sie mir ... was es war, oder zumindest was es zu sein schien!«

»Es schien ein menschliches Wesen zu sein. Es schien, sage ich ausdrücklich. Damit meine ich ... die Wirkung auf mich war eher die eines menschlichen Kontaktes als irgend etwas anderes. Aber ich konnte nichts sehen und nichts hören. Nur fühlte ich dreimal diesen sanften, aber entschlossenen Stoß gegen mich, wie um mich zu animieren und meine Aufmerksamkeit zu erregen. Zum erstenmal geschah es, als ich mich auf dem Treppenabsatz vor diesem Zimmer befand, den Fuß auf der ersten Stufe. Ich will Ihnen gestehen, Murchison, daß ich hinaufraste, wie vom Teufel gejagt. Das ist die beschämende Wahrheit. Als ich jedoch gerade im Begriff war, mein Schlafzimmer zu betreten, spürte ich, daß dieses Ding mit mir eintrat und sich, wie ich schon gesagt habe, mit widerlicher, abstoßender Zärtlichkeit an meine Seite preßte. Dann ...«

Er hielt inne, wandte sich dem Feuer zu und stützte den Kopf auf den Arm. Der Pater war höchst bewegt von der eigenartigen Hilflosigkeit und Verzweiflung dieser Geste. Er legte seine Hand freundschaftlich auf Guildeas Schulter.

»Und dann?«

Guildea hob den Kopf. Er sah schmerzlich beschämt aus.

»Dann, Murchison, ich schäme mich, es zu sagen, brach ich zusammen, plötzlich und unerklärlich, auf eine Weise, die ich bei mir für völlig unmöglich gehalten hätte. Ich streckte die Hände aus, um das Ding wegzustoßen. Es preßte sich jedoch nur noch fester an mich. Der Druck, der Kontakt wurde unerträglich für mich. Ich rief laut nach Pitting. Ich ... ich glaube, ich muß sogar ›Hilfe‹ gerufen haben.«

»Und kam er?«

»Ja, mit seiner üblichen lautlosen, unbewegten Ruhe. Seine Gelassenheit ... im Gegensatz zu meiner Erregung voller Abscheu und Entsetzen muß mich, wie ich annehme, besonders gereizt haben. Ich war nicht mehr ich selbst, nein, nein!«

Er brach abrupt ab. Dann –

»Aber das brauche ich Ihnen wohl kaum zu erklären«, fügte er mit kläglicher Ironie hinzu.

»Und was haben Sie zu Pitting gesagt?«

»Ich sagte, er hätte schneller sein sollen. Er entschuldigte sich. Seine kalte Stimme brachte mich richtig zur Weißglut, und ich brach in ein paar törichte, verächtliche Beschimpfungen aus, nannte ihn eine Maschine, tadelte ihn und dann, als ich fühlte, daß dieses widerliche Ding sich wieder an mich schmiegte, bat ich ihn, mir zu helfen, bei mir zu bleiben, mich nicht allein zu lassen. Ich meine … in der Gesellschaft meines Peinigers. Ob Pitting es mit der Angst bekam oder ob er ärgerlich war über mein ungerechtes, heftiges Benehmen sowie meine zuvor geäußerten Worte, weiß ich nicht. Jedenfalls antwortete er, daß er als Butler eingestellt worden sei und nicht, sich die Nächte um die Ohren zu schlagen. Er dachte wohl, ich hätte zu viel getrunken. Zweifellos nahm er das an. Ich glaube, ich warf ihm an den Kopf, ein Feigling zu sein … ausgerechnet ich! Heute früh äußerte er den Wunsch, den Dienst bei mir aufzugeben. Ich gab ihm den Lohn für einen Monat und eine gute Beurteilung als Butler und schickte ihn auf der Stelle fort.«

»Aber die Nacht? Wie haben Sie die Nacht überstanden?«

»Ich bin die ganze Nacht aufgeblieben.«

»Wo? In Ihrem Schlafzimmer?«

»Ja. Mit geöffneter Tür, um … es fortzulassen.«

»Sie spürten, daß es blieb?«

»Es hat mich nicht für eine Sekunde verlassen, aber es hat mich nicht mehr berührt. Als es hell wurde, nahm ich ein Bad und legte mich eine Weile hin, ohne jedoch die Augen zu schließen. Nach dem Frühstück hatte ich die Aussprache mit Pitting und zahlte ihn aus. Dann ging ich hier herauf. Meine Nerven waren vollkommen überreizt. Nun, ich setzte mich, versuchte zu schreiben, nachzudenken. Aber die Stille wurde durch höchst widerwärtige Art unterbrochen.«

»Wie?«

»Durch das Murmeln dieser abstoßenden Stimme, dieser Stimme eines liebeskranken Idioten, abartig, aber beharrlich. Bäh!«

Ihn überlief am ganzen Körper ein Zittern. Dann riß er sich zusammen, nahm mit aller Energie seine entschlossenste, aggressivste Haltung an und fügte hinzu:

»Das konnte ich nicht ertragen. Ich wußte nicht mehr weiter. Deshalb sprang ich auf, ließ mir ein Taxi bestellen, nahm den Käfig und fuhr damit zu einer zoologischen Handlung in der Shaftesburg Avenue. Dort verkaufte ich den Papagei für ein Spottgeld. Ich glaube, Murchison, daß ich zu diesem Zeitpunkt fast wahnsinnig war, denn als ich aus dem elenden

Laden kam und einen Augenblick auf dem Bürgersteig zwischen den Käfigen voller Kaninchen, Meerschweinchen und Hundewelpen stand, lachte ich laut. Ich fühlte mich, als sei mir eine Last von den Schultern genommen, als hätte ich mit dem Verkauf dieser Stimme auch das verdammte Ding verkauft, das mich peinigt. Aber als ich ins Haus zurückkehrte, war es da. Es ist auch jetzt hier. Ich nehme an, es wird immer da sein.«

Er scharrte mit den Füßen auf dem Teppich vor dem Kamin.

»Was in aller Welt soll ich machen?« sagte er. »Ich schäme mich für mich selbst, Murchison, aber es gibt wahrscheinlich Dinge auf Erden, die bestimmte Menschen einfach nicht ertragen können. Nun, ich kann dies nicht ertragen, und mehr wäre dazu nicht zu sagen.«

Er verstummte. Auch der Pater schwieg. Angesichts dieser außerordentlichen Qual wußte er nichts zu sagen. Er erkannte die Nutzlosigkeit eines Versuchs, Guildea zu trösten, und er setzte sich, die Augen beinahe schwermütig auf den Boden gerichtet. Und während er so dasaß, versuchte er sich den Einflüssen innerhalb des Raumes zu überlassen, all das zu fühlen, was sich darin befand. Er versuchte halb unbewußt sogar seine Vorstellungskraft zu zwingen, ihm etwas vorzugaukeln. Aber es gelang ihm nicht, auch nur die Spur der Anwesenheit einer dritten Person zu bemerken. Schließlich sagte er:

»Guildea, ich kann nicht so tun, als bezweifelte ich die Realität Ihrer Bedrängnis. Sie müssen fort, und zwar so schnell wie möglich. Wann findet Ihre Vorlesung in Paris statt?«

»Nächste Woche. Von heute an gerechnet in neun Tagen.«

»Dann reisen Sie schon morgen nach Paris. Bleiben Sie bis nach Ihrer Vorlesung weg. Und dann werden wir sehen, ob diese Affäre ein Ende hat. Hoffen Sie, mein lieber Freund, hoffen Sie.«

Er war aufgestanden. Nun umfaßte er die Hand des Professors.

»Besuchen Sie in Paris all Ihre Freunde. Suchen Sie Zerstreuung. Ich möchte Sie bitten, auch ... andere Hilfe zu suchen.«

Er sagte diese letzten Worte mit behutsamem, ernstem Nachdruck und einer Schlichtheit, die Guildea so bewegten, daß er den Händedruck fast herzlich erwiderte.

»Ich werde fahren«, sagte er. »Ich werde den Zehn-Uhr-Zug nehmen und heute nacht in einem Hotel am Grosvenor schlafen – das ist nahe am Bahnhof. Dann habe ich es bequemer zum Zug.«

Als Pater Murchison an diesem Abend nach Hause ging, dachte er beständig an diesen Satz: »Dann habe ich es bequemer zum Zug.« Die Schwäche, die Guildea zu dieser Äußerung veranlaßt hatte, erschreckte ihn.

6

Während der nächsten Tage erhielt Pater Murchison keinen Brief von dem Professor, und dieses Schweigen beruhigte ihn, da es anzuzeigen schien, daß alles gut lief. Der Tag des Vortrages kam heran und verging. Am folgenden Morgen schlug der Pater gespannt die *Times* auf und überflog die Seiten um festzustellen, ob es einen Bericht gab über die große Zusammenkunft von Wissenschaftlern, bei der Guildea hatte sprechen sollen. Murchison suchte forschend von oben bis unten die Spalten ab; dann versteiften sich plötzlich seine Hände, die das Blatt hielten. Er war auf folgende Meldung gestoßen:

Wir bedauern, mitteilen zu müssen, daß Professor Frederick Guildea gestern abend in Paris, als er anläßlich einer Konferenz von Wissenschaftlern vor deren Teilnehmern sprach, plötzlich ernsthaft erkrankt ist. Es wurde beobachtet, daß er sehr blaß und nervös aussah, als er sich von seinem Platz erhob. Trotzdem dozierte er etwa eine Viertelstunde lang fließend in französischer Sprache. Dann schien er unruhig zu werden. Er schwankte und blickte sich um wie ein Mensch, der Angst hat oder ernsthafte Schwierigkeiten. Er stockte sogar ein oder zweimal und schien unfähig weiterzusprechen beziehungsweise sich zu erinnern, was er hatte sagen wollen.

Dann riß er sich jedoch unter offenkundiger Anstrengung zusammen und fuhr mit seinem Vortrag fort. Plötzlich hielt er jedoch erneut inne, eilte flüchtend am Rand des Podiums entlang, als fühle er sich von etwas verfolgt, das er fürchtete, streckte abwehrend die Hände aus, gab einen lauten, mißtönenden Schrei von sich und verlor das Bewußtsein. Die Sensation im Auditorium war unbeschreiblich. Die Leute erhoben sich von ihren Plätzen. Frauen schrien, und sekundenlang entstand Panik. Es wird befürchtet, daß sich der Verstand des Professors infolge von Überarbeitung vorübergehend getrübt hat. Wie wir erfuhren, will der berühmte Wissenschaftler so schnell wie möglich nach England zurückkehren, und wir hoffen aufrichtig, daß die notwendige Ruhe und Entspannung recht bald die gewünschte Wirkung zeigen und er wieder völlig hergestellt in der Lage sein wird, seine Forschungen fortzusetzen, die der Welt schon so viel Gutes gebracht haben.

Der Pater ließ die Zeitung fallen, eilte hinaus auf die Bird Street, telegrafierte mit der Bitte um Auskunft nach Paris und bekam noch am selben Tag folgende Antwort: ›Rückkehre morgen. Kommen Sie bitte abends vorbei. Guildea.‹ An dem bezeichneten Abend sprach der Pater in Hyde Park Place vor, wurde sofort eingelassen und traf Guildea geisterbleich, eine schwere Decke über den Knien, in der Bibliothek am Kaminfeuer sitzend an. Er sah aus wie ein Mann, der von einer langen, schweren Krankheit ausgezehrt war, und in seinen weit geöffneten Augen lag ein Ausdruck permanenten Entsetzens. Der Pater fuhr bei seinem Anblick zusammen und konnte nur mit Mühe einen Aufschrei zurückhalten. Er begann dem Professor sein Mitgefühl auszudrücken, als Guildea ihn mit einer zitternden Geste unterbrach.

»Das weiß ich alles«, sagte Guildea. »Ich weiß. Dieser Vorfall in Paris …« Er stockte und verstummte.

»Sie hätten niemals fahren dürfen«, sagte der Pater. »Ich hatte unrecht. Ich hätte Ihnen nicht zu dieser Reise raten sollen. Sie waren in keiner guten Verfassung.«

»Ich war in bester Verfassung«, versetzte der Professor mit

der Gereiztheit eines Kranken. »Aber ich … wurde von diesem grauenhaften Ding begleitet.«

Er spähte hastig um sich, verschob den Sessel ein Stück und zog die Decke höher über seine Knie. Der Pater fragte sich, warum Guildea sich so eingehüllt haben mochte. Denn das Kaminfeuer brannte hell und lodernd, und der Abend war nicht besonders kühl.

»Ich wurde nach Paris begleitet«, wiederholte er und preßte die Zähne auf seine Unterlippe.

Er legte wieder eine Pause ein, offenkundig um Beherrschung bemüht. Aber die Anstrengung war vergebens. Es gab keine Widerstandskraft mehr in dem Mann. Er wand sich im Sessel, und dann brach es plötzlich in einem Tonfall hoffnungsloser Klage aus ihm hervor.

»Murchison, dieses Wesen, dieses Ding – was immer es ist – läßt mich nicht einmal mehr für eine Sekunde in Ruhe. Es will nicht hierbleiben, wenn ich nicht auch hier bin, denn es liebt mich, beharrlich, idiotisch. Es hat mich nach Paris begleitet, ist dort bei mir geblieben, hat mich zum Ort meines Vortrags verfolgt, sich an mich gepreßt, mich, während ich sprach, liebkost. Es ist mit mir wieder hierher zurückgekommen. Es ist jetzt hier« – er stieß einen scharfen Schrei aus – »jetzt, während ich hier mit Ihnen sitze. Es kuschelt sich an mich, umschmeichelt mich, berührt meine Hände. Mann, Mann, können Sie nicht fühlen, daß es hier ist?«

»Nein«, erwiderte der Pater wahrheitsgemäß.

»Ich versuche mich vor dem verabscheuungswürdigen Kontakt mit ihm zu schützen«, fuhr Guildea in heftiger Erregung fort, die dicke Decke mit beiden Händen umklammernd. »Aber nichts ist von irgendeinem Nutzen. Nichts. Was ist es? Was kann es sein? Warum sollte es an jenem Abend gerade zu mir gekommen sein?«

»Vielleicht als eine Strafe«, erwiderte der Pater schnell und besänftigend.

»Wofür?«

»Sie haben jede Art von Zuneigung gehaßt. Sie schoben menschliche Gefühle mit Verachtung beiseite. Sie hegten für niemanden Liebe und hatten auch kein Bedürfnis danach.

Ebensowenig wollten Sie geliebt werden. Vielleicht ist das eine Strafe.«

Guildea starrte ihm ins Gesicht.

»Glauben Sie das?« rief er.

»Ich weiß nicht«, erwiderte der Pater. »Aber es könnte so sein. Versuchen Sie, es zu ertragen, diese Prüfung sogar willkommen zu heißen. Vielleicht wird die Verfolgung dann aufhören.«

»Ich weiß, daß es mir nichts Böses will«, versicherte Guildea. »Es sucht meine Nähe aus Zuneigung. Es wurde durch eine erstaunliche Anziehung zu mir geführt, die ich unwissentlich auf dieses Ding ausübe. Das weiß ich. Aber für einen Mann meines Naturells ist dies das Gräßliche an der ganzen Geschichte. Würde es mich hassen, könnte ich es ertragen. Würde es mich angreifen, würde es versuchen, mir schrecklichen Schaden zuzufügen. Könnte ich doch wieder ein Mann werden! Könnte ich mich wappnen, um dagegen anzukämpfen! Aber diese Sanftheit, diese widerwärtige Ergebenheit, diese hirnlose Anbetung eines idiotischen Wesens, beharrlich, ekelerregend, grauenhaft körperlich, kann ich nicht ertragen. Was will es von mir? Was könnte es von mir verlangen? Es kuschelt sich an mich, kommt mir immer näher. Ich spüre seine Berührung, zart wie die einer Feder, wie ein Flattern an meinem Herzen, als wolle es meine Pulsschläge verfolgen, die intimsten Geheimnisse meiner Wünsche und Neigungen erforschen. Mir bleibt keinerlei Privatsphäre mehr.« Er sprang erregt auf. »Ich kann mich nirgendwohin zurückziehen«, rief er. »Ich kann nicht mehr allein sein, nicht einmal eine halbe Sekunde, ohne berührt, umschmeichelt und beobachtet zu werden. Murchison, das bringt mich um. Daran sterbe ich.«

Er sank wieder auf seinen Sessel, starrte angstvoll nach allen Seiten, mit der Angespanntheit eines Blinden, der sich dem Glauben hingibt, durch sein fortgesetztes und intensives Bemühen könne er die Sehkraft wiedergewinnen. Der Pater wußte sehr gut, daß er danach suchte, den Schleier des Unsichtbaren zu durchdringen, um Kenntnis zu erlangen von dem Ding, das ihn liebte.

»Guildea«, sagte der Pater mit ernstem Nachdruck, »versuchen Sie, dies zu ertragen, ja, mehr noch, bemühen Sie sich, diesem Ding zu geben, was es sucht.«

»Aber es sucht meine Liebe.«

»Lernen Sie, ihm Ihre Liebe zu geben, und vielleicht geht es dann, nachdem es bekommen hat, weswegen es herkam.«

»Schscht! Sie reden als ein Priester. Erduldet eure Peiniger. Tut Gutes jenen, die euch gemein behandeln. Sie reden als ein Priester.«

»Natürlich habe ich als Freund gesprochen. Meine Worte kommen aus dem Herzen. Mir kam plötzlich die Idee, daß dies alles – ob nun Wahrheit oder bloß Anschein, das spielt keine Rolle – vielleicht eine merkwürdige Art von Lektion sein kann. Ich habe auch schon Lektionen erhalten, sehr schmerzliche. Und ich werde noch mehr erleben. Wenn Sie diese Prüfung hinnehmen könnten …«

»Das kann ich nicht! Das kann ich nicht!« protestierte Guildea heftig. »Haß! Den kann ich geben – immer und jederzeit, aber nichts als Haß, Haß, Haß!«

Er hob die Stimme, starrte in die Leere des Raumes und wiederholte: »Haß!«

Während er sprach, hatte die wächserne Blässe seiner Wangen noch zugenommen, so daß er wie ein Leichnam mit lebendigen Augen aussah. Der Pater befürchtete, er würde zusammenbrechen und die Besinnung verlieren; aber plötzlich richtete er sich in seinem Sessel auf und sagte mit einer hohen, scharfen Stimme, die voll unterdrückter Erregung war:

»Murchison, Murchison!«

»Ja. Was ist denn?«

In Guildeas Augen leuchtete eine unerwartete Ekstase.

»Es will mich verlassen«, rief er. »Es will gehen! Verlieren Sie keine Sekunde! Lassen Sie es hinaus! Das Fenster – das Fenster!«

Der Pater ging überrascht zum nächsten Fenster, zog die Vorhänge beiseite und schob die Scheibe hoch. Die Äste der Bäume im Garten knackten trocken in dem leichten Wind. Guildea beugte sich vor, auf die Armlehnen seines Sessels gestützt. Für kurze Zeit herrschte Schweigen. Dann sagte Guildea in einem schnellen Flüsterton:

»Nein, nein. Öffnen Sie diese Tür – öffnen Sie die Tür in der Diele. Ich fühle – ich fühle, daß es auf demselben Weg zurückkehren will, auf dem es gekommen ist. Machen Sie schnell – ah, gehen Sie!«

Der Pater gehorchte, um ihn zu besänftigen, eilte zur Tür und riß sie weit auf.

Dann schaute er zurück auf Guildea. Der Professor war aufgestanden und hatte sich vorgebeugt. Seine Augen glänzten voll gespannter Erwartung, und als der Pater sich umdrehte, machte er mit seinen mageren Händen eine drängende Geste zum Flur.

Der Pater eilte hinaus und die Treppe hinunter. Während er im Halbdunkel hinabstieg, meinte er aus dem Raum hinter sich einen unterdrückten Schrei zu hören, doch er blieb nicht stehen. Dann riß er die Haustür auf und lehnte sich an die Wand. Nachdem er einen Augenblick gewartet hatte – um Guildea zufriedenzustellen –, wollte er die Tür wieder schließen.

Er hatte schon die Hand auf die Klinke gelegt, als ihn ein unwiderstehliches Bedürfnis dazu zwang, zum Park hinüberzusehen. Die Nacht war erhellt vom Neumond, und als der Pater durch den Gitterzaun spähte, fiel sein Blick auf eine Bank dahinter.

Auf dieser Bank saß etwas, sehr eigenartig zusammengekauert.

Der Pater mußte sofort an Guildeas Schilderung jenes zurückliegenden Abends denken, jener Nacht der Ankunft, und ein Gefühl der Neugier, begleitet von Grauen, bemächtigte sich seiner.

Gab es dort in der Tat etwas, das wirklich zum Professor gekommen war? Und hatte es seine Aufgabe beendet, sein Begehren erfüllt? War es wieder zu seiner früheren Existenz zurückgekehrt?

Der Pater zögerte sekundenlang auf der Türschwelle. Dann trat er resolut ins Freie und überquerte die Straße, ohne die Augen von jenem schwarzen oder dunklen Objekt zu wenden, das so merkwürdig auf der Bank hockte. Er hätte nicht zu sagen vermocht, um was es sich handeln konnte. Zumindest aber glaubte er, noch nie etwas Derartiges zu Gesicht bekommen zu haben. Er erreichte die gegenüberliegende Seite und wollte gerade durch die Gitterpforte gehen, als er rüde am Arm gepackt wurde. Er zuckte zusammen, wandte sich um und erblickte einen Polizisten, der ihn argwöhnisch musterte.

»Was haben Sie denn vor?« fragte der Polizist.

Dem Pater wurde plötzlich bewußt, daß er keinen Hut auf dem Kopf trug und durch sein Benehmen, wie er in seiner Soutane durch die Gegend schlich, ohne die Parkbank aus den Augen zu lassen, vermutlich auffällig genug war, um Mißtrauen zu erregen.

»Schon in Ordnung, Herr Wachtmeister«, antwortete er hastig und drückte dem Polizisten ein paar Geldstücke in die Hand.

Dann eilte der Pater, höchst verärgert über die Verzögerung, an dem Mann vorbei in Richtung der Parkbank. Als er sie erreichte, war dort nichts zu sehen. Guildeas Erlebnis hatte sich fast haargenau wiederholt. Von unvernünftiger Enttäuschung erfüllt, kehrte der Pater zum Haus zurück, trat ein, schloß die Tür und stürmte die schmale Treppe hinauf zur Bibliothek.

Dicht vor dem Feuer fand er Guildea auf dem Kaminvorleger liegend, den Kopf an den Armsessel gelehnt, von dem er sich kurz zuvor erhoben hatte. Auf seinem verzerrten Gesicht lag ein grauenerregender Ausdruck des Entsetzens. Als der Pater ihn untersuchte, mußte er feststellen, daß der Professor tot war.

Der Arzt, der herbeigerufen wurde, erklärte, die Todesursache sei Herzversagen gewesen.

Als Pater Murchison dies hörte, murmelte er:

»Herzversagen! Das war es also!«

Er wandte sich an den Arzt und fragte:

»Hätte das verhindert werden können?«

Der Arzt zog seine Handschuhe an und antwortete:

»Möglicherweise, wenn man rechtzeitig etwas unternommen hätte. Bei Herzschwäche bedarf es sehr intensiver Pflege. Der Professor war zu sehr von seiner Arbeit in Anspruch genommen. Er hätte ganz anders leben sollen.«

Der Pater nickte.

»Ja, ja«, sagte er voller Trauer.

Originaltitel: ›How Love Came To Professor Guildea‹
Ins Deutsche übertragen von Sigrid Keller

Harriet Zinnes

Flügel

»Du kleine Hexe«, sagte er ohne Feindseligkeit, »du hast mich völlig geschafft: Und ich kann es gar nicht glauben, ja, du hast mir Lust gegeben. Aber in welchem Stück befinden wir uns, in welchem Stück?«

Stellen Sie sich vor, Sie treten durch Ihre Haustür ein und bemerken, daß Ihre Sachen ganz leicht verstellt sind … jedoch ohne daß auf den ersten Blick etwas fehlen würde. Wo ist der Eindringling jetzt – fort? Oder liegt er irgendwo auf der Lauer? Wie sollen Sie sich auf das Zusammentreffen vorbereiten, oder ist es möglich, daß nichts, was Sie tun oder sagen können, irgend etwas bewirken würde?

Es gibt Geschichten, die einen, selbst wenn man erwartet, überrascht zu werden, dennoch wie ein Blitz aus heiterem Himmel in Erstaunen versetzen können. Harriet Zinnes' Erzählung von einem höchst ungewöhnlichen und sehr fordernden ungeladenen Gast ist eine davon.

Er öffnete die Tür und sah den Sessel in der Mitte des kleinen Zimmers. Natürlich war er überrascht. Welcher Besucher hatte diesen Sessel umgestellt, seinen Eames-Sessel, der nie, einfach nie von seinem Platz vor dem Schreibtisch verrückt wurde? Er sah sich mit hastigem Blick im Zimmer um, um zu sehen, ob noch irgend etwas anderes bewegt worden war. War in seine Wohnung eingebrochen worden? Er ging zum Schreibtisch hinüber, warf einen kurzen Blick auf seine Bücher und seine Schreibmaschine; dann öffnete er die oberste Schublade, schloß sie wieder, öffnete die Schubladen an der Seite. Alles war unberührt. Anscheinend war nichts entfernt worden. Er ging hinüber zu dem großen Aktenschrank und öffnete auch hier die Schubladen. Abermals fand er alles an seinem Platz. Er verließ sein sogenanntes Arbeitszimmer – in Wirklichkeit kaum mehr als eine kleine Kammer – und ging hinüber ins Wohnzimmer. Hatte er den Deckel seines Flügels geöffnet? Er konnte sich nicht daran erinnern. Er schaute auf das Sofa – nicht im mindesten in Unordnung gebracht –, die Sessel, die kleinen Tische, Lampen, alles am üblichen Platz. Abermals ging er zum Flügel. Er war sicher, daß John seine Schubert-Noten auf der Kante des Flügels liegenlassen hatte. War er nicht mitten im Üben? Und wieso lag Saties *Gnossienne* aufgeschlagen auf dem Pianohocker? Er ging ins Eßzimmer, schaute auf das stilvolle Büfett und öffnete die Schubladen der kleinen Anrichte, in der er das Silber seiner Mutter verwahrte. Alles war an seinem Platz.

Dann ging er in sein Schlafzimmer. Ging geradewegs zu seiner Kleiderkommode, um sich die Schubladen anzusehen, besonders die oberste, in der er seine goldenen Manschettenknöpfe, Krawattennadeln und jene dummen Goldketten aufbewahrte, die er niemals trug, die er aber von seiner ersten Liebe Ted Blight geschenkt bekommen hatte. Als er gerade die Schublade öffnete, rief ihm eine fremde Stimme zu: »Hi.« Er drehte sich ruckartig um. Sein Herz hämmerte. Was er sah, war mehr ein kleines Mädchen denn eine Frau. Ein zwölfjähriges Mädchen (oder war sie eine Frau?) saß aufrecht gegen die Kissen gelehnt. Seine Kissen! Sie starrte ihn an, lächelnd, hielt ihn mit ihrem Blick gefangen, während sie lässig ein Feuerzeug hervorholte und eine Zigarette anzündete. »Auch eine?« fragte sie.

»Ich rauche nie in meinem Schlafzimmer – und erlaube auch niemandem sonst, es zu tun«, erwiderte er zu seinem eigenen Erstaunen scharf.

Sie lächelte nur. »Regel Nummer eins ist gerade gebrochen worden.«

Warum erwiderte er darauf nichts oder ging zumindest zu ihr hinüber, nein, rannte zu ihr hinüber und riß ihr die Zigarette aus dem Mund? Er war zweifellos in der Lage, so etwas zu tun, besonders, wenn er so wütend war wie im Augenblick. »Ich würde mich freuen, wenn du die Zigarette ausmachen würdest«, sagte er statt dessen ruhig.

»Oh, das werde ich nicht tun. Ich rauche in Schlafzimmern immer, besonders in den Schlafzimmern von Männern, denen ich gefolgt bin.«

»Gefolgt? Du bist mir gefolgt?« Er war verblüfft. War er in der letzten Zeit so sehr mit der möglichen Absetzung des Stückes beschäftigt gewesen, daß es ihm nicht aufgefallen war, daß er verfolgt wurde? »Wie lange bist du mir schon gefolgt? Und warum um Gottes willen? Warum bist du mir gefolgt?«

»Eins nach dem anderen. Ich bin dir gefolgt, seit ich dich in *Oh! Calcutta* gesehen habe, und ich folge dir, weil du mir gefällst. Heute morgen hast du zufällig deine Wohnungstür offengelassen – ich vermute, du warst etwas spät dran für deine Probe –, also hatte ich keine Schwierigkeiten, hereinzukommen.«

»Ich habe meine Wohnungstür offengelassen? Ich werde langsam etwas zerstreut. Aber wie lange folgst du mir denn schon?«

»Drei Tage. Es hat wirklich nicht sonderlich lange gedauert, dich zu fangen.«

»Mich zu fangen? Ja, das ist genau das richtige Wort. Du hast mich gefangen. Und jetzt, wo du nun einmal hier bist und mich gefangen hast, hm, was willst du jetzt von mir? Darf ich mich wenigstens hinsetzen?« Warum, zum Teufel, fragte er sie um Erlaubnis? Sie hatte ja schließlich keine Pistole auf ihn gerichtet. Nur ihre Augen und diese scheußliche Zigarette. »Wirst du nun wieder gehen, jetzt wo du deine Gegenwart enthüllt und mich in meiner eigenen Wohnung gefunden hast? Das ist doch sicher alles, was du willst. Du kannst jetzt übrigens vom Bett aufstehen, danke sehr.«

»Aber das ist genau der Platz, an dem ich sein möchte. Du bist ein Idiot. Warum glaubst du, bin ich dir gefolgt? Weil ich mit dir ins Bett gehen möchte.«

»Du willst nicht mit mir ins Bett gehen«, platzte es voller Erstaunen aus ihm heraus. »Nicht mit mir. Weißt du denn nicht ... weißt du denn nicht, daß ich keine Frauen mag?«

»Ich weiß«, sagte sie ruhig, »aber ich mag dich, und es gibt schließlich keinen Grund, warum man dich nicht darauf abrichten könnte, mich zu mögen. So häßlich bin ich nicht, und zu Beginn werde ich auch nicht viel von dir verlangen. Ich habe schon mehr Männer wie dich trainiert. Es wird dir schon gefallen. Mach dir keine Sorgen. Vielleicht wirst du die Hauptrolle meiner Errungenschaften übernehmen. Vielleicht brauchst du nur eine Unterrichtsstunde. Komm her. Laß uns mit der ersten Lektion beginnen. Vielleicht ist es schon die letzte, wirklich. Hab keine Scheu. Ich werde dir nicht weh tun.«

Er konnte es selbst nicht glauben, daß er zum Bett hinüberging. Was für eine Art Hexe war sie? Nicht nur, daß er zum Bett hinüberging – zur falschen Seite; bei seinen Liebhabern schlief er nie auf dieser Seite –, sondern er fing auch noch an, sich auszukleiden: Zog die Schuhe aus, die Socken, sein Jackett, Hemd, Krawatte und Unterhemd (dieses wunderbare pinkfarbene, das Al so liebte) und schließlich, mit einem kleinen Rest von Scham, seine Unterhosen, pinkfarbene Bikinishorts, leuchtend pink natürlich, mit dieser gewagten blutroten Kante.

»Das machst du schon ganz gut«, sagte sie beruhigend. »Ich werde dir zum Anfang erst einmal einen aufmunternden Kuß geben.« Zitternd nahm er den hingehauchten Kuß entgegen. Gott sei Dank gab sie ihn mir auf die Wange, dachte er bei sich. Warum zitterte er, und warum lief er nicht davon? Warum warf er sie nicht mit Gewalt vom Bett herunter?

»Hör zu«, sagte er, »ich habe jetzt genug von deinen Spielchen. Ich mag Frauen nicht, und schon gar nicht kleine Mädchen – Gott im Himmel, bist du zwölf oder dreizehn –, und dies ist mein Bett, meine Wohnung, mein Leben. Warum verschwindest du nicht von hier, jetzt sofort?« Doch seine Taten straften seine Worte lügen. Man stelle sich das nur vor. Er küßte sie auf den Mund, und er vermeinte, alle möglichen verrückten Worte wie *Schätzchen, mein Herzblatt, Liebling* zu hören. Was ging denn hier in seinem eigenen Schlafzimmer auf einmal vor? Er war nicht verärgert oder verdrossen. Vielleicht war er auf der Bühne und wußte es einfach nicht. Er erinnerte sich an seine Rolle in diesem Shaw-Stück, in dem er einer älteren Frau den Hof machte. Wie war noch der Titel des Stückes? War sein Rollenname nicht Eugene oder so etwas? Vielleicht war er jetzt wirklich auf der Bühne. »Proben wir gerade ein Stück? Sag doch, proben wir gerade? Wie ist denn meine Rolle? Kriege ich die Hauptrolle? Mit wem werde ich denn zusammen spielen? Du bist doch nicht meine Partnerin, oder? Und wie heißt du? Und wie alt bist du überhaupt?«

An diesem Punkt bemerkte er, daß sie keine Kraft für Worte mehr hatte. Sie zwang ihn, in sie einzudringen, und genau das tat er auch. Wollte der Regisseur wirklich den Geschlechtsakt selbst haben? O Gott, war er denn nicht in einer Broadway-Produktion? War es einfach nur ein Porno? War er ins einundzwanzigste Jahrhundert teleportiert worden, wo solche Dinge auf jeder gewöhnlichen Bühne erlaubt waren? In welchem Land befand er sich, auf welcher Bühne, in welcher Stadt, und überhaupt, in welchem Stück – und hatte er die Hauptrolle? Doch plötzlich fühlte er sich völlig verausgabt und rollte sich herunter von dem Mädchen – sicher war sie nicht mehr als ein kleines Mädchen – und streckte die Arme über das Bett hinweg aus. »Du kleine Hexe«, sagte er ohne Feindseligkeit, »du hast mich ganz schön geschafft. Und ich kann es selbst nicht glauben, ja, du hast mir Lust gegeben. Aber in welchem Stück befinden wir uns, ins welchem Stück?«

Als er sich aufrichtete und sich zu ihr umdrehte, stellte er mit Erschrecken fest, daß sie nicht mehr da war. Natürlich, wahrscheinlich war sie zur Toilette gegangen. Er wartete gut zehn Minuten auf sie, oder zumindest kam es ihm so vor. Er hatte kaum die Kraft, sich vom Bett zu erheben, um nach ihr zu suchen. Zuerst einmal entschied er sich, zu rufen. Aber wie hieß sie eigentlich? »He, Mädchen«, begann er, »Mädchen, wo bist du? Bist du im Bad? Komm doch wieder raus. Ich hab' noch ein paar Fragen an dich.« Keine Antwort. »Mädchen«, rief er abermals. »Wo bist du?« Immer noch keine Antwort. Er würde wohl nicht umhinkommen, sich aus dem Bett zu mühen und nachzusehen. Splitterfasernackt (und er hatte nie zugelassen, daß seine Liebhaber ihn nackt sahen: Das war seine Regel: ENTHÜLLE DICH NIE GANZ) ging er zum Badezimmer hinüber. Die Tür stand sperrangelweit offen. Sie war nicht drin. Hektisch durchstreifte er die ganze Wohnung. Sie war nirgends zu finden. Sollte er nach draußen laufen, um sie zu suchen? Ohne Kleidung? Das ging nicht. Nein, er sollte besser erst in sein Zimmer zurück und sich für die Verfolgungsjagd anziehen. Er hetzte in sein Zimmer und stieß dabei seinen besten Marmortisch und die entzückende Tiffanylampe um. Das Krachen der Lampe brachte ihn wieder zu Verstand. *Aber das ist doch meine Chance, sie loszuwerden. Warum, zum Teufel, versuche ich, sie zu finden? Bin ich denn so verhext, daß ich nicht weiß, wenn alles in Ordnung ist?* Bebend – sowohl immer noch vom Schock der neuentdeckten Genüsse als auch von der Entdeckung, daß er dieses seltsame Wesen, das ihn verhext hatte, loswerden konnte – setzte er sich nackt in seinen Lieblingsledersessel, kuschelte sich hinein und versuchte, seine Sinne wieder zusammenzubekommen. Die einzig mögliche Reaktion war natürlich, nicht zu reagieren. Zu diesem Schluß kam er sehr schnell. Sein Gehirn hatte offensichtlich keinen Schaden genommen. Er konnte klar und ruhig denken. Diese kleine Hexe war ihm gefolgt und hatte ihn genommen. Ja, er war ganz schön rangenommen worden. Und es war vorbei. Erleichtert preßte er seinen Rücken genüßlich gegen die Lehne. Gerade wollte er erschöpft und triumphierend die Augen schließen, als er eine zarte Stimme hörte:

»Auf Wiedersehen, Liebster. Du warst wunderbar.«

Er schaute auf und sah gerade noch, wie das Mädchen Flügel ausbreitete und geradewegs aus dem Fenster seines

Wohnzimmers flog. Zum Glück ist es ein großes Fenster, das vom Boden bis zur Decke reicht, dachte er bei sich. John hatte recht gehabt, als er es aussuchte.

Originaltitel: Wings
Ins Deutsche übertragen von Ute Thiemann

R. Murray Gilchrist

Der Basilisk

›Oh, warum bin ich derart hin- und hergezogen zwischen dem Mann und dem Teufel?‹

Es ist etwas Opernhaftes an dieser üppigen, dem neunzehnten Jahrhundert entstammenden Erzählung von R. Murray Gilchrist, einem Schriftsteller, den ein Kritiker einmal als eine Art Aubray Beardsley der Prosa bezeichnet hat. Die Stimmung schwankt zwischen Ekstase und Melancholie, während die beiden Liebenden, der Unerfülltheit ihres Verlangens müde, versuchen, einen sinnlichen Zauber zu brechen. Doch während die Sprache unsere Sinne mit ihrer schaurigen, alles durchdringenden Trägheit erfüllt, scheint sie doch gleichzeitig unter den Schichten beinahe überwältigender romantischer Üppigkeit eine noch weit suggestivere Bedeutung zu verbergen. Es gibt kaum Dialog, doch achten Sie bei den wenigen Dialogzeilen in dieser Geschichte darauf, wie viele Sätze mit einer bemerkenswert seltsamen, lockenden Erotik zu vibrieren scheinen.

Marina gab in keiner Weise zu erkennen, daß sie meine Lie-besschwüre gehört hatte. Das Sticken von Venus' Händen in ihrem Seidenbild vom ›Blutgericht in Paris‹ schien ihr offen-kundig von größerer Wichtigkeit als die Liebe, die mir Leib und Seele zu zerreißen drohte. In tiefster Verzweiflung saß ich da, bis sie zum siebenten Male Garn auf ihre Nadel gezogen hatte. Dann brach es aus der von Gefühlen aufgewühlten Seele heraus:

»Du liebst mich nicht!«

Etwas müde blickte sie auf, wie jemand, dem lange Zeit der Schlaf verwehrt worden war. »Höre«, sagte sie. »Es gibt da ein Wesen, das man den Basilisk nennt und das Männer und Frauen zu Stein werden läßt. In meiner Kindheit habe ich den Basilisk gesehen – ich bin versteinert!«

Darauf erhob sie sich aus ihrem Sessel und ging aus dem Zimmer, während sie mich in erstauntem Zweifel zurück-ließ, ob ich sie auch richtig verstanden hatte. Ich hatte immer gewußt, daß es in ihrem Leben irgendein seltsames Geheim-nis gab: Ein Geheimnis, das ihr erlaubte, Dinge zu verstehen und von ihnen zu sprechen, an die andere Frauen nicht ein-mal zu denken wagten. Doch ach, es war ein Geheimnis, des-sen Einfluß ihr auf ewig verwehrte, Glück zu erfahren. Sie erwärmte sich, nur um dann augenblicklich zu Eis zu erstar-ren; sie sprach über die unschuldigsten Dinge; dann ver-stummte sie unvermittelt, und Verachtung spiegelte sich in ihren Augen und auf ihren Lippen. Zweifellos war dieses seltsame Verhalten das erste, was meine Leidenschaft zu erweckte. Ihre Schönheit war nicht dergestalt, daß sie in Männern wie ein Blitz aus heiterem Himmel Begierde ent-facht: Sie war bleich und würdevoll, ihre Lieblichkeit die einer Marmorstatue. Dennoch wurde ihre Faszination auf mich mit der Zeit so wundersam, daß selbst das Flüstern ihrer schwingenden Gewänder mich mit quälender Sehn-sucht erfüllte. Kaum mehr als ein Jahr war seit unserer ersten Begegnung vergangen, als ich sie, umgeben von flam-menden Ranken, in dem gelichteten Wald meines Familien-sitzes gefunden hatte. Eine wahrhaftige Dryade, gewandet in die Farben der Gräser, den sylvanischen Gottheiten mit Lobliedern huldigend. Das unsichtbare Netz umfing mich, und ich wurde ihr Sklave.

Ihr Haus lag knapp sechs Meilen von meinem entfernt. Es war ein flachgebautes Herrenhaus, gelegen in einem konkaven Park. Das Reetdach war buntgescheckt von Moosen und Flechten. Zwischen den Hauptschornsteinen hockte ein fremdländischer Vogel auf einem Nest aus Zweigen. Die langen Fenster waren mit Wappen geschmückt; Gemälde von Königen und Königinnen und Adligen hingen in den schwacherleuchteten Räumen. Hier wohnte sie mit einer Gefolgschaft alter Diener, exotische Frauen und halb schwachsinnige Männer, die sich mit östlicher Unterwürfigkeit und einem *Salaam* vor ihr verneigten, sie jedoch mit Worten ansprachen, wie sie der vulgäre Schwätzer benutzt. Hätte sie ihnen das Leben gegeben, so hätten sie ihr kaum mit mehr Ehrfurcht gehorchen können. Die Frauen fertigten drollige Dinge für sie – Ambrakugeln und Kissen aus Distelwolle; und die Männer erfüllte nichts mit mehr Freude, als wenn sie ihr vom ersten Drosselei im Dornenbusch oder von den Rohrdommeln berichten konnten, die in den Sümpfen lebten. Sie war ihre Göttin und ihre Tochter. Jeder Tag hatte seinen eigenen Ablauf. Am Morgen ritt sie aus und sang und spielte; zur Mittagszeit las sie in der staubigen Bibliothek, versank ganz in den Werken der Dramatiker und Platoniker. Ihr eigenes Leben war eine Tragödie, wie sie ein Mensch der elisabethanischen Zeit geliebt hätte. Keiner aus ihrer Dienerschaft kannte ihre Geschichte, doch es gab wundersame Erzählungen darüber, wie sie sich der Tradition ergeben hatte und die Eigenarten Tausender Zauberer-Vorväter in sich vereinte. In der Blüte ihrer Jugend hatte sie nach seltsamem Wissen gestrebt, hatte davon gekostet und es bereut.

Am Morgen nach meiner Liebeserklärung kam sie durch ihren Park zu dem Pfad geritten, auf dem ich immer bis zum Mittag in Gedanken verloren meine Spaziergänge machte. Sie war allein, angetan mit einem weißen Gewand, das von einem losen blauen Gürtel gehalten wurde. Als ihr Roß die Eibenhecke erreichte, stieg sie ab und kam so leichten Schrittes zu mir herüber, wie ich es noch nie bei ihr bemerkt hatte.

An ihrer Hüfte hing ein Spiegel aus schwarzem Glas, und ihre halbnackten Arme wurden von kabalistischen Juwelen geziert.

Als ich mich hinkniete, um ihre Hand zu küssen, entrang sich ihr ein tiefer Seufzer. »Frag nichts«, sagte sie, »das Leben ist schon freudlos genug, als daß man es durch Erklärungen noch bitterer machen sollte. Laß alles zwischen uns ruhen, wie es ist. Meine Liebe wird kalt sein, deine warm, ohne daß sich die beiden jemals näher kämen.« In ihrer Stimme lag sehnsüchtige Erwartung: Als wüßte sie, daß ich ihre halberklärte Entscheidung anfechten würde. Sie kannte mich gut, denn kaum hatte sie ausgesprochen, da rief ich laut aus: »Das ist unmöglich – ich kann nicht atmen – ich werde sterben.«

Sie sank gegen die niedrige, moosbewachsene Mauer. »Muß das Opfer gebracht werden?« fragte sie, halb an sich selbst gerichtet. »Muß ich ihm alles sagen?« Eine Weile herrschte Schweigen; dann wandte sie ihr Gesicht ab und sagte: »Ich habe dich vom ersten Augenblick an geliebt, doch letzte Nacht in der Dunkelheit, als ich keinen Schlaf finden konnte, weil ich an deine Worte dachte, wurde aus Liebe Verlangen.«

Ich durfte nicht sprechen.

»Und das Verlangen schien die Fesseln zu sprengen, die mich binden. In der Kraft dieses Augenblicks erkannte ich, daß ich alles geben würde für das Glück, nur einmal ganz dein zu sein.«

Ich verlangte danach, sie an mein Herz zu drücken. Doch ihre Augen waren ernst und ihre Stirn gerunzelt.

»Beim ersten Morgenlicht«, sagte sie, »erstarb das Verlangen, doch in meiner Ekstase hatte ich geschworen, zu geben, was zu geben ist, um dieses kurze Glück zu erlangen und in deinen Armen zu liegen und mich keuchend gegen dich zu pressen, bevor noch eine weitere Nacht zu Ende gegangen ist. So bin ich gekommen, um dich zu bitten, mit mir zu dem Platz zu gehen, an dem der Zauber gelöst und Glück gekauft werden kann.«

Sie rief ihr Pferd; es kam wiehernd heran und scharrte mit dem Huf auf dem Boden, bis sie seinen Hals streichelte. Ihren winzigen, satinbeschuhten Fuß, der mehr wie der eines Kindes denn der einer Frau schien, in meine Hand setzend, saß sie auf. »Laß uns gemeinsam zu meinem Haus gehen«, sagte sie, »ich habe noch Anweisungen zu geben und Pflichten zu erfüllen. Ich werde dich dort nicht lange aufhalten, denn wir müssen bald aufbrechen, soll unser Anliegen von Erfolg gekrönt sein.« Erfüllt von überschwenglichen Gefühlen, schritt ich neben ihr her, doch als das Anwesen vor uns auftauchte, drang ich in sie, mir Genaueres über unsere geheimnisvolle Reise zu erzählen. Sie beugte sich herab und strich mir über den Kopf. »Es ist einfach eine Angelegenheit des Kaufens und Verkaufens«, erwiderte sie.

Nachdem sie daheim alles erledigt hatte, kam sie in die Bibliothek und bat mich, ihr zu folgen. Dann führte sie mich, den Spiegel immer noch am Gürtel tragend, durch den Garten und über die Wiesen hinunter in ein nebelverschleiertes Wäldchen. Da es Herbst war, schimmerten die Bäume in den herrlichsten dunklen Farbtönen. Die Eberesche mit ihren bernsteinfarbenen Blättern und den scharlachroten Beeren stand vor der braunen, schwarzgefleckten Plantane; die Silberbuche reckte mir prahlerisch ihre Goldmünzen entgegen, um mich in meiner Armut zu beschämen; grün und rotbraun gefärbte Tannen schlummerten im Schimmer des dunstigen Altweibersommers. Kein Vogel sang, obgleich die Sonne große Wärme brachte. Marina bemerkte die Stille und stimmte ohne Umschweif einige Strophen aus der Ballade von der Hexenmutter an: Sie sang von den neun verzauberten Knoten und dem Sorgenkamm in den geflochtenen Haaren der Dame und dem Geißlein, das unter ihr Sofa lief. Jeder Blutstropfen in meinen Adern gefror vor Schrecken, denn während sie sang, lag auf ihrem Gesicht die Majestät eines Menschen, der Kontakt mit den infernalischen Mächten pflegte. Als die Schatten der Bäume auf sie fielen und wir für einen Augenblick aus dem Licht traten, sah ich, daß ihre Augen wie Saphire funkelten. Ich war nun überzeugt, daß die Prüfung, der sie sich unterziehen mußte, zu schrecklich wäre, und bat sie umzukehren. Auf den Knien flehte ich sie an – »Laß mich allein dem Schrecken gegenübertreten!« sagte ich,

»ich will das Lösen der Bande erflehen, ich werde jede Strafe willentlich auf mich nehmen.« Sie wurde ruhig. »Nein«, sagte sie sehr sanft, »wenn irgend etwas den Sieg bringen kann, dann ist es allein meine Liebe. In der Inbrunst meines letzten Wunsches vermag ich alles zu wagen.«

Wir hatten nun das Ende einer sanft abfallenden Allee erreicht und standen am Rand eines sich weit erstreckenden Sumpfes. Irgendeine unbekannte Substanz in dem glitzernden Wasser hatte das gesamte Bett leuchtend gelb gefärbt. Grüne Blätter von solch düsterer Leuchtkraft, daß ihr Anblick allein wie Gift zu wirken schien, trieben auf der Oberfläche der von Binsen umstandenen Teiche. Darunter, in lebhaftem Kontrast zur Erde, wuchsen Gräser wie verlockende Schleier aus moosigem Samt. Erlen und Weiden ließen ihre Zweige über die Ufer herabhängen. Von dem Platz, an dem wir standen, führte ein halb überspülter, von tiefen Rinnsalen durchzogener Weg aus unbehauenen Steinen direkt ins Herz des Sumpfes. Marina stellte ihren Fuß auf den ersten Stein. »Ich muß als erster gehen«, sagte sie. »Erst einmal zuvor bin ich diesen Weg gegangen, und dennoch kenne ich seine Fallstricke besser als jedes andere lebende Wesen.«

Bevor ich sie zurückhalten konnte, sprang sie schon wie ein gejagtes Tier von Stein zu Stein. Ich folgte eiligst in dem erfolglosen Versuch, den Abstand zwischen uns zu verringern. Vollkommen außer Atem schnappte sie nach Luft, und ihr Herzschlag hörte sich an wie das Ticken einer Uhr. Als wir an einen großen Teich kamen, bog der Pfad unvermittelt nach rechts ab, wo sich ein einsam stehender Hain aus verkümmerten Ulmen befand. Als Marina ihn erblickte, verlangsamte sich ihr Schritt, und sie hielt für einen Augenblick unentschlossen inne; doch während ich noch das erste flehende Wort aussprach, sie möge umkehren, ging sie weiter, ihre seidenen, schmutzbespritzten Röcke durch den Schlamm ziehend. Wir erklommen das rutschige Ufer der Insel (denn es war eine Insel, hoch aus dem Wasserspiegel des Sumpfes herausragend, und Marina ging voran über das saftige Gras auf eine Lichtung zu. Dort befand sich eine große Marmorzisterne, gestützt von zwei dicken Säulen. Verfaulte Zweige ruhten auf der schon zur Kruste erstarrten Oberfläche des Wassers darin, und Frösche, aufgedunsen und beinahe blau, schleppten sich bei unserem Herannahen schwerfällig davon. Zur Linken standen die Säulen eines Tempels, ein rundes, von einer Kuppel gekröntes Gebäude mit einem geschlossenen Bronzetor. Wilder Wein hatte das Portal überwuchert; wild treibende, sich an alles klammernde Gräser schossen überall aus der fruchtbaren Erde; in die breiten Stufen waren astrologische Symbole eingemeißelt.

Hier hielt Marina an. »Ich werde dir nun die Augen verbinden«, sagte sie und nahm ihre lose Schärpe ab, »und du mußt schwören, in allem meinem Wort zu folgen. Der kleinste Fehler würde uns verraten.« Ich versprach es und ließ mir die Augenbinde umlegen. Sie drückte meine Hand und bat mich, weder zu sprechen noch mich zu bewegen; dann verließ sie mich und ging zum Tor des Tempels. Dreimal schlug ihre Hand gegen das dumpfe Metall. Auf das letzte Klopfen hin drang ein zischender Schrei aus dem Innern, und die schweren Angeln quietschten laut. Ein Luftzug sprang wie eine eisige Zunge hervor und berührte mich, und vor Schreck hob ich unwillkürlich die Hand an das Tuch. Marinas schmerzerfüllte Stimme ließ mich augenblicklich innehalten. »Oh, warum bin ich so hin- und hergezogen zwischen dem Mann und dem Teufel? Das Netz des Lebens wird von einem Ende zum anderen aufgerissen werden! Gibt es denn keine Gnade?«

Kraftlos ließ ich meine Hand sinken. Jeder Muskel zog sich zusammen. Ich spürte, wie ich zu Stein wurde. Nach einer Weile drang der süße Duft von glimmendem Holz zu mir: Ein orientalischer Wohlgeruch, wie man ihn den indischen Göttern opferte. Dann schloß sich das Tor, und ich hörte Marinas Stimme, schwach und ohne Worte, doch zornig erhoben und voller Mißbilligung. Stunde um Stunde verstrich auf diese Weise, und immer noch harrte ich auf ihre Rückkehr. Erst als das Tuch vor meinen Augen sich blutrot färbte von den Strahlen der untergehenden Sonne, öffnete sich das Tor.

»Komm zu mir!« flüsterte Marina. »Nimm die Augenbinde

nicht ab. Schnell – wir dürfen nicht zu lange verharren. Mein Opfer hat seinen Appetit gestillt.«

Neugeborene Freude klang in ihrer Stimme. Ich stolperte auf sie zu, und sie fing mich in ihren Armen auf. Beim ersten Kontakt mit ihren warmen Brüsten drangen Speere der Verzückung in mein Herz. Sie drehte mich herum und löste dann, nachdem sie mir geboten hatte, geradeaus zu schauen, mit einem gewandten Handgriff den Knoten. Das erste, auf das der Blick meiner benommenen Augen fiel, war der Spiegel aus schwarzem Glas, der an ihrer Hüfte gehangen hatte. Sie hielt ihn so, daß ich in seine Tiefen schauen konnte. Und dort sah ich mit einem Aufschrei der Überraschung und der Angst *den Schatten des Basilisken.*

Das Ding lag lang ausgestreckt auf dem Boden, ein fleischgewordenes schlafendes Grauen. Leuchtend scharlachrote und schwarze Federn bedeckten seinen goldgekrönten Hahnenkopf, und seine ledernen Drachenflügel waren zusammengefaltet. Sein gewundener Schwanz, am Ende mit einem Schlangenauge und einem ebensolchen Maul besetzt, war in einem Ausdruck genüßlicher und zufriedener Sättigung aufgerollt. Eine Aura des unbeschreiblich Bösen ging von ihm aus. Doch während ich noch hinschaute, zog sich ein Nebelschleier über die Oberfläche des Spiegels: Der Schatten wurde schwächer, bis nur noch die unbestimmten, verschwommenen Umrisse der Gestalt übrigblieben. Marina hauchte auf den Spiegel, und während ich angestrengt auf das Bild starrte, löste sich der Dunstschleier auf dem Glas auf und ließ an der Stelle, an der das Ding gelegen hatte, die erschöpfte Gestalt eines Mannes erkennen. Er war jung und kräftig, ein dunkler Umriß mit einem weißen Gesicht, kurzen schwarzen Locken, die in wirren Strähnen über seine wohlgeformte Stirn fielen, und schweren, roten Augenlidern. Sein Aussehen war das eines ermatteten Dämonengotts.

Als Marina sich zur Seite wandte und mein Erstaunen bemerkte, stieß sie ein entzücktes Lachen aus, dessen melodischer, fröhlicher Klang, so scheint's, mühelos die toten Eingeweide des Sumpflandes zum Leben hätte erwecken können. »Ich habe gesiegt!« rief sie aus. »Ich habe das größte Glück erkauft!« Und mit einem ausgestreckten Arm schloß sie das Tor, bevor ich mich umwenden und nachsehen konnte; mit dem anderen Arm umfaßte sie meinen Hals und zog meinen Kopf zu sich hinab, bis sie ihre Lippen auf die meinen pressen konnte. Der Spiegel fiel aus ihrer Hand, und sie trat das zerberstende Glas mit einem Fuß in den modrigen Schlamm.

Originaltitel: The Basilisk
Ins Deutsche übertragen von Ute Thiemann

Jonathan Carroll

Viertel nach dir

›In der Dunkelheit wurde er zu einer gänzlich anderen Person. Sie konnte ihn nicht sehen, also hätte er jeder sein können.‹

Wenn zwei Menschen eine sexuelle Phantasie teilen, so ist dies ein Zeichen von Vertrauen. Es macht sie jedoch auch verletzlicher, und was im Schutze der Dunkelheit geflüstert wurde, mag bei Tageslicht zurückkommen, um sie zu verfolgen. Jonathan Carroll sieht diese Gefahr wie kaum ein anderer, und er hat erkannt, wie – anfänglich – unschuldig wir uns im Namen der Liebe Wunden zufügen.

Eigentlich fing es ganz harmlos an. Sie liebten einander. Sie wollten zusammen alt werden, und das ist der einzig wirkliche Beweis großer Liebe. Doch seit kurzem gab es da etwas, einen großen Holzsplitter, der ihren sonst klaren Blick trübte: Sex. Es hatte zwischen ihnen immer gut geklappt, und es *gab* Zeiten, in denen sie einander die größte Lust brachten. Doch wenn man mit einem Menschen erst einmal tausend Nächte geschlafen hat, so reibt sich etwas von der Phosphoreszenz des Sex unter der Berührung vertrauter Finger ab.

Einmal, als sie sich bemüht hatten, sich dem Rhythmus des anderen anzupassen, hatte sie unbedacht etwas gemurmelt, das ihn lächeln ließ und in ihm den Wunsch weckte, später, in jenen schwindenden sanften Augenblicken vor dem Einschlafen, darüber zu sprechen.

»Was fällt dir ein!« hatte sie plötzlich gesagt.

Er hatte nichts Neues oder Besonderes gemacht, also mußte er annehmen, daß sie in ihrer Phantasie eine frivole Szene mit irgend jemand anders durchspielte! Der Gedanke erregte ihn, besonders da er selbst das schon oft getan hatte.

Nachher, in der bläulichen Dunkelheit, berührte er ihre Hand und fragte, ob er recht hatte.

»Es ist mir peinlich.« Doch dann kicherte sie – ihr Zeichen, daß sie bereit war, darüber zu sprechen.

»Komm schon, es muß dir doch nicht peinlich sein. Ich habe es auch schon getan. Ich schwöre es! Es ist einfach eine andere Möglichkeit.«

»Versprichst du, daß du es nicht falsch verstehen wirst?«

»Ich verspreche es.«

»Also gut, aber es ist mir wirklich peinlich.«

Er drückte ihre Hand und wußte nicht, was er sagen sollte, damit sie nicht augenblicklich verstummte. »Nun, es ist niemand besonderes. Einfach dieser Mann. Es ist eine Phantasie. Ich treffe ihn in der U-Bahn und kann nicht aufhören, ihn anzusehen.«

»Was hat er an?«

»Die Sachen, die ich so mag – Jackett und Schlips, vielleicht einen gutsitzenden Anzug. Aber er trägt immer neue weiße Tennisschuhe, und das wirft das Ganze irgendwie völlig aus dem Rahmen. Es ist ein Zeichen von Humor, das besagt: Ich trage, was ich will, und es ist mir egal, was andere darüber denken.«

»Okay. Was passiert dann?«

Sie holte tief Luft und ließ den Atem langsam wieder heraus, bevor sie antwortete. »Wie ich schon sagte, ich sehe ihn und kann nicht aufhören, ihn anzuschauen. Er ist sexy, und das gehört natürlich dazu, aber da sind noch andere Dinge, die ihn herausheben, nicht nur das.

Er hat diese großen Augen wie bei einem Franzosen, und er hat dieses Buch in der Hand, das ich schon lange lesen wollte. Schließlich schaut er zu mir rüber, und ich bin völlig hin und weg. Das beste daran ist, daß er nicht erst einmal nach meiner Figur oder so guckt. Er sieht mich einfach nur an, und ich weiß, daß er interessiert ist. Das gefällt mir. Er macht nicht erst eine Bestandsaufnahme, als ob ich ein neuer Wagen in einer Ausstellungshalle bin.«

Ihre Geschichte war viel detaillierter, als er gedacht hätte. In seinen eigenen Phantasien machte er Kellnerinnen mit hohen Absätzen oder Verkäuferinnen mit wollüstigen Lippen an. Man traf die nötigen Verabredungen. Sie gingen in ihre Wohnung. Wenn sie erst einmal da waren, gingen sie augenblicklich mit Feuereifer und Einfallsreichtum zur Sache.

Augenblicke verstreichen, bevor er bemerkt, daß sie wieder angefangen hat zu sprechen.

»... folgt mir, als ich aus der Bahn aussteige. Das Wissen, daß er hinter mir ist, erregt mich unglaublich. Ich weiß, was passieren wird, und ich weiß, daß ich es tun werde, komme was wolle.«

Sie erzählte weiter, beschrieb die kleinsten, liebevollsten Details. Sie und Mister Tennisschuh wechseln nie ein Wort, nicht ein einziges. Je weiter es sich entwickelt, desto langsamer werden ihre Bewegungen, bis sich schließlich alles unter Wasser abzuspielen scheint.

Der einzige Satz, der je gesprochen wird, ist die Zeile ›Was fällt dir ein!‹ Das sagt sie jedesmal, doch nur einmal geschieht es wirklich, und für einen Augenblick fühlt sie sich schuldig. Doch dieses Gefühl verschwindet schnell wieder, denn die Erfahrung ist einfach zu berauschend und stark, als daß Schuld einen Platz darin hätte.

Als sie fertig ist, breitet sich ein Schweigen so dick wie ein Pelz zwischen ihnen aus. Zwischen zusammengebissenen Zähnen murmelt er etwas vor sich hin, daß dies keine besonders originelle Phantasievorstellung wäre.

»Sag das nicht! Mach es nicht schlecht! Was kümmert es dich, solange es *dich* nur erregt? Was macht es schon, wie originell es ist? Ich wette, dreiviertel aller Phantasien, die die meisten Menschen haben, handeln davon, daß sie entweder jemanden nehmen oder genommen werden.«

»Wie heißt er?« half er ihr.

»Wer, der Mann? Ich habe keine Ahnung. Wir reden nicht miteinander. Er sagt es mir nie.«

»Welchen Namen *soll* er denn haben?«

»Ich habe nie darüber nachgedacht. Was für eine komische Frage.«

Er ging in die Küche, um Wein zu holen. Als er zurückkam, war die Lampe auf ihrer Seite des Bettes an, und sie saß mit angezogenen Knien da, die Arme um die Beine verschränkt.

»Peter Copeland.« Sie lächelte ihm zu und zuckte mit den Achseln, als ob es ihr ein wenig peinlich wäre.

»Peter Copeland? Hört sich an wie so ein Typ von Yale.«

Sie zuckte abermals mit den Schultern. »Ich weiß nicht. Es ist einfach nur die Art von Namen, den er haben würde.«

»Okay. Ist es immer dieselbe Phantasievorstellung? Stellst du dir jemals andere um ihn herum vor?«

Sie nahm einen Schluck Wein und dachte darüber nach. Es schien ihr nicht länger etwas auszumachen, über Peter Copeland zu sprechen, nun, da seine Existenz ans Tageslicht gekommen war und er einen Namen hatte.

»Gewöhnlich immer das gleiche – Die U-Bahn, was er trägt ... Wie er mir folgt. Das reicht.«

Dieser letzte Satz traf ihn schwer. Er hatte so viele verschiedene Phantasien mit so vielen verschiedenen vorhersehbaren Gesichtern und Handlungsabläufen. »Das reicht.« In diesem Augenblick wußte er, daß er eifersüchtig war auf sie und Peter Copeland, die so zufrieden miteinander und ihrem wortlosen, gemeinsamen Fieber waren.

Am nächsten Tag, auf dem Weg zur Arbeit, blieb er unvermittelt mitten auf der Straße sehen und begann zu grinsen. In einem Blumengeschäft kaufte er zehn Tulpen, ihre Lieblingsblumen, und sorgte dafür, daß man sie zu ihrer Wohnung schickte. Auf die beigelegte Karte schrieb er: »Ich hoffe, Du magst Tulpen. Es sind meine Lieblingsblumen. Danke für den Kometen, den Du letzte Nacht am Himmel entzündet hast. Peter.«

Und in jener Nacht im Bett vollzog er einen großen Wandel. In der Dunkelheit wurde er zu einer vollkommen anderen Person. Sie konnte ihn nicht sehen, und so hätte er jeder sein können. Er wollte Peter Copeland sein, aber er wußte nicht wie.

Gewöhnlich sprachen sie miteinander, doch in dieser halben Stunde, in der sie einander gehörten, sagte er kein Wort. Sie verstand augenblicklich und ging sofort darauf ein. Wann immer sie auf etwas Bekanntes zutrieben, auf etwas Vertrautes, das aus ihren gemeinsamen Jahren geboren war, so steuerte er gegen.

Dann übernahm sie und war stark oder passiv, wenn er es am wenigsten erwartete.

Es war alles besser, als er es sich vorgestellt hatte, und abermals packte ihn wilde Eifersucht auf Peter Copeland. Kein Fremder, egal wie wunderbar er sein mochte, verdiente, was sie hier bot. Die einzigen Dinge, die er *seinen* Traumgeliebten je gegeben hatte, waren sowohl anonym als auch unwichtig.

Am Ende, als sie abermals sagte: »Was fällt dir ein!«, fand

er es im höchsten Maße erregend, daß sie es sowohl zu ihm als auch zu jemand anders sagte. Einen Augenblick später wünschte er, es wäre nur an ihn gerichtet.

Am nächsten Tag kaufte er das Buch, von dem er wußte, daß sie es schon lange hatte lesen wollen. Als Widmung schrieb er hinein: »Ich denke, daß es Dir gefallen wird. Peter.« Sie entdeckte es unter ihrem Kopfkissen. Sie setzte sich aufs Bett und hielt das Buch auf ihrem Schoß, ganz still, beide Hände auf dem Einband. Was machte er? Gefiel es ihr?

Die Elektrizität zwischen ihnen und ihre Bereitschaft, sich in so viele neue Richtungen vorzuwagen, schüchterte sie ein und ängstigte sie ein wenig. Beide fragten sich, für wen sie es eigentlich taten – für sich selbst oder den anderen?

Ihre Nächte in jener Woche waren lange, erschöpfende Experimente. Er konnte sie nicht fragen, was ihr gefiel, denn alles mußte schweigend geschehen: Gesprochen wurde nur durch Berührung und Bewegung. Jeden Abend um acht waren sie erregt und schauten auf die Uhr. Was immer sie früher zu tun gepflegt hatten, war vergessen und unwichtig geworden. Jetzt schlüpften sie in ihre neue zweite Haut, und was immer vom Tag übriggeblieben war, zog sich zurück, denn es kannte sie nicht mehr.

Am Donnerstag machte sie einen Stadtbummel und beschloß, ihm ein Geschenk zu kaufen. In einem Laden breitete ein Verkäufer wunderschöne Kaschmirpullover auf dem Glastresen aus. Flieder. Taupe. Schwarz. Sie konnte sich nicht entscheiden.

Erst als sie das Geschäft verließ, fiel ihr auf, daß sie einen Pullover ausgesucht hatte, der besser zu Peter Copeland als zu ihrem Ehemann passen würde. Das erschreckte sie, doch es kam ihr nicht in den Sinn, den Pullover umzutauschen. Sie würde es ihm einfach nicht sagen.

Auf der Arbeit sah er, daß er dreimal den Namen PETER COPELAND auf den Schreibblock vor sich geschrieben hatte. Er hatte nicht einmal bemerkt, daß er es getan hatte. Jedenfalls war die Schrift vollkommen anders. Eher, als würde er versuchen, die Unterschrift des anderen Mannes zu fälschen, anstatt sie zu erfinden.

»Was gibt's zum Abendessen?«
    »Dein Leibgericht – Chili.«
    Er mochte kein Chili.

Es gab kein Chili – ein kleiner Scherz ihrerseits –, aber die Tulpen, die er ihr geschickt hatte, standen in einer neuen schwarz-gelben Vase auf dem Eßtisch zwischen ihnen. Sie waren wie eine dritte Person im Zimmer. Er wollte ihr davon erzählen, daß er Copelands Namen geschrieben hatte, doch die leuchtend bunten Blumen waren im Augenblick schon Beweis genug von der Anwesenheit des anderen.
    Er schaute die Blumen noch einmal an und stellte fest, daß es nicht dieselben waren, die er gekauft hatte: Jene waren rosa, diese waren tiefrot.
    Wo hatte sie seine hingetan?
    »Es ist wieder Tulpensaison, ja?«
    Sie lächelte und nickte.
    »Letztens habe ich ganz tolle in Rosa gesehen. Ich wußte, daß ich sie für dich hätte kaufen sollen. Jemand ist mir zuvorgekommen, oder?«
    Ihr Lächeln blieb. Es bedeutete nichts anderes als noch einen Augenblick zuvor. Oder lag eine Spur Mitleid darin?

Er rasierte sich gern, bevor er zu Bett ging – eine persönliche Marotte.
    Während er vor dem Badezimmerspiegel stand und die letzten Flocken des weißen Schaums abschabte, richtete er plötzlich das Rasiermesser auf den Spiegel.

»Ich habe gehört, was ihr beide miteinander treibt. Glaub bloß nicht, daß ich es nicht wüßte, du Bastard!«

»Redest du mit mir?« rief sie vom Schlafzimmer herüber.

»Nein, mit Peter Copeland.«

Er lächelte sein seltsames Lächeln, als sie *darauf* nichts antwortete.

Ihre Finger strichen leicht über sein Gesicht, als ihm klar wurde, wie er das Ganze beenden konnte. Er schob ihre Hand beiseite und übernahm die Führung; begann, sie viel zu fest anzufassen, ihr weh zu tun. Zu seiner Überraschung drehte und wand sie sich, brach aber nicht ihr Schweigen. Irgendwann im Verlauf der letzten Tage hatten sie beide das akzeptiert. Aber warum protestierte sie nicht? Warum sagte sie ihm nicht, daß er aufhören sollte? Gefiel es ihr? Wie konnte es das? Sie hatte tausendmal gesagt, daß sie nicht verstünde, wie es Leuten gefallen könnte, einander im Bett weh zu tun. Oder gab es für Peter Copeland keine Grenzen? Schlimmer noch, war der Schmerz, den er gab, ihr jetzt angenehm? Das war doch völlig verrückt! Das bedeutete, daß er nichts von seiner Frau wußte. Er begann, zu schnell zu atmen. Welche Seiten von ihr kannte er mit absoluter Sicherheit? Was sonst noch hatte sie über die Jahre vor ihm geheimgehalten?

Er fing an, gemeine, dreckige Dinge zu ihr zu sagen. Das war etwas, was sie beide haßten. Die Worte, die sie beim Sex füreinander fanden, waren immer lustig und schmeichelnd, liebevoll.

»Hör auf!« Es war das erste Wort, das sie sprach. Sie sah ihm direkt in die Augen; in ihrem Gesicht stand echter Schrecken.

»Warum? Ich mache, was ich will.«

Er redete weiter. Faßte sie zu fest an, machte alles kaputt. Er erzählte ihr, wo er arbeitete, wieviel Geld er verdiente, welche Hobbys er hatte. Er erzählte ihr, auf welche Schule er gegangen war, wo er aufgewachsen war, wie er seine Frühstückseier mochte.

Schon bald begann sie zu weinen und hörte auf, sich zu bewegen. Er war gerade mitten dabei, ihr zu erklären, daß er die weißen Tennisschuhe trug, weil er sich diesen bösen Fußpilz geholt hatte ...

Originaltitel: A Quarter past you
Ins Deutsche übertragen von Ute Thiemann

Christopher Fowler

Der Spezialist

›Aber es gab natürlich noch andere Gründe für die begeisterten Empfehlungsschreiben seiner Kundinnen … Lächelnd
hob Alison den Telefonhörer ab und wählte.‹

*Laurie Fisher, die sich selbstbewußt gebende Heldin dieses moder-
nen, großstädtischen Grand Guignol, muß leider erfahren, wie fra-
gil die Illusion ist, alles unter Kontrolle zu haben. Ganz gleich, welche Mauern wir um uns herum auftürmen mögen, stetiger Druck
läßt sie brechen.*

*Ein Umzug entpuppt sich als Katalysator: Laurie wohnte bislang
in Manhattan, doch aus einem spontanen Entschluß heraus zieht sie
auf die andere Seite des Hudson, um sich im nicht ganz so noblen
Hoboken niederzulassen – das heißt, sie wird dort wohnen, sobald
die Renovierungsarbeiten in ihrer neuen Eigentumswohnung beendet sind. Die umfangreichen Umbauarbeiten werden von einem einzigen Mann ausgeführt, einem Hans-Dampf-in-allen-Gassen, der
Laurie von ihrer besten Freundin empfohlen wurde. Diese hatte den
Ruf vernommen, der dem Mann vorauseilte, und glaubt, daß er
Laurie nicht nur in einer Hinsicht zu neuem Leben verhelfen
könnte.*

*Doch da dies eine Geschichte von Christopher Fowler ist, einem
wahren Künstler in der Schilderung urbaner Ängste, dem es Genuß
bereitet, uns die potentiellen Gefahren auszumalen, die in den
scheinbar belanglosen alltäglichen Entscheidungen stecken, sind
Lauries Probleme nach Erhalt der Endabrechnung noch längst nicht
vorbei.*

»Du meinst die Wohnung in der vierundvierzigsten Straße West, die ich mir angeschaut habe?«

»Hmm – ich zünde mir gerade eine Zigarette an – sprich weiter.«

»Sie hat sich als winziges Dachstübchen mit einem kleinen runden Fenster und Dachschräge entpuppt. Weißt du, die Art Zimmer, in das man nicht einmal ein kleines Kind einsperren kann. Obwohl man kleine Kinder natürlich in fast alles einsperren kann.«

»Du wirst nicht dein ganzes Leben lang allein bleiben, Laurie. Vielleicht denkst du irgendwann einmal anders über Kinder.«

»Das bezweifle ich. Ich bevorzuge noch die Geschichte von der Prinzessin im Turm.«

»Und was dann? Es muß weitergehen, sonst hättest du das Ganze nicht so ausgewalzt.«

»Okay …«

»Ich meine, natürlich wirst du keine passende Wohnung mitten in Manhattan finden. Du hättest Jerry überreden sollen, auszuziehen.«

»Alison, es war seine Wohnung!«

»Dann hättet ihr eben zusammenbleiben sollen. Es hätte sich allein wegen der Lage gelohnt.«

»Sei still, Allie, und laß mich weiterreden. Also, es war schon die fünfte Wohnung, die ich mir an dem Nachmittag angesehen hatte. Es regnete in Strömen, und es bestand nicht die geringste Chance, ein Taxi zu bekommen. Ich fand mich plötzlich am Herald Square wieder. Also sprang ich auf die Bahn …«

»Oh, mein Gott, du ziehst nach New Jersey.«

»Ja, nach Hoboken. Es ist …«

»Ich weiß, ich weiß … nur zehn Minuten von der Stadt entfernt, und man zahlt dort die Hälfte weniger an Miete. Aber du kennst doch auch den alten Spruch: Wenn du erst einmal von der Insel runter bist, kommst du nie wieder drauf. Aber ich glaube, es kommt langsam in Mode, dort zu wohnen. Erzähl weiter.«

»Okay. Also Hoboken. Nun, ich spaziere da irgendwo hinter Washington Ave. eine Straße am Fluß entlang, da sehe ich dieses *Zu-verkaufen*-Schild im Fenster.«

»Warte – willst du sie *kaufen?*«

»Ich denke ja. Warum soll ich mein Leben lang Miete zahlen? Nun, ich habe ihnen ein Angebot gemacht, und sie haben es bereitwillig akzeptiert.«

»Und kannst du dir die Wohnung leisten?«

Laurie lachte. »Nein, natürlich nicht. Sie liegt im zweiten Stock über einem koreanischen Delikatessengeschäft. Es muß noch einiges daran getan werden. Aber sie hat eine prächtige Aussicht. Wenn ich aus dem Fenster schaue, sehe ich direkt auf den Fluß und die erleuchtete Stadt.«

»Hört sich gut an. Und wo ist der Haken?«

»Es gibt keinen Haken. Wenigstens habe ich bisher noch keinen entdeckt. Ich möchte, daß du dir die Wohnung mal ansiehst, bevor ich einziehe. Du hast immer so gute Ideen und weißt, daß mir jeglicher Sinn für Farbzusammenstellungen abgeht.«

Alison seufzte. »Gut. Ich glaube, ich bin es deinen zukünftigen Freunden schuldig, daß deine Wohnung am Ende nicht so aussieht, als hättest du sie in *Glücksrad* gewonnen. Wann könntest du?«

»Wie wär's mit Samstag?«

»Abgemacht.«

Der vom Hudson herüberwehende Septemberwind war feucht und ungesund. Er fegte um die alten Fährhäuser und in den Eingang zur U-Bahn, als Alison ihren Mantel zuknöpfte und die Station verließ. Sie warf einen raschen Blick auf den Zettel mit der Adresse und eilte die Third Street hinunter, an einer Reihe eleganter, neuer Restaurants vorbei, die Hobokens wiedererlangten Status als von vielen erwünschtes Wohngebiet signalisierten. Alison brauchte nicht lange, um den Delikatessenladen kurz vor der Ecke ausfindig zu machen, und blickte zu den darüberliegenden Fenstern empor.

Das Haus war schwer einzuordnen. Der graue Ziegelsteinsims ging an beiden Seiten in den schüchternen architektonischen Andeutungen unter.

Als Alison den Blick wieder senkte, sah sie ihre Freundin auf sich zukommen. Laurie sah wie immer tadellos aus. Als sie den Kopf drehte und lächelte, berührten ihre glänzenden, dunklen Haare die Schultern. Das teure, einfach geschnittene schwarze Kostüm betonte ihre schmale Taille. Sie hatte eine Figur, wie sie sich nur eine Karrierefrau leisten konnte.

»Ich habe mich doch nicht verspätet, oder?« Laurie schob den Jackenärmel hoch und sah auf die Uhr, wobei sie ein schmales, weißes Handgelenk entblößte.

»Nein, ich habe mich verfrüht. Sieht aus, als hättest du alle notwendigen Läden in der Nähe«, sagte Alison und deutete die Straße hinab.

»He, soll das eine Kritik sein?« Laurie ging auf die Tür neben dem Delikatessengeschäft zu und suchte nach ihrem Schlüsselbund. »Sieht so aus, als hättest du den Stylish Modes Beauty Salon zwei Häuser weiter schon entdeckt. Wie kann ich je wieder daran denken, mir meine Haare woanders machen zu lassen?« Sie schloß die Haustür auf und winkte Alison hinein.

»Es riecht ein wenig streng«, sagte sie naserümpfend. »Die alte Dame, die vorher hier gewohnt hat, hielt Katzen.«

Eine zweite Tür führte zu einem finsteren, schmalen Flur und einer mit grauem Teppich ausgelegten Treppenflucht. Während sie die Treppen hinaufstiegen, wies Laurie mißbilligend auf die kahlen Wände.

»Im Augenblick ist das alles nur – *Flur*. Schau nicht hin.«

»Ich glaube, es ließe sich mit ein paar Drucken aufheitern.«

»Allie, wir sind hier nicht in Manhattan. Hier ist es um einiges sicherer.« Laurie mußte drei verschiedene Schlüssel benutzen, ehe die Tür aufging.

»Oh, natürlich«, antwortete Alison und warf einen Blick auf die Sicherheitsschlösser.

Das vor ihnen liegende Zimmer sollte vermutlich als Wohnküche dienen. Die fadenscheinigen, purpurnen Teppiche strömten einen beißenden Geruch unverwechselbar kätzischen Ursprungs aus. Fleckige braune Tapeten zeigten die

Umrisse kürzlich entfernter Bilder und Lampen. An der gegenüberliegenden Wand ruhte ein zusammengebrochenes Sofa, dessen Cordbezug durch Gebrauch glänzend geworden war.

Die beiden Frauen betraten den angrenzenden Raum. Die Kochnische bestand aus einer senfgelben Arbeitsfläche und einer Reihe billig aussehender Geschirrschränke. Überall lag Mäusedreck.

»Zugegeben, die Wohnung sieht aus, als wäre sie seit den Fünfzigern nicht mehr sauber gemacht worden«, gestand Laurie, während sie mit einem manikürten Finger über ein Schrankbrett fuhr.

»Nichts für Sauberkeitsfanatiker«, stimmte Alison zu. Sie bewegte sich vorsichtig, darauf bedacht, nirgendwo anzustoßen. »Wenn es dir hiermit wirklich ernst sein sollte, kann ich nur sagen, daß du anscheinend mehr Phantasie hast, als ich dir zugetraut habe.«

»Ich habe mehr als nur Phantasie«, erwiderte Laurie. »Ich habe eine Aussicht.« Sie zerrte an einem schmutziggrauen Vorhang, der die gegenüberliegende Türöffnung verbarg. Und da war es: ein riesiges, eindrucksvolles Zimmer mit Doppelfenstern und einer unverbauten Sicht auf den Hudson und die Stadt dahinter.

Alle Einwände, die Alison bis dahin gegen den von ihrer Freundin geplanten Kauf gehabt haben mochte, hatten sich mit einem Mal in Luft aufgelöst. Regenverkündendes Sonnenlicht verwandelte die fernen, den sichtbaren Horizont ausfüllenden Wolkenkratzer in ein lebendiges Fresko. Barkassen tuckerten vorbei. Ihre Signale verloren sich im Gekreisch dahinjagender Möwen.

»Würdest du glauben, daß die frühere Bewohnerin Bretter vor die Fenster genagelt hat?« fragte Laurie, während sie auf einen Stapel Latten in einer Ecke deutete.

»Warum hat sie das getan?« erwiderte Alison und ging zum Fenster.

»Ich weiß nicht. Ich glaube, sie war ein wenig verrückt. Wahrscheinlich war sie sehr alt.«

»Wann ist sie ausgezogen?«

»Sie ist nicht ausgezogen. Sie ist gestorben und hat die Wohnung ihrem im Mittelwesten lebenden Neffen hinterlassen. Er will sie verkaufen.«

Laurie ging vom Fenster zur gegenüberliegenden Tür. Dahinter lag eine kurze Treppenflucht, die zum ersten von zwei Schlafzimmern führte. Alison tat einen Schritt hinein, dann hielt sie inne. Das Schlafzimmer war ein düsterer, muffiger, nach alten Bettdecken riechender Raum, dessen Fenster mit Sperrholz verbarrikadiert waren. Laurie knipste das Licht an. Eine Glühbirne beleuchtete ein durchgesacktes Bett, einen in Auflösung begriffenen Rohrstuhl und einen alten, schlecht gestrichenen Schrank.

»Ich denke, du solltest dir über bauliche Veränderungen Gedanken machen«, begann Alison. »Aber auch die bleibenden Wände müßten neu tapeziert werden. Du wirst erst einziehen können, wenn alles erledigt ist.« Alison versuchte, nicht auf das Bett zu starren; auf die nackte, schmutzige Matratze, die wahrscheinlich von den Ausdünstungen des sterbenden Körpers gesättigt war. Sie warf ihrer Freundin einen Seitenblick zu. Laurie schien ihre Gedanken gelesen zu haben.

»Sie ist nicht hier gestorben. Sie hat lange Zeit im Krankenhaus gelegen. Das Badezimmer ist am Ende des Flurs.«

Die moderne, billige Badewanne mit dem gesprungenen Boden wirkte in dem großen Badezimmer fehl am Platze. An der teilweise gekachelten Wand befand sich ein um Jahre älteres Porzellanwaschbecken. Die meisten Rohre lagen auf Putz; aus jeder Ecke ragten Leitungen.

»Dir ist hoffentlich klar, daß es ein Vermögen kosten wird, wenn es richtig gemacht werden soll.«

»Betrachte die Kosten als langfristige Investition«, erwiderte Laurie. »Eine solche Chance werde ich nie mehr geboten bekommen.«

»Vielleicht hast du recht. Meiner Meinung nach gibt es hier einiges zu renovieren. Damit steigt die Wohnung natürlich im Wert.«

Laurie führte sie ins Wohnzimmer, wobei sie an einem weiteren, jedoch kleineren Schlafzimmer vorbeikamen. »Was meinst du? Ist es zu klein für ein Gästezimmer?« fragte sie. »Vielleicht sollte man einen Durchbruch machen.«

»Ich weiß nicht. Du solltest die Anzahl der Zimmer nicht zu stark reduzieren. Nehmen wir einmal an, du möchtest wieder mit jemandem zusammenwohnen.«

»Oh, nein«, entgegnete Laurie bestimmt. »Ich werde bestimmt nie wieder mit jemandem zusammenwohnen. Und du weißt ganz genau, daß ich niemals heiraten werde.«

»Nun, das sagst du jetzt, aber in einem Jahr oder zwei ...«

»In einem Jahr oder zwei können wir alle tot sein.« Sie deutete auf die Wände, begierig, das Thema zu wechseln. »Also, was denkst du? Meinst du, es funktioniert?«

»Nun – die Wohnung ist wunderschön. Aber du wirst jemanden brauchen, der alle Renovierungsarbeiten von Anfang bis Ende durchführt. Einen Spezialisten.«

»Und wie soll ich den finden?«

Alison lächelte. »Ich kenne einen wirklichen Profi.«

Laurie Fischer arbeitete für einen großen Verlag an der Fünfzehnten Straße Ost. Sie hatte dort vor vier Jahren als Leiterin des Einkaufs angefangen und sich in dieser Zeit einen Ruf als ernstzunehmende, zähe Verhandlungspartnerin erworben.

Vor drei Jahren, an ihrem siebenundzwanzigsten Geburtstag, war sie wider besseres Wissen mit Jerry zusammengezogen, einem leitenden Angestellten aus der Werbeabteilung. Doch ihre Beziehung zu ihm – die eher einer Party als einer Romanze glich – war rasch zu einer Reihe unangenehmer Machtspielchen verkommen.

Oberflächlich gesehen schien alles in Ordnung zu sein. Hätte man Laurie die Idee, mit diesem Mann in wilder Ehe zu leben, als Geschäft angeboten, hätte sie mit beiden Händen zugegriffen.

Jerry besaß einen wachen Verstand, perfekte Zähne, ein Haus in den Hamptons – und hegte große Zukunftspläne. Unglücklicherweise nannte er jedoch ein Ego von der Größe seiner Immobilie sein eigen und hatte dort, wo gemeinhin das Herz beheimatet ist, einen Felsbrocken. Mit anderen Worten:

Jerry war ein erwachsener Mann von vierunddreißig Jahren, der mit einer schönen, unabhängigen Frau zusammenleben wollte, die ihm erlaubte, weiterhin das Feld zu beackern.

Als die Spannungen in ihrer Beziehung sich auf ihre Arbeit auszuwirken begannen, zog Laurie aus. Die endgültige Trennung vollzog sich unter gegenseitigen Anschuldigungen.

Und jetzt war sie wieder ein Single; Objekt begieriger Blicke seitens ihrer männlichen Kollegen und Freunde; die Frau, deren Privatleben für alle, bis auf wenige Ausnahmen, ein köstliches Geheimnis war.

Laurie kannte Alison schon länger, als sie zuzugeben wagte. Sie waren beide auf der selben High-School gewesen und hatten die meisten Geheimnisse miteinander geteilt. Das einzige nicht kartographierte Territorium ihrer Freundschaft war der Bereich Liebe und Sex. Selbst damals in der Schule hatte sich Laurie nie verabredet. Ihr Erfolg hatte sie bei ihren Mitschülern nicht sonderlich beliebt gemacht. Die meisten von ihnen fühlten sich von dieser bemerkenswerten Kombination aus Schönheit und Synapsen bedroht. Die Jungs verpaßten ihr den Spitznamen *Eiszapfen*, und Laurie gab ihnen keinen Grund, ihn zu ändern.

Alison hielt ihre Freundin für eine wandelnde biologische Zeitbombe, die nur darauf wartete, zu explodieren. Niemand konnte auf die Dauer so asketisch leben. Sie hatte sich damals, als jeder andere an der Schule den Versuch aufgegeben hatte, um eine Freundschaft mit der eisigen Klassenkameradin bemüht und es niemals bereut.

Laurie war, wenn man sie erst einmal näher kannte, eine außergewöhnlich liebenswürdige Person. Gelegentlich ein wenig reizbar und scharfzüngig, aber immer treu. Und obgleich sich Alison als die weniger Attraktive von beiden betrachtete, fühlte sie sich in Lauries Gegenwart nie in die Ecke gedrängt. Und überhaupt – war sie nicht diejenige gewesen, die sich am laufenden Band verabredet hatte, und erfreute sie sich momentan nicht einer langandauernden Liebesgeschichte, wenn auch mit einem verheirateten Mann, während Laurie die Karrierefrau spielte und bis in die Nacht hinein arbeitete?

Alison erinnerte sich daran, daß sie Laurie die Nummer des Handwerkers hatte geben wollen. Sie hatte den Mann zwar noch nicht persönlich kennengelernt, aber ihre Freundinnen lobten ihn in den höchsten Tönen. Letztes Jahr hatte er die Wohnung einer in der Met auftretenden Opernsängerin in eine preisgekrönte *House & Garden*-Werbeanzeige verwandelt. Dennoch war sein Honorar nicht in die Höhe geschnellt, und sein Tagessatz wurde – für New Yorker Verhältnisse – als annehmbar betrachtet. Aber es gab natürlich noch andere Gründe für die begeisterten Empfehlungsschreiben seiner Kundinnen ... Lächelnd hob Alison den Hörer ab und wählte.

Nachdem sie eine halbe Stunde mit einem Notizblock in der leeren Wohnung gehockt hatte, gab Laurie auf. Sie erhob sich, strich sich über die Jeans und legte den Block auf einen Haufen zusammengeknüllter Papierbälle. Alison hatte recht gehabt. Ihr Sinn für Design mußte vor dieser Aufgabe kapitulieren.

Der Kauf der Wohnung war schnell über die Bühne gegangen, die Anzahlung geleistet. Bezüglich der Hypothek hatte man eine fast unnatürliche Geschäftigkeit an den Tag gelegt, und Laurie sah keinen Grund, weshalb sie den Schlußtermin nicht einhalten sollte. Was ihr wirklich Sorgen bereitete, war, daß sie bis zum Ende der Renovierung – wer weiß, wie lange sich das hinziehen würde? – bei Freunden wohnen müßte.

Sie sah sich um. Der Fluß warf das ersterbende Sonnenlicht gegen die Wände, ließ sie zartgolden aufleuchten und verlieh der Wohnung die verheißungsvolle Schönheit kommender Tage. Laurie prüfte, ob das altmodische Bakelittelefon noch funktionierte, wählte die Nummer, die Alison ihr am Morgen gegeben hatte, und verlangte nach dem Handwerker.

Er war selbst am Apparat. Er besaß eine dunkle Stimme und sprach langsam, wodurch der Eindruck entstand, als wäge er jedes Wort vor Gebrauch sorgfältig ab. Laurie erklärte ihm, daß der Job genügend Freiraum für Kreativität ließ, aber bis Weihnachten erledigt sein müsse. Ob er vielleicht vor dem Wochenende einmal vorbeikommen und einen Blick auf die Wohnung werfen könne? Er sagte zu. Sie gab ihm die Adresse und legte eine Zeit fest. Nachdem sie aufgehängt hatte, notierte sie sich Ray Bellanos Nummer in ihrem Rolodex unter: ›Dienstleistungen: Handwerker‹.

»Wenn das richtig gemacht werden soll, muß das ganze Zeug hier abgekratzt und erneuert werden.« Er strich mit seiner breiten Hand über die Wohnzimmerwand, klopfte dagegen und zupfte an einem Stück Tapete, das sich beängstigend schnell vom Verputz löste. »Das hier ist eine tragende Wand. Natürlich kann man sie durch eine Reihe Säulen ersetzen – aber wozu? Es ist eine große Wohnung. Wenn ich die Wände herausnehme, harmoniert das Wohnzimmer nicht mehr mit den übrigen Räumen. Natürlich kann ich es machen, wenn Sie unbedingt wollen, aber Sie werden es bereuen.«

In der halben Stunde, die vergangen war, seit Laurie Ray Bellano die Tür geöffnet hatte, hatte er jede ihrer Ideen verworfen. Ein einfaches Ja oder Nein schien für ihn nicht in Frage zu kommen; stets gab er seinen Kommentar dazu ab. Der Mann war ausgesprochen ungehobelt.

»Klar kann ich es machen, wenn Sie es wünschen, Miß, aber es wird echt häßlich aussehen«, oder: »Natürlich können wir dort ein Fenster einbauen, aber ich kann Ihnen jetzt schon verraten, daß es bescheuert aussehen wird.« Natürlich können wir dort ein Fenster einbauen – als würden sie beide die Wohnung kaufen. Laurie begab sich zur gegenüberliegenden Wand und beobachtete mit gekreuzten Armen, wie er von Zimmer zu Zimmer polterte, mit einem Metallineal im Putz herumstocherte und innehielt, um ein paar zerbrochene Dielen zu begutachten. Er war über einsachtzig groß, verfügte über einen muskulösen Brustkorb und war hübsch-häßlich. Er trug Stiefel und schmutzige Jeans. Seine dunklen Haare lockten sich am Kragen seines Sweatshirts, und jedesmal, wenn er an ihr vorbeikam, folgte ihm der Geruch von Brylcreme und Schweiß.

»Kommen Sie mal einen Augenblick her«, tönte es aus dem Schlafzimmer, als wären sie ein jungvermähltes Paar. Sie mußte dem endlich einen Riegel vorschieben.

316

»Mr. Bellano«, hob sie in ihrer unterkühltesten Geschäftsstimme an, »lassen Sie mich eines von Anfang an klarstellen.« Sie trat in die Türöffnung und wartete darauf, daß er aufstand und sie ansah.

»Bitte, nennen Sie mich Ray«, sagte er, drehte sich langsam um und baute sich in voller Größe vor ihr auf, »alle meine guten Freunde nennen mich so. So wie es aussieht, wird bei dem Job einige Zeit draufgehen. Genug Zeit, um gute Freunde zu werden.« Er lächelte. Es war ein gefährliches Lächeln, das sich da über sein stoppliges Gesicht ausbreitete. Laurie stoppte mitten im Schritt. Ihr war plötzlich klar geworden, daß sie mit einem wildfremden Mann allein war.

»Ich denke, Sie haben recht«, stimmte sie zögernd zu. »Obwohl ich glaube, daß wir uns nicht oft sehen, da ich bis zum Ende der Renovierungsarbeiten bei Freunden in Manhattan wohnen werde.« Sie deutete auf die Schlafzimmerwände. »Unterbreiten Sie mir bitte innerhalb von zehn Werktagen Ihre Pläne. Darüber hinaus möchte ich wissen, wieviel Zeit, wieviel Baumaterial und so weiter Sie benötigen.«

»Nun mal langsam«, antwortete der Spezialist, »ich habe noch nicht gesagt, daß ich die Arbeit übernehme.« Dann spazierte er aus dem Zimmer und ließ die ob seiner Arroganz wutschnaubende Laurie allein. Für wen hält er sich eigentlich, verdammt noch mal? Okay, er hat in der Wohnung einer gefragten Opernsängerin gute Arbeit geleistet, aber das machte aus ihm noch keinen Andy Warhol. Und wenn er so gut war, weshalb war sein Honorar dann so niedrig? Sie lief hinter ihm her und wollte ihm gerade einen Vortrag über männliche Arroganz halten, als er aus dem Badezimmer trat – fast wäre er mit ihr zusammengestoßen – und sagte: »Ich mache es.« Das war das Ende.

Oder, besser gesagt, so fing alles an.

Denn genau zwei Wochen später unterbreitete Ray Bellano Laurie seine Pläne samt Kostenvoranschlag, und ein neuer Streit hub an. Der Handwerker hatte sich keinen Deut um ihre Anweisungen gekümmert und die Wohnung allein nach seinen Vorstellungen gestaltet. Und natürlich würde er nur die besten Materialien verwenden, was bedeutete, daß die Endabrechnung Lauries finanzielle Möglichkeiten erschöpfen würde.

»So geht es nicht«, stöhnte Laurie, während sie in ihrem Büro die Pläne studierte. »Warum müssen die Wände so dick sein? Und warum Hartholz, wenn Kiefer es auch tut? Sie bringen mich an den Bettelstab, Ray. Vergessen Sie nicht, daß ich die Wohnung noch einrichten muß.«

»Sehen Sie, Miss Fischer«, begann Ray, »ich kann mir vorstellen, daß Sie in Ihrem Job großartige Arbeit leisten – was immer Sie auch tun mögen –, aber ich meine, Sie sollten mir ein bißchen vertrauen. Ich sage Ihnen, was Sie tun werden. Ich gebe Ihnen jetzt eine Telefonnummer. Und ich möchte Sie bitten, daß Sie eine meiner Kundinnen, für die ich erst kürzlich gearbeitet habe, anrufen und sie nach mir fragen. Danach rufen Sie mich zurück, um das Honorar zu bestätigen.« Nachdem er aufgehängt hatte, wählte Laurie die genannte Nummer und verlangte Mrs. Irene Bloom.

»Ray Bellano? Der Mann ist ein Genie. Er hat mein Leben verändert. Er benutzte beim Umbau meiner Maisonette die seltsamsten Materialien, Sachen, an die ich im Traum nicht gedacht hätte, aber es funktionierte! Redwoodparkett und dunkle Esche in der Küche! Danach gab ich ihm den Auftrag, auch meine anderen Wohnungen umzubauen. Wenn Sie Bilder von seiner Arbeit sehen möchten … ich schicke Sie Ihnen gern …«

»Danke, das wird nicht nötig sein«, erwiderte Laurie.

Als sie aufgehängt hatte, starrte sie aus dem Bürofenster und beobachtete das geschäftige Leben auf den Straßen unter ihr. Dort unten schien es heiß zu sein. Manchmal fühlte sie sich durch die Stille, die eine Klimaanlage mit sich bringt, wie von der Außenwelt abgeschnitten. Vielleicht waren es nur Nachwirkungen ihrer Trennung von Jerry, aber sie begann sich zu fragen, weshalb sie so schwer arbeitete und sich so wenig mit anderen Menschen beschäftigte.

Das Paar, bei dem sie im Augenblick wohnte, kümmerte sich rührend um sie. Es wurde fast jeden Abend gekocht, und in der übrigen Zeit betrieb man lockere Konversation. Doch Laurie wußte, daß auch Peters und Frans Gastfreundschaft

Grenzen hatte. Bei jedem Essen machte sie aus der geraden Zahl der Gäste eine ungerade. Sie war der Single, den andere stets mit einem Leidensgenossen verkuppeln wollten. Sie wußte, daß Paul und Fran – selbst wenn sie das Gegenteil behaupteten – erleichtert aufatmen würden, wenn sie endlich in ihre neue Wohnung zog. Laurie rief Ray Bellano zurück und wies ihn an, unverzüglich mit der Arbeit zu beginnen.

Eine Woche später öffnete sie die Tür zu ihrer Wohnung und betrat ein Pandämonium aus Ziegelstein- und Mörtelschutt. Während sie mit ihren hochhackigen Schuhen vorsichtig über Bretter balancierte, die Löcher im Fußboden bedeckten, erschütterte ein dumpfes Donnern das Zimmer. Das Geräusch kam aus dem Bad, wo Bellano, eingehüllt in eine Wolke aus Mörtelstaub, mit einem Hammer auf ein Gewirr verdrehter Rohre einschlug. Laurie trat hustend zurück und beobachtete aus sicherer Entfernung, wie er den Hammer über den Kopf hob und ihn immer und immer wieder gegen die Rohre sausen ließ.

Dann entdeckte er sie und kam näher, während er sich den Schweiß von der Stirn wischte. Er arbeitete mit freiem Oberkörper und trug nichts als abgewetzte Jeans und Cowboystiefel. Laurie kam nicht umhin, seine gut ausgebildeten Brustmuskeln und das dunkle Vlies gelockter Haare zu bemerken, das seinen sonnengebräunten Bauch bedeckte und sich in den Jeans verlor.

»Ich würde Ihnen nicht raten, hereinzukommen, Miß«, warnte er sie. »Die Wände sind im Augenblick nicht sehr stabil.«

Laurie wich seinem Blick aus und beschäftigte sich angelegentlich damit, ihr Kostüm vom Mörtelstaub zu befreien. »Haben Sie denn keine Hilfe, Mr. Bellano?« fragte sie förmlich. »Ich ging davon aus, Sie würden ein Team beschäftigen. Sie können doch unmöglich die ganze Arbeit allein machen.«

»Ich glaube, Sie werden bald feststellen, daß ich sehr wohl in der Lage bin, das Ganze allein zu bewerkstelligen«, erwiderte er lächelnd. Täuschte sie sich, oder war das eine versteckte Andeutung gewesen? War es möglich, daß sie sich vor diesem netten Menschen aus dem Mittelwesten, dessen Blick genauso offen und unerschütterlich war wie seine Attitüde, wie eine nervöse New Yorkerin aufführte? Da sie nicht die geringste Lust verspürte, ihr Verhalten weiter zu analysieren, verließ sie die chaotische Wohnung mit dem Versprechen, in einer Woche wiederzukommen. Er könne sie im Büro anrufen. Sie bat ihn, wegen ihrer gegenwärtigen Arbeitsüberlastung nur in Notfällen anzurufen oder wenn er Geld brauche. Sie war sicher, daß er sie verstanden hatte.

Als sie ihr Büro betrat, herrschte auch dort Chaos. Ihre Sekretärin hatte verzweifelt versucht, sie zu erreichen. Wo sie gewesen sei? Da erst wurde Laurie bewußt, daß sie in ihre Wohnung gegangen war, ohne sich abzumelden. Sie versuchte, sich über ihre Motive klarzuwerden, während sie auf dem Weg zu Peter und Fran war.

»Du solltest dich mal wieder verabreden«, riet ihr Fran, während sie Nudeln auf Lauries Teller häufte. »Ich brauche dir wohl nicht erst zu sagen, was für einen phantastischen Fang du für jeden Mann darstellst.«

»Gott, Fran, bei dir komme ich mir wie ein Teenager vor.« Laurie wand die Nudeln vorsichtig um die Gabel. »Glaub mir, sich zu verabreden ist für eine dreißigjährige Frau nicht besonders lustig. Du hattest Geschmack und Anstand genug, Peter mit sechsundzwanzig zu heiraten. Ich bin über den Punkt hinaus und bewege mich, soweit es Männer betrifft, auf die Grauzone zu.«

»Meiner Meinung nach bist du einfach nur zynisch«, schaltete Peter sich ein, der die störende Angewohnheit hatte, während des Essens mit seiner Frau unter dem Tisch Händchen zu halten.

»Es ist nicht nur Zynismus. Im Laufe der Zeit lernt man alle Arten von Männern und deren Unterarten kennen. Die Geschiedenen, die entweder nach einer Reinkarnation ihrer Exfrau Ausschau halten oder ganz versessen darauf sind, dir von ihren Plänen zu erzählen, wie sie das Sorgerecht für die Kinder zu erlangen gedenken. Dann gibt es noch die Typen, die dir weismachen wollen, daß sie ihre Freundinnen nur verprügeln, wenn sie aus der Reihe tanzen oder jemandem im Restaurant schöne Augen machen. Die Spätentwickler, die mit dem Peter-Pan-Syndrom, die holistischen Gesundheitsfanatiker, erwachsene Männer, die in Discos gehen. Um Himmels willen ...« Laurie spielte betreten mit der Pasta herum.

»Was meinst du, wann kannst du deine Wohnung beziehen?« fragte Peter in dem Bemühen, das Thema zu wechseln – was genau wie ein Bemühen wirkte, das Thema zu wechseln. »Vor Weihnachten, oder?«

»Ich hoffe, noch vor Thanksgiving«, erwiderte Laurie. »Ich möchte die Möbel noch vor Weihnachten in der Wohnung haben. Aber im Augenblick läuft alles recht langsam.«

»Weißt du«, ließ Fran vorsichtig verlauten, »wenn du dort wohnen würdest, könntest du den Fortgang der Arbeiten beobachten und vielleicht ein bißchen Dampf machen.«

Laurie wurde plötzlich klar, daß ihre Freunde förmlich darauf warteten, einen Auszugstermin von ihr zu erfahren. Sie ließ sich während des Essens nichts anmerken und ging früh zu Bett. Das erste, was sie am nächsten Morgen tat, nachdem sie ihr Büro betreten hatte, war ein Anruf bei Mr. Bellano.

»Ich denke, ich werde mit dem einen Schlafzimmer im Laufe der nächsten Woche fertig«, sagte er mit aufreizend schläfriger Stimme. »Es stört mich nicht, wenn Sie einziehen.«

Wie nett von Ihnen, dachte Laurie und schob wütend eine Diskette in den PC. Herrgott, wie ich es hasse, Ihnen zur Last zu fallen. Sie strich sich die seidig schimmernden, schwarzen Haare aus der Stirn und starrte auf den Computermonitor, ohne die zartgrünen Zeichen, die über den Bildschirm liefen, wirklich zu sehen.

In dieser Nacht besuchte sie mit einem jungen, möglicherweise bestsellerverdächtigen Schriftsteller aus Los Angeles, der auf den ungewöhnlichen Namen Dig hörte, den Slum Club. Als sie um fünf Uhr morgens nach Hause ging, stellten eine Visitenkarte und ein Kater ihre einzigen Erinnerungen an die Nacht dar, doch war sie sich sicher, daß nichts Aufsehenerregendes passiert war.

Am darauffolgenden Samstagnachmittag zog sie in die Wohnung ein. Wie Ray es ihr versprochen hatte, war das

Schlafzimmer einigermaßen bewohnbar. Bretter, Ziegelsteine und Rigipsplatten waren entfernt worden; und die Tür schloß, soweit man dies bei einer Tür ohne Schloß und Klinke sagen konnte. Der Raum war von einem schimmernd-zarten Gelb und Kiefernholzgeruch erfüllt. Die Wände harrten entweder eines neuen Anstrichs oder neuer Tapeten. Laurie legte sich auf die Matratze und starrte zur Decke, über die eine sinkende Nachmittagssonne Lichtsplitter streute.

Sie konnte Ray im Zimmer nebenan arbeiten hören. Diesmal arbeitete er ausnahmsweise leise. Es hörte sich an, als würde er Holz abhobeln. Sie konnte hören, wie die Schneide sanft über das Holz fuhr und wie er den Hobel absetzte, um seine Arbeit zu begutachten; wie er mit den Fingern sacht über die Maserung fuhr und das Ergebnis überprüfte.

Der Mann wirkte wie eine Karikatur aus den fünfziger Jahren. Wahrscheinlich warf er sich die Frauen, mit denen er schlafen wollte, über die Schulter. Laurie fragte sich, wo er wohl leben mochte, wer seine Freunde waren. Sie hatte ganz vergessen, daß es noch Männer wie ihn gab: aufrechte Kerle, die mit den Händen arbeiteten und ihre Zeit nicht damit vergeudeten, Frauen mit geistreichen Bemerkungen einzuwickeln. Woher kannte Alison ihn? Das langsame und stetige Hin und Her des Hobels lullte sie ein. Sie fiel in einen leichten, angenehmen Schlaf.

Als sie erwachte, lag das Zimmer im Dämmerlicht. Rays Silhouette hob sich wie ein Scherenschnitt von der Türöffnung ab. Er stand reglos mit nacktem Oberkörper dort und schaute sie an, den Hobel in der Hand. Sie hob die Hand über die Augen, um besser sehen zu können. Er beobachtete sie mit einem zufriedenen, kleinen Lächeln.

»Was ist?« Sie stützte sich auf einem Ellbogen ab und lächelte zurück.

»Sie haben im Schlaf gesprochen. Ich glaube, Sie haben geträumt.«

»Wirklich? Und was habe ich gesagt?« fragte Laurie interessiert. Ray blickte verlegen auf seine Stiefel.

»Oh, nicht viel.«

»Kommen Sie, was habe ich gesagt?«

»Sie haben meinen Namen gerufen.«

»Ich möchte wirklich wissen, weshalb.«

Plötzlich kam er auf das Bett zu, ließ sich auf die Knie nieder und drückte seine breiten, fleischigen Lippen mit solcher Intensität auf die ihren, daß ihr Kopf auf das Kissen gepreßt wurde. Dann packte er mit der rechten Hand ihren Unterarm und nagelte ihn neben ihrem Kopf fest, während er mit der freien Hand ihr Hemd zerriß. Sie wand sich unter seinem Griff und hob das Bein, nur um zu entdecken, daß seine mächtigen Schenkel sich auf sie niedersenkten. Sein erigierter Penis drückte gegen ihren Schritt. Sie versuchte, mit der freien Hand den behaarten Brustkorb, der sich ihren Brüsten näherte, abzuwehren, doch statt dessen fuhr sie mit den Fingern über seinen Rücken bis zum Hosenbund. Mit einer einzigen flinken Bewegung riß er ihr den seidenen Büstenhalter vom Leib, hüllte ihre rechte Brust mit seiner breiten, warmen Hand ein und bewegte die kleine Brustwarze zwischen Daumen und Zeigefinger.

Dann senkte er den Kopf, fuhr mit der Zunge zwischen ihren Brüsten umher, dann weiter über ihren flachen, bleichen Bauch, wo er eine breite Speichelspur hinterließ. Als er keine Gegenwehr mehr spürte, ließ er ihren Arm los, hob mit beiden Händen ihr Hinterteil hoch, riß ihren Rock an der hinteren Naht auf, zog ihn unter ihr hervor und ließ ihn vom Bett gleiten. Seine mächtige Hand bedeckte ihr Geschlecht, die Finger fuhren in ihrem Höschen umher und schoben es über die Hüften.

Seine geheimnisvoll glitzernden Augen fingen ihren Blick ein und hielten ihn fest, während er sich am Verschluß seiner Jeans zu schaffen machte und sich ihrer erledigte. Sie spürte, wie seine Hände ihren Körper erforschten, sie zwangen, sich zu öffnen, während sein Becken sich gegen das ihre preßte und sein Penis langsam in sie eindrang. Sie schrie auf. Der gewaltige Speer des Mannes folgte dem Rhythmus ihres abgehackten Atems und tauchte Zentimeter für Zentimeter in ihren zitternden Körper, bis er ganz darin verschwunden war. Er verringerte sein auf ihr lastendes Gewicht, als er sich für einen Moment aufrichtete, bevor er mit aller Macht zustieß, den Speer zurückzog und wieder in sie versenkte, wieder und immer wieder. Dann spürte sie, wie er in ihr kam und seinen Samen im Rhythmus seines Herzschlages verströmte, während sie vor Schmerz und Lust aufschrie.

»Es war unheimlich.«

»Unheimlich? *Unheimlich?* Da machst du die großartigste sexuelle Erfahrung deines Lebens, und alles, was du dazu zu sagen hast, ist *unheimlich?*«

»Genau.« Laurie dachte einen Augenblick nach, die Ellbogen auf den Tisch gestützt, die Kaffeetasse in beiden Händen. Das Restaurant war fast leer, trotzdem flüsterte sie: »Gefährlich.«

Alison zündete sich einen Virginia Slim an und gestikulierte ungeduldig. »Was meinst du damit?«

»Er hat mich kaum geküßt. Ich glaube, nur einmal. Heftig. Es war Sex auf der untersten Stufe. Kein Wortgeplänkel, keine Rücksichtnahme, einfach nur ein schneller ... Fick. Danach saß er am Bettrand, knöpfte sein Hemd zu und weigerte sich, mir in die Augen zu schauen. Während ich mit meinen zerrissenen Sachen dalag und das Gefühl hatte, soeben einen schweren Autounfall überlebt zu haben, während er nicht einmal außer Atem war. Er stand auf, spazierte zum Spiegel, kämmte sich, schob den Kamm in die Jeanstasche und machte sich wieder an die Arbeit.«

»Du nimmst mich auf den Arm, oder? Und was hast du dann getan?«

»Ich glaube, ich bin leicht durchgedreht und habe ihm ein paar Schimpfnamen an den Kopf geworfen. Er schaute von seiner Arbeit auf und lächelte mir zu. Also verließ ich die Wohnung und machte einen kleinen Spaziergang, um ruhiger zu werden. Ich schämte mich so.«

»Hast du ihn seitdem noch einmal gesehen?«

»Natürlich. Am nächsten Tag tauchte er zur gewohnten Zeit in der Wohnung auf und fing an zu arbeiten, als sei nichts geschehen.«

»Und was wirst du jetzt tun?«

»Ich weiß nicht. Ich weiß nur, daß die Sache sich nicht wiederholen darf.«

»Aber du brauchst ihn.«

»Um den Job zu Ende zu führen, schon.«

Alison betrachtete angelegentlich die Spitze der Zigarette, während ein Lächeln ihre Mundwinkel umspielte.

Zwei Tage später geschah es wieder, trotz aller Versprechungen und Beteuerungen Lauries. Durch diesen Mann betrat sie eine Welt sexueller Erfahrungen, die sie vorher nicht gekannt hatte. Sie versuchte zu verstehen, weshalb sie so bereitwillig bei diesem ungestümen Liebeskampf mitmachte, der sie jedesmal geschlagen und erschöpft zurückließ. Sie wußte, daß sie einen Schlüssel zu ihrem Verhalten in der Hand hätte, wenn sie ihren rätselhaften Partner besser verstünde.

Ray Bellano sprach kaum ein Wort, benahm sich ihr gegenüber nicht gerade wie ein zivilisierter Mensch, aber er liebte mit einer solchen Leidenschaft und Inbrunst, daß Laurie bis ins innerste Mark erschüttert war. Und jeder Liebeskampf war hitziger, ungestümer als der vorangegangene. Danach zog er sich jedesmal sofort an, verließ die Wohnung und ging nach Hause, wo immer das auch sein mochte. Sie fand heraus, daß auch er ein Single war und aus einer Stadt in Südtexas stammte. Darüber hinaus wußte sie nichts über ihn.

In dieser Woche fingen ihre Arbeitskollegen zu tuscheln an. Laurie tauchte jetzt nicht mehr so makellos gekleidet und frisiert wie früher im Büro auf. Ihre Frisur war häufig durcheinander, die Bluse nicht mehr ganz so gut gebügelt. Laurie wirkte ein wenig wilder, nicht mehr so gelassen wie früher. Auch ihre Konzentrationsfähigkeit schien nachgelassen zu haben. Sie sprach mit niemandem über den Grund der Veränderung. Obwohl wahrscheinlich einige ihrer Kollegen etwas zu ahnen begannen, als sie gezwungen war, die Bißmale, die Ray an ihrem Hals hinterlassen hatte, mit Make-up zu überdecken.

Währenddessen nahm die Wohnung langsam Gestalt an. Elektrische Leitungen und Rohre waren verlegt, Wände errichtet, tapeziert und gestrichen worden. Die Küche hatte sich in ein Schlafzimmer, das Schlafzimmer in ein Badezimmer verwandelt. Importierte italienische Kacheln lagen neben Parkettböden. Und in den Trümmern der alten Wohnung, mitten in den Hobelspänen, den Drähten, dem abgeklopften Putz und dem Steinstaub, lag Laurie. Und über ihr ragte Ray empor. Schweiß troff auf ihr Gesicht, während er ungestümer denn je in sie eindrang.

An einem verregneten Sonntagnachmittag Ende Oktober, während sie auf dem Boden des leeren Gästezimmers hockte und zusah, wie der Regen über den Fluß fegte und gegen die Fenster klopfte, fragte sie ihn, warum er sie stets mit solcher Verbissenheit liebte. Er dachte einen Augenblick nach, während er mit den Fingern über die feinen roten Schrammen fuhr, die ihren Rücken schmückten, und antwortete, während er aufstand, um in seine weißen, baumwollenen Boxershorts zu schlüpfen, er glaube, es läge daran, daß er sie besitzen wolle. Das war die einzige Aussage von ihm, die einer Erklärung nahekam.

Laurie entschied, es sei an der Zeit, sich mit jemandem darüber zu unterhalten, dem sie vertrauen konnte. Sie verließ das Büro in einer hochgeschlossenen Jacke aus steifem, grauem Leinen, die die schmerzenden Striemen auf ihren Schulterblättern verbarg, um sich mit Alison zum Lunch zu treffen.

Während sie in ihrem Spinatsalat herumstocherte, berichtete sie ihrer alten Schulfreundin, in was für eine sonderbare Beziehung sie hineingeschlittert war.

»Was ich nicht verstehe«, schloß sie, »ist, weshalb ich das überhaupt mitmache. Es sieht mir gar nicht ähnlich.«

»Sex wirkt sehr befreiend«, antwortete Alison. »Für mich hört es sich so an, als bekämst du die Asche aus dem Kasten geholt, ohne dir Gedanken über Verantwortung machen zu müssen. Wenn du ein Mann wärst, würdest du keinen Gedanken daran verschwenden.«

»Aber ich bin kein Mann. Ich bin ich.« Laurie schob den halbvollen Teller beiseite.

»Laurie, ich muß dir etwas gestehen«, begann Alison zögernd. »Ich habe etwas in dieser Art erwartet.«

Laurie runzelte die Stirn. »Du hast etwas in der Art erwartet?«

»Laß es mich erklären. Vor ein paar Monaten tauchte eine Frau in meinem Büro auf, deren Wohnung von Bellano umgebaut worden war. Sie lobte ihn in den höchsten Tönen und sprach andauernd nur davon, was für ein großartiger Handwerker er sei. Aber ich konnte mich des Gefühls nicht erwehren, daß sie etwas völlig anderes damit meinte. Es stellte sich heraus, daß er bei ihren Freundinnen wegen seiner ... großzügigen Ausstattung sehr beliebt war.« Alison drückte mit vor Verlegenheit gerötetem Gesicht die Zigarette aus. »Laß mich es einmal so sagen, der Kerl steht in dem Ruf, nicht nur ein phantastischer Handwerker zu sein.«

Laurie war einen Moment wie vom Schlag gerührt; dann stand sie auf, öffnete ihre Handtasche und warf ein paar Geldscheine auf den Tisch.

»Du hast mich mit einem Zuchthengst verkuppelt?« fragte sie mit einer bis zum Zerreißen gespannten Stimme. »Wirke ich in deinen Augen so verzweifelt?«

»Aber ich wollte doch nicht ...«

»Ich bin sicher, du dachtest, du würdest das Richtige tun, aber glaube mir, dem ist nicht so, Allie. Wirklich nicht.« Sie machte auf dem Absatz kehrt und stürmte aus dem Restaurant.

An diesem Abend arbeitete Laurie lange. Als sie um einundzwanzig Uhr dreißig mit der Bahn nach Hause fuhr, dachte sie darüber nach, was sie tun sollte.

Erstens: Sie könnte Ray feuern und jemand anderen für den Job anheuern. Aber würde sie jemanden finden, der nach Rays Plan weiterarbeiten konnte?

Zweitens: Sie könnte mit ihm darüber reden. Dann bestünde jedoch das Risiko, daß er seine Sachen packte und eine unfertige Wohnung zurückließ.

Drittens: Sie könnte so tun, als sei nichts geschehen, und ihn in Ruhe weiterarbeiten lassen. Aber was würde geschehen, wenn er ihre Liason fortsetzen wollte? Eine Beziehung mit jemandem, der nur wenig mehr als eine männliche Prostituierte war, kam für sie nicht in Frage.

Als Laurie aus der Bahn stieg, wußte sie, daß ihre Affäre vorbei war. Als sie die Wohnung betrat, war Ray Bellano noch da. Er hockte mitten auf dem Wohnzimmerboden, umgeben von Plänen, Rigipsplatten und abgesägten Brettern. Das Zimmer roch nach gehobeltem Holz und frischer Farbe.

»Schön, daß du wieder da bist«, begrüßte er sie; dann erhob er sich und wischte sich über die Jeans. »Ich muß mit dir über die Stabilität der Küche sprechen.« Er trug sein widerspenstiges Haar zurückgekämmt, als hätte er ihre Wut vorausgesehen und sich bemüht, einen guten Eindruck zu machen. »Du siehst toll aus.« Er deutete auf ihr Kostüm. »Wirkt nur etwas streng.«

»Hör zu, Ray«, unterbrach sie ihn kühl. »Ich möchte dich etwas fragen. Gehört das, was zwischen uns geschehen ist, auch zum Service? Steigst du jedesmal, wenn du eine Wohnung renovierst, mit der Hausfrau ins Bett? Bin ich für dich nur ein Teil des Geschäfts?«

»Ich weiß nicht, was du meinst.« Er trat einen Schritt vor, während sie sich hinter die hölzerne Theke flüchtete, die er gebaut hatte.

»Na schön«, erwiderte sie. »Ich glaube, du verstehst es wirklich nicht. Ich spreche von sexuellen Freiheiten.«

»He, ich habe mir keine Freiheiten herausgenommen. Du wolltest es so.« Dann stand er hinter der Theke, griff nach ihrem Rockbund und zog sie an sich.

»Laß mich los«, zischte sie, während sie sich aus seinem Griff befreite. Sie konnte es sich zwar nicht leisten, ihn aus der Wohnung zu ekeln, aber es war wichtig, ihm die neuen Grenzen zu zeigen. »Du bist engagiert worden, um eine Arbeit zu erledigen. Weitere Dienste sind nicht erwünscht. Laß sie also aus dem Spiel, und wir werden gut miteinander auskommen.«

Ray starrte auf seine Stiefel, als hätte man ihn bei einem Vertrauensbruch ertappt. »Du machst einen Fehler«, sagte er schließlich. »Ich brauche dich wirklich. Aber wie du willst, an mir soll es nicht liegen.« Dann machte er sich ohne ein weiteres Wort an die Arbeit.

Nach jenem Gespräch verbrachte sie so wenig Zeit wie möglich in ihrer Wohnung. Die gelegentlichen Treffen mit Ray wurden von verletzten Blicken und unbehaglichem Schweigen begleitet. Sie ließ ihm Geld für Material da und blieb länger im Büro.

Anfang November nahm sie einen zweiwöchigen Urlaub, um ihre Eltern in Florida zu besuchen. Als sie zurückkehrte, war die Wohnung fertig, und eine Garnitur akkurat beschrifteter Schlüssel lag, zusammen mit einer handgeschriebenen Abschlußrechnung, auf der Arbeitsfläche in der Küche. Das war alles, was von Ray zu sehen war. Laurie schrieb einen Scheck aus und schickte ihn an die angegebene Adresse in Queens. Dann lud sie Alison ein, sich die fertige Wohnung anzusehen: erstens, um das Kriegsbeil zu begraben, und zweitens, um ein paar abschließende Ideen bezüglich der Wohnung zur Sprache zu bringen.

»Es ist unglaublich«, staunte Alison, während sie von Zimmer zu Zimmer ging. »Kaum zu glauben, daß es dieselbe Wohnung ist!«

Selbst ohne Möbel grenzte die Veränderung ans Wunderbare. Jeder Türbogen wies prächtige Details auf. Alison saß auf einer Lattenkiste und schaute sich fasziniert um, während Laurie in einer Küche aus grauem Schiefer und schwarzem Marmor Kaffee kochte.

»Was zwischen uns beiden passiert ist, tut mir leid«, begann sie, während sie in ihrem Kaffee rührte. »Es war alles meine Schuld.« Im Hintergrund kündete eine Flottille von Schleppern das Erscheinen eines großen südamerikanischen Frachters an.

Laurie stellte sich neben ihre Freundin und beobachtete, wie das bleiche Sonnenlicht am Bug des Schiffes Funken sprühte. »Vergiß es«, sagte sie. »Keiner hat schuld. Es ist einfach geschehen.« Sie wurde still. Dann sagte sie: »Hilf mir lieber, einen Eßtisch auszusuchen.«

»Einen Eßtisch?« fragte Alison, gleichermaßen begierig, das Thema zu wechseln. »Wozu brauchst du einen Eßtisch? Du kannst doch überhaupt nicht kochen.«

»Aber essen. Und ich könnte kochen lernen.«

»Das glaube ich erst, wenn ich es sehe.«

»Weißt du, die Vorstellung, hier zu wohnen, fängt an, mir zu gefallen«, gestand sie und setzte sich auf die breite Fensterbank. »Ich habe ein gutes Gefühl dabei.«

An diesem frostigem Herbstabend, während das Sonnenlicht langsam erstarb, ahnte Laurie noch nicht, daß ihre Probleme nicht vorbei waren, sondern gerade erst anfingen.

Anfang Dezember waren die meisten Möbel geliefert worden, und der erste winterliche Schneesturm verstopfte die Straßen Manhattans.

Laurie hockte im zartblau schimmernden Wohnzimmer, eingerollt in eine alte Patchworkdecke ihrer Mutter, und sah sich einen Videofilm an, während sie ein Erdnußbutter-Sandwich aß. Der Film war fast zu Ende, als das Bild plötzlich schwächer wurde und dann ganz verschwand. Laurie drückte gereizt auf die Fernbedienung, aber nichts geschah. Der Bildschirm blieb leer. Der Videoapparat weigerte sich ebenso beharrlich, den Film weiterzuspielen wie ihn zurückzuspulen.

»Verdammt.« Sie schälte sich aus Mutters Decke und ging zum Fernseher. Doch es gelang ihr weder, das Video zu starten, noch, die Kassette aus dem Apparat zu holen. Eine Minute später lief der Film plötzlich weiter, als sei nichts geschehen. Aber Laurie war zu müde, um sich das Ende anzuschauen. Sie traf Anstalten, ins Bett zu gehen. Nachdem sie Tasse und Teller gespült hatte, ging sie ins Badezimmer und stellte die Dusche an. Während sie unter einem Kegel aus dampfendem Wasser stand, ließ sie die Ereignisse des Tages Revue passieren. Es sah so aus, als wolle der Verlag Personal einsparen, und da Laurie erst kürzlich versäumt hatte, sich die Rechte an einem heißbegehrten neuen Roman zu sichern, schien es ihr an der Zeit, ihren Fehler durch Überstunden wettzumachen.

Während sie noch überlegte, verwandelte sich der wohlige Wasserschauer in ein Gerinnsel, um dann völlig zu versiegen. Laurie begann zu zittern und tastete nach einem Handtuch.

Doch statt Baumwolle berührte ihre Hand etwas Kaltes, Glitschiges, das nach ihr griff. Sie schrie auf, befreite sich aus dem Griff und sprang zurück. Während sie vorsichtig die Glastür öffnete, klopfte ihr Herz wie rasend. Das sorgsam gefaltete Handtuch lag auf dem Heizkörper. Genau dort, wo sie es hingelegt hatte.

»Ich sage dir, das ist das letzte Mal, daß ich mir allein einen Horrorfilm angesehen habe«, verkündete Laurie am nächsten Tag vom Büro aus Alison durchs Telefon. »Ich hätte schwören können, daß da etwas gewesen war.«

»Erzähl mir nichts«, begann Alison; dann gab es eine Pause, als Alison sich die obligatorische Zigarette anzündete, »ich kann mir nicht einmal die Dreiundzwanzig-Uhr-Nachrichten ansehen, ohne eine Gänsehaut zu bekommen.«

»Du meinst, wegen der Verbrechen, über die im Moment berichtet wird?«

»Nein, wegen George Bush. Es ist zu schrecklich. Da wir gerade davon sprechen— hast du letzte Nacht die Nachrichten gesehen?«

»Nein, ich bin schnurstracks ins Bett marschiert und bei Festbeleuchtung eingeschlafen. Weshalb?«

»Wenn du nervös bist, sollte ich dir lieber nichts davon erzählen. Es stand heute morgen in allen Zeitungen.«

»Ich habe keine Zeit zum Zeitunglesen. Komm, erzähl schon.«

»Okay. Halt dich fest.« Laurie lächelte. Sie wußte, daß Alison am anderen Ende der Leitung es sich jetzt bequem machte.

»Erinnerst du dich noch an den ganzen Rummel am Rockaway Beach im Juli letzten Jahres, als dort mit AIDS infizierte Spritzen an den Strand gespült wurden?«

»Hat man damals nicht auch ein Paar Beine gefunden?«

»Genau. Und einen Haufen toter Laborratten und eine menschliche Bauchhöhlenauskleidung. Nun, es hat wieder angefangen. Nur glaubt man diesmal nicht, daß es sich um Krankenhausabfälle handelt.«

»Was willst du damit sagen?«

»Eine Frau wurde letzte Nacht in Rockaway an den Strand gespült; oder besser gesagt, Teile einer Frau. Jemand hat sie mit einer Knochensäge zerstückelt.«

»Ich habe noch nicht zu Mittag gegessen, Allie. Warum erzählst du mir das überhaupt? Du weißt doch, daß ich allein lebe; du weißt genau, wie ich mich fühle!«

»Entschuldigung.« Alison klang keineswegs entschuldigend. »Ich dachte, es würde dich interessieren. Vielleicht steckt ein Buch drin.«

»Nein, danke. Wir haben bereits einen Führer für Kinder mit dem Titel *Dinge, die man an Amerikas Küsten findet* in unserem Programm.«

»Ich lade dich nach der Arbeit zu einem Drink ein …«

»Du weißt doch, daß ich abends länger bleibe. Wie wär's mit dem Wochenende?«

»Okay.«

Laurie arbeitete bis einundzwanzig Uhr; dann ging sie nach Hause und machte sich einen Rest Lasagne warm. Beim Essen betrachtete sie den zufrierenden Fluß. Die Wohnung war so warm, daß die Schneeflocken schmolzen, sobald sie auf die Fensterscheibe trafen. Laurie zog sich einen bequemen Kimono an, bevor sie den Fernseher einschaltete. Auf dem Bildschirm war ein Polizist zu sehen, der an einem öden, schneegepeitschten Strand von einem CNN-Reporter interviewt wurde. Hinter ihm lugten zwei dicke weiße Frauenbeine aus einer zugebundenen Plane heraus.

»Man befürchtete, daß eine weitere Ladung von Labormüll an New Yorks Strände gespült wird«, sagte der Sprecher. »Im letzten heißen Sommer mußten einige Strände geschlossen werden und zogen die Aufmerksamkeit vieler Dienststellen auf sich. Ein Problem, das jetzt, bei Temperaturen um Null Grad, nicht akut sein mag. Das heißt …«

Plötzlich zog sich das Bild zu einem einzigen Lichtpunkt zusammen.

»Verdammt.« Laurie suchte nach der Fernbedienung, konnte sie aber nirgends finden. »Das ist doch lächerlich …«

Sie stapelte die Sofapolster auf dem Boden und fuhr mit

der Hand am Rand des Sitzes entlang. Nach erfolgloser Suche ließ sie sich verwirrt auf die Fersen nieder. »Sie muß hier irgendwo sein. Sachen verschwinden nicht einfach.«

Schließlich gab sie es auf und ging ins Bett.

An diesem Abend hörte sie die Ratte zum ersten Mal.

Wenigstens hörte es sich so an, als sei es eine Ratte. Laurie konnte das schwache Scharren nur hören, wenn sie sich ganz still verhielt und nicht atmete. Doch es kam ihr so vor, als könne sie neben den vertrauten Geräuschen alter Häuser, neben dem Klang knarrender Dielenbretter und dem Knacken abkühlender Wasserrohre ein weiteres Geräusch vernehmen, das sich anhörte, als fielen Nägel auf Holz. Laurie setzte sich auf und tastete nach dem Schalter der Nachttischlampe. Sie schaltete das Licht an und erwartete beinahe, eine tollwütige, über die Bettdecke rasende Laborratte zu sehen, die sich anschickte, sich auf sie zu stürzen. Doch alles sah aus wie immer. Sie hörte immer noch dieses Geräusch, doch war es jetzt so schwach, daß sie sich fragte, ob sie sich das Ganze nicht einbildete. In dieser Nacht schlief Laurie nicht gut.

»Der Fernseher ist in Ordnung.«

Wie um seine Behauptung zu beweisen, schaltete der Mann vom Reparaturdienst den Apparat in rascher Folge ein und aus. »Der Videorecorder auch. Es muß am Stromnetz liegen.«

»Was soll das heißen?« Laurie bedachte den Fernseher mit einem zweifelnden Blick.

»Am elektrischen System. Sie sind doch gerade erst eingezogen?«

»Was hat das damit zu tun?« fragte sie heftig.

»Diese alten Gebäude haben oft ein überholtes Leitungssystem, das sogar lebensgefährlich sein kann, ohne daß Sie auch nur das geringste davon ahnen.«

»Ich habe neue Leitungen verlegen lassen.«

»Vielleicht wurde ein Fehler eingebaut, und irgendwas überlädt sich ständig. Haben Sie noch andere Geräte benutzt, während der Fernseher lief? Vielleicht ein Bügeleisen?«

»Ich pflege nicht zu bügeln, während ich fernsehe«, beschied sie ihm. »Ich stamme aus New York, nicht aus Ohio.«

»Nun, ich denke, es liegt an den elektrischen Leitungen«, erwiderte der Mann vom Reparaturdienst, schloß seinen Werkzeugkasten und ging zur Tür. »Bitten Sie Ihren Elektriker, einen Blick darauf zu werfen.«

Am nächsten Abend, eine Stunde bevor Peter und Fran mit dem chinesischen Essen kamen, begannen die Lampen im Schlafzimmer verrückt zu spielen. Laurie wechselte gerade ihre Jeans, als das Licht erlosch. Fluchend überprüfte sie die Glühbirnen und den Sicherungskasten, konnte aber nichts Ungewöhnliches feststellen. Zehn Minuten später funktionierte das Licht wieder. An diesem Abend öffnete eine recht verwirrte Laurie ihren alten Freunden die Tür.

»Und wie gefällt es dir hier?« fragte Peter, den Mund voller Nudeln. »Es sieht wirklich großartig aus.«

»Es gibt da noch das eine oder andere Problem.«

»Was für Probleme?«

»Ach, das Licht, die Leitungen.« Sie versuchte, ihrer Stimme einen normalen Klang zu geben. »Ich glaube, ich habe eine Ratte in der Wohnung.«

»Das hört sich so melodramatisch an«, schaltete Fran sich ein, während sie eine Schachtel mit Bohnenkeimlingen über den Tisch reichte. »In jedem Haus gibt es Mäuse und Schaben.«

»Ich weiß. Aber das hier klingt, als wäre es größer. Ich höre das Geräusch fast jede Nacht.«

»Möchtest du, daß ich es mir einmal ansehe?« fragte Peter ohne sonderliche Begeisterung.

»Nein, es wird bestimmt von selbst verschwinden. Ist schon okay.« Während sie in den Bohnenkeimlingen herumstocherte, wünscht sie sich, so zuversichtlich zu sein, wie sie sich angehört hatte.

Am nächsten Morgen saß Laurie in der Küche und warf Grapefruitstückchen in den Mixer, während auf Kanal Elf die lokalen Nachrichten gesendet wurden. Während die eine

Hälfte ihres Verstandes damit beschäftigt war, das Frühstück zuzubereiten, und sie mit der anderen die Termine des heutigen Tages abspulte, veränderte sich das Fernsehbild. Man sah ein Bild vom Strand, und quer darüber stand:

ROCKAWAY-BEACH-OPFER IDENTIFIZIERT.
Die Polizei identifizierte heute die am Rockaway Beach gefundene Frauenleiche als die von Mrs. Irene Bloom, einer zweiundvierzigjährigen Wirtschaftsprüferin, die seit letzten Donnerstag nicht mehr in ihrer Upper-Westside-Wohnung gesehen und als vermißt gemeldet worden war ...

Anfangs registrierte Laurie den Namen nicht einmal. Erst als sie auf den Bildschirm blickte, gefror ihr das Blut in den Adern. Das Obstmesser glitt aus, und sie schnitt sich in die Hand. Während das Blut auf die marmorne Arbeitsfläche tropfte, starrte sie auf das Bild von Mrs. Irene Bloom, die stolzgeschwellt in einer Wohnung posierte, die wie ein genaues Duplikat der Wohnung Lauries aussah.

»Das war die Frau, mit der ich gesprochen habe; die Frau, die ich auf Ray Bellanos Geheiß anrief, um seine Referenzen zu überprüfen. Und ihre Wohnung sieht genauso aus wie meine! Er hat sie im gleichen Stil umgebaut. Begreifst du nicht, was das bedeutet?«

»Das ist verrückt, Laurie, und das weißt du. Es ist nur ein Zufall. Willst du vielleicht zur Polizei gehen und sagen: ›Verzeihen Sie, Wachtmeister, aber ich hatte denselben Innenarchitekt wie die Ermordete‹?«

»Du weißt verdammt gut, daß wir mehr als nur die Wohnungseinrichtung miteinander geteilt haben.«

Alison seufzte. Sie hatte ihren Arbeitsrhythmus nicht unterbrochen, um sich in einem Kaffee-Shop an der Fünfzehnten Straße Ost mit einer beinahe hysterischen Laurie zu treffen; gleichzeitig war sie besorgt, daß ihre gute Freundin vielleicht kurz vor einem Zusammenbruch stand.

»Jeder Maler hat seinen eigenen Stil«, fuhr sie fort und

bemühte sich, so ruhig und vernünftig wie immer zu klingen. »Die von Bellano umgebauten Wohnungen ähneln sich in gewisser Hinsicht. Ich denke, du arbeitest zuviel. Du solltest öfters ausgehen.«

»Vielleicht hast du recht.« Laurie schien sich wieder gefangen zu haben. »Ich glaube, meine Phantasie geht in letzter Zeit mit mir durch.«

»Wenn es dich so beunruhigt, werde ich dafür sorgen, daß wieder Frieden in deinen Geist einzieht. Zumal ich es war, die dir diesen Kerl empfohlen hat. Ich werde ihn anrufen. Hast du seine Nummer?«

»Ich dachte, du hättest sie. Du hast sie mir gegeben.«

»Das war nur eine Übergangsnummer. Inzwischen ist er nach Queens gezogen.«

Laurie überlegte einen Moment. »Das stimmt«, erinnerte sie sich. »Nach Queens habe ich auch den Scheck geschickt.« Sie kramte in ihrer Handtasche herum. »Ich glaube, ich habe den Zettel mit der Nummer weggeworfen.«

»Macht nichts. Wir kennen seinen Namen. Ich finde heraus, wo er wohnt, und rufe ihn an. Und du versprichst mir, alles etwas einfacher angehen zu lassen.« Sie gaben sich die Hand. Lauries Finger waren eiskalt.

»Abgemacht?«

»Abgemacht.«

Genau zwei Wochen vor Weihnachten tauchte Lauries Exfreund in ihrem Büro auf. Er habe sie schon längst besuchen wollen, sagte er, um das Kriegsbeil zu begraben. Zufälligerweise war seine Freundschaft mit Carol gerade in die Brüche gegangen. Laurie war überrascht, aber nicht geschmeichelt. Doch da Weihnachten vor der Tür stand, ließ sie sich von ihm zu einem Drink überreden und brachte es sogar fertig, den Abend zu genießen.

Zum Schluß versuchte Jerry sie zu küssen, und sie wehrte ihn sanft, aber entschieden ab. Trotzdem gab sie ihm ihre neue Telefonnummer, was mehr war, als sie eigentlich vorgehabt hatte. Jerry war zwar eine Laus, aber eine charmante, und Laurie hatte das Gefühl gehabt, ihm etwas schuldig zu sein.

Am folgenden Samstag kam es zu einem weiteren seltsamen Vorfall in ihrer Wohnung. Laurie war gerade von der Arbeit nach Hause gekommen und hörte den Anrufbeantworter ab – Jerry hatte angerufen, um sie zum Essen einzuladen –, als sie im Nebenzimmer etwas aufschlagen hörte. Sie schaltete das Band aus, hielt ein Ohr gegen die Wand und lauschte. Ungefähr eine Minute lang war nichts zu hören. Dann gab es ein Geräusch, als würde ein Gewicht verlagert. Ein Dielenbrett knarrte. Das Geräusch drang nicht aus den Wohnungen über oder unter ihr, sondern direkt aus dem Nebenzimmer. Dann fiel etwas mit solcher Wucht gegen die Wand, daß Laurie fast das Herz stehenblieb.

Sie schlich zum Tisch und schnappte sich einen Brieföffner aus Messing. Dann bewegte sie sich leise in Richtung Eßzimmer. Während sie auf der Türschwelle innehielt, bereit, anzugreifen, kam ihr dieses Verhalten plötzlich komisch vor. Da war sie, eine erwachsene Frau, und reagierte wie ein sechsjähriges Kind, nur weil sie ein paar Geräusche gehört hatte, die sie sich nicht erklären konnte. Mit einem gezwungenen Lachen ließ sie den Brieföffner sinken.

In diesem Augenblick erloschen alle Lichter.

Die Dunkelheit wirkte wie eine schwarze Wand. Laurie hatte die Finsternis schon als kleines Kind gehaßt. Als sie zur Wohnungstür rannte, stieß sie mit dem Schienbein gegen den Rand des Kaffeetisches und stürzte. Die scharfe Stahlkante hatte ihr eine Wunde geschlagen. Als Laurie die Wohnungstür aufriß, sah sie sich Jerry gegenüber, dessen Finger noch immer auf der Klingel lag.

Sekunden später flammte das Licht wieder auf.

Sich an Jerrys Schulter auszuweinen war das letzte, das sie vorgehabt hatte. Vielleicht lag es an den Ereignissen des vergangenen Monats, daß sie von ihrem normalen Verhalten abwich. Wie dem auch sei; Laurie klammerte sich an Jerry und erzählte ihm von all ihren Ängsten und Sorgen – von ihrem Job, ihrem Privatleben und sogar von den unerklärlichen Schwierigkeiten mit ihrer Wohnung. Als sie endete, lächelte Jerry und goß ihr einen Brandy ein, bevor er sie zu Bett brachte und liebevoll zudeckte. Er blieb drei Stunden neben ihr sitzen und versuchte nicht ein einziges Mal, sie zu berühren. Von dieser Seite kannte sie ihn noch gar nicht.

In dieser Nacht schlief Laurie das erste Mal seit einem – wie es ihr schien – Menschenalter wieder tief und fest.

Am folgenden Freitag kam sie wegen einer Konferenz erst spät nach Hause und mußte feststellen, daß man in ihre Wohnung eingebrochen hatte.

»Das ist es ja gerade«, gestand sie dem Polizisten, »ich bin mir noch nicht einmal sicher, ob etwas gestohlen wurde.« Sie stand im Wohnzimmer, umgeben von den Scherben des zerbrochenen Glastisches und der Füllung des aufgeschlitzten Sofas. Der junge Polizist spazierte mit angewiderter Miene von Zimmer zu Zimmer.

»Entschuldigen Sie bitte, Ma'am«, begann er, »aber solche Fälle häufen sich im Augenblick, und es ist kaum möglich, jemanden zu erwischen. Viele Leute ärgern sich darüber, daß jetzt Yuppies in die alten Häuser einziehen und damit die Preise in die Höhe treiben.«

»Ich weiß, was Sie damit sagen wollen«, erwiderte Laurie wütend, »aber ich habe genauso ein Recht auf Schutz wie jeder andere auch, und ich glaube nicht, daß es zu Ihrem Job gehört, sich diesbezüglich ein Urteil anzumaßen.«

»Hören Sie zu, ich versuche Ihnen nur zu erklären, wie es momentan aussieht.«

Da er jetzt eine Entschuldigung dafür hatte, das Interesse an dem Fall zu verlieren, zog er sich zur Tür zurück.

»Stellen Sie eine Liste der vermißten Gegenstände auf, Ma'am, und geben Sie sie auf der Wache ab. Wir werden sehen, was wir tun können. Und schreiben Sie auch die Namen derjenigen auf, die es Ihrer Meinung nach gewesen sein könnten.«

Laurie blieb auf halbem Weg zur Tür stehen. »Wie kommen Sie darauf, daß ich jemanden kenne, der so etwas tun könnte?« fragte sie.

»Nun, es sind keine Anzeichen eines gewaltsamen Einbruchs zu sehen. Also haben Sie entweder vergessen, die Tür abzuschließen, oder der ungebetene Besucher hatte einen Schlüssel.«

»Nur ich habe die Schlüssel zu dieser Wohnung, sonst niemand.«

»Dann haben Sie eben die Tür nicht abgeschlossen. Entweder, oder.«

»Phantastisch. Sie waren mir eine große Hilfe.«

Nachdem sie die Tür hinter ihm zugeschlagen hatte, kehrte sie zu den Resten ihres Sofas zurück, setzte sich hin und weinte.

Wie sich herausstellte, fehlte nichts. Das Schmuckkästchen und das Geld auf der Frisierkommode waren nicht angetastet worden. Das Ausmaß des Schadens war nicht so groß, wie es im ersten Moment ausgesehen hatte. Doch der Kaffeetisch und das teure Designersofa mußten ersetzt werden. Peter und Fran halfen Laurie bei den Aufräumungsarbeiten und schlugen vor, sie solle eine Alarmanlage einbauen lassen. Das würde verhindern, daß so etwas noch einmal geschah. Als die letzte Schaufel voll Glasscherben in den Mülleimer befördert worden war, öffneten sie eine Flasche Rotwein und stießen auf das neue Jahr an.

»Du solltest dir eine Gegensprechanlage anschaffen.«

»Jerry, was machst du denn hier?« Laurie stand im Bademantel in der Türöffnung; sie war nicht auf Besucher vorbereitet. Obwohl sie eigentlich froh war, ihren ehemaligen Freund zu sehen. Sie machte einen Schritt zur Seite, um ihn eintreten zu lassen. »Ich habe nicht viel Zeit, ich wollte gerade essen gehen. Aber da du nun schon mal da bist, könntest du mir einen Gefallen tun.«

Auf dem Weg ins Wohnzimmer zog Jerry eine Flasche Champagner aus der Jacke. »Zur Einweihung der neuen Wohnung«, erklärte er. »Besser spät als nie. Was kann ich für dich tun?«

Sie nahm ihm die Flasche ab, stellte sie auf den Tisch, führte

Jerry in die Mitte des Zimmers und legte den Finger an die Lippen.

»Horch«, flüsterte sie, »und dann sag mir, was du hörst.«

Jerry neigte den Kopf in einer übertriebenen Geste gespannter Aufmerksamkeit. Er lauschte eine Weile; dann schüttelte er den Kopf.

»Nichts«, sagte er schließlich. »Überhaupt nichts. Was sollte ich deiner Meinung nach denn hören?«

»Ich weiß nicht. Jede Nacht höre ich so ein seltsames Geräusch. Vielleicht bilde ich mir es auch nur ein.« Sie schüttelte den Kopf; dann nahm sie den Champagner und brachte ihn in die Küche.

»Was meinst du damit?« fragte Jerry, der ihr folgte. »Was bildest du dir ein?«

»Ach, ich weiß nicht – Ratten, Mäuse. Irgend etwas in der Art. Du brauchst einen neuen Haarschnitt.« Sie berührte seinen Nacken.

»Das ist der Frankie-Avalon-Look. Allmählich beginnt er mir zu gefallen.« Jerry brachte seine Frisur in Ordnung. »Hattest du schon einen Kammerjäger hier?«

»Nein, ich hielt es nicht für nötig.« Laurie besorgte zwei Gläser und öffnete die Flasche. »Es kommt und geht.«

»Entschuldige bitte meine Unhöflichkeit, aber es sieht so aus, als würden diese ominösen Geräusche dich am Einschlafen hindern.«

Sie trank aus; dann stieß sie mit Jerry an. »Du weißt doch, daß ich mich immer über Kleinigkeiten aufregen kann? Es geht wieder los, das ist alles.«

»Möchtest du, daß ich heute nacht hier bleibe?« Sein Lächeln verwandelte sich in ein Grinsen.

»Ich weiß, daß Weihnachten ist«, entgegnete sie lachend, »aber ich bin noch nicht guten Willens.«

Anderthalb Stunden später war sie es.

Es war das erste Mal seit dem Handwerker, daß sie mit jemandem schlief, und sie mußte sich erst wieder daran gewöhnen.

Jerry war ein höflicher, rücksichtsvoller, konservativer Liebhaber. Er berücksichtigte die Wünsche der Frau. Er ließ sich Zeit. Er streichelte zärtlich ihren Körper. Sie hatte ganz vergessen, wie langweilig er im Bett war.

Er lag schwer auf ihr und knetete ihre Brüste. Seine Sachen lagen ordentlich gefaltet auf einem Stuhl. Die Lichter im Schlafzimmer waren ausgeschaltet. Er stöhnte leise. Wahrscheinlich hielt er es für sexy. Laurie spürte, wie ihr linkes Bein einschlief, während er sein Gewicht verlagerte, um erneut am Laken zu zerren.

Plötzlich hallte das Zimmer von einer Serie ohrenbetäubender Schläge wider. Jerry schrie auf und sprang wie elektrisiert aus dem Bett.

Als das Hämmern andauerte, lief er zur Wand und knipste das Licht an. Das rhythmische Geräusch verstummte augenblicklich. Laurie nahm vorsichtig das Kissen weg, das sie sich über die Ohren gehalten hatte.

»Das ist aber ein verdammtes Installationsproblem, das du da hast«, stieß Jerry hervor, als sein Herzschlag sich beruhigt hatte. »Du liebe Güte, passiert so was öfter?«

»Ziemlich oft«, erwiderte Laurie.

»Und woher kommt es?«

»Aus der Wohnung«, antwortete sie zitternd. »Es kommt aus der Wohnung.«

»Laurie, wir *müssen* uns heute abend auf einen Weihnachtsdrink treffen. Ich habe ein Geschenk für dich.« Alisons Stimme am anderen Ende der Leitung klang bereits leicht angeheitert. Laurie konnte hören, daß die Büroparty schon im vollen Gange war. Sie warf einen Blick auf den Papierstapel auf ihrem Schreibtisch und seufzte.

»Allie, ich fliege morgen abend zu meiner Familie, um Weihnachten mit ihnen zu verbringen, und muß bis dahin noch einiges erledigen ...«

»Ich treffe dich in einer Stunde an der Christopher Street vierzehn. Sollte ich zuerst dasein, werde ich Michael bitten, uns einen Tisch zu geben. Also komm – oder ich werde überall herumposaunen, daß du gestern abend eine alte Flamme neu entfacht hast.«

»Woher weißt du das?« fragte Laurie überrascht. »Scheint sich ja schnell herumzusprechen.«

»Du vergißt, daß Jerry noch immer in meiner Abteilung arbeitet.«

»Ja, aber ich habe nicht erwartet, daß er es jedem erzählen würde.«

»Nicht jedem, nur mir. Übrigens, was Ray Bellano betrifft …«

»Hast du ihn ausfindig machen können?«

»Nein. Niemand scheint ihn gesehen zu haben, nachdem er bei dir war, du Kannibalin. Sag mal, hast du noch die Pläne, die er von deiner Wohnung gemacht hat?«

»Ja, sie liegen hier in der Schreibtischschublade.«

»Gut, bring sie ins Restaurant mit. Ich habe eine kleine Überraschung für dich.«

Dann war die Leitung tot.

Eine Stunde später tauschten Laurie und Alison in einem Restaurant auf der Christopher Street Geschenke aus und prosteten sich zu. Dann breitete Laurie, nachdem ihre Freundin sie darum gebeten hatte, die Pläne auf dem Tischtuch aus.

»Erinnerst du dich an die Frau, die an den Strand gespült wurde? Nach ihrem Tod wurde ihre Wohnung zum Verkauf angeboten«, erklärte Alison, während sie in ihrer Handtasche herumkramte. »Ich hab' mich an die Makler gewandt, und sie haben mir eine Kopie des Grundrisses geschickt.« Endlich fand sie das gesuchte Papier und studierte es eingehend. »Ich dachte, es würde dich interessieren zu sehen, ob deine Verdächtigungen – worin sie auch immer bestanden haben mögen – begründet sind.«

Laurie beugte sich vor und verglich die beiden Pläne. Sie mußte enttäuscht feststellen, daß die Pläne nicht viel Ähnlichkeit hatten.

»Bist du jetzt enttäuscht?« fragte Alison und leerte ihr Glas.

»Ich weiß nicht mehr, was ich denken soll«, erwiderte Laurie und griff nach der Weinflasche. »Am besten, wir vergessen das Ganze. Sei froh, daß ich unrecht hatte.«

Am achtundzwanzigsten Dezember kehrte Laurie aus Florida zurück und stieg die Treppen zu ihrer Wohnung hinauf. Als sie die Tür geöffnet hatte, stellte sie fest, daß das rote Lämpchen des Anrufbeantworters blinkte. Sie setzte die Taschen in der Diele ab und schaltete die Heizung im Wohnzimmer an. Während sie darauf wartete, daß es warm wurde, hörte sie das Band ab. »Laurie, ruf mich sofort an, wenn du wieder da bist. Es ist etwas Schreckliches passiert. Allie.«

Laurie nahm den Hörer ab und wählte Alisons Nummer.

»Gott sei Dank. Ich wollte nicht, daß du den Fernseher einschaltest und es aus einer Nachrichtensendung erfährst.«

»Daß ich *was* erfahre?« fragte Laurie. »Wovon redest du eigentlich?«

»Über Jerry. Ich weiß nicht, wie ich es dir sagen soll. Er wurde ermordet.«

Das Zimmer geriet ins Schlingern. »Nein, das ist nicht wahr.«

»Laurie, hör mir zu. Sieh dir die Nachrichten nicht an. Okay?«

»Wann ist es passiert?« Sie griff nach der Stuhllehne und setzte sich langsam.

»Gestern. Er wurde übel zugerichtet in seiner Wohnung aufgefunden. Ich möchte nicht, daß du mehr darüber erfährst. Bleib, wo du bist, ich bin gleich bei dir.«

Alison kam vorbei und blieb zwei Tage bei ihrer Freundin. Die Polizei tauchte mehrmals auf und machte alles nur noch schlimmer, indem sie den Mord an Jerry in allen Einzelheiten beschrieb.

Jerry hatte zu Hause vor dem Fernseher gesessen, als er von einem Unbekannten mit einem Hammer oder einem ähnlich schweren, stumpfen Werkzeug angegriffen wurde. Nachdem der Angreifer sein Werk vollbracht hatte, war nicht mehr viel von Jerry die Treppe hinunterzutransportieren. Die Tür zu seiner Wohnung war aus den Angeln gerissen worden. Es gab keine Zeugen. Die Polizei fand keine Hinweise. Ob sie etwas wüßte, das ihnen vielleicht weiterhelfen könnte? Laurie versuchte krampfhaft, sich an etwas Handfestes zu erinnern; einen konkreten Beweis, der ihren vagen Verdacht untermauern könnte. Schließlich versprach sie dem Polizisten, sie würde ihn auf der Wache anrufen, sollten ihr noch weitere Einzelheiten bezüglich ihres letzten Zusammenseins einfallen.

»Bist du sicher, daß ich heute nacht nicht bei dir bleiben soll?« fragte Alison schon zum drittenmal. »Ganz sicher?«

»Geh, um Himmels willen, geh. Ich rufe dich morgen früh an.« Laurie schob ihre Freundin in Richtung Tür.

»Schon gut. Du weißt ja, wo ich zu finden bin, wenn du mich brauchst. Ich werde dich anrufen, bevor ich das Haus verlasse. Wir können zusammen zum Friedhof gehen.«

Der Termin für Jerrys Begräbnis, das wegen der Autopsie hatte verschoben werden müssen, war nunmehr auf elf Uhr des folgenden Tages festgesetzt worden.

Laurie war ihrer Freundin für ihre Anteilnahme dankbar; dennoch war sie erleichtert, für eine Weile allein zu sein.

Jenseits der Fenster wälzte sich der dunkle Fluß träge dahin. Es war Ebbe.

Sie ging in die Küche, um sich einen Kräutertee zu machen, und verzog sich anschließend mit einem Taschenbuchroman ins Wohnzimmer. Sie fühlte sich erschöpfter denn je. Während sie die Seiten überflog und versuchte, sich auf die Handlung zu konzentrieren, erforschten ihre Finger die Schnitte im Sofabezug. Wegen des Weihnachtsgeschäfts waren die neuen Bezüge noch nicht eingetroffen. Die Schnitte, die sie geistesabwesend befingerte, erinnerten sie an die feinen, roten Kratzer, die einst ihren Rücken wie Stammeszeichen geschmückt hatten. Auf dem Tisch neben ihr klingelte das Telefon und riß sie aus ihren Gedanken. Sie hob ab und meldete sich.

Anfangs dachte sie, am anderen Ende sei niemand. Dann hörte sie ein seltsames Geräusch, als striche jemand mit einem Stock über die Stäbe eines hölzernen Käfigs. Das Ganze wurde vom orgiastischen Stöhnen eines Mannes begleitet.

Sie legte angeekelt auf. Jetzt war nicht die Zeit für derartige Scherze. Sie fragte sich, ob sie den Vorfall der Polizei melden sollte, entschied sich jedoch dagegen. Sie war in den letzten beiden Tagen schon genug ausgefragt worden. Der einzig sichere Weg, diesen Typen das Handwerk zu legen, bestand darin, eine Geheimnummer zu beantragen. Laurie lehnte sich auf der mißhandelten Couch zurück und zog den Bademantel über den Brüsten zusammen. Sie fühlte, wie die Wohnung sich langsam, aber sicher in ein Gefängnis verwandelte, das all das barg, das sie am meisten fürchtete.

Alison betrat das klaustrophobische Chaos ihres SoHo-Apartments und stürzte in die Küche. Auf der Fahrt von Hoboken war ihr ein beunruhigender Gedanke gekommen. Sie zog die Schublade unter der vollgestopften Arbeitsplatte auf und wühlte sich durch aufgerollte Bindfäden und Sonderangebots-Gutscheine. Schließlich fand sie das Gesuchte – die Pläne, die Laurie bei ihrem vorweihnachtlichen Treffen im Restaurant liegengelassen hatte.

Sie faltete die Pläne auseinander, stellte eine Keksdose auf ein Ende und überprüfte die Zeichnungen Zentimeter für Zentimeter. Dann nahm sie ein Stück Pauspapier und begann zu zeichnen.

Laurie knotete den Gürtel ihres Bademantels zu, ging ins Bad und spritzte sich kaltes Wasser ins Gesicht, in der vergeblichen Hoffnung, ihre Anspannung lindern zu können. Sie überlegte gerade, ob sie sich ein Bad einlaufen lassen sollte, als das Telefon erneut klingelte. Sie zögerte. Ihre Hand ruhte auf dem Türknauf. Manchmal riefen ihre Eltern noch zu dieser späten Stunde an. Sie ging durch das langsam dunkler werdende Wohnzimmer und nahm den Hörer ab.

Diesmal war die Verbindung besser: Sie hörte ein stetiges Klicken, Holz gegen Holz, ausdehnend, sich zusammenziehend, und im Hintergrund den stoßweisen Atem eines Mannes, der kurz vor einem Orgasmus stand. Laurie knallte den Hörer auf die Gabel. Ihr Herz schlug wie wild. Sie wollte gerade die Polizei benachrichtigen, als es schon wieder läutete. Sie nahm langsam den Hörer ab und führte ihn ans Ohr.

Diesmal war es eine vertraute Stimme. Sie gehörte Alison. Wahrscheinlich wollte sie nur Bescheid sagen, daß sie gut zu Hause angekommen war.

»Laurie? Gott sei Dank! Hör zu. Du mußt genau das tun, was ich sage.« Laurie runzelte die Stirn. Die Stimme am anderen Ende hörte sich seltsam angespannt an.

»Allie, was ist …?«

»Sei still und hör zu! Du mußt sofort aus der Wohnung! Schnapp dir deine Handtasche und verschwinde!«

»Bist du verrückt? Draußen muß es unter fünf Grad sein.«

»Bitte«, flehte die Stimme, »hau ab. Mir zuliebe.«

»Warum?« fragte Laurie völlig verwirrt. »Sag mir zuerst, warum.«

»Es ist wegen deiner Wohnung … ich habe mir die Pläne noch einmal genauer angesehen.«

»Ja?«

»Ich wurde das Gefühl nicht los, daß irgendwas falsch war. Die Wohnung sieht nicht so aus wie auf dem Entwurf.« Alison hörte sich an, als wäre sie außer Atem. War sie gerannt? »Ray Bellano baute sie zwar nach den Plänen, die er dir gab, aber mit Änderungen.«

»Was willst du damit sagen?«

»Wenn du die Zeichnung darüberlegst, bekommst du eine anders aufgeteilte Wohnung. Ich habe es gerade mit einem Stück Pauspapier versucht. Die ganze Wohnung ist von einer zweiten Mauer umgeben, einer Art innerer Haut.«

»Ich verstehe nicht«, stammelte Laurie und schüttelte den Kopf, als wolle sie sich von ihren Ängsten befreien. »Was meinst du damit?«

»Ich will damit sagen, daß er sich in deiner Wohnung befindet.«

Laurie blickte entsetzt von einer Wand zur anderen. Im Hintergrund war wieder dieses hölzerne Klicken zu hören. Diesmal kam es nicht aus dem Telefonhörer, sondern aus ihrer Wohnung.

»Laurie, bist du noch da? Ist dir klar, was das bedeutet? Er war die ganze Zeit bei dir. Er beobachtet dich in diesem Augenblick.«

Laurie glitt der Hörer aus der Hand. Plötzlich ergab alles einen Sinn. Der Handwerker hatte sie von Anfang an kontrolliert; sie gezwungen, ihre Nacktheit im aufflammenden Licht der Schlafzimmerlampen zu offenbaren, sich unter der versiegenden Dusche zu entblößen, hatte sie von Zimmer zu Zimmer gescheucht, um ihre wachsende Angst zu schüren.

Sie stand auf und stellte sich mitten ins Wohnzimmer, starrte die Wände an und lauschte. Sie erinnerte sich, wie sie sich aus der Decke geschält hatte und nackt zum Fernseher gegangen war, um das Bild richtig einzustellen; wie etwas Kaltes ihre Hand berührt hatte, als sie sie aus der Duschkabine gehalten hatte. An das Gefühl, daß jemand an ihrem Bett stand und sie im Schlaf beobachtete. Erinnerte sich an die eifersüchtige Wut, mit der jemand gegen die Wand gehämmert hatte, als Jerry mit ihr schlief. Der Einbruch war nichts anderes als eine Reaktion auf ihre Reise gewesen. Wie viele Risse und Spalten, Gucklöcher und verborgene Türen mochte er eingebaut haben?

Als das Geräusch zerberstenden Holzes immer lauter wurde, entdeckte sie, woher es kam. Er schickte sich an, durch die Wohnzimmerwand zu brechen. Jetzt brauchte er nicht mehr durch geheime Öffnungen zu schnüffeln – der Handwerker war bereit für den großen Auftritt.

Laurie stürmte in die Küche, auf die Spüle zu, wo sich der Ständer mit den Messern befand, als er in einer Explosion aus Gips und Holzsprossen hinter ihr auftauchte. Sie warf einen kurzen Blick auf ihn, wie er in einer Staubwolke den Raum durchquerte, und der Wahnsinn in seinen blutunterlaufenen Augen war gräßlich. »Bleib mir vom Leib!« schrie sie, schnappte sich ein Messer und hielt es sich mit beiden Händen vor den Bauch. Im Flur blieb er kurz stehen. Als er weiterging, schwankte sein erigierter, blutender Penis von einer Seite zur anderen. Laurie tastete sich rückwärts in Richtung Arbeitsfläche und versuchte verzweifelt, einen klaren Gedanken zu fassen. Dann drehte sie sich um, warf einen raschen Blick in den Flur, aber da war nichts. Es schien, als hätte er sich in Luft aufgelöst.

In der Wohnung war es totenstill. Laurie machte vorsichtig

einen Schritt vorwärts, dann noch einen, wobei sie darauf achtete, ihr Gewicht so wenig wie möglich zu verlagern. Sie konnte jetzt wieder klar denken. Als allererstes mußte sie aus der Wohnung verschwinden. Da der Mieter unter ihr nachts arbeitete, mußte sie sich Hilfe von der Straße holen. Dazu brauchte sie ihre Kleider. Das Schlafzimmer befand sich hinter ihr. Jacke und Wagenschlüssel lagen auf dem Bett. Sie horchte. Im Wohnzimmer und in der Diele war es still. Vom Fluß her drang, vom fallenden Schnee gedämpft, das Tuten eines Lastkahnes. Sie ließ das Messer sinken, drehte sich um und ging ins Schlafzimmer. Wo er sie mit ausgebreiteten Armen erwartete.

»Wenn Sie das getrunken haben, werden Sie sich besser fühlen.« Der junge Polizist, der ihr den Brandy hinhielt, war derselbe, der nach dem Einbruch zu ihr gekommen war. »Gibt es jemanden, der über Nacht bei Ihnen bleiben kann?«

»Ich denke, ja.« Laurie nahm das Glas und nippte daran. Obwohl sie von Kopf bis Fuß in eine Decke gehüllt war, konnte sie nicht aufhören zu zittern. Ein Arzt hatte ihr erklärt, daran sei der Schock und nicht die Kälte schuld.

Der Polizist beobachtete ruhig, wie die Leiche des Handwerkers aus dem Zimmer geschafft wurde. Der Griff des Brotmessers beulte das Laken aus. Es saß genau zwischen den Rippen, knapp unter dem Herzen.

»Also er hat die Wohnung umgebaut?« Der Polizist blickte sich anerkennend um. »Gute Arbeit; gibt dem Ganzen den letzten Schliff.« Er fuhr mit der Hand über die Kante eines Brettes; dann betrachtete er den blutverschmierten Leichnam, der soeben durch die Tür getragen wurde. »Offensichtlich war er stolz auf sein Werk.«

»Ray Bellano begann sofort, nachdem ich mit ihm Schluß gemacht habe, mit dem Umbau der Wohnung«, erklärte Laurie, während sie die Serviette auseinanderfaltete und auf ihren Schoß legte. »Ich war kaum da, deshalb bekam ich nicht mit, was er da tat. Die Polizei sagte, er habe das gleiche schon einmal in kleinerem Maßstab versucht, als er Irene Blooms Wohnung umbaute. Er konnte kommen und gehen, wie es ihm gefiel, ohne daß ich etwas ahnte.«

»Die arme Frau«, sagte Alison, während sie mit der Gabel einen gefüllten Champignon aufspießte. »Sie war offenbar zu langsam für ihn. Du kannst von Glück sagen, daß du nicht auch an den Strand gespült wurdest. Schmeckt köstlich.«

»Die ganze Zeit hielt er sich zwischen den Wänden versteckt und beobachtete mich.« Laurie stahl sich einen Champignon von Alisons Teller. »Die Polizei ließ mich nicht hinein. Sie sagten, er hätte dort – Dinge – aufbewahrt …« Sie schüttelte sich. »Keine Umbauten mehr. Meine nächste Wohnung wird schlüsselfertig sein.«

»Aber vergiß nicht«, gab Alison mit vollem Mund zu bedenken, »wenn du nicht mit ihm geschlafen hättest, wäre das alles nicht passiert.« Laurie betrachtete ihre Freundin mit schmalen Augen.

»Er wußte, daß du nie mehr mit ihm schlafen würdest«, fuhr Alison fort. Sie weigerte sich, das Thema fallen zu lassen. »Das muß sehr frustrierend für ihn gewesen sein.«

»Das ist das Schlimmste dabei«, bemerkte Laurie, während sie langsam die Gabel auf den Teller sinken ließ. »Ich habe das schreckliche Gefühl, daß dem nicht so war.«

Sie beendeten ihr Mahl schweigend.

Originaltitel The Master Builder
Ins Deutsche übertragen von Inge Holm

Eric McCormack

Festival

›Wir schliefen oder versuchten zu schlafen, wobei wir die möglichen Strapazen des Festivals als Vorwand nahmen, uns zusammen hinzulegen und uns nicht zu berühren.‹

Nichts, was ich zu sagen vermag, könnte Sie wirklich auf das vorbereiten, was folgt, und das sollte es auch nicht. Es gibt keine Fremdenstory in diesem Buch. Wie Shakespeare in Romeo und Julia *schrieb:* ›Was wir nun irgend festlich angestellt, kehrt sich von seinem Dienst zu schwarzer Trauer.‹ *Und in dieser Geschichte von einem anderen unglückseligen Liebespaar geht Eric McCormack, ein Meister der prosaischen Groteske, weit über die reine Tragödie hinaus zu einer fantastischen, atemberaubenden Perversion des tragischen Schicksals.*

Wir gingen zu zweit zum Festival; einer kam zurück. Wir nahmen die Nachtmaschine, aber wir schliefen nicht, da wir beide nie besonders gut schliefen, schon gar nicht in Flugzeugen. Beim Anflug über die Küstenlinie im Morgengrauen dachte ich bei mir: Was für eine herrliche Gegend, die schwarzen Landzungen, die langen Strandstreifen in grünen nördlichen Gewässern, das Gras und die Bäume, so unwahrscheinlich grün.

»Fühlst du dich wohl? Willst du es wirklich durchziehen?«
    »Mir geht es gut.«

Wir nahmen ein Taxi vom Flughafen. Es war uralt, genau wie der Fahrer, ein Mann, der reden wollte. Keiner von uns tat ihm den Gefallen. Ich war müde. Ich war nicht in der Stimmung für Smalltalk, und vielleicht war ich barsch zu ihm; jedenfalls gab er es schließlich auf und überließ uns uns selbst.

Wir kamen vom hohen Heidemoor herunter durch eine Lücke in den Hügeln in die Außenbezirke der Stadt (wir betrachteten sie noch immer als Stadt, obwohl sie mehr ein Dorf war, ein kleines Dorf). Der Friedhof sah aus, als ob er keine neuen Gräber hätte, nur die alten Geister. Wir kamen an den ersten Gebäuden am Stadtrand vorbei. Sie sahen baufällig aus, als ob niemand darin wohnte. Dann fuhren wir an kleinen Feldsteinhäusern vorbei, über verlassene Straßen mit Rasenflächen, auf denen noch ein Hauch von Frühmorgennebel lag.

Wir erreichten die größeren grauen Granitgebäude im Zentrum der Stadt, eins von ihnen das Hotel. Der Bürgermeister hatte keine Reservierung für uns vorgenommen (dachte er, wir würden es uns anders überlegen und am Ende doch nicht kommen?), und wir konnten keine getrennten Zimmer bekommen. Das Festival war zwar ein lokales Ereignis, aber es kamen genug Leute aus der umliegenden Gegend, daß Unterkünfte knapp waren. Wir schliefen oder versuchten zu schlafen, wobei wir die möglichen Strapazen des Festivals als Vorwand nahmen, uns zusammen hinzulegen und uns nicht zu berühren.

Gegen sechs Uhr abends standen wir auf, aßen eine Kleinigkeit und schlossen uns der Menge auf der Straße an, die sich in Richtung Schulturnhalle bewegte. Der Abend war neblig, aber nicht unfreundlich. Die Kinder schienen ungeduldig, doch die Stadtbewohner hatten keine Eile. Sie schwatzten miteinander und gaben sich besondere Mühe, höflich zu uns zu sein. Einige von ihnen schienen uns zu erkennen. Doch die Tatsache, daß sie direkte Fragen vermieden, war für mich ein sicheres Zeichen dafür, daß sie wußten, warum wir hier waren. Manchmal glaubte ich, ein Glitzern in ihren Augen zu sehen, aber wir waren selbst aufgeregt, und vielleicht sah jeder von uns anders aus als sonst.

Die Turnhalle roch wie eine Turnhalle. Längs der beiden Seitenwände waren Bänke auf Stufen gestellt worden, als ob wir gekommen wären, um uns ein Basketballspiel anzusehen. Verblichene Fähnchen hingen von den Dachsparren herunter; in den Ecken waren Netze aus Seilen. Unmittelbar hinter dem Haupteingang konnte ich den Bürgermeister sehen, wie immer lächelnd, ein glatzköpfiger Mann mit Amtskette und Metallgestellbrille. Neben ihm der Leiter der Schule, ein jüngerer Mann, der durch das Ereignis ein wenig eingeschüchtert wirkte. Sie begrüßten jeden, wobei der Schulleiter sich besonders um die Kinder bemühte, die alle ihre Sonntagskleidung trugen und ihre Aufregung nicht verbergen konnten.

Der Bürgermeister lächelte zurück, als er uns sah. Er schüttelte uns herzlich die Hand und sagte, es freue ihn sehr, daß wir seiner Einladung hätten nachkommen können. Er wisse, daß wir doch sicher zusammensitzen wollten (wir widersprachen ihm nicht), und führte uns am Ellbogen zu den beiden einzigen Holzstühlen in der Turnhalle. Als er mit uns vor den Zuschauern herging, applaudierten einige der bereits Anwesenden uns höflich. Wir nahmen Platz, und er kehrte auf seinen Posten zurück.

»Wir haben immer noch Zeit, es uns anders zu überlegen.«

»Ja. Aber das werden wir nicht.«

Um halb acht waren die Bänke gefüllt. Die Lichter verdunkelten sich, die Zuschauer wurden still. Eine Gruppe von Scheinwerfern beleuchtete eine kreisrunde Fläche des Hallenbodens, die mit Seilmatten bedeckt war. Eine kleine Tür in der Wand rechts von uns öffnete sich, und eine Gestalt, zuerst schwer zu erkennen, trat langsam in den Lichtkreis.

Sie wandte uns den Rücken zu, eine junge Frau mit hüftlangem, tiefschwarzem Haar, in einen weißen Hausmantel gekleidet, der mit einem Stoffgürtel zusammengebunden war. Sie bewegte sich sehr selbstbeherrscht, trotz gelegentlichem nervösem Husten unter den Zuschauern.

In der Mitte des Kreises blieb sie stehen, löste den Gürtel und ließ den Hausmantel von ihren Schultern auf die Matten gleiten. Sie wandte uns immer noch den Rücken zu, als sie dort stand, vollkommen nackt; ihre Schultern hoben und senkten sich beim tiefen Atmen. Sie begann, sich langsam umzudrehen und erlaubte, daß die Zuschauer auf unserer Seite sie genau betrachteten. Ihr blasses Gesicht sahen. Sahen, daß ihr Bauch, blendend weiß im Scheinwerferlicht, dick war, daß ihre Brüste prall waren.

Die Zuschauer waren gespannt. Die Frau ließ sich vorsichtig auf die Matten nieder und stieß einen keuchenden Laut aus, als sie sich hinlegte.

Jetzt wurde ihr Atmen laut, tiefe Atemzüge, geräuschvoll aus ihrer Kehle ausgestoßen. »Aah! Aah!« Für ein paar Minuten sehr regelmäßig. »Aah! Aah!« Dann hörte ich zusätzliche Laute; diesmal kamen sie aus den Reihen der Zuschauer. »Aah! Aah!« Überall in der Turnhalle Stimmen, leise zuerst, vielleicht die der Kinder; dann allmählich lauter, als die Erwachsenen einstimmten, alle den Laut aufgriffen. »Aah! Aah!« Viel lauter jetzt, Bässe, Baritone, Tenöre, Kontraalte, die flötenden Stimmen von Sopranen und Alten; alle atmeten rhythmisch im Takt mit ihr. »Aah! Aah!« Ihr Bauch verkrampfte sich im grellen Licht, fiel zusammen, blähte sich auf.

»Aah! Aah!« Im Scheinwerferlicht glaubte ich zu sehen, daß die Form ihres Bauchs einmal geometrisch wurde, dann rhombisch, dann wieder eckig, so daß ich mich fragte – wir alle vermutlich –, was für ein Ding sich da in ihr abmühte, auf die Welt zu kommen.

Das schwere Atmen hörte auf. Jetzt zog sie die Knie an, spreizte die Beine weit auseinander. Von dort, wo wir saßen, konnten wir ganz deutlich den Druck auf ihren Gebärmutterhals sehen. Sie gab jetzt einen neuen Laut von sich, eine Art dumpfes Ächzen. »Mmh! Mmh!« Sie drehte sich langsam auf den Matten zwischen Ächzern, zeigte dem ganzen Publikum ihre Wehen. »Mmh! Mmh!«

Nach einigen Minuten fing die Begleitung wieder an. »Mmh! Mmh!« Leise, dann lauter. »Mmh! Mmh!« Ich blickte mich um, und ich konnte sie nun alle hören, sogar den glatzköpfigen Bürgermeister, den nervösen Schulleiter. »Mmh! Mmh!« Sie alle ächzten im Takt. »Mmh! Mmh!« Die Stimme der Frau dominierte noch immer; Schweiß lief jetzt über Gesicht und die Brüste. Ihr Publikum schwitzte mit ihr; Schweißperlen glitzerten auf jedem Gesicht in jener Turnhalle. »Mmh! Mmh!« Und nun konnten wir das Fruchtwasser zwischen ihren Beinen hervorbrechen sehen. »Mmh! Mmh!« Und dann wölbte sich ihre Vulva vor, dehnte sich. »Mmh! Mmh!«

Die Frau begann zu schreien, der dünne Schrei eines gefangenen Kaninchens. »Iiiih!« Die Zuschauer griffen den Schrei auf, atmeten kaum. »Iiiih!« Ihr weißes Gesicht, ihr weißer Körper nahmen langsam einen purpurroten Farbton an, ihre Augen starrten. »Iiiih!« Die Zuschauer schrien lauter mit ihr. »Iiiih!« Wir alle beobachteten, wie sich die Vulva der schwarzhaarigen Frau mit dem Turnhallenboden weitete, die Frau sich trotz ihrer Schmerzen immer noch drehte. »Iiiih! Iiiih!« Sie ließ uns alle den dunklen Kreis sehen, der sich zwischen den glänzenden, mit feuchtem schwarzem Haar umsäumten Schenkeln bildete. »Iiiih! Iiiih!« Ich merkte, daß auch ich schrie; wir schrien beide mit ihr.

Die Frau hörte auf sich zu bewegen, hörte auf zu schreien. Das Wesen in ihr wollte nicht länger warten. Die Menge beobachtete lautlos, wie etwas aus dem Innern ihrer Qual auf die Matte glitt. Auch die Frau war jetzt still, totenstill. Ich erinnere mich, daß wir uns gespannt ansahen.

Was war es, das wir alle erwarteten? Ich frage mich das ab und an. Ein Dämon? Rechneten wir mit einem Monster? Etwas, das jeder von uns an diesen Ort mitgebracht hatte und von dem wir erwarteten, daß es jetzt leibhaftig vor uns erschien? Ich kann nur meine eigene Angst bestätigen.

Doch ach, welche Erleichterung, welche Freude, als ich auf dem Turnhallenboden ein Baby liegen sah, ein ganz normales Menschenbaby, noch mit seiner Mutter verbunden. Ich hätte jubeln können vor Freude, so wie es die meisten Kinder um uns herum taten. Wir lächelten uns an. Wir lächelten, und alle Zuschauer in der Turnhalle schienen ebenfalls zu lächeln, Lächeln der Erleichterung über die Geburt jenes Kindes.

Der Bürgermeister trat vor, seine Amtskette glitzerte, seine Brille funkelte im Scheinwerferlicht. Er blickte auf die Frau hinunter. Sie lag regungslos auf dem Boden; nur das rhythmische Heben und Senken ihrer Brüste verriet, daß sie nicht tot war, trotz des Bluts, das noch immer aus ihr sickerte. Das Häufchen lag zwischen ihren Beinen, mit Blut und Schleim bedeckt, lautlos, schlug ab und zu mit Armen und Beinen. Der Bürgermeister bückte sich mit einer Schere in der Hand und schnitt. Dann nahm er das Baby vorsichtig auf, hielt es hoch und drehte sich mit ihm herum, so daß wir alle seine Trophäe sehen konnten.

Zuerst Schweigen. Dann freudiges Gemurmel, dann ›JA, JA, JA‹-Rufe von überall in der Turnhalle. Ich stimmte ein, wir stimmten beide ein, umarmten uns, schüttelten unseren Nachbarn die Hand. Das Baby, hoch in den Armen des Bürgermeisters, hielt den Kopf still, und seine Augen, die noch nie gesehen hatten, öffneten sich weit und schauten sich in der Turnhalle um, nahmen uns alle in sich auf.

Die Frau auf den Matten lag in ihrer Blutlache und wartete auf die Nachgeburt. Sie drehte mühsam den Kopf, um zu sehen, was sie zur Welt gebracht hatte. Sie schaute genau in dem Moment zu dem Baby hoch, als das Baby auf sie hinunterschaute. Im Gesicht der Frau war nur Müdigkeit und

Schmerz. Das Gesicht des Babys wurde rot und knittrig. Es begann zu schreien, und seine Schreie waren über dem ganzen Frohlocken in der Turnhalle an jenem Abend zu hören.

In der Hotelbar herrschte reger Betrieb nach dem ersten Ereignis. Gäste schüttelten uns die Hand und spendierten uns Drinks. Sie freuten sich, daß Besucher, besonders Besucher wie wir, das Ereignis miterlebt hatten. Es war ein fabelhafter Beginn für das Festival.

»Sollten wir, ein letztes Mal?«
»Warum nicht?«

Wir konnten es kaum erwarten, aus der Bar herauszukommen und die Treppe hinauf in unser Zimmer. Wir achteten nicht auf die Feuchtigkeit; wir streiften unsere Kleidung ab und fielen aufs Bett, hielten uns so, wie wir es früher getan hatten, vor sehr langer Zeit. Wir streichelten uns, umarmten uns, bestiegen uns, wanden uns vor Lust. Und dann schliefen wir.

Stunden später fühlte ich die Kühle und zog die Decke hoch, und wir schliefen den Rest der Nacht eng umschlungen.

Auch am zweiten Abend war es noch neblig. Wir gingen mit den anderen zur Turnhalle. Es waren größtenteils Farmer und Grubenarbeiter, ihre Familien robust und rotwangig oder blaß und drahtig. Sie waren höflich wie immer zu uns, doch ich glaubte, mehr Zurückhaltung zu spüren als am Abend zuvor. Wir waren uns nicht darüber einig.

Um halb acht war die Turnhalle gefüllt. Nur ein paar Scheinwerfer erhellten einen breiten Streifen Boden zwischen den Notausgängen auf beiden Seiten. Der Bürgermeister, energisch wie immer, und der Schulleiter, der reichlich unbehaglich aussah, schritten gemeinsam zur Mitte des Spielfelds. Sie trennten sich: Der Bürgermeister ging den beleuchteten Streifen hinunter zu einer Tür, der Schulleiter zur anderen.

Dort drehten sie sich um und verbeugten sich sehr förmlich voreinander. Dann drückte jeder die Tür in die Dunkelheit draußen auf.

»Vielleicht ist es noch nicht zu spät für uns.«
»Hat sich irgend etwas geändert?«

Frische Luft wehte herein und milderte den intensiven Geruch nach Liniment. Wir alle holten dankbar Atem und warteten darauf, daß das Ereignis begann.

Wir warteten nicht lange. Wir hörten ein leises, fernes Brummen; es hätte jemand sein können, der Bäume absägte. Das sägende Geräusch wurde lauter, näherte sich der Turnhalle. Wir schauten uns an und fragten uns, was es sein könnte.

Dann bemerkten wir eine schwarze Masse, die sich aus der offenen Tür rechts von uns langsam auf den beleuchteten Boden ergoß. Die Masse war lebendig. Es war eine Flut von Insekten, die sich über den Boden ausbreitete, ihre vordere Seite gerade wie ein Lineal.

Ein Meer mit einer Stimme. Nicht das Brummen, das wir vor wenigen Minuten gehört hatten und immer noch im Hintergrund hören konnten, sondern ein Rascheln, ein Zischen, ein Hasten von papierdünnen Gliedmaßen, schuppigen Leibern auf dem polierten Holzboden. Wir beobachteten ängstlich das wispernde Vorrücken, auf der Hut für den Fall, daß die Flut sich über unsere ungeschützten Füße ergoß.

Doch die Insekten verließen keinen Augenblick den beleuchteten Streifen. Die Anführer waren, soweit ich sagen konnte, Ameisen und Silberfische: winzige Geschöpfe in großen Massen, gefolgt von größeren Angehörigen ihrer Spezies – manche von ihnen bunt getüpfelt –, die ihre winzigen Perlen trugen. Sie behielten eine geschlossene Formation bei, obwohl ein paar Ameisen kurze Abstecher zu den Popcornresten machten, die sie zu den Hauptarmeen zurückschleppten, ohne den Marsch zu stören.

Küchenschaben erschienen, mit aufgerichteten Fühlern und haarigen Beinen, die wir deutlich erkennen konnten, Millionen von ihnen; dann gleitende Hundertfüßler und Tausendfüßler, manche von ihnen dreißig Zentimeter lang. Wir hielten die Füße unter unseren Sitzen versteckt, bereit, beim leisesten Anzeichen von Gefahr darauf zu steigen.

Doch schon fingen wir an, uns trotz der Myriaden Insekten entspannt zu fühlen, und einige Leute unterhielten sich ohne irgendein Gefühl von Angst. Wir hatten den Eindruck, Zuschauer bei einer Parade zu sein, und daß sich die Insekten bewußt zur Schau stellten, wobei sie ihre Rolle kannten.

Die Lautsprecheranlage unterstützte diese Vorstellung, indem sie plötzlich hustend zu Leben erwachte und eine nasale Stimme begann, die Namen jeder Spezies auszurufen, die in die Turnhalle hereinströmte. Ich hörte Namen, die mir völlig unbekannt waren: Borstenschwänze, Blatthornkäfer, Büffelkäfer, Harlekins, Heilige Skarabäen, Stinkkäfer (ich konnte sehen, wie sich einige Kinder kichernd die Nase zuhielten), Mistkäfer, Wanzen, Hirschkäfer mit ihren enormen Kiefern und Gespenstheuschrecken, die aussahen, als ob sie geradewegs von irgendeinem Insektenschlachtfeld kämen.

Wir konnten immer noch das Brummen draußen hören; es wurde lauter trotz des Gezisches vor uns und des Lärms der Zuschauer. Keines der Insekten hatte bisher die Halle verlassen. Als sie den anderen Ausgang erreichten, begannen sie, auf der Stelle zu marschieren, so daß nach einer Weile ein Großteil des beleuchteten Weges versperrt war.

Dann erfüllte ein splitterndes Geräusch die Turnhalle. Alle Grillen im Umkreis von hundert Meilen begannen, in großen, zirpenden Massen durch die Tür hereinzuhüpfen. Ich mußte unwillkürlich an mexikanische Springbohnen denken, die sechs Fuß hoch in die Luft hüpften, oder an schwarze fliegende Fische, die über einen Ozean aus Holz glitten.

Die letzten Nachzügler unter den Grillen waren gerade hereingekommen, und der ganze beleuchtete Streifen des Hallenbodens war voll, als das brummende Geräusch, das wir den ganzen Abend gehört hatten, abrupt in die Turnhalle hineinplatzte. Ich preßte die Hände auf die Ohren, um den Schmerz auszusperren.

Fliegen. Säulen von Fliegen, Knäuel, Wirbel von Fliegen, dichte Wolken von Fliegen jeder Art, Stubenfliegen, Kriebelmücken, kleine Mücken, Pferdebremsen, Libellen, Moskitos; sie verdunkelten den Raum über den kriechenden Insekten. Sie erfüllten die Luft wie tintenschwarzes Wasser, das in ein riesiges Aquarium geschüttet wird, so daß die immer noch hüpfenden Grillen nach oben in ihnen verschwanden und Momente später herausfielen, einige mit dem Rücken nach unten. Das Licht in der Turnhalle war nahezu verdunkelt durch die lebende, brummende Wand von Fliegen, die uns von den Menschen auf der anderen Seite trennte.

Nur etwa ein Viertel des Luftraums war noch übrig. Im Dämmerlicht drängten sich die Kinder an ihre Eltern. Sie fühlten, ebenso wie wir beide, die heulende Präsenz dieser Fliegen, daß sie uns überfluten, uns in kaltem Grausen ersticken könnten, sobald sie außer Kontrolle gerieten. Doch genau wie die Unmengen von kriechenden Insekten auf dem Boden unter ihnen blieben die Fliegen unter Kontrolle, schwebten auf der Stelle, als ob sie genau wüßten, warum sie dort waren, und das ganze Gebäude vibrierte unter ihrer Energie.

Das Brummen wurde so laut, daß ich dachte, meine Ohren würden platzen, obwohl ich sie mir zuhielt. Wir konnten nicht sprechen. Keine normale menschliche Stimme hätte dieses Geräusch durchdringen können. Deshalb hörten wir die Bienen nicht hereinkommen, wir sahen es nur. Bienen und Wespen, farbig selbst im Dämmerlicht, deren Summen noch mehr Vibrationen verursachte, massiger in der Luft als die Fliegen. Schwärme von ihnen flogen auf den Flanken des Hauptkörpers, beobachteten die Zuschauer mit ihren Facettenaugen. Hinter dem Hauptschwarm waren die Vibrationen am tiefsten, als die gewichtigen Körper von einer Million Königinnen den letzten freien Raum über dem Streifen ausfüllten und das Licht verdunkelten, als ob ein riesiger Brokatvorhang zugezogen würde.

In der Dunkelheit saßen wir alle still da und warteten. In dem beschränkten Raum vor uns schwebten Milliarden und aber Milliarden von Insekten, unter vollkommener Kontrolle. Wir alle warteten.

Plötzlich waren die Vögel zwischen ihnen. Wir wußten zuerst nicht, daß sie da waren, schnappend und schlingend. Dann flammte in der Mitte der Turnhalle Licht auf, als die Insekten sich auf dem Boden und in der Luft teilten und auf die beiden Ausgänge zudrängten, wobei sie in ihrer Angst übereinanderkletterten. Ich weiß nicht, wie viele entkamen, denn sie liefen in eine Wand hinein, die sie verschlang, ein Feind mit einer Million Mündern.

Die ruhige, nasale Stimmung aus der Lautsprecheranlage mischte sich in den Tumult und identifizierte die Vögel. Ich konnte die Namen hören und konnte die Killer schließlich sehen, als die Lichter heller wurden: Schwalben, böse aussehende Uhus und Schreivögel, hektische Drosseln, Mauersegler, Ziegenmelker und Nußknacker, die wild auf dem Boden pickten; Tausende von Spatzen jeder Art, Würger und Alke, die sich auf die gefangenen Grillen und Bienen stürzten. Mit ihren schlauen, gierigen Augen waren sie furchteinflößender als all die monströsen Insekten, die sie verschlangen.

In weniger als zehn Minuten war es vorbei. Das Zwitschern der Raubvögel verstummte wie auf ein Zeichen hin, und sie flatterten aus der Turnhalle hinaus. Zurück blieben betäubte Zuschauer und Reste von zerbrochenen Insektenleibern; papierdünne Flügel flatterten hin und wieder im grellen Licht.

Eine Zeitlang sprach niemand. Die Kinder weinten laut, lehnten sich an die Erwachsenen. Einige Leute standen auf und gingen zu den Ausgängen, wobei sie sorgfältig einen Bogen um die Haufen toter Insekten machten.

Wir folgten den stillen Stadtbewohnern in die kühle Nacht hinaus und gingen zum Hotel zurück.

Einige der Stammgäste waren in der Hotelbar und tranken schweigend, ohne die Fröhlichkeit des vergangenen Abends. Ich hätte sie gern nach dem Ereignis gefragt und gehört, wie sie es im Vergleich zu früheren Jahren fanden. Doch ich schwieg. Wir waren beide zu sehr mit unseren persönlichen Ängsten beschäftigt.

»Vielleicht könnten wir doch noch ...«
»Hör auf damit. Bitte, hör auf.«

Im feuchten Bett lagen wir so starr auseinander, als ob ein Schwert mit der Schneide nach oben zwischen uns liegen würde. Denn es war ein feuchtes Bett in jener Nacht. Der Himmel hing voll Regen, und das Zimmer war kalt. Jene Nacht war unsere letzte Chance zu reden, vielleicht übereinzukommen, es noch einmal zu versuchen. Wir taten es nicht, und mehr gibt es nicht zu sagen.

Die dritte und letzte Nacht des Festivals war klar für jene Gegend zwischen den Hügeln. Der Nebel war verschwunden, irgendwohin. Ich konnte Sterne und einen auf beiden Seiten konvexen Mond sehen. Wir wußten, daß wir uns ein wenig verspätet hatten, als wir über die Straße zur Schulturnhalle gingen. Der Bürgermeister und der kleine Schulleiter warteten nervös an der Tür, zu den Hintergrundklängen von Musik aus der Lautsprecheranlage, und schauten uns ungeduldig entgegen. Sie begrüßten uns herzlich. Der Bürgermeister nahm uns beide beim Arm und meinte:
»Wollen Sie es wirklich machen?«
Wir nickten beide.
Die Lichter waren bereits verdunkelt, und die Zuschauer sahen in unsere Richtung. Der Bürgermeister winkte ihnen zu, als er uns hereinführte. Es war alles in Ordnung.
Die Mitte des Hallenbodens war von Scheinwerfern erhellt. Der Bürgermeister trat unter die Lichter und sagte:
»Meine Stadtbewohner und meine lieben Kinder. Heute ist der letzte Abend eines weiteren erfolgreichen Festivals, und wir alle werden ein neues und sehr aufregendes Ereignis sehen. Dieses Ereignis erfordert eine Menge Vorbereitung

und Mitarbeit von vielen Leuten, und ich möchte mich auch in Ihrem Namen bei allen Beteiligten bedanken, ganz besonders bei unseren beiden Ehrengästen, die viele Tausende von Meilen zurückgelegt haben, um zu unserer Freude an diesem Ereignis heute abend teilzunehmen.«

Er machte eine Pause wegen des Beifalls; dann fuhr er fort und erklärte den Zuschauern die Regeln des Ereignisses. Ich hörte nicht sehr genau zu, da ich sie nur allzugut kannte. Bevor wir seine Einladung vor so vielen Monaten angenommen hatten, waren wir die Regeln viele Male durchgegangen.

Er beendete seine Rede, und die Zuschauer applaudierten wieder und warteten ungeduldig, während wir in unsere separaten Umkleideräume gingen, wobei sich der Bürgermeister selbst um mich kümmerte. Als ich vor den Bänken herging, riefen Leute: »Viel Glück«, »Passen Sie auf sich auf«, und ich hätte ihnen fast glauben können. Einer rief sogar: »Gott segne Sie.«

Die Vorbereitungen waren recht simpel. Im Umkleideraum zog ich meinen Mantel aus, während der Bürgermeister mir zeigte, wie die schwere, einschüssige Pistole mit Holzgriff funktionierte, und mich die Kugel sehen ließ, die schon in der Kammer steckte. Er erinnerte mich daran, daß jedes der sechs Mitglieder der Mannschaft die gleiche Art von Pistole hatte, aber daß nur eine von ihnen geladen war.

»Wissen Sie, wer von ihnen die geladene Pistole hat?«

»Nein. Die Pistolen werden ausgelost – das gehört zum Wettbewerb.«

Er fragte mich, ob ich auf den Schulhof gehen und ein paar Übungsschüsse machen wollte. Ich dankte ihm für seine Besorgnis, versicherte ihm jedoch, daß wir beide exzellente Schützen seien, sonst hätten wir seine Einladung nie angenommen.

Durch die Tür könnten wir dramatische Musik mit Trommelwirbeln aus der Lautsprecheranlage dröhnen hören. Der Auftakt zum Schlußereignis des Festivals. Lauter Applaus war zu hören, und ich wußte, daß etwas geschah.

Der Bürgermeister öffnete die Tür einen Spalt.

»Ihre Freundin und der Rest der Mannschaft sind jetzt soweit. Sollen wir?«

Unter dem Beifall der Zuschauer schritten wir langsam in die Turnhalle hinaus. Die Mannschaft hatte sich in einer Reihe aufgestellt, sechs an der Zahl. Sie hatten alle ungefähr die gleiche Größe und das gleiche Gewicht, waren alle von Kopf bis Fuß in weiße Gewänder mit ausgeschnittenen Augenlöchern gehüllt und trugen weiße Handschuhe und weiße Schuhe. Ich versuchte, die vertraute Gestalt zu entdecken, die gebeugten Schultern, die Kopfhaltung, wie die Arme herunterhingen. Ich konnte nicht sicher sein.

Jeder der sechs hielt eine schwere Pistole mit Holzgriff wie meine eigene in der Hand.

Ich nahm meinen Platz auf der markierten Stelle zehn Schritt entfernt ein, mit dem Gesicht zur Mannschaft. Sechs verhüllte Augenpaare musterten mich. Ich starrte zurück, versuchte vergeblich, Augen zu finden, die ich nur zu gut kannte.

Die Spannung in der Halle zerfrißt meine Ruhe, und mein Herz hämmert nicht nur vor Erregung, sondern weil ich weiß, daß du einer der sechs bist, die mir gegenüberstehen, daß vielleicht du diejenige mit der tödlichen Pistole bist. Ich hole tief Luft.

Die erste Gestalt erhebt langsam ihre Pistole und zielt auf meinen Kopf. Die Stimme des Bürgermeisters stellt mir die formelle Frage:

»Möchten Sie schießen?«

Sicher möchten die Zuschauer nicht, daß das Spiel so schnell vorbei ist. Ich riskiere es.

»Nein.«

Ich sehe, wie der Finger sich langsam um den Abzug krümmt, und stehe regungslos da.

KLICK.

Applaus erfüllt die Halle, und der kleine Bürgermeister nickt und lächelt mir gratulierend zu.

Nach einem Augenblick beruhigt die Menge sich wieder,

und ich konzentriere mich erneut. Das zweite Mitglied der Mannschaft zielt. Ich sehe das Glitzern in den Augenschlitzen, aber nicht die Farbe, das Grün. Nicht den Vorsatz. Könnte es deine Hand sein, welche die Waffe auf mich richtet, die meinen Tod bedeuten könnte? Was denkst du gerade?

Meine eigene Hand schwitzt am Griff meiner Pistole.

»Möchten Sie schießen?«

»Nein.«

Ich beobachte mit absoluter Deutlichkeit, wie sich der behandschuhte Finger um den Abzug legt, vielleicht das letzte, was ich jemals sehen werde.

KLICK.

Die richtige Entscheidung. In der Halle erschallt Applaus, Beifallsrufe. Ich atme tief durch.

Wieder Stille, plötzlicher diesmal.

Ich nehme an, das Publikum kann es kaum abwarten zu sehen, wie das Spiel ausgeht. Die Mannschaft steht unerschütterlich da, zwei von ihnen jetzt nur noch Zuschauer. Der dritte erhebt den Arm und zielt mit der Pistole direkt auf meinen Kopf.

Ich atme zu schnell. Diese ruhige Hand, diese unergründlichen Augen. Könnte das die Pistole mit der Kugel sein? Könntest du das sein, bereit, mich mit solcher Entschlossenheit zu töten nach allem, was wir zusammen erlebt haben?

»Möchten Sie schießen?«

Ich brauche Zeit, aber ich habe keine.

»Nein.«

KLICK.

Die Zuschauer schreien vor Freude. Ich möchte tief einatmen, nicht diese verschwitzte Luft. Doch wieder wird es still. Die vierte Gestalt hat schon den Arm erhoben, und die Pistole zielt auf meinen Kopf. Ich muß überlegen, analysieren, meine Chancen ausrechnen. In welcher der drei übrig gebliebenen Pistolen steckt die Kugel? Mein Herz hämmert vor Erregung, wie ich sie noch nie erlebt habe. Ich muß vergessen, wessen Hand die Waffe hält. Ich bin jetzt sicher, daß du dich nicht anders besinnen wirst, dich nicht verraten wirst. Ich weiß, daß du, genau wie ich, nicht zögern wirst zu schießen, und ich liebe dich dafür.

»Möchten Sie schießen?«

Ich antworte instinktiv.

»JA.«

Ich hebe die Pistole, halte den Arm ruhig und ziele. Ich ziehe den Abzug sanft durch, wie ich es so oft geübt habe. Die Pistole bäumt sich auf, und es hebt die Kapuzengestalt regelrecht vom Boden hoch. Ein braunes Loch erscheint dort, wo die Nase gewesen wäre, und das Blut spritzt heraus, als der Körper rückwärts fällt, die Pistole immer noch fest umklammert.

Das Donnern des Schusses hallt von den Wänden, wieder und wieder. Der Gestank nach Schießpulver legt sich über die Turnhallengerüche. Schweigen, keine Beifallsrufe, nur das Echo des Schusses in meinen Ohren. Ich habe jemanden getötet, aber ich fühle nichts, außer daß die Würfel gefallen sind. Ich habe meine Wahl getroffen; dieser Teil des Spiels ist vorbei. Jetzt werde ich wie all die anderen sein, ein Zuschauer. Ich höre, wie meine leere Pistole auf den Boden fällt.

Der Mannschaft scheint die Lücke in ihrer Reihe gleichgültig zu sein. Die fünfte Gestalt erhebt ihre Pistole.

Plötzlich werde ich von Gefühlen übermannt. Warum, warum habe ich so früh geschossen? Ich schaue zum Bürgermeister hinüber. Ich will bei ihm gegen die Unfairneß des Spiels protestieren. Doch seine finstere Miene verrät mir nichts. Er ist zu sehr in das Spiel versunken, genau wie die Menge. Ich kann spüren, daß ihre Sympathien gegen mich sind. Sie alle hoffen, daß ich einen Fehler gemacht habe, und daß die Kugel in einer der letzten Pistolen ist. Daß sie sich an einem weiteren Mord ergötzen können.

Ich blicke direkt in den Lauf der Pistole. Meine Beine sind schwach. Aber ich darf keine Angst zeigen, so haben wir es vereinbart. Ich frage mich, was du fühlst, wie du dort in der Mannschaft stehst und mich beobachtest. Ich frage mich, ob du es bist, die jetzt die Pistole hält. Ich frage mich, was für ein Gefühl es ist, zu sterben.

Ich beobachte, wie der Finger sich krümmt. Ich höre auf zu atmen.

KLICK.

Hochstimmung. Diesmal bin ich in Hochstimmung, ich lebe und genieße das Spiel. Doch die Zuschauer sind totenstill, und ich frage mich unwillkürlich, warum. Ich habe ihnen fast alles gegeben, was das Spiel geben konnte. Wir sind beim letzten Mitglied der Mannschaft angekommen, und es sind vielleicht nur noch Sekunden bis zu meinem Tod. Ich will nichts, als mit dem Spiel weitermachen.

Die Pistole hebt sich langsam in der Hand der sechsten Gestalt. Es liegt eine Erfahrenheit darin, die mich an dich erinnert, als wir für das Festival übten. Wenn ich nur deine Augen sehen könnte. Nichts könnte diesen Moment aufregender machen als zu wissen, daß du es bist, die jetzt schießt. Bitte, gib mir irgendein Zeichen.

Der Finger beginnt, den Abzug durchzuziehen. Werde ich den Schuß hören können, die ersten Geräuschfetzen, werde ich sehen können, wie die Kugel auf meinen Kopf zufliegt, das Metall schmecken können, das zerschmetterte Gehirn? Mein Herz schlägt wild, ich schreie.

»Bist du es?«

KLICK.

Nichts hat sich verändert. Nur das dumpfe Schlagen meines Herzens, der Schweißgeruch der Turnhalle, die grellen Scheinwerfer über mir, die gerade stehende Mannschaft, das Schweigen der Zuschauer.

Verschwommen sehe ich den Bürgermeister vortreten. Er lächelt nicht. Er gratuliert mir ohne Begeisterung, murmelt dann, daß ich jetzt vielleicht gehen sollte. Das Festival ist vorbei. Beunruhigend die Stille, der fehlende Beifall, daß ich noch lebe, die feindseligen Gesichter unter den Zuschauern, selbst bei den Kindern.

Ich lasse die Hand des Bürgermeisters los und gehe zur Mannschaft hinüber, zu dem Körper, der zusammengebrochen auf dem Boden liegt, leicht auf der Seite in einer Blutlache. Die fünf Gestalten stehen immer noch regungslos zu beiden Seiten. Ich bücke mich und zupfe mit ungeschickten Fingern an der Kapuze, reiße sie vom Kopf. Und sehe dein Haar. Das Haar, das aus der Kapuze hervorquillt, das blonde Haar, naß vom Blut, das ich alle die Jahre am Morgen und Abend berührt habe. Der Bürgermeister faßt mich beim Arm.

Ich schüttele seine Hand ab. Die Pistole. Du hältst die Pistole immer noch in deiner behandschuhten Hand umklammert. Ich bücke mich und öffne deine Finger. Ich schiebe den Verschluß auf. In der Kammer deiner Pistole steckt keine Kugel.

Ich erinnere mich, daß ich das Dorf früh am nächsten Morgen verließ, einer jener nebligen Morgen, die in dieser Jahreszeit so häufig sind in den Bergen. Der Bürgermeister und der Hotelbesitzer halfen mir mit meinem Gepäck nach unten zum Taxi. Das übrige Dorf schlief noch. Der Bürgermeister lud mich nicht wieder ein, wie er es vor zwei Jahren getan hatte.

Wir fuhren nach Norden, vorbei an den grauen Gebäuden am Stadtrand, vorbei am Friedhof; die Grabsteine lugende Augen im Nebel. Der Taxifahrer war kein gesprächiger Mensch, aber ich konnte sehen, wie er ab und zu einen verstohlenen Blick in den Rückspiegel auf mich warf.

Ich schlief nicht im Flugzeug. Das war etwas, das keiner von uns beiden je gekonnt hatte.

Und als ich hierher, in die Stadt, zurückkam, trank ich ziemlich viel. Ich brauchte lange, um mich wieder an das eintönige Leben zu gewöhnen. Ich erklärte unseren Freunden, warum wir nicht mehr zusammen waren, und ich glaube, sie verstanden es, auch wenn sie sich schockiert zeigten.

Als ich nach dem letzten Ereignis herausfand, daß alle Pistolen der Mannschaft leer gewesen waren, daß ich die einzige geladene Pistole gehabt hatte, blickte ich den Bürgermeister an und sagte, ganz ruhig, glaube ich:

»Sie haben gelogen. Sie haben mich dazu gebracht, einen Mord zu begehen.«

Er gab keine Antwort, er sah mich nur an. Dann sagte er mir mit sehr sanfter Stimme, daß es Zeit sei zu gehen.

Heutzutage schlafe ich selten, doch wenn ich schlafe,

träume ich manchmal, daß du lebst und daß wir miteinander reden. Reden, reden. Vielleicht all die langen Gespräche, die wir nie hatten. Und wenn ich aufwache, sind meine Augen naß, und ich kann mich nie an irgend etwas erinnern, das wir gesagt haben.

Originaltitel: Festival
Ins Deutsche übertragen von Barbara Heidkamp

Hugh B. Cave

Wartende Frauen

›Sie schien nicht wahrzunehmen, daß er sie berührte, ja daß
er überhaupt existierte. Sie war völlig allein und starrte
immer noch in jene geheime Welt, in der er keinen Platz
hatte.‹

*Wie viele Freunde der Gruselliteratur habe ich eine besondere Vor-
liebe für die Tradition der Groschenromane, und High B. Cave ver-
körpert zweifellos das Beste dieser Gattung von Schriftstellern. Im
Alter von zwanzig Jahren veröffentlichte er seine erste Geschichte,
›Corpse on the Grating‹. Das war vor sechzig Jahren, und zur
Freude seiner Fans schreibt er auch heute noch. Die 1975 verfaßte
Geschichte ›Ladies in Waiting‹ bezeichnet seine Rückkehr zum
Horror-Genre nach einem langen Einschnitt, in dem er den größten
Teil seiner Arbeit so glanzvollen Zeitschriften wie* The Saturday
Evening Post *und* Good Housekeeping *widmete.*

*Es wird kaum einen Leser geben, der nicht die bewährten Motive
des ›alten dunklen Hauses‹ und des ›steckengebliebenen Reisenden‹
erkennt, um die Cave seine Verwandlungen rankt. Doch was für
Verwandlungen! Man könnte sagen, daß diese herrlich schaurige
Erzählung in Wellen auf ihren letzten Sprung zufließt, und wenn
es je eine Geschichte gab, bei der die Grenzen der Möglichkeiten,
gleichzeitig angezogen und abgestoßen zu sein, bis zum äußersten
angespannt sind, dann ist es diese.*

Halper, der Immobilienmakler am Ort, meinte mit schiefem Blick: »Sie sind doch die gleichen Leute, die im April schon einmal hier waren? Aber sicher sind Sie das. Die damals in diesen seltsamen Schneesturm gerieten und die Nacht draußen verbrachten. Mr. und Mrs. Wilkes, glaube ich?«

»Wilkins«, berichtigte Norman, der mit gerunzelter Stirn eine Fotografie an der Wand in dem schäbigen Büro des alten Mannes betrachtete: ein vergilbtes, mit Fliegendreck gesprenkeltes Bild des Hauses selbst in all seinem Verfall und seiner Düsterkeit.

»Und Sie wollen es sich noch mal anschauen?«

»Ja!« rief Linda.

Die beiden Männer warfen ihr einen scharfen Blick zu, so heftig hatte ihre Antwort geklungen. Norman, ihr Mann, war von neuem bestürzt über die Begierde, die plötzlich in ihren wunderschönen braunen Augen aufflackerte und ebenso plötzlich einem Ausdruck der Schuld wich. Ja – es gab keinen Zweifel – ein Ausdruck der Schuld.

»Ich meine«, stammelte sie, »wir möchten immer noch ein großes altes Haus, das wir uns selbst herrichten können, Mr. Halper. Wir sind ständig auf der Suche nach einem solchen Objekt, und wir glauben, daß das Creighton-Anwesen genau das Richtige sein könnte.«

Du glaubst, es könnte das Richtige sein, korrigierte Norman im stillen. Er selbst hatte eine tiefe Abneigung empfunden, als Halper ihnen vor vier Monaten das Anwesen gezeigt hatte. Die Heftigkeit seines Abscheus hatte sich nicht im mindesten gemildert, und nie würde die Zeit seine Erinnerung an diesen erschreckenden Ausdruck auf Lindas Gesicht verblassen lassen. Er war sicher, daß er das Haus beim erneuten Durchschreiten des einhundertsiebzig Jahre alten Eingangs genauso hassen und fürchten würde wie zuvor.

Mußte er dann wieder diesen Ausdruck auf dem Gesicht seiner Frau sehen? Gott bewahre!

»Nun«, meinte Halper, »ich glaube, diesmal brauche ich nicht mitzugehen. Ich bitte Sie nur, mir den Schlüssel zurückzugeben, wenn Sie sich's angeschaut haben, wie beim letzten Mal.«

Norman erhielt von ihm den mit einem Anhänger versehenen Schlüssel und ging zum Wagen hinaus. Er fühlte sich elend.

Vom Dorf bis zum Haus waren es vier Meilen – eine Meile auf einem schmalen geteerten Sträßchen, die restlichen drei auf einer unbefestigten Straße, die selbst in diesem vernachlässigten Teil von Neu-England vollkommen verloren wirkte. Um drei Uhr nachmittags an einem bedrückend heißen Augusttag stammte das einzige Geräusch in einem tiefgrünen Schweigen vom Auto. Die Sonnenhitze hatte selbst die Vögel und Insekten ihrer Stimmen beraubt.

Auch Norman schwieg – aus Furcht. Neben ihm lehnte sich seine angebetete Ehefrau, mit der er seit weniger als zwei Jahren verheiratet war, nach vorn, um durch die Windschutzscheibe den ersten Blick auf ihr Ziel zu erhaschen. Sie schien völlig vergessen zu haben, daß ihr Mann überhaupt da war. Nur das Haus spielte für sie noch eine Rolle.

Und da war es auch schon.

Nichts hatte sich verändert. Groß und häßlich lag es da mit durchsackender Frontveranda und zwei winzigen Fenstern. Es war alt, und es sah grau aus, weil der größte Teil seines weißen Verputzes verwittert war. Nach Angaben des alten Halper hatten die Creightons hier über viele Generationen gewohnt. Sie waren aus Salem hierhergekommen, wo eine ihrer weiblichen Familienangehörigen in den Tagen des Hexenwahns wegen Teufelsanbetung gehängt worden war. Eine recht glaubhaft klingende Geschichte.

Norman brachte den Wagen vor den Stufen zur Veranda zum Stehen und blickte das Mädchen an seiner Seite an, seine Geliebte, die Freundin seiner Kindheit. Warum, in Gottes Namen, war sie so wild darauf, nochmals hierher zu kommen? Am Anfang war das nicht der Fall gewesen. Nach jener grauenvollen Heimsuchung war sie tagelang deprimiert gewesen und wollte nicht einmal darüber sprechen.

Doch nach Wochen kam auf einmal die Veränderung. O ja, die Veränderung! Ganz sachte zuerst, so sachte, wie es ihre unkomplizierte Natur zustandebrachte. »Norm … erinnerst du dich an das alte Haus, in dem wir eingeschneit waren? Was meinst du? Hätte es uns vielleicht gefallen, wenn die Umstände anders gewesen wären …?«

Dann ging es nicht mehr so sachte weiter. »Norm, können wir uns das Creighton-Anwesen noch mal anschauen? Bitte! Norm?«

Während er mit ungeschickten Fingern den Schlüssel ins Schloß steckte, ergriff er ihre Hand. »Bist du in Ordnung, Liebes?«

»Natürlich!« Der gleiche Tonfall wie schon in Halpers schäbigem Büro lag in ihrer Stimme. Ungeduldig. Kritisch. Stell keine törichten Fragen!

Voller Ahnung bevorstehenden Unheils stieß er die alte Tür auf.

Es war das gleiche.

Möbliert, hatte Halper es in einem Versuch zu scherzen genannt. Staubige Überreste von Möbeln und Teppichen waren da und – jawohl – der Eindruck, als ob jemand oder etwas sie benutze, daß das Haus nicht acht Jahre leergestanden hatte, wie Halper behauptete. Nun kehrte dieses Gefühl zurück, als Norman seiner Frau durch die unteren Räume und die Treppe hinauf zu den Schlafzimmern folgte. Und das Gefühl war ganz ausgeprägt! Verzweifelt wollte er sie wieder bei der Hand fassen und laut rufen: »Nein, nein, Darling! Komm hier raus!«

Als sie droben in dem großen vorderen Schlafzimmer anhielt und sich langsam umsah, sagte er hilflos: »Liebling, bitte – was ist? Was *willst* du denn?«

Keine Antwort. Für sie existierte er plötzlich nicht mehr. Sie stieß sogar mit ihm zusammen, als sie an ihm vorbeiging, um sich auf das alte Bett mit seinen vier Pfosten und der modrigen Matratze zu setzen. Von dort starrte sie mit leerem Blick in den Raum, wie sie es schon früher getan hatte.

Er trat zu ihr und nahm ihre Hände. »Linda, um Himmels willen! Was *ist* bloß mit diesem Haus?«

Sie sah auf und lächelte ihn an. »Es geht mir sehr gut. Mach dir keine Sorgen, Liebling.«

Als sie diesen Raum bei ihrem ersten Besuch betreten hatten, war eine alte Decke auf dem Bett ausgebreitet gewesen.

Norman hatte daran gedacht, Linda darin einzuwickeln, weil sie in dem frostigen Haus schauerte und der Wagen im immer tiefer werdenden Schnee festsaß, so daß sie die Nacht hier würden verbringen müssen. Doch die Decke verbreitete wegen ihres Alters einen üblen Geruch, und Linda war vor der Berührung zurückgezuckt.

Dann hatte Norman einen blitzartigen Einfall. »Warte, vielleicht kann ich dieses Ding da unter einen Reifen klemmen! ... Komm mit. Der Versuch lohnt sich.«

»Mir ist kalt, Norm. Laß mich hierbleiben.«

»Bist du ganz in Ordnung? Hast du keine Angst?«

»Lieber erschrocken als erfroren.«

»Schön ... ich bleibe nicht lange weg.«

Wie lange blieb er draußen? Zehn Minuten? Zwanzig? Zweimal schien der Wagen sich aus dem eisigen Griff des Schnees zu befreien. Zweimal hatte das Rad die durchnäßte Decke in hohem Bogen fortgeschleudert, daß sie wie ein riesiger gelber Vogel durch die Luft flog und er gezwungen war, nach ihr zu suchen, während der kalte Wind sein halb erfrorenes Gesicht peitschte. Also eher zwanzig Minuten, bestimmt nicht länger. Danach hatte er es als sinnlos aufgegeben, war verzweifelt zum Haus zurückgetrottet und wieder die Treppe zu diesem Schlafzimmer emporgestiegen.

Dort saß sie auf dem Bett, genau wie sie jetzt dasaß, weiß wie der Schnee selbst. Mit aufgerissenen Augen starrte sie auf oder in etwas, was nur sie zu sehen vermochte.

»Linda! Was ist los?«

»Nichts. Nichts ...«

Er packte sie an den Schultern. »Sieh mich an! Hör auf, so vor dich hinzustarren! Was ist passiert?«

»Ich dachte, ich hätte etwas gehört. Etwas gesehen.«

»*Was* gesehen?«

»Ich weiß nicht. Ich ... erinnere mich nicht.«

Er hob sie vom Bett hoch, schlang die Arme um sie und starrte herausfordernd auf die leere Türöffnung. Eigenartig. Eine papierdünne Schicht Dunst oder Rauch zog dort am Boden entlang und driftete in den Korridor hinaus, und in den Zimmerecken eingefangen befanden sich fließende Formen von der gleichen schwärzlichen Beschaffenheit, so als seien sie zurückgeblieben, als sich das Zimmer von einer größeren Masse entleerte. Oder bildete er sich diese Dinge nur ein? Für einen Augenblick schienen sie da zu sein, im nächsten Moment waren sie verschwunden.

Bildete er sich den Geruch auch nur ein? Er war zuvor in der staubigen Luft dieses Raumes nicht wahrzunehmen gewesen. Nun aber lag er ganz sicher im Zimmer, wenn seine Sinne ihm nicht einen Streich spielten. Ein besonders kräftiger, ausgeprägt männlicher Geruch, der jetzt langsam schwand.

Einfach nicht beachten. Doch, bei Gott, es *war* etwas in diesem Haus! Er hatte die Anwesenheit von etwas Fremdem schon bemerkt, als Halper hier war; nach dem Weggang des Maklers verstärkte es sich noch. Irgend jemand oder irgend etwas folgte ihnen und beobachtete sie.

Da bemerkte er, daß der Reißverschluß auf dem Rücken von Lindas Kleid offen war. Seine Hände, mit denen er sie fest an sich preßte, waren plötzlich unter das Kleid und auf ihren Leib geglitten. Ihr Körper fühlte sich kalt an. Kälter als der Schnee draußen, mit dem er sich abgeplagt hatte. Feuchtkalt.

Der Reißverschluß. Er tastete und stellte fest, daß er bis ganz unten aufgezogen war. Was, um Gottes willen, hatte sie da unternehmen wollen? Das war seine Frau, die ihn liebte. Das war das Mädchen, das erst vor wenigen Wochen dem reichsten und bestaussehenden Playboy der Stadt im Club eine schallende Ohrfeige verpaßt hatte, weil er es gewagt hatte, ihr einen Partnertausch vorzuschlagen. Langsam zog Norman den Reißverschluß wieder zu, hielt Linda auf Armeslänge von sich weg und betrachtete von neuem ihr Gesicht.

Sie schien nicht wahrzunehmen, daß er sie berührte, ja, daß er überhaupt existierte. Sie war völlig allein und starrte immer noch in jene geheime Welt, in der er keinen Platz hatte.

Der Rest der Nacht schien kein Ende nehmen zu wollen. Linda lag auf dem Bett, und er saß neben ihr und wartete auf die Morgendämmerung. Offenbar schlief sie von Zeit zu Zeit; zwischendurch fühlte er, daß sie so wach war wie er selbst, obgleich sie nichts sagte, auch als er sie ansprach. Gegen vier Uhr flaute der Wind ab, und der nasse Schnee klatschte nicht länger gegen die Fensterscheiben. Nie hatte er den Anbruch eines Tages mehr begrüßt, obwohl er den Wagen immer noch nicht frei bekam und sie beide zu Fuß ins Dorf marschieren mußten, um einen Abschleppwagen zu bestellen.

Nun hatte er sich von ihr überreden lassen, noch einmal hierher zurückzukommen. Er mußte den Verstand verloren haben.

»Norman?«

Sie saß auf dem Bett, dem gleichen Bett, aber wenigstens sah sie ihn *an* und nicht durch ihn hindurch in ihre geheime Welt. »Norman, das Haus gefällt dir doch ein bißchen, nicht wahr?«

»Wenn du glaubst, daß ich jemals ernsthaft in Erwägung ziehe, hier zu wohnen ...« Nachdrücklich schüttelte er den Kopf. »Mein Gott, nein! Es jagt mir kalte Schauer über den Rücken!«

»Es ist wirklich ein entzückendes altes Haus, Norman. Wir könnten es nach und nach selbst herrichten. Glaubst du, daß ich verrückt bin?«

»Wenn du dir auch nur einbilden kannst, in diesem Mausoleum zu wohnen, dann *weiß* ich, daß du verrückt bist. Mein Gott, Linda, du hast dich hier fast bis zum Wahnsinn gefürchtet. Genau in diesem Zimmer.«

»Wirklich, Norman?«

»O ja! Und wenn ich hundert Jahre alt werden sollte – diesen Ausdruck auf deinem Gesicht werde ich niemals vergessen!«

»Was für ein Ausdruck war das, Norman?«

»Ich weiß es nicht. Das ist es ja gerade – ich weiß es nicht! Was, um Himmels willen, hast du denn nur gesehen, als ich nach meinem Kampf mit dem Auto zurückkam? Was war dieser Dunst? Dieser Geruch?«

Lächelnd griff sie nach seinen Händen. »Ich erinnere mich nicht an einen Dunst oder Geruch, Norman. Ich war nur ein wenig erschrocken. Ich sagte dir ja, daß ich dachte, ich hätte etwas gehört.«

»Du sagtest mir auch, daß du etwas *gesehen* hättest.«

»Hab' ich das wirklich gesagt? Das ist mir entfallen.« Noch immer lächelnd blickte sie sich im Zimmer um – auf den Garten verblaßter Rosen auf Tapetenfetzen, auf denen die Zeit ihre Flecken zurückgelassen hatte; auf den schäbigen Schreibtisch mit der einsamen zerbrochenen Kristallvase. »Der alte Halper war schuld an dem, was passierte. Sein Geschwätz von Dämonen.«

»Halper hat nicht viel davon geredet, Linda.«

»Nun, er hat uns von der Frau erzählt, die in Salem gehängt worden war. Natürlich ist mir jetzt klar, daß er das als Köder ins Spiel brachte, weil ich ihm erzählt hatte, daß du Gruselromane schreibst. Wahrscheinlich stellte er sich vor, daß du mit einer Art Dracula-Umhang dasitzt und deine Bücher bei Kerzenlicht mit dem Gänsekiel zu Papier bringst, und hielt das dann für ein großartiges Szenarium.« Ihr leises Lachen klang ihm willkommen in den Ohren, erinnerte es ihn doch daran, daß er dieses Mädchen liebte und sie ihn – daß ihr gemeinsames Leben mit Ausnahme ihres unerklärlichen Interesses an diesem Haus voller Zärtlichkeit und liebevoller Anteilnahme war.

Doch er konnte ihr in dieser Sache nicht den Sieg überlassen.

»Linda, hör mir zu. Wenn dies so ein prächtiges altes Haus ist, warum steht es dann seit acht Jahren leer?«

»Nun, Mr. Halper hat es uns erklärt, Norman.«

»Wirklich? Ich kann mich an keine Erklärung erinnern.«

»Er sagte, zuletzt habe hier eine Frau gewohnt, die vor acht Jahren im Alter von dreiundneunzig starb. Ich glaube, er nannte ihren Namen ... Stanhope, doch sie war eine geborene Creighton – sie hatte sogar den gleichen Vornamen wie die Frau, die man in Salem wegen Teufelsanbetung gehängt hat: Prudence. Nach ihrem Tod gab es irgendeine juristische Frage wegen des Eigentums, weil ihr Mann einige Jahre vorher in einer Nervenheilanstalt gestorben war, ohne ein Testament zu hinterlassen.«

Norman nickte zögernd. Tatsächlich hatte er dem Geschwätz des Maklers nicht viel Beachtung geschenkt, doch er entsann sich in der Tat an die Bemerkung, daß der letzte Mann im Hause in eine Irrenanstalt eingewiesen worden war. Wahrscheinlich weil er so lange in einem derart düsteren Haus gewohnt hatte, war es Norman damals durch den Kopf gegangen.

Ärgerlich über sich selbst, weil er die Debatte mit Linda verloren, zumindest nicht gewonnen hatte, wandte er sich vom Bett ab und ging zum Fenster hinüber, wo er stehenblieb und in den Hof hinausblickte. Genau dort unten hatte er sich vor vier Monaten abgemüht, den Wagen freizukriegen. Stirnrunzelnd nahm er die Stelle nun in Augenschein und sagte plötzlich laut: »Moment mal. Das ist verdammt seltsam.«

»Was denn, mein Lieber?« fragte Linda vom Bett her.

»Ich hab' immer gedacht, wir hätten an jenem Abend den Wagen an einer tiefgelegenen Stelle im Hof stehenlassen. An einer Stelle, wo der Schnee besonders tief verweht sein mußte. Aber das war gar nicht der Fall. Wir standen an der höchsten Stelle des Hofes.«

»Vielleicht ist der Boden dort weich.«

»Absolut nicht. Er ist steinhart.«

»Könnte es vielleicht glitschig gewesen sein?«

»Nun, ich nehme an ...« Plötzlich preßte er sein Gesicht an die Fensterscheibe. »Verdammt noch mal! Wir haben einen Platten!«

»Was ist, Norman?«

»Einen Platten! Dabei sind das neue Reifen. Wir müssen irgendwo unterwegs zu diesem blöden Haus in einen Nagel gefahren sein.« Er ging zum Bett zurück und ergriff ihre Hand. »Komm. Diesmal lasse ich dich nicht hier zurück!«

Sie erhob keinen Einwand. Gehorsam folgte sie ihm die Treppe hinab und durch den unteren Flur zur Haustür. Auf der Terrasse zögerte sie kurz, warf in einer, wie es schien, momentanen Panik einen Blick zurück, doch als er von neuem ihre Hand ergriff, ging sie gehorsam mit ihm die Treppe hinunter und zum Wagen hinaus.

Der Reifen am linken Vorderrad war platt. Norman kauerte sich neben dem Rad nieder und suchte nach dem schuldigen Nagel, konnte jedoch keinen finden. Zweifellos war er unten am Boden. Dinge wie platte Reifen ärgerten ihn immer; in einer ordnungsgemäß organisierten Welt würde so etwas nicht vorkommen. In einer solchen Welt gäbe es natürlich auch nicht die Sorte von Straße, die man benutzen mußte, um diesen Ort zu erreichen, und vor allen Dingen gäbe es kein so unmögliches Haus.

Vor sich hin murmelnd öffnete er den Kofferraum, holte Wagenheber, Werkzeug und Reservereifen heraus und machte sich ans Werk.

Seltsam. In dem anstößigen Reifen steckte kein Nagel. Auch kein Schnitt oder Riß war festzustellen. Der Reifen mußte seit der Herstellung mit einem Fehler behaftet gewesen sein. Der Gedanke besserte Normans Stimmung nicht, während er auf den Knien herumrutschte und den Reservereifen montierte.

Als er den Wagenheber herunterließ, entwich aus dem Reservereifen unter dem Gewicht des Wagens ganz leise die Luft. Er kniete da und starrte ungläubig darauf. »Was, zum Teufel ...« *Niemals* war ihm etwas ähnliches passiert.

Er bockte den Wagen erneut auf, zog den Reservereifen ab und überprüfte ihn. Kein Nagel, kein Riß, keine andere Beschädigung. Es war ein neuer Reifen, genau wie alle anderen. Norman erinnerte sich, daß im Kofferraum ein Reparatursatz für schlauchlose Reifen lag, den er irgendwann einmal aus einem plötzlichen Impuls heraus gekauft hatte. ›Reparieren Sie ein Loch im Reifen, ohne ihn abzunehmen!‹ Aber wie sollte man ein Loch reparieren, das es gar nicht gab?

»Linda, das ist völlig verrückt. Wir müssen zu Fuß in die Stadt zurück, so wie letztes Mal.« Er wandte den Kopf. »Linda?«

Sie war nicht da.

Er sprang auf. »Linda! Wo bist du?« Wie lange mochte sie schon fort sein? Er mußte ungefähr fünfzehn bis zwanzig Minuten am Wagen gearbeitet haben. Plötzlich fiel ihm auf, daß sie in dieser Zeit kein Wort gesprochen hatte. War sie in dem Augenblick ins Haus zurückgelaufen, als er von der Reifenmontage voll in Anspruch genommen war? Sie wußte genau, wie eingehend er sich auf solche Dinge konzentrierte, daß sie zum Beispiel, wenn er beim Schreiben saß, durchs Zimmer gehen konnte, ohne daß er es bemerkte.

»Linda – um Gottes willen, nein!« Mit rauher Stimme schrie er ihren Namen und stolperte zum Haus zurück. Die Tür knallte auf, als er sich dagegen warf, und der Lärm klang ihm in den Ohren, als er den Flur entlangtaumelte. Doch der Flur war nicht einfach ein alter, staubiger Korridor. Er war ein dumpfes, von frühzeitlicher Dunkelheit und seltsamem Flüstern erfüllter Tunnel.

Er wußte, wo sie sich aufhalten mußte. In diesem verfluchten Zimmer oben an der Treppe, wo er vor vier Monaten jenen Ausdruck auf ihrem Gesicht gesehen und wo sie diesmal so geschickt versucht hatte, die Wahrheit vor ihm zu verbergen. Doch nun ließ sich das Zimmer nur schwer erreichen. Wirbelnder Nebel legte sich würgend um das Treppenhaus und brachte Norman wiederholt zum Stolpern. Dinge, die Händen glichen, schossen aus dem Nebel hervor, klammerten sich an ihn, hielten ihn zurück.

Verwirrt blieb er stehen, und die Hände stießen ihn wieder leicht nach vorn. Er erkannte, daß der Besitzer dieser Hände ein Spiel mit ihm trieb, seiner hektischen Versuche spottete, ins Schlafzimmer zu gelangen, und ihn gleichzeitig verlockte und drängte, sich noch mehr anzustrengen. Das Flüstern formte sich zu Worten, so schien es ihm wenigstens. »Komm, Norman … lieber Norman … komm, komm, komm …«

Auch im oberen Flur forderte ihn der wirbelnde Dunst heraus, der sich zu einer beweglichen Masse verdichtete und die Zimmertür vor ihm verbarg. Doch er brauchte keinen Kompaß, um diese besondere Tür zu finden. Er keuchte und fluchte – »Verdammt, laß mich los! Aus dem Weg!« Er kämpfte sich zur Tür durch und fand sie offenstehen, wie Linda sie zurückgelassen hatte. Mit ausgestreckten Händen tastete er sich über die Schwelle vor.

Hier war die fremde Gegenwart noch stärker. Das Gefühl, mit einer unsichtbaren Kreatur konfrontiert zu sein, war überwältigend, doch der Ansturm auf ihn war nun, da er die Tür erreicht hatte, weniger gewaltsam. Die Hände, die in der unheimlichen Dunkelheit nach ihm griffen, waren sanft und liebevoll. Sie hielten ihn mit einer samtenen Weichheit fest, die ein eigentümliches Wohlbehagen auslöste, und es war etwas wollüstig Weibliches um sie bis hin zu einem schwachen, aber eindringlichen weiblichen Geruch.

Ein *Geruch* war es, kein Parfüm. Ein Körpergeruch, der wie eine Droge auf seine Sinne wirkte. Verwirrt stellte er für einen Augenblick seinen Kampf ein und wartete ab, was geschehen würde. Aus dem Flüstern wurde Lockung, eine Verheißung unvorstellbaren Entzückens. Doch er gestattete sich nur einen Moment des Zuhörens; dann rief er laut nach Linda und warf sich wieder auf das Bett. Dieses Mal gelang es ihm, das Bett zu erreichen.

Doch jetzt saß sie nicht da und starrte in ihre geheimnisvolle Welt, wie er es erwartet hatte. Das Bett war leer, und die verführerische Stimme in der Dunkelheit lachte leise über seine Bestürzung. »Komm, Norman … lieber Norman … komm, komm, komm …«

Er spürte, wie er von hinten an den Schultern ergriffen, umgedreht und ganz sanft geschoben wurde. Wie schwebend fiel er auf die alte Matratze; halbherzig warf er die Arme hoch, um die nahende Schattengestalt daran zu hindern, von ihm Besitz zu ergreifen. Doch sie schwebte über ihm, auf ihm, in ihm, trotz seines schwachen Widerstands, und der weibliche Geruch folterte von neuem seine Sinne und zerstörte seinen Willen, sich zu widersetzen.

Als er seine Gegenwehr einstellte, vernahm er das Geräusch von quietschenden rostigen Türangeln in dem Teil der Dunkelheit, wo sich die Tür befand, und dann den dumpfen Laut, als sie sich schloß. Doch er stieß keinen Ruf aus. Er empfand keine Beunruhigung. Es war gut, hier auf dem Bett zu sein und in dieser sinnlichen, liebevollen Sanftheit zu schwelgen. Als er zur Ruhe kam, floß sie mit grenzenloser Zärtlichkeit über ihn hin, berührte und streichelte ihn bis zur höchsten Ekstase.

Die unsichtbaren Hände hatten nun sein Hemd geöffnet und glitten langsam und verführerisch über seinen Leib bis zum Gürtel hinab ...

In diesem Augenblick hörte er einen anderen Laut, der ihn für einen Moment verwirrte, denn er kam zwar durch die alte Wand hinter ihm aus dem angrenzenden Schlafzimmer, doch er versetzte ihn auf der Stelle in sein eigenes Schlafzimmer zu Hause. Linda und er hatten oft darüber gescherzt, wie nur echte Liebende es können – über die abgehackten kleinen Silben, die sie während des Liebesakts immer ausstieß.

So hatte auch sie Befriedigung gefunden. Gut. Alles war offen und ehrlich und geradlinig. Wie der Kerl im Club behauptet hatte, war Partnertausch in diesem Jahre des Herrn 1975 allgemein üblich ... nicht wahr? Alle Leute machten das.

Er mußte dieses Haus kaufen, wie Linda es sich so beharrlich wünschte. Natürlich. Sie hatte vollkommen recht.

Mit einem glücklichen Seufzer schloß er die Augen und entspannte sich. Kein Schuldgefühl ließ ihn mehr zögern.

Doch – irgend etwas stimmte nicht. Deutlich spürte er nun, daß nicht zwei Hände ihn liebkosten, sondern mehr. Waren es wirklich Hände? Plötzlich schienen sie kalt, feucht, erschreckend begierig.

Als er die Augen aufschlug, bemerkte er verblüfft, daß die dunstverhangene Dunkelheit sich aufgelöst hatte und er nun zu sehen vermochte. Das Sehen kam vielleicht im gleichen Augenblick wie seine totale Hingabe oder die endgültige Preisgabe seines Schuldgefühls. Nackt lag er auf dem Rücken mit seiner namenlosen Partnerin halb neben, halb auf ihm. Er sah, wie ihre schuppigen, mißgestalteten Brüste über seinem Leib flossen und ihr monströses, dämonisches Gesicht über dem seinen im Raum schwebte. Im Augenblick seines Aufschreis entdeckt er, daß sie wirklich mehr als zwei Hände besaß – eine ganze, sich windende Masse von Händen an den Enden langer, suchender Tentakel.

Das letzte, was er wahrnahm, bevor er den Schrei eines Wahnsinnigen ausstieß, waren drei weitere solcher Geschöpfe, die an der Wand kauerten und mit ruhelosen Tentakeln nach ihm suchten und ungeduldig warteten, bis die Reihe an ihnen war.

Originaltitel: Ladies in Waiting
Ins Deutsche übertragen von Elisabeth Köppl

Thomas M. Disch

Der Tod und das
einsame junge Mädchen

›Der Tod breitete sein Jackett aus und öffnete den Hosenschlitz.‹

*Schon immer hat es auf dem Markt ein Überangebot an Geschich-
ten gegeben, die von deprimierten jungen Frauen handeln, welche
nur einen einzigen Ausweg aus ihrer verzweifelten Lage sehen.
(Man denke an Anna Karenina). Thomas M. Disch hat diese sar-
kastische kleine Erzählung allerdings zu einer späteren Zeit
geschrieben, und er dachte dabei an Helen Gurley Brown. Vor dem
Hintergrund einer perfekten Scheinmisere, die er bis hin zu den verstaubten, aus ihren Hüllen genommenen LPs und den ungeleerten
Aschenbechern beschreibt, stellt er uns Jill Holzman aus Greenwich
Village vor.*

*Als sie plötzlich erkennt, daß es schlimmer nicht kommen kann,
wenn man sich völlig außerstande sieht, auch nur eine einzige weitere Episode von ›Familie Feuerstein‹ allein anzusehen oder nur
noch ein Blech mit Schokosplitterkeksen zu backen, deren Verzehr
man sich untersagt, fragt sie sich, welchen Sinn ein Weiterleben hat.
Außerdem hat es schon seit fünf Tagen geregnet. Angesichts der trüben Schrecknis all dessen scheint Jill der Tod die Lösung zu sein …
aber da er nicht zu Hause ist, als sie anruft, ist es nur zu gut, daß
er einen Anrufbeantworter hat.*

An einem regnerischen Tag Ende Juni um halb fünf nachmittags beschloß Jill Holzman, daß dies das Ende war. Das Leben war nicht mehr lebenswert, und *ihr* Leben war ohnehin kein Beispiel für das, was man Leben nennt. Als sie noch das College besuchte, war sie einmal zu demselben Schluß gekommen und hatte Tabletten genommen, aber sie hatte auch dafür gesorgt, daß sie entdeckt wurde. Diesmal aber war es ihr ernst.

Sie zog sich einen Stuhl zu dem selbstgezimmerten Bücherregal heran, stellte sich darauf und holte ihren Band über *Gestalttheorie* aus dem obersten Fach. Auf der unbedruckten ersten Seite, vor der Titelseite, hatte sie die Telefonnummer des Todes aufgeschrieben. Sie hatte sie von einem Jungen bekommen, mit dem sie sich im Bus unterhalten hatte, als sie auf dem Weg zu einem Weltgemeinschaftslager in den Catskills gewesen war. Der Junge wohnte in einem Ashram bei Ashokan und befaßte sich mit allem Okkulten. Er gab Jill beinahe ein ganzes Adreßbuch voll von Organisationen, mit denen sie sich in Verbindung setzen konnte – ein psychischer Gesundbeter in Mexiko City war darunter, ein reicher Therapeut im Albert Hotel, eine linksradikale Splittergruppe der Scientologybewegung – und der Tod.

Sie wählte die Nummer des Todes. Es war besetzt. Nachdem sie einige Seiten in der *Gestalttheorie* gelesen hatte, versuchte sie es noch einmal. Diesmal kam sie durch, aber nicht der Tod selbst meldete sich, sondern ein telefonischer Antwortservice. Sie hinterließ ihre Nummer.

Mit einem Gefühl der Zurückweisung und völliger Depression ging sie in die kleine Nische, die sie ihre Küche nannte, und backte zwei Bleche Schokosplitterkekse. Als sie mit dem Spülen der Teigschüssel und der Bleche fertig war, warf sie die gesamten, noch warmen Plätzchen in einen schwarzen Müllbeutel, verschloß ihn und beförderte ihn durch den Müllschlucker hinab zur Verbrennungsanlage. Backen verbesserte stets ihre Laune, aber der Gedanke daran, daß die Plätzchen gegessen werden mußten, war einfach zuviel für sie. Sie versuchte sowieso abzunehmen.

Zwei Tage darauf – im Fernsehen lief gerade ein NBC-Sonderprogramm über Drogenmißbrauch – erhielt sie einen Anruf.

»Hallo«, sagte sie hoffnungsvoll.

»Hallo, ich möchte gern Miss Jill Holzman sprechen.«

»Am Apparat.«

»Miss Holzman, hier spricht der Tod. Sie haben vor zwei Tagen versucht, mich zu erreichen, und ich war nicht zu Hause.«

»Oh, ja.« Ihr war ganz weich in den Knien geworden, so als ob sie gerade zur Klassensprecherin gewählt worden sei und jetzt aus dem Stegreif eine Rede vor der versammelten Schülerschaft halten müßte. »Danke für den Rückruf.«

Der Tod sagte nichts. Man konnte ihn nicht einmal ins Telefon atmen hören.

»Ich dachte«, begann sie zögernd, »ob Sie vielleicht zu mir herüberkommen möchten ...« Die Stille dauerte fort. Sie holte einmal tief Luft. »Ich wohne in der Barrow Street fünfunddreißig. Apartment 3-C. Wenn Sie mit der U-Bahnlinie Seventh Avenue fahren, müssen Sie am Sheridan Square aussteigen. Ich wohne gleich um die Ecke.« Ihr fiel plötzlich ein, daß es ihm vielleicht lieber wäre, wenn sie zu ihm käme. »Oder, wenn Sie es zu eilig haben ...?«

»Nein«, sagte er nach einer Pause, die gerade lang genug war, um zu verdeutlichen, daß er eigentlich ›ja‹ meinte. »Ich hatte natürlich viel zu tun, sonst hätte ich Ihren Anruf schon viel eher beantwortet. Es ist dieser Regen. Bei lange anhaltendem schlechten Wetter habe ich es immer am eiligsten.«

Jill fragte sich, ob es nur das gewesen war, was sie deprimiert hatte. Der Regen hielt nun schon seit fünf Tagen an; es waren die zerrissenen Randausläufer eines Hurrikans, der Schäden in Höhe von einer Milliarde Dollar angerichtet hatte. Aber nein, dies war mehr als eine Laune. Selbst am sonnigsten Tag des Jahres hätte sie zu ihrem Entschluß gestanden.

»Es ist schrecklich«, sagte Jill und meinte damit nicht nur das Wetter, sondern das Leben im allgemeinen.

»Miss Holzman, Sie haben immer noch nicht gesagt, was Sie eigentlich genau wollen.«

»Oh.« Sie bemühte sich, nicht verärgert zu klingen. »Muß

ich mich direkt dazu bekennen und es aussprechen?« Der Tod sagte nichts. »Ich möchte tot sein.«

»In Ordnung. Wie wäre es mit morgen früh? Sagen wir, um zehn Uhr?«

»Könnten wir es nicht nachmittags erledigen? Für gewöhnlich stehe ich nicht vor elf Uhr auf, und ich bin erst nach dem Mittagessen so richtig bei *Bewußtsein*.« Sie wollte gerade mit ihrer ganzen traurigen Berufsgeschichte beginnen; damit, wie sie Arbeitsstelle um Arbeitsstelle verloren hatte, weil sie nicht rechtzeitig aufstehen und anfangen konnte. Aber dann besann sie sich eines Besseren. Andere Leute wollten davon einfach nichts wissen.

»Ich fürchte, morgen nachmittag ist bereits belegt. Wäre Donnerstag früh genug?«

Jill blickte auf den Terminkalender auf ihrem Schreibtisch. Donnerstag war auf der nächsten Seite, neben einer Brancusi-Zeichnung. Sie konnte sich nicht vorstellen, bis dahin Lucille Ball und ›Familie Feuerstein‹ im Fernsehen anzusehen.

Sie gab sich geschlagen. »Lassen Sie es bei morgen vormittag. Ich werde früh aufstehen.« Als seine Antwort ausblieb, geriet sie in Panik. Ich habe ihn gekränkt, dachte sie, und jetzt wird er gar nicht kommen.

»Wirklich«, versicherte sie, »morgen früh wäre *wunderbar*. Sagten Sie um zehn?«

»Ja, ich notiere es mir gerade. Barrow Street fünfunddreißig?«

»Apartment 3-C.«

»Zehn Uhr. Sehr gut. *A tout à l'heure.*« Er sprach es falsch aus.

Sie überlegte, ob sie vielleicht einen Fehler machte.

Sie wachte um sechs Uhr früh mit der eindringlichen Erkenntnis auf, daß ihre Wohnung verwahrlost und nicht präsentabel aussah. Der Schallplattenschrank war übersät mit Stapeln von verstaubten Platten, die nicht in ihren Hüllen steckten. Die Laken waren schmutzig, das Marantengewächs ließ die schlaffen Blätter hängen, der Inhalt eines Aschenbechers lag auf den Bodenfliesen des Badezimmers verstreut. Der Spiegel in der Kochnische war von schmierigem Küchendunst überzogen, der sich dort über Monate hinweg angesammelt hatte, und ihr eigener Anblick in diesem Spiegel, getrübt wie er war, war der entmutigendste Aspekt von allem.

Sie arbeitete in hektischer Eile, und als der Tod pünktlich um zehn ankam, waren die sichtbarsten Zeichen der Unordnung verdeckt.

Er blickte auf seinen tropfenden Regenschirm hinab. »Wo kann ich den hinstellen?«

»Geben Sie ihn mir.« Sie spannte ihn auf, wobei sie lauter Regentropfen verspritzte, und stellte ihn in die Wanne, die mit Putzmittelfleckchen übersät war. Damit sie ihn nicht in die Kochnische hineinschauen lassen mußte, hängte sie auch seinen Mantel, einen ›London Fog‹, im Badezimmer auf.

»Nun«, sagte der Tod, während er sich in dem knarrenden, bemalten Bambussessel niedersetzte.

Jill saß auf der Bettkante, die Beine leicht gespreizt und die Hände entspannt und leicht gewölbt, was Ausdruck einer offenen, vertrauensvollen Haltung war.

»Hier sind wir also.«

In den letzten zwei Jahren hatte Jill, wenn sie überhaupt einen Job ausgeübt hatte, als Büroaushilfe gearbeitet. Während sie den Tod ansah, fiel ihr auf, daß sie wohl auch in seinem Büro vorübergehend tätig gewesen sein könnte. Sie hatte sehr viele Arbeitgeber gehabt, und ihre Gesichter waren alle zu einem einzigen, durchschnittlich gut aussehenden, durchschnittlich verbrauchten Gesicht mittleren Alters verschmolzen, welches genau dem Gesicht entsprach, von dem sie jetzt angelächelt wurde.

»Sie haben eine sehr ansprechende Wohnung«, bemerkte der Tod.

»Danke. Ehrlich gesagt, ich fürchte, daß ich alles hier ein wenig vernachlässigt habe. Die Aussicht ist natürlich das Beste.« Kaum waren die Worte über ihre Lippen gekommen, als ihr auch schon klar wurde, daß es keine Aussicht gab. Der Regen hatte, mit Ausnahme der Dächer in unmittelbarer Nähe, alles verhangen. Das World Trade Center war verschwunden.

Oder, überlegte sie, war dies das erste Vorausahnen des Todes? Würde die Großstadt um sie herum zusammenschrumpfen, bis nichts übrigblieb als dieses Zimmer, dieses Bett, ihr eigener Körper und schließlich ein einziges blaues Auge, das sich schloß?

Der Tod breitete sein Jackett aus und öffnete den Hosenschlitz. Er fummelte mit einem Finger in seinen Boxershorts herum und ließ seinen Schwanz daraus hervorschnellen, der schlaff und runzlig war und dessen Farbe – ein undefinierbares, verschwommenes Pastell – an ein Brathähnchen von A & P erinnerte.

Jill mußte wegucken – auf die Hosenaufschläge des Todes, auf das Lochmuster seiner spitzen Schuhe, auf sein ausdrucksloses, unbeteiligtes Lächeln. »Was soll ich tun?« fragte sie.

»Was Sie selbst als das Natürlichste empfinden, Jill.«

Zögernd nahm sie das schlaffe Organ in die Hand und drückte es. Die lachsfarbene Eichel wurde ein wenig heller. Der Tod schob sich im Stuhl etwas vor. Das Bambus knackte.

»Vielleicht könnten Sie ihn küssen …« schlug er vor.

»Sie meinen, ich soll Ihnen einen blasen?«

Der Tod zuckte zusammen. Er war derart peinlich berührt, daß sein Ding ganz zusammenschrumpelte. »Wenn Sie lieber nicht weitermachen möchten«, sagte er verstimmt, »kann ich sofort gehen.«

Jill machte sich innerlich stark, indem sie sich ihre Verzweiflung, ihren Überdruß, ihre Anomie und all ihre anderen Gründe fürs Sterben vor Augen führte. Schließlich war es ja nicht so, daß sie noch Jungfrau war oder einen unüberwindlichen Widerwillen gegen das empfände, worum es hier ging; eine Episode mit ihrem letzten Freund (Lenny Rice – er war vor acht Monaten nach Kalifornien gezogen) bewies dies eindeutig. Wenn der Tod nur etwas weniger unpersönlich gewesen wäre, wenn er nur das kleinste bißchen Zärtlichkeit oder Respekt für sie als Individuum gezeigt hätte …

»Nein!« protestierte sie, während sie auf die Knie sank und all ihren Verstand zusammennahm. »Gehen Sie nicht. Ich war nur etwas … überrascht. Ich tue, was immer Sie möchten.«

»Nur wenn *Sie* es auch möchten«, beharrte der Tod.

»Oh, ich will ja, ich will.«

Und entschlossen machte sie sich für die nächsten fünfzehn Minuten ans Werk, allerdings ohne Erfolg. Ein- oder zweimal schien es so, als ob der Tod einen hochkriegte, und Jill reagierte darauf, indem sie ihre Bemühungen noch verstärkte. Wie sehr sie sich jedoch verausgabte, seine Energie schien im selben Maße zu schwinden. Es war selbstzerstörerisch, eine Sisyphusarbeit. Sie fragte sich, ob er wohl impotent sei.

Der Tod machte sich los und wischte seinen Schwanz mit einem Kleenex trocken.

»Ich nehme an, Sie überlegen gerade, ob ich impotent bin.«

»Nein. Nein, es ist ganz allein meine Schuld.«

»Nun, ich bin nicht impotent. Gewöhnlich klappt es eins, zwei, drei. Es ist nur so, daß ich, wie gesagt, so viel zu tun hatte. Die Leistungsfähigkeit einer einzelnen Person ist eben begrenzt.«

»Ich werde es weiter versuchen«, versprach Jill matt.

»Ich habe um halb zwölf noch eine Verabredung in der Siebenundfünfzigsten Straße Ost. Ich werde ohnehin schon zu spät kommen.«

»Sie gehen doch jetzt wohl nicht! Und was wird mit mir? Werden Sie denn nicht … nicht …« Sie blickte aus dem Fenster. Es schienen jetzt noch weniger Dächer sichtbar zu sein als vorhin, als der Tod eintraf. »Oder bin ich schon tot?«

Der Tod ließ ein spöttisches Schnauben hören. »Wenn Sie tot wären, mein liebes Mädchen, dann wüßten Sie es nicht. Es geht nach dem Prinzip ›wie du mir, so ich dir‹ – wenn ich komme, gehen Sie.«

Jill verschränkte die Arme. »Das erscheint mir nicht fair.«

»Wissen Sie was? Ich komme heute abend wieder – in meiner Freizeit. Wie wär's?«

Was hätte sie anderes sagen können als ja.

Wie er es versprochen hatte, kam der Tod um acht Uhr drei-ßig zurück. Die Flasche Almadener Burgunder, die er im Getränkemarkt an der Christopher Street erstanden hatte, paßte gut zu Jills Bœuf Bourguignon. Zum Dessert gab es Parfaits aus Pistazieneis mit gekühltem Wodka übergossen. Jill trug ein Hemdblusenkleid aus Segeltuch von Lord & Taylor und hatte die untersten drei Knöpfe geöffnet. Sie hatte zunächst ihr provozierendes Makrameehemd in Erwägung gezogen, war dann aber zu dem Schluß gekommen, daß unter den gegebenen Umständen eine willfährige Erscheinung angebrachter war als eine aufreizende.

Der Plattenspieler wiederholte ständig dieselben sechs Strauß-Walzer. ›Künstlerleben.‹ ›An der schönen blauen Donau.‹ ›Wiener Blut.‹ ›Der Kaiserwalzer.‹ Und dann zurück zum Anfang, ›Künstlerleben.‹ ›An der schönen blauen Donau.‹ Und so weiter.

Der Tod entspannte sich genügend, um ihr zu gestatten, ihm sein Jackett auszuziehen und seine Krawatte zu lockern. Aber dann, eifrig bemüht, sein früheres Versagen wettzumachen, übernahm er selbst die Initiative.

Zuerst hatte Jill ein wenig Hoffnung. Zumindest anfangs versprach der Tod größere Aussichten auf Erfolg, und diesmal waren sie auf dem Bett, statt auf dem Bambussessel herumzuwackeln. Aber die Hoffnung schwand schnell. Schließlich, nachdem ihr Make-up verschmiert und eine ihrer Wimpern in seinem Schamhaar verloren gegangen war, gab sie es auf.

»Verdammt«, sagte der Tod.

Jill war zu erschöpft, um sich etwas daraus zu machen.

»Ich weiß nicht, was ich sagen soll.«

»Ist schon in Ordnung«, versicherte sie ihm.

»Ein andermal?«

»Vielleicht sollte ich zu Ihnen ins Büro kommen«, schlug sie vor.

»Gute Idee.« Er hätte in diesem Moment jede Verabredung angenommen, wo auch immer sie stattfinden sollte, und wäre es in einer Kirche, auf einem Friedhof oder der Freiheitsstatue gewesen.

Nachdem sie sich einen Tropfen Kahlùa – ein Überbleibsel von einer Dreikönigsparty vor zwei Jahren – geteilt hatten, ging er. Jill ging zum Plattenspieler hinüber und nahm die Nadel vom ›Wiener Blut‹.

Sie war so müde, daß sie nicht einmal die Sauce vom Geschirr abspülte. Sollten doch die Küchenschaben anrichten, was sie wollen, dachte sie und ging zu Bett.

Der Tod war nicht da, als sie eintraf. Wenn man seiner Empfangsdame glauben durfte, war er nur wenige Minuten zuvor weggegangen, obwohl Jills Termin (er war auch gestochen klar auf seinem Kalender vermerkt) für elf Uhr angesetzt war. Und diese Zeit zeigte auch die große Geschäftsuhr an der Wand genau, elf Uhr. Eine Weile gab Jill sich damit zufrieden, der besänftigenden Fast-Monotonie zu lauschen, die die Empfangsdame produzierte, während sie einen Text vom Diktaphon schrieb. Das Fußpedal machte *klick*, und dann herrschte, für die Dauer von etwa sechs Herzschlägen, Stille. Dann kam noch ein *klick*, gefolgt von einer Salve von Schreibmaschinenanschlägen.

Als der Tod eine volle halbe Stunde Verspätung hatte, gab Jill offen zu, daß sie sich langweilte, und blätterte in einer der Zeitschriften im Wartezimmer, bis sie einen schönen wütenden Artikel im *Cosmopolitan* fand, durch den ihre eigene, richtig schöne Wut verstärkt wurde. Es war nie leicht für Jill gewesen, in eine solche Stimmung zu kommen, aber wenn sie es tat, oh, welche Wohltat. In ihrem eingerosteten Körper begann es dann zu prickeln; er wurde zu einer Adrenalinfontäne, die sich in die langweilige Alltagswelt ergoß, wo dann jedes einzelne Molekül sich ein wenig schneller bewegte, bis alles (was sonst nie passierte) genauso interessant aussah wie der beste Hollywoodfilm, etwa mit George C. Scott, Glenda Jackson und Liza Minelli in den Titelrollen.

»Ein Uhr«, bemerkte Jill laut, wenn auch nicht ganz korrekt. »Mistkerl.«

Die Empfangsdame machte ein mitfühlendes Gesicht. »Wem sagen Sie das?«

»Glauben Sie, daß er sich überhaupt sehen läßt?«

»Das weiß man nie. Obwohl es eine Möglichkeit gibt, daß er garantiert auftaucht – wenn ich zur Mittagspause rausgehe. Dann käme er mit dem nächsten Lift nach oben. Passiert mir jedesmal. Er hat übersinnliche Kräfte oder so was.«

»Gibt es denn außer ihm niemand, der Sie ablöst?«

»Das andere Mädchen ist am Freitag gegangen. Hat seinen Scheck eingelöst und ist verschwunden.«

»Wenn Sie rausgehen und einen Happen essen möchten, kann ich ja hier die Stellung halten. Was anderes mache ich jetzt sowieso nicht.«

»*Das* würden Sie tun? Ich bin völlig ausgehungert. Ich könnte mir ja etwas kommen lassen, aber das eine Mal, als ich *das* gewagt habe, o Gott! Ein lumpiges Sandwich mit Thunfisch und Salat – man hätte denken können, es sei das Ende der Welt.«

»Gehen Sie essen.«

»Wenn jemand anruft, schreiben Sie den Namen auf, lassen Sie sich die Telefonnummer geben und sagen Sie, wir werden zurückrufen. Sollte jemand kommen, bitten Sie ihn, zu warten. Das ist im Grunde alles.«

Die Empfangsdame ging zum Essen, und der Tod kam mit dem nächsten Lift. Er wäre direkt an Jill vorbei in sein Büro gegangen, wenn sie nicht auf sich aufmerksam gemacht hätte, indem sie ihren *Cosmopolitan* nach ihm warf.

»Oh! Miss Holzman!« Er ließ den Türknauf los. »Sie haben mich erschreckt.« Sie blickte ihn finster an. Sie hatte allen Grund dazu.

»Ich dachte, Sie wären meine Sekretärin.«

»Ich habe ihr angeboten, sie abzulösen, damit sie Mittagspause machen konnte. Sie haben zwei Stunden Verspätung, ist Ihnen das klar? Zwei *Stunden.*«

Er murmelte etwas wie »Unerwartete Schwierigkeiten.«

»Die üblichen Schwierigkeiten?« fragte sie boshaft.

Er seufzte.

»Einmal«, erinnerte Jill sich träge, während sie ausgestreckt auf der Vinylcouch des Innenbüros des Todes lag, »als ich siebzehn war, mußte bei mir eine Wurzelbehandlung gemacht werden. Der Nerv in meinem Zahn hatte sich entzündet, und ich mußte wieder und wieder damit zum Zahnarzt. Es dauerte Wochen, ehe der Eiter abgezogen und der Zahn plombiert war. Der Zahnarzt sagte mir später, ich hätte einen persönlichen Rekord für ihn aufgestellt: dreizehn Einzelbehandlungen an einem einzigen Zahn.«

»Glauben Sie mir, Miss Holzman, unser Erlebnis war höchst untypisch. Ich weiß nicht, was los ist, aber ich versichere Ihnen, es liegt nicht an Ihnen.«

»Danke vielmals.«

»Wenn Sie vielleicht morgen wiederkommen möchten, sage ich alle meine anderen Termine ab.«

»Ich bin mir nicht sicher, *ob* ich das möchte.«

»Das ist durchaus verständlich.«

»Ich mache das nämlich nicht aus gesundheitlichen Gründen, müssen Sie wissen. Ehrlich gesagt, betrachte ich diese ganze Sache als abscheulich und erniedrigend und *mittelalterlich.* Die Tatsache, daß sie *obendrein* erfolglos geblieben ist, reibt nur noch mehr Salz in die Wunde. Wenn man bedenkt, was *Sie* leisten konnten, hätte ich auch gleich Schlaftabletten nehmen können. Oder Arsen, Himmel noch mal!«

»Wenn Sie möchten, daß ich Sie erwürge oder Sie mit meinem Boot hinausfahre ...«

»Werden Sie nicht geschmacklos.«

Wie gewöhnlich, wenn sie den Höhepunkt ihrer Wut erreicht hatte, fühlte Jill, wie sie nachsichtiger wurde. Der Tod schien wirklich zerknirscht. Konnte man ihm denn schließlich die Schuld an seinem Versagen geben? Vielmehr hatte er ihr Mitleid nötig. Sie *empfand* Mitleid mit ihm. Es war wunderbar.

Als er sie daher als Geste der Versöhnung zum Mittagessen ins *Peking Park* einlud, war nur ein kleiner Anstoß nötig, nicht mehr als ein ›bitte‹, um sie zu überreden. Und als er sie nach einem ausgedehnten, fabelhaften Essen bat, die freie Stelle in seinem Büro anzunehmen, bedurfte es nur eines weiteren kleinen Anstoßes. Sie konnte entweder annehmen, so sagte sie sich, oder mußte sämtliche Agenturen abklappern, und das war ihr so verhaßt wie kaum etwas anderes im Leben.

Daß es Leben war, konnte man nicht leugnen, aber dafür

gab es einen Ausgleich. Das Gehalt war gut, die Arbeitszeit angenehm, und ihr Verhältnis zu ihrem Arbeitgeber war – nachdem klar war, daß ihr Dienst sich nur auf solche Aufgaben beschränken würde, die von der New-York-State-Arbeitsbehörde anerkannt waren – von kühler Freundlichkeit. Der Tod schien sowieso nicht darauf versessen zu sein, ihre früheren Intimitäten wieder aufzunehmen. Es handelte sich um einen Job, und den erledigte sie. Wenn man schon nicht tot sein konnte, war es das Zweitbeste, was einem passieren konnte.

Originaltitel: Death and the Single Girl
Ins Deutsche übertragen von Anita Crampton

Angela Carter

Herr

›Wenn sie sich die Tränen mit dem Handrücken aus dem Gesicht gewischt hatte, war sie wieder ganz sie selbst, und nachdem sie einige Wochen zusammen waren, nutzte sie eine stille Stunde, um seine Gewehre, die Instrumente seiner Leidenschaft, in Augenschein zu nehmen und vielleicht ein wenig von Herrs Zauberkunst zu lernen.‹

Tiefer und tiefer dringt das ›seltsame Liebespaar‹ in die Festung des amazonischen Dschungels ein – er ein erfahrener Jäger, besessen von der Lust am Töten, sie ein Stammesmädchen, das er zu seiner Sklavin gemacht hat. Obgleich er ohne Ansehen alles tötet – solch brennende Gewalt soll als Ventil dienen, eine unermeßliche, alles verzehrende Leere in Schach zu halten –, so sind es doch die gemusterten Großkatzen, von denen er besessen ist. Einst waren es Leoparden und Luchse; nun ist es der Jaguar, jene geschmeidig schöne und gefährliche Kreatur, die von manchen als Gott verehrt wird und deren mächtige Aura ihn – ebenso wie seine Gefährtin – in ihren Bann schlägt.

Von jeher fasziniert von der Idee der Metamorphose, hat Angela Carter ihrer Phantasie auch immer wieder erlaubt, Szenen exotischer Grausamkeit und schockierender Roheit zu erforschen. Es liegt eine Furchtlosigkeit darin, die wie ein betörender Zauber über ihrer Prosa liegt und den Leser in ihren Bann schlägt.

Nachdem er entdeckt hatte, daß seine Berufung das Töten von Tieren war, führte sein Weg ihn fort aus dem gemäßigten Klima, bis schließlich die unersättliche Sonne Afrikas die Pupillen seiner Augen ausbrannte, sein Haar bleichte und seine Haut bräunte, bis er in keiner Weise mehr aussah wie das Ding, das er einmal gewesen war, vielmehr wie dessen Negativ; er wurde zum weißen Jäger, zum Opfer eines Exils, das die Imitation des Todes ist, eine willentlich herbeigeführte Trauer um verlorenes Leben. Beim Anblick der letzten Todeszuckungen seiner Beute entfuhr ihm ein verzücktes Stöhnen. Er tötete nicht um des Geldes, sondern um der Liebe willen.

Zum erstenmal trat jene Neigung zur Grausamkeit in den stinkenden Toiletten einer unbedeutenden englischen Privatschule zutage, wo er die Köpfe der neuen Zöglinge in die Keramikschüssel drückte und dann die Spülung zog, um ihr gurgelndes Protestgeschrei zu ertränken. Nach der Pubertät richtete er seine undefinierbare, doch zügellose Wut gegen die bleichen, zuckenden Körper junger Frauen, deren Fleisch er in den Betten billiger Hotels in der Nähe von Londons großen Bahnhöfen (King's Cross, Victoria, Euston ...) mit Zähnen, Fingernägeln und manchmal seinem Ledergürtel peinigte. Doch diese pastellfarbenen Exzesse, die alles waren, was das kühle, regnerische Land seiner Geburt ihm zu bieten hatte, vermochten nie, ihn zu befriedigen; erst als er seine Grausamkeit in die heißen Zonen trug und dort kultivierte, bis sie sich von der Grausamkeit der Tiere, die er tötete, nur in einem unterschied, nämlich in dem Element der Befangenheit, das ihr immer noch anhaftete, denn wenn ihm auch nur noch wenig Menschliches anhaftete, beobachteten doch die Augen seines Selbsts noch immer sein Handeln, so daß er in der Lage war, seinen eigenen Ausschweifungen Beifall zu spenden.

Obgleich er auf den Savannen ganze Herden von grasenden Giraffen und Gazellen dezimierte, bis sie lernten, ihre Vernichtung im Wind zu wittern, wenn er sich näherte, und obgleich er ritterlich gepanzerte Flußpferde niedermähte, während sie sich bis zu den Achselhöhlen im Schlamm suhlten, so lag doch die wirkliche Bestimmung seines Gewehrs in der seidigen Gleichgültigkeit der Großkatzen, und schließlich spezialisierte er sich auf die Ausrottung jener gefleckten Raubtiere, Leoparden und Luchse, die in ihren Fellen Todes-ideogramme in geronnener Sprache trugen, in brauner Tinte aufgedruckt von den Fingerspitzen stummer Götter, die keinerlei Göttlichkeit in der Menschheit anerkannten.

Nachdem er ausreichend gewütet hatte unter den Katzen Afrikas, einem Land weit älter, als wir es sind, dessen Unschuld er sich jedoch immer überlegen gefühlt hatte, entschloß er sich, die südlichen Gefilde der Neuen Welt zu erkunden, mit der Absicht, das gefleckte Raubtier, den Jaguar, zu töten. Und so kam er schließlich inmitten einer Metapher für Trostlosigkeit an einen Ort, an dem die Zeit in sich selbst zurückläuft, der feuchten, verlassenen Spalte einer Welt, deren lebensspendender Fluß selbst eine Wilde ist, Amazonas. Eine grüne, unauslöschliche Stille umfing ihn in jenem friedlichen Königreich der Riesenpflanzen. Bestürzt klammerte er sich an die Flasche, als wäre sie eine Zitze.

Im Jeep durchstreifte er ein ewig gleiches Terrain aus architektonischer Vegetation, in dem kein Windhauch die Wedel der Palmen bewegte, die gewichtig herabhingen, als wären sie zu Anbeginn der Zeit aus chromgrüner Gravität gemeißelt und dann vergessen worden, und deren Stämme sich nicht in den Himmel zu erheben, sondern statt dessen den erdrückenden Himmel auf den Urwald herabzuziehen schienen wie einen Deckel aus blankem Metall. Diese Stämme waren überwuchert mit Pflanzen, Orchideen, giftigen, schillernden Blüten, und Ranken von der Dicke eines Armes mit blühenden Mäulern, die heimtückische Zungen vorstreckten, um damit die Fliegen zu fangen, die sich ihnen näherten. Hin und wieder flatterten leuchtend bunte Vögel unbekannter Art an ihm vorbei, und manchmal schwangen sich schnatternde Affen von Ast zu Ast, ohne daß sich diese unter dem Gewicht der Tiere bewegten. Doch weder Bewegung noch Geräusch vermochten wirklich, die profunde, unmenschliche Selbstversunkenheit jenes Ortes zu stören, so daß hier das Töten zum einzigen Mittel wurde, mit dem er sich zu beweisen vermochte, daß er selbst noch am Leben war, denn er neigte nicht zur Selbstbetrachtung und hatte niemals Trost in der Natur gefunden. Das Töten war seine einzige Neigung und seine ureigenste Fertigkeit.

Er traf auf die Indianer, die zwischen den gramgeplagten Bäumen lebten. Sie repräsentierten eine solche Vielfalt ethnischer Typen, daß sie wie ein lebendiges Museum der Menschheit anmuteten, geordnet nach dem Prinzip der Regression, denn je weiter er ins Landesinnere vordrang, desto primitiver wurden sie, als wollten sie demonstrieren, daß Evolution umkehrbar ist. Manche jener braunen Männer hatten keine andere schützende Behausung als den Himmel, und als Nahrung dienten ihnen, wie den Blumen, Insekten; sie bemalten ihre Körper mit den Säften aus Blättern und Beeren und schmückten ihre Häupter mit Diademen aus Federn oder Adlerklauen. Friedlich und malerisch drängten die Männer und Frauen sich leise plappernd um seinen Jeep, die nach innen gerichteten, bernsteinfarbenen Sonnen ihrer Augen erleuchtet von wohlwollender Neugier, und er erkannte sie nicht als Menschen, obgleich sie in ihren Kesseln wahnsinnbringenden Alkohol destillierten und er ihn trank, um das Innere seines Kopfes zwischen all diesem Fremden mit einer vertrauten Ekstase zu füllen.

Sein Mischlingsführer nahm sich oft eines der braunen Mädchen, die ihm arglos ihre nackten, aufgerichteten Brüste und ihr geheimnisvolles, friedfertiges Lächeln darboten, und infizierte sie ohne lange Umschweife, in den Büschen, am Rande der Lichtung mit dem Tripper, an dem er litt. Nachher, während er sich ob des erinnerten Appetits die Lefzen leckte, sagte er dann zum Jäger: braunes Fleisch, braunes Fleisch. In der Trunkenheit einer Nacht, geplagt von einer nagenden Fleischeslust, die ihn oft am Ende eines arbeitsreichen Tages heimsuchte, erstand der Jäger einmal im Austausch für den Reservereifen seines Jeeps ein kaum der Pubertät entwachsenes Mädchen, so jungfräulich wie der Urwald, aus dem sie geboren worden war.

Sie trug einen spärlichen Schurz aus rotem Baumwollstoff, der sich zusammengedreht zwischen ihren Schenkeln durchzog, und ihr langer, muskulöser Rücken war mit gegerbtem

Samt gepolstert, denn er war durchfurcht und überzogen von den Stammeszeichen, die man ihr eingeschnitten hatte, als ihre Menstruation begann – erhabene Muster wie die Reliefkarte eines unbekannten Landes. Die Frauen ihres Stammes tunkten ihre Haare in flüssigen Schlamm und wickelten sie dann in langen Strähnen um Stöckchen, wo sie sie in der Sonne trocknen ließen, bis jede einzelne eine CHEVELURE von starren Ringellocken von der Beschaffenheit gebrannten, unglasierten Tons besaß, und so sah sie aus, als wäre ihr Kopf von einem jener stachelbewehrten Heiligenscheine gekrönt, wie man sie in den Bilderbüchern der Sonntagschule berühmten Sündern zugedachte. In ihren Augen lag die Sanftheit und die Verzweiflung jener, die bald schon entrechtet sein werden; sie hatte das unbewegliche Lächeln einer Katze, welche von ihrer Physiologie her gezwungen sind zu lächeln, ob sie es wollen oder nicht.

Der Glaube ihre Stammes hatte sie gelehrt, sich selbst als eine fühlende Abstraktion zu sehen, einen Vermittler zwischen den Geistern und der Fauna, und so betrachtete sie die fiebergeschüttelte, skeletthafte Gestalt ihres Käufers ohne große Neugier, denn er war für sie nicht mehr, jedoch auch nicht weniger erstaunlich als jegliche andere bunte Erscheinung des Urwaldes. Daß sie ihn auch nicht als Mensch wahrnahm, lag daran, daß ihre Kosmologie ihr nicht erlaubte, einen essentiellen Unterschied zwischen ihr selbst und den Tieren und den Geistern zu machen, denn dafür war jene Kosmologie zu kultiviert. Ihr Stamm tötete niemals; sie aßen nur Wurzeln. Er lehrte sie, das Fleisch zu essen, das er über seinem Lagerfeuer briet. Zuerst mochte sie es nicht sehr, aß es jedoch gehorsam, als hätte er ihr befohlen, an einem Sakrament teilzunehmen, denn als sie sah, wie beiläufig er den Jaguar tötete, wurde ihr schon bald bewußt, daß er der Tod selbst war. Von diesem Moment an betrachtete sie ihn voller Staunen, denn sie erkannte augenblicklich, welche Verherrlichung der Tod erfahren haben mußte, um sein Lebensprinzip zu werden. Schaute er jedoch sie an, dann sah er nur ein Stück seltsamen Fleisches, das er billig erstanden hatte.

Er stieß seine Virilität in ihre Überraschung hinein und

benutzte sie, nachdem ihre Wunde verheilt war, um seinen Schlafsack mit ihm zu teilen und seine Felle zu tragen. Er sagte ihr, ihr Name wäre von nun an Freitag, da er sie an diesem Tag gekauft hatte; er lehrte sie, ›Herr‹ zu sagen, und erklärte ihr dann, daß dies sein Name wäre. Ihre Augenlider flatterten, denn obgleich sie ihre Lippen und ihre Zunge bewegen und so die Laute, die er machte, nachahmen konnte, so verstand sie doch nicht deren Sinn. Und jeden Tag von neuem erlegte er den Jaguar. Den Führer schickte er fort, denn nun, da er das Mädchen gekauft hatte, hatte er keine Verwendung mehr für ihn; und so setzte das seltsame Liebespaar gemeinsam seinen Weg fort, während der Vater des Mädchens aus dem Gummireifen Sandalen fertigte, um Schuhe für die Füße seiner Familie zu haben, und in diesen Schuhen gingen sie ein kleines Stück in das zwanzigste Jahrhundert hinein, aber nicht sehr weit.

Im Stamm machte die folgende pittoreske Legende die Runde: Der Jaguar lud einst den Ameisenbär zu einem Jonglierwettbewerb, in welchem sie ihre Augen als Bälle benutzen würden, und so zogen sie ihre Augen aus den Höhlen. Nachdem sie dies getan hatten, warf der Ameisenbär die seinen hoch in die Luft, und sie fielen – plop! – wieder zurück an die richtige Stelle in seinem Kopf; doch als der Jaguar es ihm nachtat, verfingen seine Augen sich in den obersten Wipfeln eines Baumes, und er konnte sie nicht erreichen. So wurde er blind. Da bat der Ameisenbär den Ara, dem Jaguar neue Augen aus Wasser zu machen. Als der Jaguar sie hatte, stellte er fest, daß er mit ihnen im Dunkeln sehen konnte. So wendete sich für den Jaguar alles zum Guten; und sie, das Mädchen, das ihren eigenen Namen nicht kannte, konnte ebenfalls in der Dunkelheit sehen. Während sie immer tiefer in den Urwald vordrangen, immer weiter fort von der kleinen Siedlung, nahm er sich jede Nacht sein Vergnügen von ihrem Fleisch, und sie schaute über seine Schulter auf die Phantome im leise flüsternden Dickicht, Phantome – wie es ihr schien – die Tiere, die er am Tage getötet hatte, denn sie war in den Clan des Jaguars hineingeboren worden, und wenn sein Ledergürtel in ihre Schulter schnitt, dann begann das magische Wasser, aus dem ihre Augen gemacht waren, mitleiderregend herabzurinnen.

Er konnte sich nicht mit dem Regenwald anfreunden, der ihn erdrückte und überwältigte. Malariaanfälle schüttelten ihn. Er tötete ohne Unterlaß, zog die Felle ab und ließ die Kadaver hinter sich zurück für die Aasgeier und Fliegen.

Dann kamen sie an einen Ort, an dem es keine Straßen mehr gab.

Sein Herz machte voll ekstatischer Furcht und Sehnsucht einen Sprung, als er sah, daß nichts als Tiere das Innere dieses Ortes bewohnten. Er wollte sie alle vernichten, damit er sich weniger einsam fühlte, und so ließ er, um diese Abwesenheit mit seiner alles auslöschenden Gegenwart zu erfüllen, den Jeep hinter einer vergessenen Siedlung zurück, an der ein grüner Pfad endete und wo ein uralter, versoffener Priester den lieben langen Tag in den Ruinen einer verlassenen Kirche hockte, Feuerwasser aus wilden Bananen braute und über die Stationen des Kreuzganges wehklagte.

Herr belud seine braune Geliebte mit seinen Gewehren und dem Schlafsack und den mit flüssigem Fieber gefüllten Feldflaschen. Sie ließen eine Spur aus Leichen hinter sich zurück, über die sich nun die Pflanzen und Aasgeier hermachen konnten.

Nachts, wenn sie das Lagerfeuer entzündet hatte, mißbrauchte er sie zuerst mit dem Kolben seines Gewehrs, den er auf ihre Schultern niedersausen ließ, und dann mit seinem Geschlecht; darauf trank er aus der Feldflasche und legte sich schlafen. Wenn sie sich mit dem Handrücken die Tränen aus dem Gesicht gewischt hatte, war sie wieder ganz sie selbst, und nachdem sie einige Wochen zusammen waren, nutzte sie eine stille Stunde, um seine Gewehre, die Werkzeuge seiner Leidenschaft, in Augenschein zu nehmen und vielleicht ein wenig von Herrs Zauberkunst zu erlernen.

Sie kniff das Auge zusammen, um den langen Lauf hinabzublicken; sie streichelte den metallenen Abzugshahn, und schließlich, sorgsam darauf achtend, daß der Lauf von ihr weg gerichtet war, wie sie es bei Herr beobachtete hatte, preßte sie in einer Nachahmung seiner Gesten den Abzug sanft nach hinten, um zu sehen, ob auch sie dieselbe ohrenbetäubende Explosion hervorrufen konnte. Doch zu ihrer Enttäuschung rief sie überhaupt nichts hervor. Wütend schnalzte sie mit der Zunge. Nach einer eingehenderen Untersuchung entdeckte sie jedoch schließlich die Sicherung.

Geister kamen aus dem Dschungel hervor und setzten sich, den Kopf zur Seite geneigt, zu ihren Füßen nieder, um sie zu beobachten. Sie begrüßte sie mit einem freundlichen Winken. Das Feuer begann zu verlöschen, doch sie konnte durch das Zielrohr des Gewehrs alles deutlich sehen, denn ihre Augen waren aus Wasser gemacht. Sie hob das Gewehr an die Schulter, wie sie es bei Herr gesehen hatte, und zielte damit auf die Mondscheibe, die über der Decke aus Ästen über ihr am Himmel klebte, denn sie wollte den Mond herunterschießen, der in ihrer Sicht der Dinge ein Vogel war, und da er sie gelehrt hatte, Fleisch zu essen, glaubte sie nun, sie müßte des Todes Lehrling sein.

Zitternd vor Angst erwachte er aus dem Schlaf und erblickte sie, spärlich erleuchtet vom verglimmenden Feuer, nackt bis auf den Fetzen, der ihr Geschlecht bedeckte, mit dem Gewehr in der Hand; es schien ihm, als würde sich ihr tonerdebedeckter Kopf jeden Augenblick in ein Nest von Raubvögeln verwandeln. Sie schaute vergnügt lachend auf die Leiche des schlafenden Vogels, den ihre Kugel aus dem Baum hatte fallen lassen, und das Mondlicht schimmerte auf ihren seltsam spitzen Zähnen. Sie glaubte, daß der Vogel, den sie heruntergeschossen hatte, der Mond war und daß sie nun am Nachthimmel nur noch den Geist den Mondes erblickte. Obgleich sie sich im weglosen Urwald hoffnungslos verlaufen hatten, so wußte sie doch sehr gut, wo sie sich befanden; sie war in der Geisterstadt immer ganz wie zu Hause.

Am nächsten Tag beaufsichtigte er die Anfänge ihrer Laufbahn als Schützin und beobachtete, wie sie aus den Ästen des Waldes die Vertreter all der pelzigen und gefiederten Lebewesen regnen ließ, die darin lebten. Wann immer sie eines fallen sah, stieß sie dasselbe vergnügte Lachen aus, denn sie hätte niemals geglaubt, daß es so einfach wäre, ihr Lagerfeuer mit neuen Geistern zu bevölkern. Doch sie konnte sich nicht überwinden, den Jaguar zu töten, denn der Jaguar war das Zeichen ihres Clans; sie weigerte sich mit kraftvollen Gesten ihres Kopfes und ihrer Hände. Doch nachdem sie gelernt hatte zu schießen, dauerte es nicht lange, und sie war ein besserer Jäger als er, obgleich in ihrem Töten keine Methode lag, und so zogen sie weiter gemeinsam durch das schummrige, grüne Dickicht und schossen ohne Ansehen auf alles, was ihnen vor die Flinte kam.

Das Absinken des Bananengeistspiegels in der Feldflasche markierte das Verstreichen der Zeit, und sie zogen eine barbarische Spur der Verwüstung hinter sich her. Das Schauspiel ihrer Massaker rührte ihn an, und er bestieg sie in völliger Ekstase, zwang ihre genitalen Lippen mit solcher Gewalt auseinander, daß die karminrote Haut an der Innenseite aufriß und vereiterte, während die Bisse an ihrem Hals und an ihren Schultern gelblich schimmernde Perlen aus Wundsekret absonderten, so daß die Schmeißfliegen in Schwärmen um sie herumschwirrten. Ihre Schreie waren eine universell verständliche Sprache; selbst die Affen verstanden, daß sie litt, wenn Herr sich sein Vergnügen nahm, er jedoch nicht. Im selben Maße, wie sie ihm ähnlicher wurde, begann sie, ihn zu verabscheuen.

Während er schlief, bewegte sie ihre Finger in der Dunkelheit, die nichts vor ihr verbarg, und stellte ohne Überraschung fest, daß ihre Nägel länger wurden, gebogen, hart und scharf. Nun konnte sie seinen Rücken zerkratzen, wenn er sich ihrer bemächtigte, und rote Rinnsale in seiner Haut hinterlassen; kreischend vor Vergnügen, benutzte er sie nur um so unnachgiebiger und riß ihren Kopf mit den tönernen Anhängseln in schmerzgepeinigter Verwirrung von einer Seite auf die andere, so daß ihre Klauen nur die Luft durchschnitten.

Sie kamen zu einer Quelle, und sie stürzte sich hinein, um sich zu waschen, doch sie sprang augenblicklich wieder heraus, denn die Berührung des Wassers erweckte ein so unangenehmes Gefühl auf ihrer Haut. Als sie ungeduldig den Kopf hin- und herwarf, um die Wassertropfen abzuschütteln, verschmolzen ihre Tonlocken und liefen an ihren Schultern herab. Sie konnte es nicht länger ertragen, gebratenes Fleisch zu essen, sondern mußte es mit den Fingern roh vom Knochen reißen, bevor Herr es sah. Sie vermochte nicht mehr, ihre Zunge so zu verdrehen, daß sie die Silbe ›Herr‹ formen konnte; wenn sie versuchte zu sprechen, ließ nur ein diffuses, dröhnendes Schnurren die Muskeln ihrer Kehle erbeben, und sie grub saubere Löcher in den Boden, um ihre Exkremente zu verstecken; sie war so geworden, seit ihr Schnurrhaare gewachsen waren.

Wahnsinn und Fieber verzehrten ihn. Wenn er einen Jaguar tötete, so ließ er ihn im Wald zurück, ohne ihm das gefleckte Fell zu nehmen. Diese krallenbewehrte Sie zu besitzen, war in sich selbst eine Art Töten, und während er hinter ihr herging, die Augen benebelt von dem seltsamen Anblick und dem Alkohol, beobachtete er die Art und Weise, wie die immer wieder durch Blätter dringenden Strahlen der Sonne die vernarbten Stammeszeichen auf ihrem Rücken mit Licht und Schatten sprenkelten, bis sie ihm wie die Grenzen von Pigmentklecksen erschienen, Klecksen, die geschickt Tiere nachahmten, die ihrerseits die Muster nachahmten, die die Sonne zeichnete, wenn sie durch die Blätter drang. Wäre sie nicht aufrecht auf zwei Beinen gegangen, so hätte er sie erschossen. So wie er war, warf er sie im Unterholz, zwischen den Orchideen, auf den Boden und stieß seine andere Waffe in ihr weiches, feuchtes Loch, während er ihr mit den Zähnen den Hals aufriß und sie weinte, bis sie eines Tages feststellte, daß sie nicht mehr weinen konnte.

Am Tag, als ihm der Alkohol ausging, war er mit seinem Fieber allein. Er wälzte sich schreiend und zitternd auf der Lichtung, auf der sie seinen Schlafsack zurückgelassen hatte, sie kauerte zwischen den Lianen und summte leise mit einer Stimme vor sich hin, die wie entfernter Donner klang. Obgleich es Tag war, versammelten sich die Geister unzähliger Jaguare, um zu sehen, was sie wohl tun würde. Ihre unsichtbaren Nasen zuckten, als rochen sie schon das Blut. Die Schulter, an die sie das Gewehr hob, hatte jetzt die Beschaffenheit von Plüsch.

Sein Beutetier hatte den Jäger erschossen, doch nun konnte sie das Gewehr nicht länger halten. Unter ihren braun und bernsteinfarben gescheckten Flanken bewegten sich die Muskeln so geschmeidig wie Wellen im Wasser, während sie über die Lichtung trottete, um die Kleidung der Leiche mit ihren Zähnen fortzureißen. Doch schon bald wurde es ihr langweilig, und sie sprang davon.

Dann waren nur noch die Fliegen, die über seinen Körper krabbelten, lebendig, und er war weit weg von zu Hause.

Originaltitel: Master
ins Deutsche übertragen von Ute Thiemann

Stephen R. Donaldson

Die Eroberung

›Ich glaube«, sagte sie, »in Wirklichkeit willst du es so. Dann kannst du dich wenigstens als Opfer fühlen.‹

Mißverständnisse gehören zu jeder Beziehung, und wenn man sich in Jammer ertränken will, wird einem eine Mischung aus Alkohol und Paranoia gut zustatten kommen. Creel Sump, Ehemann von Vi, ist unglücklich: Er glaubt Grund zur Eifersucht zu haben und fühlt sich vernachlässigt, außerdem hat er das Gefühl, zum Narren gehalten zu werden. Aber in Wahrheit ist er einfach verwirrt – vom Leben, von den Frauen und von seiner Gattin. Daher schlägt er plötzlich wie wild um sich. (Natürlich verleiht ihm der hochprozentige Tequila noch zusätzlichen Mut.)

Stephen R. Donaldson versteht es, diesen gar nicht ungewöhnlichen Vorgängen jene persönliche Note zu verleihen, die eine Allerweltsgeschichte in das Reich des Besonderen erhebt. Seine Wahl der besonderen Zusatzelemente ist kühn (ein Tip: kein menschliches Wesen, sondern eins, das sich schwänzelnd vorwärts bewegt und dunkle Orte bevorzugt.)

And much of madness, and more of sin and horror the soul of the plot.

Bevor er überhaupt realisierte, was er tat, schwang er schon das Messer.

(Das Heim von Creel und Vi Sump. Im Wohnzimmer.
Ihr richtiger Name lautete Violett, aber alle nennen sie einfach Vi. Seit zwei Jahren sind die beiden nun verheiratet, aber sie blüht keinesfalls auf.
Ihre Wohnung ist bescheiden, doch gemütlich eingerichtet: Creel hat eine solide Anstellung, ohne Karriere zu machen. Immerhin, in dem Wohnzimmer sind einige Möbel teurer, als die Gegend, in der sie wohnen, vermuten läßt. Die moderne Stereoanlage bildet einen auffälligen Kontrast zu den verkommenen Tapeten. Die Anordnung der Möbel verrät gehörigen Frust: Die Armsessel und das Sofa sind so aufgestellt, daß man die Wasserflecken an der Decke nicht sehen kann. Die Blumen in der Vase am Ende des Tisches sind echt, sehen aber aus wie künstliche Blumen. Abends sorgt die Position der Lampen dafür, daß bestimmte Flecken im Schatten bleiben.)

An diesem Abend waren sie lange auf einer Party gewesen, wo ihre Bekannten, ihre Geschäftsfreunde und Fremde eine Menge getrunken hatten. Als Creel die Haustür aufschloß und noch vor Vi das Wohnzimmer betrat, sah er mehr denn je wie ein zerknitterter Bär aus. Der Whiskey verlieh seinen sonst trüben Augen einen bösen Ausdruck. Vi schwirrte wie eine Wespe hinter ihm her.

»Mir ist es egal«, sagte er und ging geradewegs auf das Sideboard zu, um sich einen weiteren Drink zu genehmigen. »Mir wäre lieber, du tätest es nicht.«

Sie ließ sich in das Sofa sinken und zog ihre Schuhe aus. »O mein Gott, bin ich müde.«

»Wenn dir sonst schon alles egal ist«, sagte er, »könntest du wenigstens an mich denken. Ich muß mit den meisten dieser Leute arbeiten. Die Hälfte von ihnen könnte mich feuern, wenn ihnen danach zumute wäre. Du machst mir noch meinen Job schwer.«

»Dieses Thema hatten wir schon mal«, erwiderte sie. »Schon achtmal in diesem Monat.« Eine schattenhafte Bewegung in diesem Raum ließ sie den Kopf zu Seite wenden. »Was war das?«

»Was soll das gewesen sein?«

»Ich habe da etwas sich bewegen gesehen. Da drüben in der Ecke. Erzähl mir jetzt nicht, daß wir Mäuse haben.«

»Ich hab' nichts gesehen. Mäuse haben wir hier nicht. Und wie viele Male wir dieses Thema schon durchdiskutiert haben, ist mir auch egal. Ich will, daß du damit aufhörst.«

Einen Augenblick lang starrte sie in die Ecke. Dann lehnte sie sich auf dem Sofa zurück. »Ich kann nicht damit aufhören – ich tue ja gar nichts.«

»Zum Teufel, du tust überhaupt nichts!« Er nahm einen Schluck von dem Drink und schenkte nach. »Es fehlte nicht viel, und du hättest noch deine Hand in seine Hose gesteckt.«

»Das stimmt nicht.«

»Du glaubst wohl, niemand würde mitkriegen, was du treibst. Du führst dich auf, als wärest du allein auf der Welt. Aber du bist nicht allein. Jeder auf dieser gottverdammten Party hat dich beobachtet. So wie du flirtest –«

»Ich flirte überhaupt nicht, ich habe mich nur mit ihm unterhalten.«

»So, wie du flirtest, solltest du wenigstens noch den Anstand haben, verlegen zu werden.«

»Oh, leg dich lieber schlafen. Ich bin diese Diskussionen echt leid.«

»Ist es, weil er stellvertretender Geschäftsführer ist? Glaubst du, daß er deswegen im Bett besser ist? Oder findest du es einfach aufregend, mit einem stellvertretenden Geschäftsführer herumzuspielen?«

»Ich habe nicht mit ihm geflirtet. Ich schwöre es bei Gott, das ist deine Einbildung. Wir haben uns nur miteinander unterhalten. Verstehst du – unsere Münder geöffnet, damit ein paar Worte herauskommen. Auf dem College hatte er im Hauptfach Literatur. Wir haben etwas gemeinsam. Wir haben die gleichen Bücher gelesen. Erinnerst du dich noch, was Bücher sind? Diese Dinger, in denen Ideen und Geschichten abgedruckt sind? Alles, worüber du dich je unterhältst, ist Football – und wen du in der Firma über hast und daß die Sekretärin keinen BH trägt. Manchmal komme ich mir vor, als wäre ich die letzte Überlebende, die noch an Literatur interessiert ist.« Sie hob ihren Kopf, um Creel einen Blick zuzuwerfen. Mit einem Seufzer fügte sie hinzu. »Warum rege ich mich überhaupt auf? Du hörst mir ja nicht einmal zu.«

»Du hast recht«, sagte er. »Da ist irgend etwas in der Ecke. Ich habe eine Bewegung gesehen.«

Sie starrten beide in die Zimmerecke. Kurz darauf flitzte ein Hundertfüßler ins Licht hinaus.

Er sah schwach und böse aus, und er schwenkte seine Fühler gierig hin und her. Schätzungsweise über zwanzig Zentimeter lang. Seine Füßchen schienen sich zu kräuseln, als er quer über den Teppich schoß. Dann hielt er an und prüfte die Umgebung. Creel und Vi konnten seine Kinnbacken erwartungsvoll auf- und niedergehen sehen, als er seine giftigen Greifer ausstreckte. Er war in das Haus eingedrungen, um der kalten Nacht draußen zu entrinnen – und um auf Beutezug zu gehen.

Vi war nicht der Typ Frau, der bei jeder Gelegenheit laut loskreischt; aber sie zog ihre nackten Füße vom Teppich auf das Sofa hoch und flüsterte. »Großer Gott, Creel, schau dir das bloß an. Laß ihn bloß nicht näher herankommen.«

Er sprang zu dem Hundertfüßler hinüber und versuchte ihn mit seinen schweren Schuhen niederzutreten. Aber das Tierchen bewegte sich viel zu schnell, als daß er ihm auch nur nahe gekommen wäre. Jetzt war der Hundertfüßler aus seinem Blickkreis verschwunden.

»Er ist unter dem Sofa«, sagte Creel, »geh da weg.«

Sie gehorchte sofort. Sie zuckte kurz zusammen, dann sprang sie vom Sofa hinunter zur Mitte des Teppichs hin.

Sobald sie ihm aus dem Wege war, rückte er blitzschnell das Sofa weg.

Der Hundertfüßler war nicht zu sehen.

»Sein Gift ist nicht besonders gefährlich«, sagte Vi. »Einer von den Jungs in der Nachbarschaft wurde letzte Woche gestochen. Seine Mutter hat mir alles erzählt. Ist wie ein Wespenstich.«

Creel hörte seiner Frau nicht zu, sondern stemmte das Sofa in seiner ganzen Länge hoch, um noch mehr von dem Boden zu sehen. Aber der Hundertfüßler war verschwunden.

Creel ließ das Sofa wieder herunter, wobei er gegen das Tischende streifte und die Blumen umstieß. »Wo ist der Bastard hin?«

Eine Weile jagten sie im Wohnzimmer umher, ohne je aus dem schützenden Lichtkreis herauszutreten. Dann genehmigte sich Creel einen weiteren Drink. Seine Hände zitterten.

»Ich habe nicht geflirtet«, sagte Vi.

Er schaute zu ihr hinüber. »Dann ist es noch schlimmer. Du hast schon mit ihm geschlafen. Du hast bestimmt schon Pläne gemacht, wie du demnächst mit ihm zusammenlebst.«

»Ich geh' schlafen«, sagte sie. »Verschon mich mit deinem Mist. Es kotzt mich an.«

Er hatte das Glas in einem Zug geleert und nahm sich schon die nächste Flasche vor.

(Das Spielzimmer der Sumps.

Dieses Zimmer ist der eigentliche Grund, warum Creel dieses Haus trotz Vis Bedenken kaufte: Er wollte immer ein Haus mit einem Spielzimmer haben. Das Geld, mit dem man die Tapeten erneuern und die Decke reparieren hätte können, war in diesen Raum gesteckt worden. Mittendrin stand ein Billardtisch mit allem Drum und Dran, dahinter eine lange Couch aus imitiertem Leder und eine Bar. Die Beleuchtung in diesem Zimmer ist allerdings nicht besser als in dem Wohnzimmer, denn die Lampe ist direkt auf den Billardtisch gerichtet. Selbst an der Bar kann man kaum etwas erkennen.

Falls Creel nicht gerade arbeitet, auf Dienstreise geht oder mit seinen Freunden im Fernsehen Football sieht, hält er sich meist hier auf.)

Nachdem Vi sich ins Schlafzimmer zurückgezogen hatte, ging Creel ins Spielzimmer, wo er zuerst zur Bar ging und sein Glas füllte. Dann brachte er die Kugeln in Position und stieß so kräftig mit dem Billardstock zu, daß die Kugel über den Tisch segelte. Mit einem dumpfen Krachen schlug sie auf dem schmierigen Linoleumboden auf.

»Mist«, fluchte er und schleppte sich schwerfällig in die Richtung, in die die Kugel geflogen war. Die Unmengen von Likör, die er getrunken hatte, verrieten sich in seinem schwankenden Gang, nicht aber, wenn er sprach. Er klang durchaus nüchtern.

Sich mit seinem Billardstock stützend, beugte er sich hinab, um die Kugel aufzuheben. Noch bevor er sie wieder auf den Tisch gelegt hatte, betrat Vi den Raum. Sie hatte sich für die Nachtruhe keine anderen Kleider angezogen. Jedenfalls hatte sie wieder die Schuhe an. Sie prüfte die Schatten auf dem Boden und unter dem Tisch, dann schaute sie Creel an.

»Ich dachte, du wärest zu Bett gegangen«, sagte er.

»Ich kann es so nicht stehen lassen«, sagte sie müde. »Es tut zu weh.«

»Was willst du von mir?« fragte er. »Eine Erlaubnis dafür.«

Sie starrte ihn verwirrt an.

Aber er hielt nicht inne. »Das wäre ja schrecklich für dich. Wenn ich es dir erlauben würde, dann hättest du ja gar nichts, worüber du dir Sorgen machen könntest. Das Problem wäre nur, daß die meisten Bastarde, die du über mich kennenlernst, verheiratet sind. Deren Frauen könnten ja einen Tick normaler sein. Sie könnten dir Ärger machen.«

Sie biß sich auf die Lippe und starrte ihn weiter unverwandt an.

»Aber eigentlich brauchst du dir darüber den Kopf nicht zu zerbrechen. Wenn diese Frauen nicht so verständnisvoll sind wie ich, haben sie halt Pech gehabt. Hauptsache, ich bil-

414

lige es, nicht wahr? Es gibt keinen Grund, von irgend jemandem zu lassen, den du haben willst.«

»Bist du fertig?«

»Hey, du solltest sie alle aufreißen! Ich meine, solange ich das zulasse. Warum auch nur einen von ihnen auslassen?«

»Verdammt, bist du endlich fertig?«

»Da ist nur eine Sache, die ich nicht ganz verstehe. Wenn du so scharf auf Sex bist, warum bumst du dann nicht mit mir?«

»Das ist alles nicht wahr.«

Er nahm sie nur noch durch einen Alkoholschleier wahr. »Was ist nicht wahr? Daß du scharf auf Sex bist? Oder daß du es mit mir treiben willst? Bring mich nicht zum Lachen!«

»Creel, was ist bloß in dich gefahren. Ich verstehe nicht, was du willst. So warst du früher nicht – nicht, als wir uns kennenlernten, nicht, als wir heirateten. Was ist bloß los mit dir?«

Etwa eine Minute lang hüllte er sich in Schweigen. Dann schleppte er sich wieder zu der Ecke des Billardtisches hin, wo sein Glas stand. Aber mit dem Billardstock in der einen, der Kugel in der anderen Hand konnte er nicht nach dem Glas greifen. Vorsichtig ließ er den Billardstock auf den Tisch herunter.

Als er endlich das Glas geleert hatte, sagte er: »Du bist es, die sich verändert hat.«

»Ich soll mich geändert haben? Du bist derjenige, der sich so verrückt aufführt. Alles was ich verbrochen habe, war, daß ich mich mit dem stellvertretenden Geschäftsführer über Bücher unterhalten habe.«

»Nein, das stimmt nicht. Du hältst mich wohl für einen ganz Dummen, was? Weil ich nicht Literatur im Hauptfach studiert habe? Vielleicht ist es das, was sich geändert hat. Als wir heirateten, hieltest du mich nicht für blöd. Aber nun tust du das. Du glaubst, ich wäre zu dumm, den Unterschied zu bemerken.«

»Welchen Unterschied?«

»Daß du keinen Sex mehr mit mir haben willst.«

»O mein Gott!« erwiderte sie. »Wir hatten zufällig gerade erst vorgestern Sex miteinander.«

Er warf einen Blick zu ihr hinüber. »Aber du willst nicht. Ich kann es nicht anders ausdrücken, aber du willst nie.«

»Wie meinst du das, du kannst es nicht ausdrücken?«

»Du hast immer tausend Entschuldigungen.«

»Hab' ich nicht.«

»Und wenn wir es dann mal miteinander treiben, kümmerst du dich nicht um mich. Dann bist du in Gedanken ganz woanders. Denkst an irgend etwas anderes. Du bist dann in Gedanken bei einem anderen Mann.«

»Aber das ist doch ganz normal«, sagte sie. »So machen es doch alle. Jeder hat so seine Fantasien dabei. Auch du. Dann macht es doch erst richtig Spaß.«

Zuerst sah sie nicht den Hundertfüßler, der sich unter dem Billardtisch hervorbewegte, seine Fühler nach ihren Beinen ausgerichtet. Aber dann senkte sie ihren Blick zufällig auf den Fußboden.

»Creel!«

Der Hundertfüßler bewegte sich auf sie zu. Sie sprang zurück.

Creel warf die Billardkugel mit voller Kraft. Sie hinterließ eine Einbuchtung in dem Linoleumboden, knapp neben dem Tier, dann sprang sie zur Bar.

Und der Hundertfüßler strebte weiter auf Vi zu, so schnell, daß sie nicht ausweichen konnte.

In den Ringen seines Rumpfes bündelte sich das Licht, sein Rumpf glänzte giftig.

Creel griff sich den Billardstock und hämmerte auf den Hundertfüßler. Wieder vorbei. Aber die in alle Richtungen fliegenden Holzsplitter zwangen den Hundertfüßler, sich umzudrehen und in die andere Richtung zu laufen. Er verschwand unter der Couch.

»Mach ihn alle«, sagte sie keuchend.

Er wedelte mit seinem Billardstock vor ihren Augen herum. »Ich sage dir, was für Fantasien ich habe. Ich habe die Fantasie, daß du gerne Sex mit mir haben willst. Du hast die Fantasie, daß ich jemand anders bin.« Dann zog er die

Couch von der Wand weg, seine Waffe hin- und herschwingend.

»Das sieht dir ähnlich«, erwiderte sie, »du einfallsreiches Tier!«

Sie schlug die Tür hinter sich zu, als sie das Zimmer verließ.

Creel schob weiter die Möbel hin und her, auf der Jagd nach dem Hundertfüßler.

(Das Schlafzimmer.

Das Bett ist viel zu groß für diesen kleinen Raum, hat aber immerhin ein Kopfende und Füße aus Messing. Unglücklicherweise läßt Creels Gewicht das Bett durchhängen. Das Holz der Badezimmertür hat sich verzogen, daher kann die Tür nie ganz geschlossen werden.

Es gibt eine Deckenbeleuchtung, die Vi aber nie benutzt. Sie verläßt sich auf die Tiffany-Leselampen.)

Creel saß auf dem Bett und starrte auf die Tür zum Badezimmer. Sein Rücken war gekrümmt. Die rechte Hand umklammerte eine Tequilaflasche, aber er trank nicht daraus.

Er sah Vis Schatten in dem Badezimmer hin und her huschen. Schließlich hob er die Flasche an sein Kinn.

»Ich habe nie begriffen, was du immer da drinnen machst.«

»Ich warte, bis du dich verziehst, damit ich in Ruhe einschlafen kann.«

»Nun, ich werde mich nicht verziehen. Niemals. Gib doch gleich auf.«

Plötzlich wurde die Tür aufgestoßen. Vi schaltete die Badezimmerbeleuchtung aus und stand in dem dunklen Flur. Sie hatte ein Nachthemd an, das sie begehrenswert gemacht hätte, wenn sie denn hätte begehrenswert wirken wollen. »Was willst du nun?« fragte sie. »Hast du aufgehört, das Spielzimmer zu demolieren?«

»Ich habe versucht, den Hundertfüßler zu erlegen. Denjenigen, der dich so aufgeregt hat.«

»Er hat mich nur ein wenig verwirrt – ich habe keine Angst vor dem Tier. Ist ja nur ein Hundertfüßler. Hast du ihn gekriegt?«

»Nein.«

»Du bist zu langsam. Du muß einen Kammerjäger herholen.«

»Scheiß auf den Kammerjäger!« sagte er langsam. »Scheiß auf den Hundertfüßler! Ich kann mich um meine Angelegenheiten selbst kümmern. Warum hast du mich so genannt?«

»Wie genannt?«

Er würdigte sie keines Blickes. »Ein Tier.« Jetzt warf er ihr doch einen Blick zu. »Ich habe dir nie ein Härchen gekrümmt.«

Sie ging an ihm vorbei und legte das Kissen ans Kopfende. Dann setzte sie sich im Schneidersitz auf das Bett und lehnte sich zurück. »Ich weiß nicht, ich habe es nicht so gemeint. Ich war eben durcheinander.«

Er runzelte die Stirn. »Du hast es nicht so gemeint, wie es klang. Jetzt fühl ich mich natürlich sehr viel besser. Wie, zum Teufel, hast du es dann gemeint.«

»Ich hoffe, du bist dir bewußt, daß du es dir damit auch nicht leichter machst.«

»Es ist auch so nicht leicht für mich. Meinst du, es macht mir Spaß, hier zu sitzen und meine eigene Frau fragen zu müssen, warum ich ihr nicht gut genug bin?«

»Ich glaube«, sagte sie, »in Wahrheit willst du es so haben. Dann kannst du dich wenigstens als Opfer fühlen.«

Er hob die Flasche hoch, das Licht brach sich in der Flüssigkeit. Dann ließ er die Flasche wieder herunter, ohne etwas zu sagen.

»Okay«, sagte sie nach einer Weile, »du behandelst mich, als wäre es dir egal, wie ich fühle.«

»Ich kenn' es nur so«, widersprach er. »Ich fühle mich wohl dabei, und dann denk ich, dir müßte es auch Spaß machen.«

»Es geht nicht nur um Sex. Ich meine die ganze Art, wie du mich behandelst, wie du unterstellst, alles müßte sich um deine Wenigkeit drehen. Die Selbstverständlichkeit, mit der du voraussetzt, ich müßte alles gut finden, was dir gefällt, und alles schlecht, was du nicht magst.«

»Warum hast du mich dann geheiratet?«

»Weil ich dich geliebt habe, damals. Aber nicht, weil ich für den Rest meines Lebens nur noch als Objekt behandelt werden wollte. Ich brauche Freunde. Menschen, mit denen ich etwas teilen kann. Beinahe wäre ich wieder zur Hochschule gegangen, nur um Baudelaire zu studieren. Jetzt sind wir schon fast zwei Jahre verheiratet, und du weißt immer noch nicht, wer Baudelaire ist. Die einzigen Leute, die ich immer wieder treffe, sind deine Saufbrüder. Oder die Typen aus deiner Firma.« Er wollte etwas einwenden, aber sie ließ sich nicht unterbrechen. »Ich brauche mehr Freiheit. Ich muß meine eigenen Entscheidungen treffen können. Ich will mein eigenes Leben leben.«

Wieder hob er die Flasche an.

»Du bumst dich durch die Gegend. Vermutlich treibst du es mit jedem, den du kriegen kannst. Höchstwahrscheinlich machen die alle die Schweinereien, die ich nicht mache. Und darauf stehst du. Ich langweile dich, ich bin dir nicht mehr aufregend genug.«

Sie ließ ihre Arme in das Kopfkissen sinken. »Creel, das ist ja wahnhaft. Du bist krank.«

Durch das plötzliche Rascheln der Kissen aufgeschreckt, kroch der Hundertfüßler ihren linken Arm hoch. Er schwenkte seine Giftklauen aus, während seine Fühler die Haut der Frau abtastete, nach der besten Bißstelle suchend.

Dieses Mal schrie sie laut auf. Sie riß ihre Arme wild hoch, und der Hundertfüßler segelte durch die Luft. Er traf gegen die Decke und sauste herunter, auf Vis nacktes Bein.

Das Tier war nun wütend und wollte zustechen.

Aber mit der freien Hand schlug Creel Vi übers Bein – der Hundertfüßler flog gegen die Wand. Creel warf seine Flasche hinterher – aber das Tier war schon in den Lichtkreis um das Bett herum verschwunden. Glassplitter und Tequila bedeckten den Fußboden.

Vi sprang vom Bett auf. »Ich ertrage das nicht mehr. Ich gehe.«

»Es ist doch nur ein Hundertfüßler«, jammerte er. »Wovor hast du Angst?«

»Vor dir. Ich habe Angst vor der Art und Weise, wie dein Verstand arbeitet.«

Bei seiner weiteren Jagd nach dem Hundertfüßler brachte Creel die Tiffany-Lampen zu Fall. Der Raum wurde noch dunkler, und es stank ganz entsetzlich nach Tequila.

(Im Wohnzimmer.

Creel und Vi. Er sitzt in einem der Armsessel und beobachtet sie, während sie überall nach Sachen stöbert, die sie einpacken und mit sich nehmen will. Sie sieht jetzt jünger aus als sonst. Und er wirkt aufmerksamer als sonst, hat nicht, wie gewöhnlich, eine Flasche in der Hand.)

»Ich habe den Eindruck, du genießt das«, sagte er.

»Natürlich. Du hattest ja mit allem recht, was du sagtest, warum solltest du ausgerechnet jetzt nicht recht haben. Ich habe nicht mehr so viel Spaß gehabt wie jetzt, seit ich mir das Knie in der High-School ausgekugelt habe.«

»Und was ist mit deiner Hochzeitsnacht. War doch einer der Höhepunkte in deinem Leben.«

Sie hielt inne und starrte ihn giftig an. »Wenn du nicht damit aufhörst, kotze ich gleich hier direkt vor dir.«

»Durch dich fühle ich mich wie ein Stück Scheiße.«

»Wieder richtig. Du bist einfach brillant heute nacht.«

Sie schleuderte ein Kosmetiktäschchen durch das Zimmer und stöberte dann weiter nach Kleidern.

»Was mich interessiert, ist, wie es beim ersten Mal war. Hat er dich verführt oder du ihn? Ich wette, du hast ihn richtig ins Bett gebettelt, damit er dir all seine dreckigen Tricks zeigen konnte.«

»Halt das Maul!« schrie sie. »Ich höre nicht zu.«

»Dann hast du rausgefunden, daß er zu normal für dich ist. Alles was er wollte, war eine ganz normale Nummer. Also hast du nach etwas Aufregenderem gesucht. Mittlerweile mußt du ja ganz gut im Aufreißen sein.«

Sie kam aus dem Badezimmer heraus, seinen alten Baseballschläger in der Hand. »Wenn du nicht sofort mit diesem Schwachsinn aufhörst, werde ich dir das Gehirn aus dem Kopf herausprügeln.«

Er lachte, aber es klang humorlos. »Das kannst du nicht. Untreue wird nicht bestraft. Aber wenn du deinen Ehemann umbringst, stecken sie dich ins Gefängnis.«

Sie schleuderte seinen Schläger ins Badezimmer zurück und setzte ihre Suche fort. Er konnte seine Augen nicht von ihr abwenden. Nach einer Weile sagte er: »Du solltest dich nicht durch einen Hundertfüßler so durcheinanderbringen lassen.«

Sie ignorierte ihn.

»Ich kann mich darum kümmern«, sagte er. »Ich werde niemals zulassen, daß er dich verletzt. Ich passe schon auf dich auf. Ich kann gleich am Morgen einen Kammerjäger besorgen. Zum Teufel, ich kann zehn davon holen. Du darfst mich nicht verlassen.«

Sie ignorierte ihn immer noch.

»Oder wir halten uns den Hundertfüßler als Haustier. Wir können ihn darauf dressieren, uns am Morgen zu wecken. Dann brauchen wir endlich keinen Wecker mehr.«

Sie schob einen großen Koffer vor sich her, stemmte ihn aufs Sofa und begann, alle möglichen Sachen hineinzulegen.

»Wir könnten ihn Baudelaire nennen«, sagte er.

Sie machte ein angewidertes Gesicht.

»Baudelaire, der Butler. Er kann die Leute für uns an der Tür in Empfang nehmen. Telefonanrufe beantworten. Die Betten machen. – Das heißt, nein, ich hab' eine bessere Idee. Du kannst ihn wie einen Diamanten um deinen Hals tragen. Als eine Art Sexsymbol. Dann kannst du soviel Männer aufreißen, wie du nur willst.«

Vi biß sich auf die Lippen, um nicht laut aufschreien zu müssen, dann begab sie sich in das Abstellräumchen, um ein Sweatshirt von dem oberen Regal herunterzuholen.

Als sie das Kleidungsstück ergriff, landete der Hundertfüßler auf ihrem Kopf.

Panikartig rannte sie wieder in das Wohnzimmer, wo Creel genau sehen konnte, wie das Tierchen erst auf ihre Schulter und dann durch den Kragen ihrer Bluse purzelte.

Sie erstarrte vor Schreck. Das Blut wich aus ihrem Gesicht. Ihre Augen flackerten wild.

»Creel«, sagte sie. »O mein Gott. Hilf mir.«

Die Umrisse des Hundertfüßlers zeichneten sich durch ihre Bluse ab, als er über ihren Busen kroch.

»Creel!

Creel hievte sich aus dem Armsessel heraus uns sprang auf sie zu.

»Ich kann ihn nicht erwischen«, sagte er. »Ich würde dich dabei verletzen. Er könnte dich stechen. Wenn ich die Bluse anhebe, um das Tier zu kriegen, könnte es leicht zustechen.«

Sie brachte kein Wort heraus. Die Empfindung eines über ihre Haut kriechenden Hundertfüßlers paralysierte sie geradezu.

Für einen Augenblick sah Creel völlig hilflos aus. »Ich weiß nicht, was ich tun soll.« Seine Hände waren leer.

Plötzlich hellte sich sein Gesichtsausdruck auf.

»Ich hole ein Messer.«

Er wandte sich um und rannte in die Küche.

Vi schloß die Augen, ihre Hände verkrampften sich. Ein Wimmern kam aus ihrem Munde, aber sie bewegte sich nicht vom Fleck.

Langsam kroch der Hundertfüßler über ihren Bauch – bis er die warme Stelle zwischen ihren Beinen gefunden hatte. Aber er hielt nicht an, kroch immer weiter, bis zu ihren Fußknöcheln hinab. Kaum, daß das Tier den Fußboden erreicht hatte, sprang die Frau zur Seite. Sie stieß einen Schrei aus, stürmte dann zur Haustür und war im Nu draußen.

Einen Augenblick später kam Creel aus der Küche zurück. Er hatte ein Tranchiermesser mit einer lang gewundenen Schneide bei sich.

»Vi?« schrie er. »Vi?«

Dann sah er die offene Tür.

Ein höhnisches Grinsen breitete sich auf seinem Gesicht aus. »Du Bastard von Hundertfüßler. Jetzt hast du es geschafft. Dafür wirst du mir büßen. Ich werde dich finden, darauf kannst du wetten. Und dann werde ich dich in Stücke schneiden. Ich werde dir jedes einzelne deiner Beinchen rausreißen.

Während er um das Sofa herumging, erreichte er die Stelle, wo die verwelkten Blumen lagen.

»Du widerliches Biest. Sie ist meine Frau gewesen.«

Aber er sah nicht den Hundertfüßler, der sich im Dunkeln versteckte, auf dem Wasserflecken, neben der umgeworfenen Vase. Beinahe wäre Creel darauf getappt.

Schon kroch der Hundertfüßler Creels Bein hoch. Er spürte es erst, als das Tier sein Knie erreicht hatte.

Creel schaute seine Hosenbeine hinunter, und er sah die Umrisse des Hundertfüßlers geradewegs auf seine Schamgegend zuwandern.

Und noch bevor er realisierte, was er da machte ...

Originaltitel: The Conqueror Worm
Ins Deutsche übertragen von Edgar Bracht

Clive Barker

Jacqueline Ess:
Ihr Wille und ihr Vermächtnis

›Sie vergaß es beinahe für eine Weile. Aber als die Monate vergingen, kehrte es allmählich zurück zu ihr, wie die Erinnerung an einen heimlichen Ehebruch. Es quälte sie mit seinen verbotenen Freuden.‹

Mit dem dunklen Wunder der Jacqueline Ess hat Clive Barker uns etwas gegeben, was man vielleicht als die kühnste und erschütterndste Geschichte bezeichnen kann, der Sie jemals begegnet sind. Denn indem er die tiefsten mythischen Winkel weiblicher Macht erkundet, betritt er unwillkürlich das Reich der Circe, der Medusa, von Kali und den sich selbst verwandelnden Göttinen und Dämoninnen. Trotz der ungeheuer furchterregenden Spezialeffekte ist diese Story für mich eine Allegorie auf das Wesen der Begierde, die in sich selbst schon ein ewiges Mysterium ist.

Und obgleich in dieser Geschichte schreckenerregende Perversionen der Begierde beschrieben werden, muß ich dennoch auch auf die Zärtlichkeit hinweisen, die gelegentlich ganz unerwartet zutage tritt. Ich mag mich irren, aber ich glaube, Barker liefert in ›Jacqueline Ess‹ einen höchst originellen Ausdruck der Bewunderung bzw. eine Hommage an die lodernde, reine Kraft, welche die weibliche Sexualität darstellt.

Mein Gott, dachte sie, das kann doch nicht das Leben sein; tagein, tagaus dieselbe Langeweile, dieselbe Plackerei und derselbe Frust.

Jesus Christus, betete sie, befreie mich davon, kreuzige mich, wenn du mußt, aber hole mich aus meinem Elend heraus.

Doch statt seinen Segen für einen sanften Tod zu erhalten, nahm sie eines von Bens Rasiermessern. Es war ein grauer Tag, Ende März; sie schloß sich im Badezimmer ein und schlitzte sich die Pulsadern auf.

Durch das rasende Pochen in ihren Ohren hörte sie ganz schwach Bens Stimme vor der Badezimmertür.

»Bist du im Bad, Schatz?«

»Geh weg«, glaubte sie zu sagen.

»Ich bin früher zurückgekommen. Es war wenig Verkehr.«

»Bitte, geh weg.«

Sie versuchte zu sprechen, und die Anstrengung ließ sie von der Toilette auf die weißen Fliesen rutschen, wo kleinere Lachen ihres Blutes bereits erkalteten.

»Mein Schatz?«

»Geh weg.«

»Aber Liebling.«

»Weg.«

»Ist alles in Ordnung mit dir?«

Er rüttelte an der Tür. Begriff er nicht, daß sie nicht öffnen konnte, daß sie niemals öffnen würde?

»Antworte mir, Jackie!«

Sie stöhnte. Sie konnte es nicht verhindern. Der Schmerz war nicht so fürchterlich, wie sie es erwartet hatte, aber sie spürte plötzlich ein häßliches Gefühl, als würde sie in den Kopf getreten. Und doch konnte er nicht mehr rechtzeitig zu ihr kommen. Nicht einmal, wenn er die Tür aufbrach.

Er brach die Tür auf.

Sie blickte auf zu ihm, und die Luft um sie herum verhieß den Tod und war so dick, daß man sie hätte schneiden können.

»Zu spät«, glaubte sie noch zu sagen.

Aber es war nicht zu spät.

Mein Gott, dachte sie, das kann doch nicht Selbstmord gewesen sein. Ich bin nicht gestorben.

Der Arzt, den Ben für sie engagiert hatte, war von einer vollkommenen Freundlichkeit.

Nur der beste, hatte Ben versprochen, nur der allerbeste Doktor für meine Jackie.

»Es ist nichts«, beruhigte der Doktor sie, »das wir nicht mit ein wenig Therapie in Ordnung bringen können.«

Warum spricht er es nicht aus? dachte sie. Er schert sich einen Dreck darum. Er weiß auch gar nicht, wie es ist.

»Ich habe eine Menge mit diesen speziellen Problemen von Frauen zu tun«, beteuerte er ihr, seine Stimme triefend vor praktiziertem Mitleid. »Es hat bei Frauen in einem bestimmten Alter epidemische Ausmaße angenommen.«

Sie war kaum dreißig. Was wollte er ihr damit sagen? Daß sie vorzeitig in die Wechseljahre gekommen war?

»Depression, ein teilweises oder vollständiges Sichzurückziehen, Neurosen jeder Art und Ausprägung. Sie sind nicht allein, glauben Sie mir.«

O doch, ich bin allein, dachte sie. Ich bin hier in meinem Kopf ganz allein, und du kannst nicht wissen, wie das ist.

»Wir werden Sie im Handumdrehen wieder in Ordnung bringen.«

Nachdenklich blickte er zu seiner gerahmten Approbationsurkunde auf; dann sah er auf seine manikürten Fingernägel, dann auf seine Federhalter und seinen Schreibblock. Aber er schaute Jacqueline nicht an. Schaute überall hin, aber nicht zu Jacqueline.

»Ich weiß«, sagte er, »was Sie durchgemacht haben, war traumatisch. Frauen haben bestimmte Bedürfnisse. Und wenn diese Bedürfnisse unbefriedigt bleiben …«

Was wußte er schon von den Bedürfnissen der Frauen?

Du bist keine Frau, dachte sie, daß sie dachte.

»Bitte?« sagte er.

Hatte sie was gesagt? Sie schüttelte den Kopf, weigerte sich zu sprechen. Er fuhr fort, fand seinen Rhythmus wieder: »Ich werde keine endlosen Therapiestunden mit Ihnen abhalten. Das wollen Sie auch nicht, habe ich recht? Sie möchten nur ein wenig Frieden, und Sie wollen etwas, das ihnen hilft, nachts wieder zu schlafen.«

Er erzürnte sie jetzt sehr. Seine Herablassung ging so weit, daß sie offensichtlich keine Grenzen kannte. Der alles sehende, alles wissende Vater – darauf lief seine Aufführung hinaus. Als wäre er mit einigen wunderbaren Einsichten in die Psyche der Frau gesegnet worden.

»Natürlich habe ich es in der Vergangenheit bei den Patienten mit Therapiestunden versucht, aber zwischen Ihnen und mir ...«

Er tätschelte ihre Hand. Vaters Hand auf ihrer. Sie sollte sich geschmeichelt fühlen oder beruhigt oder vielleicht sogar verführt.

»... zwischen Ihnen und mir gibt es soviel zu sagen. Unendlich viel zu sagen. Aber offengestanden, wohin soll das führen? Wir alle haben unsere Probleme. Man kann sie nicht wegreden, nicht wahr?«

Du bist keine Frau. Du siehst nicht wie eine Frau aus, du fühlst nicht wie eine Frau ...

»Haben Sie etwas gesagt?«

Sie schüttelte den Kopf.

»Ich glaubte, Sie hätten etwas gesagt. Bitte scheuen Sie sich nicht, ehrlich zu mir zu sein.«

Sie antwortete nicht, und er war es offenbar müde, eine gewisse Vertrautheit zu heucheln. Er stand auf und ging zum Fenster.

»Ich glaube, am besten wäre es für Sie ...«

Er stand im Licht: verdunkelte das Zimmer, verstellte den Blick auf den Kirschbaum, der auf dem Rasen stand. Sie starrte auf seine breiten Schultern, seine schmale Hüfte. Ein prachtvolles Mannsbild, wie Ben ihn genannt hätte. Keiner, der ein Kind gebären würde, aber einer, der die Welt neu erschaffen würde. Und wenn nicht die Welt, dann wenigstens den Verstand anderer Leute.

»Ich glaube, am besten wäre es für Sie ...«

Was wußte er schon, er mit seine Hüften, seinen Schultern? Er war viel zu sehr ein Mann, um irgend etwas von ihr zu verstehen.

»Ich glaube, am besten wäre für Sie eine längere Behandlung mit Sedativa …«

Ihre Augen ruhten auf seiner Taille.

» … und ein wenig Urlaub.«

Ihr Verstand konzentrierte sich auf seinen Körper unter seine Kleidung. Die Muskeln, die Knochen und das Blut unter seiner geschmeidigen Haut. Sie stellte sich seinen Körper von allen Seiten vor, schätzte seine Widerstandsfähigkeit ab und kam zu einem Ergebnis. Sie dachte:

Werde eine Frau!

Als sie diesen widersinnigen Gedanken gedacht hatte, begann er Form anzunehmen. Doch leider war es keine Verwandlung wie im Märchen; der Körper des Mannes widersetzte sich solch märchenhafter Magie. Sie zwang seinen Oberkörper, Brüste hervorzubringen. Seine Brust begann voller Liebreiz anzuschwellen, bis seine Haut aufriß und sein Brustbein auseinanderbrach. Sein Becken, das bis zum Äußeren belastet wurde, brach in der Mitte. Aus dem Gleichgewicht gebracht, kippte er über seinen Schreibtisch und starrte sie an. Sein Gesicht war ganz gelb vor Entsetzen. Immer und immer wieder leckte er sich über die Lippen, um sie zu befeuchten, damit er etwas sagen konnte. Sein Mund war trocken, seine Worte waren Totgeburten. Geräusche drangen lediglich zwischen seinen Beinen hervor: Blut spritzte, und Gedärme schlugen auf den Teppich.

Sie schrie über dieses widersinnige Ungeheuer, das sie erschaffen hatte, und wich in die entlegenste Ecke des Zimmers zurück, wo sie sich in den Topf eines Gummibaumes erbrach.

Mein Gott, dachte sie, das kann kein Mord gewesen sein. Ich habe ihn nicht einmal berührt.

Was Jacqueline an jenem Nachmittag getan hatte, behielt sie für sich. Es machte keinen Sinn, den Leuten schlaflose Nächte zu bereiten, wenn sie über eine derart seltsame Begabung nachdachten.

Die Polizei war sehr freundlich. Sie führten jede Menge

Erklärungen über das plötzliche Verschwinden von Dr. Blandish an, obwohl niemand wirklich beschrieb, wie dessen Brust auf so ganz und gar ungewöhnliche Weise auseinandergebrochen war, um zwei ansehnliche, wenn auch behaarte Brüste hervorzubringen.

Man vermutete, daß ein unbekannter Psychopath, dem sein Wahnsinn ungeheure Kräfte verlieh, beim Arzt eingedrungen war und die Tat mit seinen Händen, mit Hämmern und Sägen verübt hatte. Dann war der Unbekannte verschwunden und hatte die unschuldige Jacqueline Ess in einem Schweigen des Entsetzens zurückgelassen, das keine Befragung durchdringen konnte.

Eine oder mehrere unbekannte Personen hatten den Doktor offensichtlich dorthin befördert, wo weder Sedativa noch eine Therapie ihm zu helfen vermochten.

Sie vergaß es beinahe für eine Weile. Aber als die Monate verstrichen, kam alles nach und nach zurück zu ihr, wie die Erinnerung an einen heimlichen Ehebruch. Die Erinnerung überkam sie mit ihren verbotenen Freuden. Sie vergaß den Ekel und erinnerte sich an die Macht. Sie vergaß die Abscheulichkeit und erinnerte sich an ihre Kraft. Sie vergaß die Schuld, die hinterher von ihr Besitz ergriffen hatte, und sehnte sich danach, es noch einmal zu tun.

Nur sehr viel besser.

»Jacqueline.«

Ist das mein Mann, dachte sie, der mich wirklich bei meinem Namen nennt? Für gewöhnlich sagte er Jackie oder Jack oder gar nichts.

»Jacqueline.«

Er schaute sie mit seinen großen, babyblauen Augen an, wie der College Boy, in den sie sich auf den ersten Blick verliebt hatte. Aber mittlerweile war sein Mund härter geworden, und seine Küsse schmeckten wie altes Brot.

»Jacqueline.«

»Ja.«

»Es gibt etwas, über das ich mit dir sprechen möchte.«

Ein Gespräch? dachte sie. Heute mußte ein gesetzlicher Feiertag sein. »Ich weiß nicht, wie ich es dir sagen soll.«

»Versuch es einfach«, schlug sie vor.

Sie wußte, daß sie durch ihre Gedanken seine Zunge dazu bringen konnte, zu sprechen, wenn es ihr gefiel. Sie konnte ihn zwingen, ihr alles zu sagen, was sie hören wollte. Worte voller Liebe, wenn sie sich erinnern konnte, wie sie klangen. Aber was sollte das für einen Nutzen haben? Er sollte besser die Wahrheit sagen.

»Darling, ich bin ein wenig aus der Bahn geraten.«

»Was meinst du damit?« fragte sie.

Ich hab' dich, du Scheißkerl, dachte sie.

»Es war in der Zeit, als du nicht ganz bei dir warst. Du weißt, als die Dinge zwischen uns mehr oder weniger zum Stillstand gekommen waren. Jeder ein Zimmer für sich … Du wolltest, daß jeder ein eigenes Zimmer hat … ich wurde fast verrückt vor Sehnsucht. Ich wollte dich nicht aufregen, also habe ich nichts gesagt. Aber es bringt nichts, zwei verschiedene Leben führen zu wollen.«

»Du kannst eine Liebesaffäre haben, wenn du willst, Ben.«

»Es ist nicht nur eine Affäre, Jackie. Ich liebe sie …«

Er schickte sich zu einer seiner Reden an. Sie konnte sehen, wie er Kräfte sammelte. Die Rechtfertigungen, aus denen Vorwürfe wurden, die Entschuldigungen, die sich stets in Angriffe auf sie verwandelten. Wenn er erst einmal in Fahrt geraten war, würde nichts mehr ihn stoppen können. Sie wollte es nicht hören.

» … sie ist ganz anders als du, Jackie. In gewisser Weise ist sie ziemlich frivol. Ich glaube, du würdest sie einen seichten Charakter nennen.«

Es hätte was für sich, ihn hier zu unterbrechen, dachte sie, bevor er sich wieder in Widersprüche verwickelt.

»Sie ist nicht so schwermütig wie du. Weißt du, sie ist eine ganz normale Frau. Ich will nicht sagen, daß du nicht normal bist. Du kannst einfach nichts gegen die Depressionen tun. Aber sie ist nicht so empfindlich.«

»Es gibt keinen Grund, Ben …«

»Nein, verdammt, ich muß es mir von der Seele reden.«

Und mir aufbürden, dachte sie.

»Du läßt mich nie etwas erklären«, sagte er. »Du wirfst mir immer einen deiner verdammten Blicke zu, als wünschst du dir, ich würde …«

Sterben.

»… ich würde den Mund halten.«

Halt den Mund.

»Dich kümmert es nicht, wie es mir geht.« Er schrie jetzt. »Lebst immer nur in deiner eigenen kleinen Welt.«

Halt den Mund, dachte sie.

Sein Mund stand offen.

Anscheinend wünschte sie sich, daß er seinen Mund schließen sollte, und während sie es noch dachte, schnappten seine Kiefern zusammen und trennten die Spitze seiner rosafarbenen Zunge ab. Die Zungenspitze fiel von seinen Lippen in eine Falte seines Hemdes.

Halt den Mund, dachte sie wieder.

Seine zwei makellosen Zahnreihen mahlten aufeinander; sie zerbarsten und zersplitterten; Nervenfasern, Kalzium und Speichel bildeten einen rosafarbenen Schaum auf seinem Kinn.

Halt den Mund, dachte sie immer noch, als seine babyblauen Augen in seinen Schädel sanken und seine Nase sich in sein Gehirn wand.

Er war nicht länger Ben; er war ein Mann mit dem roten Kopf einer Eidechse, der flacher und fetter wurde, und Gott sei Dank war er jetzt ein für allemal unfähig, seine Rede zu halten.

Nun hatte sie den Dreh raus, und sie begann Gefallen an den Veränderungen zu finden, die sie ihm aufzwang.

Sie warf ihn kopfüber auf den Boden und begann, seine Arme und Beine zusammenzudrücken, schob seinen Körper und seine widerstrebenden Knochen immer enger zusammen. Seine Kleidung faltete sich, und sein Magen wurde von den übrigen Eingeweiden abgerissen und zog sich um seinen Körper, um ihn einzuhüllen. Seine Finger stachen nun von den Schulterblättern ab, und seine Füße, die sich immer noch voller Ungestüm wanden, knickten in seine Eingeweide. Sie drehte ihn ein letztes Mal herum, um sein Rückgrat zu einem Haufen Knochen zusammenzudrücken, und das war das Ende.

Als sie aus ihrer Ekstase erwachte, blickte sie auf Ben auf dem Fußboden; er war auf den Umfang zusammengedrückt, der der Größe eines seiner eleganten Lederkoffer entsprach. Blut, Galle und Lymphflüssigkeit rannen schwach pulsierend aus seinem zum Schweigen gebrachten Körper.

Mein Gott, dachte sie, das kann nicht mein Mann sein. Er war niemals so adrett.

Diesmal wartete sie nicht auf Hilfe. Diesmal wußte sie, was sie getan hatte (und erriet sogar, wie sie es getan hatte, und sie anerkannte ihr Verbrechen als einen allzu harten Akt der Gerechtigkeit. Sie packte ihre Sachen und verließ das Haus.

Ich lebe, dachte sie. Zum ersten Mal in meinem ganzen unglücklichen Leben lebe ich.

VASSIS AUFZEICHNUNG (ERSTER TEIL)

Ihnen, die von starken, sanften Frauen träumen, hinterlasse ich diese Geschichte. Sie ist ebenso sicher eine Verheißung, wie sie ein Bekenntnis ist oder die letzten Worte eines verlorenen Mannes, der nichts anderes wollte, als zu lieben und geliebt zu werden. Zitternd sitze ich hier, warte auf die Nacht, warte, daß der weinerliche Kuppler Koos wieder an meine Tür kommt und mir alles nimmt, was ich besitze, um mir als Gegenleistung den Schlüssel zu ihrem Zimmer zu geben.

Ich bin kein mutiger Mann, ich bin es nie gewesen, und darum fürchte ich das, was mir heute nacht vielleicht widerfährt. Aber ich kann nicht mein Leben leben und die ganze Zeit träumen, in der Dunkelheit vegetieren mit nur einem flüchtigen Blick auf den Himmel. Früher oder später muß man sich wappnen und aufstehen und ihn finden. Selbst wenn es bedeutet, daß man die ganze Welt dafür hergibt.

Ich rede wahrscheinlich Unsinn. Sie, die Sie zufällig an diese Geschichte gerieten, werden denken: Wer ist dieser Schwachsinnige?

Mein Name ist Oliver Vassi. Ich bin achtunddreißig Jahre alt. Ich war bis vor ungefähr einem Jahr Rechtsanwalt, doch dann begann die Suche, die heute abend mit dem Kuppler, dem Schlüssel und dem Allerheiligsten endet.

Aber die eigentliche Geschichte beginnt vor mehr als einem Jahr. Es sind einige Jahre vergangen, als Jacqueline Ess zum erstenmal zu mir kam.

Aus heiterem Himmel tauchte sie in meinem Büro auf und behauptete, die Witwe von einem meiner Freunde aus der Rechtsakademie zu sein, die Frau eines gewissen Benjamin Ess. Und wie ich zurückdachte, erinnerte ich mich an ihr Gesicht. Ein gemeinsamer Freund, der auf ihrer Hochzeit gewesen war, hatte mir ein Foto von Ben und seiner Braut gezeigt. Und hier stand sie nun, von Kopf bis Fuß genau die Schönheit, wie ihre Fotografie es versprochen hatte.

Ich erinnerte mich, daß ich bei unserem ersten Gespräch sehr verwirrt gewesen war. Sie kam zu einer Zeit, als es sehr hektisch war und ich bis zum Hals in Arbeit steckte. Aber ich war völlig von ihr bezaubert. Ich ließ alle Termine für diesen Tag ausfallen, und als meine Sekretärin hereinkam, bedachte sie mich mit einem ihrer harten Blicke, als wenn sie einen Eimer kaltes Wasser über mich schüttete. Ich glaube, ich war von Anfang an verliebt, und meine Sekretärin spürte die aufgeladene Atmosphäre in meinem Büro. Ich für meinen Teil, ich gab vor, die Witwe eines alten Freundes lediglich höflich zu behandeln. Ich wollte nicht an Liebe und Leidenschaft denken. Das paßte nicht zu mir, so glaubte ich jedenfalls. Wie wenig wir doch wirklich von unseren Fähigkeiten wissen.

Bei unserer ersten Begegnung tischte Jacqueline mir nur Lügen auf. Daß Ben an Krebs gestorben war und wie oft und freundlich er von mir gesprochen habe. Ich nehme an, sie hätte mir auch die Wahrheit sagen können – ich hätte alles geschluckt, ich war ihr von Anfang an mit Leib und Seele verfallen.

Aber es ist schwer, sich zu erinnern, wie und wann das Interesse an einem anderen Menschen zu einer ernsteren, leidenschaftlicheren Sache auflodert. Vielleicht erfinde ich auch diesen ersten heftigen Eindruck, den sie bei unserem ersten Treffen auf mich ausübte, erfinde einfach eine Geschichte neu, um meine späteren Exzesse zu rechtfertigen. Ich bin mir nicht sicher. Doch gleichgültig, wie und wann es geschah und wie schnell oder wie langsam es passierte, ich erlag ihr, und unsere Affäre nahm ihren Lauf.

Ich bin kein besonders wißbegieriger Mensch, was meine Freunde und meine Liebschaften angeht. Als Rechtsanwalt verbringt man seine Zeit damit, die schmutzigen Angelegenheiten anderer Leute zu untersuchen, und offen gesagt, acht Stunden am Tag reicht mir so eine Arbeit. Wenn ich mein Büro verlassen habe, lasse ich die Leute mit Freude in Ruhe. Ich bin nicht neugierig. Ich forsche nicht nach. Ich nehme die Leute, wie sie zu sein scheinen.

Jacqueline bildete keine Ausnahme von dieser Regel. Ich war froh, daß diese Frau in mein Leben getreten war, welche Wahrheit auch immer in ihrer Vergangenheit lag. Jacqueline besaß eine wunderbare Kaltblütigkeit. Sie war geistreich, ordinär, unaufrichtig. Ich hatte niemals eine bezauberndere Frau getroffen. Es ging mich auch nichts an, wie sie mit Ben gelebt hatte und was für eine Ehe sie geführt hatten. Das war ihre Sache. Ich war glücklich, in der Gegenwart mit ihr zu leben, und ließ die Vergangenheit ihren eigenen Tod sterben. Ich glaube, ich schmeichelte mir selbst, daß ich ihr helfen konnte, ihren Schmerz zu vergessen, welchen auch immer sie durchgemacht hatte.

Sicherlich hatten die Geschichten auch Lücken. Als Rechtsanwalt bin ich geübt, scharfsinnige Entdeckungen zu machen, wo es um Lügen geht, und wie sehr ich auch versuchte, meine Beobachtungen beiseite zu schieben, ich spürte dennoch, daß diese Frau mir nicht alles sagte. Aber jeder hat seine Geheimnisse, wie ich ja wußte. Soll auch sie ihr Geheimnis haben, dachte ich.

Einmal nur stellte ich sie mit einer bestimmten Einzelheit ihrer vorgeblichen Lebensgeschichte auf die Probe. Während sie über Bens Tod sprach, ließ sie die Bemerkung fallen, daß er das bekommen hatte, was er verdiente. Ich fragte sie, was sie damit meinte. Sie lachte ihr Gioconda-Lächeln und erklärte mir, daß sie glaubte, das Gleichgewicht zwischen Männern und Frauen sollte wiederhergestellt werden.

Dann nahm ich von meiner Beobachtung keine Notiz mehr. Schließlich war ich zu jener Zeit besessen, ich war jenseits jeder Hoffnung auf Rettung; welche Behauptung sie auch immer aufbrachte, ich war einfach froh, ihr zustimmen zu können.

Sehen Sie, Jacqueline war wunderschön. Nicht in einem oberflächlichen Sinne: Sie war nicht mehr jung, sie war nicht unschuldig, sie hatte nicht diese naturhafte Ebenmäßigkeit, die Werbeleute und Fotografen so bevorzugen. Ihr Gesicht war schlicht und einfach das Gesicht einer Frau Anfang Vierzig: Ihr Gesicht hatte gelacht und geweint, und das hatte Spuren in ihm hinterlassen. Aber Jacqueline hatte die Macht, sich selbst auf die subtilste Art und Weise zu verwandeln und ihr Gesicht so geheimnisvoll zu machen wie den Himmel. Am Anfang dachte ich, es wäre ein Trick, den sie mit ihrem Make-up anstellte. Aber als wir immer öfter zusammen waren und ich sie am Morgen nach dem Aufwachen sah oder spät am Abend, da begriff ich, daß ihr Gesicht nur aus Fleisch und Blut bestand. Ihre Verwandlung kam von innen: Es war ein Zauber, den sie durch ihre Willenskraft bewirkte.

Und, wissen Sie, das entfachte meine Liebe nur noch mehr.

Dann wachte ich eines Nachts auf, während sie neben mir schlief. Wir schliefen häufig auf dem Boden, weil sie dort lieber schlief als im Bett. Betten, so sagte sie, erinnerten sie an ihre Ehe.

In dieser Nacht jedenfalls lag sie unter einer Steppdecke auf dem Teppich in meinem Zimmer, und ich starrte voller Bewunderung ihr schlafendes Gesicht an.

Wenn man sich so ganz und gar selbst aufgegeben hat, kann es eine sehr schreckliche Erfahrung sein, die Geliebte im Schlaf zu beobachten. Vielleicht haben einige von Ihnen diese

Lähmung schon einmal kennengelernt, wenn man auf die Gesichtszüge der Geliebten hinunterschaut, die sich jeder Musterung verschließen, die sich einem entziehen, dorthin, wo man niemals gelangen kann, in den Geist der geliebten Person. Wie gesagt, für uns, die wir völlig aufgegeben haben, ist das entsetzlich. Man weiß in solchen Momenten, daß man gar nicht existiert; nur in Verbindung mit diesem Gesicht, dieser Person lebt man. Wenn das Gesicht der Geliebten sich schließt, wenn die andere Person sich in ihrer eigenen unergründlichen Welt verliert, fühlt man sich daher, als gäbe es keinen Sinn: Ein Planet ohne Sonne, der sich in der Dunkelheit um sich selbst dreht.

So kam ich mir in jener Nacht vor, als ich auf ihre außergewöhnlichen Züge hinunterschaute. Während ich über meine eigene Seelenlosigkeit nachsann, begann ihr Gesicht sich zu verändern. Zweifellos träumte sie, doch was für Träume mochte sie träumen? Ihre Haut spannte sich unentwegt; ihre Muskeln, ihr Haar, ihre Wangen bewegten sich wie unter der Kraft einer inneren Flut. Ihre Lippen sprangen auf und verzerrten sich, ihre Haare wirbelten um ihren Kopf, als läge sie im Wasser; in ihre Wangen zogen sich Furchen und Linien wie die rituellen Narben eines Kriegers: pulsierende Muster in der Haut, die anschwollen und sich zu neuen Mustern veränderten. Diese Veränderung entsetzte mich, und ich muß irgendein Geräusch gemacht haben. Sie wachte nicht auf, aber sie drang näher an die Oberfläche des Schlafes, ließ die dunkleren Wasser hinter sich, wo diese sonderbaren Kräfte entsprangen. Die Veränderungen verschwanden in einem Augenblick, und ihr Gesicht hatte wieder die Züge einer sanft schlafenden Frau.

Wie Sie sich denken können, war das für mich ein Schlüsselerlebnis, obschon ich die nächsten Tage damit verbrachte, mir selbst einzureden, daß ich das alles gar nicht gesehen hatte.

Diese Anstrengung aber war vergeblich. Ich wußte, daß etwas mit ihr nicht stimmte; zu dieser Zeit war ich mir noch sicher, daß sie selbst nichts davon wußte. Ich war überzeugt, daß diese Veränderungen auf irgendeine organische Störung zurückzuführen waren und daß es am besten war, wenn ich mich mit Jacquelines Geschichte befaßte, bevor ich ihr eröffnete, was ich gesehen hatte.

Wenn man darüber nachdenkt, kommt es einem natürlich lächerlich naiv vor anzunehmen, sie hätte nicht gewußt, was für eine Kraft sie in sich barg. Aber es war leichter für mich, sie mir als Opfer dieser Fertigkeiten vorzustellen, denn als deren Herrin. Das sagt ein Mann von einer Frau – nicht nur ich, Oliver Vassi, von ihr, Jacqueline Ess. Wir Männer können nicht glauben, daß eine solche Kraft glücklich im Körper einer Frau schlummern kann, wenn diese Kraft nicht männlicher Natur ist. Keine wahre Kraft. Die wahre Kraft muß von Gott gegeben in den Händen der Männer ruhen. Das jedenfalls erzählen unsere Väter uns, diese Idioten.

Jedenfalls stellte ich so heimlich ich konnte Nachforschungen über Jacqueline an. Ich hatte einen Bekannten in York, wo das Paar gelebt hatte, und es war nicht schwer, Erkundigungen einzuziehen. Mein Bekannter brauchte eine Woche, um mir etwas zu beschaffen, denn er mußte sich durch eine Menge wertloses Zeug wühlen, bis er auf einen Hinweis stieß, der zur Wahrheit führen mochte. Die Neuigkeit aber kam, und sie war schlecht.

Ben war tot, soviel stimmte. Aber er war keinesfalls an Krebs gestorben. Mein Bekannter hatte nur vage Hinweise auf den Zustand der Leiche, aber er reimte sich zusammen, daß Bens Leichnam auf außergewöhnliche Weise verstümmelt worden war. Und der Hauptverdächtige? Meine geliebte Jacqueline Ess. Dieselbe harmlose Frau, die in meine Wohnung eingezogen war und die jede Nacht an meiner Seite schlief.

Also konfrontierte ich sie damit, daß sie mir etwas verheimlichte. Ich weiß nicht, was ich von ihr im Gegenzug erwartete. Aber ich bekam eine Demonstration ihrer Macht. Sie offenbarte mir diese Macht ohne Böswilligkeit, doch ich müßte ein Narr gewesen sein, nicht die Warnung zu erkennen, die darin lag. Sie erzählte mir zuerst, wie sie ihre einzigartige Herrschaft über alle Menschen entdeckt hatte. In ihrer Verzweiflung, sagte sie, als sie kurz davor stand, sich selbst zu töten, hatte sie es in den tiefen Wassern ihres Wesens entdeckt, Fähigkeiten, von denen sie nie gewußt hatte, daß sie in ihr existierten. Kräfte, die aus diesen Bereichen auftauchten wie ein Fisch ins Licht.

Dann zeigte sie mir eine kleine Kostprobe dieser Kräfte, indem sie mir ein Haar nach dem anderen ausriß. Nicht mehr als ein Dutzend, um mir ihre ungeheuren Fähigkeiten zu demonstrieren. Ich fühlte förmlich, wie mir die Haare ausfielen. Sie sagte nur: ›Eines hinter deinem Ohr‹, und ich fühlte meine Haut kribbeln und zucken, als Finger ihrer Willenskraft mir ein Haar ausrissen. Dann noch eines und noch eines. Es war eine unglaubliche Vorführung; sie machte aus dieser Fähigkeit eine Art Kunst, einzelne Haare auszusondern und mit der Präzision einer Pinzette zu entfernen.

Offen gesagt, ich saß starr vor Angst da und wußte, daß sie eine Art Spiel mit mir trieb. Früher oder später, so war ich mir sicher, wäre für sie die Zeit reif, daß sie mich für immer zum Schweigen brachte.

Aber sie hatte auch Zweifel über sich selbst. Sie erzählte mir, daß ihre Fähigkeit, obschon sie sie geschärft hatte, ihr Angst einjagte. Sie brauchte, sagte sie, jemanden, der sie lehrte, ihre Fähigkeit am besten einzusetzen. Und ich war nicht dieser Jemand. Ich war lediglich der Mann, der sie liebte, der sie vor dieser Eröffnung geliebt hatte und sie trotz allem weiter lieben würde.

Tatsächlich kam ich nach dieser Vorführung ihrer Macht zu einer neuen Einschätzung von Jacqueline. Statt sie zu fürchten, war ich dieser Frau, die meine Besitznahme ihres Körpers duldete, noch stärker ergeben.

Meine Arbeit wurde zu einem Ärgernis, zu einer Ablenkung, die zwischen mir und die Gedanken an meine Geliebte trat. Der Ruf als Anwalt, den ich gehabt hatte, begann sich zu verschlechtern; ich verlor Verhandlungen, und ich verlor an Glaubwürdigkeit. Innerhalb von zwei oder drei Monaten war meine berufliche Karriere beinahe auf dem Nullpunkt. Freunde verzweifelten an mir, Kollegen mieden mich.

Nicht, daß Jacqueline sich von von mir ernährte, von mir zehrte. Eines möchte ich klarstellen. Sie war kein Vampir, kein Sukkubus. Was mir widerfuhr, meine Sünde am gewöhnlichen Leben, wenn Sie so wollen, war meine eigene Sache. Sie verzauberte mich nicht; das wäre eine romantische Lüge, um Notzucht zu entschuldigen. Sie war die See, und ich mußte in ihr schwimmen. Hat das irgendeinen Sinn? Ich hatte mein Leben an der Küste gelebt, in der geordneten Welt des Rechts, und ich war es leid. Sie war wie fließend, ein grenzenloses Meer in einem einzelnen Körper, eine Flut in einem kleinen Zimmer, und ich werde froh in ihr ertrinken, wenn sie mir die Möglichkeit dazu gewährt. Aber das war meine Entscheidung. Begreifen Sie das. Es ist immer meine Entscheidung gewesen. Ich habe mich entschieden, heute nacht in ihr Zimmer zu gehen und ein letztes Mal mit ihr zusammenzusein. Das geschieht aus meinem freien Willen.

Und welcher Mann würde es nicht tun. Sie war (ist) voller Erhabenheit.

Einen Monat lebte ich nach dieser Demonstration ihrer Macht in einer permanenten Ekstase. Wenn ich mit ihr zusammen war, zeigte sie mir Mittel und Wege, sich zu lieben, die jenseits der Grenzen liegen, die für alle anderen Wesen auf Gottes Erde gelten. Ich sage bewußt jenseits der Grenzen, denn mit ihr gab es keine Grenzen. Und wenn ich nicht bei ihr war, ging die Träumerei weiter: weil sie meine Welt ganz offenbar verwandelt hatte.

Dann aber verließ sie mich.

Ich weiß, warum: Sie war gegangen, um jemanden zu finden, der sie lehrte, wie sie ihre Kraft gebrauche. Doch ihre Gründe zu verstehen machte es nicht einfacher.

Ich brach zusammen: hatte meine Arbeit verloren, meine Persönlichkeit und die wenigen Freunde, die mir geblieben waren. Ich bemerkte es kaum. Das waren unbedeutendere Verluste, neben dem Verlust von Jacqueline …

»Jacqueline.«

Mein Gott, dachte sie, ist das wirklich der einflußreichste Mann in diesem Land? Er sah so unauffällig, so gewöhnlich aus. Er hatte nicht mal ein energisches Kinn.

Aber Titus Pettifer bedeutete Macht.

Macht über mehr Monopole, als er zählen konnte; sein Wort in der Finanzwelt konnte Gesellschaften wie Streichhölzer zerbrechen, konnte die Ambitionen Hunderter von Menschen zerstören und die Karrieren von Tausenden. Große Vermögen wurden über Nacht in seinem Schatten gemacht; ganze Aktiengesellschaften brachen zusammen, wenn er aus einer Laune heraus nur den kleinen Finger krümmte. Dieser Mann wußte, was Macht bedeutete, wenn es überhaupt ein Mann wußte. Von ihm mußte sie lernen.

»Sie haben doch nichts dagegen, wenn ich Sie J. nenne, nicht wahr?«

»Nein.«

»Haben Sie lange gewartet?«

»Lange genug.«

»Für gewöhnlich lasse ich schöne Frauen nicht warten.«

»Doch, das tun Sie.«

Sie kannte ihn bereits: Zwei Minuten in seiner Gegenwart reichten aus, um das richtige Mittel zu finden. Am schnellsten reagierte er auf sie, wenn sie ihm auf leise Art unverschämt begegnete.

»Reden Sie Frauen, die Ihnen noch nie zuvor begegnet sind, immer nur mit ihren Initialen an?«

»Das erleichtert die Buchführung, finden Sie nicht?«

»Das kommt darauf an.«

»Auf was kommt es an?«

»Was Sie mir für dieses Privileg geben.«

»Ist es ein Privileg, Ihren Namen zu kennen?«

»Ja, das ist es.«

»Nun … ich fühle mich geschmeichelt, wenn Sie dieses Privileg nicht gerade großzügig vergeben.«

Sie schüttelte den Kopf. Nein, er konnte sehen, daß sie mit ihren Gefühlen nicht verschwenderisch umging.

»Warum haben Sie so lange gewartet, um mich zu treffen?«

fragte er. »Warum habe ich Berichte bekommen, daß Sie meine Sekretärinnen mit Ihrer ständigen Forderung zermürben, mich zu sehen? Wollen Sie Geld? Wenn Sie deswegen gekommen sind, werden Sie mit leeren Händen wieder gehen. Ich bin reich geworden, weil ich geizig bin, und je reicher ich werde, desto geiziger zeige ich mich.«

Das war die Wahrheit, er sagte es ganz offen.

»Ich will kein Geld«, sagte sie genauso offen.

»Das ist angenehm.«

»Es gibt Leute, die reicher sind als Sie.«

Vor Erstaunen hob er eine Augenbraue. Sie konnte zubeißen, diese Schönheit.

»Wie wahr«, sagte er. Es gab wenigstens ein halbes Dutzend auf dieser Hemisphäre, die reicher waren.

»Ich bin keine kleine, dumme, namenlose Frau, und ich bin auch nicht gekommen, um einen berühmten Mann zu bumsen. Ich bin gekommen, weil wir zusammen sein können. Wir könnten uns eine Menge geben.«

»Zum Beispiel?«

»Ich habe meinen Körper zu bieten.«

Er lächelte. Das war das direkteste Angebot, das er in den letzten Jahren erhalten hatte.

»Und was biete ich Ihnen für eine solche Freigebigkeit?

»Ich möchte lernen …«

»Lernen?«

» … wie man Macht benutzt.«

Sie wurde seltsamer und seltsamer.

»Was meinen Sie damit?« fragte er, um Zeit zu gewinnen. Er hatte noch keinen Begriff von ihr; sie beunruhigte ihn, verwirrte ihn.

»Soll ich es für Sie in Borgisschrift wiederholen?« sagte sie und spielte ihre Unverschämtheit mit einem Lachen aus, das ihm beinahe verlockend vorkam.

»Nicht nötig. Sie wollen lernen, wie man Macht benutzt. Ich vermute, ich könnte es Ihnen beibringen …«

»Ich weiß, daß Sie es können.«

»Sie verstehen, ich bin ein verheirateter Mann. Virginia und ich sind seit achtzehn Jahren zusammen.«

442

»Sie haben drei Söhne, vier Häuser und ein Dienstmädchen mit Namen Mirabelle. Sie hassen New York, und Sie lieben Bangkok; Ihre Hemdgröße ist 16 $1/2$ und Ihre Lieblingsfarbe grün.«

»Türkis.«

»Im Alter werden Sie feinsinniger.«

»Ich bin nicht alt.«

»Achtzehn Jahre verheiratet, da altert man vorzeitig.«

»Ich nicht.«

»Beweisen Sie es.«

»Wie soll ich das beweisen?«

»Nehmen Sie mich.«

»Was?«

»Nehmen Sie mich.«

»Hier?«

»Ziehen Sie die Vorhänge zu, verschließen Sie die Tür, schalten Sie Ihren Computer-Terminal ab und nehmen Sie mich. Ich fordere Sie heraus.«

»Herausfordern?«

Wie lange war es her, seit ihn jemand zu etwas herausgefordert hatte?

»Herausfordern?«

Er war erregt. In den letzten zwölf Jahren war er nicht so erregt gewesen. Er zog die Vorhänge zu, verschloß die Tür und schaltete die Videoanzeige seines Vermögens ab.

Mein Gott, dachte sie, ich habe ihn.

Es war keine so einfache Liebe wie mit Vassi. Zum einen war Pettifer ein ungeschickter, unkultivierter Liebhaber. Zum anderen war er wegen seiner Frau zu ängstlich, um einen wirklich gekonnten Ehebrecher abzugeben. Er glaubte, Virginia überall zu sehen: in den Empfangshallen der Hotels, in denen sie sich für einen Nachmittag ein Zimmer nahmen, in den Taxis, die vor ihrem Treffpunkt die Straße entlangfuhren; und einmal meinte er sogar, sie als Kellnerin zu sehen, wie sie die Tische in einem Restaurant abwischte.

Das alles waren eingebildete Ängste, aber sie lähmten die Ungezwungenheit ihrer Romanze ein wenig.

Und doch lernte sie von ihm. So ungeeignet er als Liebhaber war, so glänzend war er als Herrschergestalt. Sie lernte von ihm, wie man mächtig war, ohne Macht auszuüben, wie man sich von der Schändlichkeit rein hielt, die Charisma bei allen uncharismatischen Menschen hervorbringt; wie man einfache Entscheidungen verständlich macht; wie man gnadenlos wird.

Nicht, daß sie auf diesem besonderen Gebiet viel Unterricht brauchte. Vielleicht kam es der Wahrheit näher zu sagen, daß er sie lehrte, niemals das Fehlen eines natürlichen Mitleids zu bedauern, sondern nur mit dem Verstand zu beurteilen, wer die Vernichtung verdiente und wer zu den Rechtschaffenen zählen mochte.

Nie offenbarte sie sich ihm, obschon sie ihre Fähigkeiten auf die geheimste Weise einsetzte, um ein wenig Lust aus seinen stählernen Nerven herauszukitzeln.

In der vierten Woche ihrer Affäre lagen sie nebeneinander in dem lilafarbenen Zimmer, während unten auf der Straße der Nachmittagsverkehr dröhnte. Es war eine schlechte Sexnummer gewesen; er war nervös, und keine Tricks konnten ihn dazu bringen, aus sich herauszugehen. Die Sache war schnell vorbei, beinahe ganz ohne Leidenschaft.

Er beabsichtigte, ihr etwas zu sagen. Sie wußte das: Es war ein Warten, diese Offenbarung, die irgendwo tief in seiner Kehle steckte. Während sie sich ihm zuwandte, massierte sie seine Schläfen mit ihrem Geist und besänftigte ihn so, daß er sprach.

Er war im Begriff, den Tag zu ruinieren.

Er war im Begriff, seine Karriere zu ruinieren.

Er war im Begriff, Gott helfe ihm, sein Leben zu ruinieren.

»Ich darf dich nicht länger sehen«, sagte er.

Er würde es nicht wagen, dachte sie.

»Ich bin mir nicht sicher, was ich von dir weiß, oder besser, was ich glaube, von dir zu wissen, aber das läßt mich vor dir auf der Hut sein, J., verstehst du das?«

»Nein.«

»Ich fürchte, ich habe dich wegen … gewisser Verbrechen in Verdacht.«

»Verbrechen?«

»Du hast eine … bestimmte Vergangenheit.«

»Wer hat herumgewühlt?« fragte sie. »Sicher nicht Virginia.«

»Nein, nicht Virginia, sie ist über jede Neugier erhaben.«

»Wer dann?«

»Das geht dich nichts an.«

»Wer?«

Sie drückte leicht gegen seine Schläfen. Es bereitete ihm Schmerzen, und er zuckte zusammen.

»Was stimmt nicht?« fragte sie.

»Ich habe Kopfschmerzen.«

»Das ist nur die Anspannung. Ich kann die Anspannung von dir nehmen, Titus.« Sie berührte seine Stirn mit ihrem Finger, lockerte ihren Griff, den sie ihm auferlegt hatte. Er seufzte, als er die Erleichterung spürte.

»Ist es so besser?«

»Ja.«

»Wer hat herumgeschnüffelt, Titus?«

»Ich habe einen persönlichen Sekretär. Lyndon. Ich habe schon früher von ihm gesprochen. Er wußte von Anfang an von unserer Beziehung. Er buchte sogar die Hotelzimmer und arrangierte zu meiner Tarnung die Geschichten, die ich Virginia erzähle.«

Es lag eine Art Jungenhaftigkeit in seinen Worten, die beinahe rührend war. Als wäre er eher verlegen, sie zu verlassen, als verzweifelt. »Lyndon ist wirklich ein Zauberkünstler. Er hat eine Menge Dinge bewerkstelligt, um die Sache zwischen uns zu erleichtern. Er hat also nichts gegen dich. Zufällig sah er eines von den Fotos, die ich von dir gemacht habe. Ich gab sie ihm, damit er sie vernichtete.«

»Warum sollte er sie vernichten?«

»Ich hätte sie nicht machen sollen; es war ein Fehler. Virginia hätte vielleicht …« Er hielt inne; dann begann er von vorn. »Jedenfalls erkannte er dich, obwohl er sich nicht erinnern konnte, wo er dich zuvor gesehen hatte.«

»Aber schließlich hat er sich erinnert.«

»Er arbeitete für gewöhnlich als Klatschkolumnist für eine meiner Zeitungen. So wurde er auch mein persönlicher Sekretär. Er erinnerte sich, wenn man so will, an deine frühere Verkörperung. Jacqueline Ess, die Ehefrau von Benjamin Ess, dem Verstorbenen.«

»Dem Verstorbenen.«

»Er brachte mir andere Fotos, die nicht so hübsch waren wie die Fotos von dir.«

»Fotografien von was?«

»Von deinem Haus. Vom Leichnam deines Mannes. Sie sagten, daß es ein menschlicher Leichnam wäre, obwohl wenig Menschliches an ihm geblieben war.«

»Es war von Anfang an sehr wenig Menschliches an ihm«, sagte sie leichthin, während sie an Bens kalte Augen und noch kältere Hände dachte. Nur geeignet, um vergessen zu werden.

»Was geschah?«

»Mit Ben? Er wurde getötet.«

»Wie?« Schwankte seine Stimme ein wenig?

»Sehr leicht.« Sie hatte sich vom Bett erhoben und stand am Fenster. Das starke Licht des Sommers schnitt sich seinen Weg durch die Jalousie; Schatten und Sonnenstrahlen zeichneten die Konturen ihres Gesichts nach.

»Du hast es getan.«

»Ja.« Er hatte sie gelehrt, offen zu sein. »Ja, ich habe es getan.«

Er hatte sie auch gelehrt, sparsam mit Drohungen umzugehen. »Verlaß mich, und ich tue dir dasselbe an.«

Er schüttelte den Kopf. »Niemals. Das würdest du nicht wagen.«

Er stand vor ihr.

»Wir müssen einander verstehen, J. Ich habe Macht, und ich bin unbelastet. Begreifst du? Mein öffentliches Ansehen ist nicht vom leisesten Hauch eines Skandals berührt. Ich könnte mir Enthüllungen über eine Geliebte, über ein ganzes Dutzend Geliebter leisten. Aber eine Mörderin? Nein, das würde mein Leben zerstören.«

»Erpreßt dieser Lyndon dich?«

Er starrte durch die Jalousie in den Tag hinaus, einen dumpfen Ausdruck auf dem Gesicht. Ein Zucken war auf seiner Wange zu sehen, unterhalb des linken Auges.

»Ja, wenn du es unbedingt wissen mußt«, sagte er mit toter Stimme. »Der Scheißkerl hat mich auf Teufel komm raus in der Hand.«

»Ich verstehe.«

»Und wenn er sich diese Dinge zusammenreimen kann, könnte er es auch bei anderen. Verstehst du?«

»Ich bin stark; du bist stark. Wir können sie alle um den kleinen Finger wickeln!«

»Nein.«

»Doch! Ich besitze gewisse Fähigkeiten, Titus.«

»Ich will nichts davon wissen.«

»Du wirst davon wissen«, sagte sie.

Sie blickte ihn an, ergriff seine Hände, ohne sie zu berühren. Er beobachtete mit erstaunten Augen, wie seine sich sträubenden Hände sich hoben, um ihr Gesicht zu berühren, wie er mit der liebevollsten aller Gesten über ihr Haar strich. Sie brachte ihn dazu, mit bebenden Fingern über ihre Brust zu fahren und sie mit mehr Heftigkeit zu packen, als er aus eigenem Antrieb aufbringen konnte.

»Du bist immer so zögerlich«, sagte sie und ließ ihn ihre Brüste so fassen, daß er sie beinahe schon schmerzhaft quetschte. »So mag ich es.« Dann glitten seine Hände tiefer und brachten einen anderen Ausdruck auf ihr Gesicht, über das plötzlich Fluten hinwegzogen, und sie war ganz und gar lebendig …

»Tiefer …«

Sein Finger drang ein.

»Ich mag das, Titus. Warum kannst du das nicht tun, ohne daß ich dich dazu auffordere?«

Er errötete. Er sprach nicht gern über das, was sie zusammen taten. Sie bat ihn flüsternd, noch tiefer einzudringen.

»Ich zerbreche nicht, weißt du. Virginia mag aus Meißner Porzellan sein, ich bin es nicht. Ich möchte etwas spüren. Ich möchte etwas, an das ich mich erinnern kann, wenn ich nicht bei dir bin. Nichts ist ewig, nicht wahr? Aber ich möchte etwas, das mich in der Nacht warm hält.«

Er sank auf die Knie; seine Hände blieben durch ihren Willen auf und in ihr; sie strichen herum wie zwei wollüstige Krebse. Auf seiner Haut perlte der Schweiß. Es ist das erste Mal, dachte sie, daß ich ihn schwitzen sehe.

»Töte mich nicht«, wimmerte er.

»Ich könnte dich ausradieren.« Ausradieren, dachte sie, aber dann verbannte sie das Bild aus ihrem Kopf, bevor sie ihm wirklich etwas antat.

»Ich weiß«, sagte er. »Du kannst mich ganz leicht töten.«

Er weinte. Mein Gott, dachte sie, dieser bedeutende Mann liegt zu meinen Füßen und schluchzt wie ein kleines Kind. Was kann ich von dieser kindischen Vorführung über das Wesen der Macht lernen? Sie strich ihm die Tränen von der Wange und setzte mehr Kraft ein, als diese Geste an sich erforderte. Seine Haut rötete sich unter ihrem Blick.

»Laß mich leben. Ich kann dir nicht helfen. Ich bin für dich ohne Nutzen.«

Er hatte recht. Er war völlig ohne Nutzen. Voller Verachtung ließ sie seine Hände los. Schlaff fielen sie herab.

»Versuche niemals, mich zu finden, Titus. Verstehst du? Hetze niemals deine Schergen auf mich, um deinen guten Ruf zu bewahren, denn ich werde gnadenloser sein, als du jemals gewesen bist.«

Er sagte nichts; er kniete nur da, starrte zum Fenster, während sie sich das Gesicht wusch, den Kaffee trank, den sie bestellt hatten, und schließlich ging.

Lyndon war erstaunt zu entdecken, daß die Tür zu seinem Büro offen stand. Es war erst sieben Uhr sechsunddreißig. Keine seiner Sekretärinnen wäre schon da. Zweifellos war eine der Putzfrauen nachlässig gewesen und hatte die Tür unverschlossen gelassen. Er würde herausfinden, wer es gewesen war, und sie rausschmeißen.

Er betrat das Zimmer.

Jacqueline saß mit dem Rücken zur Tür da. Er erkannte

ihren Hinterkopf, die Art, wie ihr kastanienbraunes Haar fiel. Ein liederlicher Anblick, zu zerzaust, zu wild. Sein Büro, ein Nebenraum von Mr. Pettifers Büro, wurde übertrieben in Ordnung gehalten. Er schaute sich um: Alles schien an Ort und Stelle zu stehen.

»Was tun Sie hier?«

Sie atmete hastig ein, wappnete sich.

Dies war das erste Mal, daß sie wirklich plante, es zu tun. Zuvor war es immer die Eingebung eines Augenblicks gewesen.

Er näherte sich dem Schreibtisch, legte seine Aktentasche und eine ordentlich gefaltete Ausgabe der *Financial Times* auf die Schreibtischplatte.

»Sie haben kein Recht, ohne meine Erlaubnis einzudringen«, sagte er.

»Lyndon«, sagte sie.

»Nichts von dem, was Sie sagen oder tun können, wird etwas an den Fakten ändern, Mrs. Ess«, sagte er und ersparte ihr die Schwierigkeit, zum Thema zu kommen. »Sie sind eine kaltblütige Mörderin. Es war meine Pflicht und Schuldigkeit, Mr. Pettifer davon zu unterrichten.«

»Sie haben es zum Wohle von Titus getan.«

»Natürlich.«

»Und die Erpressung war auch zum Wohle von Titus, nicht wahr?«

»Verlassen Sie mein Büro ...«

»Nicht wahr, Lyndon?«

»Sie sind eine Hure! Huren verstehen nichts, sie sind unwissend, kranke Bestien«, stieß er hervor. »Oh, Sie sind gerissen, das gestehe ich Ihnen zu – aber das ist jede Nutte, die ihr Geld verdienen will.«

Sie stand auf. Er erwartete eine Erwiderung. Aber er bekam keine Erwiderung, wenigstens keine, die aus Worten bestand. Doch er verspürte eine Spannung auf seinem Gesicht, so, als drücke jemand darauf.

»Was ... tun ... Sie ... da?« fragte er.

»Tun?«

Seine Augen verengten sich zu Schlitzen; sein Mund verzerrte sich zu einem funkelnden Lächeln. Die Worte waren schwer hervorzubringen.

»Hören Sie … auf …«

Sie schüttelte den Kopf.

»Hure …«, sagte er wieder und trotzte ihr noch immer.

Sie starrte ihn nur an. Sein Gesicht begann unter dem Druck zu zucken, die Muskeln verkrampften sich.

»Die Polizei …«, versuchte er zu sagen, »wenn Sie mich auch nur mit dem kleinen Finger anrühren …«

»Das werde ich nicht«, sagte sie und setzte ihre Fähigkeit ein.

Unter seiner Kleidung spürte er den Druck am ganzen Körper; es zog an seiner Haut, zerrte fester und fester. Irgend etwas würde dem Druck nachgeben, das wußte er. Irgendein Teil von ihm würde Schwäche zeigen und unter diesem erbarmungslosen Angriff reißen. Und wenn er erst einmal begann, aufzubrechen, würde nichts sie daran hindern, ihn ganz auseinanderzureißen. Er dachte das alles ganz nüchtern durch, während sein Körper sich drehte und wand und er sie unter seinem aufgezwungenen Grinsen verfluchte.

»Fotze«, sagte er. »Syphilitische Fotze.«

Er scheint keine Angst zu haben, dachte sie.

In dieser extremen Lage entfesselte er einen solchen Haß auf sie, daß seine Angst völlig verschwunden war. Wieder nannte er sie eine Hure, obwohl sein Gesicht schon so verzerrt war, daß man es beinahe nicht mehr erkannte.

Und dann begann er aufzureißen.

Der Riß begann an seiner Nase, zog sich hoch über seine Augenbraue, glitt dann tiefer, teilte seine Lippen und seine Wange und verlief über seinen Hals und seine Brust. Binnen weniger Sekunden hatte sein Hemd sich rot gefärbt, sein dunkler Anzug wurde noch dunkler, und aus seinen Ärmeln und Hosenbeinen floß Blut. Die Haut glitt von seinen Händen wie der Handschuh eines Chirurgen, und zwei Ringe aus scharlachrotem Gewebe hingen an beiden Seiten seines rohen, abgeschälten Gesichts wie die Ohren eines Elefanten.

Er hatte aufgehört, sie zu beschimpfen.

Er war schon vor zehn Sekunden am Schock gestorben,

und doch beschäftigte sie sich weiter rachsüchtig mit ihm, zog ihm die Haut vom Körper und warf die Fetzen in den Raum, bis er schließlich dastand, dampfte in seinem roten Anzug, seinem roten Hemd und seinen glänzenden roten Schuhen und sie anschaute, in ihre Augen schaute, ein wenig mehr als ein feinfühliger Mann. Zufrieden mit ihrer Arbeit ließ sie ihn los. Er sank lautlos in eine Blutlache.

Mein Gott, dachte sie, als sie leise die Treppe hinunterging, das war ein Mord erster Güte.

Sie fand keine Berichte in irgendeiner Zeitung. Lyndon war offensichtlich so gestorben, wie er gelebt hatte: vor der Öffentlichkeit verborgen.

Aber sie wußte, die Räder, deren Naben so groß waren, daß unbedeutende Menschen wie sie selbst sie nicht sahen, würden sich weiterdrehen. Was diese Räder anrichten konnten, wie sie ihr Leben verändern würden, konnte sie nur erahnen. Aber der Mord an Lyndon war nicht einfach aus Boshaftigkeit geschehen, obwohl auch das dazu gehört hatte. Nein, sie hatte sie aufrütteln wollen, ihre Feinde in der Welt, und sie auf sie lenken. Sollten sie ihre Karten aufdecken, sollten sie ihre Verachtung offenbaren und ihren Schrecken. Jacqueline war ihr Leben durchgegangen, und wie es schien, war sie lediglich fähig, sich selbst durch den Blickwinkel anderer zu bestimmen, während sie ein Zeichen ihrer selbst suchte. Nun wollte sie das zu Ende bringen. Es war an der Zeit, sich mit ihren Verfolgern zu befassen.

Sicher würde jeder, der sie gesehen hatte – allen voran Pettifer und dann Vassi –, sie verfolgen, und sie würde die Augen ihrer Verfolger für immer verschließen und dafür sorgen, daß sie sie vergaßen. Und dann, wenn die Zeugen vernichtet waren, wäre sie frei.

Pettifer würde natürlich nicht selbst kommen. Es war leicht für ihn, Agenten zu finden, Männer ohne Skrupel und Mitleid, die ein Vergnügen daran hatten, jemanden zu verfolgen, daß es selbst einen Bluthund beschämen würde.

Eine Falle wurde für sie gelegt, wenngleich sie deren

Klauen noch nicht sehen konnte. Anzeichen dieser Falle gab es überall. Ein Aufflattern von Vögeln hinter einer Mauer, ein seltsames Licht aus einem fernen Fenster, Schritte, Pfeiftöne, Männer in dunklen Anzügen, die am Rand ihres Blickfeldes Zeitung lasen. Als eine Woche vergangen war, hatten sie sich ihr nicht genähert, aber sie gingen auch nicht. Sie warteten wie Katzen in einem Raum, den Schwanz zusammengerollt, die Augen träge.

Doch die Verfolgung trug Pettifers Handschrift. Sie hatte genug von ihm gelernt, um seine Vorsicht und seine Tücke zu erkennen. Sie würden schließlich kommen, nicht zu Jacquelines Zeit, sondern zu ihrer Zeit. Und vielleicht auch nicht einmal zu ihrer Zeit, sondern wenn Pettifer es paßte. Obschon sie niemals sein Gesicht sah, schien es ihr, als wäre Titus selbst ihr auf den Fersen.

Mein Gott, dachte sie, mein Leben ist in Gefahr, und es kümmert mich nicht.

Diese Macht über das Fleisch war ohne Nutzen, wenn keine Zielrichtung dahinter stand. Sie hatte diese Macht aus ihren nichtigen Gründen angewendet, aus einer Art ängstlicher Freude oder aus bloßem Zorn. Aber diese Offenbarungen ihrer Macht hatte sie den anderen Menschen kein Stück näher gebracht: Sie hatten Jacqueline in deren Augen lediglich zu einem Monstrum werden lassen.

Manchmal dachte sie an Vassi und fragte sich, wo er sich aufhielt und was er tat. Er war kein starker Mann gewesen, aber ein wenig Zuneigung hatte in seiner Seele gesteckt. Mehr Zuneigung als bei Ben, mehr als bei Pettifer und sicher mehr als bei Lyndon. Und sie erinnerte sich liebevoll dran, daß er der einzige Mann war, den sie jemals kennengelernt hatte, der sie Jacqueline nannte. All die anderen hatten lieblose Verfälschungen ihres Namens benutzt: Jackie oder J. oder, wenn Ben ärgerlich war, Ju-ju. Lediglich Vassi hatte Jacqueline zu ihr gesagt, klar und einfach, in seiner nüchternen Art; er hatte sie so genommen, wie sie war, und sie in ihrer Ganzheit akzeptiert. Doch wenn sie an ihn dachte und sich vorzustellen versuchte, wie er vielleicht zu ihr zurückkehrte, bekam sie Angst um ihn.

VASSIS AUFZEICHNUNG (ZWEITER TEIL)

Natürlich suchte ich nach ihr. Erst wenn man jemanden verloren hat, begreift man, wie unsinnig der Spruch ist: ›Die Welt ist klein‹. Die Welt ist nicht klein. Es ist eine riesige, alles vernichtende Welt, besonders, wenn man allein ist.

Als ich Rechtsanwalt war, eingesperrt in meine kleine Gruppe, sah ich jeden Tag für gewöhnlich die gleichen Gesichter. Mit einigen wechselte ich ein paar Worte, mit anderen ein Lächeln, oder wir nickten uns zu. Selbst wenn wir vor Gericht Feinde waren, gehörten wir doch zu dem selben selbstzufriedenen Zirkel. Wir aßen am selben Tisch, wir tranken Ellbogen an Ellbogen. Wir teilten uns sogar unsere Geliebten, obwohl wir es manchmal nicht wußten. Unter diesen Umständen ist es einfach, anzunehmen, daß die Welt es nicht böse mit einem meint. Sicher wird man älter, aber das wird jeder andere auch. In seiner Selbstzufriedenheit glaubt man sogar, daß die Jahre einen mit der Zeit ein wenig klüger machen. Das Leben ist zu ertragen; sogar der Drei-Uhr-Schweißausbruch in der Nacht kommt seltener, wenn das Bankkonto wächst.

Aber zu glauben, die Welt sei ungefährlich, ist genauso ein Selbstbetrug wie der Glaube an sogenannte Sicherheiten, die in Wahrheit einfach nur Trugschlüsse sind.

Als Jacqueline ging, lösten diese Trugschlüsse sich auf, und all die Lügen, die ich eifrig gelebt hatte, traten eindrucksvoll zutage.

Es ist keine kleine Welt, wenn es auf ihr nur ein Gesicht gibt, das anzuschauen du erträgst, und wenn dieses Gesicht irgendwo in einem Mahlstrom verschwunden ist. Es ist keine Welt, wenn die wenigen lebendigen Erinnerungen an den Gegenstand deiner Liebe in Gefahr sind, von den Tausenden von Momenten zertreten zu werden, die jeden Tag auf dich einstürmen, wie Kinder, die an dir zerren und die deine ganze Aufmerksamkeit fordern.

Ich war ein gebrochener Mann.

Ich pflegte in kleinen Zimmern in trostlosen Hotels zu schlafen, ich trank weit mehr, als ich aß, und ich schrieb ihren

Namen, buchstäblich wie ein Besessener, immer und immer wieder. An die Wand, auf das Kissen, auf meinen Handrücken. Ich riß die Haut an meiner Hand mit meinem Federhalter auf, und die Tinte infizierte die Wunde. Die Narbe ist noch da; ich schaue sie in diesem Moment an. Jacqueline!, sagt die Narbe. Jacqueline.

Dann sah ich sie eines Tages durch einen puren Zufall. Es klingt melodramatisch, aber ich glaubte in diesem Moment, ich würde sterben. Ich hatte sie mir schon so lange vorgestellt, hatte mich gewappnet, sie wiederzusehen, und als es dann passierte, spürte ich, wie meine Glieder nachgaben, und ich erbrach mich auf der Straße. Nicht gerade ein klassisches Wiedersehen. Der Liebhaber, der seine Geliebte sah, bekotzte sein Hemd. Andererseits aber war nichts, was zwischen Jacqueline und mir geschah, normal. Oder natürlich.

Ich folgte ihr, was recht schwierig war. Da waren eine Menge Leute, und sie ging sehr schnell. Ich wußte nicht, ob ich ihren Namen rufen sollte oder nicht. Ich entschied mich dagegen. Was würde sie auch getan haben, wenn sie diesen unrasierten Verrückten sah, der hinter ihr her trottete und ihren Namen rief? Sie wäre vermutlich davongerannt. Oder schlimmer noch, sie hätte mir in die Brust gegriffen, hätte mein Herz mit ihrer Willenskraft herausgerissen und mich aus meinem Elend befreit, bevor ich der Welt ihr Wesen hätte offenbaren können.

Also verhielt ich mich still und folgte ihr beharrlich bis zu dem Haus, in dem ich ihre Wohnung vermutete. Ich blieb die nächsten zweieinhalb Tage dort in der Gegend und wußte nicht recht, was ich tun sollte. Es war ein lächerliches Dilemma. Nach all der Zeit, in der ich nach ihr Ausschau gehalten hatte, wagte ich es nicht, mich ihr zu nähern, wo sie doch so nahe war, daß ich mit ihr sprechen und sie berühren konnte.

Vielleicht fürchtete ich den Tod. Aber hier bin ich nun, in diesem stinkenden Zimmer in Amsterdam, setze meinen Bericht auf und warte darauf, daß Koos mir ihren Schlüssel bringt. Ich fürchte den Tod jetzt nicht mehr. Wahrscheinlich war es nur meine Eitelkeit, die mich davon abhielt, mich

Jacqueline zu nähern. Ich wollte nicht, daß sie mich so sah, verrückt und verlassen; ich wollte sauber und ordentlich zu ihr kommen, ihr Traummann.

Während ich wartete, kamen sie zu ihr.

Ich weiß nicht, wer sie waren. Zwei Männer in schlichter Kleidung. Ich glaube nicht, daß es Polizisten waren: Sie waren zu gewandt, zu kultiviert geradezu. Und Jacqueline widersetzte sich ihnen nicht. Sie ging lächelnd mit, als wären sie auf dem Weg zur Oper.

Bei der ersten Gelegenheit kehrte ich – ein wenig besser gekleidet – zu ihrem Haus zurück, brachte vom Pförtner des Hauses in Erfahrung, wo sich ihr Apartment befand, und brach dort ein. Sie hatte sehr einfach gelebt. In einer Ecke des Raumes hatte sie einen Tisch aufgestellt und ihre Memoiren geschrieben. Ich setzte mich und las und nahm die Seiten schließlich mit. Jacqueline war lediglich bis zu den ersten sieben Jahren ihres Lebens gekommen. In meiner Eitelkeit fragte .ich mich, ob auch über mich berichtet worden wäre. Wahrscheinlich nicht.

Ich nahm auch einige Stücke ihrer Kleidung an mich, aber nur Dinge, die sie getragen hatte, als ich bei ihr gewesen war. Und keine zu intimen Dinge: Ich bin kein Fetischist. Ich wollte nicht nach Hause gehen und mein Gesicht im Geruch ihrer Unterwäsche vergraben. Aber ich wollte etwas haben, um mich an sie erinnern und mir ein Bild von ihr machen zu können.

So verlor ich sie ein zweites Mal, mehr wegen meiner Feigheit, denn wegen der Umstände.

Pettifer kam nicht in die Nähe des Hauses, in dem man Mrs. Ess vier Wochen festhielt. Sie bekam mehr oder weniger alles, was sie wollte, nur ihre Freiheit nicht, und danach fragte sie in einer höchst abstrakten Weise. Sie war nicht daran interessiert zu fliehen, obschon es leicht zu bewerkstelligen gewesen wäre. Ein- oder zweimal fragte sie sich, ob Titus den zwei Männern und der Frau, die sie in dem Haus gefangenhielten, gesagt hatte, zu was sie fähig war: Sie vermutete, daß er es nicht getan hatte. Jacqueline wurde behandelt, als wäre sie einfach nur eine Frau, auf die Titus ein Auge geworfen hatte und die er begehrte. Man hatte sie ihm für sein Bett besorgt, so einfach war das.

Da sie ein eigenes Zimmer besaß und eine Unmenge Papier, begann sie wieder ihre Memoiren zu schreiben, von Anfang an.

Es war Spätsommer, und die Nächte wurden kühler. Manchmal legte sie sich, um sich zu wärmen, auf den Boden (das Bett hatte sie aus dem Zimmer bringen lassen) und ließ ihren Körper kräuseln wie die Oberfläche eines Sees. Ohne Sex wurde Jacqueline ihr Körper wieder zu einem Geheimnis, und zum erstenmal begriff sie, daß körperliche Liebe die Erkundung eines höchst intimen und doch höchst unbekannten Bereichs ihres Selbst darstellte: ihres Leibes. Sie hatte sich selbst am besten verstanden, wenn sie jemanden umarmte; sie hatte ihren Körper am klarsten gesehen, wenn jemand seine Lippen zärtlich auf ihn legte. Sie dachte wieder an Vassi, und der See erhob sich wie bei einem Sturm, während sie an ihn dachte. Ihre Brüste formten sich zu gewellten Bergen; ihr Unterleib wogte mit den höchst ungewöhnlichen Gezeiten; Strömungen kreuzten über ihr funkelndes Gesicht; legten sich auf ihren Mund und ließen dort ihre Spuren zurück wie Wellen auf Sand.

Jacqueline dachte an die wenigen Male, wo sie wirklich in Frieden mit sich selbst gewesen war; körperliche Liebe, die von Ehrgeiz und Eitelkeit befreite, war diesen zerbrechlichen Momenten stets vorausgegangen. Es mochte wahrscheinlich andere Wege geben, aber ihre Erfahrung war beschränkt. Ihre Mutter hatte immer gesagt, daß Frauen, da sie mehr in Frieden mit sich lebten als Männer, weniger Ablenkungen von ihren Verwundungen brauchten. Aber Jacqueline hatte das niemals so empfunden. Sie meinte, ihr Leben sei voller Wunden und es gäbe keine Mittel und Wege, diese Wunden zu heilen.

Sie hörte auf, ihre Memoiren zu schreiben, als sie in der Rückschau ihr neuntes Lebensjahr erreicht hatte. Sie verzweifelte daran, ihr Leben von diesem Punkt an weiter zu erzählen, als sie sich erstmals die Zeit ihrer Pubertät vergegenwärtigte. Sie verbrannte die Papiere in einem offenen Feuer, das sie an jenem Tag mitten im Zimmer entzündete, an dem Pettifer kam.

Mein Gott, dachte sie, das kann nicht Macht sein.

Pettifer sah krank aus, körperlich so verändert wie ein Freund, den sie durch Krebs zu verlieren drohte. Während er vor wenigen Monaten noch gesund ausgesehen hatte, wirkte er nun wie von innen ausgezehrt, als verschlänge er sich selbst. Pettifer sah wie die leere Hülle eines Mannes aus; seine Haut war grau und gefleckt. Nur seine Augen funkelten wie die Augen eines tollwütigen Hundes.

Er war tadellos gekleidet, wie für eine Hochzeit.

»J.«

»Titus.«

Er musterte sie von Kopf bis Fuß.

»Geht es dir gut?«

»Danke, mir geht es gut.«

»Sie geben dir alles, wonach du verlangst?«

»Sie sind perfekte Gastgeber.«

»Du hast dich nicht widersetzt.«

»Widersetzt?«

»Hier in diesem Zimmer eingesperrt zu sein. Nach der Sache mit Lyndon war ich auf eine weitere Metzelei an Unschuldigen vorbereitet.«

»Lyndon war nicht unschuldig, Titus. Diese Leute sind es. Du hast ihnen nichts gesagt.«

»Ich hielt es nicht für notwendig. Darf ich die Tür schließen?«

Er hatte sie gefangen gesetzt, aber er kam wie ein Abgesandter in das Heerlager einer größeren Macht. Sie mochte die Art, wie er ihr begegnete, eingeschüchtert, aber freudig erregt. Er schloß sie Tür und verriegelte sie.

»Ich liebe dich, J. Und ich habe Angst vor dir. Offen gesagt, ich glaube, ich liebe dich, weil ich Angst vor dir habe. Ist das eine Krankheit?«

»Ich würde es dafür halten.«

»Das würde ich auch.«

»Warum hast du dir soviel Zeit gelassen, zu mir zu kommen?«

»Ich mußte meine Angelegenheiten in Ordnung bringen. Ansonsten wäre nur ein Durcheinander geblieben, wenn ich erst gegangen bin.«

»Du gehst weg?«

Er blickte sie prüfend an, sein Gesicht bebte vor Erwartung.

»Ich hoffe es.«

»Wohin gehst du?«

Noch immer erriet sie nicht, was ihn zu diesem Haus geführt hatte, nun, da alle seine Angelegenheiten geregelt waren, da er seine ahnungslose Frau um Vergebung gebeten hatte, da alle Fluchtwege geschlossen und alle Widersprüche beigelegt waren.

Noch immer erriet sie nicht, daß er gekommen war, um zu sterben.

»Ich werde von dir verwandelt, J. Zu einem Nichts gemacht. Und ich kann nirgendwohin. Verstehst du mich?«

»Nein«, sagte sie.

»Aber ich kann ohne dich nicht leben.« Das Phrasenhafte in diesen Worten war unverzeihlich. Hätte er keinen besseren Weg finden können, so etwas zu sagen? Sie lachte beinahe; es klang so abgedroschen.

Aber er war noch nicht fertig.

»… und ich kann ganz sicher nicht mit dir leben.«

Unvermittelt änderte sich sein Tonfall. »Denn du erfüllst mich mit Abscheu, Frau, dein ganzes Wesen widert mich an.«

»Also?« fragte sie leise.

»Also …« Er wurde wieder sanft, und sie begann, ihn zu verstehen. »… töte mich.«

Es war grotesk. Seine funkelnden Augen ruhten starr auf ihr.

»Das ist es, was ich will«, sagte er. »Glaub mir, das ist alles, was ich auf der Welt noch will. Töte mich, wie immer es dir gefällt. Ich sterbe, ohne mich zu widersetzen, ohne zu klagen.«

Sie erinnerte sich an den alten Witz. Sagt der Masochist

zum Sadisten: Tu mir weh! Um Gottes willen, tu mir weh! Sagt der Sadist zum Masochisten: Nein!

»Und wenn ich mich weigere?«

»Du darfst dich nicht weigern. Man muß mich verabscheuen.«

»Aber ich hasse dich nicht, Titus.«

»Das solltest du aber. Ich bin schwach. Ich bin ohne Nutzen für dich. Ich habe dir nichts beigebracht.«

»Du hast mir eine Menge beigebracht. Ich kann mich nun im Zaum halten.«

»Lyndons Tod war gesteuert, nicht wahr?«

»Sicherlich.«

»Er sah mir ein wenig übertrieben aus.«

»Er bekam alles, was er verdiente.«

»Dann gib mir das, was ich verdiene. Ich habe dich eingesperrt, ich habe dich zurückgewiesen, als du mich brauchtest. Bestraf mich dafür.«

»Ich habe es überlebt.«

»J!«

Selbst in dieser extremen Situation konnte er sie nicht bei ihrem ganzen Namen nennen.

»So Gott will, mehr als diese eine Sache fordere ich nicht von dir. Tu es, welche Motive du auch immer hast. Mitleid, Verachtung oder Liebe, aber bitte, tu es.«

»Nein«, sagte sie.

Plötzlich stürmte er durchs Zimmer auf sie zu und schlug sie heftig.

»Lyndon sagte, daß du eine Hure wärest. Er hatte recht, du bist eine Hure. Du bist nicht besser als eine Straßennutte.«

Er wandte sich um, ging ein paar Schritte, kehrte zurück und schlug wieder, schneller, heftiger, und wieder und wieder, sechs-, siebenmal.

Dann hörte er auf; er keuchte schwer.

»Willst du Geld?« Jetzt kam das Geschäft. Erst die Schläge, dann das Geschäft.

Sie sah ihn verzerrt durch Tränen des Schocks, die sie nicht zurückhalten konnte.

»Willst du Geld?« fragte er erneut.

»Was glaubst du?«

Er hörte den Sarkasmus in ihrer Stimme nicht, sondern begann Geldscheine um ihre Füße zu werfen, Dutzende von Scheinen, wie Opfergaben um die Statue der Heiligen Jungfrau.

»Alles, was du willst«, sagte er. »*Jacqueline*.«

In ihrem Unterleib spürte sie so etwas wie Schmerz, als das Verlangen, ihn zu töten, Gestalt annahm, aber sie widerstand ihm. Das hätte Titus nur in die Hände gespielt, hätte sie zum Werkzeug seines Willens werden lassen: machtlos. Es lief wieder darauf hinaus, ausgenutzt zu werden; dazu taugte sie immer. Sie war wie eine Kuh gezüchtet worden, um bestimmte Dinge zu liefern: Fürsorge für den Ehemann, Milch für die Babys, den Tod für alte Männer. Und wie bei einer Kuh wurde von ihr erwartet, daß sie willfährig allen Forderungen entsprach, die man an sie stellte, wann immer sie gerufen wurde. Nun, diesmal nicht.

Sie ging zur Tür.

»Wohin gehst du?«

Sie griff nach dem Schlüssel.

»Dein Tod ist allein deine Angelegenheit, nicht meine«, sagte sie.

Er stürmte auf sie zu, bevor sie die Tür öffnen konnte, und der Schlag, den er ihr versetzte, kam in seiner Heftigkeit und Böswilligkeit völlig unerwartet.

»Hure!« schrie er, und ein Hagel von Hieben folgte auf den ersten Schlag.

In ihrem Magen wurde das Wesen, das ihn töten wollte, ein wenig größer.

Er hatte seine Finger in ihr Haar gekrallt und zerrte sie zurück in den Raum, wobei er Obszönitäten ausstieß, Tiraden von Flüchen, als würde sich eine ganze Kloake auf sie ergießen.

Das ist nur ein anderes Mittel, das zu bekommen, was er will, sagte sie sich. Wenn du dem erliegst, bist du verloren: Er führt dich nur hinters Licht. Noch immer prasselten die Worte auf sie nieder: dieselben gemeinen Worte, die Generationen von unterwürfigen Frauen entgegengeschleudert worden waren: Hure, Nutte, Schlampe, Miststück, Monstrum.

Ja, das war sie.

Ja, dachte sie, ich bin ein Monstrum.

Dieser Gedanke machte es leichter. Sie wandte sich um. Er wußte schon, was sie vorhatte, noch bevor sie ihn ansah. Er zog die Hände zurück. Ihr Zorn formte sich schon in ihrer Kehle, drang durch die Luft zwischen ihnen.

Ein Monstrum nennt er mich: Ein Monstrum bin ich.

Ich tue das für mich selbst, nicht für ihn. Niemals für ihn. Nur für mich selbst.

Er stöhnte auf, als ihre Willenskraft ihn berührte, und seine funkelnden Augen hörten für einen Moment auf zu funkeln; der Wille zu sterben wurde zum Willen zu überleben, aber zu spät natürlich, und er begann zu schreien. Sie hörte Rufe, Schritte und Drohungen auf der Treppe. In ein paar Augenblicken würden die Wächter im Zimmer sein.

»Du bist ein Tier«, sagte sie.

»Nein«, erwiderte er, selbst in dieser Situation noch sicher, daß er die Herrschaft besaß.

»Du existierst gar nicht«, sagte sie, während sie sich vorwärts schob. »Man wird nie etwas finden, was Titus gewesen ist. Titus ist verschwunden. Der Überrest von ihm ist nur ...«

Der Schmerz war schrecklich. Er hielt selbst die Stimme zurück, die aus ihm drang. Oder war das wieder sie, die seine Kehle veränderte, seinen Mund, seinen ganzen Kopf? Sie öffnete seine Schädeldecke und erkannte ihn.

Nein, wollte er sagen, das ist nicht das raffinierte Ritual, das ich im Sinn gehabt hatte. Ich wollte sterbend in dich sinken, ich wollte mit meinem Mund auf deinem sterben. Nein, das ist nicht die Art, wie ich es wollte.

Nein, nein, nein.

Sie waren an der Tür, die Männer, die sie hier gefangen hielten, und schlugen dagegen. Natürlich fürchtete Jacqueline sie nicht. Sie fürchtete nur, daß die Männer vielleicht ihre Arbeit stören könnten, ihr Werk ruinieren, bevor sie letzte Hand angelegt hatte.

Jemand warf sich jetzt gegen die Tür. Holz splitterte; die

Tür flog auf. Die beiden Männer waren bewaffnet. Sie deuteten mit ihren Waffen auf Jacqueline.

»Mr. Pettifer?« sagte der jüngere Mann. In einer Ecke des Zimmers leuchteten unter einem Tisch Pettifers Augen hervor.

»Mr. Pettifer?« sagte der Mann wieder, wobei er die Frau ganz zu vergessen schien.

Pettifer schüttelte seinen unförmigen Kopf. Komm bitte nicht näher, dachte er.

Der Mann duckte sich und starrte die ekelerregende Bestie an, die unter dem Tisch kauerte, blutig von der Verwandlung, aber am Leben. Sie hatte seine Nerven abgetötet; er spürte keinen Schmerz. Er lebte noch; seine Hände hatten sich zu Klauen verformt, die Füße hatten sich um seinen Rücken gewickelt, seine Knie waren gebrochen, so daß er wie ein vierbeiniger Krebs aussah. Sein Gehirn lag offen, seine Augen hatten keine Lider mehr, sein Unterkiefer war gebrochen und hatte sich wie bei einer Bulldogge über seinen Oberkiefer gelegt, seine Ohren waren abgerissen worden, sein Rückgrat gebrochen – seine ganze Menschlichkeit war in etwas anderes verhext worden.

»Du bist ein Tier«, hatte sie gesagt. Das war kein schlechtes Bild für bestialische Animalität.

Der Mann mit der Pistole würgte, als er die Überreste seines Bosses erkannte. Er richtete sich auf und blickte zu der Frau.

Jacqueline zuckte mit den Schultern.

»Haben Sie das getan?« Angst vermischte sich mit Ehrfurcht, Ekel und Entsetzen.

Sie nickte.

»Komm, Titus«, sagte sie und schnippte mit den Fingern.

Die Bestie schüttelte den Kopf und schluchzte.

»Komm, Titus«, sagte sie heftiger, und Titus Pettifer watschelte aus seinem Versteck, wobei er eine Spur wie ein blutiger Fleischberg hinterließ.

Instinktiv feuerte der Mann auf Pettifers Überreste. Alles würde er tun, um dieses widerwärtige Geschöpf davon abzuhalten, sich ihm zu nähern.

Titus taumelte auf seinen blutigen Klauen zwei Schritte zurück; er schüttelte sich, als wolle er den Tod aus sich heraustreiben, doch es gelang ihm nicht, und er starb.

»Zufrieden?« fragte Jacqueline.

Der Mann schaute auf. Sprach die Macht zu ihm? Nein, Jacqueline starrte Pettifers Leiche an, richtete die Frage an ihn.

Zufrieden?«

Der eine Mann ließ seine Waffe fallen; der andere tat es ihm nach.

»Wie ist es geschehen?« fragte der Mann, der an der Tür stand. Eine einfache Frage; die Frage eines Kindes.

»Er hat darum gebeten«, sagte Jacqueline. »Es war alles, was ich für ihn tun konnte.«

Der Mann mit der Pistole nickte und sank auf die Knie.

VASSIS AUFZEICHNUNG (LETZTER TEIL)

Der Zufall spielte eine beunruhigend große Rolle in meiner Romanze mit Jacqueline Ess. Manchmal schien es mir, als wäre ich jeder Strömung unterworfen, die durch die Welt zieht, als würde ich vom leisesten Stoß des Zufalls herumgewirbelt. Zu anderen Zeiten hatte ich den Verdacht, daß Jacqueline mein Leben lenkte, wie sie es bei Hunderten, Tausenden anderer Menschen tat, daß sie jedes zufällige Treffen arrangierte, daß sie meine Siege und Niederlagen inszenierte und mich heimlich begleitete – bis zu dieser letzten Begegnung.

Ich fand sie, ohne zu wissen, daß ich sie gefunden hatte; darin lag die Ironie der Sache. Ich war ihr bis zu einem Haus in Surrey gefolgt, ein Haus, in dem ein Jahr zuvor der Mord an einem gewissen Titus Pettifer stattgefunden hatte, ein Milliardär, der von einem seiner Leibwächter erschossen worden war. In dem Zimmer in der oberen Etage, wo der Mord verübt worden war, wirkte alles ordentlich und ruhig. Falls Jacqueline dort gewesen war, hatte man alle Spuren beseitigt. Aber das Haus, jetzt eher eine Ruine, wurde zum Opfer aller Arten von Graffiti, und auf eine der schmutzigen Gipswände des Zimmers hatte jemand eine Frau gekritzelt. Die Frau war in obszöner Weise überproportioniert; ihr Geschlecht reckte sich dem Betrachter aufdringlich entgegen, und zu ihren Füßen lag eine unbestimmte Kreatur. Vielleicht ein Krebs, vielleicht ein Hund, vielleicht sogar ein Mann. Was immer es war, es hatte keine Macht über sich selbst. Es hockte im Licht der quälenden Gegenwart der Frau und zählte sich selbst zu den Glücklichen. Während ich diese sonderbare Kreatur anschaute, die Augen besaß, die sich zu der brennenden Madonna erhoben, wußte ich, daß das Bild ein Porträt von Jacqueline war.

Ich weiß nicht, wie lange ich so dastand und das Bild anschaute, aber ich wurde aufgeschreckt von einem Mann, der in einem noch schlechteren Zustand war als ich. Ein Bart, der lange nicht geschnitten oder gewaschen worden war, eine Haltung so gebrochen, daß ich mich fragte, wie er es schaffte, aufrecht zu stehen, und ein Geruch, der keinem Stinktier Schande bereitet hätte.

Ich habe nie seinen Namen erfahren, aber er sagte mir, daß er das Bild an der Wand gemalt hatte. Das nahm man ihm ohne weiteres ab. Seine Verzweiflung, sein Hunger, seine Verwirrung, all das waren die Wunden eines Mannes, der Jacqueline begegnet war.

Wenn ich bei meiner Befragung auch etwas grob mit ihm umging, so bin ich sicher, daß er mir verzieh. Es befreite ihn von seiner Last, alles erzählen zu können, was er an dem Tag gesehen hatte, an dem Pettifer getötet wurde, und zu wissen, daß ich ihm alles glaubte. Er erzählte mir, daß sein Gefährte – der andere Leibwächter, der Pettifer erschossen hatte –, im Gefängnis Selbstmord begangen hatte.

Sein Leben, sagte er, habe keine Bedeutung mehr. Sie hatte es zerstört. Ich beruhigte ihn, soweit ich es vermochte, sagte, daß Jacqueline keine Gefahr bedeutete, daß er nicht fürchten müsse, sie würde ihn jagen. Als ich ihm das gesagt hatte, weinte er, mehr aus dem Gefühl, einen Verlust erlitten zu haben, denn aus Erleichterung.

Schließlich fragte ich ihn, ob er wisse, wo Jacqueline sich jetzt aufhielte. Ich stellte diese Frage ganz zum Schluß, obwohl sie mich am meisten bedrückt hatte, denn ich wagte nicht anzunehmen, daß der Mann wußte, wo sie war. Aber, mein Gott, er wußte es. Sie hatte das Haus, nachdem Pettifer erschossen worden war, nicht sogleich verlassen. Sie hatte sich mit dem Mann hingesetzt und sich mit ihm ruhig über seine Kinder, seinen Schneider und seinen Wagen unterhalten. Sie hatte ihn gefragt, was für eine Frau seine Mutter gewesen war, und er hatte ihr gesagt, daß seine Mutter eine Hure war. War seine Mutter glücklich gewesen? hatte Jacqueline gefragt. Er hatte ihr geantwortet, daß er es nicht wußte. Hat seine Mutter jemals geweint, hatte Jacqueline da gefragt, und er entgegnete, daß er seine Mutter niemals lachen oder weinen gesehen habe. Darauf hatte Jacqueline genickt und ihm gedankt.

Später, vor seinem Selbstmord, hatte der andere Leibwächter dem Mann gesagt, daß Jacqueline nach Amsterdam gegangen war und daß er es von einem Mann mit Namen Koos wußte. Und so beginnt der Kreis sich zu schließen, nicht wahr?

Ich war seit sieben Wochen in Amsterdam, ohne den kleinsten Hinweis auf ihren Aufenthaltsort zu finden, bis gestern abend. Sieben Wochen der Enthaltsamkeit, was recht ungewöhnlich für mich war. Lustlos wanderte ich durch den Rotlichtbezirk, um eine Frau zu finden. Sie wissen ja, die Frauen sitzen da wie Mannequins neben rosafarbenen Plüschlampen in den Fenstern. Einige haben winzige Hunde auf ihrem Schoß sitzen, andere lesen, aber meistens starren sie wie in Trance auf die Straße.

Ich entdeckte kein Gesicht, das mich interessierte. Die Frauen sahen alle freudlos und dunkel ganz, ganz anders als Jacqueline aus. Und doch konnte ich nicht einfach weggehen. Ich war wie ein fetter Junge in einem Bonbonladen, dem zu übel war, um welche zu kaufen, der aber zu gierig war, um zu gehen.

Irgendwann mitten in der Nacht wurde ich aus der Menge heraus von einem jungen Mann angesprochen, der bei näherem Hinsehen gar nicht mehr so jung war, sondern ziemlich stark geschminkt. Er hatte statt Augenbrauen einen Kajalstift über seine glänzende Haut gezogen. Er trug ein paar goldene Ohrringe in seinem linken Ohr, hielt einen halbgegessenen Pfirsich in einem weißen Handschuh, trug offene Sandalen und hatte lackierte Fußnägel. Er packte mich besitzergreifend am Ärmel.

Ich muß über seine widerwärtige Erscheinung höhnisch gegrinst haben, doch er schien ob meiner Verachtung überhaupt nicht verstimmt zu sein. Sie sehen wie ein Mann mit einiger Urteilskraft aus, sagte er zu mir. Ich vermittelte keineswegs einen solchen Eindruck. Sie müssen sich irren, sagte ich. Nein, erwiderte er. Ich irre mich nicht. Sie sind Oliver Vassi.

Seltsamerweise war mein erster Gedanke: Der Mann will dich töten. Ich versuchte, mich ihm zu entwinden, doch sein Griff um mein Handgelenk war unbarmherzig hart.

Sie wollen eine Frau, sagte er. Zögerte ich zu lange, so daß er wußte, daß ich ja meinte, auch wenn ich nein sagte? Ich habe eine Frau, wie es keine zweite gibt, fuhr er fort, sie ist ein Wunder. Ich weiß, daß Sie sie leibhaftig sehen wollen.

Woher wußte ich, daß es Jacqueline war, von der er sprach? Vielleicht die Tatsache, daß er mich aus der Menge erkannt hatte, als säße sie irgendwo in einem Fenster und befahl, ihre Verehrer zu ihr zu bringen, so wie ein Gast im Restaurant befahl, ihm den Hummer aus einem Wasserbehälter zu bringen. Vielleicht verrieten es auch seine Augen, wie sie mich anfunkelten; sie trafen die meinen ohne Furcht, denn Furcht wie Entzücken verspürte er nur in der Gegenwart eines Wesens auf Gottes grausamer Erde. Konnte ich mich auch in seinem gefährlichen Blick gespiegelt sehen? Er kannte Jacqueline, ich zweifelte nicht daran.

Er begriff, daß ich am Haken hing, denn als ich einmal gezögert hatte, wandte er sich mit einem affektierten Schulterzucken von mir ab, als wollte er sagen: Du hast deine Chance vertan. Wo ist sie?, fragte ich und packte seinen dünnen Arm. Er deutete mit dem Kopf die Straße hinunter, und ich folgte ihm aus dem Gedränge heraus, plötzlich so töricht wie ein Idiot. Die Straße wurde leerer, je weiter wir gingen; die roten Lichter machten der Dunkelheit Platz. Wenn ich ihn fragte, wohin wir gingen, zog er es vor, nicht zu antworten, bis wir an eine schmale Tür in einem schmalen Haus gelangten, das in einer gefährlich engen Straße lag. Wir sind angekommen, verkündete er, als wäre der Schuppen der Palast von Versailles.

Zwei Treppen hinauf in dem ansonsten leeren Haus befand sich ein Zimmer mit einer schwarzen Tür. Er schob mich gegen sie. Die Tür war verschlossen.

»Sehen Sie nach«, forderte er mich auf. »Sie ist dort drinnen.«

»Die Tür ist verschlossen«, erwiderte ich. Mein Herz war kurz davor, zu zerspringen. Jacqueline war ganz nahe, ohne Zweifel; ich wußte, daß sie ganz nahe war.

»Sehen Sie nach«, sagte er wieder und deutete auf ein winziges Loch in der Verkleidung der Tür. Ich verschlang das Licht regelrecht, das hindurchfiel, und schob mein Auge vor das winzige Loch.

Das schmutzige Zimmer war leer, bis auf eine Matratze und Jacqueline. Sie lag mit gespreizten Gliedern da; ihre Handgelenke und Füße an vier Pfosten gebunden, die an den Ecken der Matratze aufgebaut waren.

»Wer hat das getan?« wollte ich wissen, ohne meinen Blick von Jacquelines nacktem Körper zu nehmen.

»Sie hat darum gebeten«, antwortete er. »Es ist ihr Wunsch gewesen.«

Sie hatte meine Stimme gehört; mit einiger Mühe hob sie den Kopf und starrte geradewegs zur Tür.

Als sie mich ansah, richteten sich – ich schwöre es – die Haare auf meinem Kopf auf, um sie zu begrüßen, und schwankten unter ihrem Ansturm wie Gras im Wind.

»Oliver«, sagte sie.

»Jacqueline.« Ich stieß das Wort wie in einem Kuß hervor.

Ihr Körper bebte, ihr rasiertes Geschlecht öffnete und schloß sich wie eine ganz besondere Pflanze, purpur, lila, rosafarben.

»Lassen Sie mich rein«, sagte ich zu Koos.

»Sie werden nicht eine Nacht mit ihr überleben.«

»Lassen Sie mich rein.«

»Sie ist teuer«, warnte er mich.

»Wieviel wollen Sie?«

»Alles, was Sie haben. Ihr letztes Hemd, Ihr Geld, Ihren Schmuck – dann gehört sie Ihnen.«

Ich wollte die Tür einschlagen oder seine vom Nikotin verfärbten Finger einen nach dem anderen brechen, bis er mir den Schlüssel gab. Ich wußte, was ich dachte.

»Den Schlüssel habe ich versteckt«, sagte er, »und die Tür ist stabil. Sie müssen bezahlen, Mr. Vassi. Und Sie wollen bezahlen.«

Er hatte recht. Ich wollte bezahlen.

»Sie wollen mir alles geben, was Sie jemals besessen haben, alles, was Sie jemals gewesen sind. Ohne jeden Rückhalt zu ihr gehen, das wollen Sie. Ich weiß es. So gehen sie alle zu ihr.«

»Alle? Sind es viele?«

»Sie ist unersättlich«, sagte er tonlos. Das war nicht die Prahlerei eines Zuhälters: Das war seine Qual, wie ich deutlich sah. »Ich finde immer mehr Leute für sie, und begrabe sie dann.«

Begrabe sie dann.

Ich vermute, darin besteht seine Aufgabe. Koos beseitigt die Toten. Nach dieser Nacht wird er mich in seine lackierten Hände bekommen. Er wird mich von ihr wegholen, wenn ich langweilig und für sie ohne Nutzen bin; dann wird er irgendeine Grube, irgendeinen Kanal, irgendeinen Ofen finden, um mich loszuwerden. Der Gedanke ist nicht sonderlich reizvoll.

Und doch sitze ich hier mit dem Geld vor mir auf dem Tisch, das ich durch den Verkauf meiner letzten Habseligkeiten aufbringen konnte. Meine Würde ist dahin, mein Leben hängt nur noch an einem Faden, und ich warte auf einen Zuhälter und einen Schlüssel.

Es ist mittlerweile dunkel geworden, und er hat sich verspätet. Aber ich glaube, er ist gezwungen zu kommen. Nicht wegen des Geldes; er wird – abgesehen von Heroin und Wimperntusche – wenige Dinge brauchen. Er wird kommen, um mit mir das Geschäft zu machen, weil Jacqueline es verlangt, und er ist genauso ihr Höriger, wie ich es bin. Ja, er wird kommen.

Natürlich wird er kommen.

Nun, ich denke, das reicht.

Das ist mein Bericht. Ich habe keine Zeit mehr, ihn noch einmal durchzulesen. Seine Schritte dringen von der Treppe (er hinkt, und ich muß mit ihm gehen). Diese Aufzeichnung hinterlasse ich irgendeinem unbekannten Finder, um mit ihr anzustellen, was ihm geboten erscheint. Wenn der Morgen kommt, werde ich tot sein – und glücklich. Glauben Sie mir.

Mein Gott, dachte sie, Koos hat mich betrogen.

Vassi war vor der Tür gewesen; mit ihrem Bewußtsein hatte sie seinen Körper gespürt und ihn umarmt. Aber trotz ihrer ausdrücklichen Anordnung hatte Koos ihn nicht hereingelassen. Dabei wußte Koos, daß von allen Männern nur Vassi der freie Zugang erlaubt war. Aber Koos hatte sie betrogen, wie alle sie betrogen hatten, außer Vassi. Bei ihm war es (vielleicht) Liebe gewesen.

Die Nacht hindurch lag sie auf ihrem Bett und schlief keine Sekunde. Sie schlief ohnehin selten länger als ein paar Minuten, und nur, wenn Koos auf sie aufpaßte. Sie hatte sich im Schlaf verletzt, sich selbst verstümmelt, ohne es zu wissen, dann war sie blutend und schreiend aufgewacht. Aus ihrem Körper trieben wie bei einem Kaktus Nadeln hervor, die sie aus ihrer Haut und aus ihren Muskeln geformt hatte.

Sie vermutete, daß es wieder dunkel geworden war, aber mit Sicherheit konnte sie es nicht sagen. In diesem Zimmer mit seinen schweren Vorhängen, das nur von einer nackten Glühbirne erhellt wurde, war es ständig Tag für die Sinne, aber ständig Nacht für die Seele. Also lag sie wie gewöhnlich auf ihrem wunden Rücken, hörte die ferne Geräusche, die von der Straße herüberdrangen, und manchmal döste sie eine Weile, oder Koos gab ihr zu essen, wusch sie, ließ sie ihre Notdurft verrichten und benutzte sie.

Ein Schlüssel drehte sich im Schloß. Sie plagte sich von der

Matratze hoch, um zu sehen, wer zu ihr kam. Die Tür öffnete sich … ging ein Stück weiter auf … stand offen.

Vassi. O Gott, endlich kam Vassi. Sie sah, wie er durch das Zimmer auf sie zu schritt.

Laß es nicht wieder nur eine Erinnerung sein, betete sie, bitte, sorg dafür, daß er es diesmal selbst ist: wirklich und wahrhaftig.

»Jacqueline.«

Er sprach den Namen ihres Körpers aus, den ganzen Namen.

»Jacqueline.« Er *war* es.

Hinter ihm starrte Koos ihr zwischen die Beine, fasziniert vom Tanz ihrer Schamlippen.

»Ich habe ihn dir gebracht.« Er grinste sie an, ohne den Blick von ihrem Geschlecht zu wenden.

»Einen Tag«, flüsterte sie. »Ich habe einen Tag gewartet, Koos. Du hast mich warten lassen …«

»Was bedeutet für dich schon ein Tag?« sagte er und grinste noch immer.

Sie brauchte den Zuhälter nicht mehr, was dieser allerdings nicht wußte. In seiner Einfalt glaubte er, Vassi wäre auch nur einer dieser Männer, die Jacqueline irgendwann verführt hatte, um sie auszusaugen und wegzuwerfen. Koos meinte, er würde auch morgen noch gebraucht werden; deshalb spielte er dieses tödliche Spiel so stümperhaft.

»Schließ die Tür«, sagte sie zu Koos. »Und bleib, wenn du magst.«

»Bleiben?« sagte er mit einem lüsternen Blick. »Du meinst, ich kann zuschauen?«

Er schaute ohnehin immer zu. Sie wußte, daß er durch das Loch zuschaute, das er in die Tür gebohrt hatte. Sie konnte ihn manchmal keuchen hören, aber diesmal sollte er auf ewig ruhig bleiben.

Bedächtig zog er den Schlüssel außen von der Tür ab, schloß die Tür, steckte den Schlüssel von innen wieder ins Schloß und sperrte ab. In dem Moment, als das Schloß einrastete, tötete sie ihn, bevor er sich noch umdrehen und sie wieder anschauen konnte. In der Hinrichtung lag nichts

Spektakuläres, sie griff lediglich in seine Hühnerbrust und zerquetschte seine Lunge. Er kippte gegen die Tür und sank herab, wobei sein Gesicht schmierig über das Holz glitt.

Vassi wandte nicht einmal den Kopf, um Koos sterben zu sehen; nur sie wollte er anschauen.

Er näherte sich der Matratze, ging in die Hocke und begann, ihre Fußgelenke loszubinden. Ihre Haut war wundgescheuert, das Seil mit altem Blut verklebt. Mit Überlegung löste er die Knoten, fand seine Ruhe wieder, die er verloren geglaubt hatte, eine schlichte Zufriedenheit, hier zu sein, am Ende, unfähig zurückzugehen, obschon er wußte, daß der Weg vor ihm tief in ihr lag.

Als ihre Knöchel frei waren, wandte er sich ihren Handgelenken zu. Er versperrte ihr den Blick an die Decke, als er sich über sie beugte. Seine Stimme klang sanft.

»Warum durfte er das mit dir machen?«

»Ich hatte Angst.«

»Wovor?«

»Mich zu bewegen, ja, überhaupt zu leben. Jeder Tag voller Qual.«

»Ja.«

Er verstand diese völlige Unfähigkeit zu leben nur allzugut.

Sie spürte an ihrer Seite, wie er sich auszog, wie er dann die fahle Haut an ihrem Bauch küßte. Ihr Körper war von den Dingen, die sie getan hatte, gezeichnet. Die Haut war über alle Maßen gedehnt worden und mit Falten überzogen.

Er legte sich neben sie; das Gefühl, seinen Körper neben ihrem zu spüren, war nicht unangenehm.

Sie berührte seinen Kopf. Ihre Gelenke waren steif, ihre Bewegungen bereiteten Schmerzen, aber sie wollte sein Gesicht zu ihrem hochziehen. Lächelnd kam er in ihr Blickfeld, und sie küßten sich.

Mein Gott, dachte sie, wir sind zusammen.

Und während sie dachte, daß sie zusammen waren, nahm ihr Wille körperliche Gestalt an. Unter seinen Lippen lösten sich ihre Gesichtszüge auf und wurden jenes rote Meer, von dem er geträumt hatte, und sie fluteten über sein Gesicht, das sich gleichfalls auflöste: zusammenfließendes Wasser aus Gedanken und Gebeinen.

Ihre wollüstigen Brüste durchbohrten ihn wie Pfeile; seine Erektion, geschärft durch ihre Gedanken, tötete sie im Gegenzug mit einem einzigen Stoß. Gefangen von der Brandung der Liebe erdachten sie ihre eigene Auslöschung – und löschten sich aus.

Draußen klagte die grausame Welt weiter. Das Gerede der Käufer und Verkäufer setzte sich die ganze Nacht fort. Schließlich ergriff Gleichgültigkeit und Müdigkeit selbst von dem geschäftstüchtigsten Händler Besitz.

Drinnen wie draußen trat eine heilsame Stille ein: ein Ende für Verluste und Gewinne.

Originaltitel: Jacqueline Ess: Her Will and Testament
Ins Deutsche übertragen von Reinhard Rohn

Band 13 714

Uwe Luserke (Hg.)
**Wehe, Wehe, wenn
ich auf das Ende
sehe**
Deutsche
Erstveröffentlichung

Schadenfreude ist die reinste Freude, heißt es in dem alten
Sprichwort. Diese Anthologie dürfte Ihnen daher nur die reinste
Freude bereiten. Sie finden hier ganz gräßlich gemeine
Geschichten von jenen bedauernswerten Zeitgenossen, die für
den Spott nicht zu sorgen brauchen, von Menschen, die auf
ganz bestimmte Art klüger werden – oder es werden würden,
wenn sie es denn noch könnten.

18 böse Geschichten mit überraschenden Pointen in der
Tradition des großen Roald Dahl, Geschichten von Robert
Bloch, Rainer Erler, W.F. Nolan, Lucius Shephard, Nancy
Holder u.v.a. mit einem bösen Ende, getreu dem Wilhelm-
Busch-Zitat:
›Wehe, Wehe, wenn ich auf das Ende sehe ...‹

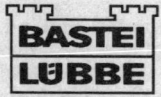

Sie erhalten diesen Band
im Buchhandel, bei Ihrem
Zeitschriftenhändler sowie
im Bahnhofsbuchhandel.

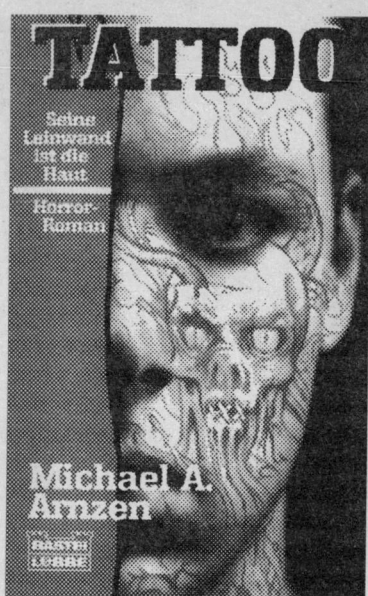

Band 13 734

Michael A. Arnzen
Tattoo
**Deutsche
Erstveröffentlichung**

Ein schrilles Geräusch wie beim Zahnarzt, fingerhutgroße Gummihütchen und verschiedene Plastikflaschen auf dem Tisch, an den Wänden grelle Bilder: Mark Kilpatrick hat seine Garage in einen Tätowierladen verwandelt. Hier arbeitet er zurückgezogen und für einen kleinen, elitären Kundenkreis.
Eines Tages stellt er fest, daß ein Kollege, der sich Coolie nennt, ihm die besten Ideen stiehlt. Für Mark Kilpatrick wird es Zeit, ein Zeichen zu setzen. Er überfällt Coolie, betäubt ihn und verwandelt ihn mit seiner Tätowierpistole in ein wandelndes Horrorgemälde.
Das Entsetzen über seine Verunstaltung treibt Coolie in den Tod. Aber der fanatische Meister der grausamen Verzierungen ist noch nicht bereit aufzugeben. Er sucht sich drei neue Opfer, die seine Kunst publik machen sollen . . .

Band 13 727

John Trenhaile
Aurelias Briefe
Deutsche
Erstveröffentlichung

Kinderpsychologin Thelma Vestrey steht vor einer schweren
Entscheidung: Sie muß ihren labilsten Patienten aus der
Therapie entlassen, einen verstörten philippinischen Jungen, dem scheinbar nicht zu helfen ist. Aurelia Delacroix,
die Mutter des Jungen, warnt Thelma jedoch eindringlich
vor diesem Schritt – er würde unweigerlich dazu führen, daß
der Junge zu seinem eigensinnigen Vater auf die Philippinen
zurückkehren müßte.
Kurz darauf wird Aurelia tot aufgefunden. War es Selbstmord oder Mord? Eine Frage, die die Psychologin sich
unaufhörlich stellt – bis sie plötzlich Briefe von der Toten
erhält ...

›Ein Psycho-Thriller von herausragender Qualität.‹
DAILY NEWS

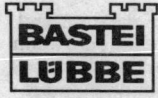

**Sie erhalten diesen Band
im Buchhandel, bei Ihrem
Zeitschriftenhändler sowie
im Bahnhofsbuchhandel.**

Band 13 721

Brian D'Amato
**Der Preis der
Schönheit**
Deutsche
Erstveröffentlichung

›Der beste Roman, den ich seit zehn Jahren gelesen habe.‹
(Peter Straub)

Jamie Angelo, ein vielversprechender junger New Yorker
Künstler, hat eine geheime Passion: Er träumt von lebendigen
Kunstobjekten, von perfekter weiblicher Schönheit. Und er
kreiert sie – zunächst am Computer, dann leibhaftig mit allen
Tricks der Schönheitschirurgie.
Eines Tages verliebt Jamie sich in die Performance-Künstlerin
Jaishree, die ihn zu einem Vorhaben von schrankenlosem
Ehrgeiz inspiriert: Er will ein Wesen schaffen, das nicht nur
äußerlich, sondern auch geistig-seelisch seinen Idealvor-
stellungen entspricht. Er operiert Jaishree, und der Coup
scheint zu gelingen. Doch dann geschieht das Unfaßbare ...

**Sie erhalten diesen Band
im Buchhandel, bei Ihrem
Zeitschriftenhändler sowie
im Bahnhofsbuchhandel.**

Band 13 726

Cynthia Manson (Hg.)
**Die tödlicher Kunst
der Geduld**
**Deutsche
Erstveröffentlichung**

Diese außergewöhnliche Anthologie vereint Erzählungen, die mehr sind
als ›nur‹ spannungsgeladene Kriminalgeschichten.
Bedeutende Schriftstellerinnen unserer Zeit wie Antonia Fraser und
Amanda Cross beweisen mit jedem Satz, daß Humor und Spannung
keine Gegensätze sein müssen. Ihre Geschichten bringen uns
ebensosehr zum Schmunzeln und Lachen, wie sie uns eine Gänsehaut
verschaffen.
Ruth Rendell und Margaret Maron liefern Innenansichten von verletzten
und verstörten Menschen, die aus ihrer Umwelt in Situationen
abdriften, in denen das tatsächliche oder beabsichtigte Verbrechen als
die normalste aller denkbaren Möglichkeiten erscheint. Der Schrecken,
den ihre Short Stories verbreiten, ist sanft, aber nachhaltig. Denn sie
zeigen, daß die Gefahr nicht draußen lauert, sondern tief drinnen: in
jedermanns Psyche.

Die Elite der Lady of Crimes in einem Band, die besten Geschichten
aus dem legendären ›Ellery Queen's Mystery Magazine‹ und aus Alfred
Hitchcocks berühmter Krimi-Sammlung.

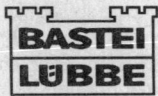

Sie erhalten diesen Band
im Buchhandel, bei Ihrem
Zeitschriftenhändler sowie
im Bahnhofsbuchhandel.

Band 13 680

Charles Higson
**Das Alphabet
der Gewalt**
Deutsche
Erstveröffentlichung

Dennis Pike hat seine Jugend in einer Gang der Gammler und
Dealer verschwendet. Sie drehten krumme Dinger und fühlten sich
wie die Könige der Unterwelt. In Wahrheit waren sie nur kleine
Sumpfblüten am Rande Londons. Ein dummer Zufall machte aus
drittklassigen Schlägern Mörder, und damit zerfiel die Clique.
Heute, zehn Jahre später, lebt Dennis Pike einsam wie ein Mönch.
Er hat etwas auf die hohe Kante gelegt und träumt von Kanada. Da
taucht ein Kumpel aus alten Tagen wieder auf: Chas Bishop. Er
faselt von einem großen Coup, für den er einen Vorschuß braucht.
Pike winkt ab, muß aber kurz darauf feststellen, daß sein Bankkonto geplündert ist. Gemeinsam mit Chas' Bruder macht er sich
an die Verfolgung des Betrügers. Es wird eine Verfolgungsjagd
voller Überraschungen, eine Reise durchs Land verkrachter Exi-
stenzen, Game-boy-geschädigter Kinder und computersüchtiger
Hacker.

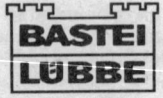

**BASTEI
LÜBBE**

**Sie erhalten diesen Band
im Buchhandel, bei Ihrem
Zeitschriftenhändler sowie
im Bahnhofsbuchhandel.**

Band 13 652
Michael Cadnum

Besuch der Toten
Deutsche
Erstveröffentlichung

Er wirkt beinahe wie ein Sonnyboy, der junge Stratton Fields, Sproß einer angesehenen Familie aus San Francisco. Nur der berufliche Erfolg will sich einfach nicht einstellen: Als er bei einem Architektenwettbewerb einen vielbestaunten Entwurf einreicht, hagelt es zwar Expertenlob, aber den ersten Preis holt Strattons Konkurrent.
Der Partylärm nach der Preisverleihung ist noch nicht verklungen, da hält der Schrecken schon blutigen Einzug: Jurymitglied de Vrere, der Stratton ausgebootet hat, wird ermordet. Der Preisträger selbst verübt gar vor laufender Kamera Selbstmord. Gibt es eine Art unbarmherziger höhere Gerechtigkeit, die hier rasend Rache übt? Oder steckt der zunehmend von dunklen Halluzinationen heimgesuchte und erblich belastete Stratton hinter dieser Entfesselung unheimlicher Gewalt?